Diether Dehm
Bella ciao

Roman

Das Neue Berlin

PROLOG

Meine Großeltern hatten in den Sechzigern ein kleines Häuslein an einen Berghang im italienischen Tessin gebaut. Sieben Jahre lang fuhr ich zu ihnen, wie es die Semesterferien hergaben. Der Weg dorthin führte durch die Schweiz, von Basel an Luzern vorbei und, weil der Gotthardtunnel damals noch nicht eröffnet war, über den Bernardinopaß, »runter an den Lago«, wie wir Frankfurter Verwandten den Alterssitz meiner Großeltern nannten. Dort wartete ein Kellerzimmer auf mich, mit einer Kommode und zwei, drei Klappbetten möbliert, in dem sonst nur größere Spinnen und kleinere Skorpione hausten.

Das Schwarzwälder Fachwerkhaus, von einem sardischen Baumeister an den steilen Tessiner Berghang des Dorfes San Bartolomeo geklebt, hatte ich im Sommer 1967 zum erstenmal gesehen.

Diesmal war ich mit zwei Kommilitonen unterwegs, runter an den Lago.

Das Haus meiner Großeltern lag genau einen Kilometer hinter der italienischen Grenze. Meine Großmutter stand auf dem Balkon. Ist Liebe Wartenlassen? Nein, Liebe ist Warten. Und sie stand da schon stundenlang. Und keck fuhr ich vor, großstadtmännisch die Autotür hinter mir zuschlagend, Herzungen im Halbdunkel der beleuchteten Palme huldvoll entgegennehmend.

Unsere Abenteuerlust trieb uns am ersten Abend im Tessin das Seeufer entlang. Ich fuhr mit meinen Freunden Andi Wader und Sascha Schiffer in die grillendurchzirpte italienische Nacht. Die größte auf der Karte des Lago Maggiore erkennbare Kleinstadt ist Verbánia. Deren Lichterschein entpuppte sich als Promenade, wo wir gegen zehn Uhr nachts einparkten und uns unter die Leute mischten.

Was wir sahen, war wie aus einer andern Zeit. Da hingen zwar ein paar Luftmatratzen zu dreißigtausend Lire an der Haus-

wand, dann aber Korbflaschen mit Wein, Metzger-, und Gemüsezeug, unbeleuchtet und grob angeschnitten hinter der Scheibe. Und dann ein Straßencafé, karg bestuhlt, mit sieben Tischen, ein paar Barhockern, über den Tischen weiße, schmucklose Decken, darauf Körbchen mit Weißbrot, Salz- und Käsestangen. Die Hälfte der Tische war besetzt.

Andi sagte dem Kellner wie selbstverständlich »Uno litro Frascati«, während sein Daumen die Eins deutete, ein Versuch in südländisch.

Wir setzten das auf der Fahrt nach Verbánia geführte Gespräch im Café fort und kamen auf den SDS zu sprechen, unter uns der malerisch glitzernde Lago Maggiore, und wir wie in einer Lagebesprechung für die morgen beginnende Schlacht.

»Die Zentrifuge aller Ereignisse«, referierte Wader stockend, »ist die Logik, die Hegel mit der gesellschaftlichen Totalität gefaßt hatte. Darum ja, und nur darum, geht es um die dezentrale Taktik, versteht ihr? Hört hier überhaupt jemand zu ...«

Ich gestattete mir die Frage, ob denn dezentralisierte Aktionen überhaupt noch eine wahrnehmbare Kraft sein könnten. Schiffer, als Schiedsrichter, warf ein: »Die Außendarstellung zentraler Kundgebungen wie der Vietnam-Kongreß 67 – das ist das eine! Dezentrale Aktionen gestatten aber ein viel höheres Maß an Pragmatik, eine Art Nadelstich-Strategie ... Stadtguerilla ... von Che lernen ... Partisanentaktik in unseren Metropolen!« Dann hob er sein Glas jovial und begann zu singen: »O Partigiano, porta mi via ...«

Die zwei älteren Männer am Nebentisch lächelten uns zu, der eine, etwa einen Meter fünfundsechzig groß, untersetzt, mit weißem, vollem Haar, das ungekämmt hinter der hohen Stirn in Büschen und Rinnen zurückgestrichen lag, mochte weit über siebzig sein, hatte die Wangen breitmundig ineinandergefaltet, wie es Zahnlose tun. Er lächelte uns hinter einer Goldrandbrille zu, die auf seinem alten Gesicht komisch wirkte. Beim Stichwort Partigiano nickte er schüchtern, mehr für sich. Wader starrte den Alten an, verstand nicht, warum der ihm zunickte, fühlte sich veralbert. Er nahm mit höhnischer Handbewegung sein Glas und prostete dem Alten zu, und wir alle sangen »Questa mattina, mi sono alzato, o bella ciao, bella ciao, bella ciao ciao ciao ...«

Mir ist diese Szene heute noch so deutlich vor Augen, als habe sie sich letzte Woche abgespielt. Das Lachen des Alten war entwaffnend und kindlich, so daß Wader nervös mit den Lidern zuckte. Soviel Arglosigkeit war im zahnlosen Mund des Weißhaarigen und seinen wachen Augen, daß wir uns mit einem Mal alle zuprosteten.

»Tedesci?« Die Stimme des Weißhaarigen war erstaunlich hell.

Andi hatte wieder so einen Impuls: »SDS, nos ... verdammt was issen wir? ... nos ... nos ... SDS ... studenti revolutionario ... tedesci«, quasselte er drauflos.

Zumindest Irritation hatte er erwartet, wenn nicht sogar so etwas wie Hochachtung, hatten wir doch in Frankfurt die Lufthoheit über viele der Innenstadtkneipen. Statt dessen kam ein gänzlich unbeschwertes Gelächter vom Nebentisch. Und vielleicht wäre es dabei geblieben, wenn Andi nicht noch einmal »Revolutionario« hinterhergetönt hätte. Statt betroffen zu schweigen, kicherten die beiden Herren am Nebentisch.

»Irgendwie verstehen die kein Wort«, sagte Andi zu uns, und zu denen: »Parmigiano come Che Guevara ... Che Guevara.« Schiffer lachte den Alten überfreundlich zu und bedeutete Wader: »Überfahr die doch nicht mit unseren Strategiedebatten. Das sind einfache Leute, die hier ihren Wein trinken.«

Aber Wader ließ sich nicht bremsen: »Tu conosci Che Guevara, conosci?« Sein Übereifer sprang zwischen deutschen und italienischen Sprachfetzen hin und her, um den Leuten zu erläutern, daß Bolivien in Lateinamerika liegt, Che Guevara dort den Partisanenkampf geführt hatte und wir dasselbe, was Che in der mondo tertiale wollte, in unseren Metropolen durchzuführen begännen.

Die Gesichter der Alten blieben fröhlich, und weil bei »parmigiano come Che« an einem anderen Nebentisch nun auch geschnaubt und gelacht wurde, wandelte sich Wader immer mehr zur komischen Figur.

Ein schwarzhaariges Mädchen saß mit mehreren Männern an einem Tisch und unterbrach Waders Redeschwall, indem sie auf den alten Weißhaarigen deutete und fortwährend »Commandante« sagte. Dann wiederholte sie das Lied, hob abschätzig die Braue, und sang den Refrain – während der alte Mann ihr voller Anerkennung zulächelte – zart, fein, leise, und sie ließ ihre gespreizten Finger im Rhythmus schweben.

Wader raunte: »Das ist bestimmt der frühere Polizeikommandant hier in dem Kaff gewesen.« Schiffer prostete dem Alten lauthals zu: »Policia?« Am Nebentisch brach vollends ausgelassenes Gelächter los. Immer mehr Leute wurden auf die komische Szene aufmerksam. Es schien, als ob sich die Worte Policia und Parmigiano zu einer im ganzen Ristorante von Tisch zu Tisch anschwellenden Fröhlichkeit verbanden. Und mit jedem Wort verstrickte sich Wader fester in das Netz des freundlich-spöttischen Gelächters.

Wir wirkten am Ende etwas verstört, so daß der Alte schließlich Erbarmen mit uns hatte: »Wir ... Partigiani!« rief er mit großzügiger Handbewegung, so daß auch das Gelächter ringsum feiner wurde und schließlich ganz austräufelte. Und der Hagere setzte mit väterlichem Spott hinzu: »Come Che Guevara«, wobei er Wader mit großen Kinderaugen ansah, ein fester, prüfender Blick durch die goldene Brille, über fast zahnlosem Mund und einem Doppelkinn, das in einer Vertiefung des untersetzten Körpers hing.

Später sah ich ihn auf Jugendfotos stolz und trotzig, was sich seither dem Erinnerungsbild dieses Abends beigemischt hat. Jedenfalls war Commandante Renzo auch ohne seine Zahnprothese und mit seiner Verwachsung alles andere als bemitleidenswert. In der Schale seiner Schultern, von wo aus eine hohe, heisere Stimme tönte, wandte sich sein Kopf wie der einer Eule aufmerksam hin und her. Zu Erläuterungen streichelte seine schlanke, an den Fingerkuppen verdickte Hand bedächtig über Tische und Tischdecken, Zweifel nicht zulassend, hätte nicht ein prüfendes Kopfschwanken die Vorläufigkeit seines Urteils signalisiert.

Mit dem letzten Tag dieses Urlaubs am Lago Maggiore verbinde ich noch ein anderes, schwächeres Erinnerungsbild: Renzo neben einer Siebzigjährigen, die ich an den zurückliegenden gemeinsamen Abenden noch nie getroffen hatte. Sie mußte einmal sehr schön gewesen sein, hatte noch immer eine schlanke Figur und schwarzes Haar, vielleicht ein wenig nachgetönt. Sie begann plötzlich das berühmte Lied zu singen, mit etwas anderem Text, als er mir von Falken-Lagerfeuern und der FDJ im Gedächtnis war.

»Ich kenne einen anderen Text«, versuchte ich mit einem Mix aus Händen, Latein und Englisch kundzutun.

»Es gibt tausend Texte davon«, sagte die Frau lachend, »aber das ist des Maestros liebste Version.« Sie deutete auf den weißhaarigen Alten, der ihr im Spaß mit einer Ohrfeige drohte und dann mit gespieltem Gleichmut ertrug, wie sie es zusammen sangen:

> *An ihrer Schulter, da wird es hell schon*
> *O bella ciao, bella ciao, bella ciao ciao ciao*
> *Es war so warm hier, an deinem Arm hier*
> *Da draußen werd ich bald schon friern.*
>
> *Kann nicht gut schießen und krieg schnell Angst auch*
> *O bella ciao, bella ciao, bella ciao ciao ciao*
> *Soll ich ein Held sein, dem das gefällt? nein*
> *Verfluchter Krieg, verfluchter Feind.*
>
> *Sah Blut an Hütten, sah Frauen bitten*
> *O bella ciao, bella ciao, bella ciao ciao ciao*
> *Den kleinen Luca, der vierzehn Jahr war*
> *Ich hab zu lang nur zugesehn.*
>
> *Ihr in den Bergen, heut komm ich zu euch*
> *O bella ciao, bella ciao, bella ciao ciao ciao*
> *Was kein Kommando und kein Befehl kann*
> *Ich werd heute Partisan.*
>
> *Ich hinterlaß hier keine Fährten*
> *O bella ciao, bella ciao, bella ciao ciao ciao*
> *Als Nichts erschein'n, um mehr zu werden*
> *Zurückziehn, um nicht weg zu sein.*
>
> *Wenn ich am Dorfplatz mal tot herumlieg*
> *O bella ciao, bella ciao, bella ciao ciao ciao*
> *Dann sagt der Priester statt langer Predigt:*
> *Nie mehr Faschismus, nie mehr Krieg.*
>
> *Nur noch den Kuß hier, kommt einer nach mir*
> *O bella ciao, bella ciao, bella ciao ciao ciao*
> *Dem wünsch ich Zeiten, wo man so eine*
> *Wie dich nicht mehr verlassen muß.*

Meine beiden Kumpane sehe ich heute nur noch ab und zu mal wieder, und man umarmt sich schon lange nicht mehr. Schiffer hat eine höhere Funktion bei den Grünen, sitzt abends ab 21 Uhr im »La Habana« und trinkt Moquito – das einzige, was ihn noch mit Kuba verbindet.

Wader ist, nach einer Phase des Berliner Häuserkampfs, Regieassistent am Halleschen Ufer geworden. Zuletzt sah ich ihn im Fernsehen, als er mit mildem Lächeln und dezenter Stimme der gesamten deutschen Linken terroristischen Totalitarismus und Antisemitismus nachwies.

Renzo sah ich nur zwei Sommer lang. Ich begleitete ihn ins Gebirge, horchte ihn aus, nachts, bis ihm die Augen zufielen, und ich sehe ihn heute noch vor mir, wie er singt, wie er schießt, wegläuft, zu den Leuten redet, Niederlagen einsteckt, Rückzüge befiehlt und am Ende nur noch eine einzige Waffe hat: die Überzeugung von der Sozialität der Gattung und seine daraus abgeleitete Barmherzigkeit.

Was Schiffer heute zum Schreien komisch findet.

Und dennoch habe ich jetzt, dreißig Jahre später, begonnen, diese Geschichte aufzuschreiben. Obwohl ich die Strände und Cafés um den Lago Maggiore kannte – die Geschichte Norditaliens habe ich erst später, lange nach Renzos Tod und auch bis heute nicht gänzlich, kennengelernt.

Wer will Italien verstehen ohne dieses Ossola? Wer aber kann in die Geschichte des Ossola-Tals tauchen, ohne nachzufühlen, wie damals die deutsche Ostfront zerbrach und Sowjetfreunde und Sowjetfeinde zur gleichen Zeit in Italien gemeinsam gegen den Faschismus stritten? Für den Sozialismus in einem Tal. Und wer will die grausamen Kompromisse und aufopferungsvollen Einzelgefechte in den Bergen um den Lago Maggiore verstehen, ohne den gleichzeitigen Kampf der Partisanen in Serbien, Kroatien und Griechenland? Wer versteht die Enttäuschung, wenn ein letztes Gefecht nur ein kleiner Anfang wurde, weil Griechenland und Italien auf der Karte von Jalta eben nicht auf der gleichen Seite wie Jugoslawien verzeichnet waren, das dem sowjetischen Machtbereich zugeschlagen war? Wer versteht, warum der Kommunist Togliatti in die vom faschistischen Großrat gestiftete Regierung unter Badoglio, Mussolinis einstigem Schlächter von Abessinien, eintreten mußte, um den Widerstand gegen den Faschismus breiter und wirkungsvoller zu gestalten? Jawohl, der Revolutionär Togliatti war für das Mitregieren — damit die Kräfte gegen die Herrschenden geeint und gestärkt würden. Der Erfolg des Mitregierens maß sich am Kräftezuwachs der Nichtregierenden. Politik nicht als Poker, sondern als Schachspiel, mit Geduld, Berechnung und Übersicht.

Längst haben sich die von den Alten erzählten Episoden miteinander verknotet, sie sind kaum mehr auseinanderzuhalten, plötzlich wird Beiläufiges wichtig und bedeutungsvoll Berichtetes tritt in den Hintergrund. Und ein paar Lücken sind auch mit eigener Phantasie ausgefüllt. Wie viele? Ich weiß es nicht. Ich verspreche, meine Erzählung ist, so gut es ging, nach bestem Wissen und Gewissen, dokumentarisch. Ich muß allerdings zugeben, daß ich unfähig bin, in kühler Distanz zu berichten.

1

Es hatte den halben Tag lang geregnet. Wie die zum Anschlag aufgedrehten Duschen in der Kaserne dampfte die erhitzte Erde, und aus dem Gras stiegen Wölkchen, zwischen denen starr und steif die Sonnenstrahlen hingen.

Drüben, über den Schweizer Bergen, klang das Donnergrollen ab, und nun belebten als feine Herren verkleidete Händler den Uferplatz. Uniformierte Faschisten, Arbeiter, Fischer, einzelne Bauern und Arbeitslose folgten zögernd und begannen die Terrassen der drei Cafés an Cannobios Uferpromenade zu füllen. Wenige Meter entfernt, wo der von Blättern und Ästen bedeckte See an die Ufer schlug, untersuchten Bootsbesitzer ihre schaukelnden Kähne auf Sturmschäden. Deutsche Soldaten, die während des Regens auf ihren Zimmern in der nahegelegenen Kaserne Skat gespielt hatten, machten sich nun endlich auf zu Promenaden und Cafébesuchen.

Attila Pecallo sah dem Treiben auf der Piazza vom Fenster des Municipio aus zu. Er gehörte zu jenen italienischen SS-Milizionären, die von den deutschen Wehrmachtssoldaten ernst genommen wurden. Die Deutschen mochten Italiener, die ihnen zuhörten. Genau das konnte Attila durch ein vornehmes Zucken mit dem Mundwinkel und ein zustimmendes »Mmh« perfekt demonstrieren.

Attila war kein Freund unsinniger kleiner Vergeltungsaktionen. Er war für Planung. Die Achtung von Dr. Kraushaar, der die Wehrmacht um Cannobio kommandierte, hatte er sich durch kluge Vorschläge in vielen Lagebesprechungen erworben. Einer davon betraf die Isolation der Kommunisten, »um denen keine Hasen in die Küche zu treiben«, was dem aktuellen Plan des Führers entsprach, die Alliierten zu entzweien und eine neue antibolschewistische Front zu eröffnen. Attila hatte strategisches Format, und nur wer ihn aus der Nähe beobachtete, erahnte die Leidenschaft hinter dem eingeklemmten Lachen und dem ehrerbietigen »Mmh«. Seine schwarzgewellten Haare waren mit Öl zurückgekämmt, was sie noch schwärzer machte. Er hatte ein langes, kantiges Gesicht, große Ohren und lange Wimpern. »Deine Wimpern unterscheiden dich vom Hai! Die Wimpern eines Ponys«, hatte Kraushaar ihm einmal nach drei Chianti lachend gesagt.

Attila hatte in Como und am Gardasee einige Tage in unmittelbarer Umgebung des Duce zugebracht, und nun war er wieder hier, um die Irritationen zu beseitigen, die die Inhaftierung und spätere Befreiung Mussolinis ausgelöst hatten. Bei einer Lagebesprechung im Hauptquartier von Salò war Attila mit einigen strategischen Ausführungen auch dem Verteidigungsminister aufgefallen. Der hatte sich nach ihm erkundigt. Als dann der Duce die Montags-Runde mit dem Vorschlag des Wirtschaftsausschusses eröffnete, die Mehlrationen in Novarra herabzusetzen, spürte Attila dessen innere Abneigung gegen dieses Vorgehen und meldete sich zu Wort. »Ihr könnt das so machen«, begann er wie ein Advokat, »klar, es spricht vieles dafür. Mehl zu sparen ist sehr wichtig und hat wirtschaftlich alle Logik auf seiner Seite. Aber wo heute das Mehl weniger wird, wird morgen mehr Blei verbraucht. Und das Ossola-Tal ist nicht ganz einfach.«

Mussolini hatte die Augenbrauen drastisch hochgezogen und stumm genickt. Fortan galt Attila als Vertrauensmann des Duce – bis ins Tal von Cannobio.

Erst bei Dunkelheit war er nach Mergozzo zurückgekehrt. Von dort stieg er geradewegs den steilen Hangweg hinauf zu den kleinen Häuschen, die weiter oben lagen und von Arbeitern der Gummi-Werke bewohnt wurden. Oben war er, wie immer, etwas kurzatmig geworden. Vor einem Gatter zwischen Zypressen und halbhohem Gestrüpp hielt er an, wie er es früher getan hatte, und sog die lauwarme Nachtluft in tiefen Zügen ein. Er roch die Farben der Abende, als sein Leben noch behütet war. Und da war die Grille, die er nie beachtet hatte. Aber ihr Zirpen gehörte wie das feine Blätterrauschen in das Mosaik des Nachtgemäldes, das sein Herz zusammenzog und ihn an das elterliche Haus denken ließ, wann immer er, irgendwo in der Ferne weilend, eine Grille hörte.

Er prüfte noch einmal seine blinkenden Stiefel, auf denen der Mond lag und die er unterhalb des Steinwegs mit Spucke und einer Seite des »Corriere« poliert hatte.

Attila liebte seine Mutter, und sie hatte zu ihm gehalten, als der Vater immer mehr unter den Einfluß der intriganten Betriebsagitatoren geraten war. Attila hatte die Katastrophe nicht gewollt! Seine Mutter wußte das. Und er hatte sogar eine rückhaltlose Aufklärung der Vorfälle vom April 41 gefordert, als an einem Morgen zwei Arbeitskollegen seines Vaters, Freunde von Kindesbeinen an, mit eingeschlagenen Köpfen am Weg nach Mergozzo gefunden worden waren.

Hatte er sich nicht sein Leben lang für den Vater erklären müssen? Sogar die sozialistische Vergangenheit des Duce im »Avanti« zitiert, um die Fehltritte zu entschuldigen? Warum hatte sich gerade sein Vater nicht für die neue Zeit entschieden?

Ganz früher hatte Attila den Faschismus für eine italienische Besonderheit des Sozialismus gehalten und den Duce für Italiens Lenin. Die Faschisten hatten doch bei ihrem Marsch auf Rom unvergleichlich mehr soziale Gerechtigkeit im Sinn als alle monarchistischen Schlappschwänze mit ihren überkommenen Anstandsregeln und ihrem klapprigen König Vittorio Emanuele.

Auf den König hatte auch der Vater zeitlebens geflucht. Irgendwann jedoch war er schweigsam geworden und hatte mit dem Sohn nicht mehr über Lohn und Freiheit gesprochen, sondern sich, mit den Zähnen knirschend, wortlos abgewandt, wenn der von der neuen Idee sprach. Für Attila war dies einer der beiden dunklen Flecke während seines strahlenden Aufstiegs in den Milizen, denn obwohl er seine Mutter für alles Gute in der Welt liebte, hatte er doch zeitlebens dem Vater nachgeeifert. Wie der Holz schlug, die Zigarette und die Zeitung hielt, mit wenigen Worten Sachverhalte traf. Und je mehr er dem Vater nacheiferte, um so stärker hob er sich von den übrigen Jungfaschisten ab.

Die Grille hatte zu zirpen aufgehört, als Attila an die Tür klopfte. Er kannte dieses Schaben der flaumigen Hausschuhe, die nach dem Zurückschieben eines Stuhls in Richtung Haustür schlurften. Schwer atmend zog Attilas Mutter die Tür einen spaltbreit auf, maß den Sohn mit einem kurzen Arg und von unten. Die schwarzen Stiefel, den straffen Schritt bis zu den breiten Schultern, den markigen Kopf, die großen, frechen Augen, die sie gleich nach der Geburt bemerkt hatte, das gebräunte Gesicht, das keine Aufschwemmungen zeigte wie die Gesichter anderer Milizionäre. Und die Strähne, die sie ihm früher immer aus der Stirn gestrichen hatte. Die schlanke Nase hatte er vom Vater. Auf dem Kopf saß das schwarze Käppi der SS. Das offene Lachen des schmalen Mundes bewies ihr, daß Attila ein guter Mensch geblieben war. Sie sagte nichts, ihre Augen jedoch strahlten.

Und Attila wußte genau, mit welchen Gefühlen sie ihren einzigen Sohn, an den sie die Kriegsjahre über so oft nur mit Angst gedacht hatte, hier stehen sah. Aber der vertraute helle Aufschrei blieb aus. Ihre Stimme klang heiser, trocken und elend, als sie seinen Namen ausrief und ihn umarmte. Über dem Kuß spürte er die Tränen sofort, aber noch immer verstand er nicht ganz.

Er hätte es vorher erfahren können, wenn er tagsüber in Mergozzo angekommen wäre. Er hätte es überall in den Grenadierstationen hören können, und seine Freunde hätten sicherlich nichts eiligeres zu tun gehabt, als es ihm zu sagen. Hämisch die einen, bitter die anderen. Nun mußte er seine Mutter danach fragen: »Wo ist Papa?«

Sie sah ihn an, prüfend, als ob sein Gesicht in den Wochen beim Duce ein anderes geworden wäre. Sie warf sich in seinen Arm und jammerte erstickt: »Papa ist gegangen. Sie haben ihm gekündigt, und er wollte nicht bleiben.«

Ein kalter Schauer lief ihm den Rücken hoch. Sein »Nein!« klang so sinnlos, daß die Mutter das Weinen unterbrach und ihn aufforderte, es zu verstehen: »Es geht nicht anders.«

Die Grille vorm Haus zirpte wieder, und doch war die Nacht wie verwandelt. Als der Regen niederzuprasseln begann, klang es wie das weit entfernte Marschieren mächtiger Truppen. Attila hatte seine Absicht, sich am Abend noch einmal im Dorf sehen zu lassen, sowieso längst vergessen. Sein Vater – denn der Vater des Attila Pecallo war er ja trotz allem geblieben – war entlassen. Der rote Vater wog wohl schwerer als der schwarze Sohn. Eine schlimme Ahnung beschlich Attila. Die Lohndrücker von der Firmenleitung im Gummiwerk hatten beiden gezeigt, daß sie keinen Respekt mehr vor ihnen hatten.

2

Als er am nächsten Morgen nach einer schlaflos verbrachten Nacht vom örtlichen Polizeikommandanten nach Verbánia abgeholt und von dort mit dem Patrouillenboot nach Cannobio gebracht wurde, hatte er beschlossen, über all das zunächst zu schweigen.

Das Municipio von Cannobio ist ein strahlend gelber Bau. Vor knapp zwei Jahren war es der deutschen Wehrmacht zugeteilt worden. Während in den Fenstern der italienischen SS-Unterkünfte oft rauchende Schwarzhemden standen, hatte die Wehrmachtszentrale auf der Seeseite geknotete weiße Vorhänge, hinter denen man jene sauberen Herren nur vermuten konnte, die allabendlich in den Cafés höflich und ohne große Anzüglichkeiten ihre Limonade und gelegentlich ein Bier tranken, ernst und ohne Hast, als hätten sie die Nachrichten nicht gehört, die von der Niederlage ihrer Armeen am Kursker Bogen handelten.

Hinter einer dieser Gardinen stand nun Attila Pecallo, in Gedanken noch beim gestrigen Abend. Das, was die Mutter ihm bei seiner Ankunft eröffnet und andere ihm so sorgsam vorenthalten hatten, mußte er mit sich selbst ausmachen: Nun also stand sein Vater gegen ihn. Der Vater, dem er, wenn er von der Arbeit heimkam, vom Treppenabsatz herunter in den Arm geflogen war, der Vater, dessen Herzlichkeit und Stärke ihn aus jeder Falte des Gesichts angelacht hatten. Er ertappte sich bei einem Kopfschütteln, einem Moment des Tagtraums, in dem er zum Vater in die Berge ging und alle diese Leute aufrief, mit dem Duce gegen die anglo-amerikanischen Eindringlinge zu kämpfen und ein neues, soziales Italien aufzubauen. Nun war der Bruch endgültig.

Konnte er gegenüber seinen Kameraden darüber hinweggehen? Mußte er jetzt nicht laut und deutlich den Vater verurteilen? Nein, das wollte er nicht. Solche wie der Vater sind verirrte Menschen, sagte er sich. Aber auch dieser Gedanke bereitete ihm Qual. Erst überlegte er, jeder da unten auf dem Marktplatz wisse von seiner Schmach, dann wieder dachte er: Drauflos, keiner wagt es, das Wort zu erheben. Später kam ihm das Bild in den Sinn, als der Vater ihm an der Ecke beim Sonntagsmarkt diesen kleinen Holzsoldaten kaufen wollte und mit dem Verkäufer verhandelte, um »diese Freude für meinen Jungen« überhaupt bezahlen zu können. Traurig und wortlos, unverrichteter Dinge, das Söhnchen an der Hand, war er den Steinweg vom Marktplatz durch die winzige Via Paolo Zaccheo zur Kirche hochgestapft, dann aber doch noch einmal allein zurückgegangen. Und wie er die Garibaldi-Miniatur mit dem blau und rot bemalten Spanngewehr aus dem Zeitungspapier herausschälte. Irgendwie hatte es sein Vater geschafft. Als wollte er trotzig seine Rührung abschütteln, schüttelte Attila den Kopf und flüsterte: »Aber Mutter hat nichts damit zu tun.«

Während Attila hinter der Gardine, den Blick auf den Marktplatz gerichtet, seinen Erinnerungen nachhing, betrat ein vierzigjähriger, mittelgroßer Mann den Raum, das offene kurzärmelige Hemd in der grauen Uniformhose, die ohne Hosenträger auf der beleibten Taille saß. In fehlerlosem Italienisch, aber doch für einen Italiener zu eckig und melodielos akzentuiert, begrüßte er Attila herzlich, einen zuckenden Spott um die linke Augenbraue: »Hallo, Herr Elitekommandant. Wenn du jetzt wieder da bist, kann ich ja beruhigt Heimaturlaub nehmen.«

»Ich glaube, daraus wird nichts. Der Duce will mich zu seinem Stellvertreter machen«, flachste Attila zurück.

»Das muß er aber erst bei der deutschen Kommandantur in Salò beantragen«, lachte der Deutsche.

Seit seiner Befreiung vom Monte Gransasso durch deutsche Fallschirmjäger regierte Mussolini die faschistische Republik von Salò – einen norditalienischen Torso, den, die

Leute »republicina« nannten. Der »Duce« herrschte hier so wenig selbständig wie der faschistische Großrat, der Italien offiziell von Rom aus regierte, aber in Salerno saß, und nicht unabhängig von deutschen »Empfehlungen« bleiben konnte.

Ernst Kraushaar war ein Soldat aus alter deutscher Offiziersfamilie, kein Anhänger des Nationalsozialismus und schon gar kein Bewunderer der »militärischen Kampfstärke des italienischen Faschismus«. Von der deutschen SS fühlte er sich gelegentlich gegängelt, die italienischen SS-Milizen empfand er als »unsoldatisch«. Dennoch war Attila für ihn so etwas wie ein Kamerad. Er schätzte dessen Bildung, eben weil sie ihm nicht in die Wiege gelegt worden war, sondern er sie sich selbst angelesen hatte. Das gute Aussehen des jungfaschistischen Aufsteigers zog Kraushaar an, obwohl der Deutsche solche Empfindungen mit leisen Herrenwitzen tarnte.

»Wie war es in den letzten Wochen bei euch?« fragte Attila, nun ernst geworden. Natürlich wollte er wissen, in welchem Licht die »Flucht« des Vaters stand. Kraushaar ahnte das, begnügte sich aber mit einer militärischen Lagebeschreibung. »Es scheint einiges bevorzustehen. Die Roten haben die Straße bei Maria dichtgemacht, und wir können da nur noch in großer Aufmachung durch. Aber wir entscheiden den Krieg hier sowieso nicht, und man kann auch vorsichtig sein. Ansonsten: Alles beim alten. Ein paar Monarchisten sind in den Untergrund, aber die streiten sich mehr mit den Bolschewisten als mit uns, und wie es sonst so in der Welt steht, weißt du ja.«

Kraushaar spürte, warum Attila an ihm vorbei auf den Marktplatz hinunterschaute. Und während er mit den Berichten über einige Erkenntnisse ihrer Spione unter den Partisanen fortfuhr, fragte er sich, wie der Mann an der Fensterbrüstung die vernichtenden Niederlagen an der Ostfront für kaum mehr als eine Krise des Faschismus halten konnte. Und ob es alles nur Rhetorik für seine Kameraden war, wenn er von der Aufhebung des Elendsgefälles zwischen Nord- und Süditalien sprach, von der Enteignung der Konzerne in Oberitalien, der Entmachtung der Mafia – und allem anderen, was auch der Duce in Salò vom Balkon aus versprochen hatte. Kraushaar mochte diese Naivität an Attila, die manchmal fanatisch entzündet war, und er mochte den Stolz in den schwarzbraunen Augen. Wenn Attila sich in einem der engen, verqualmten Cafés am Uferweg in eine der lauten Diskussionen zu einem barschen Einwurf umwandte, mit gestrafftem Oberkörper und voller Impulsivität, leicht verschwitzt in seinem kurzärmeligen Hemd, war Kraushaar dem italienischen Faschismus für einen Moment sehr nahe.

Nun aber sprach er nüchtern von der Lage im Tessin, von der feigen Unterstützung der Roten durch die Schweizer, die am deutschen Krieg derart gut verdienten: »Diese Bande im Tessin da drüben – uns spielt sie vor, sie seien die reinsten Nationalsozialisten. Aber unter der Hand ...« Er schüttelte den Kopf.

Kraushaar bemerkte, daß Attilas Blick unten auf dem Marktplatz verweilte. »Er ist seit gestern hier«, kommentierte Kraushaar eher beiläufig, »wir wissen das.«

Attila reagierte leicht verwirrt, dann fing er sich: »Und wir nehmen ihn nicht fest?«

»Warum ihn festnehmen? Erstens haben wir ihn so auf Schritt und Tritt. Und seinen Umgang. Und zweitens wollen wir uns, ehrlich gesagt, nicht auch noch mit der ganzen Rizzi-Sippe anlegen. Die Bank seines Vaters wickelt die wichtigsten Transaktionen mit dem Reich ab, in unserem Sinne sogar, über die Schweizer Nationalbank.«

Attilas Hals pochte: »Aber er ist Kommunist, das ist doch jedem klar.«

»Und einer von der ganz edlen Sorte, die sich selbst die Finger nie schmutzig machen. Und geschwätzig!« Kraushaar grinste vieldeutig.

»Er ist hier, um noch mehr Sabotage und Diebstahl zu schüren.«

»Auch das beobachten wir.«

»Und ihr laßt ihn da unten so friedlich herumsitzen; er darf sich so sicher fühlen wie alle, die das mit ansehn, ja?«

»Er steht unter ganz anderer Aufsicht.«

»Bis er in die Berge verschwunden ist.«

»Man wird sehen.« Kraushaar räusperte sich und lächelte. »Er wird Probleme kriegen in den Bergen. Sie sind müde. Sie wollen keine Überfälle mehr, wo sie doch immer nur den kürzeren ziehen. Sie wollen mit uns reden. Und seine Zentrale hat ihn geschickt, ihnen das auszureden.«

»Dann nehmt ihn doch, verdammt noch mal, fest. Damit die Botschaft nicht ihr Ziel erreicht ...«

»Botschaften dieser Art kennen viele Pfade. Warum ihn stigmatisieren? Damit sie einen Märtyrer haben, dessen Auftrag die roten Kader dann um so intensiver weitergeben? Dieser Mann dort unten mag als Künstler einen gewissen Namen haben. Als Politiker taugt er keinen Schuß Pulver. Sie mißtrauen ihm, weil er immer im Mittelpunkt stehen will. Und seinen Buckel mag auch niemand, nicht mal er selbst. Du kennst ihn besser als wir. Hat er jemals Menschen hinter sich geschart? Wir haben Vorsorge getroffen. Du wirst sehen, er wird seinen Auftrag nicht erfüllen können.«

»Die Zeiten werden sich noch ändern«, brummte Attila, »außerdem unterschätzt ihr den, und eure Geheimpolizei tut es auch.«

»Das glaube ich weniger«, entgegnete der Deutsche, »aber immerhin, sie wissen, daß sie vorsichtig mit ihm sein müssen: Im ganzen Piemont singen sie seine Lieder.«

»Es ist gerade mal ein einziges!«

»Aber es klingt hübsch, es geht in die Beine.« Kraushaar lächelte.

»Kunststück: Es ist ein altes Volkslied. Aber sie singen es nicht immer mit seinem Text. Es gibt Tausende von Strophen. Es steht nicht einmal fest, ob er am Text überhaupt beteiligt ist. Fest steht nur eines: Er war im Piemont, als es entstand.«

»So ist er doch immerhin ein Entdecker.«

»Nein, er hat lediglich entdeckt, daß ein Lied, das schon meine Urgroßmutter sang und das, soviel ich weiß, aus Frankreich gekommen ist, auch zur subversiven Propaganda taugt.«

»Als ein Liebeslied!«

»Was immer die für Liebe halten ...«

»Die Verbindungen zum Untergrund, die kennen wir

genau. Und als Dichter nennt er sich Incognito. Weil er seine Familie nicht belasten will. Das beruhigt mich kolossal. Ich meine, sein Hofgut, der Großvater, der mit uns durchaus kooperiert ...«

»Banditen als Dichter? Sie klauen dem Volk die Melodien, den Reisarbeiterinnen, die sich nicht wehren können. Dann fährt er in die Emilia und sagt, es sei ein rotes Lied. Er mißbraucht alles ...«

Kraushaar kannte Attilas Eifersucht, die nicht allein von einer früheren Kinderfreundschaft herrührte, aus der Zeit, als die Roten – untereinander heillos zerstritten – hier noch den Ton angaben, als Attilas Vater im roten Jahr 1920 Gewerkschaftsfunktionär und Streikführer war und gegen den wortgewandten, königstreuen Rechtsanwalt in der Firmenleitung stand, der Renzos Vater war. Attila Pecallo und Renzo Rizzi hatten eine kurze Zeit ihres Lebens gemeinsam in der sozialistischen Alpenjugend verlebt. Attila motiviert durch den Vater, Renzo als eloquenter Sonderling von seinem roten Onkel eingeführt. Zu den Zeltlagern durfte Renzo aber nie mit in die Berge. Auch die berühmte Eisenbahnfahrt nach Turin, wo die Räte die Macht übernommen hatten, war ihm von der Familie sanft, aber konsequent ausgeredet worden. Wenn ihn Onkel Theodor auch gern mitgenommen hätte ...

Damals war das Mädchen Anna schon bei Renzos Familie angestellt gewesen. Einmal hatte Attila mit ihr über Renzo gesprochen, den Sonderling, der glaubte, etwas Besseres zu sein, sich aber die Fahrt zu den Genossen nach Turin hatte verbieten lassen, Renzo, der seinen Buckel beim Sport so ulkig versteckte, der aber mehr Taschengeld hatte als die anderen und bei dem alles unecht wirkte. Das war damals gewesen, als alle noch irgendwie »rot« waren, besonders die, die für das Essen auf dem Tisch arbeiten mußten.

Attila hatte Kraushaar manchmal über diese Zeit erzählt. Darüber, daß in Renzos Leben alles immer extravagant war, Ergebnis einer verwöhnten Jugend, daß Renzos Großvater glaubte, die roten Sympathien seines Enkels würden sich wohl bald legen, und daß Erklärungen in Umlauf gebracht wurden, um den Sproß der angesehenen Familie aus seinem bolschewistischen Umfeld herauszulösen. War der Duce nicht auch lange ein führender sozialistischer Autor gewesen? Gelten für einen Dichter nicht insgesamt mildernde Umstände? Und: War Renzo nicht doch in allem, was er tat, ganz anders als die engstirnigen Arbeiterfunktionäre? Renzo galt als überdreht, wenn nicht gar verrückt. Auch darüber kursierten genügend Geschichten: Auffallen um jeden Preis. So daß sich keiner vorstellen konnte, wie so einer für das illegale Handwerk taugte. Zwar waren manche verwundert, daß der eitle, sonntags anmaßend bunt gekleidete und gern dozierende junge Mann seine roten Illusionen auch dann noch behielt, als die Roten in viele Strömungen auseinanderfielen. Aber vielleicht wollte er, der im Geruch stand, »ein typischer Künstler« zu sein, unbeständig und an den modischsten Kragen orientiert, verwöhnt und ohne Kenntnis von jener körperlichen Arbeit, die er in seinen Reimen verherrlichte, sich und der Welt beweisen, daß sie sich alle in ihm täuschten, daß er es ernst meinte mit seinem Anschluß an die Arbeiterklasse. Und so war er zum Aushängeschild der Banditen geworden, deren Gefährlichkeit Attila klarer sah als andere. Jawohl, ein Aushängeschild. Aber nichts echtes.

Ein anderer war echt: Giuseppe war echt, besonders, wenn er Renzo zurechtwies. Mit Worten wie: »Es reicht jetzt. Wenn man merkt, daß einem keiner mehr folgt, muß man auch mal aufhören können.«

Am liebsten erinnerte Attila sich an den Augenblick, als Giuseppe, schon minutenlang grimmig die Lippen zusammenpressend, auf den Tisch gestarrt hatte, weil er spürte, wie die jungen Zuhörer überfordert, gelangweilt und sogar angewidert waren, damals nach dem Sportfest am Grill in Pallanza, als Renzo, der die meisten Wettbewerbe des Tages mit seinem Attest verweigert hatte, einen ewig langen Vortrag hielt über den altrömischen Kult einer freien Sexualität, der erst mit dem Christentum verboten worden sei. Da war es aus Giuseppe herausgeplatzt: »Du saugst immer etwas auf, und dann mußt du es jedem um die Ohren hauen – ohne Rücksicht auf Verluste! Und morgen ist es wieder vorbei damit, und es kommt eine neue Theorie.«

Jawohl, Giuseppe war echt, Renzo war unecht. Damals hatte Renzo Tränen in den Augen gehabt und Giuseppe angesehen wie einen Verräter und noch irgend etwas geplappert. Giuseppe hatte zurückgeblickt, gerade und böse: »Es ist so, Renzo. Irgend jemand muß es dir doch mal sagen!«

3

Kraushaar wußte, obwohl er deutscher Offizier war, viel über die Zeit, in der Attila »nero« und »bello« genannt wurde. Attilas Vater war früher Schlosser beim alten Rizzi gewesen und dazu Mädchen für alles – vom Stallburschen bis zum Hausverwalter. Dann hatte er sich mit Hilfe eines Darlehens der Rizzis selbständig gemacht. Die kleine Werkstatt ging gut, als einzige weit und breit hatte sie sich auf Zweitakter und Dieselhubräume spezialisiert. Der »alte Pecallo«, wie Attilas Vater von allen genannt wurde, galt als angesehener Fachmann.

Rizzi war nicht nur der einflußreichste Anwalt in der Gegend, sondern auch Minderheitsteilhaber des umsatzstärksten Betriebes im Umland von Verbánia. Rizzis Gummiwerk verleibte sich Pecallos Werkstatt ein, und Attilas Vater wurde zum Angestellten der Fabrik im Rang eines Meisters, wofür er allerdings in seinem Alter keine Prüfung mehr ablegte.

Attila ging seinem Vater lange Zeit bei der Verwaltung des Rizzi-Hofgutes zur Hand, denn der alte Pecallo hatte immer weniger Zeit, die Arbeit der Stallburschen und Dienstmägde zu beaufsichtigen, was er in den Aufstiegsjahren mit großer Ruhe und einem ausgeprägten Sinn für das, was ihm als Gerechtigkeit galt, getan hatte. Attila saß nun nächtelang an der Buchhaltung, berechnete das Futter, den Reisverkauf und die verschiedenen Pachteinnahmen.

Als Advokat wurde Rizzi zunehmend von der »Banca Novarese« mandatiert, die ebenfalls mit dem Gummiwerk verbunden war und zu deren erstem Berater er schließlich ernannt wurde.

Anna, die fünfzehnjährige Tochter eines Landarbeiters und im Hause für den alten Nono Rizzi tätig, war damals hoffnungslos in Attila verliebt, sie hatte es gewagt, ihm heimlich einen Brief zu schreiben, der mit den Worten endete: »Ich liebe Deine tiefe Stimme, wenn Du mir Gute Nacht sagst.«

Aber Attila nahm das kindliche, in verflecktes, billiges Leinen gehüllte Mädchen mit den großen, aufgeregten Augen und dem zurückgeknoteten Haar nicht ernst. Nur seine Freunde hatten ihn während der berühmten Eisenbahnfahrt nach Turin darauf aufmerksam gemacht, daß er im Abteil mit dem schönsten Mädchen der Gegend saß. Er hatte später ein Auge auf eine Gleichaltrige aus Palanza geworfen, die zwar unter einem starken Kinn einen langen Hals, dafür aber eine mächtige Brust im schwarzen Hemd trug, mitreißend reden konnte und sehr feurige Augen hatte.

Von all dem hatte Kraushaar gehört, und er dachte mit einem fröhlichen Anflug von Grimm: »So ist er. Was er kriegen kann, nimmt er nicht ...«

Wie es dann aber ausgerechnet Renzo schaffte, in den Ruf von Annas jugendlichem Liebhaber zu gelangen, konnte Kraushaar nur schwer verstehen. Eines Tages jedenfalls soll Anna bei Renzos Geburtstagsfest die Gäste im Saal des Herrschaftshauses »in voller Kriegsbemalung« bewirtet haben. Pecallo und Attila saßen am Tisch des alten Rizzi. Der sah dauernd mit einem wohlgefälligen Schmunzeln auf dieses Mädchen. Pecallo, der nicht ahnen konnte, welche dramatische Zuneigung Anna gegenüber seinem Sohn fühlte, kommentierte mit einem Zwinkern, er habe nicht geahnt, welche Schönheit aus diesem Kind werden würde. Dann hatten der Advokat und sein Sohn Renzo die Gratulantencour beendet und ihren Platz neben Attila eingenommen.

Attila hatte durchaus registriert, daß auch sein Vater das sachkundige Urteil der oberen Klassen am Jungen-Gymnasium »Vom heiligen Benedikt« über Anna teilte, die Anna »zum schönsten Mädchen des westlichen Seeufers« erklärt hatten. Von nun an kamen ihm ihre strahlenden Augen und das helle Erdbeer-Rot auf ihren Wangen gelegentlich in den Sinn. Am gleichen Abend hatte Renzo Attila mit kindklugen

Augen zugeflüstert, Anna sei in körperlichen Dingen wirklich so erfahren, wie es ihre Schminke vermuten lasse, das wisse er genau. Da hatte ihn Attila zum ersten Mal gehaßt – ohne es ihn merken zu lassen.

Renzos literarische Zitatenfestigkeit und seine eigentümliche Sprache voller überraschender Bilder, mit der der Advokatensohn die eigene Familie und den gesamten höheren sozialen Stand zu karikieren wußte, beeindruckten viele der jungen Leute, die Renzo umschwirrten. Attila dagegen verfügte über eine geklärte Sicht, die für Kraushaar allerdings auf Neid gegründet war. Nie verriet Attila, wie entwürdigend er die Art empfand, mit der Renzo sich in der Werkstatt der Pecallos sein Motorrad reparieren ließ, wie er die Arbeit des Vaters betrachtete, ohne ihm auch nur die Zange zu reichen. Nicht nur der höhere Stand Renzos, sondern auch das Gerücht, er sei ein entfernter Verwandter jenes Kameraden Rizzi, den der Duce mit der Führung der Milizen beauftragt hatte, die sogar die deutschen SS-Symbole tragen durften, hatte einem wie Attila dem jungen Dichter gegenüber Vorsicht auferlegt. Wenn Renzo später auf irgendeinem Fest sang, hatte die faschistische Prominenz den Volksliedern, dem flinken Fingerspiel auf Akkordeon und Gitarre applaudiert und stets überhört, was »unfaschistisch« klang. Auch wenn Attila mit bösem Blick Zeilen wie »In der schwarzen Nacht ein rotes Geflüster der Liebe ...« besonders registrierte.

Das Gifteln zwischen den beiden war anfangs noch Spaß und Spott, ehe es sich irgendwann in Spannung verwandelte. Einmal jedoch muß Renzo den Arbeiterjungen wegen einer Unsicherheit beim Zitieren D'Annunzios vor Anna aufgezogen und die faschistische Attitüde des berühmten Nationaldichters als leichte Kost des Pathos verunglimpft haben. Dafür – in dieser Version jedenfalls hatte er es Kraushaar erzählt – hatte ihm Attila Zuchthaus angedroht, wovor Renzo dann nicht einmal mehr die einflußreichen Familienfreunde und sämtliche plutokratischen Bankherren von Novarra würden bewahren können.

Diese Bilder liefen vor Kraushaars innerem Auge ab, als Attila sich plötzlich mit einem Ruck vom Fenster wegdrehte und den in sich versunkenen Kraushaar ansah. In diesem Moment flog dem Deutschen wieder die Hoffnung an, daß es doch einmal etwas mehr zwischen ihnen werden könnte.

Auf dem Marktplatz unten saß Renzo immer noch bei seinem Espresso, der mehr kostete als ein Glas Merlot.

»Ihr werdet schon wissen, was ihr macht«, brummte Attila bitter, »aber eines Tages wird das Volk diese Kerle vertreiben.« Er zog den Vorhang, der die Sonne abhielt, noch etwas zur Seite: »Kaffeehausputschisten, die andere aufhetzen und sich dann vornehm auf die Parteihochschule nach Moskau absetzen.« Nach einer Pause fügte er hinzu: »... die den Reisarbeiterinnen Lieder klauen und sie als die eigenen ausgeben. Ihr dürft euch nicht wundern, wenn auch andere auf diesen Irrweg geraten. Aber bitteschön. Ihr seid ja die Retter, ihr habt den Duce befreit, und unsere Zeit muß erst noch kommen ...«

»Kein Selbstmitleid, Attila, wir ziehen am selben Strang! Jetzt, wo alle ein wenig unruhig werden, müssen gerade wir doch die Nerven behalten. In Deutschland geht alles seinen geregelten Gang; da wird niemand so ohne weiteres von der Straße weg verhaftet, wenn er nicht gegen das Gesetz verstößt, und so wollen wir es auch hier halten!«

»Er ist ein Hetzer!«

»Für ein paar unpolitische Reime gibt es keine Strafe, auch nicht in den Gesetzbüchern von Salò. Ich habe mir das Lied besorgt. Die Melodie ist ... durchaus gefällig. Er hat es da unten vorgesungen, und die Leute haben geklatscht. Das ist nichts anderes als ein Liebeslied. Dein Hauptfeind geht ans Herz, und das hat doch mit Politik wenig zu tun.«

»Es ist alles gespielt, aufgesetzt. Renzo will Beifall ...«

»Dann gib ihm doch welchen ...«

Attila haßte Kraushaar, wenn der so maskenhaft freundlich mit zugekniffenen Augen geduldig zuhörte, um dann alles mit einem winzigen Ruck der Kinnspitze wegzuschieben. Von oben herab kann ein wahrer Faschist niemals kommen, und Attila wußte auch, daß es mit Kraushaars Überzeugungen nicht weit her war. Der Mann betrieb Militär wie ein Handwerk. Er mied jähe Bewegung und laute Stimmen, streckte den Soldaten und Milizionären statt dessen seine fleischige Hand entgegen und kommentierte rhetorische Spitzen mit noch bedrohlicherer Milde: »Ich hatte Sie doch gebeten, mein Lieber ...« Oder schlimmer noch: »Nun kommen Sie doch bitte zu sich ...«

Attila spürte, wie Kraushaar ihm mit spöttischem Unterton immer wieder zu verstehen gab, wer hier die Macht hatte. Dabei hätte Attila der Gestapo einiges mehr erzählen können, denn Kraushaar hatte sich gelegentlich durchaus geringschätzig gegen Berlin geäußert. Aber konnte Attila wissen, ob auf Kraushaar nicht ein noch schwächerer Typ folgen würde? Immerhin vermochte er bei Kraushaar wegen dessen menschlicher Zuneigungen einiges zu erreichen.

Attila atmete tief durch und verabschiedete sich mit knappen Worten bis zum nächsten Tag bei der Lagebesprechung.

Es war ein kühler Abschied, aber beide wußten, daß es bald wieder nett klingen würde zwischen ihnen.

Attila wollte allein sein für ein paar Schritte am See. Danach würde er sich mit dem Kübelwagen zu seiner Mutter fahren lassen. Er spürte, daß sich eine Wende vollzogen hatte. Das Verschwinden des Vaters, die fast großzügige Bemerkung des Deutschen über Renzo Rizzi. Mit einem sarkastischen Kopfschütteln wiederholte er im stillen die Worte des Offiziers, die dieser unmöglich ernst gemeint haben konnte: »Unsere Abwehr verfolgt ihn auf Schritt und Tritt, und wenn er gegen irgendwelche Gesetze verstößt, ist er gleich dran.«

Jeder wußte doch, daß Renzo Direktiven der Untergrundzentrale in Rom mit sich führte, die demnächst irgendwo in den Bergen landen sollten. Und daß dieser Hund, wenn man ihm ein wenig auf den Fuß träte, reden würde, war für Attila ausgemachte Sache. Mußten die Leute nicht denken, die Deutschen hätten mit dem kommunistischen Widerstand ihren Frieden gemacht, wenn diese Ratte so frei ihren Kaffee schlürfen durfte?

Attila hatte, um den einfachen Leuten nicht als abgehoben zu erscheinen, doch entschieden, mit dem Bus nach Hause zu fahren und die restliche Strecke zu Fuß durchs Dorf zu gehen. Die Sonnenstrahlen standen in der Frontscheibe, und nichts am strahlenden Himmel deutete mehr auf die Regenschauer des Vormittags hin.

Es war ihm bewußt, daß er dem deutschen Kommandanten gegenüber ohne die übliche Vorsicht auftrat, mit der die meisten Italiener den deutschen Verbündeten aus Angst, in den Intrigen innerhalb des Apparates zerrieben zu werden, begegneten. Kraushaar hätte wohl das Zeug zum General gehabt, aber dem standen Gerüchte um seine anormale Neigung entgegen. Die wurden durch die Tatsache genährt, daß er Familienpost nur von seiner Mutter erhielt, bei der er in Deutschland auch wohnte.

Attila gestand sich ein, daß er den Deutschen zuweilen kopierte. Besonders die resolute Handbewegung, bei der er die linke Faust ohne jede Hast in die geöffnete Rechte zu einem weichen Aufprall führte. So stellte sich Attila das Sic großer römischer Debattenredner vor oder die Entschlossenheit Garibaldis.

Nie verwendete Kraushaar diese Geste inflationär, sie markierte tatsächlich immer ein außergewöhnliches Argument. Die feine und würdige Art, mit der Kraushaar seine Emotionen zurücknahm und sich zur Sachlichkeit disziplinieren konnte, schien Attila typisch deutsch, obwohl nicht alle Deutschen bewundernswert waren. Aber wie sie die Front hielten, diese Festung Europa, wie sie deren Uneinnehmbarkeit in der Mitte Italiens unter Beweis stellten, das war für ihn überzeugend. »Jede große Idee braucht auch ihre kleinen Planquadrate«, lautete ein Ausspruch Kraushaars, »aber das haben längst nicht alle Italiener begriffen.«

Die anglo-amerikanischen Kampfverbände hingen im Apennin fest, die zwei Brückenköpfe am Meer waren eingekesselt und mit geringem Kraftaufwand unschädlich gemacht. Die Republik von Salò träumte schon wieder davon, mit einer großangelegten Gegenoffensive – wenn nur Hitler in Serbien ein paar Verbände loseisen würde – ganz Italien von den mit Hilfe der Mafia in Sizilien gelandeten US-Invasoren zu reinigen, um dann den wahren sozialen Staat zu verwirklichen.

Oder wollte sich der Deutsche am Ende mit den Eindringlingen arrangieren? Dieses Gerücht gab es um beinah jeden

Kommandeur, nachdem kleine Wehrmachtsverbände freiwillig in alliierte Internierungslager gegangen waren.

Kraushaar war für Attila auch deshalb nicht ganz zu durchschauen, weil es in manchen Kneipen Spekulationen über Offiziere und Generäle bis hinauf ins Führerhauptquartier gab, denen der Krieg gegen Amerika nicht paßte, die Italien und die starre Front als ein Faustpfand für einen Separatfrieden ansahen, um dann um so konsequenter und gemeinsam mit dem Westen den Krieg gegen die Sowjets führen zu können. Die Partisanen in Griechenland, Serbien und Kroatien hatten schließlich deutlich gemacht, daß sie eine rote Diktatur in ihren Regionen der Perspektive, Protektorat des Westens zu werden, vorziehen würden. Diese Variante machte Attila Sorge, da sie bei Teilen der anderen Seite auf Gegenliebe stieß: Auch Churchill war – allerdings im Gegensatz zu Roosevelt – der Ansicht, daß man mit den unterwürfigen Teilen der deutsch-italienischen Armeeführung à la Badoglio gegen den Hauptfeind Moskau ziehen müsse.

Die Subversiven in den Bergen – das hatte Attila oft begründet – mußten vorwiegend in zwei Kategorien, nämlich in Rote und Nicht-Rote eingeteilt werden. Er war überzeugt, daß es kein dauerhaftes Bündnis der Royalisten mit den Anhängern Stalins geben könnte.

Daneben hatte er noch den Begriff der Stimmungsroten eingeführt. Für solche Verwirrte müßten im Fall eines Auseinanderbrechens des Widerstandes großzügige Resozialisierungsmöglichkeiten geschaffen werden. Die übertriebene Schonung von Renzo Rizzi war damit aber nicht gemeint. Warum gewährte der Deutsche hier mildernde Umstände? Attila grinste bitter ins staubige Busfenster. Kraushaars Männerneigung! Ach Gott, doch nicht zu Renzo! Er mußte doch wissen, daß dessen Gesicht auf den Zeitungsfotos geschönt war und über buckligen Schultern hing wie in einer Obstschale. Und wie froschäugig der Blick werden konnte, wenn der hysterische Zwerg sich zuviel körperliche Anstrengung zumutete!

Attila spürte ein trotziges Würgen im Hals. Was hatte Anna an Renzo gefunden? Was war es, was die Leute in den Bergen an ihm bewunderten, was sie vergessen machte, daß er aus einer der schlimmsten liberalen Blutsaugerfamilien der Novarra kam? Er spürte wieder den Drang, die Gestapo an Kraushaar vorbei über diesen Verführer, diesen roten Demagogen mit kühler großbürgerlicher Berechnung aufzuklären. Früher hatte Renzo ihm leid getan, heute ekelte ihn dieser hochmütige Pygmäe an.

4

Der Bus, dessen Motor sein Vater schon zweimal komplett auseinander- und wieder zusammengebaut hatte, tuckerte mit stoischem Klopfen den steinernen Weg am Lago Maggiore entlang in Richtung Intra. Die Glyzinien standen in prallem Blau. Ein harmonischer, früher Sonntagabend. Die Straße entlang der Strecke zeugte von jener Ordnung und Sauberkeit, die der Stolz der Piemontesen ist. Ein junges Paar zwischen den ersten Häusern von Ghiffa hatte Attila erkannt, ihm zugenickt. Er wußte, warum, stand er doch in dem Ruf, bald zum Führer der italienischen SS aufzusteigen. Er winkte zurück wie ein Staatsmann und dachte dabei an die Formulierung seines früheren Stubenkameraden, der dieses Dörfchen Ghiffa mit einem Fußpilz verglichen hatte, im Zehenzwischenraum von zwei Berghängen, mit einem roten Zentrum ... Das Dorf ist wie seine Gesichter, hinter die du schwer schauen kannst.

Plötzlich hielt der Bus. Quer über der Uferstraße lag mitten in der Kurve ein Baumstamm. Nicht zufällig, wie der Busfahrer mit einem Fluch andeutete. Er hätte ihn mit zwei Fahrgästen mühelos von der Straße schleifen können, wenn da nicht die fünf Figuren am Rand gestanden hätten, dort, wo die Straße besonders schattig war. Der Nachmittag hatte seine goldgelbe Fülle verloren. Für Attila war es die erste Begegnung mit den Partisanen, von denen in den Cafés und Wachstuben immer gesprochen wurde.

Und sie hatten es eilig. Gut sichtbar auf einem kleinen Steinhaufen links neben der Straße stand ein Maschinengewehr, hinter dem ein ziegenbärtiger, hagerer Mann lag, der die Waffe unruhig in ständig neue Lagen brachte und wohl mit dem Gebrauch noch nicht richtig vertraut war, was er durch einen wütend lauernden Blick zu überdecken suchte. Alle trugen zusammengewürfelte Kleider, zwei hatten das rote Halstuch der Garibaldini, der kommunistischen Partisanen, umgebunden. Einer von beiden schlurfte in ausgetretenen Stiefeln zum Bus, eine Stielhandgranate in der rechten Hand, Flanellmütze auf rot-braunem Haar, eine aufgeknöpfte, halblange Jacke mit einem diagonalen Schulterriemen darunter, der über zwei Hosenträger gespannt war. Sein sanftes Gesicht mit klaren, jugendlichen Augen stand im Gegensatz zu seiner martialischen Haltung. »Rauskommen! Sofort!« schrie er mit einer Stimme, die das Befehlen nicht gewohnt war. Attila faßte nach seinem Browning, wußte aber sofort, daß der Bus eine Falle bildete: Die Fenster, die verschlossenen Türen, das MG zur Linken und die bewaffneten Banditen zur Rechten. Der Busfahrer verließ das Gefährt mit erhobenen Händen, die zwei deutschen Mitfahrer folgten. Attila blieb nichts anderes übrig, als ebenfalls auszusteigen.

Erst als er den Bus verlassen hatte, erkannte er Anna. Einen Sekundenbruchteil lang wollte er ihr entgegenlachen wie einst. Angst spürte er nicht im mindesten, aber er war sich in diesem Moment seiner Schieflage bewußt: Er, Vertreter der Macht, mußte Rücksicht nehmen auf die Mitreisenden und sich dementsprechend verhalten. Er sah Annas Schönheit, ihren bräunlichen Teint, ihre kirschfarbenen Augen, ihre Lippen, die sich aufwölbten, wenn sie schwieg. Ihr zurückgekämmtes Haar und das Matrosenblouson der C.R.E.M., des königlichen Marineausbildungszentrums, ließ sie zunächst als Mann erscheinen, ihre Brüste verborgen hinter zwei Taschen im viel zu weiten Hemd. Attila schoß das Blut ins Gesicht, als sie ihn erkannte. Sie nickte stumm, böse lächelnd. Was ihm blieb, war ein langes »Hallo, lange nicht ...«

»Halt bloß das Maul, sonst legen wir dich gleich um!«

Attila hatte noch immer keine Angst, was ihn wunderte. Er hatte bei aller Aufgewühltheit, die ihm bis in die Stirn hochhämmerte, plötzlich ein fast spielerisches Interesse an diesen abgerissenen Gestalten, die zwar die Situation beherrschten, aber doch nicht vollwertige Feinde sein konnten, immer nur Hyänen, die es nie zu wirklichen Raubtieren bringen würden. Ob sein Vater jetzt auch so eine erbärmliche Figur war?

»Hier wird niemand umgelegt«, sagte der Partisanen-Kommandant lachend zu Anna. »Für den kriegen wir mindestens fünf von unseren.«

Alle Mitfahrenden wurden entwaffnet und durchsucht, dann wurde Treibstoff aus dem Ersatzkanister über die Sitze und den Motor geschüttet, wohl um den Bus in Brand zu setzen. Es stank nach Dieselöl. Attila begriff, daß er nicht mehr frei war. Anna mußte das registriert haben und fauchte: »Na, Schwarzhemd? So schmeckt Gefangenschaft!« Attila wich ihrem Blick aus und versuchte, sein Gesicht völlig ausdruckslos zu machen. »Wolltest heute wieder der große schwarze Gockelhahn sein. Daraus wird nichts. Jetzt gehn wir erst mal ein bißchen wandern.«

Während die erbeuteten Waffen zusammengepackt wurden, hatte der hagere Maschinengewehr-Amateur den Steinhaufen verlassen. Er tänzelte ebenso triumphierend wie linkisch in Richtung Waldweg, seine Patronenkette martialisch über die Schulter gehängt. Plötzlich surrten ganz in der Nähe Motoren. Der Partisanenkommandant wirbelte herum: Der eben noch leichtfüßig herumstolziert war, fingerte verkrampft an den beiden Teilen seines Maschinengewehrs wie an einem geplatzten Gartenschlauch. Er schrie in Richtung Kommandant: »Hierbleiben oder weg?«

»Straße sichern!« schrie der Gruppenführer. Aber das MG wollte nicht zusammengehen, und der Träger hatte auch längst keine Gewalt mehr über sein Gesicht, sondern fluchte hysterisch: »Hilf mir, Bruno!«

Es war offensichtlich eine motorisierte Wehrmachtsabteilung. Drei Motorräder mit einem größeren Planwagen für zehn Soldaten. Für die Partisanen wäre es widersinnig, ja selbstmörderisch gewesen, zu bleiben. Aber bei einer überhasteten Flucht wären das MG und alles Erbeutete verloren.

In der Eile brachte niemand eine Entscheidung zuwege. Das MG war mittlerweile in Stellung gebracht, klemmte aber immer noch. Der Kommandant hatte zwei Stielhandgranaten aneinandergebunden und den Gefangenen scharf befohlen, sich nicht zu bewegen. Zwei Motorräder waren schon um die Kurve. Deutsche Soldaten sprangen aus dem Wagen in den Straßengraben und eröffneten sofort das Feuer.

Der Partisanenführer warf seine Stielhandgranate in Richtung Wegrand, aber viel zu kurz. Nun begannen auch die anderen Soldaten zu schießen. Der hagere Partisan am Maschinengewehr hatte immer noch seine Not. Anna warf vier Handgranaten hintereinander und schoß wild auf den Dornenbusch, hinter dem zwei Soldaten kauerten. Auf einmal schrie der hagere MG-Bastler auf. Eine Kugel hatte ihn getroffen, bevor er selbst einen Schuß abzugeben vermochte. Der Schrei ging in ein Keuchen über, und dann wurde es still hinter dem Steinhaufen, wo das MG stand.

Den Kommandanten mit dem roten Halstuch streifte ein Schuß am Bein, er sprang humpelnd in Richtung Wald, seinen Browning verzweifelt gegen den Straßenrand abfeuernd, bis ihn ein Schuß in den Bauch traf. Obwohl er den Mund noch verzweifelt aufriß, fiel er ohne Schmerzenslaut zu Boden.

Der Kampf war beendet. Die Deutschen hatten einen Verletzten, die Partisanen zwei Tote. Die anderen konnte sich in den steilen Berghang zwischen die Bäume retten, von wo noch ein Schuß fiel. Der Kommandierende der deutschen Einheit wußte, daß es nur zwei Möglichkeiten gab: den Partisanen entweder sofort nachsetzen oder die Verfolgung aufgeben. An dem steilen, stark bewachsenen Berghang von Ghiffa, den die Partisanen hinaufflüchteten, gab es vielleicht weiter oben noch ein MG-Nest, und dort waren die Banditen in der besseren Stellung.

Der Deutsche erkannte Attila, dessen Befreiung ihm bedeutsam genug erschien. Also entschied er sich fürs Bleiben. Attila war damit zwar nicht einverstanden, erkannte aber die für ihn unvorteilhafte Situation ebenfalls und schüttelte den Kopf.

5

Der Titel »Verdi« auf dem Buchrücken war von den meisten Nebentischen aus zu lesen. Man erkannte den Cafébesucher, und das Geraune der Gäste und Sonntagsspaziergänger über ihn verstummte nicht. Renzo liebte es, beachtet zu werden. Er kannte seine Schwäche selbst, aber wie ein Alkoholiker, der seine Sucht zu drosseln versucht, hatte er doch immer wieder Rückfälle. Und so saß er, die blaue Leinenjoppe auffällig über die rechte Schulter gezogen, in aristokratisch steifer Haltung inmitten des Getuschels und las den Roman von Franz Werfel.

Seine Aura der Nachdenklichkeit hielt die Leute in respektvollem Abstand, auch dann noch, als er das Buch zuklappte, über das Gelesene sinnierte, den Blick auf die Weite des Sees und die leise schaukelnden Boote am Ufer gerichtet.

Renzo war davon überzeugt, daß seine Anwesenheit für die Cannobieri, von denen ihn einige scheu aus der Ferne grüßten, Hoffnung bedeutete. Um so hastiger reagierte er, als er irgendwo Gekicher hörte. Er fand die Quelle nicht sofort und entschied sich dafür, den Werfel-Roman über Verdis Leben wieder aufzuschlagen.

Die Situation rührte an eine Erinnerung. Einmal, als kleiner Junge, war er an einem ähnlich goldenen Sonntagnachmittag mit dem Vater Hand in Hand, eingepaßt in ein Korsarenhemdchen, vornehm und kindlich anmaßend, in diesem Café zwischen den Tischen hin- und hergetrippelt. Unzählige namenlose Gesichter hatten den Vater ehrerbietig gegrüßt und ihn selber angelächelt. Wie er das genossen hatte!

Als schien ihm die seiner Person zuteil werdende Aufmerksamkeit nicht genug, pfiff er jetzt leise sein Lied, das viele kannten.

Für die Anhänger des Systems war Renzo eine einzige Provokation. Manche an den Nebentischen hätten ihn sofort erschlagen, wenn da nicht sein Familienname gewesen wäre. Und wenn diese Melodie, die ihnen irgendwoher bekannt war, nicht so schön gewesen wäre. Zu schön, als daß sie ihm gehören durfte. Renzo konnte komplizierter komponieren, zog aber das Populäre des Beifalls wegen immer vor.

Nun hatte er bei Franz Werfel gerade einen Satz von Verdi gelesen: »Wenn mein Haus brennt und ich, starr vor Schreck, erkenne, daß in einem der Zimmer das mir auf der Welt liebste Wesen in Todesgefahr schwebt, werde ich da den zur Rettung herbeieilenden Feuerwehrleuten komplizierte Erklärungen geben, wo sie dieses Zimmer finden sollen? Nein, ich werde versuchen, ihnen mit äußerster Kürze und Klarheit das Notwendige zuzurufen, damit sie mich verstehen, ohne Zweifel verstehen. Nichts anderes darf die Kunst tun. Sie ist ja auch ein Hilferuf des Herzens. Ist das aber ein echter Hilferuf, der sich selbst intellektuell verwirrt? Der im Grunde nicht verstanden sein will? Nein! Nein! Ein solcher Ruf kommt nicht aus wirklicher Not ...«

Renzo dachte an die Mailänder Zirkel. Er zog die Oberlippe abschätzig hoch, so daß die Umhersitzenden raten konnten, welch bedeutende Gedanken gerade hinter sein Antlitz glitten. »... Sie verwirren ja alle, alle, alle. Ihnen ist es nicht ernst.«

Aber war ihm alles ernst? Hatte Giuseppe ihn nicht oft zu Recht angeraunzt, mit frischaufgeschnappten Ideen zu unbedacht sein Spiel zu treiben?

Wie lange war er nicht hiergewesen! Er hatte in Rom nicht nur einen großen Aufstieg erlebt, sondern auch hart an sich gearbeitet, um seine übersteigerte Geltungssucht beherrschen zu lernen. Und doch spürte er ein Wohlergehen, wenn die Leute über ihn tuschelten, und erwartete still eine gewisse Dankbarkeit – war er doch auf dem opferreichen Gang vom dichterischen Ruhm zu den Kämpfern in den Bergen, um sich ihnen anzuschließen. Zudem war er ausgestattet mit wichtigen Direktiven.

Wie würde ihn Anna begrüßen? Anna, die so viel von ihm wußte, ihm früher so vieles vergeben und ihn dann doch einen Scharlatan genannt hatte, einen Revolutionär aus Zeitvertreib, einen armseligen, imponiersüchtigen Schwätzer. Wußte sie, daß er es zu solcher Bedeutung gebracht hatte? Daß er die Anweisung bei sich trug, die Strategie gegen den Faschistenstaat grundlegend zu ändern? Daß er es war, der den Politischen mit der Stärke seines Namens und mit seiner Überzeugungskraft darlegen sollte, jetzt die kleinen Scharmützel mit den Deutschen aufzugeben und sie durch konzentrische und systematische Angriffe zu ersetzen? Er würde die Nachricht, die Heimat nunmehr strategisch von den Besetzern zu befreien, ruhig und gelassen aussprechen.

Er war damals schon vierzehn, hatte aber im Unterschied zu den meisten Klassenkameraden von Mädchen nur einen Traum wie von den Märchentieren mit braunen, zutraulichen Augen in Bonsels Erzählung »Mario«, die auf dem Monte Verità entstanden war.

Anna war auch eins von diesen Fabelwesen, die auf den unzähligen Bildern über Ascona mit nebelgleichen Tüchern durch die Sonne schwebten. Dann hatte er Tolstois »Auferstehung« gelesen und sich dabei ertappt, wie die Maslowa Annas Züge annahm, und er wurde ein Stück von Nechljudow, der sie als Magd seiner Tante verführt hatte und nun Zeit seines Lebens zum immer mehr liebenden Büßer absank. Er hatte den Roman auch Attila zu lesen gegeben. Anna verführen? Renzo wurde von den Mädchen nur bekichert, obwohl er einer der Besten war am Gymnasium des heiligen Bartolomeo. Attila hatte ihm beiläufig, kumpelhaft den Rat zugeraunt: »Mach den Traum wahr, kauf sie dir. Landarbeiterinnen sind in unserem Alter weit abgeklärter.«

Und dann hatte er immer nur von diesem Kaufen geträumt, diesen schlimmen, abgrundtiefen Traum, der ihn später noch immer elektrisierte und erhitzte, sobald er sich erinnerte. Wie sollte er sie kaufen? Nachts schlief er ein mit dieser Frage, er sah sie an sein Bett treten, herrisch schweigend die Geldscheine in ihren Ausschnitt stecken, ihn dann zügig packen, Handgriff um Handgriff, und darüber in Liebe zu ihm geraten, um schließlich wieder zum zutraulichen Fabeltier zu werden.

Aber das war so weit entfernt von aller Wirklichkeit, daß sich dieser stets mit dem Zauberwort »Kauf sie dir« eingeleitete Traum nach Monaten als neue, aufwühlende Vorstellung in Renzos tägliche Einschlafzeremonie schlich. Nun kam Anna in seine von Rolläden und Brokatvorhängen abgedunkelte Kammer, um den Staub von der schweren

Kommode zu wischen und das Bett zu machen. Arbeiten, die sie sonst in seiner Abwesenheit verrichtete. Aber er saß da, an dem altdeutschen, vom Großvater geerbten Schreibtisch, nur in Unterhose, sah sie an und winkte ihr stumm mit den Geldscheinen. Da stand sie, errötete. Bis dahin hatte er ihr Gesicht als derb wahrgenommen, als fast zu männlich. Nun erst nistete sich in seinen Traum neben ihrem schlanken, hohen Wuchs, der Stattlichkeit ihrer Schultern und ihrer festen Brust der sanfte Ausdruck der ovalen, von dunklen Brauen überschatteten schwarzen Augen und des lieblichen, entspannten Munds ein. Anfangs hatte er sie in seiner Vorstellung fortlaufen lassen, aber dann hatte sich das Spiel Traum für Traum wiederholt, bis sie eines Tages die Scheine, wie im früheren Traum, in ihr Dekolleté steckte.

Zweihundert Lire hatte er für einen hohen, aber angemessenen Preis gehalten. Die Höhe sicherte ihm volle Verfügung, denn sie beinhaltete die Überwindung der Abwehr, die jedes märchenhafte Wesen vor solchen Verwachsungen wie der seinen empfinden mußte, neben dem normalen Ekel vor dem »Fischgeruch des Spermas, der Frauen tief drinnen die Empfängnis fürchten läßt«, wie es Attila einmal irgendwoher zitiert hatte. Zweihundert Lire – er hätte zwar mehr gehabt, aber irgendwann hätte er sein Erspartes auf diese Weise aufgebraucht.

Aber auch diese Vorstellungen waren nicht näher an der Wirklichkeit. Sie bemächtigten sich statt dessen seiner Tagesphantasien und wurden zur süßen, schmerzenden Unerfülltheit auch der folgenden Monate. Es wäre wahrscheinlich zu weiteren ergebnislosen Träumen gekommen, hätte er nicht eines Tages von Attila gehört, Giuseppe sei zu einer Hure gegangen, die ihr Geschäft im geheimen vollzog, während sie ansonsten mit ihrem alten Großvater Pflänzlinge verkaufte. »Das war ganz einfach«, hatte Attila lässig gebrummt: »Er hat sie nur angesprochen. Erst in ein Gespräch verwickelt über Topfpflanzen und die Liebe an sich. Dann darüber, was denn daran Sünde ist, für Liebe Geld zu verlangen. Und daß das doch ehrlicher ist als manche allein durch bürgerliche Gerichte zusammengehaltene Ehe.« Attila hatte eine Pause gemacht, während das »Kauf sie dir«

erneut in Renzos Gedanken aufflammte. »Du mußt dir einfach einen Plan zurechtlegen für so ein Gespräch!«

Renzo brannte der Rücken, und er spürte ein wildes Erwachen im Unterbauch, als wäre da eine zarte, feste, fremde Hand. Nun begann alles Gestalt anzunehmen. Er beobachtete das Mädchen genau, lernte die Arbeitsabläufe ihres Tages kennen, wann sie allein war und wann nicht und was ihre Hände im Haushalt bewerkstelligten. Und so legte er sich zunehmend reale Schritte zurecht, wo bisher Nebelschleier wehten.

Das Hausmädchen, so hatte er sich gedacht, sollte seinen sechzehnten Geburtstag vorbereiten. Das sei eines ausführlichen Gespräches wert. Er bat die Mutter um ein größeres Fest. Aber er wolle es selber vorbereiten, mitkochen und mit dem Personal das Nötige aushandeln, wobei durchaus eine zusätzliche Bezahlung ins Auge zu fassen wäre, diese Sache müsse ja neben all den anderen Hausarbeiten erledigt werden. Die konnte er ziemlich genau herunterbeten, was die Mutter nur noch mehr verwunderte. Schließlich aber willigte sie ein und freute sich sogar, daß ihr Einzelkind selber Hand anlegen und alle Welt, die ihm Verwöhntsein unterstellte, Lügen strafen wollte.

Meist spürte er beim Auftauchen aus dem Bassin seiner Erinnerungen noch immer eine Art Scham. So auch jetzt, als Giovanni von hinten an seinen Tisch trat. Giovanni stammte aus Sardinien und war Ingenieur im Elektrizitätswerk. Er hatte seine kindhafte Schwester dabei, von der Renzo wußte, daß sie gern Sängerin geworden wäre, aber durch eine Vorprüfung gefallen war. »Ciao Renzo. Ich frage besser nicht, wo du gesteckt hast, aber sag wenigstens, wie die Lage ist. Man hört zu wenig in letzter Zeit – auch im englischen Radio.«

»Wie soll die Lage sein? Und außerdem ...«, Renzos Blicke deuteten kurz in Richtung des Municipio, »ist das hier nicht der Ort dafür.«

»Na, immerhin bist du ein berühmter Mann geworden, und man muß stolz darauf sein, wenn man dich so lange kennt wie ich.« Giovanni hatte gespürt, daß Renzo nicht über Politik reden wollte.

Renzo war sich der Koketterie seiner Antwort bewußt: »Berühmt ist nur der, der in der Zeitung steht! Und da ist nichts. Und wie geht's bei euch zu Hause?«

»Sie kennt jedes deiner Lieder. Giodrina trug sie allen ihren Liebhabern vor, wenn die küssen wollten, und immer auswendig, zu jeder unpassenden Tages- und Nachtzeit. Jetzt tu nicht so, Giodrina, du bist doch die Ehrenpräsidentin bei den Renzo-Rizzi-Forschern.«

Giodrina ließ ihre Augenlider spöttisch flattern, um sich von der Kompromittierung ihres Bruders abzusetzen: »Nur weil ich zwei, drei Zeilen von dir kenne! Ich kann ja schlecht Giovannis frühere Gewerkschaftsansprachen auswendig lernen, die damals schon alle Welt gelangweilt haben.« Giovannis Lachen deckte die Pointe liebevoll zu.

Mittlerweile war ein anderer an den Tisch getreten und hatte etwas umständlich die Titelseite des Werfel-Romans gemustert, sich stumm auf den freien Hocker gesetzt, ein wenig abseits zwar, aber nahe genug, um Renzo mit einem kleinen Nicken zu grüßen. Dies war so unauffällig, daß Giodrina unbekümmert auf ihr gegenwärtiges Lieblingsgebiet zu sprechen kam: »Hast du Eluard gelesen? Guernica, sein Gedicht über Guernica? Man müßte es unbedingt übersetzen: ›Eurer Verzweiflung Gesang wird die fressende Flamme der Hoffnung entfachen.‹ Diese Verzweiflung, die so tief ist, daß sie kippt: Der Gesang eurer Verzweiflung, der die fressende Flamme der Hoffnung entfacht.«

Aber Renzo wollte nicht über den französischen Kommunisten reden, und er wollte auch keinesfalls, daß irgendwer auf dem Café-Vorplatz den Namen der von der Nazi-Legion Condor zerbombten Stadt aufschnappen konnte. »Ich muß, glaub ich, so langsam. Eluard sollte man im Auge behalten«, sagte er hochnäsig, so daß Enttäuschung in ihrem Blick lag, »aber die Surrealisten sind ansonsten nichts für uns Italiener.«

Seine Arroganz ärgerte ihn gleich danach. Unter normalen Umständen hätte er lieber zu einem längeren Vortrag ausgeholt, und darauf hatten Giodrina und ihr Bruder wohl auch gewartet.

Renzo war für seine langen Reden bekannt, bei denen er sich in Nebensätzen verlor, aber seine Sirn krauste und seine

Augenbrauen zusammenzog, daß kein Zuhörer an der Bedeutsamkeit des Gesagten zweifelte.

Als Renzo sich erhoben hatte, war sein Buckel wieder zu sehen, den er oft geschickt zu verbergen wußte. Giodrina wollte nicht lockerlassen und einen von Renzos bedeutenden Vorträgen hören: »Muß nicht jeder Künstler heute politisch werden, um Humanist zu sein, Renzo? Und müssen die sich nicht auch organisieren?«

»Sich organisieren? Nein, Kunst ist die konkreteste Organisation des abstrakt Menschlichen unter unmenschlichen Bedingungen.« Giodrina zog, statt Beifall zu bekunden wie früher, den Mund frech und spöttisch in die Breite. Renzo verabschiedete sich mit einer übertrieben bescheidenen Verbeugung von Giovanni und Giodrina.

6

Noch auf dem Weg zur Hauptstraße schüttelte Renzo den Kopf über sich selbst, spazierte dann aber zügig am trockenen Flußbett entlang zur Kirche, der einzigen der ganzen Gegend, in der jeden zweiten Sonntag auch auf deutsch gepredigt wurde. Der Fremde im Café erhob sich ebenfalls, nachdem er noch die Münzen für seinen Espresso abgezählt hatte, und wollte wie Renzo keine Eile zeigen. Auf der Höhe des seit Wochen geschlossenen Schuhlädchens holte er Renzo ein. »Hallo, Verdi«, war die längst überfällige Begrüßung. »Ich bin ab jetzt Bodo. Das ist mein Kriegsname.«

»Wie ist die Lage hier?«

»Das möchten wir von dir wissen, du hast ja den frischen Wind dabei.« Saloppe Ironie schwang in dem Gruß des jungen Mannes, der sich Bodo nannte. »In Rom scheint man unruhig zu werden«, fügte er hinzu.

»Unruhig nicht gerade«, antwortete Renzo, »es fehlt die Koordination.«

»Die Lage verändert sich, und wir müssen darüber reden.«

»Na ja, kannst du bald tun, aber denk bloß nicht, die warten auf die Weisheiten von Mütterchen Rußland.«

Renzo beobachtete Bodo und dessen zartes, offenes Gesicht aufmerksam. Ein fahnenflüchtiger Soldat der 43er Desertionsbewegung war er wohl kaum. Eher ein Student. Warum hatten sie ihm keinen erfahrenen Kämpfer geschickt, der ihn auch hätte verteidigen können? Und wo waren die anderen? Oder war ihnen die Konspiration wichtiger? Nun, sie würden es wohl am besten wissen.

Renzo spürte nach wie vor das Mißtrauen der Revolutionäre ihm gegenüber, und er erklärte es sich mit seinem Ruf als Privilegiertem und den Flausen, die ihm nachgesagt wurden.

Für die Wehrmacht war das Valle Grande kein Spaziergang mehr, und die Partisanen, von denen viele tagsüber einer unauffälligen Tätigkeit nachgingen, nachts Proviant in die Berge brachten oder anderswie halfen, hatten zeitweise die Hoheit darüber. Oft hatte Renzo in Rom an die Großmutter seines besten Freundes Giuseppe gedacht, Schwester Maria Fuentudo, die täglich aus dem Krankenhaus in ein Bergdorf ging, noch mit 73 Jahren, um nach den Kranken zu sehen, und oben im Gebirge sogar schon zwei von Vipern Gebissene mit Serum versorgt hatte. Die Partisanen hielten sich zwar fernab der Straßen, die mit Motorrädern und leichten Panzerfahrzeugen gut zu befahren waren, hatten aber in den höhergelegenen Pinienwäldern ihre Stellungen ausgebaut und in alten Brunnen, Gräben und Sickerschächten zahlreiche kleine Munitionsdepots angelegt.

Die desertierten Soldaten unter dem Kommando des monarchistischen Oberleutnants Di Deo, die in echten alten Uniformen auftraten, hielten sich zwar fern von den Garibaldini, nutzten aber auch die Dienste der linken Aktivisten und Freizeitpartisanen aus den Tälern. Das gemeinsame Ziel, sämtliche Wege von Verbánia und Cannobio nach Domodossola für die Nazi-Faschisten unpassierbar zu machen, hatten sie unter großen Opfern zumindest für Stunden erreicht.

Renzo bot Bodo eine »Africa« an. Er selbst rauchte immer nur aus Höflichkeit mit und genehmigte sich allenfalls von Zeit zu Zeit eine Zigarre.

Der Weg war steil geworden. Das ausgebleichte, ausgedörrte Flußbett, in dem sie als Kinder zwischen weißem Geröll gespielt, geschrien und kleine Eidechsen gefangen hatten, lag links von ihnen.

»Viel weiter kommen die Deutschen selten.« Der Stolz in Bodos Stimme klang barsch, und Renzo hatte für einen Moment den Eindruck, daß dieser Tonfall sich auch gegen ihn, den Eindringling, den Gesandten aus der fernen Widerstands-Zentrale richtete. Aber er achtete nicht darauf.

»Von dort«, der Begleiter deutete auf eine Lichtung schräg gegenüber, »kannst du mit einem einzigen MG den ganzen Hang abdecken ... Aber auf die Engländer warten wir und warten wir.«

»Die werden schon noch von da oben kommen«, behauptete Renzo großspurig und legte sich wieder einmal die Argumente zurecht, die er am Abend vortragen wollte. »Stalingrad!« würde er sagen, »habt ihr nicht gemerkt, daß Stalingrad die Welt verändert hat? Daß Deutschland geschlagen ist und wir die Ehre Italiens wiederherstellen müssen? Wir müssen zu einer neuen Qualität des Angriffs übergehen.«

Welche Argumente könnten sie dagegen haben? Renzo hoffte, seine Mission in zwei bis drei Tagen erfüllt zu haben, obwohl er ahnte, daß ihn viel Argwohn erwartete. Hauptsache aber, hatte es in Togliattis Büro geheißen, man informiert die Leute zuerst, man klärt sie auf über das weltpolitische Kräfteverhältnis, das sie hier in den Bergen unmöglich so gut kennen konnten wie die Leute in der Koordinationszentrale, die Kontakt mit allen Zentralen und den Alliierten hielten.

Nach einer Stunde schimmerten die Mauern von Pianacce zwischen den Kiefern. Dahinter lag der Friedhof. Eine kleine Kathedrale mit schwerem Eisentor stand links auf der Waldlichtung, unterhalb des mächtigen Wasserfalls, der über die Felsen in ein Staubecken hinunterschoß. Renzo hatte gedacht, man beobachtete ihn schon auf dem steilen Waldweg. Aber das Dorf täuschte nur geschäftige Gleichgültigkeit vor. Er spürte Mißtrauen in den Gesichtern. Erkannten sie ihn nicht, ihn, den Dichter ihrer Lieder, den Vordenker des Aufstands? Mal ein schüchternes Winken, mal ein »Ciao Bodo«, so als sei er gar nicht dabei, die Mienen dunkel, und jeder auf die Arbeit seiner Hände konzentriert, die putzten, hämmerten oder an Gerätschaften montierten. Die Frauen, die am Wasserfall Hemden wuschen, sahen nicht hoch oder gingen unter gedämpften Reden ihrer Wege, und in ihrer Verweigerung lag Trotz. Oder kam es ihm nur so vor?

Es war eine eigene Welt hier oben in den Gebirgsdörfern. Zweimal war die SS dagewesen, aber das war nun über zehn Wochen her. Sie hatten ein normales Dorf vorgefunden.

Das italienische Tessin war geteilt. Die Berge und hochgelegenen Dörfer gehörten den Schmugglern und Verfolgten, deren heimliche Signale und Wachsysteme gut aufeinander abgestimmt waren, unten regierte die Salò-Republik, vorwiegend gestützt auf die deutsche Wehrmacht, die deutsche Gestapo und die italienischen SS-Milizen. Die galten allerdings mehr als theatralisches Beiwerk, und die Widerständler verachteten sie in besonderem Maße.

Oberhalb der Steinhütten stand ein von wildem Wein bewachsener Staketenzaun, hinter ihm wucherte ein prächtiger, einstmals gepflegter, jetzt völlig verwilderter Garten. Zypressen hingen tief über den mit blauen und roten Hortensien bewachsenen Blumenbeeten. Die dunkelgrünen Sträucher mit ihren groben, lorbeerähnlichen Blättern kannte Renzo aus dem Park seines Vaters. Deren Name hatte ihn damals nicht interessiert.

7

Die Fahrzeuge, mit denen Attila gekommen war, wirkten wie seine Eskorte. Nun standen sie an der Uferpromenade, und Attila, die Absätze der langen schwarzen Stiefel hart auf die holprigen Steine der Uferstraße hackend, schritt an der Garibaldi-Gedenktafel vorbei in die zur Wehrmachtszentrale umgeformte »Albergo Cannobio«.

Mit dem Fuß aufstampfend, betrat Attila die Wehrmachtszentrale, als sei eigentlich er der Kommandierende. Kraushaar hatte ihn noch nie so gesehen. Sicher, das, was geschehen war, bestätigte Attilas Meinung. Die Dreistigkeit der Partisanen war zwar mit der Unterstützung der subversiven Teile der Bevölkerung zu erklären, aber sie bildete auch eine Antwort auf die weiche Linie der Militärhochschulen, an denen der Krieg zwar im allgemeinen, aber nie der Krieg im Val Grande gelehrt wurde. Attilas Schritt, seine noch breiter wirkenden Backenknochen, die aufeinandergepreßten Lippen und zugekniffenen Augen, sagten überdeutlich: Jetzt muß gezielt durchgegriffen werden!

Kraushaar hatte von seinem Unteroffizier zwar schon alles über den Überfall bei Ghiffa gehört, er ließ den Milizionär aber noch einmal berichten. Er hörte mit großen, erstaunten Augen zu und nickte bedächtig. Den kurzen Blick Attilas durchs Fenster, hinüber zu den Cafés, hatte er erwartet, aber Rizzi war schon lange fort, und es wäre in Anbetracht der aufkommenden Dunkelheit auch schwer gewesen, den schmächtigen Mann mit bloßem Auge auszumachen.

Als Attila die Lebensgefahr schilderte, in die die Banditen die Insassen des Busses gebracht hatten, versuchte er, wie so oft, die Souveränität Kraushaars in seine eigenen Gesten zu übernehmen. Doch wenn er sich eingekesselt oder nicht ernst genommen fühlte, überkam ihn die Wut. Die schnürte ihm Hirn und Hals ab, und dann verfiel er dem Jähzorn und dieser elenden, in seiner Familie liegenden Kurzatmigkeit. Schaffte er es einmal, sie zu unterdrücken, so hatte er unversehens einen trockenen Mund und polterte schnell heraus mit dem, was ihn bewegte. Er mußte immer angreifen und hatte sich lange damit gerechtfertigt, das sei die beste Verteidigung. Abschließend, beim Rotwein, gestand er sich dann doch ein, daß er ein ängstlicher Mensch sei, der durch sein aggressives Gehabe den zugespitzten Fragen nur auszuweichen suchte. Wenn er ein Mißverständnis erkannte, war die Reue wohlig, was ein komisches Gefühl war: So aggressiv seine Ausbrüche waren, so gierig war er nach der hochgeputschten Versöhnung. In solchen Momenten wurde er sentimental. Er hätte die ganze Menschheit umarmen können und fühlte die große Stärke eines harten, aber auch verzeihenden Richters in sich.

»Einen von denen haben wir!« unterbrach ihn Kraushaar, »er nennt sich Bruno und hat einen Schulterdurchschuß.« Attila ließ sich die Freude nicht anmerken.

»Es muß ein Ende haben«, schloß Attila seinen Vortrag und wollte keinen Widerspruch dulden. »Hier ein Schäfer, der seine Schafe etwas zu nah an den Wald treibt, damit die Nahrung sich zu den Roten verläuft, rein zufällig. Da ein überdachtes Heiligenbild am Waldesweg, hinter dem Käse, Mehl und eine Salami liegen.«

»Sollen wir nun sämtliche Madonnenbilder überwachen?« brummte Kraushaar, fast ein wenig scheu.

Attila nahm sich das Recht, lauter zu werden: »Es geht um Italien!«

Kurze Zeit später holten drei Milizionäre Bruno aus dem Lazarett. Der rechnete mit allem: Zuchthaus in Mailand, Mauthausen, Erschießung, aber als er zu dem lächelnden Attila ins Zimmer geführt wurde, klammerte er sich für ein paar Augenblicke an die Hoffnung auf einen glücklichen Ausgang.

»Machen Sie es sich bequem. Schmerzt der Arm?« Attila deutete kameradschaftlich auf die Schlinge.

»Es geht.«

»Ihr seid ganz schön weit gekommen in den letzten Wochen. Bis Ghiffa wart ihr noch nie, wenn ich mich richtig erinnere.«

»Na ja, dafür ist es ganz schön schlecht gelaufen.«

Gegenseitige Komplimente und Ergebenheitsadressen sollten für Attila das Klima des Verhörs aufbauen. Seine Konzession bestand darin, den Gegner, den er sonst mit den verächtlichsten Worten belegte, militärisch ernst zu nehmen: »Warum sollen nicht auch die Roten wenigstens einmal Kriegspech haben.«

Bruno hörte den Sarkasmus heraus.

Attilas Stirn runzelte sich mitfühlend. »Aber wie soll es weitergehen? Sollten Sie nicht irgendwann einmal offen antreten?«

Bruno entging keineswegs der Wechsel vom ›ihr‹ zum ›Sie‹. Er schwieg.

»Ich meine: Reicht die Kraft auch im Winter? Wir könnten uns auch verständigen.«

Bruno schwieg weiter.

»Ich meine, wir führen hier ein militärtheoretisches Gespräch unter Fachleuten.«

»Theorie hin oder her«, brummte Bruno.

»Da müssen Sie doch nicht so verstockt sein. Ich habe Sie noch nicht einmal nach Ihrem Namen oder dem von anderen Beteiligten gefragt. Mir genügt, daß Sie den deutschen Herren Ihren Kriegsnamen ›Bruno‹ genannt haben, Herr Bruno. Aber unter uns Italienern sollte man etwas offener zueinander sein.«

Bruno schwieg erst recht und schnitt die passende Grimasse. Dann sah er die mühsam kontrollierte Unruhe des SS-Mannes, den neben der klobigen Tischplatte fast verschämt im Bett der Daumenkuppe pulenden Nagel des Ringfingers. Nun schwieg auch Attila.

Attila meinte, einen spöttischen Zug um Brunos Augen gesehen zu haben. Vor ihm saß aber doch nur ein Häuflein aus dem Haufen, der sich prahlerisch Befreier Italiens nannte. Aus einer Ansammlung von Parasiten, gerissenen Habenichtsen. Zu faul, herausgehobene Verantwortung zu übernehmen, statt dessen Gleichmacher-Parolen in die Welt streuend, die keinem Starken mehr das Starksein gestatten wollten, keinem Eigentümlichen mehr seine Eigentümlichkeit, Italien nicht das Italienische; die am liebsten abessinische Bürgermeister hätten und eine Gesellschaft, in der alles vermixt, vermurxt, vereinheitlicht werden sollte. Dabei taten sie nur so, als sprächen sie für die Armen. Waren es nicht gerade die Armen, die nichts besaßen außer verschwommenen Bildern einer Heimat. Und genau diese Heimat wollten die Roten gegen ein kaltes Hirngespinst namens Internationalismus eintauschen. Darauf hatte der Duce gezielt, als er die Armen zum Aufstand rief. Gegen jene kaltschnäuzigen Karrieristen, die drauf und dran waren, unter Berufung auf die Armen ihre Diktatur über die Armen zu begründen, um ihnen am Ende alle Traditionen und Herzensdinge fortzureißen. Die den Bauern das bißchen Land und den Handwerkern die kleine Werkstatt unter dem Hintern weg verstaatlichen würden, dafür aber mit den internationalen Plutokraten gemeinsame Armeen gegen das revolutionäre, das moderne, das faschistische Europa gebildet hatten. Und die Phrasen? Wozu waren sie gut? Doch nur dafür, allem Kräftigen ein schlechtes Gewissen zu machen, um es noch bereitwilliger und mit »philosophischem Überbau« zum Wirtskörper für Schwächlinge und Faule umzubilden.

Daß sie sich ausgerechnet den Namen des großen Garibaldi auf die Fahne geschrieben hatten, war lächerlich. Der Übermächtige, der große Einzelne, der Italien wachgerufen hatte, der hier in Cannobio vor die matten Massen getreten war, dort drüben, von diesem Balkon aus, unter dem die Steintafel hing, dieser Garibaldi, der anderen so viel Kraft gegeben hatte, bis Parasiten mit schönen, verführerischen Sprüchen ihn leergesogen und anschließend dem erbärmlichen Schicksal eines unansehnlichen Poeten überlassen hatten, als der der Feldherr dann ins Ende hineinsiechen mußte.

All diese Gedanken ließ Attila vorüberziehen, und er dachte an Renzo, der im Café gesessen hatte, gerade einmal eine Stunde vor diesem Überfall. Einen Moment lang billigte er auch Renzo Stärke zu, die von der roten Meute nur ausgenutzt wurde. Mit Hilfe der immergleichen Ideologie, mit diesen Phrasen der kleinen Banditen, mit denen sie selbst große, willensstarke Menschen in ihren Bann zogen. Diese teuflische Demagogie, von der schon Dostojewski in seinen »Dämonen« alles gesagt hatte, Ideologie, räuberisches Bewußtsein, Neid, der sich mit wohltuendem Menschheitstraum umnebelt hatte, das ließ einfache Geister so überheblich werden. Solche wie diesen Bruno, der Attila zuzuflüstern schien: ›Renzo haben wir gekriegt, Anna dir entzweit, und selbst dein Vater ist uns ins Spinnennetz gegangen.‹ Man muß ihnen nur wehtun, dachte Attila, und ihre Ideologie verliert alle Zauberkraft. Klein und erbärmlich werden sie, und Mann und Frau winseln gleichermaßen in den höchsten Tönen.

Einmal noch war er ausgeschert, damals, als Anna von besoffenen Jungfaschisten aus St. Agata gestellt worden war. Bis dahin hatte Attila noch geglaubt, alles sei ein Banden-Spiel: Wir Schwarzen gegen euch Rote. Gegen diejenigen, die die Hoffnung des italienischen Volks verschwätzt hatten, Phrasen statt Taten gegen die Not verordnet und die Arbeitsverweigerung als Mittel gegen Italiens Wirtschaftskrise empfohlen hatten. Aber dann hatte sich dieser finster lodernde Abgrund aufgetan. Zu viert hatten sie viele Flaschen Chianti getrunken, weil die benachbarte, auf der anderen Seeseite beginnende Lombardei so großartig gewählt hatte, und Anna war ihnen im Abenddämmerschein mit leichtem Gang entgegengeschwebt, schön, grazil und resolut. Sie waren nicht auseinandergegangen, und Anna mit ihren blitzenden Augen und ihrem stolz erhobenen Kopf wollte nicht neben den Weg treten. »Na, Anna, unterwegs zur Kolchose? Sabotage machen gegen den revolutionären Staat, gegen das Moderne?«

»Laßt mich vorbei.«

»Miefige Phrasen aus der roten Mottenkiste schmieden, he?«

Immer wenn Attila sich an ihr »Laßt mich vorbei!« erinnerte, fröstelte ihn. »Wir sind die Jugend des modernen Staats und müssen den Rückschritt verhindern!« hatte er noch sehr souverän gesagt. Etwas von der Bedrohung mußte Anna da gespürt haben, denn sie wurde auf einmal sehr hastig, während sie den Kopf hin- und herwendete, um ein Durchkommen zu erspähen. »Wir sind nicht solche Schlappschwänze wie der Krüppel, den du vögelst.«

»Und wir bezahlen dich auch nicht!« Die Schwarzhemden schüttelten sich vor Lachen.

»Aber aus unserem Samen gibt es dafür auch keinen Buckel.«

Attila hatte wohl gespürt, daß er aufhalten mußte, was sich hier anbahnte. »Sie ist wehrlos. Jetzt hört auf.« Aber alles geschah in atemberaubender Geschwindigkeit und auflodernder Lust und riß auch ihn mit. »Hört auf«, schrie er gegen sich selbst.

»Sie ist nicht wehrlos. Frauen sind nie wehrlos. Sie haben eine Fotze, die uns wehrlos macht, dafür hat der liebe Gott gesorgt, daß sie uns unser Geld, unsere Ehre, unsere Kraft aussaugen mit ihrer Fotze. Attila, wir müssen die Hexen züchtigen. Ihre Lockfotzen müssen wir uns nehmen. Unsere Gewalt ist ehrlich, ihre Gewalt ist unsichtbar. Aber wenn wir mit ihnen fertig sind, dann ist die Magie hinüber.«

»Ihr seid ja alle besoffen. Hört auf und laßt mich durch.«

Der Kleinste packte sie am Arm, und sie schlug ihm plötzlich auf die Nase – ach, hätte sie das nur nicht getan. Er heulte übertrieben laut auf und faßte sich theatralisch ins Gesicht: »Die rote Fotze hat mich verletzt. Auuu. Mein zweitbestes Stück ist zerbrochen, zerbrochen in viele Teile, ich fühl's.«

Attila wollte noch dazwischengehen, als der Kleine sie ansprang, so daß sie in Luggieros Armen landete, der sie von hinten unter den Ellbogen packte. Aber dann geschah alles viel zu schnell, als der Kleine sich vor ihr aufbaute und sich mit drohender Faust das Blut vom Mund strich, um den nun ein fröhliches Grinsen stand und aus dem ein giftiges Meckern kam: »Nein, Frauen schlagen wir nicht, wir sind doch auch Genossen. Schlagen nicht, nein, nicht schlagen, nur Guuutes tun.« Und während er mit der blutigen Hand hart zwischen ihre Beine packte, zog er mit weit aufgerissenen Augen das »Guuutes« immer wieder lang und riß ihr das Kleid hoch.

Attila hatte Luggiero viel zu zaghaft am Arm gefaßt, das wußte er später. Und der lachte ihn an: »Attila, sie hat vor allem dich beleidigt.«

»Ja«, japste der Kleine hinterher, »sie hat vor allem Attila beleidigt. Und« – er mußte dabei ihren Tritten ausweichen – »unseren modernen Staat, mit so 'ner alten Mode ... hier so einen uralten verlausten Kittel trägt man doch heute nicht mehr.«

Attila fing an zu laufen, ihm war schwindlig. Als die anderen drei gleichzeitig der strampelnden Anna, der Luggiero den Mund zuhielt, die Kleider herunterrissen und albern kreischten »Solidaritäääт«, »Gleichheiiit«, was sie noch ein paar Jahre zuvor gemeinsam als ihre Hoffnungen skandiert hatten, rannte er immer schneller ... weit weg ... bloß nicht zurückschauen ... Feigling ... ausblenden ... wegschauen ... Gott hilf mir ... schrie Attila nach innen. »Wir enteignen ihre Fotze!« hörte er Luggiero. Frieden, Gleichheit, Gerechtigkeit kreischte, meckerte, japste der Chor hinter ihm zu den kleinen, furchtbaren Tönen von Anna.

Und da sah er von weitem Renzo kommen, immer schneller trippelnd. Er lief an ihm vorüber, sie sahen sich mit aufgerissenen Augen an, einen Moment lang wie Freunde, wie gemeinsam Eingekerkerte. Da packte er Renzo am Arm: »Geh da nicht hin. Es geht vorbei und ... und ... es ist halb so schlimm, glaub mir.«

Und wie der Wind ein Papierflugzeug aus dem Kurs bringt, drehte sich Renzo um und lief ein paar Schritte mit Attila zurück. »Was ist da? Was spielen die?«

»Ja, spielen, sie spielen mit Anna ... so zwei Mannschaften. Ein kindisches Spiel. Komm, Renzo, laß sie, damit sie nicht durcheinanderkommen. Eine Magd treibt ihr Spiel mit Lakaien. Nichts für mich. Wir gehn nach Hause.«

»Ja. Recht so. Ich mag keine infantilen Spielregeln. Lieber Nüsse für den Kopf. Kommst du auf eine Partie Schach zu mir?«

»O ja, das paßt.«

Während sie zurückgingen, Attila trieb das Tempo, entfernten sich die vereinzelten Schreie. Plötzlich und ohne Vorwarnung drehte sich Renzo um, blieb stehen, breitete wie zu einem Ruf die Arme auseinander und lief in Richtung des Menschenknäuels. Da entrang sich Attila ein herrisches Zischen: »Nein, Renzo, geh nicht dahin.« Renzo drehte sich noch einmal zu Attila um, dann rannte er los, stolperte, fiel, richtete sich auf, rannte weiter. Attila versuchte ihn zurückzurufen. Dann spuckte er aus und ging langsam weiter, während er Renzo mit sich überschlagender Stimme schreien hörte: »Seid ihr denn alle Tiere!«

Renzo, linkisch, wie er von einem Fuß auf den anderen sprang, fing einen harten Schlag ins Gesicht und zwei Tritte in die Hoden. Attila hatte es von weitem, sich umblickend, gesehen. Anna mußte nach Renzo geschrien haben, der nicht das Geringste ausrichten konnte, aber sie schrie nicht ein einziges Mal nach Attila.

Attila, der den Rausch später schrecklich fand und immer einem Frösteln an den Beinen und doch auch einem warmen Zauber im Bauch ausgesetzt war, wenn ihm das Geschehene vor dem inneren Auge flimmerte. Wie jetzt, wo er schweigend das Glas mit Grappa nachschenkte, den Partisanen kaum mehr beachtend, der nicht verstand, warum sein Gegenüber so hilflos den Kopf schüttelte.

Attila hatte lange nach einer Gelegenheit gesucht, sich dafür zu bestrafen – ein Verlangen, das sich aber dann allmählich zerstreut hatte. Er tröstete sich mit dem Gedanken, wenigstens müsse Anna Renzo doch verachten. Und tatsächlich: Die beiden hatten nicht mehr miteinander gesprochen, damals, danach.

Unter den Schwarzhemden wurde behauptet, seitdem habe Anna viele an sich rangelassen. Aber auch das hatte Attila zornig gemacht, immer wieder, wenn er sie sah. Vielleicht hatte sie sogar diesen hier, der vor ihm saß, vor lauter Gleichheitswahn an sich rangelassen?

Attila begann sich allmählich in wilde Wut zu steigern. Der heutige Tag war eine Schmach für den Machtapparat, eine Andeutung umbrechender Gewichte. Und es überkam ihn wieder der Ekel vor dieser roten Schmarotzerideologie, vor der Anmaßung, die diesem Bruno in das grobe, nichtsnutzige Gesicht geschrieben stand.

Dennoch: Attila wollte souverän bleiben und dem Duce Ehre machen, der ein so starker und gerechter Mensch war. Ohne innere Anstrengung, ganz leichtfüßig fand er zu einem wohligen Gefühl von Großmut für sein Gegenüber, bot Bruno noch einmal Grappa an, schenkte sich selbst ein und wollte ihm zuprosten, suchte gerade nach einem lockernden Trinkspruch, da sah er Bruno das Glas hinunterschütten, hastig, gierig, ohne Dank.

Der Haß, der sich in eine Ecke neben den Erinnerungsbildern zurückgezogen hatte, schoß hervor. Attilas Hals pulsierte. Mit dem ersten Schlag traf er das Glas in Brunos gefesselten Händen, verfehlte den Mund des Partisanen, und sprang auf, um allem Aufgestauten freie Bahn zu lassen.

Im Nebenraum war nur ein Stöhnen zu hören, leiser als die Schläge, die ins Gesicht zielten, als die Tritte, die den Verband auf der frischen Wunde trafen, als die Schreie des SS-Manns, die Fragen waren, und die Schreie, die nur noch sich selbst anfeuerten und die das Tier in den Käfig zurücktreiben wollten, dessen Namen Attila nicht kannte und so noch nie in sich gespürt hatte.

Brunos ausgebluteter Körper wurde Wochen später unter einem Felsvorsprung in Cannero gefunden, von Fischerjungen, die nicht wußten, daß man einen Menschen so zurichten kann.

8

Die letzten Sonnenstrahlen, die Pianacce zur Nacht hin abbekommt, flirrten durch einen vollen Hortensienstrauch und surrende Schwärme aus Wespen und Mücken.

»Ciao Renzo«, hatte ihn ein hinkender Siebzehnjähriger gedämpft begrüßt, der längs des Weges ein paar Schafe bergabwärts trieb. Helles Glockengeläut zog, dumpfer werdend, den Berg herauf und versank vor einer starren Front aus Brombeerhecken.

Die Wiese gegenüber hing wie eine goldene Matte unter den Felsvorsprüngen. Wie oft hatte sich Renzo früher auf solch sonnige Wiesen gelegt, ganz allein, sich dem Ruf des Onkels entziehend, um nachzudenken, zu schreiben und von Anna zu träumen.

Hier hatte er sich auch zum erstenmal selbst befriedigt, hatte für Hände und Hose zwei Tücher mitgebracht, ordentlich neben sich ins Gras gelegt, mit zwei faustgroßen Steinen beschwert, damit sie nicht wegflögen, und dann den mutigen Entschluß durchgeführt, das vormals vor dem Einschlafen so oft Gedachte weiterzutreiben, den Schmerz mit verbissenen Zähnen auszuhalten. »Das ist mehr als bei einem nassen Traum«, hatte Attila ihn lachend gewarnt. Dann machte ihn der strenge Schmerz rasend und ihm wurde schwindlig.

Attila beruhigte ihn später, ein bleibender Schaden könne so nicht entstehen, und daß einem dabei schlecht wurde, davon habe er noch nie gehört, das könne nur psychologisch gewesen sein. Und alle Männer würden das, ohne Auswirkungen auf das Rückenmark, immer und überall auf der Welt tun. Für diese Entwarnung hätte Renzo ihn umarmen können. Aber trotzdem fühlte er sich danach müde und unbrauchbar. Und der Geruch seines Gliedes ekelte ihn. Aber sein Körper war ihm ohnehin fremd.

Als es vorüber war, empfand er Stolz und fühlte sich nun den anderen Männern gleich. Einige Male versuchte er sich danach wie ein Feldherr aufzurichten, das Kinn nach vorn geschoben, unbeteiligt über die Wiesen und Büsche zu schauen, ohne Mitleid für die Kreatur, wie ein richtiger und potenter Mann. Aber dann hatte er sich kleinlaut und mit einem Seufzer eingestanden, daß er wohl nie einer würde, bei dem Frauen schwach werden könnten. Bis auf Anna.

Einmal sagte sie, was ihn erschauern ließ, daß sie durch Worte so sehr erregt werden könne wie durch Küsse an einer gewissen Stelle.

Später hatte er sie gefragt, warum sie das mache, warum sie sich bezahlen ließ. Sie hatte ihren schönen Kopf in die aufgestützten Hände gelegt, ihre Lippen nach vorne gestülpt, lange geschwiegen und naserümpfend geflüstert: »Weil ich Materialistin bin.«

Er mußte blöd geschaut haben.

»Findest du das zu unedel? Wir sind hier alle immer noch ganz rot, weißt du, keine Träumer, wir müssen den Reis bezahlen, den wir selber ernten, wenn wir ihn essen wollen.«

»Mein Lieblingsonkel ist auch ein Roter, Anna. Aber der würde so was nicht machen.«

»Männer machen das nicht, aber alle lassen es sich machen.« Dann hatte sie Renzo wieder mit diesem alle seine Träume bezwingenden Stolz die Hose geöffnet, ihn angefaßt und ihm dabei in die Augen geschaut. »Das hier hat schreckliche Namen. Schwanz, Prügel. So wie bei den Frauen. Ich finde, ein wahrer Dichter muß einen schönen Namen finden dafür. Schau«, und sie begann sein Glied mit beiden Händen leise aufrecht zu streichen, »ich nenn es Panflöte. Ja, eine Flöte, wie die, bei der Schlangen sich hochstellen. Oder ich bin die Flöte. Nein, besser: Das ist jetzt meine Panflöte.« Und als ihm die Gedanken verschwammen, raunte er ein paar von den Zeilen, die er am Vormittag hingeschrieben hatte, wofür sie ihm Küsse wie Schmetterlinge auf die Lider gab.

Und fortan bestand der Preis zusätzlich in ein paar Zeilen. Die hatte er immer sorgsam vorbereitet und unter die Ledermappe auf seinem Schreibtisch gelegt, vor dem er sie zu ihrem Dienst empfing. Mal waren es Zeilen über die Berge, mal über die Pariser Kommune, wofür sie ihm keine Schmetterlingsküsse auf die Wimpern gab und sagte, das sei heute aber nicht so schön gewesen wie sonst. So etwas sei doch gut für Reden oder Aufsätze, aber nicht für Gedichte.

Anna kam immer Montagnachmittag, wenn sie frei hatte. Und dieser Montagnachmittag bildete das größte Glück in Renzos Leben. Erst müßte er ein großer Dichter werden und sehr reich. Dann wollte er Anna fragen, ob sie seine Frau werden wollte. Mit der Zeit verstand er, daß er dazu in ihre Welt eindringen mußte. Und er begann mit Ehrgeiz zu studieren, was in früheren Zeiten Mode gewesen war, belehrte sie mit Zitaten aus der Büchertruhe, die sein Onkel im Keller unter den Winterkleidern hatte. Auch wenn sie mißmutig den Kopf hin- und herschwenkte und es ablehnte, weil das alles wirklich schwer verständlich sei, setzte er von Mal zu Mal eifernder nach, es sei doch einfach brillant formuliert. Und rot zu sein ohne Marx, das sei jämmerlich.

Und so wurde sie mit großen Augen und oft leidendem Blick die erste Zuhörerin seiner unreifen Zeilen über den Widerstand. Manchmal nannte sie ihn zu hochfahrend, manchmal zu überdreht, manchmal nur zu abseits.

»Aber den Widerstand gibt es doch noch gar nicht, also laß ihn uns malen, wie wir ihn haben wollen.«

»Nein, Renzo. Den Widerstand gibt es. Ihr seht ihn nicht; ihr sollt ihn ja auch nicht sehen.« Sie hatte ihm ausgelassen auf die krumme Schulter geklapst, das Kleid gestrafft und mit schelmischem Lächeln gesagt: »Euresgleichen darf alles essen, aber nicht alles wissen.«

Die darauffolgenden Monate hatte er endlos lange politische Gedichte verfaßt, die sie ablehnte mit einem: »Wer soll denn so was lesen!«

Aber die Lieder, die er ihr zur Gitarre vorsang, die hörte sie gern, und sie trank dabei ihr Wasser ruhig und nachdenklich. Ein paar Zeilen behagten ihr nicht, auf denen er jedoch bestand, weil er glaubte, sie seien zutreffend auf die Pariser Kommune und Marx' Schrift dazu und den Widerstand insgesamt formuliert:

> Wir legen keine Spuren aus, um nichts zu gefährden
> alles zu werden heißt: ein Nichts zu scheinen
> den Rückzug planen
> um aufzusparen, was nötig ist
> um wieder da zu sein
> Wenn die Zeit kommt ...

Er hatte sie aus einem sehr bedeutenden Zitat gedrechselt, das er in einer illegalen Zeitung im Fellmantel des Onkels fand. Er las es ihr vor: »Eine der größten Taten der Klassiker war es, daß sie ohne jede Entmutigung auf den Aufstand verzichteten, als sie die Lage verändert sahen. Sie sagten eine Zeit des nochmaligen Aufschwungs der Unterdrücker und Ausbeuter voraus. Und stellten ihre Tätigkeit darauf um. Aber weder ihr Zorn gegen die Herrschenden wurde geringer, noch ließen ihre Anstrengungen, sie zu stürzen, nach.«

Anna war aufgestanden, hatte ihn lange schweigend angesehen, und sich dann zum Fenster gewandt: »Ich glaube nicht, daß das geht. Man kann doch Wut nicht aufheben wie Reis oder Treibstoff.«

»Du hast recht, ja ... nicht wie Stoff, einfach so hingelegt ... aber wie Wein, so muß der Zorn gepflegt werden, damit er nicht kippt.«

»Ach, Renzo, hast du schon mal so einen Zorn gehabt? Zorn wie Wein? Das klingt schön, es geht aber nicht.«

9

Nach dem schrecklichen Erlebnis mit den Jungfaschisten in St. Agata im Jahr darauf war Anna nicht mehr in sein Zimmer gekommen. Er sah sie vom Fenster aus nicht einmal mehr über den Hof gehen. Er wußte auch nicht, ob er darüber reden sollte und durfte. Auch sonst sprach niemand darüber.

Dann wurde es still um Anna, so, als sei sie weit fortgefahren. Renzo stand vor seinem Schreibtisch, sah auf den dicken Stapel ungelesener Gedichte unter der dunkelbraunen Ledermappe und konnte ein paar Tränen nicht zurückhalten. Nun war er, den die Faschistenjungs das Bückelchen nannten, auf das zurückgeworfen, was ihm zustand. Nie wieder würde er diesen Glücksschmerz spüren, der von Anna ausging.

Attila lebte bei seinen Eltern und betrat den Gutshof ebenfalls nicht mehr.

Und dann war Anna zusammen mit Giuseppe am Strand gesehen worden. Wenige außer Attila hatten Giuseppe vorher überhaupt wahrgenommen, den riesigen, schweigsamen Menschen aus dem Süden, der älter war als Renzos Freunde, eine Lehre in einem Café machte und über den Atilla erzählt hatte, daß er kaum schreiben konnte. Giuseppe wohnte in einem Bergdorf über Cannero. Nachträglich fiel Renzo ein, daß er ihn früher öfter gesehen hatte, wenn er im Stall Pferde striegelte. Und erst als er ihn kennengelernt hatte, erfuhr Renzo, woher Attila Giuseppe kannte: Attilas damalige faschistische Paradefreundin war Giuseppes Schwester. Aber aus irgendeinem Grund hatte er sich aus all dem Uniformgetrage herausgehalten, und seine Schwester tat ihn daher als Demokraten ab.

Hatte Anna genug von seinen Wortbildern und wollte Körper, breitschultrige, von denen Reiz kam und Ruhe? Renzo stieg heißer Neid in den Hals und ein grimmiges Ziehen in den Bauch, wenn er an Giuseppe dachte. Und daß er an dessen Verhältnis zu Anna Schuld war.

Renzo riß sich aus seinen Gedanken.

Er griff hastig nach seinem Browning, wog ihn gewichtig in der Hand und versuchte sich in Leichtfüßigkeit, als er den Steinweg an den Hortensiensträuchern entlang durch das kleine dichte Buchenwaldstück hinuntersprang und sich an einem von Blättern verdeckten Felsvorsprung prompt den Knöchel verstauchte.

Humpelnd betrat er das Steinhäuschen. In einer Ecke lagen Wolldecken auf einem zusammengeklappten Feldbett, das neben einem winzigen verrußten Herd stand. Drei Teller von der Pastasciutta, die Carlo in seinem Rucksack mitgebracht hatte, standen auf dem Kaminsims, und eine fingergroße, grobe Salami lag daneben.

»Von Mitternacht bis zum Morgen müssen wir Wache stehen«, sagte Bodo mit einer Stimme, die Erfahrung ausdrückte.

Es war der erste Abend für Renzo mit den Kämpfern zusammen, der erste Tag wirklich als Partisan, und wenn man am Anfang eines neuen Weges steht, möchte man von allem kosten, alles sofort und auf einmal aufnehmen. Die anderen spürten Renzos romantische Stimmung und gaben ihr, indem sie die tägliche Routine besonders normal und unaufgeregt schilderten, noch Nahrung. Und genau so sprachen sie über den einen alles entscheidenden Termin. Dort unten, wo der Weg, der vom Ossola-Tal nach Cannobio führt, ins schweizerische Locarno abzweigt, dort sollten sie um 9 Uhr Giuseppe treffen . Es klang wie die Vereinigung zweier Armeen, als sie die Begegnung besprachen. Die eine Armee bestand aus drei unerfahrenen Lehrlingen, die gestern angekommen waren und über einen Browning und eine defekte Maschinenpistole verfügten. Das andere war eine erfahrene Schmugglerbande mit einem uralten Elefantentöter, der aber in den Händen Giuseppes schon große Wirkung erzielt haben sollte. Ob diese Gruppe nun aus fünf oder mehr Mitgliedern bestand, wußte keiner. Sie standen nur in loser Verbindung mit dem Widerstand und der Mailänder Zentrale und hatten sich bisher einem Kommando verweigert, um die Ausbeute der Grenzgängerei nicht zu gefährden. Da aber auch sie sich, besonders in der Person ihres Chefs, Giuseppe, als Politische begriffen, wollten sie nun etwas von dem Schutz abhaben, den die erstarkte Partisanenbewegung mit ihrem verzweigten Informations- und Verbindungsnetz zu den Alliierten versprach.

Bodo hatte die Vereinigung beider Gruppen zu einer Partisaneneinheit aufgebauscht, aber Renzo erkannte nach einer ersten Bewunderung die armselige Realität dahinter, ohne besonders enttäuscht zu sein. Die Gelegenheit, Giuseppe endlich wiederzusehen, erregte ihn. Giuseppe, den Anna jetzt liebte, der seine Lieder kannte, der immer von ihm hatte lernen wollen und dabei sein Freund geworden war.

Giuseppe war ein großer und stattlicher Mann. Seine freundliche Bescheidenheit und sein spöttisches Grinsen über allzu oft wiederholte Phrasen hätten niemanden vermuten lassen, daß er ein Roter war, entsprach er doch vielmehr jenen Gestalten, die D'Annunzio anpries und die faschistische Maler verherrlichten. Giuseppe war aus Umbrien nach Cannobio gekommen, er entstammte einer Landarbeiterfamilie, die ihren Weg aus der Sozialistischen Partei zusammen mit den Anarchisten genommen hatte. Bis er nach Rom gegangen war, hatte Renzo in ihm stets einen wißbegierigen Schüler und brüderlichen Beschützer gehabt.

Es war damals, nach dem Bruch mit Attila, als Renzo im Café am Marktplatz von Cannobio saß und vor sich hinkritzelte. Sein Platz war immer am selben Ecktisch vor dem breiten, sonnendurchfluteten Fenster. Der Blick über die schaukelnden Kähne und die schwankende Breikruste aus Blättern und Ästen über dem tiefen Wasser war ihm zu unzusammenhängenden Wortbildern geworden, die er auf kleinen, abgerissenen Zeitungsschnipseln notierte und neben der Tasse stapelte, um sie dann, wie ein Koch seine Gewürze abschmeckend, einzeln ans Ende der Sonnenstrahlen zu halten, damit er den Zeitungsdruck besser von seiner Schrift unterscheiden konnte. Er prüfte sie wie Mosaiksteine, um Passendes aneinanderzulegen, bis er schließlich zum großen, teuren Blatt griff, das er nur sparsam mit Bleistift und Radiergummi bearbeitete.

An diesem Tag waren die Menschen mit Glücksbotschaften aus den Zeitungen überschüttet worden, die ihnen an allen Straßenecken aufgedrängt wurden: Badoglio hatte die marodierenden Banden Haile Selassies in Abessinien wieder einmal geschlagen und in die verlassensten Gebirge gejagt. »Vittoria!« titelte der »Corriere« zwanzig Zentimeter hoch und fett. Eine ausgelassene Horde lärmender Schwarzhemden erblickte Renzo an seinem Tisch, und ihr Anführer bezweifelte grölend die Echtheit von Renzos Buckel: »Das ist sein Schwanz, den hat er sich über den Rücken gelegt. Zwerge haben Riesen-Lanzen.«

Es war wie bei Moses' Teilung des Meeres: Die Cafégäste teilten sich entlang der Linie zwischen Renzo und dem Schreihals und tauchten zu beiden Seiten weg. Zwei Soldaten lachten, und die Alten faßten ihre Karten fester, flüsterten eindringlicher oder nestelten an den Taschen ihrer Jacketts. Einzig der Wirt mahnte mit gedämpfter Stimme, die die Faschisten noch mehr in Laune versetzte, solche Worte in seinem Haus nicht herumzuschreien.

»Bernardo«, antwortete der Anführer in einer leise keuchenden Tonlage, »du mußt dich aber auch um das Ungeziefer kümmern. So was gehört nicht in das feinste Haus am Platz.«

»Wir wollen hier keinen Streit. Prügeln könnt ihr euch doch überall«, raunte der Wirt hilflos, während er krampfhaft versuchte, in großer Ruhe ein paar Tassen zu spülen.

»Dann soll er rauskommen. Ja, er soll rauskommen. Wirf ihn raus, wenn er nicht freiwillig kommt, ja?«

»Ich kann doch niemanden rauswerfen, versteht ihr nicht? Dieses Café ist für alle«, kam es fast flehend hinter der Theke hervor.

Renzo hatte nicht aufgeblickt, sondern seine Zettel besonders konzentriert geprüft und Zeilen notiert. Er wußte, daß alles, was er tat, aufreizend wirken würde, und wollte der Unverschämtheit der Burschen mit dem Stolz gegenüber den Schwarzhemden begegnen, den er sich im Laufe der Jahre von seinem Onkel abgeschaut hatte.

Nun kamen sie näher an seinen Tisch. Zwei ältere Männer zahlten und verließen das Café in Eile. »Ich will dem Zwerg den Buckel wichsen!« rief der Anführer der Horde breit lachend in die Runde.

Der Wirt flüsterte wieder und wieder: »Seid bitte leiser, seid doch bitte leiser!« Dann faßte er den Anführer in einer plötzlichen Erregung am Arm und rief: »Unser Haus ist ein anständiges, meine Herren!«

Es wäre für die Schwarzen ein leichtes gewesen, den Wirt und Renzo, der sich erhoben hatte, zu verprügeln, aber die überraschende Verzerrung um den Mund des Wirtes, seine Augen und die Entschlossenheit, die plötzlich unter seiner Stimme hervorstieg, ließen sie für einen Moment innehalten. Da erschien durch den Vorhang aus der Küchentür hinter der Theke ein Hüne mit rötlich-blondem, kurzgeschorenem Haar, breiten Schultern und mit Händen wie Kranschaufeln, in denen lächerlich und winzig ein hellblaues Spülhandtuch baumelte. »Was ist los, Signore Ennio?« fragte er mit gesenkter Stimme.

»Ich möchte zahlen!« antwortete Renzo, der als einziger nicht gefragt war.

»Er möchte zahlen«, wiederholte der Wirt erleichtert.

»Er möchte zahlen«, äfften die Schwarzhemden den Wirt nach.

»Er kann erst zahlen, wenn er seinen Risotto gegessen hat.« Giuseppe zuckte dabei mit den Schultern, als sei es das Normalste der Welt, seiner Kundschaft solche Vorschriften zu machen. »Und die Herren bitte ich, wenn Sie etwas zu sich nehmen wollen, sich hinzusetzen. Es sind genug Stühle da.«

»Wir essen nichts, wenn Ungeziefer da ist!« quakte einer der vier Jungfaschisten.

»Vor zehn Minuten habe ich hier noch alles abgesucht – und kein Ungeziefer gesehen.« Nun stand ein breites Grinsen in Giuseppes Gesicht, die Augenbrauen hatte er nach oben gezogen und das Handtuch ganz in Ruhe auf der Theke gefaltet.

Der Anführer verstand, daß das hier mit blauen Augen enden konnte. Für zwei von ihnen war Giuseppe allemal gut und auch der Wirt war aus der Hilflosigkeit aufgewacht und nicht mehr als ganz und gar ungefährlich einzuschätzen: »Wir wollen uns vor die Tür setzen und ein wenig warten!« Und tatsächlich verließen sie den Schankraum und setzten sich auf die Hocker vor der Tür, feixten und versuchten, sich als Herren des Platzes aufzuspielen.

»Ich bringe jetzt erst einmal den Reis«, brummte Giuseppe, als sie draußen waren. »Später bringe ich dich dann nach Hause.«

»Ich habe aber gar keinen Risotto bestellt«, bemerkte Renzo.

»So? Dann geht das wohl aufs Haus!« lachte Giuseppe zurück.

So hatte Renzo einen Freund gefunden, dem er, daheim angekommen, einen Barolo anbot. Giuseppe lehnte jedoch ab und wollte lieber die Zettel geliehen haben, die Renzo im Café beschrieben hatte. Giuseppe konnte ein paar Gitarrengriffe, und so sangen sie sich die alten Lieder vor. Beim Abschied verabredeten sie sich für die nächsten Tage.

In der Folgezeit trafen sie sich häufiger, und mit der Zeit wurde es zu ihrer größten Freude, einander zu sehen und sich die politischen Karten zu legen.

Nun, nach all den Monaten, würde Renzo ihm wieder begegnen, und er wußte nicht einmal, ob Giuseppe über sein Eintreffen in den Bergen am Lago Maggiore Bescheid wußte.

Die Partisanen wuschen ihre Teller am Bach ab, ordneten die Schlafstätten für ihre Rückkehr und verabredeten sich bei der Dorfschenke. Carlo sollte vorgehen und das Gasthaus an der Weggabelung nach Locarno ausspähen. Bodo sollte nachkommen und die drei Häuser drumherum von der Nebenstraße aus sichern. Als Zeichen wurde ein Pfiff ausgemacht. Er stammte aus einem ukrainischen Weihnachtschor, das vier übergelaufene Georgier, bevor sie in zwei Divisionen auseinandergegangen waren, bei ihrem Abschied mitten im Sommer mehrstimmig gesungen hatten.

»Für den Fall, daß einer gekascht wird, kennt er uns nicht, und die andern bringen sich zuallererst hier oben in Sicherheit. Dann gehen wir bis ganz hoch nach Baione, wo der nächste Treffpunkt ist. Aber auf keinen Fall irgendwelche spontanen Rettungsversuche, ist das klar!« Renzo hörte zum ersten Mal einen Befehlston und war verwundert, wie ergeben er reagierte.

Giuseppe war überall bekannt wie ein bunter Hund. Aber weil es geheißen hatte, die italienische Miliz habe sich zurückgezogen, und weil die Deutschen, die möglicherweise da sein würden, ihn nicht kennen konnten, fand diese Begegnung in einer Gaststube statt. Renzo saß unter dem krummen Feigenbaum, einige Meter neben dem steilen Steinweg, und wartete auf Carlos Rückmeldung, daß das Dörfchen begehbar sei.

Renzo kam der Gedanke, er gehöre zu den eigentlichen Herren des Tals. Er fühlte zum erstenmal in seinem Leben, was die Nachrichten aus Sizilien und Stalingrad schon gesagt hatten: Dieser Feind ist besiegbar, und dies hier würde schon sehr bald wieder Heimat werden. Er legte sich die Argumente für Giuseppe zurecht. Erstaunlich hoch war die Zahl der Mitstreiter in den Bergen geworden – trotz oder wegen der Verluste: Seit den Niederlagen und Säuberungen waren besonders viele gekommen, was keiner so richtig erklären konnte. Aber für Renzo waren die, die spontan in der Unordnung des Sommers 1943 als reguläre Soldaten desertiert ebenso wie jene, die von Schmugglern zu Partisanen geworden waren, genauso wertvoll wie die alten erfahrenen Kämpfer.

Gerade eben noch hatte die Sonne die wenigen Lücken im Berg genutzt, um ein paar Kilometer weit ihre letzte Kraft zu verstrahlen, da roch die Luft schon kühl nach Laub, Eselsmist und fischigem Dunst.

Als Renzo in den Steinweg bog, den Späher in einiger Entfernung vor sich, drang ab und zu das Gebrummel älterer Männer aus den beschatteten Hauseingängen.

Im Gasthaus waren vier Tische aufgestellt, der erste groß und rund, die anderen eckig. Um einen saßen vier alte Männer und spielten Karten, vor ihnen standen zwei Karaffen Rotwein. An der Wand mahnte ein Plakat: »Hier spricht man nicht von Politik.« Renzo reizte es zunächst, zum Entfernen dieses Plakates aufzufordern, etwa mit dem Argument, der Krieg werde mit dem Blut aller geführt, also sei auch die Politik Sache aller. Dann ärgerte ihn das Plakat nicht mehr. Reden waren in den letzten Monaten genug gehalten worden, nun mußte gehandelt werden.

Von den Leuten in der Gastwirtschaft kannte er niemanden, was den Schluß nahelegte, daß auch ihn keiner kannte – zumindest nicht vom Angesicht her. Giuseppe würde man hier wohl kaum erkennen, immerhin war er der gewiefteste Contrabandiere des Piemont.

Eine runde Wirtin mit ernsten, braunen Augen und einem mürrischen Mund, der aber bei Liter-Bestellungen sofort zu einem Quell der Warmherzigkeit werden konnte, schlenderte mit der Frage zu Renzos Platz, ob ihm Risotto mit Safran recht sei. Renzo wollte Spaghetti, was den mürrischen Mund geradezu erschreckt aussehen ließ: »Das dauert zwanzig Minuten.«

»Macht nichts, ich habe Zeit.«

Mit bedauerndem Schulterzucken zog die Alte ab. Die vier Kartenspieler am Nebentisch notierten ihre Punkte mit hellroter Kreide auf feuchten Schiefertafeln, auf denen ausgespuckte Tabakkrümel klebten. In regelmäßigen Abständen begannen rauchstimmige Streitigkeiten um die jeweils alles entscheidende Karte, sie wurden aber mit einem Schluck Barbera beigelegt, während einer der Männer die fettigen Karten mit weitausholender Kreisbewegung zusammenschob. Auf der Piazza pfiff ein junger Mensch eine Melodie. Sie drang durch den Bambusvorhang, der die offene Tür vor Stechmücken schützen sollte.

Renzo dachte an seinen Auftrag und setzte ein besonders kaltblütiges Gesicht auf. In dieser konfusen Situation, da die Flucht des Königs der Kopflosigkeit vieler Menschen gewissermaßen die Krone aufgesetzt hatte – er lächelte selbstverliebt über die zufällige Metapher –, lungerte die Unzufriedenheit in der neuen Herrenlosigkeit herum, brachte allerlei kleine Dreistigkeiten hervor, hatte aber keine Zielrichtung. In dieser Situation hatte die Zentrale nun ihm, dem Zuverlässigsten, aufgetragen, ihre Direktiven zu übermitteln. Er zog mit der einen Hand das Hemd bauschig über die Schulter.

Renzo konnte es kaum abwarten, Giuseppe und vor allen Dingen Anna gegenüberzutreten. Außerdem verspürte er ein großes Vergnügen, sich allen, die ihn früher wegen seiner Schwächlichkeit heimlich, aber doch spürbar verspottet hatten, nun als Stütze des militärischen Widerstands zu offenbaren. In besonders kühlen Gesten würde er den Lageplan ferner Fronten ausbreiten, die deutschen Truppenkonzentrationen in der Novara-Region aufzeigen und den Plan begründen, weshalb es unabdingbar sei, innerhalb der Salò-Republik befreite Zonen zu errichten. Eine der drei befreiten Zonen sollte im Ossola-Tal entstehen, denn die Zentrale in Rom und Mailand war davon überzeugt, daß dies ein Unterpfand, eine Verhandlungsmasse mit den Engländern wäre, weil hier, gegebenenfalls aus der Luft, neue Brückenköpfe entstehen könnten und damit die Bereitschaft der Alliierten erhöht würde, die Widerstandskräfte nach einem Sieg über den

Faschismus angemessen an der Gestaltung des neuen Italien und an der Regierung zu beteiligen. Denn es mußte im Interesse der Alliierten liegen, so viel gegnerisches Militärpotential aus den befreiten Zonen zu binden, daß die Apennin-Front nun endlich ins Wanken geriete.

Renzo hatte in Rom darauf gedrängt, diese Aufgabe zu übernehmen. Er wollte für seine Lieder geliebt werden. Aber sein sehnlichster Wunsch galt Mussolinis Ende: Er wollte bei denen sein, die den Duce gefangennehmen würden.

Als Renzo bei der Lagebesprechung gespürt hatte, wie sich die Mehrheit zugunsten einer Strategie der befreiten Zonen hin entwickelte, hatte er sich selbst mit einer eigenen Idee eingebracht: Es sei in einer befreiten Region durchaus notwendig, das Neue auch symbolisch zu zeigen. Deswegen müsse, wenn auch nur in kleinem Ausmaß, ein eigenes Staatswesen entstehen. Mit einem eigenen Präsidenten und einer eigenen, die Widerstandskräfte repräsentativ widerspiegelnden Regierung, einem eigenen Schulbetrieb, einer eigenen Gerichtsbarkeit und einer eigenen Partisanen-Polizei. Dafür aber müßte die befreite Zone militärisch bis zum Ende des Faschismus haltbar gemacht werden und deshalb seien die strategischen Orte Cannobio, Verbánia und Gravellona, die eine Art Ring bildeten, als erste zu befreien. Der hintere Teil zur Schweizer Grenze hin, also das Ossola-Tal bis zum Simplontunnel, sei erst in der zweiten Phase wichtig. Er hatte diese Ideen zwei Abende vorher zufällig aufgeschnappt, als Kampfgefährten Gino Moscatellis einen möglichen Plan zur Befreiung des Ossola-Tals durchgespielt hatten. Nun hatte er damit glänzen können.

Es war eine von Renzos Fähigkeiten, nicht nur Gedichtzeilen aus Volksliedern und anderen Dichtungen zu übernehmen, sondern auch politische Gedanken schnell einzuordnen und zu verwerten. Das hatte er in den Jahren seiner Isolation in der »Mönchszelle« im zweiten Stock des Rizzi'schen Herrenhauses gelernt. Was er gelesen hatte, brachte er beim Gespräch am Abendbrottisch unter, prüfte es, erfreute sich des Beifalls, ohne den Urheber zu erwähnen. Applaus war Labsal, Balsam, Zeichen der Liebe, die ihm seit dem Tod seiner Mutter völlig abhanden gekommen waren.

Der Großvater und dessen Mitkartenspieler hatten den plappernden Jungen angehört, freundlich gelacht, ihm etwas Wein gegeben und sich daran ergötzt, wenn der, in aufschäumendem Eifer und mit sich überschlagender Stimme wegen seines eingeengten Lungenflügels japsend, die Farbbeschreibungen in Goethes Werther als das »Licht der Aufklärung« und die »reine Klarheit im deutschen Dunkel« lobte, und zwar mit Worten, die er sich nachmittags bei Lukács und Steiner herausgeschrieben hatte.

Bei der Beratung des Comitato di Liberazione Nazionale, in der sich die fünf Widerstandsparteien zusammenfanden, hatte er in den düsteren Räumen des römischen Hinterhofs lange mit Pietro Secchia, dem Vertrauten des Kommunistenführers Luigi Longo, konferiert. In erster Linie ging es den Marxisten darum, die Koordination des Widerstands in Oberitalien zu verbessern. Die Verbindung des C.L.N. zu ihrer Abteilung »per l'Alta Italia« mußte gefestigt, das wuchernde Kommando-Unwesen im Piemont strukturiert und dem lombardischen Kommando unterstellt werden. Secchia hatte einen Gedanken geäußert, dessen Verwertbarkeit Renzo begriff: Würde die Koordination der oberitalienischen Resistenza einen solchen Grad erreichen und würden die anderen bürgerlichen Widerstandsparteien dieser Vereinfachung logistischer Ketten folgen, hätte man eine wichtige Trumpfkarte in der Hand, um bei künftigen Waffenstillstandsverhandlungen gestärkt an der Seite der Alliierten zu sitzen und auch diese Geschichte mitzuschreiben. Das könnte soweit gehen, daß die Partisanen als geordnete Regionalregierungen der verschiedensten befreiten Zonen diesen Teil der Neuordnung Europas mitgestalteten.

Das war das Schachbrett, das Renzo liebte. Oft sah er sich neben Luigi Longo die Villa in Salò oder in Como stürmen, den Duce und seine Kommandeure entwaffnen. Alle, die ihn ausgelacht hatten, vor allem die abtrünnige Anna, würden ihm zuwinken, wenn er seinem Volk vom Balkon die Todesurteile für die führenden Massenmörder verkünden und nachher mit staatsmännischer Miene Opferbereitschaft für den Aufbau des sozialistischen Italien fordern würde.

Da bat Secchia Renzo, ihn am Abend wegen seiner Popularität loben zu dürfen, ohne seine Parteizugehörigkeit erwähnen zu müssen. Und so lief das Spiel: Ein Katholik, dessen ständigen Blickkontakt mit Secchia Renzo beobachten konnte, hob bei der abendlichen Beratung gegenüber den Monarchisten, Sozialisten und Aktionisten die Wirkung hervor, die Renzo Rizzis Name im Piemont wegen seiner Lieder haben würde, und schlug vor, ihn zum Beauftragten für das Ossola-Tal zu machen.

Renzo wartete, anfangs peinlich berührt, aber dann doch versucht, den Schmeicheleien einen gewissen Glauben entgegenzubringen, verabredungsgemäß, die Unruhe vor dem Ausgang der Entscheidung mit starrem Blick auf seine Knie bändigend. Ein gewisser Giuseppe wurde als Alternative ins Feld geführt, der eine große Anhängerschaft habe, aber in einem unzuverlässigen Umfeld lebe. Renzo ertappte sich bei einem leichtem Nicken und schimpfte sich innerlich einen Opportunisten. Aber es ging immerhin um eine historische Aufgabe für ihn.

Die Diskussion lief hin und her, linkisch unstrukturiert, pathetisch und schlaumeierisch, bis sich Renzo am Ende selbst äußern durfte. Das Ziel sei »eine perfekte Koordination der Verbände, ein klares Oberkommando und dann zügig befreite Zonen, die die Trumpfkarte bei jedem Waffenstillstand sind.« Das sagte er in unterkühlter Bescheidenheit, er versuchte, das Keuchen ganz aus seiner Stimme verschwinden zu lassen: Wenn hier wirklich die Meinung herrsche, er müsse das tun, dann wolle er sich, seinen Unzulänglichkeiten zum Trotz – wobei er auf seinen Rücken wies –, dieser Aufgabe nicht entziehen. Das nahm alle vollends für ihn ein, und niemand, außer vielleicht Secchia, der jetzt nicht mehr ganz so glücklich wirkte, störte sich daran, daß das Vertrauen auf die Wirkung des Namens Rizzi vielleicht doch etwas hochgestapelt war.

Am nächsten Morgen traf er sich in aller Frühe wieder mit dem Freund Longos. Nun, nach dem geglückten Manöver, rückte Secchia mit seinen Bedenken heraus, und Renzo verstand, daß er, der selbst so gern Leute auf Schachbrettern bewegte, diesmal selbst aus der Not heraus zum Läufer gemacht worden war, obwohl er sich mindestens als Turm gesehen hatte. Einen anderen als ihn hatten die Kommunisten auf die Schnelle nicht gefunden, vor allem einen, der für das restliche C.L.N. konsensfähig gewesen wäre, weil er eben nicht für einen roten Kommissar gehalten wurde. Vorsichtig bat nun Secchia, Renzo möge diszipliniert, verschwiegen und vor allem mit Bescheidenheit operieren, er dürfe keinesfalls seinen Auftrag irgendwo erwähnen, müsse sich ganz normal bewegen und die Schwächen der Bündnispartner unbedingt im Auge behalten: die große Angst der Königstreuen, der Aktionspartei, vor einer Dominanz der Marxisten und ihrer organisatorischen Schlagkraft. »Deswegen ist es Luigis klare Linie, daß wir uns zurücknehmen, zuverlässig gemeinsame Beschlüsse umsetzen und uns von führenden Positionen zunächst fernhalten. Im übrigen wärst du beinahe um deinen Auftrag gekommen, denn die beiden alten Genossen haben sich mehrfach verärgert geräuspert, weil sie das mit den befreiten Zonen gerade vor einer Woche als Verheizerei der Kräfte verdammt hatten. Aber Luigi will dich nun mal an der Stelle. Mach ihm Ehre.«

»Aber ihr hattet doch niemand anderen, es wäre sonst ein Bürgerlicher geworden, oder?« schränkte Renzo das Lob professionell grinsend ein.

»Das kommt hinzu.« Luigi Longos Mitarbeiter lächelte liebenswürdig zurück.

Er hatte gewonnen, warum hätte er nicht auftrumpfen sollen? Nun, nach seiner Rückkehr an den Lago Maggiore, war ihm klar, was für ein Dummkopf er war, denn Secchia, der bei weitem nicht nur der Kofferträger von Luigi Longo war, hatte sich als Renzos Gönner in Rom und Mailand gezeigt. Und genau diesem gegenüber hatte er nun geckenhaft aufgetrumpft. Und bei den Kommunisten in der Runde gab es natürlich längst eine Auffangalternative für den Fall, daß sie Rizzi nicht durchbekämen.

Nun saß er hier an dem Tisch vor der Theke und war sich nicht mehr ganz sicher, ob alles richtig gewesen war. Hätte er nicht doch lieber Giuseppe unterstützen sollen? Er hätte

Giuseppe ja die politische Lage erklären können, und für die militärischen Angelegenheiten wäre Giuseppe sicherlich der bessere. Nun, sei's drum, dachte er mit einem Seufzer.

Ein Geruch von Blut kam ihm in die Nase, dessen Ursprung er in der Küche vermutete. Und es stiegen andere Bilder in ihm auf.

Schon in seiner Kindheit hatte er beim Anblick von offenen Metzgereien mit ihren abgehängten Ochsenvierteln und den braungescheckten Marmorwänden voller Blut und mit zuweilen ranzigem Fleischgeruch Ekel empfunden. Die liebevolle Haushälterin war in seinen Augen jedesmal eine Mörderin, wenn sie das lange Messer beiseite legte, um dem Geflügel, das eben noch in wilder Todesahnung gekrächzt hatte, den Hals umzudrehen und den Kopf mit den Händen abzureißen; schon allein ein vom Blut leicht gerötetes Spülwasser hatte Renzo gehaßt, jedoch immer nur, bis der erste Basilikumduft durch die Küche wehte und das Braten und Bruzzeln den rohen Akt weihevoll auflöste.

Renzo wußte nicht, wie er diese Überempfindlichkeit bewältigen sollte, nun, da er Partisan war und anderen vorstehen wollte, die im Kampf weit wirkungsvoller agierten. Wie wirst du dich verhalten, fragte er sich, wenn der erste Genosse vor dir verblutet? Hättest du überhaupt den klaren Verstand, eine Ader abzudrücken, eine Notoperation zu leiten, oder würdest du das an andere weitergeben, um später in einem schönen, rhetorisch geschliffenen Vortrag alles angemessen darstellen zu können? Der selbstverliebte Renzo, der von seinen Metaphern wußte, daß sie nicht nur anderen, sondern auch ihm selbst warme Schauer zu bereiten vermochten, wußte auch, keiner hier hatte auf ihn gewartet, und Zuneigung wie in der römischen Zentrale, wo er für die meisten einfach nur der Dichter des Lago Maggiore war, gab es hier nicht.

Dann gingen seine Gedanken zu Anna. Würde sie ihn überhaupt wieder annehmen?

Einmal, erinnerte er sich, hatte sie ihm lachend eingestanden, wobei sie seine Hand auf sein Knie zurücklegte, daß auch sie durchaus zärtliche Empfindungen im Zusammensein mit ihm verspürte. Da hatte er sich mit einem Glücksschrei vor sie geworfen und zu einem komischen Wurm gemacht, ihre Füße geküßt, gedankt für das gute Wort und, während er unter ihrem langen, derben Rock die Wollunterhose sah, davon geschwärmt, gemeinsam mit ihr für eine bessere Zeit zu kämpfen.

Damals hatte sie ihn umsonst und ohne Lire genommen. Nur ob das nicht alles nur dem Augenblick entsprungen war, in dem Anna die stramme Faschistenliebe von Palanza aus Attilas Kammer kommen sah, ob sie Renzo die Lust am Verfügen nur mit dem Mund vergeben wollte, und was sie im Herzen wirklich fühlte, all das wußte er bis heute nicht.

Wie durfte sie ihm denn vergeben, dachte er, wo er doch heute noch Lust empfand bei dem Gedanken an die gekaufte Liebe? Und war er nicht noch immer der gleiche komische Wurm, der sich wie ein Einsiedler für den Tag der ersten Menschenbegegnung gerüstet hatte, auf den Moment der Geldübergabe und der Lust dabei, und der dann doch nur wie ein ungelenker kleiner Bock dreingeschaut hatte?

Sie sei bedienstet, es bedürfe keiner Extra-Bezahlung, hatte sie ihm geantwortet, nachdem er die Gästeliste für seinen Geburtstag mit ihr durchgegangen war.

»Doch, doch! Es muß schon viel mehr sein, was du tun mußt. Auch meine Mutter meint, daß das nicht im Lohn enthalten sein kann. Es muß doch heute für alles bezahlt werden. Für wirklich alles, oder?«

»Nein!« Anna war aufgestanden. »Das, was ich hier für den Padrone mache, ist alles beglichen.«

Ihre Augen waren groß und unschuldig, sie reckte unmerklich ihren Rücken, so daß die vom Sitzen gerafften Falten des Kleides glatt über ihren Po fielen. Renzo spürte ein wildes Pochen im Hals: »Gibt es denn nichts, was ... was extra bezahlt werden muß ...«

Er erschrak vor seinem eigenen Satz, aber Anna mißverstand ihn, so kindlich sie konnte: »Wie?«

Renzo hatte aller Mut verlassen: »Naja, ich meine, es gibt Dinge bei meinem Geburtstag, die ich mir sehr wünsche und die du neben dem normalen Dienst tun könntest. Ich will mir darüber noch Gedanken machen. Können wir dann noch mal sprechen?«

»Aber natürlich.« Anna nickte, und es kam ihm vor, als sei sie ganz leicht errötet. Kaum war sie aus seinem Zimmer gelaufen, hatte er die Augen geschlossen und sich dort angefaßt, wo er, während er mit ihr sprach, die fremde, unsichtbare Hand gespürt hatte.

Als die Wirtin die Spaghetti brachte, wachte Renzo aus seinen verträumten Betrachtungen auf. Danach drehte sie am Radio, das allerdings nur heulende Geräusche absonderte, die nichts mit Mailand oder Rom und schon gar nichts mit dem aus der Schweiz empfangbaren Feindsender zu tun hatten. »Das war gerade Badoglio, der für seinen Duce auf dem Berg herumweint«, tönte es auf einmal aus einer Ecke als Kommentar zu einem besonders komischen Quietscher in dem klobigen Apparat. Diese Anspielung auf das deutsche Husarenstück, den von seinen eigenen Parteifreunden gefangengenommenen Mussolini aus der berühmten Bergfestung herauszuholen, um mit ihm das äußerst fragwürdige Gebilde der Salò-Republik als deutsches Marionettentheater zu installieren, konterte eine andere Stimme: »Vielleicht ist es aber auch die Oberwanze, die bloß nicht mehr die Kraft hat, über den Berg zu tönen.«

»Über den Berg« – das war ein wenig übertrieben, denn Salò lag zwar am Gardasee, in Luftlinie nicht weit vom Lago Maggiore, war aber selbst motorisiert Stunden entfernt.

In Salò residierte Mussolini – ohne jegliche völkerrechtliche Anerkennung –, von einem König verlassen, der nun zwischen beide Stühle geraten war. Badoglio, der Schlächter von Abessinien, der oberste Feldherr Mussolinis, hatte ihn abgesetzt und seine eigene militärische Legende für die Übergangsregierung des faschistischen Großrats genutzt, in den als Erziehungsminister sogar der Kommunist Togliatti einbezogen werden sollte. Ein Opportunist für die Linken, ein Verräter für die alten Faschisten, war Badoglio dennoch der Garant der Alliierten für eine bürgerlich-demokratische Grundordnung. Populär war der Feldherr keineswegs, aber er hatte in der Bevölkerung einen erkennbaren Rückhalt, der als kleinster gemeinsamer Nenner in einer parlamentarischen Demokratie zum starken Faktor werden kann. Das Nachfolgegremium des faschistischen Großrats, obwohl personell der alten Zeit verhaftet, war bereits einem Parlament westlicher Form nachgebildet.

Durch die Mehrheitsentscheidung des Großrats, Mussolini mit dem Einverständnis von Vittorio Emanuele III. abzusetzen und durch die in ganz Oberitalien einsetzende Desertionsbewegung waren den Widerstandskräften und Partisanengruppen immense neue Kräfte zugewachsen. In der Toscana, in der Emilia und in der Novara-Region, zu der auch die drei Täler mit ihren 80 000 Einwohnern und gut 30 Gemeinden zwischen dem Monte Rosa und der Schweizer Grenze gehörten, waren die Partisanen dauerhaft präsent.

Renzo hatte in der Toscana seine schwerste Zeit verbracht, weil man ihn dort nur als musikalischen Kriegsbelustiger verwenden wollte. Er bekam mal ein Akkordeon, mal eine Gitarre, durfte sein »Bella ciao« singen oder »Die rote Fahne«. Nicht mal eine Pistole hatten sie für ihn gehabt.

Mussolini soll in dieser Zeit mehrfach erwogen haben, Kontakt mit den Partisanen aufzunehmen, um eine Regierung aller nationalgesinnten Sozialrevolutionäre zu bilden. Aber weder der deutsche noch der britische Geheimdienst wollten dem zustimmen. Während ein Teil des Hitler-Clans in erster Linie bemüht war, den Vormarsch der Roten Armee aufzuhalten und dazu eine Kooperation mit den Westalliierten zu versuchen, ging es Mussolini vor allem darum, die Engländer und Amerikaner zu stoppen. Aber das konnte keinen Erfolg mehr haben, denn Badoglio repräsentierte genau jene Kräfte, die mit den zwar noch am Apennin festsitzenden, aber auf der Weltkarte längst siegreichen alliierten Truppenverbänden zusammenzugehen und in eine große strategische Phalanx mit ihnen einzutreten bemüht waren. In diesem »breitesten Bündnis der Welt«, wie es Togliatti genannt hatte, fanden alle Platz: frühere Faschisten, Monarchisten, Anarchisten, Liberale, Pro-Amerikaner, nichtkommunistische Pro-Stalin-Kräfte, Garibaldini, gramscianische Kommunisten.

Dennoch: Partisanen hießen sie nicht überall. Banden nannte sie nicht nur die Propaganda der Schwarzen. Aber was die sogenannten einfachen Leute am Ende sagen würden, war noch längst nicht ausgemacht. Die Welt des Faschismus schien noch immer in Ordnung, wenn auch die Partisanen in den Bergen waren. Das Gemeinwesen, die Betriebe, die Verkehrssysteme, die Gerichte, die Polizei, große Teile der katholischen Kirche waren noch immer in das merkwürdige Konstrukt einbezogen, das Mussolini die soziale Republik in Salò genannt hatte.

Den Kommunisten war die Hinwendung zu diesem breitesten Bündnis nicht leichtgefallen. Es bedurfte dazu der sogenannten »Wende von Salerno«, die Togliatti mit Nachdruck betrieben hatte. Viele alte Genossinnen und Genossen waren erbost, daß sie ihren Frieden nun ausgerechnet mit Badoglio und dem faschistischen Großrat machen sollten, wo doch Stalingrad und die Schlacht am Kursker Bogen schon gewonnen waren. Warum es nicht möglich war, in radikalen Schritten auf eine Sozialistische Republik Italien zuzuschreiten, konnten sie nicht verstehen. Es war nur die Loyalität, die sie in der Partei hielt, und der große Haß auf den Faschismus, der ihren Ärger über die Politik der eigenen Parteiführung überlagerte, die sich zwar der Worte Antonio Gramscis bediente, aber eine kalt kalkulierte Bündnispolitik betrieb, in der sich die Kommunisten in die zweite Reihe zurückzuziehen hatten.

Den Führern der Kommunisten war angesichts der Weltkarte klar, daß es eine sozialistische Republik Italien, die auf Zustimmung großer Teile des Bürgertums und der Liberalen rechnen konnte, nicht geben würde. Aber für ein neues Miteinander würden der antifaschistische Widerstand, die Partisanen und die Strategie der befreiten Zonen ein Instrument der Vertrauensbildung zwischen den vormals verfeindeten demokratischen Strömungen werden.

Was Togliatti und Longo zugute kam, war, daß die Kommunisten zwar einerseits den gewichtigsten und am besten organisierten Teil der Linken darstellten, andererseits aber auch der große Stalin das Bündnis mit Roosevelt und Churchill eingegangen war und viele Radikalitäten seiner Politik zurückgenommen zu haben schien. Als die Westalliierten, die zunächst ihre großen militärischen Erfolge gegen Deutschland, Japan und Italien erzielt hatten, überraschenderweise in Mittelitalien festhingen und sogar hinnehmen mußten, daß einige ihrer Brückenköpfe durch die Deutschen wieder zurückerobert wurden, fiel den italienischen Kommunisten unerwartet eine größere Bedeutung zu: Mit der Strategie der befreiten Zonen nämlich konnte nun eine wirkliche Entlastung erzielt werden, die zuvor, als die alliierte Offensive rollte, bestenfalls als ein symbolischer Beitrag zum Sieg des Westens gesehen worden war.

An seinem Kneipenfenster hörte Renzo jemanden sagen: »Die Deutschen schreiben ihm seine Reden auf und bauen ihm einen Rundfunksender in seinen Palast, aber im Berg sitzen die Partisanen und fangen alle Tönchen ab. Beltrami kann alles!« Die Erwähnung des Namens dieses legendären Partisanenführers zeigte Renzo, daß in dieser Kneipe Gleichgesinnte saßen. Gern wäre er vor die Leute getreten und hätte gesagt: »Wir werden es gemeinsam schaffen. Du wirst deinen Ärger einbringen können, du dein mürrisches Gebrumme und du deine glänzenden Augen. Folgt mir.«
 Schon als Halbwüchsiger hatte Renzo etwas Messianisches in sich gespürt. Es war ihm peinlich, daran zu denken, wie er einmal auf dem Marktplatz von Cannobio einem drei- oder vierjährigen Kind im Rollstuhl begegnet war und tatsächlich für einen Moment lang geglaubt hatte, das Kleine mit seinen Händen und dem festen Glauben an Gott zum Gehen bringen zu können, dann aber, mit Tränen in den Augen und von seiner eigenen Güte zutiefst bewegt, ließ er das Kind mit dem Gedanken an sich vorüberfahren, er dürfe es gar nicht versuchen, es sei ein zu heiliger Akt.
 Daran dachte er, als ihm der Gedanke durch den Kopf schoß, sich in diesem Kneipenraum zu offenbaren. Und wieder haßte er seine Selbstverliebtheit und war für einen Moment davon überzeugt, der Falsche für die ihm vom Komitee gestellte Aufgabe zu sein. »Aber vielleicht ist es doch richtig«, beschwichtigte er sich selbst: Ein anderer hätte sich vielleicht täppisch offenbart, während ein Intellektueller zuerst einmal nachdenkt. Kann nicht unter die Widerstandsredner dieser Kneipe ein Spion eingesickert sein? Oder war nicht vielleicht der, der sich gerade auf Bel-

trami berief, einer, der noch vor wenigen Wochen in Mailand seinem Duce zugejubelt hatte?

»Beltrami, Beltrami«, knurrte ein fast zahnloser Mittsechziger, »Beltrami kann sich vor lauter Schmugglern und Kriminellen nicht retten. Die wollen in der Luft rumballern und den Helden spielen. Wenn die Deutschen wieder Tritt fassen, hat die Operette ihr Ende.«

Der Jüngere ließ nicht locker: »Das sind unsere Mutigsten, Papa, und gelehrte Leute sind bei ihnen. Der Professor Tibaldi und Rizzi, der die ›Libysche Braut‹ geschrieben hat, soll auch hierhergekommen sein.«

»Rizzi ist ein Gedichteschreiber und nie und nimmer ein Mann, der zu den Beltrami geht und Tuderi totschießen kann. Hast du gesehen, wie er aussieht? Der ist froh, wenn er den einen Fuß vor den andern setzen kann.«

Gelächter folgte. »Renzo Rizzi, der Dichter, als Robin Hood!« lachte irgend jemand höhnisch von der Ecke, und auch die Wirtin grinste und zeigte dabei ihre unerwartet hellen Zähne. Der Junge stand auf. Ein gutgewachsener Achtzehnjähriger mit Pausbackengesicht, dünnem Schnurrbart und ein paar Fransen in der weichen Stirn. Er rief in den Raum: »Was macht ihr denn? Jeden Abend hier Karten auf den Tisch hämmern, trinken, bis die Engländer wieder draußen sind oder Hitler seine Wunderwaffe einsetzt. Statt die Zeit zu nutzen und hier endlich unsere eigene Front aufzumachen. Tibaldi hat alles hinter sich gelassen und ist aus der Schweiz gekommen, um mit uns zu kämpfen. Und so viele andere, die viel wertvoller sind als ihr. Ja, auch dieser Mann mit seinen Liedern. Die Deutschen drehen euch alles ab, was ihr habt. Pecallo grölt herum, und ihr sitzt nur da und spielt eure blöden Spiele.«

»Nun reiß dich zusammen, Junge«, rief einer, der ihm am nächsten saß. »Mit Beleidigungen kriegst du hier niemanden gegen die Deutschen. Und außerdem finde ich, daß ein Dichter beim Dichten bleiben sollte. Und Bauernbuben sollten sich um ihre Hühner kümmern statt um Politik.«

Der Junge war nicht so leicht einzuschüchtern: »Bald werdet ihr hier keine Karten mehr spielen können, Signori.« Er deutete auf den gußeisernen Bullerofen, der wie eine sich nach oben verjüngende Tonne gegenüber der Eingangstür thronte. »Die Deutschen werden euch alles Brennholz wegnehmen für ihren Krieg, den sie gegen uns führen, und im Winter sitzt ihr dann abends in euern Schlafzimmern im Bett, schnattert neben euern Frauen und seid sooo klein.« Mit zwei Fingern markierte er ein winziges männliches Geschlechtsteil.

»Und der heldenhafte Dichter bringt uns dann das Brennholz von den Deutschen wieder zurück.« Der Alte bekam einen höhnischen Zug um den Mund. »Es gibt bei uns keine Partisanen, die sind in Griechenland, in Rußland und in Slowenien zu Hause, aber nicht bei uns. Wenn ein paar Wildgewordene meinen, hier Tito spielen zu müssen, sollten sie sich die Landkarte näher betrachten. Ich war in Griechenland und ich weiß, wovon ich rede. Wenn die Buben sich die Woche über rote und blaue Halstücher umbinden, in den Bergen wandern gehen und am Samstag wieder mit den gleichen Mädchen tanzen wie die Schwarzhemden, dann sind sie noch längst keine Partisanen. Und außerdem wird der kleine Rizzi seine Karriere nicht für ein solches Hirngespinst zerstören. Die Engländer werden in Genua landen, und dann werden wir im Winter unsere Kohle von ihnen bekommen.«

»An die Engländer glaube ich nicht. Sie werden vielleicht siegen, aber wer weiß wann. Sie hätten längst hier oben landen sollen.«

Immer mehr Militärstrategen unter den Kneipengästen meldeten sich zu Wort. »In Livorno«, krächzte der Höhnische, »hätten sie landen sollen. Badoglio hätte ihnen den Capoccia verhökern sollen, dann wäre Ruhe gewesen. Statt dessen hüpfen Badoglios Stolz und Ehre wie die Wespen durchs Land, die einen mit Sternchen wie die Milizen, ein paar andere wollen lieber in die Schweiz ins Internierungslager und mit allem aufhören. Aber Partisanen, das ist eine Erfindung der Schotten, die britische Soldaten sparen wollen und deswegen verbreiten, bei uns gäbe es so etwas.«

Immer wieder wurde der Duce genannt, und die Männer benutzten die lombardische Bezeichnung »Capoccia« für ihn. Das klang verächtlich, wie das meiste, das hier gesagt wurde. Trotzdem vermied es jeder, aus der Ironie herauszutreten und Partei zu ergreifen, mit Ausnahme des Jungen, um den es Renzo leid tat.

Der Lärm in der Gastwirtschaft ebbte ab. Renzo hatte es sich gut überlegt und glaubte, dem Jungen sein Bekenntnis schuldig zu sein: »Ich bin Renzo Rizzi, und ich bin Partisan!«

»Das soll ein Mensch glauben. Und du bist einer von denen?«

Da erhob sich der Junge und trat in die Mitte der Kneipe. »Wenn ihr es jetzt noch nicht glaubt, wann wollt ihr es dann glauben? Hier unter uns saß die ganze Zeit Renzo Rizzi und hat euer jämmerliches Gerede mitanhören müssen. Er kommt extra her, geht mitten ins Feindesgebiet, um uns zu helfen – und was tut ihr? Kleinmütige arme Tröpfe scid ihr, die den Faschismus hofieren oder meinen, ihr kleines Geschäftchen mit ihm machen zu können ...«

In der Kneipe wurde es plötzlich still, aber die Stille war nicht Folge von Betretenheit oder Scham, sie kam aus Furcht: In der Tür lehnte ein Soldat. Nicht viel älter als der Junge, der ihn zu spät bemerkt hatte. Ein zweiter Soldat, die Maschinenpistole quer über dem Bauch, trat neben ihn, und weitere folgten. Es waren drei Deutsche und zwei italienische Milizionäre. Ein kleiner, pomadiger Dreikantschlüsselkopf brüllte, kaum daß er die Kneipe betreten hatte, los. Renzo wurde unruhig. »Das ist eine Kontrolle. Eine Durchsicht in eurem eigenen Interesse. Wegelagerer und Banditen nisten sich in letzter Zeit hier ein und stehlen euer Vieh und eure Brennstoffe. Und wir sind zu eurem Schutz hier. Vor allen Dingen müssen wir euch schützen vor solchem Gerede, das einen leicht in komplizierte Situationen bringen kann.« Frech und kaulquappig grinste der Pomadenhaarige in die Runde, die Beine breit, die rechte Hand am Pistolengürtel, malerisch, wie auf einem Appellplatz. »Nun kommen wir gleich mal zur Sache.« Er wurde leiser. »Woher hast du deine schlauen Sprüche?«

Der Junge stand stolz und schweigend mitten im Raum.

»Dürfen wir uns mal ein wenig mit dir unterhalten?«

»Aber gern, setzen Sie sich doch!« kam die trotzige Antwort.

»Den Ort bestimmen wir, mein Lieber, wenn du vielleicht mitkommen würdest!«

»Was hat euch mein Sohn getan, er ist Student, er hat mit Politik nichts zu tun, und wir haben hier getrunken.« Nun ergriff der Alte doch Partei. Mit gelangweiltem, abschätzigem Gesichtsausdruck brachte der Junge zum Ausdruck, daß ihm diese Verteidigung peinlich war.

Renzo hatte sofort Angst um den Jungen, der nicht ahnen konnte, daß es sich nicht um einen normalen Streit unter Männern handelte. Renzo fühlte sich hilflos, erbärmlich und klein. War seine Offenbarung eben noch eine große theatralische Geste, er spürte jetzt beißende Reue. Er wußte, daß er nicht helfen konnte, nicht nur, weil er selber Angst verspürte und verkrampft war, sondern weil er alle anderen gefährden würde.

Jeder Widerstand hätte die Leute in eine selbstmörderische Situation gebracht. Das konnte das Ende vor dem Beginn einer wirklichen strategischen Partisanenbewegung im Ossola-Tal bedeuten, den Deutschen den Vorwand zu brutalen Säuberungsaktionen geben und damit zur Entfremdung der Talbewohner von den Roten führen, für die er hier war. Die faschistische Taktik, sich in der Zivilbevölkerung Geiseln zu nehmen und damit Druck auf die Familien auszuüben, würde einmal mehr Anwendung finden.

Andererseits konnte er den Jungen doch nicht so gehen lassen! Er fühlte sich erinnert an die Situation mit Anna. Und er verfluchte seine Hilflosigkeit, seine Schwächlichkeit und Ohnmacht und seine Angst. Dieser Junge würde nun zum Verhör geführt, vielleicht zur Schlachtbank, zu einer Kaserne mit der Aufschrift »Der Pflug legt die Saat, das Schwert schützt sie«, er würde in einem verdunkelten Raum so lange mit einem Ochsenziemer geprügelt, bis ihn allmählich die Kraft verließe sich einzureden »Keine Namen«, er die Zähne in die Lippen graben würde, um den Mund nicht zu öffnen, bis sein Hirn doch nachgeben würde. Und Renzo sah den Vater des Jungen, hilflos, armselig wie er selbst, eben noch plappernd und nun wie mit geblendeten Augen.

»Willst du mitgehen, Alter, dem Sohn das eiskalte Händchen halten?« herrschte ein SS-Mann ihn an.

»Ich gehe mit.«

»Nein, bleib lieber hier. Wenn dein Früchtchen zurückkommen sollte, dürfte es froh sein, wenn jemand da ist, der auf ihn wartet.«

»Laßt ihn, er tut doch niemandem etwas.«

Weinerliches Geschrei kam aus dem Alten. Die Kaulquappe blies die Backen voll und prustete dem Alten mit begütigenden Handbewegungen ein »Beruhig dich mal, wir wollen nur die Wahrheit wissen« ins Gesicht.

»Nein, nein, nein. Das ist mein einziger Sohn. Laßt ihn gehen, laßt ihn gehen, ihr wollt ihn nach Deutschland bringen, in eure Öfen! Ihr wollt ihn totschlagen wie Gino, laßt ihn, nehmt mich mit, nehmt mein Geld, ich werde ihn behüten, kein Wort über Politik wird er mehr sagen. Glaubt mir, vertraut mir, ich kann ihn bändigen. Hab's doch ein Leben lang getan!«

»Offensichtlich nicht erfolgreich, warst wohl ein bißchen wankelmütig, alter Freund. Dein Täubchen hat uns in die Suppe geschissen, und nun soll er sie auch auslöffeln.«

Von draußen kam lautes Gelächter, und auch der altkluge Stammtischsitzer, der vorhin so nihilistisch argumentiert hatte, lachte beifällig über den gelungenen Scherz des Nazis. Während des Disputs hielten zwei deutsche Wehrmachtssoldaten den Jungen, der die Händen erhoben hatte, an den Schultern fest. Der Junge versuchte immer noch den Anschein von Stolz zu erzeugen, obwohl Renzo spürte, wie wenig gleichgültig ihm die Demütigung seines Vaters war.

»Laßt ihn gehen, ich werde mich beschweren, ich werde sofort zum Präfekten gehen, seine Schwester hat gute Beziehungen zu meiner Familie. Laßt ihn los. Laßt meinen Pippo los, meinen Pippo.« Dem Alten liefen die Tränen herunter. Er hatte sich mittlerweile an die anderen in der Gaststätte gewandt, hilflos ratsuchend. Der Faschist drehte sich um, wollte dem Alten nicht mehr zuhören. Da ging der einen Schritt auf ihn zu, faßte ihn an der Uniform, ganz leicht, um ihn zum Bleiben aufzufordern. Sein bittstellerisches und erbärmliches Gesicht verriet nicht die geringste Angriffslust. Es war der Bruchteil einer Sekunde, in der ein Soldat ihm mit dem Lauf der MP auf den Schädel hieb, um dann dem zu Boden Gefallenen mit dem Stiefel in den Bauch zu treten. Kleine Blutspritzer waren auf der Holzdiele zu sehen.

Die Wirtin kniff ihre Augen zusammen und stürzte zu dem Alten, um ihm hochzuhelfen, während die anderen noch saßen und Renzo sich mühsam auf dem Platz hielt: »Was machst du auch mit den Herren Deutschen. Kannst wohl nicht ruhig sein«, rief sie dem Ächzenden zu. Ein Milizionär trat den Alten noch einmal, besah sich dessen Gesicht von oben und schüttelte den Kopf.

Von draußen erklang ein grausiger Schrei. Das war der Junge. Ein Schuß fiel. Bald klang es, als wären zwei automatische Gewehre in ein Scharmützel verstrickt.

Einen Moment später stolperte der kaulquappige Faschist in den Gastraum zurück, die Augen weit aufgerissen und die Hand auf die Leber gepreßt. Er fiel gegen eine Bank. Aus seinem Mund kam ein Zischen wie von einem Fahrradreifen, aus dem die Luft entweicht.

Renzo rannte an dem sterbenden SS-Mann vorbei zur Tür, gebückt, weil die Salven noch knatterten. Hinter einem Schubkarren lagen die Deutschen und feuerten in eine Richtung, aus der gezielte Schüsse herüberbellten. In einem Hausflur stand der Junge mit seinem Bewacher, im Hauseingang Renzos völlig überraschter Begleiter. Hüpfend rannte Renzo über den Steinweg zu ihm hin: »Wir müssen den Jungen rausholen.«

Renzos Begleiter ging in den anderen Flur und herrschte den Nazi an: »Laß den Jungen frei!«

Renzo bemühte sich mit aller Kraft, energisch zu wirken: »Laß ihn gehen, sofort.« Der Deutsche hatte seine Waffe auf die Schläfe des Jungen gerichtet, wußte nicht, ob die beiden bewaffnet waren, denn sie waren so nah bei ihm, daß sie ihn hätten niederstrecken können, und alles war sehr dunkel. In diesem Moment schrie einer der Deutschen auf. Ein Schuß hatte ihn am Kopf getroffen. Es war nicht klar, wie viele auf der anderen Seite schossen, aber der Bewacher ließ den Jungen los.

Der Junge schien fast fröhlich, trotzig. Seine Lippen waren frech nach vorn gestülpt, für einen Moment hatte er seinen blutenden Vater vergessen. Hier waren die Partisanen, an die er fest geglaubt hatte. Die schönsten und besten Menschen Italiens, und sie hatten ihn befreit. All diese Sicherheit, all diese Freude machte ihn ausgelassen, und er griff mit den gefesselten Händen nach der Waffe des ängstlichen deutschen Bewachers. Der hatte das Gewehr nach unten sinken lassen. Wegen der unerwarteten Bewegung des Jungen riß er die Waffe wieder hoch und schoß. Der Junge klappte auf der Stelle zusammen, ohne Ton und noch immer mit dem überlegenen Lächeln auf den Lippen. Der Deutsche sah alles, warf die Waffe weg und rannte in den Wald.

Als die Schießerei vorbei war und zwei Deutsche gefangengenommen waren, trat Giuseppe auf Renzo zu und umarmte ihn schweigend. Es wurde still. Die Leute saßen an den Fenstern und hofften, niemand käme ihnen zu nahe. Ein alter Mann würde das Geschehene irgendwann seiner Frau erzählen müssen, taub und blind vor Schmerz, und erst Wochen später würde er wissen, wie furchtbar das alles gewesen war.

Renzo schloß die Augen, ihm wurde schwindlig. Um seiner Eitelkeit willen hatte er den Jungen so aus der Deckung gelockt, daß er den Deutschen ausgeliefert war. Renzo begann zu weinen. Er biß sich die Unterlippe blutig. Giuseppe verstand ihn und verstand ihn doch nicht.

10

In dieser Nacht kam Renzo nicht mehr auf den Plan der Zentrale zu sprechen. Zu dreckig, zu dumm und zu überflüssig war alles, was gerade in der Gaststätte geschehen war. Renzo schwieg. Giuseppe war besser an den Krieg gewöhnt.

Am nächsten Morgen wurde Renzo, der angekleidet geschlafen hatte, von Stimmen unterhalb seiner Schlafstätte geweckt. Er sah aus dem Fenster. Die Sonne war schon aufgegangen. Am Hang des Gartens thronte die Villa Bunel, die den Garibaldini als Unterkunft diente. Es kam Renzo seltsam vor, daß all die Beklommenheit plötzlich verschwunden war und der gestrige Abend Teil einer anderen Welt zu sein schien.

Renzo hörte Giuseppes tiefe und ruhige Stimme schon von weitem.

Giuseppe war kein Mann der politischen Winkelzüge, sondern ein comandante, eine Art natürlicher Führer. Überall wurde er nach vorn gesetzt, ohne sich dorthin zu drängeln. Er ging bestimmten Konflikten aus dem Weg, weil sie ihm lästig waren, und konnte sich auch mit Mächtigen arrangieren. Die Bündnispolitik der Kommunisten scherte ihn wenig, die Christdemokraten, die Monarchisten um den Capitano Alberto Di Dio waren ihm zu steif, weil sie von oben herab auf die Arbeiter schauten.

Giuseppe kam einen von Büschen umstandenen Weg hoch, als Renzo ihn sah. »Das war eine schlimme Nacht.« Giuseppes dunkelblaues Flanellhemd hatte an den Achseln weiße Schweißränder, aber alles an ihm, vom strahlenden Blick bis in die gelben, verrauchten Bartstoppeln, war frisch und kräftig. Der Schmuggler-Häuptling hatte längst und ohne großes Federlesen die Führung der kleinen Partisanenformation an sich gezogen.

»Manche hier kennen deine Lieder. Die haben sich auf dich gefreut. Wirst du auch eins über uns schreiben?«

Renzo lachte scheu: »Eins? Zehn, zwanzig! Jeder kriegt sein eigenes.«

»Da mußt du schon ein paar tausend schreiben«, spöttelte Giuseppe zurück, als ein anderer Partisan auf die beiden zukam. »Wir sind nicht mehr nur Vogelschiß auf der Karte. Jeden Tag kommen neue Leute zu uns, wir haben zu wenige Häuptlinge für zu viele Indianer.«

Giuseppe hob ernst die Augenbrauen, die versteckte Spitze seines Genossen abzuschwächen: »Über die Anglos sind wir enttäuscht. Wo sie schon überall landen wollten: Livorno, Genua und dann graben sie sich im Apennin ein ...«

Es entstand eine Pause, in der das Vogelgezwitscher, das von den schattigen Kastanienbäumen an der Waldlichtung kam, anschwoll, als wollte es Renzo in der Illusion wiegen, viel Zeit zu haben, seine Sache zu einem Ergebnis zu bringen.

»Der Nazifaschismus ist im Osten geschlagen. Und wir müssen hier unser Terrain erkämpfen. Die Zwangsehe mit den

Alliierten bewertet die Partner nach der eingebrachten Mitgift, wenn du verstehst, was ich meine.«

Giuseppe schüttelte kichernd den Kopf: »Nein, das haben wir natürlich nicht verstanden ... Es ist immer dasselbe mit dir, schöne Worte, alles in Bilder gekleidet, alles von oben her betrachtet. Ist ja auch richtig, mein Alter, hast's ja studiert.« Er klopfte Renzo brüderlich auf den Buckel.

Giuseppe mochte Renzos Art nicht, für alles schöne Worte zu finden. Drehte diesem Advokatensohn jemand die Meinung um 180 Grad um, konnte er mit denselben schönen Worten verwerfen, was er bis gestern als richtig gepriesen hatte. Giuseppe hielt das für ein Problem aller Intellektuellen. Er ließ aber Renzo nicht spüren, wie sehr seine Duldung hier davon abhing, daß er Giuseppes Freund war.

Renzo ging in die kühle Steinhütte zurück, in deren Ecke noch sein verknäuelter Schlafsack lag. Vor einem Fenster, von dem aus man bis ans andere Ufer des Sees nach Luino sehen konnte, stand ein kleines Tischchen. Die Holzplanken am Boden waren irgendwann einmal grob mit braunen Lack überpinselt worden. Sogar ein Strauß Feldblumen stand in einer Blechdose auf dem Sims. Renzo wußte, was das zu bedeuten hatte. Kein anderer hatte eine Hütte für sich allein, aber kein anderer mußte auch über die eigene Überflüssigkeit hinweggetröstet werden. Renzo bekam den schönsten Platz.

In einem großen Blechtopf über einem Feuer wurde gegen Mittag ein Risotto gekocht, und unterhalb des malerischen Wasserfalls hockte Renzos gestriger Begleiter und wusch ein Hemd. Vier Männer saßen vor einem improvisierten Tisch aus Kisten und spielten Karten.

Renzo atmete tief durch. Dann betrat er eine andere Hütte, in der Giuseppe im Kreis seiner Mitkämpfer eine Landkarte studierte, und stellte sich seinem Auftrag: »Die Zentrale ist der Überzeugung, wir müssen von den Bergen her die Gegend befreien. Dazu muß so was wie ein Kommando für die Region entstehen. Das ist es, in kurzen Worten. Du weißt, ich kann es auch wortreicher.«

»Ich weiß, ich weiß!« Giuseppe lachte. »Aber laß es. Ich glaube dir ja. Ich habe damit gerechnet, daß das irgendwann auf uns zukommt. Ich sage dir, es ist fast unmöglich, diese

Grüppchen hier oben zu bändigen. Keines weiß vom anderen. Wenn du irgend etwas von ihnen möchtest, mußt du nicht nur mit einem reden, sondern neuerdings mit sämtlichen Stellvertretern und Politkommissaren.«

»Glaubst du, daß wir einen Hauch von Anerkennung bekommen, daß wir irgendeine eigene Chance haben im neuen Italien, wenn wir jetzt nicht wenigstens auf dem Schachbrett der Alliierten auftauchen?«

»Und was glaubst du, wer dann das neue Italien aufbaut, wenn wir hier verbluten? Glaubst du, daß Badoglio für uns die Banken enteignet und Billy Wilder unseren Kindern erklärt, wer Antonio Gramsci war? Das ist doch alles nur schönes Gerede aus einer entfernten Zentrale. Schau dir die Sache hier oben an, und dann melde deinen Leuten in Rom und Mailand, daß diese Idee illusorisch ist, daß wir nur auf den militärischen Sieg der Alliierten warten und nicht mehr tun können, als ein bißchen mitzustochern.«

Renzo hielt einen Moment lang inne: »Und das Volk, meinst du, das Volk interessiert sich für unser Herumgestochere? Wenn wir uns nicht zeigen, werden sie den Alliierten nachlaufen, ihren Kaugummis und ihren Moden.«

Giuseppe sah zu Boden und sagte sehr leise, aber mit fester Stimme, daß sie alle nur Figuren auf einem viel zu großen Brett seien.

Kaum einer wußte über die schlechte Bewaffnung und Organisation der Partisanen so genau Bescheid wie Giuseppe. Daß er mit dem alten Elefantentöter durch die Gegend lief, keine Maschinenpistole neueren Typus anfaßte, sollte zeigen, wie rückständig die eigenen Formationen waren, und es war gleichzeitig ein Ausdruck des Prinzips »Partisan«, das eben nicht das Prinzip »Stehendes Heer« war.

Wie lange waren die Kommunisten von denen, die nun ihre neuen Bündnispartner waren, wie Aussätzige behandelt worden. Besonders von den Royalisten und den Katholiken, in deren Predigten immer wieder die gottlosen Kirchenschänder in Rußland beschworen wurden, was besonders wirkungsvoll in dem Land ist, in dem der Papst wohnt. Aber nun waren sie stärker geworden, waren die vielen Arbeiter, ja selbst reichere Leute auf die Zuverlässigkeit der Kommunisten aufmerksam geworden, nun waren sie die stärkste Kraft innerhalb des Widerstands. Doch auch andere wollten die Vormachtstellung übernehmen, denn es ging bereits um die Zeit nach dem Sieg.

Natürlich hätten die antikommunistischen Valtoces des Commandante Di Dio es als ein willkommenes Geschenk betrachtet, wenn die Garibaldini der Strategie der befreiten Zonen entgegengetreten wären: »Groß revolutionär herumtönen und dann, wenn es ernst wird, den Schwanz einziehen«, das wäre es gewesen, was an den Stammtischen des Ossola-Tals verbreitet worden wäre. Giuseppe schüttelte den Kopf.

Das Volk hatte genug von den Unternehmern. Die waren von Mussolini zu sehr hofiert worden und dadurch für die Zukunft kompromittiert. Wie diese Herren auf ihren Landgütern residierten, wie sie mit ihren offenen Autos elegante Damen umherkutschierten! Das alte System, nur ohne den Duce und die deutschen Besatzer? Das war nicht das, wofür so viele gelitten hatten. Sie haßten die Profiteure, die jetzt so schnell auf ihre Seite überliefen. Diese frech grinsenden Pomadenköpfe, die die Schokolade des schwarzbraunen Systems geschleckt hatten, die ihre Gewinne gezählt hatten, als andere Familien schon die an den nordafrikanischen Fronten gefallenen Angehörigen beweinten. Diese von ihren energischen Eltern zum Siegen verzogenen Gewinnerfratzen, die sollten nicht nur mit einem Schrecken davonkommen. Das schworen sich sogar solche, die noch zwanzig Jahre zuvor Mussolinis sozialer Utopie aufgesessen waren. Das war die Stimmung.

Jedoch: Die Flugplatz-Angelegenheit war eine rein militärische. Ein Brückenkopf der Alliierten, erkämpft von roten Partisanen, das war etwas, das später niemand so leicht beiseitewischen konnte, Grundstein vielleicht für ein sozialistisches Italien neben einem sozialistischen Jugoslawien. Andererseits bildete ein solcher Landeplatz für die Royal Air Force nur einen Steigbügel, gegebenenfalls einen, um über die Roten hinwegzusteigen. Giuseppe dachte, daß ihm das alles zu kompliziert wurde und die klugen Strategen vom C.L.N., die Renzo geschickt hatten, wohl über mehr Informationen verfügen mußten.

Renzo setzte sich draußen zu einer Gruppe von Genossen, die stiller wurden, als er herantrat. »Ciao Rizzi. Willst du uns bekehren?« Mario lachte.

»Erst mal will ich die Augen aufmachen und hier oben etwas mitbekommen.«

»Das ist gut, nur zu! Bedarf an Mitstreitern haben wir, Vorträge hören wir uns nach dem Krieg an.«

Filippo war dies zu frech: »Nun, so ein Lied, immer bevor wir Brücken sprengen gehen – das baut auf!«

Giuseppe kam mit ernstem Gesicht aus der Hütte: »Komm mit.« Sie liefen einen Pfad entlang, durch die Wiese zu einer Lichtung: »Wir werden es durchziehen. Du hast deinen Auftrag schon erfüllt«, sagte Giuseppe langsam und bitter nach ein paar Schritten. Und nach einer längeren Pause: »Meinst du, es wird ein Zuckerschlecken?«

»Nein, nein«, setzte Renzo hinzu, beflissen und mit innerem Stolz, bald die erfolgreiche Ausführung seines Auftrags melden zu können.

»Es wird verflucht hart, das sage ich dir!«

»Es gibt keine Alternative dazu. Laß es mich mit drei Argumenten belegen: Am Anfang das eigentliche Hauptargument. Wegen der Schmach des Jahres 22 und wegen des Chaos, das die Sozialisten über die Region gebracht haben, erachtet es die Zentrale als unabdingbar, daß wir nun als Ordnungskraft erkennbar werden. Nur wenn wir in der Geburtsstunde des neuen Italien zeigen, daß wir fähig sind, den Sozialismus in dieser einen Region in einem breiten Volksbündnis herzustellen, wird man uns auch zutrauen, die neue Macht im Land zu sein. Das zweite Argument ist ein militärtaktisches: Die Deutschen müßten mindestens vier Panzereinheiten und fünftausend Soldaten hierherbringen. Und das dritte Argument wird dich vielleicht verwundern. Laß es mich philosophisch erklären, Giuseppe ...«

»Aber bitte hol nicht wieder so weit aus. Im Moment ist mir nicht nach Vorträgen. Mach es kurz und schmerzlos.«

Doch Renzo ging über Giuseppes Einwurf hinweg: »Die elfte Feuerbach-These, ihr wißt schon: ›Die Philosophen haben die Welt nur verschieden interpretiert, es kommt darauf an, sie zu verändern.‹ Heißt das etwa, daß die Veränderung die Interpretation ersetzt? Nein, das heißt, die Interpretation ist nicht vollständig, wenn sie nicht zu einer Veränderung führt, daß der Gedanke, der sich im Wort kundtut, erst im Handeln perfekt wird, so wie ein Theaterstück erst in der gemeinschaftlichen Wahrnehmung des Publikums als Werk vollendet ist.«

Giuseppe ließ den Blick gelangweilt sinken. »Könntest du vielleicht zur Sache kommen?«

»Es ist die Sache! Wenn ihr hier oben nicht lernt, abstrakt und philosophisch zu denken, werdet ihr pragmatisch und taktisch nie erfolgreich sein. Was soll der beste Maurer, wenn er nicht weiß, was ihm die Wasserwaage sagt, und was soll der beste Steuermann, wenn er keinen Kompaß hat!«

»Ich kenne diese Sprüche doch. Natürlich achte ich die Theorie nicht gering. Du wirst mir doch nicht erzählen, daß Longo dir in den wenigen Augenblicken, die ihr miteinander verbracht habt, diese Feuerbach-These erklärt hat?«

»Laß sie mich dir doch erklären. Wir haben doch im Moment keine Eile.« Das klang fast flehentlich.

»Es ist wie früher«, meinte Giuseppe ermattet.

»Also: Die Interpretation wird eigentlich erst gründlich im Handeln. Wenn ich also eine Strategie entwickele, kann ich sie nur umsetzen, wenn sie von allen Kräften umgesetzt wird. Wenn aber diejenigen, die von Anfang an gegen diese Strategie waren, auch dann gegen die Strategie handeln, können weder die, die für die Strategie sind, noch die, die dagegen waren, beweisen, ob sie richtig war oder falsch. Man wird sich nur die Schuld hin- und herschieben und nichts gelernt haben. Das ist, wenn man so will, die philosophische Grundlage des demokratischen Zentralismus. Die, die nach eingehender demokratischer und breiter Diskussion mehrheitlich eine Strategie durchsetzen, müssen auf jene rechnen können, die ursprünglich dagegen waren. Das ist die Stärke unserer Partei. Longo hat es mir einfach erklärt: Manchmal muß eben ein falscher Schritt mitgetan werden, denn das falscheste ist, das Richtige allein gegen die anderen zu tun. Die Mehrheit in der Widerstandszentrale ...«

»Was heißt hier Mehrheit? Ihr habt denen die Mehrheit

eingeräumt, damit die Sache nach außen bürgerlich wirkt. So ist es doch.«

»Wer sich länger hält, unsere Partei oder die Kräfte Badoglios, wird sich noch erweisen. Fest steht jedenfalls, daß die Mehrheit der Repräsentanten für die befreiten Zonen und damit für die Strategie General Alexanders, immerhin Befehlshaber der britischen Truppen in Italien und Vertrauter Churchills, wie du weißt. Wenn wir uns dagegen gewandt hätten, hätten wir uns isoliert und damit die falscheste Strategie versucht.«

Da kam es aus Giuseppe: »Es ist paradox. Mit den ersten beiden Argumenten übernimmst du die kommunistische Haltung, mit dem letzten Argument fegst du alles wieder vom Tisch und machst es zu einer philosophischen Angelegenheit der elften Feuerbach-These und General Alexanders. Du jonglierst mit Worten ... Am Ende werden wir aber vor wirklichen Toten stehen, wenn wir hier eine befreite Zone errichten und dann nicht die Wirtschaftskraft haben, sie durchzuhalten. Und dann, genau im ungünstigsten Augenblick, wird der militärische Rückschlag der Nazi-Faschisten kommen. Unsere Toten werden es sein ... unsere Leute, die für das Falsche in vorderster Front standen.«

In diesem Moment drang ein Lärm von außen in die Hütte. Anna war zurückgekommen. Ihr wilder Blick streifte Renzo, der die Binde um ihren Arm sah.

»Wo ist Felice?« Giuseppes Stimme schnaubte Anna vorwurfsvoll entgegen.

»Felice und Eduardo hat es erwischt, und Vincenzo haben sie mitgenommen. Die Straße war zu weit für uns, viel zu weit«, keuchte Anna.

Giuseppe schlug mit der flachen Hand gegen die Faust und starrte auf seine Stiefel. Annas Bericht wurde mit scheinbarem Gleichmut aufgenommen. Nur ein vereinzeltes Schneuzen war zu hören. Renzo dachte, daß der Krieg keine Tränen gestattet, weil Tränen das löschen, was mit ganzer Schärfe im Herzen brennen soll, um es hart zu machen, um die Seele mit Hornhaut zu überziehen, die sie braucht, wenn man Verletzte liegenlassen muß.

Der Abend brachte nichts Neues. Die tragischen Ereignisse, die mit dem Eintreffen von Annas Gruppe für einige Zeit Gesprächsstoff lieferten, gaben Renzo keine Gelegenheit, sich einzumischen.

Annas Augen drückten große Erschöpfung aus, als sie Renzo später erst richtig begrüßte. Sie war mit den Gedanken woanders, als sie ihm beiläufig ihre Wange hinhielt, um einen Kuß zu empfangen.

Nichts vom Erlebten hatte ihrer Anmut geschadet, aber die Herausforderung, die einst aus jedem Schritt, jedem Strich durchs Haar, jedem Lachen aufgelodert war, fehlte. Ahnte sie, daß sie für ihn die große, einzige Liebe geblieben war? Daß er sich allen Frauen entzogen hatte, weil er sein blaues, weites Hemd über der Verwachsung anbehalten mußte? Nur Anna, Anna, Anna – Er war ihr immer treu geblieben. Wußte sie das? Nur sie allein hatte kichernd sein Bückelchen gestreichelt, ihn geküßt und schön gefunden, viel schöner als Attila, worüber er gelacht hatte, aufgewühlt vor Glück.

Sie liebte den Ernst, der plötzlich zwischen allen Verrücktheiten hervorbrach, sein unbedingtes, aufgeregtes Wahrhaftigseinwollen.

Wie oft war Renzo quer durch den Raum gerannt, wenn er ihren Namen oder ihre Stimme im Hof durch das halboffene Fenster gehört hatte. Wie oft hatte er sie heimlich beim Schwimmen beobachtet. Später, wenn er müde wurde, sah er ihr Bild vor sich.

Und so stand sie vor ihm, frühmorgens im Halbschlaf oder abends: mit nackten, schmutzigen Füßen, goldbraune, feste Haut, und wollte, daß er ihr ein Gedicht aufsagte. Und er konnte den Blick nicht von ihrem herrischen Gang abwenden, von ihren Augen. Die waren schwarzbraun wie die Rinde, die im Herbst an den Wegen liegt, und so ruhig wie die großen Kirchenfenster von St. Agata. Wenn sie schwamm, war ihr Badeanzug wie eine kleine Spange zwischen ihren Brüsten und dem Schritt.

Einmal hatte sie mit ihren nackten braunen Füßen beiläufig, wie aus Versehen, die Innenseite seines Oberschenkels gestreift. Auf diesen Moment hatte sie gelauert: »Kennst du Baudelaires Satz: Das Notwendige setzt sich per Zufall durch?« Und dazu ihr Blick! So übernahm sie die Macht.

Diese Erinnerung überkam ihn, wenn irgendwo ihr Name genannt wurde. Und dann kam ihm auch wieder ihr gemeinsames Wort in den Sinn. Panflöte. Nun saßen sie hier, befaßt mit dem Streit über die befreiten Zonen.

Oft, wenn Renzo allein war, in Rom, in Mailand oder jetzt an diesem Abend, rief er sich mit schmerzender Lust den Moment in Erinnnrung, als Annas Herrschaft begonnen hatte, als sie ihm die Lire-Scheine aus der Hand genommen hatte, schweigend, wissend und stolz. Er sah, wie sie, die er sonst immer nur flüchtig sprechen konnte, zur Planung seines Geburtstagsfests kam und er sie scherzend zur Mitwisserin seines Spottes über seine Verwandten und andere Gäste machte, wie sie, zuerst scheu, dann mit verschmitztem Lächeln der Beschreibung der Pausbacken und Geierblicke seiner Cousinen und Tanten lauschte und schließlich vor Kichern durch die Nase prustete, als Renzo das Kinn von Attilas großer Liebe mit einer Mondsichel verglich. Als sie ein Glas ungeschickt eingeschenkten, aufschäumenden Prosecco getrunken hatte und er sich in seinem Ohrenledersessel mit einem Mal stark genug fühlte, verließen endlich die Worte seinen Mund: »Du, ich möchte dir etwas geben und dich nur um eins bitten: nicht böse zu sein, bitte nicht böse sein, ja?«

Während er nervös die vorbereiteten Geldscheine aus der Jackettasche nestelte, kniff sie, als habe sie ihn verstanden, die Augen mit leisem Spott zusammen, zog den einen Mundwinkel hoch und schaute ihn fest an. »Und was?«

Renzo fühlte, wie ihn der Mut verließ, aber er gab sich einen Schubs: »Du kannst es dir denken, oder?«

»Nein, überhaupt nichts kann ich mir denken, warum soll ich mir etwas denken?«

»Anna, Anna ... hier nimm das bitte ...«

Und als in ihrem Blick die Frage »Aber wofür?« lag, fuhr er fort: »Dafür ... dafür ... daß du mich anfaßt ... ich meine ... anfaßt ... irgendwo.«

Renzo wollte im Boden versinken. In diesen Sekundenbruchteilen würde über sein Leben entschieden, sagte er sich.

Sie erhob sich sehr langsam, straffte wieder ihren Rücken, schloß die Augen für ewige drei Sekunden, legte die linke Hand in die Taille und hielt ihm die Rechte geöffnet hin. Ihm wollte das Herz stehenbleiben, als er sein Geld den viertel Meter zu ihrer Hand hinüberhob. Wortlos trat sie zu ihm, und ohne weiteres Zögern war ihre Hand an seiner Hose, faßte hin und sah ihm dabei fest in die Augen. Er wollte sie umarmen, da wehrte sie mit der freien Hand ab: »Davon war keine Rede!« sagte sie in trockenem Ton, lächelte ihn mit halboffenen Lidern an, routiniert und ohne jede Sentimentalität.

»Was mache ich jetzt mit meiner Liebe?« hatte er sie zum Abschied gefragt, die Hose hatte ihm heruntergehangen, und sein Hemd war voller Spritzer.

»Du wirst mir nicht immer 200 geben können. Du bekommst nur 50 im Monat Taschengeld. Diesmal ist noch im Preis inbegriffen, daß ich dir das Hemd wasche. Komm, zieh es aus.«

»So ein Hemd kann gewaschen werden, aber was mache ich mit meiner Liebe im Herzen? Das muß ich von dir wissen.«

»Woher soll ich wissen, was du mit dem machst, was du für deine Liebe hältst?«

»Du weißt nicht, wie lange ich schon von dir träume. Und was alles. Für mich gibt es nur dich, Anna.«

»Also, hör zu: Ich weiß nicht, was ich von dir will. Jedenfalls noch nicht. Eins muß klar sein, nämlich daß ich dich anfasse und nicht du mich, verstehst du? Und du gibst mir 20 ... oder jedenfalls soviel du hast.«

Beim nächsten Mal trat sie in sein Zimmer mit einer Olive auf einem Teller, in der eine winzige Knoblauchzehe steckte. »Zweimal in der Woche frißt meine Familie das hier. Frischen Knoblauch. Weil das von innen her gesund macht und man damit die Medizin spart. Ich will nicht, daß du es riechst.« Sie hielt ihm die Olive vor die Nase. »Also Mund auf! Sonst gibt's nichts.« Und als er mit verkniffenen Augen zu kauen begann, sagte sie: »Das ist die Zehe der Vermählung. Mein Geruch wird jetzt dein Geruch.«

Wie lange lag diese Zeit zurück, in der sich Renzo wie

einer der glücklichsten Menschen auf dem Erdball gefühlt hatte? Was mußte er tun, um je wieder ein solches Glück zu spüren? Der Sechzehnjährige von damals und das Hausmädchen Anna lebten in ihm wie zwei selbständige, schwebende Wesen, denen kein Alter, kein Krieg, keine Intrige etwas anhaben konnten. Und er beneidete diesen anderen Renzo in sich, der ohne einen Kratzer kritischen Bewußtseins die Lebenslust von einer sonnenumstrahlten Kommandohöhe aus genoß, der keinerlei Skrupel empfand, Geld anzubieten und die Macht, die es ihm ermöglichte, in vollen Zügen zu genießen, prallvoll der Erwartung alles Geheimen und Subversiven, das da noch kommen würde.

Er war damals nicht mehr der Frühgescheite, nicht mehr der erkältete Junge, der mit großen glasigen Augen den Großeltern wie den geduldig nickenden Landarbeitern das jeweilige Stadium seiner Krankheit erläuterte, im tiefen Gottvertrauen, die Welt würde sich für seine Menschwerdung interessieren. Aber er war auch noch nicht der, der nunmehr den volksverbundenen Rohling spielte, der plebejisch raunzend den Schleim hochzog und ausspie.

Er kramte ein fleckiges Blatt Papier aus der Brusttasche. Sein Abschiedsgedicht an Anna.

Die Wirkung war immer die gleiche: Während er es las, war sein Geltungsdurst in leichtes Lachen gebettet, er wurde milde und heiter, weil die Traurigkeit nun für Minuten ihren Platz gefunden hatte:

> Noch einmal brannten Blüten
>   durch längst strohfarbenen Sommer
> einmal noch stemmte sich Frühling
>   dem Herbst entgegen
> und wie die Forelle der dunkle Gebirgsbach
>   mitführt ins Seichtere, Helle
> pflückten sich Lippen einmal noch
>   von fremder Zunge den Schaum
> nährend den Traum, heimlich,
>   für ewig verordnete Wege.

Sicher: noch deine Schultern und Haare im Wind
und: dein Po für'n Sattel und andere Lagen
Klar: kein Mann, der das nicht bemerkenswert findet
aber: wie, mal ehrlich, wie wird er's sagen?

Ist da noch aus dem Sommer ein Brennen?
sagst du dir dann, daß du bald Frau wirst?
und daß alles zwar anders hätt' kommen können
doch, daß es jetzt gut so ist, wie es so ist?

Ach, es findet sich so oder so für alles ein Wort
so oder so strahlt die Sonne hernieder
nur dieser Geschmack im Mund geht mir nicht fort
nur diese Sonne, dies Glas kriegst du so nicht wieder

Dein ernstes Gesicht, auf dem sich der Sommer
    verfing, als es lachte, wie wird es lachen?
deine Rache, wie wird sie enden, von der aus
    du nur noch siehst
und wer spricht mit dir dann von den anderen Sachen
wer, wenn ich fort bleib, sagt dir, wie weise du bist?

Einmal schrieb ich an Wader: »Ich fahre heute noch oft von Verbánia ins Ossola-Tal, und wenn ich nach Villadossola komme, liegt zur Linken die tote Fabrik, in der damals fast zweitausend Menschen Arbeit hatten. Solltest du noch einmal Urlaub hier machen, geh zum Kirchhof und such den Gedenkstein mit den Namen der Partisanen. Denk an Giuseppe, wie er das Desaster noch verhindern wollte, male dir seine Argumente aus, um den Streik im Keim abzublasen. Weil darin schon die offene Revolte lag, die erste große Konfrontation der Jungzusammengewürfelten mit der Deutschen Wehrmacht, von der zu viele glaubten, es könnte schon die endgültige Befreiung sein, weil zu wenige die große Landkarte kannten. Ich war ja nur einer von uns drei maultapferen Studenten, als ich damals an der kleinen Kirche haltmachte. Und die Eindrücke ließen mich dann nicht mehr los, jedes Bild, jede Tafel der ›Partigiani Caduti‹ war eine Geschichte, und jede Geschichte ist heute ein Teil meiner Wirklichkeit.

Gestern fuhr ich in das Partisanenmuseum in Domodossola, wo noch das neue Geld liegt, das die Partisanen drucken ließen.
Viele Jahre ist dieser Tag jetzt her, an dem die Partisanen meine Vorstellungen betraten. Zunächst erkannte ich nur ein halbes Gesicht, das kurz darauf wieder verschwamm. Dann, langsam, zögernd, getrauten sich die abgerissenen Gestalten als Geschichte in meine Tagträume und verabschiedeten sich wieder, um Geschichten zu werden.«

11

Im März des Jahres 1943 hatten die Arbeiter in Turin gegen Mussolini gestreikt. Das war ein Menetekel. Die Römer, die sowieso hinter jedem Rücken herlachten, auch wenn sie gerade vorher das dazugehörige Gesicht ehrerbietig gelobt hatten, reckten den Daumen schon nach unten. Aber diese Mailänder waren noch für den Duce zu begeistern, als ihn der Großrat der Faschisten festnehmen und im Gran Sasso einkerkern ließ. Wenn sich die Götter streiten, tanzt das Volk auf den Altären. Wie viele Tausende waren desertiert in diesen Tagen, wie viele alte Fronten fielen, wie viele frühere Feinde lagen sich in den Armen! Im Land, in dem der Papst wohnt, schien sogar der katholische Gott freundlich die Seiten gewechselt zu haben.

Nun ist es nicht etwa so, daß man den Leuten nur die fremden Befehle wegnehmen muß, und sie geben sich fortan selbst einen Sinn; die schweren Schatten der geschleiften Trutzburg des Regimes liegen weiterhin auf ihrer Welt und auf ihren Anschauungen. Man müßte ihnen auch neue Augen geben, aber sie schauen eben mit den Augen von gestern auf alles Neue und orientieren sich am Vertrauten. Wenn die alltäglichen Muster des Geführtwerdens verbraucht sind, verstört sie das.

Der ganzen Region von Novara, die man in sechs Stunden nicht durchfahren kann, standen kaum mehr als zehntausend Liter Benzin zur Verfügung. Wer die Reichen nicht fahren läßt, muß schon sehr schöne Worte finden, um sie bei Laune zu halten. Wenn die Ärmeren sich an den Reichen orientieren, bedeutet das die höchste Alarmstufe für ein Regime.

Renzo hatte in Rom lesen und hören können, in den Cafés, den weltoffenen Schneisen der Meinungsbildung, wie viele deutsche Soldaten nötig waren, um in das Staatengebilde Salòs Struktur zu bringen. Mindestens fünfzehntausend, wurde gemunkelt. Und alles nur, um den Duce auf eine Operettenbühne am Gardasee zu stellen, damit er Begeisterungsreden absondere wie eine Drüse ihr Sekret.

Für Renzo war die Landkarte alles. Und die zeigte drei US-Brückenköpfe im Süden, die, in Schach gehalten von der sie umzingelnden Wehrmacht, einfach nicht in Vorwärtsbewegung gerieten.

Die Mafia hatte das Landemanöver der Alliierten in Sizilien logistisch gestützt, in der Hoffnung ihren Einfluß auf die US-Innenpolitik und auf das neue Italien zu vergrößern, und natürlich aus Rache, denn mit Mussolini war sie überworfen. Hier oben aber schrieb Hitler noch die Gesetze und wollte zeigen, wie er demnächst auch an der Nordsee mit Landearmeen umzugehen gedachte.

Renzo, der Dichter, sah Lagepläne und Frontverläufe, war blind für das, was sich direkt vor seinen Augen abspielte, wollte das Ferne entscheiden lassen über das nahe Leben. Erst wenn die verfluchte Süd-Front wieder in Bewegung käme, würde im Norden die Angst überwunden vor der Befreiung, und die wenigen Tapferen könnten beginnen. Das den Leuten zu sagen, ist schwer.

12

Welch ein Mut, in die Berge zu gehen, welch eine Verwegenheit, einen Streik zu beginnen! Und dann gesagt zu bekommen: Halt, das Ganze halt, die Zeit ist nicht reif. Was für ein blöder Begriff, dachte Renzo: Ist die Zeit eine Frucht? Renzo entschloß sich, das Wort Zeit künftig zu vermeiden. Zu altklug sind solcherlei Sätze.

Renzo schrieb an seinem Lied. Eine Zeile war bereits vorher fertig, er hatte sie schon in einem anderen Partisanenlied verwandt: Du mußt lange als ein Nichts erscheinen, um nicht alles, was du hast, zu verlieren.

Renzo fiel oft zu einer einzigen Zeile eine Melodie ein, ungern gab er seine eigenen Texte zum Vertonen aus der Hand, obwohl er wußte, wie viele bessere Komponisten es gab. Aber die meisten dieser Besseren hatten das Volk nicht im Ohr. Sie waren nur im handwerklichen Sinne besser. Natürlich hegte Renzo auch Verdacht gegen sich selbst, denn die Melodien kamen ihm zu leicht, zu unangestrengt; sie mochten wohl gestohlen sein, unabsichtlich eingespeichert und dann gesummt, gepfiffen und gingen in seine Melodie ein. Aber sie waren schön. Mit seinen mageren Notenkenntnissen schrieb er das Gepfiffene hin oder spielte es zu den zehn Gitarren-Akkorden, die er schon als Sechzehnjähriger von Giuseppe gelernt hatte.

> Wie ein Nichts mußt du lange erscheinen
> vielleicht nie groß mit Federn ziern
> glaub nicht, aber sag's, was die meisten meinen
> um nicht alles, was du hast, zu verliern
>
> Darfst jetzt nicht sagen, was nicht viele meinen
> und dich nicht groß mit eignen Federn ziern
> mußt ewig lang wie ein Nichts erscheinen
> um nicht das, was du hast, zu verliern

Renzo empfand dies als das eigentliche Prinzip Partisan. Für Renzo war der ein Künstler, der etwas zu sagen hatte über die Dinge, die die Menschen in den benachbarten Häusern kümmerten.

Die Liebe eines Reisbauern in Novara hatte er verewigt und die Abenteuer eines Jungen aus Intra, der eine Frau in Äthiopien beim großen Feldzug gefunden hatte, mitten im Gemetzel:

> Sie schlagen den Samen
> auf Gesäße Halbtoter
> lassen nichts in den Sand gehen
> vom bedeutenden Eiweiß des Übermenschen.

Das Wort Übermensch benutzte Renzo zuerst nur auf deutsch. Wie war dieser Nietzsche ins Italienische zu bringen: oltre l'uomo? oder super uomo?

Die dumpfe Stimmung, bei der mit jedem Kriegsgefallenen aus der Nachbarschaft der ursprüngliche Siegeseifer mehr schwand, wurde in Renzos Gedichten Sprache. Der Duce hatte die Novara-Region, weil sie so aufsässig war, schon als unitalienisch bezeichnet, und Renzo war so unitalienisch wie die Novara, aber er träumte von einem neuen Italien.

Hier, bei den Partisanen, spürte Renzo, daß Lagepläne und Frontverläufe eine holzige Nahrung für Lyrik sind und daß etwas anderes notwendig war, um die Leute in den Bergen, die Streikwilligen unten im Tal anzusprechen. Er mußte einer von ihnen werden. Er mußte sich einlassen. Einlassen auf den Krieg, einlassen auf lange Märsche, das Bedienen eines Mörsers und das Schleudern von Handgranaten – bevor er Oden auf die befreiten Zonen anstimmte.

In den folgenden Tagen quälte er seine weichen Hände mit Ladeübungen und ging auf Spähgang, viele Stunden lang, und das bei 35 Grad Hitze, ließ sich von Carlo die »zwanzig Millimeter« erklären. Der wurde dabei etwas freundlicher, denn er sah die Torturen, denen sich das kleine, verwachsene Männlein unterzog, und erkannte an, daß der soviel wissen wollte. In der Alpini-Uniform sah Renzo anfangs grotesk aus, bald hatte er sie aber so geschickt umgenäht, daß sein Buckel kaum noch zu sehen war.

»Schießen«, sagte Giuseppe einmal, seine Elefantenflinte im Anschlag, »ist eine Frage des konzentrierten Auges und der Armmuskeln.« Jeden Tag hielt nun Renzo nach den Zielübungen mit ausgestreckten Armen einen schweren Stein, bis er ihn zitternd fallen ließ, zwang sich beim Anvisieren irgendeines Blatts oder Vogels oft zu minutenlanger Ruhe und folgte Giuseppes Rat, bei allen Anstrengungen immer ruhig und tief zu atmen.

Er quälte sich in aller Frühe, bis die anderen wach waren, mit Liegestützen und langen Läufen. Dann ging er am Wasserfall in den Bach, wusch sich den Schweiß ab und fühlte sich heiter.

Nur für Außenstehende hatte der Streik im Val d'Ossola überraschend begonnen. Die Leute hier, auf deren Lohnstreifen nahezu derselbe Betrag wie zehn Jahre zuvor stand, obwohl während des letzten afrikanischen Krieges die Abzüge immer höher geworden waren, hatten die Inflation deutlich zu spüren bekommen. Die Arbeiter hier waren noch nie sonderlich demütig gewesen, und das wurde jetzt offenbar. Nur eine Lohnerhöhung konnte Besserung schaffen, und die Verhältnisse schienen instabil genug, eine solche Forderung durchzusetzen. Gino Fabbri hatte es laut gesagt, vor einer Gruppe von zwanzig Leuten, und war dann verschwunden, drei Tage später. Im Gefängnis von Gravellona, hieß es. Und so war die Unzufriedenheit auch politisch geworden und hatte sich gegen die Faschisten gewendet, obwohl der Padrone der Gummifabrik nicht einmal wie andere lauthals für den Duce Partei ergriffen hatte.

Pianasca, wo sich eine Stellung der Partisanen befand, lag kaum drei Kilometer Luftlinie oberhalb von Villadossola auf dem Berg, und die grell-blechernen Glocken der Dorfkirche waren dort oben zu hören. Drei aus Giuseppes Formation gingen jeden Sonntagmorgen zur Andacht hinunter. Und später, als die Gruppe größer geworden und das rote Halstuch längst kein Ausweis für einen wirklichen Marxisten mehr war, mußte der Atheist Giuseppe dann sogar eine Feldmesse einrichten. Solche Absonderlichkeiten gab es während dieses Krieges nur in Italien, und die Russen und die Spanienkämpfer, die später dazukamen, haben darüber den Kopf geschüttelt.

In Pianasca, wohin Renzos Formation verlegt worden war, wußte man viel über Villadossola, so wie in Lusentino die königstreuen Valtoces alles aus Domodossola erfuhren. Wann es außer der Reihe frisches Brot gab und wer wen heiratete. Ein Streik lag dort oben in der Luft, schon lange, bevor er begann.

Renzo, der mittlerweile mit dem Browning umgehen und auf vierzig Meter eine Zigarettenschachtel treffen konnte, sollte helfen, der Belegschaft in der Fabrik mitzuteilen, daß mit einem größeren Einsatz der Partisanen nicht zu rechnen sei. Er wartete auf die Einladung zu einer Beratung und fühlte sich völlig überrumpelt, als die Nachricht eintraf, die Streikposten seien schon bewaffnet und ein Teil der Kämpfer sei auf dem Weg ins Tal, um das Werk gegen Übergriffe der Deutschen zu schützen. Das war es, was Giuseppe befürchtet hatte, ein Gelände, besetzt, offen, übersichtlich, mit schlechten Rückzugsmöglichkeiten.

Die Arbeiter sangen eine Strophe von Renzos Lied und dann immer wieder den Refrain. Niemand konnte mehr daran gehindert werden, seinem Vetter, dem Streikposten, oder seiner Schwester, die den Vulkanisierofen ausgestellt hatte, auf eigene Faust beizustehen, sei es durch Worte, sei es mit Flugzetteln, Sprüchen an der Mauer oder mit einer Pistole vor dem Werkstor.

Renzo wußte, daß ein solcher Streik, wenn sich die Partisanen einschalteten, das gesamte Tal zum Angriffsziel der Deutschen machen mußte. Und er wußte auch, daß das Tal militärisch kaum zu halten war, wenn die Befreiung vor der Zeit erfolgte.

Was aber, wenn irgendwann die Partisanen abziehen mußten? Was wurde dann mit der Schwester, dem Vetter? Und was würde die enttäuschte Zivilbevölkerung dann über die Partisanen denken? Renzo suchte Giuseppe überall am Berghang, fand ihn aber nirgends, in keiner Hütte. Was sollte er tun?

Renzo kramte aus seinem Rucksack den Zettel hervor mit den Zeilen:

> Nicht über Nacht verfliegt dieser Fluch
> der tut lang weh wie ein schlimmer Traum
> schrei nicht ins Weinglas: Mir ist es genug
> Poltern und Trommeln helfen kaum

Er zerknüllte das Blatt. Renzo hörte ein Rascheln vor seiner Hütte. Es war Anna.

13

Es kam Renzo vor, als habe er die ganze Zeit über auf Anna gewartet und gewußt, daß sie kommen würde, jetzt und mit diesem raschelnden Schritt.

»Hallo, ich wollte mal sehen, was du hier treibst.« Anna bemerkte, wie er die Papiere mit den Notizen linkisch unter den Büchern zu verstauen suchte.

»Ausruhen, nachdenken, halt so ...«

»Und, du bist auch dagegen, daß wir losschlagen?«

»Das ist nicht so einfach. Ich bin dafür, daß wir den Krieg gewinnen.«

»Hätten wir hier nur aufs Gewinnen gesetzt, wäre das alles schwach geblieben hier oben.«

»Du willst doch aber nicht verlieren.«

Annas böses Lächeln schien zu sagen: Laß mich aus dem Spiel, ich habe meine eigenen Gründe! Aber sie antwortete nicht. Und das war noch anzüglicher. Was war los mit ihr? Hatte sie einen Grund, sich mit ihm zu versöhnen? Warum war sie gekommen? Sie schlief mit Giuseppe, liebte ihn gewiß und hatte ihn gepriesen, als er die Kaserne von Santa Maria Maggiore überfallen und zwei deutsche Besatzer und ein Schwarzhemd erledigte. Anna und Giuseppe waren ein ansehnliches Paar. Zwei starke Körper, dachte Renzo.

Anders als Giuseppe nahm Anna an weitschweifigen Diskursen gern teil. Für ihre temperamentvollen Reden, die außer den Ansichten einer Wütenden selten Lösungen enthielten, erntete sie aus den Augen der Zuhörer dennoch stille Komplimente, die sich auf ihre Ehrlichkeit und ihre wohlgeformten Hüften bezogen.

Renzo wollte sich einreden, Anna störe ihn bei seiner Arbeit, weil er sich das Glück nicht eingestehen wollte, sie so nahe zu haben. Doch zu wohlig roch schon die Hütte nach ihr. »Du verstehst meine Logik nicht. Klar ist: Um die Kräfte der Deutschen zu binden und sie zu zwingen, Truppen vom Süden abzuziehen, müssen wir hier eine Front bilden.« Renzo machte eine präzise Bewegung, einen Handkantenschlag in die Luft. »Aber um sie festzuhalten, müssen wir eine Weile so stark und koordiniert sein, daß wir die Region beherrschen, und sie dürfen uns trotzdem nicht erwischen. Es gilt, sie zu binden, ohne selbst gefesselt zu werden. Deshalb kommt der Streik zu früh. Die Deutschen können ihn gut gebrauchen. Aber gerade darum: Jetzt nicht!« Er gab den letzten Worten einen langgezogenen und brüsk klingenden Tonfall. »Sie sollen kommen, aber nicht das finden, wofür sie kommen, solange wir jede offene Schlacht verlieren müssen. Oder baust du auf die Anglos? Denkst du, den Amerikanern wären rote Partisanen sympathisch? Ihr Vizepräsident Truman hat gesagt: Wenn die Deutschen gewinnen, helfen wir Rußland. Und wenn Rußland gewinnt, den Deutschen, damit sich nur möglichst viele dabei totschießen. Meinst du, der will dann, daß es viele italienische Überlebende mit roten Halstüchern gibt, italienische Russen?«

»Das ist zu abgehoben, Renzo, das versteht hier keiner.«

»Warum nicht abheben, wenn man von oben schauen will?«

»Weil das Volk nicht so abgehoben sein kann, Renzo, ich hab dir schon immer gesagt, drück dich verständlich aus!«

»Die Leute, Anna, du vertust dich, sag nicht das Volk! Es reicht, wenn die Klügsten es verstehen, denn die Klügsten machen den Streik.«

»Das sind Spitzfindigkeiten, die du aus Mailand mitbringst, laß sie im Reisekoffer, das sind Worte, Renzo, Tricks! Laß das, dann wirkst du sympathischer. Wir spielen hier oben nicht ›Wer findet das schönste Wort‹.«

Renzo versuchte, seinen Mißmut durch ein Lachen zu überspielen: »Dann kann ich ja gleich abhauen. Du weißt doch, daß ich bloß mit Worten umgehen kann und mir jeder Revolver schon beim Laden aus der Hand fällt.«

»Klar könntest du abhauen, würde niemandem hier auffallen. Später würde in den Geschichtsbüchern stehen: Der Dichter lebte auch einige Tage bei der roten Armee in den Bergen am Lago Maggiore, bevor er sich wieder in seine Künstlercafés zurückzog.«

O verdammt, dachte Renzo, der Zwist ist kaum noch zu verhindern. Ihr Spott tat ihm zu weh. Und da war wieder der Gedanke an damals, an dieses wissensdurstige Mädchen, dem alle damenhafte Koketterie fremd war, das nicht nur schöner Derwisch sein konnte in den behäbig-intellektuellen Café-Runden, nicht nur mit beherzten festen Händen Unordentliches aus der Welt schaffte, sondern auch so verletzbar war, verletzbar in ihrer Naivität, ihrer Direktheit, ihrem Fluchen, ihrem Zärtlichsein. Und diesem Mädchen hatte die besoffene Faschistenhorde Gewalt angetan! Diese Kerle mit ihrem Terror auf staatlicher Lizenz, die niemals Strafe fürchten mußten, räudig im Rausch der Staatsmacht! Diese Macht, diese elende Macht, die sich alles nehmen konnte. Dieses Gewinnen im Unrecht, immer und immer wieder. Einer – hatte Attila so wenig mit dem zu tun gehabt, wie er behauptete? – hatte ihre Brustwarze mit den Nägeln gezwickt, sie fett angelacht und geflüstert: »Das sieht kein Gericht der Welt, und sähe es das, es würde deine kleinen Wärzchen auch spüren wollen und sagen: Recht so! Sozialismus, das heißt doch: Friede den Hütten und nicht den Palästen so prächtiger Brüste!«

In Renzos Phantasie blieb sie die Vergewaltigte und er der schwätzende Schwächling. Er beendete das Schweigen. »Der Schuster hat deine Botschaft verstanden und bleibt bei seinen Leisten.«

Aber Anna wollte sich vertragen. »Weißt du, was das ist?« Renzo schüttelte den Kopf. »Das ist die kleinste Geige der Welt, und sie singt das Lied vom armen, unverstandenen Dichter, den die Partisanen nicht ernst nehmen wollen.«

Renzo betrachtete sie einen Moment lang, ihre Hand, ihren Arm, ihre Schultern, sah ihr in die Augen. Dann versuchte er ein schiefes Lächeln, pfiff etwas Luft durch die Nase und konnte loslachen. »Willst du's hören?« Er griff nach dem Blatt vor sich.

»Nein«, sagte sie, alles zurücknehmend: »Nein, jetzt nicht, ich muß rüber, und Peppo ist bald wieder da, gib mir's mit zum Lesen ...«

Wie sollte Renzo das verstehen? Als er ihr das Lied gab, unterschrieben mit einem »Nur für dich«, kam ihm das wie eine Liebeserklärung vor. Sie ging leichtfüßig aus der Hütte. Ein Wunder für alle, die sie nicht kannten. Wie konnte eine solche Frau so leichtfüßig gehen, so zart in ihren Bewegungen! Renzo sah sie durch den kleinen Verschlag den Steinweg hinunterhüpfen – alles an ihr hüpfte. O Gott, warum war sie nicht wieder seine Anna? Nein, Hirngespinst, sie wollte sich seiner Liebe, besser gesagt, ihrer Macht über ihn doch nur rückversichern. Er seufzte ihren Namen, einmal, zweimal, dann nicht mehr, lachte über sich und die kleinste Geige der Welt, die nun das Lied des armen, von Anna ausgenutzten Dichters singen würde.

Aber mit Giuseppe, das fiel ihm ein, mußte er unbedingt noch reden. Dieses Villadossola-Unternehmen mußten sie beide gemeinsam verhindern, zumindest verzögern. Schon vor einem Jahr, 1943, hatte sich Villadossola erhoben und war blutig niedergeschlagen worden.

14

Giuseppe saß mit Mario, einem neu hinzugekommenen älteren Schweißer aus Domodossola, im Hof einer verlassenen Villa und wartete auf zwei Abgesandte der Streikenden, als Anna eintrat. Bei dem Treffen sollte es um eine mögliche Unterstützung der Streikenden durch die Partisanen gehen. Vor Renzo hatte man diese Verabredung mit den Fabrikarbeitern vorsorglich geheimgehalten, um sein Dazwischenreden von vornherein auszuschließen.

»Und die wollen wirklich streiken?«

»Sieht so aus. Ist auch nicht ganz so leicht, einen Streik zusammenzuschießen.«

»Auf die leichte Schulter würde ich es nicht nehmen«, bemerkte Mario. »Ein Streik in Villadossola ist kein bewegliches Ziel. Da mußt du ganz fest Stellung beziehen.«

»Was willst du? Den Streik abblasen? Dafür ist es zu spät. Die Valtoces haben ihre Position im übrigen längst bezogen«, brummte Giuseppe unwirsch. »Ich denke, Rom will den offenen Aufstand. Prego! Hier können sie ihn haben.«

Im Halbdunkel kamen zwei Männer den laubverhangenen Weg hinauf. Fremd und finster erschienen sie Anna. Dann merkte sie, was ihr an den beiden fremd vorkam. Beide hatten sich herausgeputzt, der eine seinen Schnurrbart in Fasson gebracht, hatte wohl eine gebügelte Hose aus dem

Schrank genommen, dazu ein helles Leinenhemd, das schon seit mehreren Generationen im Familienbesitz sein mußte und nur zu besonderen Feierlichkeiten herausgeholt wurde, jenseits jeder Mode und nicht gerade das, was die feinen Leute fein nennen würden. Über allem trug er eine hellgraue Jacke mit großen dunkelblauen Holzknöpfen.

Streikführer stellt man sich anders vor, dachte Anna. Wollten sie tatsächlich zu den neuen Herren der Berge? Welche Vorstellungen mußten sie von denen haben, wenn sie sich so auf das Treffen vorbereiteten? Das war es, was Anna bedenklich vorkam: Die Würde, die beide so unbeholfen vor sich hertrugen. Der eine hatte sogar seine Ehrennadel ans Revers des rotbraunen Sakkos gesteckt! Die beiden mußten wie zwei bunte Hunde durchs Dorf stolziert sein zu dem geheimen Treffen mit Partisanen. Durch den Spalt der Gardinen hatte bestimmt das halbe Dorf ihren Weg verfolgt. Sicherlich auch der eine oder andere Gegner. Aber wie klug und imposant würden sie sich nach einem Sieg fühlen! Anna lächelte böse.

Die vier Partisanen wirkten überhaupt nicht heruntergekommen neben den beiden Arbeitern und irgendwie passender gekleidet. Die beiden Streikführer bemerkten nichts davon, zu gespannt waren sie auf dieses Treffen, zuviel versprachen sie sich davon. Sie hatten zwar schon einmal einen Streik mitgemacht, aber der hatte nur einen Tag gedauert, und dann waren überall Soldaten gewesen. Dauerhafter waren die Streiks vor zweiundzwanzig Jahren gewesen. Überall, in der Lombardei, der Emilia, dem Piemont, hatte es damals große Demonstrationen mit roten Fahnen gegeben. Die Kapitalisten hatten sich zurückgezogen, die Polizei war nur an wenigen Stellen zu sehen gewesen. Überall fuhren mit roten Tüchern behängte Lastwagen voller Menschen, die ausgelassen Lieder grölten, alte Melodien mit ungehobelten neuen Reimen. Wenige Tage später war alles vorüber. Partisanen, eine bewaffnete Schutzmacht – und als deren Repräsentanten sahen die Streikführer Giuseppe und Anna an – hatte es damals noch nicht gegeben.

Die Herrschenden haben immer Glück, dachte Anna, deswegen können sie sich auch manchmal zurückhalten. Aber als diese Armen da kurz aufatmen konnten und ausgelassen waren, da war es falsch und mußte teuer bezahlt werden. Die Oberen sind bestens ausgebildet dafür, in kleinen Schritten ihre großen Ideen zur Kapitalvermehrung umzusetzen. Die Unteren müssen immer von vorn anfangen, brauchen mehr Zeit, die man ihnen aber nicht läßt, die sie sich gewaltsam nehmen müssen! Und ihre große Idee ist immer nur eine Ahnung, aber kein konkretes Wissen über die nächsten Schritte. Und während die Herrschenden immer die Freiheit haben, ruhig und gelassen ihre Pläne zu schmieden, sich nur mit ein paar von ihresgleichen oder mit einigen Untergebenen verständigen, entladen sich bei den Beherrschten im Augenblick der Befreiung seltsame Gefühle, die sie nicht beherrschen, weil sie sie nicht gewohnt sind. Eine solche Zeit macht sie verletzlich.

Ja, hätte ihnen jemand gesagt, daß es gerade diese Stunden waren, in denen sie sich an den neuen Gefühlen berauschten, anstatt sich abzusichern, daß es dieser offene, freie Augenblick war, in dem sich alles entschied, sie hätten es ihm nicht geglaubt.

Und seitdem? Eine böse Nachricht jagte die andere.

Wie damals, 1925, als die staatliche Kommission zur Aufhellung des Matteotti-Mords eingesetzt worden war. Es ging um den Mord an einem sozialistischen Parlamentsabgeordneten, für den sich die Faschisten vor ihren Bündnispartnern verantworten mußten.

Der alte Mauro hatte nur düster den Kopf geschüttelt, als er von der Zusammensetzung der Kommission erfuhr. Über ihn wurde gelacht, es war doch schließlich ein Sieg, daß Mussolini die Kommission hatte bilden müssen! Der Mord war als Skandal des italienischen Staates bestätigt worden. Sollten die Arbeiter da noch auf solche Details achten wie die personelle Besetzung der Kommission?

Dabei hatte der Faschismus nur etwas Terrain freigegeben, um sich neu und noch gewalttätiger zu sammeln. Aber sie feierten schon, überall im Land roch es nach Gebäck, Wein, überall sah man das neue Selbstbewußtsein.

Der kapitalistische Teufel saß im Detail. Einige waren schon aus dem Parlament herausgerannt auf die Straße, konnten es nicht abwarten, mit den Leuten zu feiern, draußen wurde gestreikt, getanzt, getrunken und sich umarmt, während drinnen unbeachtet ein paar wenige um die letzten beiden Kommissionsmitglieder stritten. Gerade eben glaubwürdig genug nach außen und loyal genug dem Duce gegenüber nach innen hatte die Kommission zu sein. Und mit der personellen Zusammensetzung, die schließlich durchgesetzt war, wurde der Faschismus am Ende mehrheitlich freigesprochen. Auf diese Weise markierte die Kommission den Anfang des eigentlichen Faschismus.

Anna fiel Liebknechts Satz ein, nach jeder halben Revolution folge eine doppelte Konterrevolution. Als die Bündnispartner der Schwarzhemden in der zerbrechlichen Koalition dieser Kommission zustimmten, bestätigten sie in ihrer Gutgläubigkeit ihr eigenes Todesurteil. Oder ihre Unterwerfung. Nach der Matteotti-Krise war nichts mehr wie zuvor; nun verschwanden Menschen aus ihren Wohnungen, ohne daß noch Fragen gestellt wurden.

Schwere Arbeit hatte die Gesichter der beiden Streikführer ausgetrocknet. Sie mußten etwas über fünfzig sein, aber alles – ihre Verkleidung, ihr feierlicher Gesichtsausdruck, die Art zu schreiten, sich neben den Stuhl zu stellen, zu warten – ließ sie viel älter erscheinen. Schwerfällig setzten sie sich, schwiegen, räusperten sich, erzeugten eine Atmosphäre, die der einer Audienz bei Siegern glich. Aus ein paar ergebnislosen Schießereien waren Taten geworden, aus verlustreichem Gemetzel glänzende Siege mit schweren Opfern auf deutscher Seite. Selbst Renzo war mittlerweile eine große Rolle zugedacht worden: In einer der Versionen hatte er vor dem Gasthaus eigenhändig drei Faschisten getötet. Aber die Meinungen über ihn waren geteilt: Andere erzählten, er habe sich dessen nur gerühmt, er könne nur Befehle erteilen und schön reden, aber ab dem zehnten Kilometer müßten ihn andere durch die Berge tragen.

Giuseppe war das Auftreten der beiden Männer unangenehm. Er angelte sich die Flasche hinter dem Stuhl hervor und hielt sie dem einen hin. Der war sichtlich irritiert, schielte zu seinem Genossen hinüber und entschuldigte sich.

»Nun, wie sieht's aus unten?« Giuseppe mühte sich vergeblich, von der Steifheit wegzukommen.

»Wir sind froh, mit Ihnen sprechen zu können. Ich glaube, ich sage nicht zuviel, wenn ich sage: Dies ist ein historischer Tag!« Der Satz war auswendig gelernt und für diesen Augenblick zurechtgelegt.

»Wird sich zeigen«, gab Giuseppe lachend zurück, aber sein Lachen wirkte verkniffen.

»Wir haben uns noch nicht vorgestellt«, bemerkte der andere Besucher leicht erschrocken. Er hatte offensichtlich bis zu diesem Moment auf sein Stichwort gewartet. »Das ist Giorgio Mercato, und ich bin Fernando Berlucci. Wir sind die Deputierten des Streikkomitees und haben Entscheidungsvollmacht.«

»Und das ist seine Majestät, Giuseppe der Erste, Führer von acht Verrückten, von denen sieben kein Scheunentor auf einen Meter Entfernung treffen können«, krähte Mario, der es nicht mehr aushielt, dazwischen.

Annas strafender Blick traf ihn. Giuseppe nahm einen zweiten Anlauf zu lachen. Diesmal zuckte es bei den beiden in einem Mundwinkel. Nein, sie wollten sich die Feierlichkeit des Augenblicks dieser Begegnung nicht durch Kumpeleien verderben lassen. Zwanzig Jahre lang hatten sie alles, alles schlucken müssen, und jetzt gab es endlich wieder etwas, vor dem die Mächtigen Angst hatten. Die Partisanen verkörperten Stärke, hatten Waffen und womöglich Verbindungen zu England und zur Roten Armee. Eigentlich streikten sie im Tale um wenige Lire Lohn mehr pro Tag, aber die Arbeitsniederlegung war sofort in einen politischen Protest umgeschlagen. Wer hätte sonst für so wenig Geld einen Streik riskiert?

»In Halle eins wird seit drei Tagen gestreikt. Die Verhandlungen mit der Firmenleitung sind festgefahren. Morgen wird das Komitee den Streik auf die Hallen zwei und drei ausdehnen.«

»Habt Ihr Verbindungen mit anderen Betrieben im Tal?«

»Ja, natürlich, sie wollen mitmachen, aber wir sollen anfangen.«

»Warum nicht zusammen anfangen?«

»Das ist Taktik«, meinte mit bedeutsamer Miene der eine, ließ eine Pause, um das gewichtige Wort wirken zu lassen,

»reine Taktik«. Dabei hob er seine Hände gleichförmig wie ein Dirigent, der eine letzte Harmonie weich auslaufen lassen möchte.

»Und wenn die Taktik nicht stimmt?« rief Mario von hinten.

»Es ist alles festgelegt, wir haben eine Koordinierungsstelle in Suna, da läuft alles zusammen.«

Für Giuseppe war Marios Benehmen peinlich. Da saßen zwei Leute, die seit Jahren zum ersten Mal wieder Hoffnung schöpften und bereit waren, alles zu riskieren. Da durfte man nicht so spöttisch sein wie Mario. Er überging Marios Einwand. »Auch wir sind froh darüber, daß wir uns hier treffen können.«

Die beiden nickten eifrig, endlich lenkte jemand in ihre Richtung. »Es sollte noch viel mehr koordiniert werden zwischen uns. Ein Streik ist ein wunderbares Signal. Streik, das ist Aufbruch, der Herrschaft ins Gesicht spucken, nicht mehr klein beigeben. Streik ist der beste Ausdruck der Menschenwürde«, sagte der, der bisher geschwiegen hatte.

Überrascht wendete sich Giuseppe ihm zu. Wie konnte einer, der so redete, in diese Kluft eingezwängt werden? Da saßen zwei, die gleich aussahen, aber komplett verschieden waren. Der Unbeholfene war stolz auf seinen Begleiter und ergänzte in seinen Worten: »Das Komitee wäre glücklich, wenn ihr helfen würdet, unsere Streik-Posten zu bewaffnen. Es ist außerdem dringend geboten, einen gemeinsamen bewaffneten Plan zu machen.«

»In Domo gibt es einen Haufen Schwarzhemden. Fast wie in Gravellona. Die werden wir dann niederschlagen müssen«, wandte Giuseppe ein.

»Wenn sie kommen, wenn, wenn.« Auf einmal loderte in den biederen Deputierten Leidenschaft auf. »Wir glauben nicht, daß sie noch große Lust haben zu kommen. Wir in Villadossola sind ihnen nicht geheuer. In der Emilia haben sie auch ganze Städte geräumt. Es geht zu Ende mit ihnen.«

Mario schüttelte den Kopf. Anna sah böse zu ihm hinüber, so daß er sie ansprach: »Ich bin der letzte, der sich drückt. Aber ohne größere Opfer wird das hier nicht gehen.«

»Deswegen mußt du nicht den Miesmacher spielen«, zischte Anna zurück.

Vom Weg her kam ein Pfeifsignal. Es war Renzo, der doch vom Treffen erfahren haben mußte. Die beiden erkannten ihn und erhoben sich, nicht mehr so unbeholfen wie bei ihrer Ankunft. Von seinem Reisarbeiterlied kannten sie zumindest den Refrain.

Mario fragte den Neuankömmling: »Na, Renzo? Meinst du auch, daß sich das Tal jetzt erhebt?«

Der eine Deputierte reagierte fast erschrocken auf den Sarkasmus. »Ein Streik wäre ein massiver Fortschritt.«

Mario wandte sich zu ihm: »Quatsch, keinen Finger werden sie krumm machen. Mori und Cramco sitzen seit fünf Wochen in der Villa X bei der SS in der Mache, der eine mit gebrochener Hand, und ohne die wollt ihr streiken? Mit dieser Angst im Hintern streikt da im Moment keiner.«

»Es ist alles geplant«, rief der Deputierte verzweifelt, »alles komplett geplant.«

»Ja, und es ist Taktik, denn wir werden sie in den Streik hineinziehen«, ergänzte sein jüngerer Kamerad.

»Nein, nichts ist. Solange in Verbánia nichts ist, kommen die Deutschen hierher, mit allem, was sie haben, und knallen alles nieder. Dann wird es nie eine Befreiung geben, habt ihr daran schon mal gedacht?« Marios Aufbrausen galt der gesamten Runde.

»Mario, ich glaube, wir sollten mal die Lage bei der Zentrale melden, immerhin, wann gab es schon eine solche Bereitschaft zum Streiken, zum Verweigern der kapitalistischen Logik, zum selbstbewußten Gebrauch der Ware Arbeitskraft? Die Zentrale wird urteilen, was strategisch geboten ist. Wir sollten sie fragen ...«

»Wer fragt dich schon, Renzo?« unterbrach ihn Mario. »Wir sollten ... wir sollten ... Sag, was du für richtig hältst. Wenn du von etwas Ahnung hast. Oder halt den Mund.«

In Renzo kroch ein Zorn herauf und machte ihn kurzatmig: »Wie redest du mit mir?« keuchte er.

»Wie ich mit dir rede? Wie mit einem Einmischling, einem, der sich hier als Stratege aufspielt. Der nicht weiß, was er schwätzt, der sich vor den Folgen seines fein gesungenen Streikaufrufs wieder nach Rom absetzt, in seine Cafés. Giuseppe, du Taktiker, sag ihm doch, was hier jeder denkt!«

Giuseppe kaute verlegen auf seiner Unterlippe.

»Die Frage ist lediglich, ob wir das Tal vorn abriegeln können und ob wir denen ein paar Waffen besorgen. Und ich sage: Wir können!« trumpfte Anna auf.

Giuseppe blickte in die Baumwipfel: »Es kommt darauf an, wieviel die Deutschen aus Novara heranführen können. Da tappen wir alle im dunkeln.«

Anna wollte nicht nachgeben »Die haun doch ab, ein ganzes Regiment soll schon auf dem Weg in die Schweiz sein, um sich die Waffen abnehmen zu lassen.«

»Na, na, das will ich gesehen haben«, brummte Mario, »aber bitte: einmal mehr oder weniger rumballern, an mir soll's nicht liegen!« Mario hatte etwas getrunken, und sein Haß auf Renzo riß ihn mit. Aber durch Giuseppes Orakelspruch über die deutsche Truppenstärke in Novara war die Beratung in ruhigere Fahrwasser gekommen.

Steif und irritiert lauschten die beiden Delegierten des Streikkomitees den hin- und herfliegenden Worten. Wieviel bringen die Deutschen, wieviel Reserve haben sie, wenn sie schon zwei Reserveregimenter in Richtung Apennin geworfen haben? Würden sie nicht gezwungen sein, ruhig zu bleiben, sich zurückzuziehen, um hier eben nicht Kräfte zu binden, die weiter südlich gegen die Amerikaner und Engländer eingesetzt werden müßten?

Renzo schwieg währenddessen beleidigt. Er hatte den richtigen Augenblick verpaßt, um sich erneut ins Gespräch einzumischen. Wieder hatte er um ein weniges zu lange gewartet. Er dachte: Manchmal schwätze ich los, wenn ich den Mund halten sollte. Manchmal schweige ich wichtigtuerisch, statt mich preiszugeben. Weil ich ein eitler Pfau bin, nichts weiter!

Obwohl er die heimliche Wendung des Gesprächs erfaßt hatte, holte Renzo tief Luft und unternahm einen Versuch, sich erneut einzumischen: »Wir können die beiden nicht so abspeisen und unverrichteter Dinge einfach wieder gehen lassen.«

Aber nun ließ ihn auch Giuseppe im Stich: »Wenn der Streik beginnt und umschlägt vom bloßen Lohn ins Politische, wird er zu mehr als einem Symbol. Die Deutschen können sich ein geteiltes Hinterland nicht leisten. Dann können wir zwar wieder in die Berge, aber was machen die Leute hier?«

»Dann verteidigen wir eben das Val d'Ossola«, brummte Anna trotzig.

Mario wurde nun leiser und höflicher: »Ohne Gravellona zu haben? Schau dir mal die Landkarte an. Wer Gravellona hat, sitzt an der Schleuse zum Tal, der kann es zu- oder aufmachen.«

Anna konterte: »Aber das heißt auch: Wenn wir Gravellona haben, haben wir das ganze Tal befreit, Giuseppe.«

»Wenn sie nicht durch das Cannobiner Tal kommen.«

»Vielleicht hast du recht, Giuseppe«, sagte Renzo unterwürfig, was Anna maßlos ärgerte. Sie wußte, daß Renzo den Streik nicht wollte, weil er ihm nicht in den Zeitplan paßte. Sie wußte aber auch, daß er seine wahre Meinung aus taktischen Gründen für sich behielt. Und daß er gescheitert war und mit seiner schwankenden Haltung nicht zum Zünglein an der Waage wurde, weil Mario ihn sofort frontal angegriffen hatte.

Renzo sprach die Deputierten an: »Ich meine ... wenn es so viele Unsicherheitsfaktoren gibt und keiner die Möglichkeiten der Deutschen kennt ... ob wir da nicht besser noch warten sollten?«

Der Jüngere reckte sich: »Jeder von uns weiß, wie hoch das Risiko ist. Das gesamte Tal ist antideutsch. Die Differenzen zwischen rot, grün und blau sind beigelegt. Alles stimmt! Und selbst, wenn es schiefgeht. Jeder kennt das Risiko. Jeder hat sich das lange überlegt, und jeder ist bereit, in die Berge zu gehen, und wenn es hart auf hart kommt, gehen unsere Frauen und Kinder in die Schweiz, komme was wolle. Wer a sagt, muß auch b sagen!«

Wer konnte diesem Mann die Zustimmung verweigern? Auch Giuseppe nickte bedächtig. Renzo haßte Giuseppe in diesem Augenblick. Annas Augen loderten. Renzo hatte unrecht, wie Mario auch, aber der hatte seine Ansicht gerade noch rechtzeitig gewendet, während Renzo in die Falle gegangen war.

Der taktierende Renzo hatte die Übermacht der Deutschen nicht mit Namen und Hausnummer nachgewiesen, hatte vergessen, sich die harten Fakten der mobilisierbaren Truppenstärke vorher zurechtzulegen, hatte allein auf sein rhetorisches Talent vertraut und mußte deswegen im Moment seiner Einmischung eine ferne Autorität zitieren. Niemand nahm das Mario übel, er war auch ein Arbeiter aus der Fabrik und ein erprobter Organisator im Partisanenkampf. Renzo hatte das alles nicht gewußt, sich eingemischt und sah sich nun zur Strafe allein dastehen

»Ich denke, es war sehr wertvoll, daß wir uns getroffen haben. Ihr wißt jetzt, wer wir sind. Niemand anderes hat hier zu entscheiden als ihr und wir! Und wir wissen, daß wir zueinander stehen, wir stehen zu Villadossola und Villadossola steht zu uns.«

Beifälliges Kopfnicken zu Giuppes Worten bescheinigte Renzo endgültig seine Niederlage.

Renzo hatte Attila früher dafür bewundert, wie leicht er Leute auf seine Seite ziehen konnte. Einmal hatte Attila eine Handvoll Jugendlicher dazu gebracht, die kleine Gaststube des Altanarchisten Marco zu demolieren, weil der sich geweigert hatte, ihm Wein auszuschenken. Dafür sollte er »eins auf die Fresse kriegen«. Der Alte hatte herumgekreischt, mit der Polizei gedroht, von der er doch wußte, daß sie ihm nicht helfen würde. Er hatte sich an einen der zwei Köpfe größeren Kerle geklammert, dann mit gellender Stimme geschrien, was deren Zerstörungswut noch weiter anfachte, und zum Schluß war er mit schniefendem Schluchzen zurückgeblieben. Lachend waren die Jugendlichen abgezogen. Schadenfreude auf Kosten von Schwächeren! Es ist etwas ganz anderes, hatte Renzo damals gedacht, ob ein feiner Herr mit Zylinder auf Pferdedreck ausrutscht oder eine verkrüppelte Oma. Und das Lachen klingt auch anders.

Das Mißtrauen und die Verachtung, die Renzo in den Bergen zuteil wurden, galten ihm als Vertreter Roms und Mailands. Nur wenige der Alpengänger waren dem Fortschritt in den großen Metropolen gegenüber aufgeschlossen, bei der

Mehrheit der Dorfbewohner gab es eine tiefverwurzelte Furcht vor den fernen Großstädten.

Aber warum, fragte sich Renzo, während das weitere Gespräch an ihm vorbeiplätscherte, sollte eigentlich gerade das hektische Überspringen der Zeit, das, was den Menschen ihre Muße nimmt, der Fortschritt sein? Vielleicht sehnte sich die Stadt tief in ihren vielen kleinen Nischen nach dörflicher Langsamkeit?

Als Anna ihn kurz ansah, versuchte er, seinen Blicken Milde zu geben. Er dachte an einen Satz, den Leo Tolstoi kurz vor seinem Tod in sein Tagebuch geschrieben hatte: »Die Anhänger des Sozialismus sind Menschen, die vorzugsweise die Stadtbevölkerung im Auge haben. Sie wissen weder etwas von der Schönheit, der Poesie des Landlebens noch von seinen Leiden. Wäre es anders, würden sie es nicht durch ein komfortables Stadtleben ersetzen wollen, sondern von seinen Übeln befreien.« Und Renzo ahnte, wieviel Geduld er bei all diesen Vorurteilen und Mißverständnissen haben müßte.

Die beiden Männer vom Streikkomitee hatten wieder zu ihrer Steifheit gefunden, verabschiedeten sich und schüttelten jedem die Hand wie ehrbare Geschäftsleute. Renzo gegenüber waren sie kurzangebunden. Er schwor sich, aus diesem Fehler zu lernen, ja, wenn er denn könnte, die Scharte, die er als seine persönliche empfand, auszuwetzen und den Streik sobald als möglich beenden zu helfen. Dazu mußte er sich an Giuseppe halten.

15

Am 8. November erhob sich Villadossola. Aufgeregt mit den Händen herumfuchtelnde Männer betraten das Büro des Werkschutz-Obmanns, der sich bereitwillig festnehmen ließ. Sechs Mann Besatzung der kleinen Gendarmerie ergaben sich ebenfalls, nicht ohne zuvor einige Funksprüche abgesetzt zu haben. Die Streikposten hatten wenig zu tun, Arbeitswillige gab es keine. Das kleine Städtchen im Tal schien problemlos in eine neue Herrschaft überzugehen. Die Herrschaft allerdings war nicht stark genug, den Übergriff auf den Schuhladen in der Via Brugo verhindern und bestrafen zu können. Selbst als Mario den Rabauken entgegenschrie, der Ladenbesitzer sei längst als Königstreuer von Mussolini abgerückt, hielten sie nicht inne. Und einem Teil der Leute in Villadossola imponierte das. Die anderen glaubten, schweigen zu müssen.

Im Municipio ging es drunter und drüber. Stimmengewirr, heftig debattierende und wildgestikulierende Leute. Viele lauschten einem Radio im Rathaus, dessen Rauschen aber nur wenige Worte durchließ. Die neue Herrschaft war ein freundliches Chaos mit länger werdenden Warteschlangen beim Einkauf.

Einer vernahm es zuerst: das leise Dröhnen, das von keinem Motorrad kam. Er stand oben an der Kirche und unterhielt sich gerade mit dem Pastor. Es kam schnell näher und ging in eine beklemmende Frequenz über, die nichts Gutes verhieß. Der Mann an der Kirche pfiff einer Gruppe weiter unten an der alten Schmiede zu, begleitet von einer weitausholenden, fragenden Gebärde. Sie verstanden ihn nicht, bis er in die südliche Richtung deutete. Es ging alles sehr schnell. Neben zwei einsamen Wölkchen wurde ein Punkt größer, teilte sich, wurde zu drei Punkten, die immer schneller herankamen, erst surrten und dann dröhnten.

Eine alte Frau, die über die Straße ging, blieb stehen, legte die Hand über die Augen und schaute nach Westen, gegen die Sonne, in die falsche Richtung, dahin, wo sich am Berg der Schall brach. Das Dröhnen wehte abwechselnd laut und leise herüber, schien manchmal zu verstummen, wirkte für ein paar Augenblicke sogar beruhigend. Die Streikposten schlenderten nicht mehr gelangweilt am Betriebstor herum, der Pastor schaute verkniffen und erstaunt den drei Punkten entgegen.

Giuseppes Standort war vor dem Städtchen. Carlo und Mario lehnten an der alten Mauer einer Scheune.

»Das sind Deutsche«, brummte Mario.

»Im Leben nicht.«

»Das sind Deutsche!«

Carlo blinzelte hoch: »Hat jemand Giuseppe irgendwo gesehen?«

»Der muß in der Stadt sein.«

Dann sahen es alle: Es waren Deutsche, das Balkenkreuz mußten sie gar nicht erkennen, die Bauart des Flugzeugs genügte. »Wir müssen die Leute warnen«, schrie Mario und rannte los. Carlo sprang zum 22-Millimeter-Geschütz.

Deutsche, schrie es entfernt, Deutsche. Der Schrei brach rasch in die Stadt ein, Angst und Reue unterminierten mit einem Schlag die neue Freiheit. Deutsche! Es kreischte überall, mischte sich unter das schwerfällige Hornissen-Gedröhne, das der Stadt gutmütig zuzubrummen schien: Beachte mich nicht, mach doch weiter wie bis eben, bleib doch, halt still.

Renzo hatte bei der Schule unter dem Kastanienbaum gesessen und mit einem Zweig Gravellona, Cannobio, die Täler in die sandige Erde geschabt, mit Pfeilen und kleinen und großen Kreisen markiert. Er stellte sich vor, dort auf einem Lastwagen einzufahren, an der Spitze eigener Kämpfer Anna anzufunken und von vollbrachten Taten zu berichten. Aber die dicken Pfeile in der Erde waren Gegner. Argumente für den Abbruch des Streiks. Die dünnen Pfeile markierten die Partisanen. Und es waren zu wenige. Den Ruf Deutsche! hörte er erst beim zweiten Mal, dann schreckte er aus seinen Gedanken hoch. Er sah die Leute kopflos herumrennen und lief zum Marktplatz, von wo er Schüsse hörte. Erst dort erfuhr er, daß gestern nicht alle Milizen entwaffnet worden waren, daß ein ganzes verfluchtes Nest ausgespart geblieben war und keiner daran gedacht hatte.

Aus einer halbautomatischen Waffe tackerte es in die Straße, an deren Ende reglos ein dunkler Klumpen lag. Das Brummen in der Luft war zur großen Bewegung geworden. Renzo sah einen Jungen hinter einem Schubkarren kauern. Hastig wendete er seinen kleinen schwarzen Kopf nach links, nach rechts, hob sich und zuckte sofort wieder nach unten, die Finger in die Speichen des Wagens gekrallt. Renzo rannte los, ohne Plan, ein paar Schüsse knallten, einer surrte an seinem Arm vorbei, prallte an einer Säule ab und pfiff gegen Glas. Der Browning fiel ihm ein, er raffte die Waffe aus der

Jacke und gab einen Schuß in Richtung auf das obere Fenstersims ab, ungezielt, um sich wenigstens bemerkbar zu machen.

Renzo hatte den Kleinen erreicht. Er war nicht verletzt. Nun erst sah er das Fenster deutlich und registrierte den Schatten hinter dem braunen Vorhang, der sich bewegte, wenn nicht geschossen wurde. Renzo hielt die Pistole in Augenhöhe, verließ dazu ein Stück die Deckung, zielte schnell und feuerte zweimal. Ihm war, als ob er einen Ton gehört hätte, und der stachelte ihn an, er spürte, wie sein Herz unter dem abgeschnürten Hals den Füßen Befehle erteilte. Und er merkte, wie er in Richtung des Hauseingangs lief. Merkwürdig, dachte Renzo, ist es denn wirklich so leicht, todesmutig zu sein? Der Gedanke ging ihm nur kurz durch den Kopf. Im Haus hörte er aufgeregte Stimmen.

Mario sah Renzo im Haus verschwinden, es war zu spät, ihn zurückzurufen. Im Haus knallte es, einmal tief, dann ein flaches »Bätsch« von oben. Stimmen riefen durcheinander, aufgeregt, dann kurz und gepreßt. Es bätschte noch zweimal. Dann war es ruhig. Eine volle Sekunde lang ruhig. Die Vögel schwiegen, die Motoren der Flugzeuge setzten aus.

Viele erinnerten sich später an die Stille, in der sich das ganze Tal zu sammeln schien vor dem Schlag, der dann die Luft zerfetzte und die Dächer bröckeln ließ, am Gasthaus zuerst; vor dem Hämmern der Maschinengewehre, die nun aus der Luft ihre vernichtenden Stöße hinunterbliesen.

Der Feind griff kurz darauf von Süden her mit zwei gepanzerten Fahrzeugen und Gebirgsjägern an und verschanzte sich in den ersten Häusern. Nachdem die dritte Fliegergranate im östlichen Teil Villadossolas explodiert war, kam es unterhalb der Kirche, beim Kino, zum Gefecht. Mario, der Renzo ins Haus gefolgt war, fand zwei tote Faschisten und Renzo, der neben einem verletzten Mann kniete. »Laß ihn, es geht los da draußen«, rief Mario. Renzo blickte hoch, erst jetzt sickerte ein wirklicher Gedanke in seinen Kopf, löste sich der eiserne Ring um den Kehlkopf, wurde sein Herzschlag ruhiger. Sie rafften die herumliegenden Waffen zusammen und rannten die Treppe hinunter. Dann erst bemerkte Mario Renzos Verwundung am Bein. Renzo hoppelte zu dem Jungen am Karren und brachte ihn in einen Hausflur.

Das Bombardement war eröffnet, die Menschen versuchten, irgendwo unterzukommen. Nur Renzo und Mario liefen im Zickzack zwischen Hausfluren und Gassen dahin, wo sie die Schüsse hörten.

»Soll ich dich stützen?«

»Nein, nein, ist nichts, ist gar nichts. Ein Streifschuß, es geht.«

Renzo sah die hastigen Menschen an der alten Friedhofsmauer und warf sich neben Mario in einen Straßengraben, da eines der Flugzeuge gerade gedreht hatte und mit heftigem Geknatter geradewegs auf sie zukam. »Vorsicht«, schrie er, was völlig überflüssig war.

Dann wurde es ruhiger, alle gingen in Deckung, offensichtlich auch der Feind, denn aus seiner Richtung kam nur noch ein vereinzelter Schuß. Das Flugzeug mähte noch einmal an der Friedhofsmauer entlang, drehte ab und überließ den Platz wieder den Fallschirmjägern, die Handgranaten warfen und schossen.

Mario und Renzo rannten geduckt zu einem Hortensienbusch, drückten sich in die welkenden, hellblauen Blüten, so daß sie die feindlichen Positionen kaum mehr überblicken konnten. Renzo hatte den Browning im Anschlag, diesmal zielte er länger. Er traf einen Deutschen am Kopf, der sich mit einem gellenden Schrei aus der Deckung warf.

Renzo war selber überrascht. Er, der Schwächliche, der mit dem Bückelchen, der die Deutschen seit seiner Jugend als unbezwingbar, ja unverletzbar ansah, hatte einen Deutschen getroffen, der jetzt röchelte.

Einen Moment lang waren nur weiter entfernte Schüsse zu hören und das prasselnde Feuer vom Dach des Wirtshauses, aus dessen Fenstern dicke Rauchschwaden quollen. Die Deutschen hatten von oben her eine überlegene Stellung. Wegen der unerwarteten Gegenwehr aber stoppten sie etwa auf der Höhe der Kirche. Diese Situation nutzten Renzo und Mario, um im Schatten des nun entstandenen toten Winkels geduckt und in kurzen Sätzen zu den anderen zu springen.

»Wir müssen hier raus«, keuchte Renzo.

Carlo schrie zurück: »Und die Leute? Wir können hier nicht so einfach wieder gehn.«

Mario schüttelte stumm den Kopf. Giuseppe klang unsicher: »Ich glaube, es hilft nichts. Schlagt euch Richtung Antrona durch – wenn es sein muß einzeln. Nehmt mit, wen ihr mitnehmen könnt. Da oben schaun wir erst mal, was los ist. Ist da auch irgendwas faul, dann gleich weiter nach Baione, noch höher in den Berg. Gebt das auch den Leuten hier weiter, wer gefährdet ist, soll sofort mit uns kommen. Das ist das einzige, was wir für sie tun können. Aber Vorsicht, nicht daß zu viele Wind kriegen davon.«

Carlo rannte zurück, als das deutsche Feuer schwächer wurde. Eine Granate platzte in den Hortensienstrauch, neben dem Renzo vorher gelegen hatte. Mario war plötzlich mit zwei anderen aus dem Dorf bei der 22-Millimeter-Kanone und wuchtete sie herum, mit Mündung auf das kleine Steinhäuschen, das neben der Kirche stand. Er traf aber nur den Straßengraben unterhalb. Wer etwas zum Schießen hatte, zielte in Richtung auf die vermutete deutsche Stellung, während sich die Dahinterliegenden nordwestwärts in die Via per Antrona davonmachten.

Die Deutschen waren mit der Rückeroberung Villadossolas zufrieden. Den Partisanen weiter nachzustellen schien ihnen ein zu riskantes Unternehmen. Zumal sie den Rückzug durch den entschiedenen Feuerschutz zu spät bemerkt hatten, um das Eintauchen der ersten Garibaldini in die dichteren Waldhänge noch verhindern zu können. Von dort oben hätten schon wenige Partisanen genügt, um weite Teile des unterhalb gelegenen Hangs zu bestreichen. Einerseits wußten die Deutschen nicht um die Erbärmlichkeit der Ausrüstung der feindlichen Kräfte, andererseits wollten sie diese nicht wahrhaben, hatte ihre Propaganda die Partisanen doch zur martialischen fünften Kolonne der Feindarmeen hochgeschrieben. Woher die den Mut nahmen, mit nur einer einzigen Flugabwehrkanone und zehn 12-Millimeter-Maschinengewehren, die aus abgeschossenen Flugzeugen herausmontiert waren, sowie zwei 45-Millimeter-Mörsern, deren Granaten für deutsche Panzerplatten zu schwach waren, in infanteristische Kampfhandlungen einzutreten und Villadossola einzunehmen, das hatte keinem deutschen Offizier in den Schädel gepaßt.

Sie hielten also Abstand zu den abziehenden Gestalten, die durch die Straßen huschten, ab und zu hinter sich schossen und zu dritt oder viert zwischen den Pinien am Hang verschwanden.

Wie viele Partisanen bei diesem ersten militärischen Zusammentreffen mit der Wehrmacht ihr Leben verloren hatten, ist bis heute umstritten, die Angaben widersprechen sich. Was alle gleichermaßen schildern: Zwei kleine Mädchen, die am Rande des Maisfelds spielten, als die Jäger ihre tödlichen Garben über die Dächer sprenkelten, lagen zusammengerollt an der Böschung zur Straße, über die sie nach Hause hatten laufen wollen. Sie hatten fingerkuppengroße Wunden an Hals und Kopf. Kann man so kleine Köpfe aus Versehen treffen?

In Villadossola liegen in jedem Winter kleine Rosen an einem Maisfeld. Die Arbeiter der Tuchfabrik und des E-Werks im Valle Formazza, Handwerker, der Tankstellenwart, der Caféhaus-Besitzer, der kommunistische Bürgermeister und der Generaldirektor von Olivetti treffen sich alle fünf Jahre am Kirchplatz. Dann denken die, die dabei waren, an den bitter-schwarzen Zug, der die Kindersärge mit sich trug, und das enthemmte Heulen des jungen Vaters, wie er die Mädchen, jedes einzeln, umarmte, küßte, umarmte und zwischen einer Art Kichern den Schmerz verschrie.

Renzo befand sich zusammen mit Mario auf dem Rückzug. Er schwieg und summte nur ab und zu dumpfe Melodien. Mario sah die dunklen Flecken und die Risse in Renzos Bundhose, besonders da, wo die Hosenbeine über den Stiefeln geschnürt sind. Irgendwoher hatte er einen Alpenhut bekommen, in dessen Schleifenband ein papierenes Veilchen klemmte. Es paßte nicht zu Renzo, fand Mario; der Hut wirkte zu beschwingt, zu keß.

Renzo hatte etwas vollbracht, aber es kam ihm nicht der Gedanke, sich selbst zu loben. An diesem Tag, als es das erste regelrechte Gefecht zwischen Deutschen und Italienern gab und das »Bandenunwesen« nun in deutsche Militärberichte als faktische Anerkennung des Partisanenkriegs Eingang fand, hatte Renzo einen Jungen vor dem Kugelhagel der Faschisten gerettet. Mario sah Renzo mit anderen Augen.

Vielen wurde in diesen Stunden unheimlich, was im Tal geschehen war. Den Deutschen, weil sie vier Tote hatten – die zwei italienischen Heckenschützen, die sie auf der Treppe des Hauses am Marktplatz fanden, nicht eingerechnet – und weil sie nicht wußten, wie sie dem feindseligen Städtchen Villadossola von nun an begegnen sollten. Den Partisanen, weil sie von nun an zu einem regelrechten Frontabschnitt des Krieges geworden waren, und das ohne einheitliches Kommando.

Den Leuten im Tal waren die Taten von Capitano Giuseppe zur Legende geworden. Und auch Renzo kam gelegentlich ich den Geschichten an den Kaminfeuern vor. Nur daß es eine Niederlage war, das besprachen sie selten. Und es war im Grunde genommen auch keine, denn nicht nur im Eifer des Erzählens schnellten die Zahlen der roten, grünen und blauen Kämpfer nach oben, auch in der Wirklichkeit wurde in der Folgezeit jeder Gefallene durch fünf neue Männer ersetzt. Immer wieder sahen Jugendliche irgendwo in der Nähe ihres Dorfes die Helden von Villadossola auftauchen, konnten schwören, den Comandante Giuseppe erkannt zu haben, wie er leise Befehle gab oder seinen Elefantentöter lud. Oder sie sangen ein Lied, von dem sie fest glaubten, ein Dichterpartisan habe es mitten in der Schlacht erfunden, einer, den sie sich nie und nimmer klein und bucklig vorstellen konnten.

Die Zahl der Partisanen wuchs in den Erzählungen in den Kneipen rund um den Lago Maggiore in Tausenderschritten, sie organisierten Streiks, töteten Deutsche, überrannten Faschistenkasernen, sprengten Munitionslager der SS. Ja, einer in Luino kolportierten Version zufolge, soll beim Angriff auf Villadossola sogar ein feindlicher Bomber getroffen worden und jenseits des Monteschena abgestürzt sein, woraufhin der überlebende Pilot anstandslos zu den Partisanen überlief. Die Partisanen, das waren die Männer, deren Silhouetten in der anbrechenden Dämmerung am Berghang erscheinen und die, wenn es hell wird, ihre ruhmreichen Taten schon längst wieder anderswo vollbringen. Jeder war antideutsch, was soviel hieß wie: gegen Hitler und im Notfall bereit, Arm in Arm mit den Kommunisten zu marschieren.

Wünschten sich die Zehnjährigen im Ossola bis zur Schlacht von Villadossola noch eine Vielzahl an Berufen, so schmolz diese Auswahl nun zu einem einzigen Bild zusammen: Comandante zu sein, Giuseppe nachzueifern, der mit seinem Elefantentöter aus Afrika mit einem einzigen Magazin zehn Deutsche erledigte und mit seinem Rücken an Moscatelli gelehnt, einen Zigarrenstummel im Mund, grinsend seinen Browning gegen deutsche Jeeps feuerte, sie ganz allein stoppte und dann, Partisanenlieder trällernd, die feindlichen Waffen einsammelte. Und kleine Mädchen wollten von Giuseppe geheiratet werden. Partisanen – das war ein Spiel der Kinder mit geschnitzten Holzgewehren, das war der Stoff für die langen Winterabende in den alpinen Wirtshäusern. Partisanen – das war ein Ruf, der durch Italien ging. Partisanen – das war der attraktivste Riß in der deutschen Festung Italien, und wenn es hundertmal keine ernstzunehmende militärische Wirkung gehabt haben soll – seit der Schlacht um Villadossola wurde das Land für viele zu einer anderen Heimat, mit anderen Uniformen, anderen Helden, anderen Märchen und anderen Liedern.

Renzo dachte darüber nach, wie wenig logisch die Logik der Geschichte doch war, und er schrieb den Satz in das bunt eingeschlagene Büchlein: Märchen sind Fangseile der Traditionen, aber die Heimat, das ist immer ein anderes Land.

16

Das geschah zur gleichen Zeit: Attila erfuhr von dem ständigen Versorgungschaos in Domodossola und den anderen Großgemeinden. Er wies die Redaktion des »Corriere« auf Umwegen an, den Tatbestand herauszustellen, daß die Roten sich erhebliche Privilegien erschlichen hätten, was besonders die Brennstoffrationierung anbetraf, die sie einfach umgingen, und die langen Schlangen vor den Läden bei der Maisausgabe, an denen sich ihre Frauen frech vorbeidrängelten, wobei niemand zu widersprechen wagte.

Wenn jemand ihm gegenüber Andeutungen machte von Niederlagen der Deutschen im Osten, schob Attila die Unterlippe nach vorn, gab sich einen entschlossenen Ausdruck und ließ nicht den geringsten Zweifel daran, daß das große Heer auch diesen Rückzug taktisch vorbedacht habe. Wenn er allein war, kam er zu der Überzeugung, alles würde gut, wenn nur jeder seine Aufgabe erfüllte. Und in solchen Momenten brauchte er eine Sache, hinter der er nach sorgfältiger Arbeit einen Haken machen, irgend etwas Umgrenztes, das er in Ordnung bringen konnte. Also wandte er sich den Lageplänen zu, malte kleine Kreise, halbrunde und gerade Pfeile, schrieb in sein dunkelgrünes Buch Stundenzahlen, die für die Eroberung jedes Planstreifens nötig erschienen, und betrachtete dann, während er die Handflächen gegeneinander stemmte und den Mittelfinger unter die Nase hielt, seinen Plan.

Er hatte bis morgens um fünf Uhr Rückeroberungsläne gezeichnet und geschrieben, und, was am wichtigsten war, er hatte gegen Mittag des folgenden Tages endlich per Telefon drei Flugzeuge angefordert. Das erwies sich als nicht einfach.

Die Zentrale hatte auf höhere Anordnungen verwiesen, nein, es sei völlig ausgeschlossen, auch nur ein einziges Flugzeug freizumachen. Wie sollte er in der ständig durchzischten und durchknackten Telefonleitung deutlich machen, daß es von übergeordneter Bedeutung sei, gerade in diesen Tagen. Sollte er tatsächlich in dieses Gekrächze hinein einem Luftwaffenkommandeur erklären, was Symbole zum Zeitpunkt einer beginnenden Partisanenerhebung bewirken? Daß gerade jetzt die Menschen in dieser Region wieder offen und schwankend waren, zögerlich in ihrer Festlegung, also von Stärke und Entschlossenheit noch zu beeindrucken? Wenn sie sich erst einmal an die Seite der Roten geschlagen hätten, dann würden sie, Sieg für Sieg und Niederlage für Niederlage, tiefer in diese Bindung geraten. Das konnte jetzt noch verhindert werden, aber vielleicht in wenigen Tagen schon nicht mehr. Jetzt mußte dieses Experiment beendet werden.

Attila konnte nicht wissen, ob sein telefonisches Gegenüber, ein gewisser Oberst Parvetto, der verdächtig lange schwieg, wenn es nicht krächzte, überhaupt noch zuhörte. Und dann mußte er warten, schlich um das Telefon herum, wie ein Hund um den leeren Napf, verfluchte die Abhängigkeit, sprach mit anderen, ohne sich etwas anmerken zu lassen, zeichnete Pfeile und Kreise, um sich Lässigkeit vorzuspielen und litt, weil der entscheidende Anruf nicht kam.

Irgendwo mußte jetzt ein Oberst Parvetto stehen, viel zu aufgeregt, und das Telefongespräch einem Deutschen wiedergeben. Er vergaß dabei gewiß das Wichtigste, was ihm Attila aufgetragen hatte, und wartete dann die Entscheidung der Deutschen ab, ohne eigene Übersicht über die strategische Lage.

Attila wußte, die Gesetzlosigkeit, die die Menschen zur Maßlosigkeit verführt, durfte in seinem Heimattal nicht weiter Einzug halten. Alles würde sonst auf den Kopf gestellt. Wie sollten denn die Menschen das Chaos meistern, das unverantwortliche Banditen täglich herbeiführten? Wenn Cucirini keine Hüte mehr verkauft, mit welchem Geld sollen seine Arbeiter dann ihren Kindern noch Spielzeug besorgen? fragte sich Attila, erfüllt von Warmherzigkeit.

Eine fremde, bedrohliche Macht drang in seine Heimat ein und wollte über ihre blühenden Farben, über die majestätisch geordneten Gärten der Isola Bella und die freundliche Anarchie der Marktplätze öde Schatten russischer Steppen bringen. Dämonen, die nur gelernt hatten, auf Kosten anderer zu leben, Parasiten, die Gleichheit predigten, die Auslöschung des Individuellen und Starken, ohne sich jemals darüber Gedanken zu machen, was denn wäre, wenn alle, also auch ihre Wirtstiere, irgendwann erlahmten? Wie soll die Wölfin den starken Leitwölfen von morgen noch Milch geben, wenn ihre Zitzen blutig gekaut sind vor lauter Gier all der verlausten, kaum lebensfähigen Kleintiere auch fremder Würfe. Und alle Sitten – und Sitten trugen für Attila die Farben seines Ossola-Tals –, alles, was Attilas Kindheit war, das Topfwerfen an der lehmbraunen Schulmauer, der Vater und seine Werte von Disziplin und Freundschaft, würden bespuckt und von Schimmel befallen, wenn dieses Chaos sich weiter ausbreiten würde.

Attila haßte an den Roten besonders – und das hatte ihn zum überzeugten Faschisten gemacht – ihre Unaufrichtigkeit, Wasser zu predigen und selbst so maßlos zu sein. Und alles, aber auch alles, jeden Menschen, jede Stimmung, jedes Lächeln taktisch zu sehen und in ihren parteipolitischen Zweck einzubinden.

Der Faschismus dagegen war gradlinig, schrie kräftig heraus, was er wollte. Er hatte Italien spürbar zum Aufblühen gebracht, genau wie Hitler Deutschland aus der Wirtschaftskrise geführt hatte. Italien war in der Weltpolitik wieder ein Faktor. Während die Roten überall, in Italien, Spanien, Rußland und Deutschland, Chaos und Scherben hinterlassen hatten, die die Faschisten, die Kräfte der Ordnung, wieder beiseite räumen mußten. Die Gewalt des Faschismus war zielgerichtet, merzte allenfalls Schädlinge aus, die ohne wirkliche Überlebenschance waren und nur den Lebensraum der Stärkeren besetzten. Der Faschismus war für ihn eine ehrliche, gesunde Sache, der Bolschewismus ein grausames Chaos.

Wenn er auf die Entsendung der Flugzeuge drängte, geschah das um der Menschheit willen. Später würde man es verstehen, wenn Geschichtsbücher über diese Schlachten zum Ruhme Italiens berichteten, so wie Garibaldis Umbrien-Politik und Napoleons Verfolgung der Jakobiner auch irgendwann von der eigenen Nation verstanden worden waren. Eine Intervention im Ossola-Tal sollte ernüchternd wirken, die Menschen von diesem selbstmörderischen Rausch abhalten, den sie Befreiung nannten und der die Auflösung jeglicher Ordnung war.

War dieses Ziel aber so hoch und hehr, wie es Attila sich selbst und an den Abenden zuvor seinen Kameraden erklärt hatte, dann mußte er auch den letzten Schritt gehen, vor dem er zurückschreckte: Er mußte Kraushaar um Einflußnahme bitten. Das Telefon schwieg schon viel zu lange. Obwohl Attila Kraushaars lasche Haltung mitverantwortlich machte für das Geschehene, mußte er ihn bitten, mußte sich für das Gespräch sogar entsprechend herausputzen.

Er meldete sich für den Nachmittag an und ließ sich nach Cannobio fahren. Kraushaar empfing ihn wie immer mit geradem Kreuz und innigem Händedruck, und Attilas Verachtung verflog allmählich.

»Und du meinst, die Dinge würden sich derart zuspitzen?«

»Wenn nichts unternommen wird, auf jeden Fall. Ich kann die Leute sogar verstehen. Sie hören irgendwelche Schreckensmeldungen auf dem Feindsender, merken über die Jahre, wie ihnen immer mehr wegrationiert wird, und haben die Flüsterpropaganda im Ohr. Da müssen wir endlich einmal wieder als Gewinner dastehen, und das geht im Moment nur mit einem massiven Einsatz.«

»Aber ein massiver Einsatz kann auch in eine Metzelei ausarten.«

»Egal. Wenn die Leute uns auf der Nase rumtanzen, weil sie in uns Verlierer sehn, muß es erzieherisch wirken.«

Kraushaar wog sacht den Kopf, während Attila seinen Kaffee in großen Schlucken trank, wofür er sich schämte. Er blickte Kraushaar an.

Was wäre dabei, dachte er sich, wenn ich ihn anfasse? Aber für die drei Flugzeuge würde er mehr wollen. Solche werden wie Tiere dabei, alles Aufgestaute bricht durch, und sie verlieren jegliche Würde. Und Attila sah den Ansatz von Kraushaars Wehrmachtshemd. Ekel überkam ihn. Die Pause dehnte sich qualvoll, der deutsche Kommandant starrte zu Boden und tackerte mit dem kleinen Finger auf der Tischplatte. Und Attila sandte, weil ja alles Krieg ist, für die gerechte Sache einen verliebten Blick zum Gegenüber und lächelte milde, während er den Ekel ertrug.

»Dann müssen wir wohl.«

Dieser Satz war für Attila eine Erlösung. Kraushaar erhob sich, stand mit einem Anflug von Spott um die Augen in seiner ganzen Stattlichkeit vor Attila. In diesem Moment mochte Attila den Deutschen. In diesem Moment begegneten sich die Blicke der beiden. Aber Kraushaar schien erfaßt zu haben, was ihm die unerwartete Zuneigung eingebracht hatte, wandte sich abrupt um und ging zum Telefon.

Nach Kraushaars Anruf entschied das Oberkommando, die nötigen Mittel bereitzustellen. Eine knappe Stunde später war es nicht mehr der krächzende Bürokrat Parvetto, sondern ein Oberstleutnant aus dem deutschen Heereskommando in Mailand, der sogar Einzelheiten der Bombardierung mit Attila besprach.

Attila war mit sich zufrieden, denn er war bereit, viel für sein Vaterland zu opfern. Es ging ihm nicht um Anerkennung, es ging ihm um die Ordnung in seiner Heimat, die gleichsam auch die Ordnung in seinen Erinnerungen und also auch die in seinem Herzen war. Später sollte man ihn dafür achten, vielleicht sehr viel später, und, wenn nicht anders möglich, auch erst nach seinem Tod.

Mit achtzig Wehrmachtssoldaten und einer Vorhut aus sieben, acht ortskundigen Parteileuten war dieses Problem zu lösen, wenn die Flugzeuge nur pünktlich kämen, um vorab die Überlegenheit der Staatsmacht anzukündigen, damit nicht allzu viele Unbeteiligte den Verlockungen der Banditen folgten und sich in den aussichtslosen Kampf hineinziehen ließen.

In Gravellona sollte eine Garnison bewaffnet geblieben sein, und auch nach Villadossola gab es zu den wenigen Aufrechten Funkverbindung. Und Italiener müßten dabei sein, auf jeden Fall über fünfzig Milizionäre, die ihr Tal liebten, damit der chirurgische Eingriff nicht zu grob ausfiele. Ein scharfes Skalpell verschneidet kein gesundes Fleisch, hatte der Duce gewarnt. Darum war Attila für einen massierten Einsatz. Die Leute waren am Scheideweg, und da mußten Pflöcke eingeschlagen werden.

Er atmete tief ein, und wieder durchflutete seine Lunge eine warme Versöhnlichkeit, wie er sie anfangs in Brunos Verhör gespürt hatte. Ein Traum leuchtete auf, ein Traum der Aussöhnung, wieder mit Giuseppe zusammenzusitzen, Barolo zu trinken und über diese Episode der Verwirrung in den Bergen zu lachen. Vielleicht sogar mit Renzo. Mit Anna, die ihn plötzlich verstand, seine Beweggründe achten lernte und die er mit großer Zärtlichkeit über alle bösen Erinnerungen hinwegtrösten würde. Und dann sah er die geleerte Flasche Chianti vor sich, bedachte die Wirkung auf sein Gemüt und wußte, daß Versöhnung nur mit Macht zu erreichen war. Mit diesem Gedanken begab er sich ins Bett.

Dort lag er mit weitgeöffneten Augen, die Hände hinter dem Kopf, sah die braunen, schmutziggelb ausfransenden Wasserflecken an der Decke, in deren Umrissen er als Junge immer zwei Hunde beim Begatten, dann sogar eine Frau und einen Hund gesehen hatte und in denen er nun ein Dorf sah, von oben, aus der Luft. Er schloß die Augen, sah die Straße mit den zwei Verkaufsständen, ein Café mit drei Hockern und einem kleinen runden Holztisch. Er dachte an die dicke Carina, die alte Gemüsefrau mit ihrem geknoteten, in Öl eingelegten Haar, das sie sich nur einmal im Jahr wusch und das ihr manchmal über den Rücken fiel. Sie war in seiner Kindheit wie eine gute Tante zu ihm gewesen, hatte ihm Pflaumen zugesteckt, wenn es der Chef nicht sah, mit ihrer einfachen Art, die Augen niederzuschlagen. Würde sie die Lektion verstehen? O Gott, wie ich diese Menschen liebe, dachte Attila, wie gern ich das alles vermeiden würde. Er seufzte und sank allmählich, sein Mitleiden noch einmal durchfühlend, in tiefen, erholsamen Schlaf.

Am nächsten Mittag saß er bei Kraushaar, während Villadossola bombardiert wurde. Die Banden vertreiben und dennoch keine Märtyrer aus ihnen machen! Beweisen, daß die Feindsender lügen, wenn sie den Faschismus für bezwingbar erklären. Die Banden, die von der Unsicherheit der Leute ihren Rückhalt bezogen, konnten noch isoliert werden, wenn das Volk endlich wieder einer klaren Orientierung folgen konnte.

17

Im Dörfchen Bajone nahm man die Anwesenheit der Partisanen langsam zur Kenntnis. Es sprach sich herum, was diese gerupften Gestalten mit ihren roten Halstüchern von den vier Ex-Milizionären mit den grünen unterschied. Das Verhältnis der Alten im Dorf zu den Garibaldini war zwiespältiger als zu den folkloristischen Royalisten. Die Alten saßen vor der kleinen Bergkirche, redeten oder tranken roten Wein. Die Partisanen empfingen das Funkgekrächze eines Spähers an der Straße nach Villadossola, die vom Tal heraufführte und von der aus der gesamte Hang zu überschauen war.

Nicht alle, die da herumsaßen, waren bewaffnet. Zwei trugen einen Tirolerhut, mit einem Gamsbart der eine, mit einer papierenen Edelweißblüte der andere. Ein anderer hatte ein riesiges, altertümliches Gewehr umgehängt und trug eine Brosche, die wie ein billiger Orden matt und grünspanig schimmerte. Die Jugendlichen taten wie Partisanen, hatten ihre Hände in die Hüften gestemmt und sogen gewichtig an ihren Kippen. Angst flößten sie niemandem ein, und wenn man sie wieder zum Holzsammeln geschickt hätte, wie gestern, bevor die Partisanen eintrafen, wären sie gefolgt.

Renzo kam mit den letzten vier Männern der Gruppe. Auch er blickte in ablehnende Mienen. Wieder fand er einen Stallraum als Schlafplatz vor, während die meisten anderen in der Villa wohnten, einem verlassenen Haus aus Natursteinen, in dem sogar ein Tisch stand und ein Holzofen bullerte.

In Renzos Stall gab es nur ein Feldbett, auf das er sich fallen ließ. Ihn schmerzten die Waden vom Aufstieg und nun auch noch die Wunde. Es flimmerte ihm vor Augen, und er hatte Sehnsucht, Anna zu sehen, nun, da ihm allmählich klar wurde, was an diesem Tag geschehen war. Von draußen hörte er Giuseppes ruhige Stimme Anordnungen geben. Eine Dreiergruppe mußte gebildet werden, um einen höhergelegenen Ort zu sichern, der bei einem Nachrücken der Deutschen als nächstes Ausweichquartier dienen sollte. Den Einwand eines der müdegewordenen Männer, man brauche doch mit einem Vorstoß der Deutschen in die Berge nicht zu rechnen, beantwortete der dicke Carlos ehrerbietig, dies sei aber so entschieden.

Renzo hörte die Stimmen leiser werden und im Vogelgezwitscher des untergehenden Tages verschwinden. Ihm tat alles weh, aber es war auch alles gut. Er stand auf und ging zu seinem Rucksack, um das Büchlein herauszuholen, in dem er das begonnene Lied notiert hatte.

Es war die eine Zeile, an der alles hakte. Wie sollte er den Gedanken in das Gedicht bringen, daß der Rückzug in die

Berge die kargen Kräfte schont und damit radikaler ist als die Eroberung ganzer Straßenzüge und eine darauffolgende und von Beginn an verlorene Schlacht?

Schachsprache paßt nicht in Lyrik. Denn Patt ist eine schwache Lösung, aber wenn man vom Matt bedroht ist, wenn man Schwächen in der eigenen Stellung hat, die der Gegner jeden Moment ausnutzen würde, dann ist doch selbst ein solcher Ausweg ein kleiner Sieg, denn man kann eine neue Partie beginnen. Waren sie Verlierer geworden durch den Rückzug? Wer denkt schon in Schachzügen? Schach ist ein zu abstraktes Spiel für den Gesang der Massen, dachte Renzo. Er nutzte die zweite Hälfte des Büchleins für Kritzeleien, die Schachpassage schrieb er nieder und strich sie wieder aus.

Er humpelte vor den Stall. Es war sehr kalt geworden, und Renzos Atem schickte einen Nebelstreif in die klare Abendluft. An der Bergkapelle fuhr er zusammen. Da saß Anna mit zwei Dorfbewohnern, einem alten und einem jungen, und redete laut. Daumen und Zeigefingerkuppen rund aufeinander, schwang sie die Hand im Rhythmus ihrer Rede: »Wir mußten doch, da gab's nichts anderes, und die Deutschen haben sich ganz schön vergaloppiert.«

Sie sah den herabsteigenden Renzo, eckig, schief wie eh und je, aber er kam ihr leichtfüßiger vor. Sie versuchte, an ihm vorbeizusehen, aber da der Weg, den er herunterkam, seitwärts an der Bergkapelle vorbeiführte und dort in eine Steintreppe mündete, hätte sie ihn sowieso gleich wieder anschauen müssen, wenn sie den Blick nicht gesenkt hielte. Er sah sie an, wußte, daß die Pause, die sie in ihrem Wort-Stakkato eingelegt hatte, ihm galt und auch, daß sie es nun durch heftiges Weiterreden zu überdecken suchte.

»Schau mal, da ist Renzo Rizzi!« rief der Junge, während der Alte finster schwieg.

Nun mußte sie das Gesicht zu ihm drehen. Sie sollte bloß nicht glauben, er hätte nach ihr Ausschau gehalten, dachte er und rief: »Habt ihr Giuseppe irgendwo gesehen?«

»Der ist weg.« Sie wollte vor den anderen antworten, um zu zeigen, daß sie routinemäßig reagierte.

»Wir müssen einen weiteren Rückzug ins Auge fassen«,

rief Renzo. Etwas besseres, als Giuseppes Ansicht zu kopieren, fiel ihm spontan nicht ein.

»Das wirst du gerade wissen«, brummte der Alte.

Renzo spürte ihre Abschätzigkeit und verfluchte den Moment, auf den er so sehr gewartet hatte. »Wer bist du?« fragte er den Jungen. »Ich habe dich hier noch nicht gesehen.«

»Ich möchte dir den Compagno Pecallo vorstellen«, sagte der, auf den Alten deutend, offensichtlich ohne Renzo verstanden zu haben. Der Alte war schlaksig, trug einen Vollbart und hatte auffallend dicke, graue Augenbrauen. »Pecallo ist ein Verbrecher. Mach mit dem Namen keinen Witz«, rief Renzo und war froh, nun ein tatsächliches Problem gefunden zu haben.

»Du bist zu voreilig und beleidigst den Genossen«, wies Anna in zurecht.

»Ergeh dich nicht in Andeutungen.«

»Es ist Attilas Vater, der vor ein paar Wochen zu uns nach Santa Maria gekommen ist.«

Nun fiel es Renzo wieder ein, und er erinnerte sich an den alten Pecallo. Früher war er fülliger im Gesicht gewesen, hatte kürzere Haare und keinen Bart. Renzo hatte den schweigsamen Mann übersehen, obwohl ihm die bemerkenswerte Tatsache, daß der Vater des faschistischen Präfekten sich gegen seinen eigenen Sohn stellte, schon eher hätte auffallen müssen. Renzo wußte nicht, was er sagen sollte, nahm aber einen Hauch des Schmerzes auf, den dieser Mann mit sich herumschleppen mußte. »Sie entschuldigen vielmals.«

»Natürlich«, brummte der Alte, »das geht mir oft so.«

»Vielleicht«, sagte Renzo und hätte ihn umarmen wollen.

Anna seufzte auf: »Er war früher mal ein anderer Junge, immerhin.« Das war als Trost für den Alten gemeint.

Der Junge erhob sich, und der Alte strich seine Jacke glatt, um fortzugehen. Anna und Renzo blieben zurück.

Er hätte zu gern gewußt, ob sie von seinen gestrigen Taten erfahren hatte.

»Es ist doch ein Verräter dabei, sonst wäre das nie passiert«, sagte sie. »Du findest doch auch, daß die Deutschen etwas zu schnell da waren und zu gut koordiniert mit den Einheimischen?« Sie wartete seine Antwort nicht ab. »Nein, nein, das kann mir keiner erzählen. Flugzeuge haben sie wirklich nicht mehr viele, da hat einer dran gedreht, der schon lange vorher gewußt haben muß, daß es auf einen Streik hinausläuft.« Sie redete sich in Rage. Ihre Brust hob sich unter den aufgenähten Täschchen. Wie ein trotziges Kind, dachte Renzo. Plötzlich sah sie ihn an: »Ich friere, laß uns bei dir reingehen.« Sie stand auf und lief, ohne ein Widerwort abwarten zu müssen, den Pfad hoch zu dem kleinen Stall. Er humpelte hinterher.

»Nein, wir taugen einfach nicht zur Armee, wir müssen ausweichen lernen.«

»Unsinn. Wir müssen den Verräter finden.«

»Wer soll das denn sein. Hm?«

»Früher haben Giuseppe und ich für jeden einzelnen die Hand ins Feuer gehalten.« Giuseppe und ich, hatte sie gesagt. »Aber die vielen Neuen ... Ich glaube Bill kein Wort.«

So einfach war für Renzo die Konsequenz aus dem heutigen Tag nicht: Die falsche Strategie hinnehmen und statt dessen nach Verrätern zu suchen. »Bill – da glaube ich, daß du Gespenster siehst. Der Junge kommt von den Engländern, setzt seine Karriere aufs Spiel, und du verdächtigst ihn frei von der Leber weg. Außerdem: Sag das mal irgendwem. Bill lieben sie. Britischer Labourmann oder irgendsowas ...«

Verdammt, so muß man um der Wahrheit willen das Falsche sagen, seufzte Renzo in sich hinein, denn auch er mißtraute Bill. Und laut fuhr er fort: »Du solltest gar nicht erst mit Verdächtigungen anfangen, das bringt nur Gift in unsere Reihen.«

Anna sprang ein paar Schritte vor und baute sich vor ihm auf. »Hör auf mit dem Katz-und-Maus-Spiel. Hör auf damit! Nach einem solchen Tag laß das, und laß das vor allen Dingen mit mir. Du kannst Bill auch nicht leiden, oder?«

Er hätte sie umarmen mögen, spürte aber gleichzeitig Angst. Er suchte, sein Kinn streng über den oberen Jackenknopf zu schieben. »Was meinst du mit Katz-und-Maus-Spiel?«

Sie verstand nun aber seine Taktik, winkte ab, holte tief Luft und wandte sich ab, um fortzugehen.

»Komm rein, laß uns reden ... Anna.« Sein Stolz, der sieggewohnten Schönen nicht nachzugeben, war verschwunden.

Anna stülpte die untere Lippe vor, legte den Kopf schief und betrat vor ihm den Stall. Hier setzte sie sich aufs Bett und griff nach dem Büchlein mit den verworfenen Patt-Zeilen, das dort lag. »Laß das doch, ist doch gut. Warum hast du es durchgestrichen?«

»Meinst du, irgend jemand könnte mit so einem Bild aus der Schachsprache etwas anfangen? Das muß einfacher geschrieben sein«, entgegnete Renzo.

»Was heißt einfacher? Du drechselst immer zu viel an deinen Zeilen, finde ich, zu viel Getüftel.«

Mußte er sich ihre Kritik gefallen lassen, jetzt, wo er in den Olymp der Kämpfer aufgestiegen war? Er sah sie an, und er wußte, daß sie recht hatte. Und die Art, wie er das spürte, war körperliche Lust. »Findest du?« Mehr brachte er nicht hervor.

»Ja, na klar. Du mußt dem Verstand des Volkes etwas mehr trauen. Spontaner sein, dich fallenlassen, nicht alles bis in die letzte Silbe planen.« Sie war in Geberlaune: »Weißt du, das Volk weiß nicht so viel, wie es spürt. Und genau da müßt ihr Intellektuellen hin, denn ihr habt diese Einfachheit nicht mehr.«

»Ich glaube fest daran, daß sie erlernbar ist.« Er sah sie an, nun sanfter als eben noch: »Alles, glaub ich, ist zu lernen.«

»Ich habe mal einen wunderschönen Brief von einem Dichter gelesen, Renzo«, sie räkelte sich auf seinem Schlafsack, »an seinen Verleger. Da sagt er, was einfach ist.« Das war keine Falle mehr, das war ein Verlies.

»Den Brief hast du nicht gelesen«, es hielt Renzo nicht mehr, »den habe ich dir vorgelesen, das war Jimenez und ...« Sie unterbrach ihn sofort. »Ja, ja, ich erinnere mich. Du hast ihn auswendig gewußt. Sag ihn noch mal.«

Sie hatte ihn. Sie hatte ihn in ihren schlanken, weichen, lieben Schlangenfingern. Sie brauchte nur zuzudrücken, und er würde in einem kleinen Stöhnen untergehen, sich nur noch nach ihr sehnen, nichts mehr ohne sie sehen, alles wieder mit ihr erleben wollen. Kühl und nüchtern, um nicht kleinlaut zu wirken, rezitierte er den Brief des großen lateinamerikanischen Dichters von 1919 an Morente, seinen Verleger: »Was ist also Einfachheit und Spontaneität? Einfach, wie ich es verstehe, ist das mit knappsten Mitteln Erreichte. Spontan das ohne Anstrengung Geschaffene. Aber das mit knappsten Mitteln Erreichte kann nur aus der Fülle kommen und das Spontane eines kultivierten Geistes darf nur das Vollkommene sein.« Er hielt an.

»Weiter, weiter.« Sie lachte.

Er wußte nun alles, was kommen würde und zitierte weiter, was ihn und seine Auffassung von der Unwissenheit des Volkes widerlegen mußte: »Es sei denn, man fordere, um das zu erreichen, was man üblicherweise einfach und spontan nennt: Mangel an Kultur. Und Trägheit.«

»Also, Einfachhcit muß nicht zu Demagogie werden, das will er doch sagen, oder?« Renzo überging das und fuhr fort: »Anders gesagt und den Gedanken umkehrend: Das Vollkommene in der Kunst sind die Spontaneität und die Schlichtheit eines kultivierten Geistes.«

Anna klatschte Beifall. Da mußte auch Renzo lachen und fragte, auf sein Gedicht deutend: »Hast du eine bessere Zeile?«

Dies war eine Vertrauensgeste und gleichzeitig ein Versuch zu trumpfen. Wer sonst hätte sich an einem seiner Gedichte beteiligen dürfen?

»Laß mich lesen.« Sie kannte seine Gepflogenheiten mit der vorläufig gültigen Version in der ersten Hälfte des Büchleins und den Kritzeleien in der zweiten, blätterte zum Anfang zurück und murmelte halblaut die Zeilen vor sich hin. »Ich finde, du hast doch recht«, murmelte sie nach einigem Lesen, »es ist nicht richtig, soviel Theorie in ein Gedicht zu bringen.«

»Das sagst du bloß, weil du mit der Aussage nicht übereinstimmst. Wenn es deine Strategie wäre, drauf und dran, das große Fanal zum offenen Angriff, könnte es gar nicht deutlich genug drinstehen.«

Sie fuhr herum und starrte ihn ernst an. »Du täuschst dich, mein Lieber. Ich weiß sehr wohl, was der Krieg ist und was ein Gedicht. Und da finde ich, daß du das arme Lied entschieden mit Krieg überfrachtest.«

Ein wenig war Renzo in der Zwickmühle. Er versuchte ein versponnenes Lächeln: »Der Impuls zu dem Lied kommt aus einer anderen Zeit, als ich mit Worten einen kriegerischen Zweck ausfechten wollte. Kann sein, daß ich vorsichtiger damit umgehen kann, jetzt, wo ich selber im Krieg bin.«

»Sag es wenigstens ...«, sie zögerte, »... etwas weniger distanziert.«

Er begehrte sie unbändig. Aber hatte sie ihm wirklich vergeben?

»Schreib doch darüber, wie es ist, in ein Dorf zu kommen, da bleiben zu wollen und wieder gehen zu müssen.«

»Aber warum soll man denn wieder fortgehn?«

»Weil Krieg ist ... Der schlimme, nach verwesendem Fleisch stinkende Krieg. Das ist vielleicht besser, als in Schachregeln zu schreiben. Es berührt mehr, verstehst du?«

Es war die Sanftheit ihres Trotzes, die so bescheiden gewordene Bestimmtheit ihres Tons, alles, worauf Renzo all die Monate, Jahre gewartet hatte. Und doch mußte er dieser zarten Schlinge entkommen. Da war Giuseppe, der Krieg, die Anomalität ihres Lebens.

»Ich werde es anders machen, später mal.«

Aber sie blätterte in seinem Büchlein: »Sieh doch mal, hier steht es doch schön, bei den Fragmenten: ›... verkauftes Haus der Kindheit/ empfängst mich, Stadt, wie einen Fremden/ hab ich nicht in deinen Schoß dein eignes Lied geweint‹. Das sind doch schöne Zeilen, bau sie um für dein Lied. Dagegen ist dieser Schach-Satz einfach nur grau.«

»Aber was hat das damit zu tun, daß man wieder fort muß?«

»Rede nicht. Setz was dazu. Aber die Zeilen hier sind einfach besser«, sie deutete auf eine ältere Aufzeichnung, hatte die Augen weit offen, ehrlich und ohne jede Koketterie, »sag dem Heimathaus oder Haus deiner Kindheit doch, es soll dich ruhig abweisen. Damit dir der Abschied nicht so schwerfällt. Du könntest dich womöglich sonst dort zu sehr zu Hause fühlen.«

Renzo wollte sie umarmen, jetzt sofort, den Augenblick nicht vorübergehen lassen. Aber er spürte auch die eitle Angst vor einer Zurückweisung und wußte nicht, ob sie sein

Begehren wie sein Zaudern nicht schon längst durchschaut hatte. Er kritzelte Zeilen in sein Büchlein, nur um Zeit zu gewinnen. »Wie findest du das? ›Ach Heimathaus ...‹«

»Kitsch, Mist ist das. Zuerst das ›Ach‹. Mittelalterlich! Dann ›Heimathaus‹, das klingt einfach abgedroschen ...«

»Trivial ist ein Totschlagargument. Laß mich etwas Grundsätzliches zur Trivialität sagen ...«

»O je, kein Dozieren jetzt!«

»Ganz kurz, es ist schön und kurz, glaub mir.« Renzo nahm sein Büchlein und stellte sich vor Anna: »Momente eines tiefgehenden Traumes speichern sich immer in ihrem Gegenentwurf ab. Gleichsam als Schattenbild, als Negativ, der Traum als Abdruck der Risse des Fehlens. Bis zu seiner Verarbeitung vernetzt sich das Sehnen im Untergründigen mit anderem, abrufbar fürs Triviale. Wenn sich zum Beispiel die Eltern trennen und das Kind es nicht bewältigt, speichert es das Sehnen in großen Gemütsbewegungen eines bestimmten Händegebens oder Sich-Umarmens, vielleicht der großen Einheit einer Gruppe, vielleicht in Bildern nationaler Geschlossenheit. Zum Beispiel, wenn sich bei einem Film-Happy-End zwei nach langem Streit wieder selig in die Arme sinken, wird es die Tränen nicht unterdrücken können. Ein Kind aus einer harmonischen Familie reagiert auf solche Harmonie nicht so. Da aber die Klassenverhältnisse und die Entfremdung immer Risse produzieren, sind die Menschen für alles ästhetisch Heile immer empfänglich: Harmoniestreben. Das ist vorläufig unabänderlich, nur wie wir damit umgehen nicht!«

»Das ist vielleicht alles richtig, Renzo, hat aber gar nichts mit deinem Lied zu tun ... Weißt du was, Renzo? Ich lasse dich am besten allein, und du schreibst. Wenn du soweit bist, sag mir Bescheid, ich bin wirklich gespannt.«

Sie wandte sich von ihm ab und verließ den Stall. Er hätte ihr nachrufen sollen, sie festhalten oder sich vor sie stellen können, um diesen Moment nicht so enden zu lassen. Aber er tat nichts, saß nur nachdenklich auf der dunklen Holzkiste und fühlte sich, als sei er gegen eine Steinmauer gerannt. Der Refrain ist wirklich gut, hallten ihre Worte in ihm wider. Und: Damit du nicht alles, was du hast, verlierst.

Vor seinen Augen liefen noch einmal Bilder des Tages ab. Da waren die Schule, vor der er gesessen hatte, die Anspannung vor dem Überfall der Fallschirmjäger und das Stimmengewirr des befreiten Dörfchens. Dann das feindliche Haus, das Nest, aus dem der kleine Junge beschossen wurde. Und er sah wieder dieses blendende Gelb aus Hochgefühl, das Zweifel, Angst und Schmerz zu betäuben vermochte, dieser Rausch aus Übermut. Hatte vielleicht die neuerliche Zuneigung Annas dem Kämpfer gegolten und sich, im Geplauder ernüchtert, wieder verzogen?

Die gekritzelten Zeilen waren auf einmal Plunder, eigentlich hätte er doch aufstehen und ihr in ihren Schlafraum folgen müssen. Zum Trotz kritzelte er weiter, flüchtig, ohne Sinn, dann aber vehementer. Verdammt, sie sollen alle weinen, wenn sie mein Lied hören ... mein Lied ... sie sollen endlich ...

Er erhob sich und streckte wieder gebieterisch das Kinn nach vorn. »Sie sollen Hingabe spüren«, sagte er laut. Dann schmunzelte er über die Geste, und seine Sehnsucht tastete hinter Anna her in die Nacht vor dem Stall.

Nein, ich sollte jetzt aufstehn, meine blöden Beine bewegen und ihr alles sagen.

Und schon wieder schrieb er und wollte nicht schreiben, schon wieder saß er und wollte doch gehen.

Ich werde nun schreiben, die Strophe so schön machen, wie ich es kann, ich werde sie ihr gleich zeigen. Wenn sie schläft, soll es so sein, dann wollte sie eben nicht.

Und lächelnd, die Augen in milder Offenheit weitend, zitierte er sich selbst: »Du mußt klein werden vor ihr, um nicht alles, was du hast, zu verlieren.«

18

Attila fuhr spät abends auf Villadossola zu. Trockenes Laub wehte links und rechts der Räder seines Wagens hoch und verschwand im Zwielicht. In Villadossola brannten nur einzelne Lampen, und zunächst schien alles wie ausgestorben.

Attila sprang vor dem kleinen Rathaus aus dem Wagen. In einem großen, finsteren Büroraum begegnete er dem deutschen Offizier. Die düsteren Blicke, die ihn empfingen, sagten ihm schnell, daß irgend etwas an dem Unternehmen nicht wunschgemäß verlaufen war. Und es war naheliegend, Attila damit in Verbindung zu bringen.

»Sieg auf der ganzen Linie«, zischte ihm jemand entgegen, »die werden hier noch lange an uns denken. Nur fragt sich, wie.«

Attila wurde flau im Magen. Plötzlich war der Plan, im Bewußtsein historischer Bedeutung gesponnen, kein Plan mehr, und die Rechnung wurde präsentiert. Die Deutschen hatten zwei Mann verloren, die Miliz vier. Die Partisanen hatten höhere Verluste, aber die zivilen Opfer! Die zwei Mädchen und die Verletzten, die im Hospital einen ganzen Flur belegten, schockierten auch Attila. Sie würden in den nächsten Tagen beerdigt werden, und jede Prozession würde eine stumme Kundgebung gegen die Deutschen sein, mit einem Grimm, der Generationen überdauerte. Warum hatte er daran nicht gedacht?

Er wischte den Gedanken weg, sagte sich, daß alles Pflicht war. Einer mußte es tun. Sollte er morgen zu den Angehörigen gehen und sagen, es täte ihm leid, die MG-Schützen in den Bugschnauzen der Flugzeuge hätten ein bißchen besser aufpassen sollen? Nein, nein, man muß den Blick nach vorn richten. Und schließlich waren ja die Deutschen die Schützen. Und außerdem: Warum rannten die Leute wie aufgeregte Hühner quer über die Straße und zurück, wenn sie doch die Flieger schon lange hätten hören können? Wäre ihnen in ihren Häusern etwas geschehen? Nie und nimmer.

»Also: Kein Platz für falsche Sentimentalität. Jedenfalls hat die Lektion gesessen«, und im Kopf versuchte er, den spöttischen Blick des vor ihm hockenden Schwarzhemds niederzuwalzen, während sein Mund trocken schluckte: »Morgen muß nachgefaßt werden, kranke Glieder lieber mit einem sauberen Schnitt amputieren, Angeschlagene auslöschen, eh sich sich wie wildgeworden aufführen.«

»Wild führt sich hier keiner mehr auf«, war die grimmige Antwort aus einer Ecke des Büros.

»Dann muß man jetzt nachfassen, Künftiges im Keim ersticken«, sagte Attilas Mund.

So kam es zum ersten Auskämmen Villadossolas und der umliegenden Dörfer. Ein unbrauchbares St.-Etienne-Maschinengewehr, zwei Thompsons, einige Säcke Reis und ein Funkgerät fielen den Carabinieri in die Hände. Zwanzig junge Menschen wurden auf dem Dorfplatz zusammengetrieben, darunter ein sehr junges Mädchen, das durch sein für die Jahreszeit viel zu dünnes geblümtes Kleid auffiel. Einige der Menschen humpelten, einer trug den Arm in einer Schlinge. In kleinen Gruppen wurden sie zur Kaserne gebracht. Das Mädchen jammerte laut, als zwei dunkle Milizionäre sie von den anderen absonderten und mitnahmen. Attila sah es, und ihn überkam Ekel, den er aber mit Rücksicht auf die Spannung zwischen den Uniformierten und ihm, dem Kommandoträger, nicht äußerte. Sie brachten das Mädchen in das Haus, das sich Stunden zuvor Renzo erkämpft hatte. Dort fragten sie nach seinem Vater, dem Organisator des Streiks. Das Mädchen schluchzte nur, der Schleim hing ihr aus der Nase, und mit dem Rücken einer blutig aufgekratzten Hand strich sie sich von Minute zu Minute über die Augen. Die beiden Jünglinge fragten nach Giuseppe, den sie für einen Freund der Familie des Mädchens hielten. Aber das Mädchen wußte nicht das geringste, hatte auch Giuseppe nicht gesehen. Sie war neunzehn Jahre alt und hatte sehr dünne Arme. Ihre Mutter war beim Fliegerangriff schwer verletzt worden, ihr Vater, ein wichtiger C.L.N.-Mann, war nun in die Berge gegangen.

»Wo ist dein Papa? Sag es den guten Onkels!« Der eine sog melancholisch an den Spitzen seines Oberlippenbartes. Ein neuer Weinkrampf erschütterte das dürre Geschöpf. »Sie ist verstockt.«

Der Kräftigere von beiden grinste. Sie hatten ihre Toten gesehen. Einen von ihnen, mit zuckendem Leib und zerschossenem Kinn, aus dem dampfendes Blut auf das Pflaster pumpte und eine Pfütze bildete. Der Milizionär hatte gestern noch mit ihnen Karten gespielt.

Der Rundlichere krallte das Mädchen an dem dürren Arm: »Wo ist der Alte? Mach dein Mündchen auf!« Es war so gemein gezischt, daß der andere sich bemüßigt fühlte, in fast kameradschaftlichem Ton hinzuzusetzen: »Wisch dir die Brühe mal von der Nase, das ist doch nicht zum Ansehen, Mensch.«

Aber das Mädchen war ein einziger tränenerstickter Krampf, sah nichts mehr und konnte nicht wissen, daß sich hier zwei in einen Rausch brachten, um endlich zu tun, was ihnen die leiser werdende Stimme der Erziehung noch versagte.

Eine andere Hand zog ihren Kopf am Haar ins Genick zurück. »Die stinkt.«

»Macht nichts.« Sie hatten sich zu Herren über anderes Leben aufgeschwungen.

»Mal sehen, wie sie unten riecht«.

Verwundert sah sie zu, wie ihr die Kleider heruntergerissen wurden, bemerkte, wie sie sich in ihren eigenen Oberarm biß und daß sie nicht schrie bei alledem.

»Nach Pisse riecht sie, ich wasch dich erst mal aus.«

Sie sah den Schulhof, an dessen Mauer es fast einmal passiert wäre, Gino sah sie, dem sie einmal kurz ihre Brust gezeigt hatte und der gestern einfach so erschossen worden war. Wie leicht das alles geht, dachte sie verwundert. Wofür diese langen Anstrengungen, das Werben der Jungs, das Scharwenzeln der Mädchen. Hätte es da Gino nicht leichter haben können? Es tat ihr etwas sehr weh, alles war ein böser Geruch, ein Ächzen der beiden Kerle, ein Ekel, der gleich den Schmerz ertränkte. Sie erbrach sich, das erbrochene Rinnsal lief über den Stiefel des Folterers. Aus dem Untergrund des Ekels löste sich ein Reiz, den sie als ihren Husten erkannte und der zu einem Würgen im Hals wurde. Verwundert spürte sie, daß sie nicht mehr atme.

Attila riß die Tür auf. »Scheiße, das Schweinchen wollte uns durch Ficken auf ihre Seite ziehen, aber wir waren prinzipienfest.«

Attila entschied sich, für etwas gute Laune bei seinen Leuten zu sorgen. Er sah, daß die beiden ihre Tätigkeit verrichtet hatten, kramte seine Pistole aus dem Halfter, und das Würgen hörte endgültig auf.

»Na, das war doch die Erlösung!« brummte er von Mann

zu Mann, nahm alle Schuld auf sich und sorgte so für Gefolgschaft. Erstaunt war er nur, weil der Kräftigere von beiden plötzlich zu heulen anfing.

»Ja«, sagte Attila, »das ist bei der ersten immer so. Nun sei mal nicht sentimental, mein Lieber.« Dann ging er ins Rathaus zurück und ordnete für den nächsten Vormittag das Durchkämmen der höhergelegenen Gebirgsdörfer an.

Auf diese Weise kamen etwa vierzig Menschen auf die großen Lastautos und wurden nach Novara, das fast fünfzig Kilometer entfernt lag, oder in das nähere Intra gebracht, verhört, gefoltert und dann alle als Geiseln festgehalten, um in der Bevölkerung ein Stillhalten zu erzwingen sowie Meinungsverschiedenheiten zum riskanten Streik und Gerüchte über die Plünderungen der Banditen zu nähren.

19

Sie hat völlig recht, dachte Renzo über seinem Papierstapel, die heimliche Liebe ist das Thema. Sich kleiner machen, um nicht zu verlieren.

Gegen elf Uhr war der Strom ausgefallen, und er hatte bei Kerzenschein weitergeschrieben. Gegen Mitternacht erreichte seine Begeisterung einen Höhepunkt, hatte er die Idee, oder die Idee hatte ihn endlich gepackt. Kräfte schonen, weil diese Schlachten nur das Vorspiel zum eigentlichen Krieg waren, und dieser Krieg Jahre, vielleicht Jahrzehnte dauern würde.

Und so mußte er umdenken, hin zu einer Revolution, die weitaus länger als ihr Beginn dauern würde. Renzo wurde sicher bei seiner Zeile: Heimliche Liebe zum Haus der Kindheit, das hieß letzten Endes eine Vorstellung von Revolution aufzugeben, wie sie bis dahin Glanz in seine Augen gebracht hatte. Erst jetzt gelang ihm ein Refrain.

Wollte er nicht noch zu ihr gehen? Nein, nein, gleich, danach. Erst mußte er diese Zeilen schön bekommen. Nicht: ›Lange wie ein Nichts erscheinen, um dann alles zu kriegen‹, sondern: ›um nicht alles zu verlieren‹. Dies als erste Stufe, danach als zweite die zeitaufreibende Arbeit der Überzeugung, Schritt um Schritt eine aktive, wissende Mehrheit zu schaffen. Und dies alles wollte er einfach ausdrücken. Das Einfache ist zuerst leicht, dachte er. Nichts ist aber schwerer, als das Einfache, das am Ende liegt. Es war kurz nach dieser Erkenntnis, daß Renzo sich von einer Begeisterung berauscht fühlte. Er schrieb und schrieb, strich durch und radierte. Er starrte das kleine Fensterloch an, kniff die Augen schmerzhaft zusammen und schrieb und schrieb.

Dabei bemerkte er nicht, daß Anna in den Stall zurückgekommen war. Erst ein Knistern aus der unbeleuchteten Ecke der Hütte ließ ihn hochfahren. Sie hatte ihm schon einige Zeit zugeschaut, mit großen Augen, in denen er die Tränen zunächst nicht sehen konnte.

»Höre! Höre!« sagte er.

Seine Begeisterung steckte sie nicht an. Es war noch immer zu hölzern. »Mach weiter«, sagte sie und meinte es ehrlich.

Da erst hörte er ihr leichtes Schniefen, wußte, daß sie geweint hatte. »Was hast du?«

»Sie haben vierzig verschleppt. Zwei sind gleich erschossen worden«, sagte sie tonlos.

»Was? Wie?«

»Die kleine Angelica, die Tochter von Eugenio, haben sie vorher vergewaltigt ...« Anna heulte auf wie ein Kind. »Eugenio weiß es noch gar nicht. O Gott, o Gott ...«

Eben noch hatte es in seinem Kopf in den leuchtendsten Farben geblüht.

»Wir werden nie siegen können«, sagte sie.

»Wir können siegen«, sagte er, »nur später, viel später, als wir glauben, o Gott, dieser Wahnsinn.«

Da raffte sie sich auf, strich ihre nassen Hände am Hemd ab: »Zeig mir den Text.«

Er sah sie an, und sein Blick wollte fragen: Bist du denn auf meiner Seite? Aber er stockte, weil es hier nicht um ihn ging.

»Irgendwann mach ich ihn fertig, ich werde keine Sekunde zögern«, zischte sie. »Das kann sehr schön werden, Renzo.«

»Ich glaube auch«, sagte er leise.

»Ja, das können wir singen. Weißt du, morgen bringt Carlo

seine Ziehharmonika aus Intra mit, hab ich jedenfalls mit ihm ausgemacht. Hast du schon eine Melodie dafür?«

Renzo nahm den Text und summte ein paar Töne, Volksmelodiestücke, wie sie von hier bis Milano herumschwirrten. »Da ist etwas Krummes drin, das stört. Wart mal, es paßt zu dem, was danach kommt, darauf baue ich den zweiten Teil auf, damit die Melodie nicht ganz so blöd wird.«

»Kannst du es schnell fertigmachen? Dann können wir es beim Begräbnis von der kleinen Angelica singen.« Sie schluchzte wieder.

»Zwei Strophen, vielleicht, vielleicht – aber das ist doch kein Begräbnislied.«

»Im Krieg ist alles ein Begräbnislied«, sagte sie. Dann fragte er, wo Giuseppe sei. »Der springt draußen rum und wird toben, wenn er hört, was geschehen ist, aber auch ihm wird nichts Gescheites einfallen. Was sollen wir tun? Die vierzig befreien? Oder vor die Leute gehen und sagen: O Verzeihung, damit hatten wir nicht gerechnet? – Hast du was zu trinken?«

Er fischte die verkratzte Korbflasche aus seinem Rucksack. Sie trank hastig.

»Weißt du noch«, sagte sie plötzlich, »wie wir alle mit dem Boot umgekippt sind, damals?«

»Wie kommst du jetzt darauf?«

»Weil damals alles noch Frieden war, alles in Ordnung, wie eine andere Welt, findest du nicht?« Sie erstaunte Renzo. »Das wird nie wieder so sein. Attila half dir und hat mich festgehalten, und dann lehnten wir uns irgendwie alle aneinander. Alle in einem Boot. Was passiert aber mit Menschen im Krieg?«

»Attila wollte schon immer zu jemand Starkem aufblicken, wie Judas, der seinen Meister nur als Helden ertragen konnte, aber nicht als Flüchtigen. Und wir gaben in unserem Chaos ein ziemlich schwaches Bild ab.«

Sie sprachen über dies und das, die Zeit der kleinen Schäden, in der all die Niederträchtigkeiten von heute ruhten, geduckt, aber doch wie in einer Larve verborgen. Und sie sprachen von Sommerabenden am Strand, wo sie alle beieinander lagen.

Auf einmal nahm sie seine Hand, drückte sie gegen ihre Brust, senkte den Blick und seufzte und fuhr ihm durchs struppige Haar. Plötzlich nestelte sie aus ihrer Hemdtasche ein zusammengefaltetes Tuch hervor, woraus sie eine Olive nahm. »Die Zehe der Vermählung«, hörte er sie flüstern und war überrumpelt von einer wunderbaren Ängstlichkeit, sank immer tiefer zwischen all die Tage aus leuchtenden Blumen, altklugen Gesprächen und loderndem Berühren. Kein inneres Schmunzeln gelang ihm, nicht einmal bei dem Gedanken, das Herzrasen im Hals sei das dumpfe Rumoren überreifer Früchte, so lange keine Frau mehr berührt zu haben. Ihre tiefe, ihn leise beherrschende Stimme machte ihn allmählich wieder sicher.

Warum eigentlich war sie nicht bei ihm geblieben? Hatte die Konvention gesiegt, wonach ein so schönes Mädchen nicht mit einem Krüppel gehen sollte?

Sie lag da, starrte an die Decke, war klar und furchtlos, und er konnte nicht fassen, daß sie ihre Hand unter seinen Hals geschoben hatte und leicht die Finger durch sein Haar kreisen ließ. Renzo griff nach ihren Händen, zog sie an seine Wange, preßte seinen Kopf hinein, kniff fest die Augen zu, wollte hier und doch ganz woanders sein. Sie wollte es erst nicht glauben, daß da Tränen flossen. Er zog ihre Hand an den Mund, küßte sie, preßte sie wieder an die Wange und begann, mit der Zungenspitze zwischen Zeige- und Mittelfinger hin und her zu gehen. Sie lachte, sah ihn plötzlich mit halbgeöffneten Augen an, kam langsam näher und küßte zart seine Lider. »Schmetterlingsküsse«, stammelte er, und: »Du Wunderbare!«

»Ja, sag was, schweig nicht«, sagte sie warm und leise, während sie sein Gesicht wie eine Blinde betastete und ihr Mund über dem seinen stand. Und ihr wunderbarer Atem, der nach reiner, warmer Milch roch, ihre Stimme, ihre Stärke. Er konnte nicht mehr reden, das war endlich wieder seine Heimat.

Um Mitternacht kamen Anna und Renzo überein, niemandem etwas davon zu erzählen. Und er sagte ihr, daß er mit Marios Formation nach Santa Maria Maggiore gehen würde, er könne es anders nicht ertragen. Sie küßten sich, und Renzo saß da mit starrem Blick, so traurig, wie sie ihn nie gesehen hatte. Anfangs sehr leise, dann lauter hörte sie ihn immer wieder seufzen.

Von dieser Nacht an hatte Anna zwei Männer. Der eine war ihr Rächer, der andere ihr Begleiter zu hellen und besseren Zeiten, zur Schönheit der Zweifel, die vor nichts sicher Geglaubtem Halt machen.

Am nächsten Morgen kam Giuseppe zurück, der über der Zufahrtsstraße Wache gehalten hatte. Die Gruppe zog sich höher in die Berge zurück. Wie Giuseppe so der Schnee in die Augen trieb, der schon am frühen Morgen zu fallen begonnen hatte, kam er Anna schwerfälliger vor als sonst. Und scheu war sein Blick zu ihr! Ahnte er etwas? Sollte sie nicht doch besser alles offenbaren und ihm wieder ihre Liebe beteuern? Sie lief neben ihm, der mürrisch und übernächtigt war, wollte ein Gespräch führen und konnte es nicht beginnen. Die Nachrichten aus Villadossola ließen ihn gelegentlich den Kopf schütteln.

Die nächsten drei Tage wohnten sie in einer Gebirgshütte mit kleiner Scheune, die im Sommer für die Alm genutzt wurde. Anna vermied den körperlichen Kontakt zu Giuseppe mit all den feinen Techniken, die sie sonst an Frauen verspottet hatte. Er nahm es nicht einmal wahr und grübelte ständig über die vergangenen Tage. Im Schlaf rief er irgendjemandem Warnungen zu.

Für Renzo brachen dunkle Tage an. Manchmal träumte er von ihrem grazilen Gang, diesem schönen Gegensatz zu ihren robusten Schultern. Einmal meinte er von irgendwoher einen Schmerzensschrei in ihrer Stimme zu hören, laut und verhängnisvoll. Da schlief er nicht mehr ein, und erst Tage später beruhigte er sich, als er erfuhr, daß mit Giuseppe alles in Ordnung sei.

20

Renzo hatte eine Vorliebe für Huren herausgebildet und den Vorgang des Kaufens, des Verfügbarmachens mit dem Reiz verquickt, Frauen aus ihrer vorgeschriebenen Rolle zu locken. Auch der Reiz, sich am Ende einer Reihe schmutziger Gestalten die düsterrot beleuchteten Hintertreppen heraufzumühen, war ihm, dem zu zwanghafter Hygiene angehaltenen Bankierssohn, ein erhebender Regelverstoß. Und selbst auf den Dreck in seinen christlichen Phantasien war er stolz.

Bei Anna, die sich ihrer Reize so vollständig sicher war, daß sie keinerlei Komplimente bedurfte, hinterließ die Nacht mit Renzo, der sich ihr so sehr unterworfen hatte, einen feinen Schmerz. Aber es war kein Melodram, wie für ihn, dem sie allgegenwärtig geworden war, der ihretwegen unzählige Zeilen fand, Melodien summte, wenn er über Waldwege lief.

Er sah ihre von Wirbeln am Hinterkopf hochgehaltene Mähne vor sich und dachte an die sehnigen Nischen in ihren breiten Schultern, die aufrecht wie eine Ritterrüstung doch alle ihre abrupten Körperdrehungen geschmeidig abfedern konnten. Wenn Renzo an Anna dachte, sah er die mädchenhaften Feinheiten in allem, was robust und prall war an ihr. Und auf dem Weg durchs Val Grande, auf den Hängebrücken hoch über den brodelnden Bachstürzen, wenn ihm sein Rucksack wehtat, sah er ihren erhobenen Kopf vor sich, und er flüsterte: »Liebe? Mehr als dieses Wort!«

Nach der verlorenen Schlacht von Villadossola waren die im Val Grande und im Valle Cannobiana operierenden Partisanen wieder zu ihrer eigentlichen Taktik zurückgekehrt. Sie hielten sich vorzugsweise in den höhergelegenen, verschneiten Bergen auf, stießen eher selten gegen die schwächeren Posten der Miliz vor und zogen sich schnell wieder zurück. Es waren Hafen- und Transportarbeiter zu ihnen gekommen, die ohnehin mobil waren und denen die Malhier-mal-da-Taktik vertraut war. Aber es kamen auch kommunistische Industriearbeiter, was Sabotageakte ermöglichte. Von den Bergen um den Lago Maggiore konnte man die

Stromversorgung nach Mailand und Turin unterbrechen. Man brauchte nur einen Defekt in einen Tourenzähler zu fummeln.

Marios Gruppe, bei der Renzo sich nun aufhielt, bestand aus elf Männern. Sie trugen sämtlich rote Halstücher, während die mittlerweile über zwanzig Mann starke Formation unter Giuseppe blaue und rote Halstücher hatte. Sie durchstreiften die Abhänge des Cannobiner Tals.

Im Dezember und Januar hörten die beiden Gruppen wenig voneinander. Marios Gruppe hatte reichlich Waffen erbeutet, jeder von ihnen besaß nun ein Gewehr mit zwanzig Ladestreifen und drei oder vier Handgranaten. Renzo steckte seine Parabellum mittlerweile in den Rucksack. Zuvor hatte er sie am Gürtel getragen, damit die Mädchen in den Dörfern sie sähen. Aber er konnte auf den Pfaden an den Hängen nicht so behende und leichtfüßig gehen wie Mario, und die Waffe rutschte immer wieder an der Hüfte herunter, wackelte hin und her und verlor alles Martialische. Wie Mario nun Renzos Browning trug – das war zünftig, das hatte Stil und machte Eindruck. Aber so ging es eben bei Renzo nicht, und warum sollte man eine Pistole unbedingt offen tragen? Es gab keine Überraschungen, es sei denn, sie selber sorgten dafür. Und wenn es einmal hinab in die Nähe der Seestraße ging, konnte er seine Pistole immer noch umschnallen, für die paar Meter.

Einige Pistolen und Karabiner hatten sie, so reichlich waren sie damit bestückt, unter einem früheren Wasserverteilerkasten abgelegt, eingefettet und in Sackleinwand verpackt. Nur an schwerem Gerät mangelte es, entweder hatten sie uralte Mörser, dann konnte passieren, daß die gerade, wenn es drauf ankam, den Dienst verweigerten, oder es fehlte einfach an Munition, etwa für die einzige Flugabwehrkanone der Novara-Partisanen, die man sonst vielleicht auch zum Beschuß von Kasernen im Tal hätte verwenden können.

Einmal hatten die Deutschen bei Intra zwei große Granatwerfer aufgestellt und auf vermutete Partisanenstellungen am Hang geschossen. Das Feuer hielt zwei Stunden an. Später hieß es, die beiden Kanonen würden irgendwo in die

Gegend von Finero gebracht, um von dort aus die Berghänge des Cannobianer Tals bestreichen zu können. Mario sollte mit seiner Gruppe aufbrechen, um die Kanonen zu finden und zu sehen, ob mit ihnen etwas anzufangen sei. Nach fünf Stunden beschwerlicher Wanderung auf dem winzigen Gebirgsweg von Finero in Richtung Cannobio, in denen Renzo der Riemen seines Rucksacks in die Schultern schnitt, hatten sie den Punkt erreicht, von wo aus sie das Tal überblicken konnten. Ein braunarmiger Junge aus Gurrho, der sich mehrfach angeboten hatte, Renzos Rucksack zu tragen, führte sie vor Einbruch der Dunkelheit zu einer Alpenhütte. Mit behenden Beinen sprang er wie ein Gemsböckchen über die Steinbrocken, während die anderen alle paar hundert Meter stehenblieben, um sich die Riemen zurechtzuschieben und wieder zu Atem zu kommen.

Das Innere der Hütte sah verfallen und unbewohnt aus, es gab angefressene und verstreute Heureste, die zum Schlafen zusammengeschabt werden konnten, und eine primitive Kaminfeuerstelle.

Seit drei Tagen lagen sie nun da am Feuer, und die Maisbrei-Rationen wurden immer schmaler. Es tat sich nichts, keine Truppenbewegungen, keine Kanonen, nur ein Motorradfahrer auf der Straße, der auf halber Höhe des Hanges bremste, sich mit dem Fernglas umschaute und dann zurückfuhr.

Dann kam eines Nachts ein dreißigjähriger Mann von weit oben den Weg herunter, sehr hastig und gezielt. Er trug ein Funkgerät um den Bauch geschnallt und behauptete, eine Nachricht von Giuseppe an Renzo aufgeschnappt zu haben, er und Bill, der Engländer, sollten unbedingt und sofort nach Locarno kommen. Renzo bat Mario, das eigene Funkgerät zu überprüfen, denn sie hatten seit Tagen keinen Kontakt mehr gehabt. Tatsächlich: Es war defekt und gab keinen Laut von sich. Trotzdem konnte dies eine Falle sein. Ihre Berghütte war offenbar nicht mehr unbekannt, denn der Mann hatte sie zielgerichtet gefunden.

Mario verwickelte den Neuankömmling in ein Gespräch. Dieser glänzte mit solchen Naivitäten, daß Renzo ihn für einen Agenten hielt. Er selbst, sagte der Bote, habe in Cannobio »Nieder mit den Deutschen, es lebe der Papst« an eine Häuserwand geschrieben. Dabei blickte er so prahlerisch in die Runde, daß keiner zu lachen wagte. Eine Waffe gaben sie ihm nicht, aber sie wollten ihn auch nicht gefangennehmen.

Am nächsten Morgen ging es Schlag auf Schlag. Die Wache meldete ein gutes Dutzend Soldaten mit Alpinohüten. Es konnten sowohl deutsche als auch faschistische Milizen von der Grenzbewachung sein. Mario hatte sein langes Fernrohr aus dem Abessinien-Feldzug aus dem Rucksack gekramt, postierte sich am Fenster und meldete kurz darauf, es seien Grenzmilizen. Minuten später lehnte sich Mario durch eine Luke oberhalb der Feuerstelle und blickte auf fünf eilig und geduckt herbeihastende Milizionäre, einer von ihnen warf eine Handgranate aufs Dach, die laut zerbarst. Mario schoß dreimal hintereinander, mußte dann aber wieder Deckung suchen.

Der Neuankömmling bat nun um eine Waffe. Dies war für Renzo die eigentliche Gelegenheit, um die Nachricht vom Locarner Treffen zu überprüfen. Er gab ihm eine Walther, mit der der Neue gleich einen Milizionär niederstreckte. Hinter einer niederen Reihe von Haselnußbüschen kauerten die Angreifer. Es entstand eine kleine, bedrückende Stille, in der das entsetzliche Gejammer eines Verletzten zu hören war, der einen Bauchschuß erhalten hatte. Die Milizen warfen gleichzeitig zwei Handgranaten auf das Dach, das in der Ecke der Speisekammer in einem Steinhagel krachend zusammenbrach. Die Schießerei wurde heftiger. Mario zog eine Bank unter die Öffnung des Dachs, kletterte auf den unbeschädigten Dachbalken und warf von dort, die Brust im Freien, eine Handgranate gegen die Haselnußbüsche, die aber nichts bewirkte. Auf dem Weg lag der Hut eines Milizsoldaten. Die Milizen warfen nun wieder zwei Handgranaten, der Fensterrahmen splitterte, und aus einem Rucksack tropfte auf einmal Sardinenöl. Dann brachen weitere Teile der Hütte zusammen.

Renzo wurde von einem Ziegel am Kopf getroffen. Als er aus der Ohnmacht erwachte, hatte er ein solch furchtbares

Schädelsausen, daß er meinte, ein Schuß müsse seinen Kopf gestreift haben.

Iwan, ein Georgier aus Marios Gruppe, legte ihm einen frischen Lappen auf die Wunde und erzählte ihm sofort vom Tod des Neuankömmlings, der sich sehr gut geschlagen hatte. Renzo brummte der Schädel derart, daß er alles wie durch einen dicken Filter hörte. »Einer von den Grenzern ist tot. Ich habe durch das Fernrohr gesehen, wie sie ihm das Gesicht abgedeckt haben, und einen andern haben sie auf der Tragbahre getragen. Ich glaube, sie haben uns gefunden, indem sie dem Mann gefolgt sind. Besonders trickreich war der ja nicht gerade.«

Renzo sah sich um. Die Rucksäcke, außer dem von Carlo, waren zum Glück unbeschädigt. Von der Hütte stand nur noch eine halbe Kammer. Renzo wollte aufstehen, doch er fiel sofort wieder in sich zusammen. »Die werden glauben, daß wir hier gleich abhauen, aber genau das tun wir nicht«, sagte Mario. Sie flickten das Dach mit Reisig und Pappe, stützten die Reste der Mauern mit Querbalken, die sie fest in den Boden traten, zauberten das alte Kaminrohr über einen Trichter aus Wellpappe, so daß sie eine improvisierte Feuerstelle hatten und sich nur minimaler Rauch in dem Räumchen verbreitete.

»Wir hauen doch ab«, sagte Mario.

»Warum?« Carlo zog ein langes, spöttisches Gesicht. »Die werden sich jetzt erst mal von ihrem Schreck erholen und ihre Wut unten im Tal austoben, in dem sie ›Tod den ...‹ und ›Nieder mit ...‹ an die Mauern schreiben. Dann werden sie in die Osterien gehen und herumerzählen, wir seien dreißig Mann stark und bis an die Zähne bewaffnet.«

»Wenn wir nur dreißig wären«, brummte der gamsböckige Bergführer aus Gurrho bitter, »und ein Maschinengewehr hätten, wir würden sie ausziehen und aus dem Dorf jagen.« Und dann, nach einer Pause, sagte er lauthals in die Runde hinein: »Wenn ich stürmen werde, dann folgt mir, wenn ich fliehe, erschießt mich!«

»Moment mal«, Renzo richtete sich auf, »was heißt hier ›wir‹? Noch haben wir keinen Aufnahmeantrag von dir gesehen, geschweige denn diesem zugestimmt!«

»Aber ich bin jetzt doch mit euch zusammengewachsen«, tönte der Junge. Renzo dachte einen Moment, daß es ganz gut sein könnte, diesen gebietskundigen Gamsbock zu haben, wenn er den Weg nach Locarno würde antreten müssen. Der Junge blieb.

Oberhalb von St. Agata trafen sie Bill. Sein weiches, rundes Gesicht strahlte, als seine Hand auf Renzos Nabel zuschnellte wie eine Chamäleonzunge: »Renzo, eine Legende tritt auf uns zu.«

Wer sich so ins Lob ducken kann wie Bill, argwöhnte Renzo bei der überfröhlichen Begrüßung des Engländers, muß sich für sehr stark halten. »Weißt du, was wir in Locarno sollen?«

Bill schien fast beleidigt: »Absprachen auf höchster Ebene, sozusagen, was da entschieden wird, wird Resultate haben.«

»Na, ich bin gespannt.«

Bill wich nicht mehr von Renzos Seite. Renzo freute sich an seiner eigenen Ungerechtigkeit, für einen Moment sehr schlecht von Menschen zu denken, dann aber dieses Gefühl wieder völlig aus seinem Herzen verdrängen zu können, und lachte grimmig in sich hinein: Drüben in Locarno spielte Bill den Partisanenführer, und hier war er der Wichtig-Wichtig-Bote. Erinnerte er sich gar nicht mehr, wie er Renzo beim Strategiepalaver beleidigt hatte?

»Wir dürften wohl auch Oberstleutnant Barrel treffen. Er leitet die Feindaufklärung, und man weiß so einiges.«

Das Zauberwort aller Schmeißfliegen ist »man«, dachte Renzo. Bill war in seinem Element. Seine Stirn gräuselte sich geheimnisvoll: »Es hat mit der Royal Air Force zu tun.«

»Doch nicht etwa die alte Geschichte von dem Flugplatz.«

Bill schwenkte vieldeutig den runden Kopf: »Aber diesmal scheint es ernst zu werden.«

Renzo lächelte in dürrem Spott.

»Giuseppe bringt einiges zustande mit seinem Elefantentöter, es werden wahre Wundertaten erzählt.«

Renzo schwieg verbissen.

Hinter San Bartolomeo-Formine lag die Grenze. Hier mußten sie vorsichtiger sein, da sich kleine Trupps von Gebirgsjägern herumtrieben, mehr auf der Suche nach

Schmugglern als nach Partisanen, obwohl sie beides nicht sonderlich auseinanderhielten. Bill raunte seine Wichtigkeiten nur noch, ließ durchblicken, wie sehr auf du und du er mit den Kommandierenden war. Nachdem Renzo sich bei den Partisanen überraschenderweise etwas Achtung erstritten hatte, war in Bill eine wohlige Zuneigung zu ihm entstanden.

21

Die Wiederbesetzung von Villadossola war von den Faschisten zum großen Sieg umgemünzt und Attila zur Belohnung in Como zum SS-Chef des gesamten Regierungsbezirks ernannt worden. Er selbst hatte einiges zu der falschen Darstellung beigetragen, indem er überall die Opfer unter den Banditen aufzählte. Die Reste seien hoch in die Berge verjagt worden, und der Spuk sei beendet. Einige in seiner Mannschaft wußten es besser.

Der deutsche Generalleutnant war zwar immer noch der eigentliche Herr im Haus, hatte es aber nunmehr mit einem italienischen Präfekten zu tun, der in den Kasernen entlang der Talstraße bis zum Oberkommando in Novara als Sieger gesehen wurde. Gleichzeitig bemerkte Kraushaar, daß sein einstiger Schützling schon morgens gelegentlich nach Schnaps roch.

Attila hatte sich für den Nachmittag angemeldet. Kraushaar saß an seinem Schreibtisch, der Ofen verbreitete wohlige Wärme im Zimmer, während schon draußen auf dem Gang ein scharfer Windzug nicht gerade zum Kleider-Ablegen einlud.

Attila schloß nach dem Eintreten rasch die Tür hinter sich, der Wehrmachtsoffizier erhob sich wuchtig und schwungvoll und gab ihm fröhlich die fleischige Hand. Gleich erläuterte Attila anhand der Karte die nächsten Schritte. Nach Villadossola müsse nun die gesamte Strecke zum Simplontunnel, nördlich des Ossola-Tals, saubergehalten werden. Die erschreckten Banditen müßten jetzt, und zwar wirklich sofort, verfolgt und vernichtet werden. Im Volk müsse jeder aufkeimende Querulantengeist zertreten werden, solange dazu noch Luft sei.

»Und, ist denn noch Luft?« fragte Kraushaar. Die besorgte Ernsthaftigkeit, mit der er diese Frage aussprach, ließ Attila dem Deutschen verwundert ins Gesicht schauen.

»Ich verstehe die Frage nicht.«

»Sind wir wirklich noch Herren der Lage?« präzisierte Kraushaar.

»Die Frage ... wir haben soeben gesiegt ...«

»Gesiegt? Wir haben mit einem Vorschlaghammer ein Ei zerhauen.«

»Wenn Sie sich zurückziehen wollen, bitteschön. Sie haben es ja nicht so weit wie Ihre Kameraden oben in Rußland ...« Attila hatte das italienienische Sie betont.

»Ich bitte Sie: Als Offizier habe ich gelernt, logisch zu denken.«

»Man kann Stalingrad auch herbeireden. Unsere Republik ist im vollen Aufbau, und es sieht nicht so aus, als ob uns jemand dabei bremsen könnte.«

»Wollen Sie ein Glas Wein?«

»Nein, danke. Wollen Sie die Republik überhaupt verteidigen? Ist das jetzt unsere Republik, oder können wir uns eurer nicht mehr sicher sein?« Attila starrte mit theatralisch aufgerissenen Augen im kantigen, schönen Gesicht wie ein bissiger Hund.

Kraushaar ließ die Frechheit mit einer höflichen Zurechtweisung über sich ergehen: »Überlassen Sie das Strategische nicht Ihrem wunderbaren Temperament, wir beide lieben diese Gegend gleichermaßen. Aber im Reich gibt es nicht wenige, die lieber eine oder zwei Fronten aufgeben würden. Auch im Führerhauptquartier wird darüber nachgedacht, ob sich die Engländer nicht doch bald einmal ihres eigentlichen Feindes bewußt werden. Es ist doch eine Frage der Zeit, wann Stalin das Bündnis überstrapaziert.«

»Was soll das nun wieder heißen?«

»Nun, jeder Chirurg schält mit dem Skalpell exakt zwischen schlechtem und gesundem Fleisch.«

»Und Sie meinen, wir schnitten ins gute Fleisch?«

»Nein, mein Freund, mitnichten. Die Kommunisten gehen unter Antikommunisten herum wie bei einem Sonntagsspaziergang. Monarchisten, Katholiken, Engländer, Juden, Liberale, also all das, was Stalin über die Klinge springen läßt. An all dem kleben die Roten wie verkochter Reisbrei. Und das sollte niemand von uns begünstigen.«

»Togliatti ist als Vizepräsident vorgesehen – haben wir das auch begünstigt? Glauben Sie mir, ein größerer militärischer Sieg, und der Reisbrei fällt auseinander.«

»Meinen Sie, alle Säuberungen seien ein Skalpell? Oder wird so was nicht manchmal zum Dreschflegel?«

»Wir müssen den Kollaborateuren das Risiko ganz deutlich vor Augen führen. Helden sind die alle nicht. Wenn wir einen aus der Familie haben, kriegen wir die Informationen, die wir brauchen – alle. Lassen Sie uns Malesco und Santa Maria Maggiore durchgabeln und dann Dorf für Dorf westwärts.«

»Also dort, wo Giuseppe und Anna operieren, ja?«

Attilas linkes Auge blinzelte nervös. »Verwenden Sie nicht seriöse militärische Begriffe für die Schandtaten dieser Banditen. Sie laufen herum, schießen von hinten auf alles, was deutsch aussieht, plündern, schmuggeln. Wenn Sie das ›operieren‹ nennen ...«

»Was auch immer Sie tun, Sie wollen sie haben, möglichst lebend und beide, zumindest pfeifen das die Spatzen von allen Dächern.«

Attila blinzelte hastiger, und seine Stirn färbte sich in dunklem Rot. »Warum soll eine gute politische Sache nicht auch persönliche Motivation bedeuten? Ich bin Faschist aus Leidenschaft!« Dann schwieg er und preßte seine Fingernägel in den anderen Handrücken.

»Übrigens, Attila, ich muß Abbitte leisten. Rizzi hat doch eine wichtigere Funktion, als zunächst angenommen.«

»Als Sie zunächst angenommen haben«, fuhr Attila hoch. »Er will immer und überall ein Häuptling sein, dieser Schwätzer. Er ist keiner, der sich allmählich hochdient. Das sind die, die das Abendland verderben. Die versuchen, mit möglichst wenig Arbeit zu möglichst viel Geltung zu gelangen. Den Mädchen den Kopf verdrehen, den Helden spielen, räubern und auf Robin Hood mimen, saufen, huren und in der Gegend rumballern, möglichst immer in den Rücken, damit man nicht sehen muß, wem man weh tut.« Er dachte an das Verhör von Bruno. Das war Aug in Aug.

»Ist Giuseppe auch so einer?« fragte der Deutsche spitz.

»Das haben die aus ihm gemacht. Das machen die aus allen Naiven, die sie zwischen die Finger kriegen. Sie zeigen denen die Annehmlichkeiten des Lebens. Wie man in der Schlange vor dem Laden nach vorne kommt. Wo alles rationiert ist, sich zu nehmen, was man will. Und wenn dann alles hinten und vorn fehlt, schieben sie's auf die Deutschen. Alles wird angenehm. Was man tut, tut man aus Geltungssucht. Und die rote Idee wird so verstanden, daß sie alles absegnet.«

»Wenn wir wirklich nur die Roten treffen könnten, das wäre großartig. Aber gerade in Malesco werden Sie kaum einen finden. Da sind nur Di Deos Blautücher.«

»Es gibt einige, die nur nach außen das blaue Halstuch tragen und innerlich das rote. Und das kriegen wir raus, wenn wir tiefer hineinfassen ... in den Kerl.«

»Ich bitte Sie ganz herzlich. Wir haben nicht gerade unermeßlich viele Männer für Ihre Forcanamenti. Fangen Sie dort an, wo nachweislich rote Zentren sind, und nicht irgendwo, auch wenn Sie Ihre persönliche Motivation dabei etwas zähmen müssen.« Kraushaar war nicht, wie Attila befürchtet hatte, ganz und gar gegen Durchgabelungen. Er hatte sich sogar detailliertere Kenntnisse verschafft über Standorte von Kommunisten, Sozialisten und den anderen: Monarchisten, Liberalen und Aktionspartei, was eigentlich Sache der italienischen Miliz war.

Nun kam sich Attila auf einmal kontrolliert vor. Sein Hochmut, der durch die bekannte Zuneigung des Deutschen unterfüttert war, knickte ein. Von diesem Moment an arbeitete sein fixes und aggressives Hirn auch gegen den Deutschen. War der bislang nur ein lästiger Hemmschuh gewesen, so würden beide künftig auf der Hut voreinander sein.

22

Bootswände schabten an den Pfosten der Uferbefestigung, so gemächlich, wie vieles in der italienischen Schweiz um die Mittagszeit vonstatten ging, ganz im Kontrast zu dem Krieg, der wenige tausend Meter entfernt stattfand.

Margret Landcroft saß am Anlegesteg, hatte den Feldstecher ihres Vaters vor den Augen und den Monte Verità oberhalb von Ascona im Visier. Ihre blonden Haare waren streng und mit akkuratem Scheitel über den Schulteraufsatz aus Plüsch ihrer engen, hellbraunen Flanellbluse gekämmt, und der straffsitzende beigefarbene Rock entließ ihre wohlgeformten Beine unter den Knien in dunkelgrüne Halbstiefel. Die Tochter des englischen Generalleutnants, der seit einigen Wochen im Hotel gegenüber dem Bahnhof residierte, Abordnungen empfing und Direktiven des Oberkommandos der Royal Air Force sondierte, war unter den Bootsleuten ein Gesprächsthema, was sie auch jetzt durchaus genoß, als sie scheinbar unbeteiligt die Berge betrachtete.

Der britische Generalleutnant Landcroft war direkt dem alliierten Oberkommando zugeordnet, das die italienischen Operationen befehligte. Und auch Margret Landcroft interessierte sich für das Kriegsgeschehen: »Ein Mann muß einen Arsch haben und Augen.« Mit solchen Sätzen erschreckte sie Tischgesellschaften und löste bei Gleichaltrigen Bewunderung aus. Es gab kaum einen Mann, der sie nicht etwas zu lange ansah, und das war schon von Kindesbeinen an so. Die meisten hatten nur geschwiegen und geschmachtet, was Margret aber ebenso wahrnahm, natürlich ohne sich das geringste anmerken zu lassen. Ihre scharf geschnittene Nase, ihr langer, energischer Mund standen in einem schönen Gegensatz zur Weichheit ihres Körpers. Bei langen Festtafeln schien sie schüchtern, zerstreut und schlug die Augen nieder, wenn sie angesprochen wurde. Im Beisein ihrer Freundinnen aber nahm sie sich die Führungsrolle.

Wer die Szene am Strand beobachtete, konnte erst auf den zweiten Blick erkennen, daß ein paar Meter hinter Margret, auf einer Bank, ein junger Mann in akkurater Uniform saß, dessen Bestimmung offensichtlich war, ihren Rücken zu mustern und aufzupassen, daß ihr ja kein Leid geschehe. Sie nahm ihn nicht wahr. Aber er war ihr Begleiter. »Es ist wunderbar«, sagte sie, eben gerade so laut, daß er eine Andeutung davon wahrnehmen konnte.

»Was sagst du, Liebes?« kam es von der Bank.

»Es ist ganz wunderbar, das sind diese Tage, die in ein Album gehören, die man festhalten muß. Der Berg mit seinen Steindächern wird im Winter zu einem einzigen Zauberschloß.«

»Hast du hier jemals Nudisten gesehen? Der Monte Verità ist doch berühmt für Nackedeis und freie Liebe.«

»Ach, die gibt es doch nicht mehr. Die sind alle ausgestorben oder ausgewandert.«

Mit einem Ruck drehte sie sich um, schob mit dem linken Ringfinger die strenge Welle ihrer glattgekämmten Haare, die dort links des kerzengeraden Scheitels wie ein Möwenflügel hingen, hinter das Ohr, straffte den Rücken und ging schräg an der Bank vorüber. Der junge Mann erhob sich, um ihr zu folgen. Unterwegs versuchte er, zaghaft ihre Hand zu nehmen, sie entwand sie ihm lächelnd und in zarter Eleganz: »Jetzt nicht, es muß ja nicht pausenlos aneinander geklebt werden, oder?« Ihr Lächeln nahm ihm die Trübsal wieder aus dem Gesicht.

Generalleutnant Landcroft liebte seine Tochter. Seine Frau hatte sich von ihm getrennt, war plötzlich mit einem anderen zusammen, als er zum Fronturlaub heimkam. Er hatte die Tochter, die der Frau so ähnlich war, mitgenommen, was der Frau ganz gut in den Kram paßte. Er sah jünger aus als fünfzig, rauchte weder noch trank er, hatte volles, dunkles Haar und sehr genau fixierende Augen unter den dichten Brauen. Wenn Margret früher ein Spielzeug wollte, bekam sie ein Spielzeug, wenn ein anderes Mädchen ein schöneres Kleid hatte als Margret, bekam Margret ein noch schöneres, wenn Margret bei schwierigen Manöverbesprechungen dabei sein wollte, durfte sie dabei sein, selbst wenn das Offizierskorps irritiert war.

Als Margret erwachsen wurde, tuschelten die Offiziere dem stolzen Vater ihre Besorgnis um ihre Unschuld zu, aber jeder war fasziniert, wie geschickt sie ihre engelhafte Miene über alles deckte.

Das Hotel war gut geheizt, es roch nach heißer Schokolade, der große Kristalleuchter an der Rezeption sorgte für das fürstliche Gepräge, auf das die Eintretenden mit einem besonders respekteinflößenden Gang, das Kreuz durchgedrückt, und mit militärischem Zack reagierten.

Die Halle verstärkte den Klang von Margrets energischen Schritten. Bevor sie die dritte Stufe der Treppe zu ihren beiden Zimmern im zweiten Stock genommen hatte, drehte sie sich in weicher Wendung herum, legte ihren Zeigefinger auf die nach vorn gewölbten Lippen und drückte sie zum Abschied dem jungen Mann auf die Nasenspitze. Anschließend eilte sie die Treppe hinauf. Der junge Mann deutete den Befehl richtig und verharrte. Wie schön war es, wenn sie in seinen Armen lag. Wenn er vergaß, welche Macht sie besaß und wie ohnmächtig er war. Wie schön war es, wenn er sie küssen durfte, zuweilen auch mehr. Er war sich ihrer Liebe sicher, denn wenn nicht, hätte er verzweifeln müssen. Mit einem unmerklichen Seufzer drehte er an der Treppe ab, und mit einer Zügigkeit, die der kostbare Kronleuchter diktierte, verließ er das Hotel.

Margret war in ihr Zimmer gegangen, sie strampelte das allzu herbstliche Kleid herunter, hängte es nachlässig auf einen Bügel und hielt sich prüfend das Sommerabendkleid vor die Schultern. Sie erwartete Harold. Harold war in Lugano gelandet, und mit ihm war in den nächsten eineinhalb Stunden zu rechnen. Harold war ein schlanker, habichtsnäsiger Offizier seiner Majestät, den ihr Vater über alles schätzte und der ein Auge auf sie geworfen hatte. Aber auch ihm hatte sie die Lektion zugedacht, daß sie niemandem gehören wollte. Genau dazu brauchte sie dieses Sommerabendkleid mit dem feinen Ausschnitt, den Rüschen unterhalb der Taille und den hohen Schuhen.

Sie legte die Abendtoilette an, warf mit routinierter Hand eine blonde Locke hinter die anderen, dunkleren und strenger gekämmten Strähnen, auf daß sie bei der passenden Kopfbewegung wieder in die Stirn fallen mußte, womit ihr ein bübisches Aussehen gelang.

Eine knappe halbe Stunde später traf sie sich mit ihrem Vater an der Rezeption. Harolds Wagen konnte jetzt schon, aber auch innerhalb der nächsten Stunde vorfahren, nichts war bekannt, Verspätungen mußte man in Locarno einkalkulieren. Diese Schweizer waren unberechenbar und überhaupt nicht so akkurat wie ihr Ruf, jedenfalls nicht zu den Feinden des Reichs. Das Tessin erschien ihr wie eine prodeutsche Militärdiktatur. Aber sie wollte Vater nicht allein warten lassen, und außerdem wußte sie genau, daß ein braves Mädchen ein reizendes Mädchen ist. Jedenfalls reizender als eines, das so aussieht, als würde sie Herren auf ihr Zimmer lassen.

Vor der Rezeption sah sie zwei heruntergekommene Gestalten, die sie für Urtessiner Pagen hielt. Der eine war klein geraten, und mit ihrem geschärften Blick für körperliche Disparitäten sah sie ihm einen rachitischen Rücken an, möglicherweise gar einen kleinen Buckel. »Sind Sie frei?« fragte sie den Größeren, Geradegewachsenen. Der antwortete in bestem Englisch: »Wofür?«

»Es wird gleich ein Wagen vorfahren, und da müssen ein paar Koffer auf die Zimmer getragen werden, könnten Sie uns dabei helfen?« Sie nestelte an ihrer Handtasche.

»Wir helfen gern, aber Träger sind wir keine«, erwiderte der Angesprochene lachend. Der Rachitische hatte alles verstanden und schien von ihrer Schönheit genauso überrascht zu sein wie sie über das perfekte Englisch seines Kameraden.

»Sind Sie Engländer?«

»Ja, aber aus Italien und mit Lieutenant Landcroft verabredet.«

»Mit General Lieutenant Landcroft? Das kann aber nicht sein. General Lieutenant Landcroft hat heute abend etwas vor.«

»Ja, wir sind auch zu früh. Kennen Sie ihn?«

»Ja, ganz gut, er wohnt hier. Ich glaube, es wird am besten sein, Sie kommen morgen früh wieder.«

»Das wird schlecht gehen. Morgen früh werden wir wohl nicht mehr hier sein können.«

»Dann wird es wohl nichts werden mit Ihrer Verabredung.«

»Sind Sie Mitarbeiterin des Generals?«

»So etwas ähnliches. Kann ich ihm etwas ausrichten?«

»Sagen Sie ihm, Bill Yorn sei da. Und lassen Sie sich nicht abwimmeln, sagen Sie ihm das persönlich. Es ist uns sehr wichtig! Bill Yorn, ja? Und Signore Rizzi.«

Renzo hatte sich von diesem Gespräch abgewendet. Der Eindruck ihrer Schönheit mischte sich bei ihm mit Zorn. Waren sie wirklich den ganzen Weg umsonst gekommen? Hatten die Engländer sie wieder an der Nase herumgeführt? Was meinten die eigentlich, mit wem sie es zu tun hatten?

»Ich glaube, das wird wohl nichts. Vielleicht sollten wir doch wieder nach Hause gehen?« brummte Renzo zu Bill.

»Aber nein. Das ist nur ein Mißverständnis. Der General Lieutenant hat uns ja hergebeten. Renzo, jetzt rege dich nicht auf, das Gespräch wird stattfinden, und es wird alles in Ordnung gehen.«

Margret entnahm diesem kleinen Dialog etwas von der Bedeutsamkeit des Kriegsgeschehens, mit dem sie die beiden nicht in Zusammenhang gebracht hatte. »Ich will sehen, was sich machen läßt. Kommen Sie doch am besten in zwei Stunden wieder. Vorher wird der General Lieutenant ganz bestimmt keine Zeit für Sie haben. Er erwartet einen Gast aus London, mit dem er unbedingt sprechen muß. Wenn, dann geht es höchstens später.«

Nach einer kurzen Geste zwischen Renzo und Bill entfernten sich die beiden.

Eigenartig, dachte Margret, was in aller Welt treibt solche Lumpengestalten in dieses Hotel? Auf jeden Fall waren das keine gewöhnlichen italienischen Bittsteller.

Im Salon Ticino, der für die englischen Militärs hergerichtet war, traf sie ihren Vater, der bei der Begrüßung hinschmolz: »Na, du siehst wieder aus wie im Märchen.«

»Sag mal, Papa, hast du dich heute abend noch mit zwei Herren verabredet?«

»Mit zwei Herren? Nein, du weißt doch, daß Harold kommt, hat der noch zwei Herren dabei?«

»Nein. Zwei aus Italien, die eben hiergewesen sind, haben gesagt, sie hätten mit dir eine Verabredung. Ich habe sie weggeschickt.«

»O ja, verdammt. Das hätte ich glatt vergessen. Ich konnte ja auch nicht wissen, daß die tatsächlich kommen. Ja, das ist wichtig. Das sind zwei Partisanenführer aus dem Ossola-Tal. Die könnten für uns von Bedeutung sein. Wo hast du sie hingeschickt?«

»Sie kommen wieder, keine Angst. Sie werden irgendwo einen Kaffee trinken oder ein Bier, und dann werden sie wiederkommen, vielleicht in zwei Stunden.«

»Das ist wichtig. Sogar sehr wichtig. Je mehr ich darüber nachdenke, desto unverzeihlicher kommt mir meine Vergeßlichkeit vor. Meinst du, du kannst sie noch auf der Straße abfangen? War ein Kleinerer dabei ... das ist Rizzi!«

»Nein, nein, die sind schon weg, aber die kommen wieder, ganz bestimmt. Sie haben mich für deine Sekretärin gehalten.«

Harolds Wagen kam sehr viel später als erwartet. Margret und ihr Vater saßen in der Lounge, tranken einen Campari und sprachen Belangloses, während vorbeihuschende Gäste mit scheuem Kopfnicken oder ewig breitem Lächeln zu ihnen herüber grüßten.

Harold lieferte alle aufgestauten Komplimente prompt bei ihr ab, machte sich frisch, wechselte das Hemd und die Strümpfe und erschien kurz darauf geschniegelt zum Diner, was längst noch nicht beendet war, als Renzo und Bill in der Halle erschienen und nach dem General Lieutenant fragten.

Der General Lieutenant sei zu Tisch und könne nicht gestört werden, hieß es an der Rezeption.

»Komm, laß uns abhauen«, meinte Renzo.

»Jetzt haben wir so lange gewartet, jetzt warten wir den Augenblick auch noch. Renzo, ich bitte dich. Es geht doch jetzt nicht um deine Eitelkeit.« Renzo spürte einen Moment lang Haß.

Im Dunkel der Rezeption lag die kleine Bar, an der die beiden auf Hocker stiegen, ein Wasser tranken und der Dinge harrten, die da kommen sollten.

Und sie kamen in der Person Margrets. Ihr Vater hatte das Treffen schon wieder vergessen, aber Margret nicht. Und da sie es für außerordentlich spannend hielt, auch von Partisanen Komplimente zu hören, war sie unter dem Vorwand, zur Toilette zu gehen, aufgestanden und hatte in unauffälliger Weise die Rezeption durchstreift. Und dann sah sie die beiden. »Guten Abend, die Herren, ich hoffe, Sie haben sich nicht zu sehr gelangweilt. Ich glaube, der General Lieutenant würde sich freuen, wenn er Sie jetzt sehen könnte. Allerdings sind auch Gäste aus England dabei. Ich hoffe, das stört nicht.«

Margret hatte Gesprächsstoff für den ganzen Abend, genauer gesagt: Fragen. Fragen über die neueste Strumpfmode zu Hause, die sie hinter gespielt ängstlichen Bemerkungen über deutsche Raketenangriffe versteckte. Fragen über den einen oder anderen »Freund von früher«, wer sich mit wem verlobt und wer sich von wem getrennt hatte und ob Elisabeth soundso endlich ihren Jack soundso bekommen hatte.

Harold wollte aber andere Fragen diskutieren, und so bedurfte es einiger Zeit, bis beide sich verständigt hatten. Harold nannte die deutschen Angriffe eher läppisch, letztes Aufgebot und Spuckkrämpfe eines im Todeskampf Liegenden. Viel interessanter erschien ihm die Mitteilung, welche Strategie Churchill gegenüber Stalin und Roosevelt verfolgt hatte, und Harold glaubte gar, der gesamte Lago Maggiore sei begierig, den Ausgang einer Entscheidungsschlacht zu erfahren, die noch nicht einmal begonnen hatte, nämlich der zwischen den totalitären Roten und der freien Welt. Leider maß er seinen Erkenntnissen, oder besser den Churchill in den Mund gelegten Erkenntnissen, anfänglich eine derart hohe Bedeutung bei, daß er Margret damit nur langweilte. Sie nickte hastig und schlau mit einem jeweils sehr verständigen Mmmh und Aha, um dann doch wieder geschickt von Churchill über die Generalsfrau soundso zur derzeitigen Blusenmode zu kommen. Nach anderteinhalb Stunden entschloß sie sich, den Stier bei den Hörnern zu packen und das Thema mit einer dezidiert politischen Aussage ganz ins Unpolitische zu wenden. Glücklicherweise fielen ihr die beiden am Tisch wartenden Partisanen ein.

Die waren an der Eingangstür des Salons mit größter Herzlichkeit vom General selbst empfangen und zu einem Tisch geleitet worden, der direkt gegenüber dem seinen, aber doch gute fünf Meter von Margrets entfernt stand. Der General schien über die Lage der Partisanen erstaunlich gut informiert. Er wußte, daß mindestens fünf Mörser im Cannobio-Tal vonnöten seien, um die Straße nach Finero wenigstens tagsüber kontrollieren zu können, und deutete auch Kenntnisse über »philosophische« Differenzen unter den Partisanen an. Nur britische Höflichkeit verwehrte ihm die Frage, wo die beiden Ankömmlinge denn parteipolitisch stünden. Aber er versuchte, etwas davon durch Erwähnung verschiedener Staatsmänner herauszukitzeln.

Der Salon im Hotel Locarno gewährte einen erhabenen Blick auf den Hafen der Bucht von Locarno, auf die müden Kähne, auf die hin und her flanierenden Damen und Herren in ihrer herbstlichen Mode und, sehr viel weiter entfernt, auf die schwarzen Fischergestalten, die an Netzen rupften und die Angel auswarfen. Harold war beeindruckt von diesem Bild.

Würde er zum Einsatz kommen und seinem Leben den entscheidenden Schub verpassen können? Harolds Stimmung war euphorisch, und der Rotwein tat ein übriges. Harold saß mit Margret am Hafen, hoch über diesem Treiben, mit dem man sich auf größere Schlachten vorbereitete, von deren Logistik er mehr wußte als alle. Und so streckte er sich auf seinem gepolsterten Stuhl, als säße er auf einem Schimmel und dieser stünde auf einem Kommandohügel.

Harold, der schon viel zu lange damit hatte zurückhalten müssen, was er über die Planungen des Generalstabs wußte, war von der Kür zur Pflicht übergegangen. Je drängender er mit seinen klugen Einschätzungen auf Margret einredete, desto häufiger hastete ihr Blick hinüber zu jenen beiden, die wie Fabelwesen aus Alice im Wunderland bei ihrem Vater saßen. Der eine wirkte ungelenk, grob und langgezogen, der andere war klein und zog Margret mit seiner leicht verrenkten, aber eleganten Sitzhaltung, mit seinen Brombeeraugen und seinen abschätzig hochgezogenen Lippen plötzlich an.

Erst nach dem primo piatto, den Tagliatelle, beugte sich Margret zu Harold und raunte: »Du weißt, daß die beiden dort drüben Partisanenführer aus Italien sind?«

»Ich weiß sogar noch mehr. Der Bucklige ist ihr Hofdichter. Er war in Mailand dabei, als Mussolini fünfzehn seiner Genossen an einer Garage aufhängen ließ. Einer von denen war sein Onkel. Und seitdem ist er beseelt von Rache. Im Suff sagt er, er will den Briten den Duce wegschnappen. Na ja, etwas verrückt muß man sein, wenn man mit altem Klappergerät gegen die Deutschen zieht.«

Harold sah, wie der General den Kopf vornehm zurücklegte, auf die eine oder andere Aussage des kleineren Partisanen hin nickte und zum Zeichen seines Interesses den gekrümmten Zeigefingerrücken unter die Nase drückte.

Der kleine Italiener hatte seine Tagliatelle immer noch nicht angerührt und starrte auf den Tellerrand, hieb mit der ausgestreckten Hand bis knapp über die Tischkante, um seine Auffassungen zu unterstreichen, die Harold nicht hören konnte, deren Wichtigkeit ihm aber zweifelhaft erschien.

»Churchill hat die Kommunisten nicht gerade in sein Herz geschlossen«, stellte Harold fest. »Das ist der eigentliche Schönheitsfehler beim ganzen Vormarsch. In Griechenland sollen sie sich auf eine Machtübernahme vorbereiten, und zwar mit unseren Granaten, unseren Maschinenpistolen und sogar ein paar von unseren Flugzeugen. Und wie es heißt, hat Togliatti am griechischen Plan sehr viel Geschmack gefunden.«

»Was hat das mit den Partisanen zu tun?« schob Margret dazwischen.

»Für uns sind Partisanen gleichbedeutend mit Kommunisten. Und wenn sie es noch nicht sind, dann werden sie es in den nächsten Wochen. Dafür sind die Kommunisten einfach zu, sagen wir, dialektisch geschult. Sie haben auch als erste damit angefangen, Partisanen zu spielen, und wer ihre Propagandamethoden kennt, der weiß, daß da kein Auge trocken bleibt«, antwortete Harold.

»Das heißt, wir bereiten denen den Boden vor, und anschließend kommt der Kommunismus?«

»Genau so ist es«, antwortete Harold mit allwissender Miene. »Schau dir die beiden da drüben an, große Kämpfer sind das bestimmt nicht. Sie schicken die andern vor

163

und halten sich im Hintergrund, bis ihre Zeit gekommen ist.«

Auch über Margrets Gesicht huschte nun eine Aversion gegen die beiden und Ärger darüber, daß ihr Vater denen so aufmerksam lauschte.

»Churchill hält Roosevelt für naiv. Das mußt du wissen.«

»So?«

»Ja, Roosevelt läßt sich von Stalin bezirzen, und Churchill bekommt bei Roosevelt nicht halb so viel durch. Ich meine, wenn es um Material geht. Es ist doch wirklich nicht einzusehen, warum unbedingt in Frankreich an Land gegangen werden muß, wenn die Kommunisten sich den Balkan abpflücken wie eine reife Traube. Hier irgendwo unten hätten die ganzen Operationen stattfinden müssen, dann zügig durch in Richtung Danzig, ein paar Verbrüderungsaktionen und damit basta. Und da, wo verbrüdert wird, ist die Grenze zwischen Kommunismus und Freiheit. Statt dessen kämpfen wir uns im Westen den Arsch ab, lassen uns noch in Italien von den Deutschen vorführen, während die Kommunisten eine Stadt nach der anderen nehmen, die rote Fahne hissen und sich selbst hier unten in Italien auf Glanz und Gloria einrichten.«

»So, so. Das ist ja übel.«

»Übel ist kein Ausdruck, Margret. Wir tauschen den Teufel gegen Beelzebub. Da jagen wir die Nazis zur Hölle, und statt dessen setzen wir die Bolschewisten in die Präsidentenämter. Die Roten waren in den Zwanzigern in Italien ein kleiner, zerstrittener Haufen. Heute sind sie militärisch und politisch ...«, Harold zog seine Brauen hoch, als staune er über seine eigene Intimkenntnis, »... von ihren Kommissaren auf Vordermann gebracht, so daß es kaum mehr einen Weg an ihnen vorbei gibt. Und warum wir ausgerechnet unser Blut für die vergießen sollen, kann in England kaum einer verstehen. Es sei denn, er ist selbst ein Roter.«

»Warum helfen wir denen dann? Ich meine, warum sind diese beiden Kerle heute abend hier?« Margrets blonde Haarwelle schwappte in Richtung der Partisanen, und sie sah, daß Bill registriert hatte, zum Thema des Paares geworden zu sein. Mit einem eindringlichen Blick musterte er ihren Tisch.

»Man muß schlau mit ihnen umgehen«, flüsterte Harold nun zurück, »das glauben wir in London. Man darf sie nicht vor den Kopf stoßen, andererseits sollen sie es nicht zu leicht gemacht bekommen.«

»Aber sie sind doch eigentlich unsere Verbündeten?«

»Verbündete, derer man sich über kurz oder lang wieder entledigen muß. Nur man muß es selbst bestimmen können, wann man sich ihrer entledigt. In jedem Falle ist nichts dagegen zu sagen, daß die sich erstmal mit den Nazis herumprügeln statt unserer Jungs. Erstens kennen sie ihr Gelände besser, und zweitens sind sie dann auch ein paar weniger, die später die Diktatur ausrufen können. Deutsche oder Russen – sollen sich nur erst mal viele totschießen, sagt Truman, aber Roosevelt ist naiv ...«

Für einen Moment schnellte ihr Blick zu ihm, ihr linkes Auge war zugekniffen, und Harold spürte einen kurzen Zweifel an der gemeinsamen Nacht.

»Und du hältst sie wirklich für gefährlich? Ich meine, in Italien sind doch alle Leute katholisch, und das ist doch nicht gerade der ideale Nährboden für Kommunismus.« Margret hatte, ohne es ganz genau zu wissen, einen Schwachpunkt in Harolds Argumentation berührt. Da Harold Militär war und im Militär die beherrschenden Ideen meistens von oben kommen, hatte er nie darüber nachgedacht, wie in der Bevölkerung so etwas wie Kommunismus und Katholizismus entstehen. Er war davon ausgegangen, daß ein paar geschulte Militärkader die Ideen schon irgendwie in die Bevölkerung hineinbekämen. Das jedenfalls, dachte Margret, hatte der Secret Service selbstredend zur Grundannahme seines Szenariums gemacht. Und so hatte die Generalität auch Admiral Churchill beraten, und der hatte wiederum die Linie der großen Politik festgesteckt. Sie wollte mehr wissen. Harolds Stimme schmeckte ihr schal.

»Man soll sie nicht unterschätzen. Wir werden ihnen jedenfalls einiges geben müssen, damit sie bei Laune bleiben, andererseits sollen sie sich ruhig noch ein bißchen die Hörner abstoßen. Wenn wir mit Badoglio noch besser klarkommen, haben wir eine Chance, den Faschismus wegzukriegen, ohne daß es statt dessen Kommunismus gibt. Nur, dazu muß es weniger Faschisten und weniger Bolschewiken in Italien geben.«

»Das heißt doch aber, daß wir auf unsere eigenen Verbündeten schießen lassen müssen. Das geht doch eigentlich nicht. Ich meine, wenn es Verbündete sind ...«

»Liebe Margret«, entgegnete Harold, »der gemeinsame Nenner heißt ›antideutsch‹. Das verbindet und verbündet uns. Aber ein Militärbündnis, das ist immer eine Sache auf Zeit. Sonst wären es keine Verbündeten, sondern sie wären wir selbst. Und wann die Zeit abgelaufen ist, das mußt du eben wissen, möglichst vor dem anderen. Außerdem wollen wir gar nicht auf die Partisanen schießen lassen. Es wäre halt nur sehr hilfreich, wenn sie sich nicht mehr so viel in den Bergen herumtreiben, sondern sich direkt mit den Faschisten prügeln würden, ich meine, so richtig Mann gegen Mann.«

»Aber das heißt doch, daß ihr den versprochene Fluglandeplatz im Ossola gar nicht haben wollt?«

Harold schwieg vielsagend.

23

Der General war aus der Pose der gespannten Aufmerksamkeit in eine lockere Haltung übergegangen. »Nun, wissen Sie: Ich möchte Ihnen auch unsere Planung auseinandersetzen, Signor Rizzi. Wir sind wirklich gern bereit, Ihnen das Gewünschte am Fallschirm, vielleicht sogar auf dem direkten Wege zukommen zu lassen. Und wir wissen auch, daß Ihre Waffen unsere Waffen sind. Aber ich denke doch, wir sollten untereinander in absoluter Offenheit über das, ich nenne es mal so, strategische Zwischenziel, wenn Sie verstehen, reden. Es hat einfach keinen Sinn, gemeinsam zu marschieren, wenn man nicht gemeinsam schlägt.«

Bill nickte sehr heftig und war überaus einverstanden. Renzo hingegen bedeckte bedächtig den Mund mit der Hand und schloß theatralisch das linke Auge, wie man es beim Zielen tut.

»Die Alliierten beabsichtigen, in Norditalien einen weiteren Brückenkopf zu bilden. Sie wissen vielleicht, daß wir im

Apennin nicht recht weiterkommen. Die Deutschen haben unsere Landetruppen an zwei Stellen eingekesselt, und es gibt strategische Punkte, wo es bisher keinen Meter zu gewinnen gab.«

»Aber da bietet sich doch Novara förmlich an«, platzte es aus Bill heraus. »Es ist doch auf der Karte die logischste Sache von der Welt, wenn es hier oben noch einen Brückenkopf gibt, daß er zwischen Novara und Domodossola liegen muß ...«

Es dauerte jetzt nur noch Augenblicke, dann war es heraus: Die Engländer wollten im Ossola-Tal einen Brückenkopf und eine Fluglandebahn. Zumindest war dies die Mitteilung, die General Michael Landcroft den beiden Delegierten der italienischen Partisanen zu machen hatte. Es gab auch eine spezifizierte Aufzeichnung, in der eine Landebahn vorgesehen war, es gab einen Zeitplan, und es gab schon eine Aufstellung von Materialien, die notwendig waren, um die Fläche freizukämpfen und landetauglich zu machen.

Der General hatte seine Tochter und Harold an seinen Tisch gewunken. Mittlerweile war man beim Käse angelangt. General Landcroft schlug bald mit dem Messer ans Glas, erhob sich und hielt eine Tischrede. »Sehr verehrte Damen und Herren, und ich darf hinzufügen, meinen teuren Genossen aus Italien«, wobei er sich lachend den beiden Partisanen zuwandte. »Lieber Harold ... die ihr alle unterschiedlich weit von eurer Heimat entfernt seid und alle für unser großes Ziel kämpft, die Befreiung Europas vom Krebsgeschwür des Hitlerismus!«

In der Rede war alles einfach und klar. Die guten Menschen wurden begrüßt, die Bösen mußten beseitigt werden, alle würden alles füreinander tun. Und wenn die Zeit reif sei, würde das vollständige Glück ausbrechen. Tischreden sind wie Glückwunschkarten. Man hat nicht viel Platz für persönliche und konkretere Mitteilungen. Landcroft war kein großer Redner, aber wie es hieß: Was er sagte, kam von Herzen. Margret mochte die störrische Art ihres Vaters, auch wenn ihr bei Komplimenten an höherer rhetorischer Fähigkeit gelegen war. Aber darin war auch Harold nicht sonderlich qualifiziert.

Nach der Tischrede erhob man sich, hatte ein Glas in der Hand, das man schwenkte, langsam leer trank und wieder auffüllen ließ, mit rotem Wein oder mit Bier. Der Ober zwinkerte mehrfach mit den Augen, als er hinzufügte: »Deutsches Bier.«

Renzo wurde Harold vorgestellt. Harold grüßte steif, rang sich ein Lächeln ab und fragte nach der Kampfstärke der Partisanen im Ossola-Tal. Renzo erläuterte wortreich und ohne Zahlen, täglich würden es mehr. Dann fragte Harold nach den politischen Zukunftsabsichten. Renzo prustete zunächst vielsagend durch die Nase, denn der Rotwein hatte ihn sehr freundlich gestimmt, und er hatte Margret im Auge. »Wir wünschen uns ein antifaschistisches Italien, ein Italien, aus dem die Wurzel des Faschismus herausgerissen ist. Ein wahrhaft demokratisches, friedliches Italien, in dem die zerstörte Wirtschaft wieder aufgebaut ist und Italiener über italienische Äcker, Fabriken und Bodenschätze verfügen könnten.«

Harold spürte den sozialistischen Ansatz, nickte aber gutmütig und tastete sich weiter vor, was denn die Wurzel des Faschismus sei, denn ihm schwante ein Angriff auf den freien Markt.

Der junge Mann, der ihm als Partisan vorgestellt worden war, hatte trotz mangelnder körperlicher Größe etwas sehr Bestimmendes, hastig Reguliertes in sämtlichen Bewegungen. »Die Wurzeln liegen in den Menschen und in den Verhältnissen, die sich die Menschen an jedem Ort geschaffen haben.«

Bill fiel ihm ins Wort: »Er ist ein Poet.«

»Ein Poet?« raunte Harold sichtlich erstaunt.

»Ein Autor«, antwortete Renzo mit abwehrenden Händen, »einer, der sich mit Geschriebenem sein Geld verdient, ja. Das ist doch nichts Besonderes ...«

Fortan sprach ihn Harold mit Dottore Rizzi an, was in Renzos Ohren nach den Monaten in den Bergen zunächst komisch, aber dann doch angemessen klang.

»In offener Feldschlacht können sie unserer Verbände vergessen.« Renzo machte eine wegwerfende Handbewegung und zog die Augenbrauen hoch: »Wir sind ungebildete, naive Bergwanderer, denen die Vipern mehr zusetzen als die Hartschädel der Deutschen.«

Ein Kellner kam vorbei und offerierte der Runde einen trockenen Prosecco. Die selbstverständliche Art, mit der Renzo das Glas nahm, einmal leicht schwenkte und der Runde zuprostete, verriet etwas Herrschaftliches. Harold spürte Ärger, weil Margrets Augen groß und kindlich geworden waren, während sie den Partisan von der Seite musterte, die frühere Verächtlichkeit gegenüber dem Italiener nur noch den linken Winkel ihres Munds umspielte, dessen rechte Hälfte nun auffordernd freundlich nach oben gezogen war. Aber er dachte sich nichts dabei, denn Margret fand Männer meistens dann kurzfristig anziehend, wenn sie ihr keine Aufmerksamkeit schenkten.

Renzo hatte etwas ganz anderes im Kopf, obwohl er der Engländerin sehr gern imponiert hätte. Aber dafür war ihr Italienisch zu oberflächlich, und sein eigenes Englisch hielt er für miserabel. Doch das revolutionäre Feuer der Garibaldini wollte er nicht unter dem Tisch lassen. Es mußte in den Augen der Runde blitzen. Denn es ging ja um mindestens fünfzig Flugzeugabwürfe mit Kriegsmaterial, das für den Kampf von höchster Bedeutung war. Und dahinter hatte er zurückzustehen, das mußte er propagieren, nicht seine Gedichte.

Renzo spürte auf einmal, daß er sein Ziel, die notwendigen Fallschirmabwürfe, am günstigsten erreichen würde, wenn man der britischen Armee hier Komplimente machte, und zwar an deren empfänglichste Adresse: Margret Landcroft. Aber dann widerte ihn dieser Gedanke an. Bill war skrupelloser, und: Er kannte das Mädchen. Zumindest aus Erzählungen.

Landcroft war von Tisch zu Tisch und zu den mittlerweile Herumstehenden gegangen, hatte Schwätzchen gehalten, seine Tochter an der Hand genommen und war dann zu Renzo und Bill an den Tisch zurückgekehrt. Wie ein guter Geschäftsmann sein Gegenüber mit überaus vielen Komplimenten zu betäuben sucht und die eigene Perspektive, wenn überhaupt, immer erst im nächsten Schachzug aufscheinen läßt, tastete sich Landcroft an Renzo heran: »Sie schreiben Gedichte? Das ist ja großartig.«

»Ich bin schon lange aus der Übung. Der Faschismus braucht eine andere Antwort als Schöngeisterei«, lachte Renzo gespielt bescheiden zurück.

»Nein, nein, junger Mann. Nun stapeln Sie nicht tief. Wer wirklich schreibt, kommt davon nie los. Unser britischer Dichter Shaw, der übrigens auch sehr zeitkritisch schrieb, nannte die Neurosen des Dichters das Leder des Schusters, wissen Sie ...«

Renzo hob den Zeigefinger: »George Andi Shaw ist ein ganz Großer! In Italien hat er eine gewaltige Gemeinde.«

»Ist das wahr? So nahe sind sich unsere Völker! Sie lesen hier Shaw? Das ist wirklicher Paneuropäismus, das ist ... das ist ... Völkerfreundschaft. Mehr als alle Waffen bringen uns doch die Dichter zusammen. Glauben Sie mir, ich bin hocherfreut, von Ihnen zu hören, daß unser wunderbarer Shaw auch italienische Leser gefunden hat. Schauen Sie, Shaw hat gesagt, daß ein Dichter nie davon freikommt, sein Leben durch Dichtung zu ordnen.«

»Nun, dann muß mein Leben sehr ungeordnet sein, denn ich habe in den letzten Wochen keine Zeile zu Papier gebracht«, log Renzo.

»Ich will, nein, ich kann Ihnen das nicht glauben. Ein Mann wie Sie, ein Dichter, der wird jedes kleine Lagerzelt für ein paar Worte nutzen. Poesie, Wohlklang und Phonetik, gerade in Ihrer so wunderschönen italienischen Sprache, Signore Rizzi, ich beschwöre Sie, lassen Sie Ihr Talent nie brach liegen, es muß blühen. Brennen. Wie Ihre Augen. Signore Rizzi!«

Margret begann sich, wie so oft, für ihren Vater zu schämen, wenn er getrunken hatte.

Landcroft griff nach Renzo, und der hatte tatsächlich große, staunende Augen bekommen und hing mit einem herzlichen, jungenhaften Lächeln an Landcrofts Blick.

»Was glauben Sie«, der General wechselte plötzlich, als wäre ihm sein Gefühlsausbruch peinlich, in eine väterliche Strenge, »wie viele Kanonen und Granatwerfer sind nötig, um das Tal zu befreien?«

»Das Tal befreien. Ob das so sinnvoll ist?« Renzo schüttelte den Kopf. Aber Bill fuhr freudig dazwischen: »Man braucht schon einiges Gerät! Wir verfügen kaum über schwere Waffen. Das geht gerade eben noch an, wenn wir wie Schnaken angreifen, stechen und wieder verschwinden. Aber selbst wenn sich die Deutschen einmal entschließen würden, uns ins Valle Cannobina weiter hoch zu folgen, hätten wir Probleme. Aber das wissen die Deutschen nicht, zum Glück.«

Kleinlaut kam Renzo hinterher: »Wir sparen mit Munition, müssen zusehen, wenn unsere Kameraden ein paar hundert Meter weiter vor offenem Mündungsfeuer sitzen, weil wir nicht die mindeste Möglichkeit haben, über größere Distanzen zu gehen. Da kann von einer offenen Auseinandersetzung, Haus um Haus, Straßenzug um Straßenzug, Stadt um Stadt überhaupt keine Rede sein. Das habe ich erlebt, und ich möchte es nicht wieder erleben. Es wird dann eine Hasenjagd, und wir sind nicht die Jäger. Das können Sie mir glauben.«

Die traurige Art, wie Renzo lächelte, machte Eindruck auf Margret. Seine Aufrichtigkeit strahlte bis unter Margrets Haaransatz, und sein krummer Wuchs fiel ihr nicht mehr so auf wie zu Anfang.

Die wasserblauen Augen des Generals funkelten verärgert, als Harold an den Tisch trat. Renzo wurde schweigsam, beachtete plötzlich den Prosecco in seiner Hand und erinnerte sich daran, welch unheilvolle Wirkung der Schaumwein schon einmal in seinem Leben gehabt hatte. Ihm kam der Satz des alten Genossen Gildo in den Sinn: »Manche Menschen sind wie Prachtkühe, die vierzig Liter Milch geben und dann mit der Hinterhaxe den Eimer umkippen. Mit einem Mal ist alles kaputt. Gerade in diesem Moment mußt du nüchtern sein. Also sei möglichst immer nüchtern.«

Das hatte er dem achtzehnjährigen Renzo gesagt, nachdem der versucht hatte, sich zum Deputierten der provisorischen Kommission der Resistenza del Popolo, die in Novara saß und damals noch halblegal operieren konnte, wählen zu lassen. Renzo stellte sich in zahlreichen Versammlungen vor und machte den besten Eindruck, obwohl seine beiden Gegenkandidaten älter und bekannter waren als er. Aber er galt als der aufgehende Stern, hatte eine Rhetorik, die die

Menschen mitriß, sprach die Dinge aus, die andere zu auswendig gelernten Formeln verkleistert hatten. Über seine eigene Ortsgruppe hinaus kannte man ihn, und er wäre gewiß der jüngste Deputierte gewesen. Renzos Freunde waren stolz, man begleitete ihn von Sitzung zu Sitzung, und es galt als sicher, daß die Delegierten aus den verschiedenen Ortsgruppen ihn bei der entscheidenden Abstimmung unterstützten. Die entscheidende Sitzung aber nahm Renzo zu leicht. Übermut und Vorfreude, das angenehme Gefühl, von Freunden bedient zu werden, die ihm Gebäck brachten, dann eine Flasche Prosecco, den besten aus dieser Gegend. Renzo glaubte den Sieg so sicher in seiner Tasche, daß er nicht merkte, wie der ihm entglitt.

Es war seine Rede. Jeden Abend hatte er sie sicher gehalten, und nun glaubte er plötzlich, sie würde die Leute langweilen und man müsse durchaus auch Mut zum Risiko haben. Darum legte er sie kurzerhand beiseite.

Hätte er die Leute nur gelangweilt – der Sieg wäre ihm nicht verlorengegangen. Aber er war aus einer Laune heraus zu einer freien Rede übergegangen, begann mit sicheren Worten, nach zwei, drei Minuten jedoch verlor er den Faden, wiederholte sich. Gramscis Frage nach der Aufhebung des Widerspruchs zwischen Stadt und Land, zwischen Nord- und Süditalien interessierte an diesem Abend wenig, und er hatte sie auch nur erwähnt, um seine Belesenheit zu unterstreichen. Und um sich aus der Bredouille zu manövrieren, wurde er dann platt. »Wir müssen den Widerspruch aufheben!« – nichts weiter. Ob tatsächlich materielle Opfer von der Stadtbevölkerung für das Land nötig und darum auch von den Kommunisten zu fördern seien, diese Frage konnte er nur abstrakt beantworten. Aber gerade hier hätte es eines besonders nüchternen Manuskripts bedurft. Der genialische Anflug, der ihm gekommen war, brach ihm das Genick. Sein Gegenkandidat argumentierte brav, solide und für alle verständlich. Baudelaire hatte einmal gesagt, das Notwendige setze sich im Zufall durch. Und zufälligerweise waren sechs seiner Delegierten erkrankt oder verhindert. Und zufälligerweise war auch noch einer seiner Freunde auf der Toilette, als es zur Abstimmung kam. Renzo fehlte am Ende eine Stimme.

Dies alles ging ihm durch den Sinn, als er vor dem General saß, wissend, daß es von seiner Rhetorik abhängen würde, wieviel Kriegsmaterial die Engländer rausrücken und in den nächsten Wochen über dem Ossola-Tal abwerfen würden. Es waren kleine Momente, die so viel entschieden, sagte er sich, und da er schon wieder leichte Erhabenheitsgefühle durch den vornehm in der Hand geschwenkten Prosecco verspürte, stellte er das Glas auf den Tisch, band sich den Schuh und trank dann ein ganzes Glas Wasser.

Ein Vater, der seinem Söhnchen alles beibringt, sich abmüht, um auf alles antworten zu können – was behält der übrig, wenn das Söhnchen im See ertrinkt oder von einer Kugel getroffen wird? dachte er bei sich. Nichts als die Widerworte, das eigene Nachdenken, wie die Antworten passender und einleuchtender gemacht werden können. Es bleibt nur diese kleine Spur zurück. Jahre der Arbeit, und nichts bleibt als diese kleinen Momente. Der Alkohol macht zwar unanfechtbar, läßt aber die kleinen Momente unerkannt vorüberschwimmen, trimmt auf ein höheres Ziel, das es schon am nächsten Morgen nicht mehr gibt.

Renzo war nun besonders aufmerksam geworden. Es fiel ihm jetzt erst auf, daß der General nicht nach der Notwendigkeit einer Landebahn gefragt hatte, sondern gleich, welches Material dazu nötig sei. Renzo wurde ärgerlich. Einerseits hätte er der Champagnerrunde gern ihre Überheblichkeit vorgeworfen, die Kräfte der Partisanen für ihre Zwecke zu verplanen. Sie konnten sich nicht einfach aus den Bergen ins Tal begeben, zu gut sichtbaren Zielen werden, sich abknallen lassen wie die Karnickel, nur um für die Engländer eine Landebahn zu bauen, über deren weitere Bestimmung sie nicht einmal informiert wurden. Andererseits wußte er, daß eine so klare Bekundung seiner innersten Überzeugung das Ende für Hunderte Gewehre, Pistolen, für Mörser, Minen und Granatwerfer wäre.

Lächelnd fragte er nach der Landebahn. Bill hingegen fuhr ihm aufschneiderisch in die Parade. »Wir werden das schon hinkriegen, Renzo ist einer der Wichtigsten im Kommando des Val Grande.«

»Es geht demokratisch bei uns zu, und wichtige Leute in

dem Sinne gibt es nicht.« Renzo lachte in Bills Richtung, wobei Margret das Lachen gefroren erschien.

Sie verstand nichts von den strategischen Verwicklungen. Aber da war das Interesse ihres Vaters, wichtige Menschen für seinen Plan zu gewinnen. Sie wußte von Kindesbeinen an: Bei den Karrieren von Militärleuten muß vor jeder Leitersprosse ein Erfolg stehen. Der nächste Erfolg ihres Vaters war wohl eine Bewegung südlich des Simplon-Tunnels, und sie sah sich schon mit einem offenen Wagen in ein befreites Gebiet hineinfahren, das dem neben ihr sitzenden Vater als Befreier zujubelte, und nun galt es nur noch, diesen Italiener hier genau dafür zu gewinnen.

Nachdem die Standpunkte abgezirkelt waren und Renzo beflissen zugesichert hatte, alles mit den Seinen zu besprechen und auch die Kommandozentrale in Mailand zu informieren, und nachdem der General eine wohlwollende Prüfung der Materialerfordernisse zugesagt hatte und man sich erneut für das Frühjahr verabredet hatte, begann der gesellige Teil des Abends.

Renzo war nicht nach Tanzen zumute, er wollte am liebsten auf sein Zimmer, wo zwei kleine Schüsseln mit Keksen und eine Flasche Whisky standen. Bill wollte unten bleiben. Also einigten sie sich, daß Renzo am Tisch sitzen blieb, während Bill lässig zum Tanzparkett im Nebensalon schlurfte. Der Tanzraum hatte drei riesige Kristalleuchter. Nebenan war ein kleines Spielcasino mit dunkelgrünen Tischen und elfenbeinfarbenen Stühlen, das aber an diesem Abend geschlossen blieb. Bei der Damenwahl wechselte Margret von Harold zu Bill, verstrickte ihn in ein Gespräch, mit dem sie allmählich Informationen über die Partisanen und, was ihr wichtiger war, über den Poeten Renzo erhielt. Nach dem zweiten Tanz gab sie sich müde und ließ sich von Bill an den Tisch geleiten, an dem der einsame Renzo saß und immer noch an seinem Mineralwasser trank.

»Nun ist das Geschäftliche doch vorüber«, ihr Italienisch war fast akzentfrei, »warum trinken Sie nicht etwas Vernünftiges? Man muß sich ja in Gegenwart Ihrer Abstinenz für jedes Glas richtig schämen.« Sie blickte Renzo unschuldig und mit hellem beugte den Kopf zur Seite und warf ihr Haar mit der Hand in den Nacken zurück. Renzo spürte, was er vorher nur wie durch einen Filter wahrgenommen hatte: Sie bildete den Mittelpunkt der Gesellschaft.

Als Harold an den Tisch trat, um sie zum Tanzen aufzufordern, vertröstete sie ihn.

»Sie kämpfen für den Kommunismus in Italien?«

So entwaffnend war er das den ganzen Abend nicht gefragt worden, wenn es auch immer wieder durch bestimmte Anspielungen hindurchschimmerte. »Aber nein, Mrs. ...«, stotterte Renzo, ebenfalls auf Englisch.

»Miss! Oder einfach Margret. Sie dürften ja so viel älter als ich nicht sein, oder?«

»Ich bin Rizzi.«

»Rizzi, ich muß etwas lesen von dir. Du bist einfach der erste aufregende Mensch in diesem müden Fischerdorf.«

»Sie machen mir Komplimente. Und ich weiß gar nicht, wie ich meinerseits antworte, da Sie auf diesem Gebiet ... mit Sicherheit schon von qualifizierterem Personal verwöhnt worden sind.«

»Versuch's mal!« kicherte sie. »Das Kompliment eines Kommunisten wirkt mit Sicherheit zehnmal so stark wie das eines britischen Etikette-Offiziers. Aber bestimmt gehört es nicht zum Schulungsmaterial der Roten Armee, jungen Frauen, die über zweitausend Kilometer von zu Hause weg sind, aufmunternde Worte zu sagen.«

Renzo reagierte mit Worten, die schwer von einem Räuspern zu unterscheiden waren, auf Margret aber »einfach süß« wirkten. »Nun, sind Sie Kommunist, oder bist du keiner? Das wollen doch alle hier wissen. Aber jetzt ist der offizielle Teil vorbei. Oder muß man sich als Partisan immer nur verstecken?«

»Das hat mit verstecken nichts zu tun. Was verstehen Sie denn unter Kommunismus?«

»Jetzt streichst du wie die Katze um den heißen Brei. Ich hatte dich doch gefragt. Die Taktik, den Spieß umzudrehen, ist zu durchsichtig, findest du nicht?«

»Wenn Kommunismus bedeutet, daß der Faschismus ...«

»... mit der Wurzel. Mit der Wurzel, das wolltest du doch jetzt sagen. Und was die Wurzel ist, das lassen wir im dunkeln, oder? Nein, dann wären wir ja alle Kommunisten. Wenn man etwas bekämpft, dann muß man das ja mit der Wurzel rausreißen. Das ist doch eure marxistische Dialektik.« Margret war ein wenig ernster geworden.

»Keine zehn Sekunden möchte ich Ihnen ... dir ausweichen, aber hast du eine Vorstellung vom Kommunismus?«

»Stalin. Stalin, das ist für mich Kommunismus, die Moskauer Prozesse. Die Diktatur des Proletariats, oder was sich dafür hält. Lieb gemeint, aber tödlich in der Ausführung. Das ist für mich Kommunismus. Arbeiter und Bauern, die Architekten und Professoren sein wollen, ohne lesen und schreiben zu können. Das ist Kommunismus. Und anschließend steht die Wirtschaft still, und wir dürfen sie wieder aufpäppeln mit englischen Pfunden und amerikanischen Dollars. Das ist für mich Kommunismus.«

»Dann bin ich kein Kommunist. Wenn Sie das alles so genau wissen.«

»Und wann bist du Kommunist?«

»Wenn die, die den Brief an den deutschen Reichspräsidenten geschrieben haben, Hitler nun endlich an die Macht zu bringen, ich meine diese Großindustriellen, vor Gericht gestellt werden, wenn sie ihre Fabriken, die so schreckliche Waffen produziert haben, Gase, mit denen Menschen umgebracht werden, Bomben, die auf Städte und Dörfer geworfen werden, nicht behalten dürfen, wenn die Fabriken überhaupt dem Volk gehören. Dann könnte ich mir vorstellen, daß ich Kommunist bin.«

Es entstand eine Pause. Margret war wirklich aufmerksam geworden. Wie er die einzelnen Bedingungen, Kommunist zu sein, so zurechtlegte, daß sie förmlich um ihr Verständnis warben. Harolds Parolen waren platt, setzten Einverständnis voraus, warben nicht, suchten nicht Verständigung, sondern waren genauso gedrechselt wie die Schlagzeilen im »Tribune«. Renzos Argumente aber umgarnten, bemühten sich, waren klug und listig, um einzuleuchten. Das gefiel ihr, auch weil es ihr schmeichelte.

Dabei entsprach Renzo so gar nicht ihrem Idealbild des Mannes. Bis auf seine wunderhübschen Brombeeraugen und seinen schönen Mund, der jetzt streng war und doch ein mildes Lächeln zeigte, reizte sie noch nicht genug an ihm, um weiterzugehen, aber schon zuviel, um aufzuhören. Sie mußte ihren Abend nun ordnen. Es war fast Mitternacht, und wenn sie noch etwas erleben wollte, dann mußte sie sich entscheiden: Sollte sie hier sitzen bleiben, ideologisieren, oder mit Harold zu den Neuankömmlingen gehen, Charme versprühen und sehen, was sich aus der Nacht ergeben würde?

»Sie sind sicher so eine Art Chefideologe. Ich habe gehört, daß die Partisanen militärische Führer und politische Ideologen haben.«

»Und woraus schließen Sie das?«

»Naja, daß Sie ein besonders geübter Militär sind, glaube ich nicht. Im übrigen: Ich hatte Ihnen das Angebot gemacht, mich Margret zu nennen. Sie sind sehr höflich und taktisch daran vorbeigeschlichen. Also, gerade aufs Ziel losgefragt: Sollten wir uns nicht mit unseren Vornamen ansprechen?«

Renzo schaute nach links, wo Bill saß, dann auf den Tisch, fing sich wieder und versuchte souverän zu erscheinen: »Aber sicher, überhaupt kein Problem, in den Bergen nennen wir uns nur beim Vornamen.«

»Dann sag mir doch, wie der Chefideologe mit Vornamen heißt! Vielleicht müssen es meine Kinder später einmal im Geschichtsunterricht lernen: Togliattis Nachfolger hieß ..., und er versuchte auch, die Tochter des Generals Landcroft vom Marxismus-Leninismus zu überzeugen.«

»Renzo. Und das mit den Ideologen trifft auf uns nicht zu. So wie deine Kommunismusvorstellung nicht zutrifft.« Das Duzen fiel ihm schwer. Er empfand keinerlei Vertrautheit mit der vor ihm sitzenden jungen Dame, die das Tempo ihrer Annäherung mit der Sicherheit einer Primaballerina zu bestimmen versuchte, die Eleganz über den Tisch verströmte, mal ironisch, mal engelhaft, und die nichts Abstoßendes hatte, obwohl Renzo von ihrer tiefen Dekadenz fest überzeugt war. Als sie aufstand, um nach ihrem Vater zu sehen, tat es ihm trotzdem weh. Er sah ihr nach, bewunderte den Zuschnitt ihres Abendkleids, ihren Gang, der überhaupt nicht mondän, sondern plötzlich fast nachlässig war. Margret wußte, daß ihr Gang nun eine volkstümliche Marke tragen mußte. Sie hätte auch mit dem Hintern wedeln oder in ihre langen Beine ein katzenhaftes Schlängeln legen können. Jetzt arbeitete sie nur mit den Schultern, die beinahe unmerklich ein wenig zum Rhythmus der Musik wedelten Fast schwebend glitt sie in die nächste Menschentraube.

24

Die Deutschen mieden zunehmend, das Valle Cannobiana und das Val Grande zu betreten. Sie kamen allenfalls tagsüber, vor Einbruch der Dunkelheit rückten sie wieder ab.

Das Cannobiner Tal hieß in der Sprache der Deutschen mit wachsendem Recht Tal des Todes. Und keiner der deutschen Soldaten hatte Lust, die Richtigkeit dieser Bezeichnung zu überprüfen.

Nur Attila saß in seinem Zimmer in der Kaserne und wartete darauf, daß endlich auch von der deutschen Ostfront ähnlich überzeugende Erfolgsmeldungen kamen, wie sie die Blätter jeden Tag vom Apennin her vermeldeten. Den Amerikanern fiel es schwer, ihre Stellungen zu halten, Monte Casino war zwar völlig zerschossen, aber eine gewonnene Schlacht für die Engländer wurde nicht daraus. Daß es in den letzten zwei Monaten bei den Westalliierten so schlecht voranging, hatte auch den Deutschen wieder Zuversicht gegeben.

Der Winter 1943/44 ging zu Ende, Attila hatte zwei neue Auszeichnungen erhalten und ein paar graue Haare hinzugewonnen. Er war nun selbst unsicher geworden, ob er nicht am Ende den Partisanen gegenüber zu weich gewesen war. Sie hatten sich zwar nicht als große militärische Gefahr herausgestellt, ihre Zahl war aber enorm gestiegen.

Am Abend mußte Attila nach Gravellona, worauf er sich freute, weil er dort Mauro treffen würde. Mit ihm sprach er gern, denn auch Mauro hatte die Sache nicht aufgegeben. Der konnte einen aufbauen. Er erinnerte sich, wie Mauro vor einem Monat, als die schlimmen Nachrichten aus Rußland gekommen waren, von der einen großen geistigen Anstrengung gesprochen hatte, die Menschen für den Faschismus neu zu entzünden, wieder eine soziale Bewegung zu werden, in der Fleiß, Opferwille und die italienische Begeisterung zu den ersten Tugenden zählten, und nicht die Rangunterschiede oder das Geld. Auch Mauro hatte mit der linken Ideologie gebrochen, als es nur noch um Besitzstände ging und nicht mehr um das Ethische. Nun, da die soziale Republik den letzten Mann brauchte, hatte sich auch Mauro von der Universität beurlauben lassen, wo er einen Lehrstuhl für römische Frühgeschichte anstrebte, hatte sich freiwillig gemeldet, um gegen die amerikanischen Eindringlinge mitzumarschieren.

Mauro war einer der wenigen, die im Gespräch auch Renzo widerstanden hatten, damals, als alles noch ein Kamingespräch weinseliger, altkluger Jungphilosophen war.

Cannobio, Gravellona und Intra gehörten zu den strategisch wichtigen Punkten, von denen aus es möglich war, die Straßen nördlich des Lago Maggiore zu kontrollieren. Selbst wenn die Deutschen nicht mehr immer überall hingelangen konnten, waren sie immer noch Herr der Lage. Insofern machte es neben dem ersehnten Cin Cin mit Mauro auch Sinn, in Gravellona nach dem Zustand der Miliz zu schauen. Wie ihm Mauro am Telefon gesagt hatte, hätten die Russen an der Weichsel sogar schwere Verluste hinnehmen müssen und Görings Ministerium arbeite an einer furchtbaren Flugwaffe. Und aus der Umgebung des Duce verlautete, er sei in aufgeräumter Stimmung und sähe die Dinge äußerst zuversichtlich.

Die Republik von Salò hatte neue Herren gebracht. Das störende Element der Monarchie war mit der Flucht des Königs ein für allemal ausgemerzt, man brauchte keine Rücksicht mehr auf die alten Tölpel zu nehmen und die Ideale nicht mehr mit antiken Traditionen zu vermischen, die nur im Wege standen und für junge Menschen keine Strahlkraft mehr besaßen. Ja, es war wieder etwas vom Anfangsenthusiasmus zu spüren, von dem, was die Alten über den Marsch auf Rom erzählten, der über zwanzig Jahre zurücklag.

Attila sah hinaus auf die Straße. Seine Mutter ging nun häufig schon sehr früh und für sehr lange zu ihren Freundinnen. Der Wald trug Rauhreif, aber im oberen Viertel der Fensterscheiben konnte man, wenn man in die Knie ging, dichten, festen Schnee sehen, der Schmugglern und politischen Banditen das Leben erschweren würde.

Ein Jäger kam zusammen mit seinem Treiber von der Frühpirsch zurück. Attila erkannte ihn, es war der Juwelier Galotti, der in diesen Tagen nicht viel zu tun hatte, da die Leute hier höchstens etwas zu verkaufen hatten. Dennoch konnte er sich über Wasser halten, indem er seine handgearbeiteten Ohrringe und Silberbestecke in die Schweiz lieferte, wo er nur die Hälfte des Preises berechnete, den Schweizer Gold- und Silberschmiede nahmen. Sein Helfer trug ein Jungwild, ein Mufflon, wie eine Stola um den Hals gelegt.

In diesem Moment war die Welt in Ordnung. Wenn es auch hieß, in Polen würden sich die Juden erheben, in Rußland gäbe es keine funktionierende deutsche Verwaltung mehr, und selbst in der deutschen Wehrmacht sei so etwas wie Unwillen zu spüren: Die soziale Republik von Salò war intakt. Wie unter einer Käseglocke liegend, empfand Attila das von ihm mitgeschaffene Werk, das Mauro sogar zu einem Staat neuen Typus' erklärt hatte: Nicht mehr der ganze Großstaat, die Mammutorganisation und die dazugehörende Bürokratie, sondern Improvisation und Kreativität.

Die Banditen konnten feige und heimtückische Attentate begehen – solange der Treiber so neben Galotti herschritt, solange der Schnee fällt und das Frühjahr kommt, blieb alles, wie es zusammengefügt war von alters her.

Um die Mittagszeit kam Attila in Gravellona an. Mauro saß zusammen mit einigen Männern an einem groben Holztisch, rauchte eine Africa, die er zu unzähligen anderen Stummeln in die Schale drückte, als Attila eintrat. Er entblößte die braunen Zähne zu einem zarten, ironischen Gruß. »Wahre Freundschaft zeigt sich erst in der Not!« Sie umarmten sich. Attila wurde allen Anwesenden als der eigentliche Chef des Lago Maggiore vorgestellt.

Es waren insgesamt zwölf Faschisten, alle um die dreißig, von denen keiner auch nur annähernd so abgerissen gekleidet war wie Mauro. Sie tranken Valpolicella, ließen den Duce hochleben, sprachen in großer Verehrung und wie Eingeweihte über die geheimen Varianten des bedeutendsten Feldherren des Jahrhunderts, Adolf Hitler, der selbst in den bedrohlichsten Situationen immer den Königsweg gekannt hatte.

Sie hatten sich vorgenommen, am nächsten Tag dem Dorf Castiglione einen Besuch abzustatten. Weil dort in der Kirche eine illegale Versammlung abgehalten worden war. Zuvor wollten sie noch durch zwei andere Dörfern fahren und mit den Gendarmen sprechen. Mit dem Gefühl, einen arbeitsreichen Tag vor sich zu haben, stiegen sie im Schlafsaal die Leiter hoch in ihre Feldbetten. Es war schon fast wieder Morgen, und Attila hatte viel zuviel getrunken.

Dennoch war er vor Mauro wach, wusch sich lange vor den anderen und saß mit verquollenen Augen am Frühstückstisch, als das erste Stiefelpoltern von der Treppe kam. Eine Stunde später waren sie zum Abmarsch bereit. Mit vier Motorrädern und zwei Geländewagen ging es den holprigen Serpentinenweg hinauf, und wie in alten Tagen scherzten und philosophierten Attila und Mauro.

Die ersten beiden Dörfchen zeigten keinerlei Auffälligkeiten, auch die Gutinformierten, die sich in der Dorfgemeinschaft schon lange nicht mehr zu erkennen gegeben hatten, wußten wenig zu berichten, außer, daß ständige Zusammenkünfte in Castiglione stattfänden.

Am Nachmittag kamen sie in Castiglione an. Schon beim Ortsschild wurde die Gruppe stiller und war darauf vorbereitet, hier ein Widerstandsnest vorzufinden. Auffällig war der kleine Knabe, der quer über die Straße lief, etwas zu schnell für ein bloßes Kinderspiel, wie Attila fand. Als zwei Fensterläden hastig geschlossen wurden, wuchs der Verdacht.

Als sie den Dorfrand passierten, geschah etwas Ungeheuerliches. Es war Wochentag und fünf Uhr nachmittags, und die Kirchenglocken läuteten, wie sie früher geläutet hatten, wenn es irgendwo in der Nähe brannte. Der Fahrer von Attilas Auto gab Gas. »Zur Kirche«, rief Mauro, und der Trupp legte an Tempo zu, wobei die Motorräder ein wenig zurückfielen, weil der Schnee nicht geräumt war.

Vor dem Gotteshaus sprangen sie aus ihren Fahrzeugen. Die Glocke hatte soeben aufgehört zu läuten, was sie als endgültigen Beweis nahmen. Dies war die gröbste Provokation, die sich ein Pfarrer erlauben konnte. Am hellichten Tage wurden hier Banditen gewarnt, ja, man gab sich nicht einmal den äußeren Anschein, diese Warnung still und diskret vonstatten gehen zu lassen, man bediente sich der erhabensten Stätte des Dorfs.

25

Giuseppe und Anna streiften mit ihrer Gruppe seit längerem durch die Berge oberhalb Ornavassos. Während man unten in Cannobio, am See, der das Klima auch im Winter mild hielt, noch bunte Herbstkleider trug, war es hier oben eisig kalt.

Immer mehr Soldaten der Alpini und der Salò-Armee traten zu den Partisanen über.

Nicola Rossi hatte am Tag des Waffenstillstands als Bergläufer Dienst und entschloß sich, mit anderen Ossolanern über die Berge nach Hause zu gehen. Er hatte brave Vorgesetzte gehabt, und sie taten ihm leid, als sie weinten, weil sie ihr Gepäck zurücklassen mußten. Dabei war das Gepäck nur ein Vorwand, eigentlich weinten sie wegen der ruhmlos und vorzeitig beendeten Offizierslaufbahn, wie Geschäftsleute, die Investitionen ins Nichts zerschossen fanden.

In Ornavasso hatte Giuseppe einen örtlichen Ausschuß, eine Art C.L.N. gebildet, der für Lebensmittel, Nachrichten und Meldungen über Feindbewegungen sorgte. Die Partisanentruppen gaben eine eigene Zeitung heraus. Giuseppe machte Rossi zum Meldeläufer seiner Truppe, da er vorzüglich Ski lief.

Eines Tages kam Rossi aufgeregt mit dem Gerücht, am Mottarone würden die Alliierten demnächst allerhand wichtiges Material abwerfen, mehr als die gelegentlichen Patronenschachteln, was er aus vielen zusammengetragenen Beobachtungen der Einwohner geschlossen hatte. Giuseppe verschaffte sich eine Übersicht über die Umgebung der Wiese, wo der Abwurf erfolgen sollte, besorgte sich Informationen über die Befahrbarkeit der Wege bei Neuschnee und fand heraus, daß in der Nähe niemand ein Telefon oder Funkgerät besaß.

Am Tag drauf erschien Rossis Mutter und war über den Grad der Verwilderung ihres Sprößlings entsetzt. Sie wollte ihn mitnehmen, und Giuseppe willigte schweren Herzens ein. Kaum waren sie hinabgestiegen, um von befreundeten Bauern Lebensmittel für den Marsch nach Hause mitzunehmen, hörten Giuseppe und seine Leute das verzweifelte Geschrei der Frau. Mit vier Männern, die, sich überschlagend, immer wieder in den Schnee stürzten, rannten sie seinem Botengänger zu Hilfe. Giuseppe sprang über einen Bach, verstauchte sich den Fuß an einen überhängenden Stein, bis er einer deutschen Schützenlinie direkt gegenüberstand. Die Mutter und Nicola waren bereits festgenommen. Seine Leute feuerten los. Die Deutschen begaben sich sofort in Deckung, ein Maschinengewehr bestrich Giuseppes Stellung.

Plötzlich fuhr ein Panzerfahrzeug langsam in ihre Richtung. Giuseppe band vier Stielhandgranaten aneinander, hangelte sich von einer Mauer herab, von der es steil den Abhang hinunter ging, rannte an einem Stall vorbei und warf die Granaten schräg vor das Hinterrad. Der Wagen begann zu schlingern, fuhr noch ein Stück weiter und blieb dann rauchend stehen. Mehr konnte Giuseppe nicht erkennen.

Nicola glaubte diese Situation nutzen zu können, warf sich trotz seiner Fesselung an seinen Bewachern vorbei in den Schnee und stürzte den Abhang hinunter. Seine Mutter aber, die für einen Augenblick sämtliche Vernunft verloren hatte, schrie ihm wie in Kindertagen hinterher: »Nicola, komm zurück, was machst du denn!« Der Junge wäre vielleicht nicht entdeckt worden, die Verwirrung der Deutschen war doch beträchtlich. So aber fuhr ein Uniformierter im langen Mantel herum, seine Maschinenpistole hatte in Richtung des unerwarteten Angreifers gedeutet, und feuerte einige Garben in den um Nicola wirbelnden Schnee. Der fuhr in die Höhe, stand für einen Augenblick, drehte sich um sich selbst und krümmte sich lautlos zu Boden, wo er im roten, dampfenden Schnee liegen blieb. Die Mutter hielt nichts mehr, sie rannte ihrem Söhnlein hinterher, wollte decken, schützen, es zurückrufen. Mit gellenden, tierischen Schreien rannte sie gegen die Mörder, die sich zunächst erstaunt umblickten. Ein großgewachsener Soldat in einem langen Offiziersmantel ließ sie herankommen, nahm mit einer leichten und ruhigen Seitwärtsbewegung sein Gewehr zur Seite und hieb es der stolpernden Frau an den Kopf. Und sie, als hätte sie es selbst so gewollt, stolperte vor die Stiefel des Soldaten, der sie begutachtete und ihr noch einmal auf den Hinterkopf schlug.

Mit langen, weißen Schleiern umwehte Nebel die Berge. Abgehackte Silben deutscher Soldaten waren zu hören. Sie schossen nicht einmal mehr auf die vermutete Partisanenstellung, sie verspürten nicht die geringste Lust, weiter in diesen schwarzen Bergwald hinaufzuklettern.

Giuseppe mühte sich durch den tiefen Schnee, dicht hinter ihm Mario. Vor ihnen lag ein langer Aufstieg über Pfade bis zur breiten Straße, wo sich ihre Spuren in denen anderer verlieren würden. Er dachte an das Zitat Gramscis, das er aus Renzos Mund gehört hatte: Köpfe gewinnen, nicht einschlagen. Und dann sah er den kleinen Nicola vor sich, und ihm schoß das Wasser aus den Augen und über die brennenden Lippen.

Nicola war zu ihnen gekommen, als sie sich gerade hinunter in ein Dorf begeben hatten, um Proviant zu holen. Der Junge hatte sich gewundert, daß Giuseppe den Mais bezahlte, er hielt die Dorfleute für Feiglinge, die man züchtigen mußte. Damals, im Spätherbst, war das windstille Wetter umgeschlagen, der Wald und die Weiden hatten ihren würzigen Duft verloren. Über die Hochebene, wo der Kiefernwald endete, fegten Schneewirbel. Der Himmel war graublau bezogen, die Gipfel versteckten sich zwischen tiefhängenden, schwarzen Wolken. Der See, weit unten, wirkte wie eine große, schwarze Pechpfütze, und sie waren auch damals dabei, die steinigen Pfade wieder heraufzustapfen, als sie auf dem Rand des Plateaus zwei dunkle Punkte sahen. Der Wind trug ein Plaudern herüber. Giuseppe schaute durchs Fernglas und befahl, in Deckung zu gehen. »Deutsche«, sagte er. Er spürte die Wirkung auf den kleinen Nicola, der nahe neben ihm ging. Nun war der Krieg nach all den Monaten bloßen Erwägens plötzlich direkt über den Jungen gekommen, wie im Zirkus, nachdem die Clowns, die mit dem Rechen durch den Sand der Arena gefahren waren, fortgesprungen und die brüllenden Löwen hereingeschritten waren und die Kinder sich hinter den Rücken ihrer Mütter versteckten.

»Scheiße, Scheiße, Scheiße! So ein Mist«, japste der Kleine.

Giuseppe knurrte ihm zu, es sei SS: »Wenn ihr ruhig bleibt, können wir sie abschießen.« Er sah ein hilfloses Fragen um Nicolas Mund, das er erst nicht verstehen wollte. »Wenn wir sie nicht erwischen, werden viele kommen.«

»Aber die kommen doch auf jeden Fall, wenn sie das hören«, flüsterte Nicola.

»Und wenn wir nicht schießen, werden sie unsere Spur finden.« Giuseppe deutete auf den Schnee hinter ihnen.

»Einen nach dem anderen«, sagte Bodo. Sie legten sich mit einem Gewehr und drei Pistolen in einen Graben.

Die Deutschen kamen bald in Schußnähe. Giuseppe spürte, was sich in Nicola sträubte. Die Stille der Hochebene und die Ahnungslosigkeit der Feinde verlieh dieser Situation etwas Menschliches, Versöhnliches. Die Älteren kannten dieses Gefühl schon lange, bei Nicola tat es noch seine Wirkung.

»Du willst nicht schießen, oder?« fragte Giuseppe.

»Ich würde sie doch nicht treffen«, antwortete Nicola.

»Oder hast du Mitleid?«

»Mitleid nicht.«

»Aber sie tun dir leid, nicht?«

»Nein«, sagte Nicola eigensinnig.

»Weißt du, daß sie in Rußland Menschen töten, um sich zu belustigen? Weißt du, daß sie in Rußland jüdische Kinder wie Hühner in Einfriedungen gestellt haben, um sich daran zu belustigen. Die Kinder glaubten, es handele sich um ein Spiel, sie lachten, rannten auf dem Platz herum und klatschten in die Händchen, während die Deutschen ihre Maschinenpistolen luden. Ich würde Tausenden von ihnen mit dem Messer den Hals abschneiden, wenn ich könnte.« Giuseppe blickte Nicola mit offenem Gesicht, fröhlich aus strahlenden

Augen an. Nicola wandte den Kopf, als ob er das Gesicht zu diesen Worten nicht aushalten wollte. Er starrte auf die dunklen Mäntel, die größer wurden. Die da hatten kichernde Kinder in Käfigen erschossen.

Dann legte er sein Gewehr beiseite, vergrub sein Gesicht im Ärmel und nahm es erst wieder heraus, als die anderen den beiden getöteten SS-Leuten die Waffen abgenommen und die Leichen in den Wald gezogen hatten.

Nun lag Nicola da unten neben seiner Mutter, und Giuseppe schien all dieser Kampf plötzlich ganz widersinnig zu sein.

Als Giuseppe im Lager ankam, war Anna schlecht. Sie war schwanger, und sie wußte, von wem.

»Es ist deswegen?« Er deutete auf ihren Bauch.

Sie schüttelte den Kopf. »Es ist etwas sehr Übles passiert. Sie haben den Pfarrer in Castiglione erschossen. Der hatte nur das Pech, gerade zur täglichen Messe zu läuten. Die Faschisten nahmen dies aber für ein Zeichen an uns. Irgendwo beim Weiler Colombetti haben ihn Attila und seine Leute unter ein paar Steinen gefunden. Sie hatten ihn vorher selber dort hingelegt. Und nun behaupten sie, Renzo sei's gewesen, und erst daraufhin hätten sie selbst die Glocken geläutet. Die Leute sind erregt. Nirgends Zeugen. Der Pfarrer, Don Briotti, war nicht einmal besonders gut auf uns zu sprechen. Daraus kann man natürlich allerlei Legenden stricken.«

Die Köpfe nicht einschlagen, sondern gewinnen, ging es Giuseppe wieder durch den Kopf. Jetzt hatten die anderen einen Kopf eingeschlagen, um Köpfe zu gewinnen. Er spuckte wütend aus und zündete sich eine Africa an.

»Wir können unmöglich von Haus zu Haus gehen und sagen: Renzo war es nicht. Glaubt uns, warum sollten wir einen Pfarrer erschießen?«

»Aber die Leute sind stumm, sie laufen mit dunklen Mienen an uns vorüber, sagen ihren Söhnen, daß sie lieber mit uns brechen wollen, als mit Priestermördern unter einem Dach zu leben. Und Castiglione ist strategisch nicht unwichtig! Außerdem ist Renzo verschwunden. Niemand weiß, wo er ist. Renzo kann es nicht gewesen sein ...«

»Auf keinen Fall. Der kann so etwas gar nicht.«

Anna setzte den Topf mit Polenta aufs Feuer, rührte und klopfte ärgerlich den Löffel ab: »Da sind wir einfach machtlos.«

Bodo wollte sich nichts daraus machen: »Das ist eben der Krieg.«

»Das ist nicht der Krieg!« schnauzte Giuseppe zurück. »Das ist Mord. Das wird sich festfressen in ihren Köpfen, und noch über Generationen werden es die Leute erzählen, wenn uns nichts dagegen einfällt.«

Dann sagte Anna: »Giuseppe, ich will zu Renzo.«

Giuseppe war nicht erstaunt. Aber sie spürte seine Traurigkeit.

26

Margrets raffiniert geschlitzter Rock machte, daß die Männer ihre Blicke hinter ihr herschickten. Sie genoß es beiläufig und schlängelte sich elegant zwischen den uniformierten Stehrunden hindurch auf ihren Vater zu: »Nun, habt ihr das Geheimnis der kommunistischen Strategie gelüftet? Oder ist dies ein Fall für Mata Hari?«

Die Herren lachten befreit auf, denn wohl war ihnen nicht mit Bill, der sich nach viel zu vielen Details der englischen Militärtechnik erkundigte. Renzo hörte am Tisch daneben nur Wortfetzen von einer Absprache, im Ossola-Tal für die nächste Woche einen Code einzurichten, mit dem die Brüder Briata englische Agenten und Partisanen zusammenbringen sollten und mit dem der britische Rundfunk Fallschirmabwürfe ankündigen sollte. Dieses Losungswort wurde später zur Legende: »Die Katze weint.«

Renzo hatte mit seiner zutreffenden Einschätzung der Chancen einer zweiten Invasion und des Gesamtkriegsverlaufs leises Erstaunen ausgelöst.

Ein Major älteren Jahrgangs stellte sich als einer der Sieger über Rommel vor und fiel Renzo durch seine Direktheit auf. Er war überhaupt nicht angetan von der Idee, einen Brückenkopf am Alpenrand, »auch nicht im Ossola-Tal«, zu bilden.

Renzo stritt energisch dafür: War der Krieg nicht in eine Phase eingetreten, in der man die Material-Überlegenheit schnell ausspielen mußte, um ihn zu verkürzen? Wenn die deutschen Truppen an mehreren Abschnitten zu kämpfen hatten, sei der Zusammenbruch eine Frage von Monaten, vielleicht sogar nur Wochen, während deren ausschließliche Bindung an die Apennin-Front nur zu einem zentimeterweisen Rückzug führen würde.

Der Major lachte auf: »Warum, in Gottes Namen, soll der Krieg verkürzt werden? Wer hat daran Interesse? Ob der Krieg im Jahre 1944, 1945 oder im Jahr darauf beendet wird, bleibt sich gleich, im Gegenteil: Die Planung für den wirtschaftlichen Wiederaufbau Deutschlands ist gerade erst im Anlaufen und braucht noch erhebliche Investitionen.«

Daß es überhaupt Erwägungen gab, im Norden Italiens keinen Brückenkopf zu bilden, den Partisanen nicht bei der Befestigung einer Widerstandsregion zu helfen, traf Renzo wie ein Hieb, dessen Schmerz erst nach Sekunden der Betäubung eintritt. Er begann, die Militärs um sich als uniformierte Lakaien, als regungslose Pinguine zu sehen. Zunächst war er vom Überbringer der schlechten Botschaft angewidert, von diesem Major, um sich dann innerlich einzugestehen, daß der ja nur das Logische benannt hatte, ohne selbst Partei zu nehmen. Ja, es war richtig, auch das Militärische wirtschaftlichen Interessen unterzuordnen, und es war auch richtig, mitten in ideologischen, moralischen, militärischen und sozialen Konflikten die alles beherrschende wirtschaftliche Kalkulation über die Dauer des Krieges und die Folgen auf den späteren deutschen Wiederaufbau zu veranschlagen.

»Da müssen Fabriken und Hochöfen errichtet werden, da muß das Problem des russischen Einflusses mit viel Fingerspitzengefühl angegangen werden, da müssen Schulen ohne Nazi-Lehrer, aber eben auch ohne Kommunistenfreunde eröffnet werden. Gut Ding braucht Weile. Das jedenfalls denken sich unsere Admiralität und Mr. Churchill. Und glauben Sie mir, keine der am Krieg beteiligten Seiten hat auch nur einen halben Plan dafür in der Schublade. Und je näher die Erkenntnis rückt, daß der Zusammenbruch der Hitlerschen Armeen ausgemacht ist, desto bestürzter sind die Kreise der

Wirtschaft in den westlichen alliierten Staaten darüber, was ihnen dann am Bein hängt. Sie sind von ihren militärischen Erfolgen so überrascht, daß es ihnen ganz gelegen kommt, in Italien noch ein wenig aufgehalten zu werden.«

»Aber sehen das die Militärs auch so?« fragte Renzo mit fast kindlicher Traurigkeit.

»Ich weiß nicht, wer das sieht und wer das nicht sieht«, raunte der Major, »aber es wird gesehen werden. Und dann werden all die Flausen vom Brückenkopf wie eine Seifenblase zerplatzen. Das können Sie mir glauben, ich mache das nicht zum erstenmal, und ich kenne auch die Begeisterung der militärischen Führung, die sich an ihren eigenen Plänen entzündet, und ihre großen Augen, wenn von oben alles wieder zurückgenommen wird und sich keine Tür mehr öffnet, nicht einmal, wenn der General den Verteidigungsminister höchstpersönlich aufsucht, um den ganzen Widersinn militärisch zu erklären.«

Margret hörte mit halbem Ohr zu. Zuvor hatte sie Bill sehr leise über Renzo ausgefragt. Um die Gleichberechtigung wiederherzustellen, die sie von zu Hause und all den Partys gewohnt war, ließ sie sich auf Gespräche über Politik ein, unterbrach sie mit mehr oder weniger kenntnisreichen Bemerkungen und suchte wechselweise die Aufmerksamkeit von Bill, Harold oder Renzo auf sich zu ziehen. Renzo sollte wenigstens auf ihre Blicke antworten, Bill hingegen auf die Fragen, die vor allem Renzo betrafen. Sie wußte immer sehr gut, an welcher Stelle der alkoholbeschwingten Heiterkeit die Kontrollfunktionen in Gefahr gerieten. Sie sah Renzo aufstehen, dem Major förmlich die Hand reichen und auf sie, Bill und Harold zukommen. Ihr Instinkt arbeitete. Wie konnte sie einen Abschied noch in etwas anderes umwandeln?

»Sie wollen schon schlafen gehen? Das war heute sicher ein harter Tag für Sie«, sagte sie ein wenig provozierend, in der Hoffnung, Renzos Mannesstolz anzusprechen.

»Ja, sicher«, antwortete Renzo entwaffnend, »wir sind in den Bergen nicht gewohnt, lange aufzubleiben, weil es morgens immer sehr früh raus geht. Und morgen um diese Zeit wollen wir wieder bei unseren Leuten sein.«

Margret spürte doppelte Enttäuschung. »Sie verlassen uns

morgen in aller Frühe? Also müssen Sie gar nicht geweckt werden?«

Ihre Fragen wurden auffälliger, und Margret spürte das auch. Bill, der gerade eben ein Gedicht von Renzo aufgesagt und sich seines besten Freundes gerühmt hatte, lobte dessen Disziplin, obwohl es doch auf einen Tag nicht ankäme.

Margret verbarg ihre Enttäuschung hinter feinem Lächeln: »Wenn Sie gehen, sollten wir alle die Tafel aufheben. Das ist ja wohl das mindeste Opfer, das wir für die gemeinsame Sache bringen können, oder?«

Renzo wehrte ab, gefiel sich in der Begehrtheit und verabschiedete sich zunächst per Handschlag bei Margret, dann bei Harold und lachte Bill an: »Bleib du nur ruhig, jeder hat eine andere innere Uhr.«

Aber Bill spürte, daß es mit Renzos Herzlichkeit nicht weit her war.

Der Major hatte sich noch einmal zu Renzo durchgearbeitet. Der etwas mürrische Kerl war plötzlich aufgetaut und bedeutete Renzo in unerwarteter Herzlichkeit, wie angenehm ihm die Konversation gewesen sei und daß er sie gern zu gegebener Zeit fortsetzen wolle. »Es ist schon vertrackt, daß man sich trifft, ähnliche Sorgen hat«, er zuckte mehrdeutig mit dem Kopf, »und wohl auch eine Menge gemeinsamer Grundannahmen. Ich habe nämlich, müssen Sie wissen, Freunde, die mit dem deutschen Widerstand eng zusammenarbeiten und heute schon über die Neugründung der Sozialdemokratischen Partei nachdenken. Daher auch mein Interesse an den Zusammenhängen zwischen Politik und Wirtschaft«, sagte er mit gedämpfter Stimme. Er kritzelte seine Adresse auf eine zerteilte Speisekarte, die er Renzo in die Hand drückte. Der schrieb die Adresse seines Großvaters als seinen postalischen Anlaufpunkt hin, mit dem Hinweis, diese Verbindung erst nach dem Krieg zu nutzen.

Als Renzo fertig war, stand der General vor ihm: »Ich hoffe, wir sehen uns bald wieder.«

»Sir ...«, Renzo stockte, »der italienische Widerstand ... braucht nicht solch schönen Abende. Was wir brauchen, sind Mörser und Granaten. Ich habe nicht auf mein Wohlergehen zu achten, sondern auf das meiner Freunde in den

Bergen.« Margret floß dahin, und der General registrierte auch das.

»Nun, was in unserer Macht steht, das hatte ich soeben Ihrem Freund ausdrücklich versichert, das tun wir, aber Sie verstehen ...«

Renzo hatte einen starren Blick und dünne Lippen: »Aber es steht in Ihrer Macht, im Ossola-Tal einen Brückenkopf zu errichten. Jeden Tag fallen Menschen, jeden Tag liefern sie unsere Besten nach Mauthausen, jeden Tag ...«

»Lieber Freund, es ist vollkommen logisch, daß wir bald in Ihrer Region sein werden. Aber Sie müssen den Flugplatz bauen, und das sage ich schon seit Wochen, ohne daß etwas passiert. Haben Sie bitte Verständnis, daß wir genauestens planen müssen. Alles, was hier mit zu heißer Nadel genäht wird, reißt uns später wieder auf.«

»Dann sagen Sie mir, was der beste Zeitpunkt ist. Damit wir uns darauf einrichten können. Lassen Sie uns eine klare und feste Abmachung treffen ...« Renzo hatte beide Hände beschwörend erhoben.

»Da sind mir die Hände gebunden. Selbst wenn ich es wissen würde, dürfte ich es nicht. Sehen Sie, Sie sind Italiener ...«

»Ich bedanke mich. Ich bedanke mich für den heiteren Abend und bitte um die Erlaubnis, nach oben gehen zu dürfen«, unterbrach Renzo den Soldaten mit einer kurzen Verbeugung seines Kopfs, drehte sich unbeholfen zur Seite und suchte einen Moment nach Margret. Er fand sie in der Runde nicht mehr, bedauerte das kurz, um es aus seinem Bewußtsein zu streichen.

Der General trat nun nahe an Renzo heran und flüsterte mit verschlossenem Gesicht: »Glauben Sie mir, wir werden landen, wenn Sie alle Vorkehrungen dafür getroffen haben. Daß ich Ihnen jetzt nicht mehr sagen kann, müssen Sie verstehen. Ich wünsche Ihnen eine Gute Nacht.«

Im zweiten Stock traf Renzo auf Margret. Sie hatte dort gewartet, sie stellte sich vor ihn hin und schaute ihm geradewegs in die Augen.

Er bemerkte in ihrem Blick nichts Aufreizendes mehr, sondern etwas sehr Ernstes, Strenges und versuchte, seine Unsicherheit zu überspielen. »Sie wohnen hier, im zweiten Stock?«

»Nein! Aber Sie wohnen hier, wenn wir uns wieder siezen, Sir, Genosse ...« Renzo konnte nur schweigen. »Ich werde morgen mit Ihnen gehen.«

Renzo riß die Augen auf, als müßte er hochdrängende Tränen hemmen. Dann aber spürte er sofort die Sorge, das gerate ihm zu theatralisch: »Das ist wirklich vollkommen ausgeschlossen, schlagen Sie es sich aus dem Kopf.«

»Nichts schlage ich mir aus dem Kopf.« Sie lachte. »Ich möchte wissen, was es ist.«

»Was ist was?«

»Das, was Sie antreibt. Alle Soldaten hier bekommen Geld. Oder sie müssen in den Krieg, weil sie eingezogen wurden. Ihr kämpft freiwillig. Sie wissen nicht, was Sie erwartet. Jedenfalls keine Ehre, kein Aufstieg, kein Honorar. Ich möchte wissen, was es ist.«

»Und ... das wollen Sie jetzt hier, auf der Treppe von mir erfahren?«

»Nein, aber darum werde ich Sie morgen begleiten. Außerdem: Wenn es Ihnen zu unbequem ist, dort hinten stehen Sessel. Kommen Sie! Erklären sie mir, was mich davon abhalten sollte.« Sie nahm den verdutzten Renzo resolut am Arm, zog ihn zu einigen mit tannengrünen Hortensienblättern gemusterten Stoffsesseln und warf sich aus einiger Höhe in das Polster: »Was sagen Sie dazu: Ich will Partisan werden.«

»So etwas wächst, das kann man nicht mit einemmal erzwingen. Genausowenig, wie man es kaufen kann.«

Nun lächelte Margret böse: »Sie haben ein sehr schlechtes Bild von mir.«

»Nein, Miss Landcroft, aber es ist doch etwas überstürzt, nur das will ich Ihnen klarmachen.«

»Ungebildete wie ich kommen doch sicher haufenweise zu euch. Und ich habe immerhin einen militärischen Stammbaum. Wann willst du aufbrechen? Wobei es mir lieber wäre, ich hätte ein paar Stunden mehr, weil ich sonst die ganze Nacht lang die geeigneten Kleider aussuchen muß.«

Renzo spürte, daß irgend etwas unvermeidlich wurde. In jedem Fall wollte diese Frau seine Zeit, und er hatte nur noch eine ziemlich kleinlaute Ausflucht: »Lassen Sie uns zu Bett gehen und schlagen Sie sich das aus dem Kopf. Bitte!«

»Laß uns zu Bett gehen, Margret, und schlag du dir das aus dem Kopf«, wiederholte sie seinen Satz. »Das als erstes, und dann, lieber Genosse, überleg dir, was du da ausschlägst. Ich will den Brückenkopf am Simplon. Und ich glaube, daß ich etwas dafür tun kann, wenn ich mich besser bei euch auskenne.« In ihrem Blick blitzte ein Auftrumpfen. »Nein, so war das nicht gemeint. Ich möchte eure Sache kennenlernen. Das ist doch parasitär, hier im Hotel herumzuhängen, und drüben setzen Menschen ihr Leben für die Freiheit aufs Spiel.«

Renzo spürte Röte im Gesicht. Sie hatte das naivste Lächeln aufgesetzt, zu dem sie fähig war. »Bill sagt, du hast ein Lied geschrieben über die Partisanen. Hast du es da?«

»Es ist noch Gekritzel ... nichts Fertiges ...«

»Es hat mit Liebe und Abschied zu tun. Ich stamme aus Nordirland, und wir sind mit solchen Liedern aufgewachsen. Ich traue mir durchaus ein Urteil zu, auch wenn es noch unfertig ist. Zeig's mir, bitte!«

»Bill ist ein Idiot. Man kann ihm nichts anvertrauen ... Laß uns lieber über den Brückenkopf reden, ja? Ich denke, den kannst du auch befördern, wenn du hierbleibst. Ich meine, das ist nichts für eine Frau ...«

»... eine Frau wie mich, wolltest du sagen? Ich war bei den Pfadfindern, Renzo, ich bin höher auf die Bäume gestiegen als unser Anführer, ich kann Feuer machen, ohne ein Streichholz zu benutzen, ich habe aus Wurzeln Suppen gezaubert, und ich treffe mit dem Browning auf dreißig Fuß einen Blechorden. Du hast wirklich ein schlechtes Bild von mir.«

»Das ist es nicht, ich traue dir schon einiges zu. Aber meine Partei hat mir einen wichtigen Auftrag gegeben, und der paßt überhaupt nicht zu deinen Vorstellungen. Margret, ich bin Kommunist, die Sowjets sind unsere Freunde, nicht Churchill. Und selbst mein Wort wird nicht für dich bürgen können, Sie werden dich wegschicken.«

»Deine Genossen werden mich fortjagen, auch wenn du für mich bürgst, auch wenn ich die Landung am Simplon schaffen will? So wenig Einfluß hast du da?«

»Ich habe schon Einfluß, aber ich ... bin selbst nicht überall akzeptiert. Meine Lieder kennen sie, aber viele mißtrauen der Partei, und sie werden restlos konfus, wenn ich mit einer Engländerin anrücke.«

»Es wäre aber einen Versuch wert, Renzo. Mein Vater ist komplett unentschlossen, und er weiß auch nicht, was sich in London zusammenbraut. Aber wenn es eindeutige Berichte gäbe, könnte das alles klären. Du mußt es einfach nur versuchen.« Sie zögerte. »Gut, für heute abend biete ich dir einen Deal an: Du gibst mir deinen Text zu lesen, und ich überlege mir das Ganze bis morgen noch einmal. Aber du darfst nicht ohne mich aufbrechen, ja?«

»Du meinst wohl, du kriegst immer alles, was du willst?«

»Nicht alles. Aber ich bemühe mich.«

»Ich auch«, entgegnete Renzo. »Besonders, wenn die Partei mir einen klaren Auftrag erteilt, von dem einiges abhängt. Ich bin doch nicht zum Spaß hier. Was ich tue, ist überlegt. Wir haben es mit einem mächtigen Gegner zu tun, und da kann ich mir keine Schwäche leisten.«

»Gib mir den Text, und wir reden morgen früh weiter. Das ist ein guter Vorschlag. Komm, gib ihn her. Das bißchen Freude kannst du deiner neuen Genossin doch machen, oder?«

Renzo nestelte an seiner Jackettasche und tat das auf einmal gar nicht mehr unwillig. Als sie ihm das Blatt sanft aus der Hand gezogen hatte, wurde er unsicher, hätte es gern zurückgenommen und erhob sich ziemlich linkisch und ruckartig: »Gute Nacht, wir sehen uns morgen. Und: Schlag es dir aus dem Kopf. Schlaf gut.«

Sie genoß den Triumph und hielt ihm die Hand hin: »Willst du mir bitte aus dem Sessel helfen?« Sie zog sich an seiner Hand hoch, und für einen Augenblick waren ihre Pupillen so nahe an den seinen, daß er das Grün darin sah und die akkurat konturierten Brauen. Und so abrupt wie er den Magnetismus in der Luft spürte, in ihrem Blick zu versinken und sie bei den Schultern zu fassen, trat er zwei

Schritte zurück. Elegant wandt sie sich um die Sessellehne und lächelte, ihren Sieg verbergend, sanft und mädchenhaft: »Wir sehen uns nachher. Ich freue mich darauf. Gute Nacht, Renzo.«

Diese Frau, dachte Renzo, als er ihr hinterhersah, ist wertvoll. Sie versteht mich besser als viele andere. Und ich bin vielleicht der einzige, der sie für die Idee gewinnen kann, denn sie ist gebildet und wissensdurstig. Und sie achtet mich. Dann drehte er sich auf dem Absatz um, legte die Hand ans Revers, schob die Unterlippe nach vorn und ging an den Hotelzimmertüren entlang, als schritte er eine Parade ab.

Als er am nächsten Morgen herunterkam, saß sie am Frühstückstisch. Sie hatte wenig geschlafen, aber in ihrer buschgrünen Reiteruniform und mit feinem Rot auf den frischen Wangen sah sie aus wie der Frühling. Zufrieden stellte sie fest, daß er unsicher reagierte. In den Minuten, in denen sie beide allein am Frühstückstisch saßen, ging Margret eine halbe Strecke auf sein schlechtes Gewissen zu, indem sie sich für ihre dumme Idee der vergangenen Nacht entschuldigte. »Obwohl es im Kern richtig ist, wenn auch natürlich so plötzlich nicht durchführbar. Aber ich möchte dich gern besuchen.«

»Wirklich?« fragte Renzo, verlegen am Tee nippend.

»Bestimmt! Ganz bestimmt. Hier, dein Lied. Ich möchte nur zu gern die Musik dazu hören.«

Etwas mehr Anerkennung wünschte sich Renzo schon: »Es ist eine traditionelle Melodie, eine Art Volkslied, die ich im Ohr habe. Aber es hat dir doch gewiß alles nichts gesagt.«

»O doch. Und wie. Es hat sehr schöne Zeilen. Ich habe sogar schon ein paar ins Englische übersetzt.«

»Ich hätte nicht gedacht, daß ein Mädchen wie du sich für so etwas interessiert.« Renzos Stimme klang erleichtert, nicht nur, weil er sich in dieser Nacht mehrfach bei warmen Träumen ertappt hatte, in denen er Margret Wald und Wege im Ossola-Tal gezeigt und erklärt hatte.

Bill kam in den Frühstücksraum, grüßte laut und grinste die beiden breit an, er hatte zu denen gehört, die erst in den Morgenstunden nach oben gegangen waren und das Verschwinden der beiden beobachtet hatten. Auf Renzo wirkte Bill zu selbstsicher, und es schien ihm, daß er irgend etwas in der Hinterhand hatte. Das letzte, was Margret Renzo zuflüsterte, bevor Bill an ihren Tisch trat, war: »Ich komme aber doch, ganz bestimmt, ich komme!« Dann nahm sie Bills Gruß entgegen, schimpfte auf den schlechten italienischen Tee und verabschiedete sich von beiden: »Denn irgendwann muß ich ja auch nach Papa sehen.«

»Es ist etwas passiert«, brummte Bill merkwürdig aggressiv. »Hast du es schon gehört?«

»Nein.«

»Don Briotti ist erschossen worden, und sie lasten es uns an. Mehr weiß ich nicht. Es muß passiert sein, kurz bevor wir nach Locarno gingen.«

»Aber warum sollten sie uns verdächtigen?«

»Verstehst du nicht? Da läuft eine Intrige. Nimm es nicht auf die leichte Schulter.« Dafür, daß Bill Renzos Gleichgültigkeit erschüttern wollte, schien er selbst einigermaßen unaufgeregt, was Renzo mit einem Schulterzucken quittierte.

27

Oberhalb von San Bartolomeo, nahe Formine, traf Renzo eine Gruppe von Schmugglern, die im Kontakt mit den Garibaldini standen. Von ihnen erfuhr er, daß sich bei Scareno in der Nacht Kommandeure treffen wollten, um die neue Lage zu beraten.

Auf seinem weiteren Weg erinnerte er sich daran, wie der Major, gleichsam von einer fixen Idee besessen, auf einen Kellner gedeutet und geflüstert hatte, man könne nicht vorsichtig genug sein. Daß der Arm des deutschen Geheimdienstes bis in dieses Hauptquartier der Engländer reichen könnte, hatte Renzo sich zunächst kaum vorstellen können.

Er hatte das Hotel am frühen Morgen verlassen. Derselbe See, in dem sich am Abend vorher in Locarno bunte Lichter und Palmen gespiegelt hatten, kam ihm schon ein paar Kilometer weiter trostlos grau vor, grau wie die feindliche Übermacht. Schwarze Berghänge, an denen starre schwefelgelbe Wölkchen klebten, stürzten sich auf sein Ufer. Auf dem Weg über der Tabakfabrik von Brissago sah er unten die paar unauffälligen Grenzbalken, die die faschistische Allmacht von der freien Schweiz trennten. Ein Stück holpriges Kopfsteinpflaster am Ende einer Schlucht, die als juristisch definierte Grenze Willkür und bürgerlichen Rechtsstaat auseinanderhielt, und eine Brücke, unter der ein Bach in den Lago Maggiore stürzte, waren für viele Menschen von existentieller Bedeutung. Hinter der Grenze begannen Sodom und Gomorrah, herrschte das Recht des Mächtigeren, klang das Dröhnen der Militärfahrzeuge.

Filippo war gerade dabei, seine Weinstöcke von Parasiten zu reinigen, er hatte die Stämme mit einer Metallbürste gescheuert und die unter der Rinde verborgenen Insekten mit kochendem Wasser begossen. Filippo war einer der letzten, der noch in seinem Bergdorf geblieben waren, nachdem Wasser, Elektrizität und Verkehr die Bewohner in die Siedlungen in Ufernähe gelockt hatten. Renzo schätzte den Bergbauern nicht nur wegen seiner Erfahrung als Schmuggler, sondern auch wegen seines politischen Instinktes, und er kam zu ihm, um seine Gedanken neu zu ordnen: sollten allein auf das halbherzige Versprechen eines Engländers hin die Partisanen ihre Deckung im Gebirge aufgeben und zu einem stehenden Heer werden? Und da war in seinem Kopf noch die Verwirrung, die Margret angerichtet hatte. Filipos Stube bildete das Refugium, in dem Renzos wirbelnde Gedanken zur Ruhe kommen konnten. Also hatte er Bill vorausgeschickt, um Filippo allein zu treffen.

Filipo ging das Thema von einer ganz anderen Seite an: »Was wollt ihr, wenn ihr die Faschisten angreift? Einen eigenen Staat? Eigenes Geld? Eigene Beamte? Und für wie lange? Da ist der Dollar«, er deutete nach Süden, »hier ist die Lira«, er breitete die Arme aus und deutete nach Norden: »Und dort ist der Franken. Und was habt Ihr?«

Renzo fragte nach: »Wie sollen die Menschen für den Sozialismus zu gewinnen sein, wenn er sich nicht abgrenzt, ich meine, ganz irdisch, mit Grenzen und eigenem Geld?«

Fast resigniert winkte Filippo ab: »Wir bleiben aber doch

im Magnetismus des alten Geldes.« Lachend fragte er: »Denkst du wirklich, die Leute wollen nach der Unordnung des Kapitalismus gleich ein anderes straffes System? Nein, sie wollen erst mal ihre eigene Unordnung. Sie wollen erst mal mindestens so frei sein, wie das Kapital war oder wie das alte Geld diejenigen gemacht hat, die es bis dahin besessen haben. Aber einen Staat mit euch zu machen – daraus wird nichts. Robin Hood ist euer Schutzpatron, aber nicht Wladimir Lenin.«

»Aber wie redest du, Filippo? Hast du denn alles aufgegeben?«

»Nein, nur den Glauben an den roten Staat, den habe ich aufgegeben. Ich möchte nicht neue Briefmarken erfinden, sondern neue Ideen verschicken, verstehst du? Die anderen haben die Tradition, jeder fühlt sie, sie ist Korsett ... Stelze ... Krücke ... für alle schwachen Augenblicke. Aber was habt ihr? Ihr zeigt den Menschen ein Niemandsland.«

»Aber dafür wollen wir ja gerade zusammen mit den Briten im Ossola eine befreite Zone errichten. Das kann doch auch Stütze weden, Keimform eines neuen Staates ...«

»Das Volk hier läßt euch so was nicht machen, wenn ihr sonst nichts vorzuweisen habt.«

»Nein, wir haben die Sowjetunion! Filippo, das ist doch nicht nichts!«

»Renzo, wir leben im Magnetfeld des Westens. Hier wird nicht die Rote Armee siegen, sondern die Engländer werden gewinnen. Und jedes bißchen neue Ordnung werden sie dankend entgegennehmen. Und euch dann überall wieder rausdrängen, das glaub mir mal. Ihr opfert euch auf, und die Menschen im Ossola-Tal werden euch zur Seite schieben und denen das Tal besenrein übergeben. Sieh dich vor, mein Freund! Je mehr ihr werdet, desto mehr nehmen die Intrigen unter euch zu. Und du liegst ihnen allen quer. Solange du einen eigenen Kopf hast.«

Sie umarmten sich, und Renzo brach auf, um den steinigen Pfad nach Cinzago zu nehmen. Er war froh, daß Bill jetzt nicht mit ihm zusammen ging, so konnte er in aller Ruhe grübeln. Wie ein Lauffeuer und sogar bis zu Filippo hatte sich verbreitet, daß die Engländer im Ossola-Tal tatsächlich einen

Brückenkopf mit einer Landebahn für Flugzeuge errichten wollten. Während seiner Wanderung entlang der mächtigen Schlucht und begleitet vom ständigen Brausen der Gebirgsbäche arbeitete in Renzos Kopf die Idee des englischen Majors, daß die Landebahn unlogisch sei und daß, wer die Pläne der Alliierten vorwegnehmen wollte, nicht ausschließlich militärisch denken dürfe.

Als Renzo sehr spät am Abend Scareno erreichte, schien die Entscheidung schon gefallen. Giuseppe hatte als einer der ersten die Nachricht von der geplanten Landung der Engländer aufgenommen. Er war begeistert und brachte die militärischen Erfolge ins Spiel, aber Bill führte das große Wort. Die sonst untereinander verfeindeten Kommandanten Arca und Di Deo schlossen sich Bills Überzeugung an, daß das Ossola-Tal mit Hilfe eines Landeplatzes für englische Flugzeuge ein für allemal von den Deutschen befreit werden würde.

Renzo wußte, er war eigentlich zu spät gekommen, um sich noch zu Wort zu melden, aber es drängte ihn, weil er gern vor Leuten sprach.

Die Köpfe drehten sich um, giftige Blicke flogen nach hinten zu dem Wortmelder. Renzo sprach, ohne die Feindseligkeit der anderen wahrzunehmen: »Es gibt viele gute Gründe, den Faschismus von vorn anzugreifen. Und ich bin sicher, daß wir unsere militärischen Erfolge noch auf eine breitere Basis stellen können. Neben der Begeisterung unserer Leute ist auch ihre Kenntnis und Erfahrung gewachsen, mittlerweile finden wir auch in vielen Häusern Zustimmung, wo vor wenigen Monaten noch Neutralität herrschte oder stolz sogar die schwarzen Abzeichen getragen wurden. Vieles hat sich zugunsten der Kräfte des Antifaschismus gedreht, und wir wären schlecht beraten, daraus keine Schlußfolgerungen zu ziehen. Aber bitte bedenkt, was ein frontaler Angriff strategisch für Folgen hat. Sind die Nazi-Faschisten aus einer Stadt vertrieben, muß eine neue Ordnung geschaffen werden. Danach muß der Ort auch vor der Wiedereroberung geschützt werden. Gerade dann also, wenn die intensive Auseinandersetzung mit dem alten faschistischen Geist beginnen muß, werden wir alle Hände voll zu tun haben, neue Ausweise herzustellen, eigene Gerichte zu unterhalten und den Kindern das Nötigste, Mais und Milch, herbeizuschaffen. Aber mit welchem Geld? Mit eigenem? Oder mit dem Franken? Der faschistischen Lira? Dem Dollar? Aber laßt mich noch ein ganz anderes Argument anführen: Wer sagt uns denn, daß sie wirklich kommen mit ihren Flugzeugen? Ich habe nicht nur Gespräche geführt, die darauf hinweisen, daß die Engländer die Absicht haben ...«, rund um das Lagerfeuer machten sich Räuspern und Geraune breit, »... im Ossola-Tal zu landen. Es gab auch Stimmen, die das ernsthaft bezweifelten. Und diese Stimmen fragten, wieso sie denn eigentlich landen sollten, was denn ihr Motiv sei, den Krieg hier unten zu verkürzen ...«

Ein Zwischenruf unterbrach ihn. »Ich finde, das ist schon eine Diffamierung der Engländer, was du hier sagst. Die glauben mittlerweile an unseren guten Willen. Du unterstellst, daß sie den Krieg hinauszögern wollen, daß sie nicht wirklich an seinem schnellen Ende interessiert sind. Das wirfst du ihnen doch vor, oder?«

»Ich werfe es ihnen nicht vor.« Renzo reagierte erregt. »Ich sage nur: Daß keine Landung erfolgt, ist auch eine Möglichkeit ...«

Nun schrie Arca dazwischen: »Eine Möglichkeit? Eine Möglichkeit? Du wirfst ihnen die Möglichkeit vor, Mörder zu sein. Die Zeit des Faschismus zu verlängern heißt doch, beim Morden mitzumachen, oder?«

Renzo hatte nicht geahnt, in welches Wespennest er stach. Er hatte nicht gespürt, was er später rekonstruierte: Sie hatten es als Anmaßung empfunden, daß ausgerechnet er in Locarno mit den Engländern verhandelt hatte, daß sie ihm mißtrauten und nicht wußten, wie sie mit dem von überall her geflüsterten Gerücht umgehen sollten, Renzo habe den wehrlosen Priester erschossen.

Renzo ließ die Schultern hängen und machte eine beschwichtigende Geste: »In Ordnung, wenn ihr wollt, wenn ihr es schon beschlossen habt, was sollen wir da weiterreden?«

Aber wenn der Geruch eines Opfers in der Luft liegt, läßt die Menge nicht locker: Der dünne Bernardo mit dem langen, schiefen Gesicht und dem ewigen Gamsbart am speckigen Hut quäkte heiser in die Runde: »Wer hat dir eigentlich gesagt, daß du nach Locarno zum Verhandeln gehen sollst, Renzo?«

»Das war eine völlig klare Sache! Jetzt fang nicht mit so etwas an!«

»Es wäre besser gewesen, du wärst dageblieben.«

Giuseppe brummte dazwischen: »Keine Verdächtigungen, Bernardo.«

»Keine Verdächtigungen, klar. Aber hier geht es um unsere Sache. Und es wäre schon besser, Renzo würde sich eine Zeitlang zurückhalten. Das Gerücht ist nun mal da, wir können es nicht totschlagen. Und es macht uns allen das Leben schwer. Wie sollen die einen neuen Staat der Freiheit aufbauen, denen nachgesagt wird ... ich sage, nachgesagt wird ... sie hätten einen wehrlosen Priester erschossen!«

»Eins nach dem andern«, erwiderte Giuseppe nun etwas lauter. »Erstens müssen wir nicht alles glauben, was die Schwarzen herumerzählen ...«

»Was wir glauben, ist völlig uninteressant«, rief Bill plötzlich dazwischen, gab sich einen Ruck und fuhr mit veränderter Stimme fort: »Natürlich glaubt jeder von uns, daß es Renzo nicht war ...«

»Aber Bill, du warst doch die ganze Zeit mit mir zusammen ...«, rief Renzo erregt.

Bills Stimme klang fast brüderlich: »Das ist doch jetzt gar nicht wichtig, verstehst du nicht: Die Leute im Tal glauben es.«

»Dann sagen wir ihnen, daß es eine Lüge ist.«

»Wie denn, Renzo, sollen wir von Hütte zu Hütte gehen und anklopfen, bitteschön, unser Renzo war es nicht.« Bitteres Gelächter folgte, und Renzo war es, als bekäme er keine Luft mehr.

»Also, erstens müssen wir solidarisch sein, und zweitens müssen wir Renzos Argument anhören, denn Bill sagt, die Sache mit der Landung sei eine völlig klare Sache«, bestimmte Giuseppe.

»Aber es gibt auch andere Stimmen«, sagte Renzo noch einmal, niedergeschlagen und mit leisem Schnaufen. »Ist denn jeder Zweifel bei uns abgewürgt?«

»Nein, natürlich nicht, und Renzos Argument, daß wir alles genau durchdenken müssen, auch das mit dem Geld, das dürft ihr nicht so wegschieben. Ihr wißt, ich bin dafür, aber es muß durchdacht sein.«

»Ich wäre für den Franken als Zahlungsmittel. Das bietet sich doch an.«

»Und wo kriegst du ihn her? Wir brauchen Kartoffeln, Reis und vor allem Dieselöl und Kohle. Entweder, das kommt über Ascona, dann müssen wir in Franken tauschen, oder über Novara über den Lire, dann hängen wir an Salò.«

»Aber die Banken haben doch genug in ihren Tresoren.«

»Ja, meinst du?« versuchte sich Renzo zurückzumelden. »Das ist ruck, zuck alles weg, wenn kein Geld-Transport nachkommt.«

»Welcher Parteiauftrag ist denn das nun wieder? Erst warst du dafür, jetzt tust du alles dagegen«, rief Bill unter allgemeinem Gelächter. »Das muß doch auch dem roten Hauptquartier einleuchten, daß die Royal Air Force auf Landebahnen einer autonomen Republik eine ungeheure Anerkennung der Partisanen darstellt. Das überzeugt Menschen!«

Der Beifall war mehrheitlich, und Renzo wurde übel. Da sah er Anna. Er hätte weglaufen können, so gedemütigt fühlte er sich, wie sie dasaß mit ihren breiten Schultern, mit ihrem trotzigen Blick, der abschätzig an ihm vorbeiflog. Renzo meldete sich erneut zu Wort, obwohl ihm kaum mehr nach Streit zumute war. Niemand registrierte die Meldung, und Anna, die es gesehen hatte, erhob sich, um ihre Gleichgültigkeit zu unterstreichen. Da erst sah Renzo ihren gewölbten Leib, und nun hatte er Gewißheit, daß sie schwanger war. »Nun gehört sie ganz Giuseppe«, dachte er, und einen Moment lang war es ihm ein verlockender, betäubender Gedanke, sich in die Schlucht zu stürzen, damit alle reuig erkennen würden, wie ernst ihm alles gewesen war. Dann stand er auf, ging in den Wald und hörte bald keine Stimmen mehr, nur noch die feuchten Äste, die unter den Stiefeln knackten.

Es war keine formelle Entscheidung gefällt worden, aber die Vorbereitungen – sie würden mindestens vier bis fünf Monate dauern – wurden ab sofort in Angriff genommen, um das Ossola-Tal zu befreien und den Flugplatz für die Royal Air Force zu bauen. Giuseppes Vorschlag, das Ossola-Tal der Währung wegen der Schweiz als einen eigenen Kanton anzugliedern, wurde von vielen nicht als abwegig empfunden, so daß manche Giuseppe sogar für einen weitsichtigen Politiker hielten.

28

Attila hatte wieder einmal seinen Besuch bei Kraushaar angekündigt, aber der empfand, daß immer weniger Zauber von dem Italiener ausging. Attila war oft angetrunken, konnte sich nicht beherrschen und wurde laut. »Wir haben große Erfolge darin, die Roten zu isolieren. Den Leuten wird allmählich klar, daß ihre Befreier heimtückische Terroristen sind. Und Renzo darf sich nirgends mehr sehen lassen!«
»Daß Sie sich gerade jetzt für größere Angriffe rüsten sollten, wäre selbstmörderisch.«
»Sie tun es aber«, entgegnete Attila, »sie tun es!«
»Unsere Quartiere sind stets in Alarmbereitschaft.«
»Es wird aber doch möglich sein, die Wehrmacht um ein paar tausend Leute mehr zu bitten.«
»Ein paar tausend?« lachte Kraushaar auf.
»Die Sache kann bald zur Entscheidungsschlacht werden.«
»Wir müssen die Informationen besser aufarbeiten. So ist das noch nichts Verbindliches!« beschwichtigte Kraushaar.
»Aber es ist einleuchtend, daß wir hier an einer strategischen Stelle sitzen, wo man nicht einfach Terrain preisgeben darf, oder?« Attila klang verzweifelt.
Die Erwartung, die Partisanen könnten die schützenden Bergstellungen verlassen, um zu einem größer angelegten Angriff auf die Militärpositionen von Cannobio, Gravellona, Domodossola und Verbánia anzutreten, wurde auch durch geheimdienstliche Bulletins aus Locarno bestätigt. Attila suchte den Deutschen davon zu überzeugen, daß die Achilles-Ferse Ossola für den Feind eine Verlockung bildete.
»Es ist leider nicht mehr so, daß wir aus der Fülle schöpfen können«, lächelte der Deutsche mild, »wir können die

Defizite nur einigermaßen geschickt hin und her verschieben. Es hätte vor einem Jahr eines einzigen eindringlichen Gesprächs bedurft, und wir hätten unsere fünftausend Mann gehabt. So aber gibt es fünf eindringliche Gespräche über dieselben Verstärkungseinheiten, und es muß schon etwas passieren, damit zu dem eindringlichen Gespräch auch vorzeigbare Fakten kommen.«

Attila schüttelte den Kopf, schlug mit der gespannten Handfläche hart auf den Tisch und glich für einen Augenblick der Sorte von hysterischen Fanatikern, denen Kraushaar sein Leben lang die charakterliche Stärke abgesprochen hatte, wirkliche Soldaten zu sein.

Attila spürte die Distanz des Deutschen nicht sofort: »Es geht hier nicht um eindringliche Gespräche. Ihr habt Italien aufgegeben, ihr tut hier noch euren Dienst, aber euer Herz hat aufgehört, für die Sache zu schlagen.«

»Das ist kompletter Unsinn.«

»Der Feind tut endlich das, wovon wir bislang nur träumen durften: Er verläßt seine heimlichen Nester und stellt sich der Schlacht im Tal. Auf einem Tablett. Ich weiß nicht, wer sie dazu verleitet hat. Immerhin wollen die Engländer auch nicht gerade mit einer Überdosis Rot umgehen. Vielleicht spielen ihre Dienste sogar mit uns zusammen? Ich weiß es nicht. Aber es ist jedenfalls so. Unsere Chance. Und dafür sollten wir nicht gewappnet sein?«

»Darum geht es im Reich längst nicht mehr. Die Streitkräfte müssen dort eingesetzt werden, wo es brennt. Das heißt andersherum: Wo es nicht brennt, oder noch nicht brennt, dafür haben wir keine Kräfte frei!«

Attila spürte ein heftiges Pochen im Hals, und er sprach mit bebender Stimme: »Glauben Sie mir, ich vergesse das nicht. Ich vergesse das nicht.« Der Jähzorn hatte ihn übermannt, und er verließ die Stube mit harten Schritten, erst im Hinausgehen fiel ihm der ätzende Geruch eines Desinfektionsmittels auf. Sie waschen sich die Hände jetzt schon in Unschuld, sagte er sich.

Kraushaar gelang es, wenigstens ein paar hundert Mann in die Nähe von Gravelona und Verbánia zu verlegen, nach Stresa, und er wies in einem Schreiben nach Mailand immerhin prophylaktisch auf die drohenden Operationen hin, die aus der zunehmenden Stärke der Partisanen resultierten.

Öfter kam ihm jetzt der Gedanke, was denn hier unten geschähe, wenn im Reich ein Umsturz stattfände oder eine Kapitulation. Dann schüttelte er den Kopf und verscheuchte den Gedanken. Aber Attilas jetzt zu einer Fratze verzerrtes Gesicht blieb ihm im Gedächtnis. Früher hatte er das kraftvolle, gesunde Lachen des SS-Mannes geschätzt. Wohin war die Zuversicht des Faschisten verschwunden?

29

Der italienische See lag wie ein trauriger, alter Gletscher mit dunkelgeriffelten, rußigen Rändern, auf die mattschwer die Bergläufe in düsteren Trauben herunterhingen. Aber der Winter war vorüber. Drüben in der Schweiz spiegelte sich der schon hellfarbige Monte Verità in ihm, munter gerahmt von zartgrünen Weiden und Pappeln.

Irgendwo verbrannte jemand alte Sträucher, irgendwo wurde ein Acker gewendet, über den Tälern lag ein würziger, Aufbruch verheißender Geruch. Hagere Stämme und vom vorigen Sommer gebleichtes Geäst klammerten sich an die Geröllmassen, und gelbe Gebirgsbäche spülten den Dreck eines Winters zum Ticino hinab.

Mit den Partisanen im Val Grande mußte nun ernsthaft gerechnet werden. Die Menschen waren noch immer dem Zugriff des allmächtigen Staats- und Geheimapparates von Salò ausgesetzt und dem des Landes, wo der Papst wohnte. Der hatte vor kurzem noch einmal alle gesegnet. Die Menschen waren seit Jahrzehnten auf den schwarzen Orden fixiert, und es gab schon eine ganze Generation, die nichts anderes mehr kannte als den Faschismus. Endlich schwankten sie zum erstenmal. Natürlich: Schwanken macht aufmerksam, aber eben nicht tatkräftig, und so brachten sie sich über den Tag, der ihnen so wenig Halt bot wie kein anderer zuvor.

Von Renzo ging das Gerücht, er sei nach der hinterhältigen Tat aus den Reihen den Garibaldini ausgeschlossen worden und nach Rom zurückgefahren. Andere erzählten sich, er habe wegen des Mordverdachts und nach seiner Abstimmungsniederlage wieder angefangen, Lieder zu schreiben, die aber nun keiner mehr singen wollte.

Giuseppe hingegen wurde in den Dörfern zum Schwarm aller Mädchen und Vorbild für die Buben. Irgendwann war ein Foto entstanden, das ihn mit Anna und einem winzigen Wurm als glücklichen Vater vor einem mit großen, störrischen Strohblumen geschmückten Feldaltar zeigte, an dem seine berühmte Jagdflinte lehnte.

Renzo war tatsächlich für einen Tag in Mailand gewesen, weniger der Koordination seines künftigen Verhaltens wegen, als um Freunde zu treffen. Dennoch war er zur Zentrale im Parterre des abgeblätterten dreistöckigen Hinterhauses in der Via Calla 37 gegangen, um die Lageeinschätzungen mit dem abzugleichen, worüber er in Locarno mit den Engländern gesprochen hatte.

Auch hier waren die drei in dem improvisierten Sitzungsraum versammelten Vertreter ihm gegenüber zugeknöpft und wortkarg. Renzo fand nicht den Mut, seine Skepsis gegenüber befreiten Zonen vorzutragen und über den Mord an Don Briotti zu sprechen.

Die Einsamkeit lähmte sein Denken, und immer lähmender kroch sie auch in seinen Körper; einer Unsicherheit beim Gehen konnte er nur mit starrem Willen entgegensteuern, um nicht über Teppiche zu stolpern oder beim Aufstehn über die eigenen Beine zu fallen. Die Kraftlosigkeit rückte bis in seine Hände vor, die, taub geworden, immer häufiger Tassen umstießen oder in der Bewegung vergaßen, was sie eben noch tun wollten.

Und so fügte es sich, daß er in ganz Mailand auf keinen Menschen traf, den er seinen Freund hätte nennen können. Die Reise schien ihm so nutzlos wie sein Leben. Während der Rückfahrt in der Bahn kritzelte er an seinen angefangenen Texten herum und fügte dem Bella-Ciao-Lied neue Strophen über seinen eigenen Tod, seine Feigheit und seine Einsamkeit hinzu.

Seit langem schon hatte er vorgehabt, sich mit Anna auszusprechen. Aber bis jetzt hatte sie sich unnahbar gegeben. Und er empfand, daß auch sehr viele seiner Kameraden ihm gegenüber gleichgültig geworden waren. Giuseppe hatte ihn kurz vor seiner Reise nach Mailand einmal brüderlich zur Seite genommen und getröstet, über alles würde Gras wachsen, er solle eine Zeitlang einfach im Hintergrund bleiben, dann hatte strenger hinzugefügt: »Ich weiß, wie schwer dir das fällt.« Wofür war dies die Strafe, hatte sich Renzo all die Wochen über gefragt.

Als er in Laveno beim Fährboot nach Verbánia ankam, wollte er allein Filippo besuchen. Er spürte eine regelrechte Sehnsucht nach dem Freund. Aber zuerst mußte er zu den Partisanen.

Es kam ihm vor, als grüße man ihn wieder herzlicher, hier, in den Bergdörfern, wo sich die Partisanen die kalten Monate über aufgehalten hatten, als unten auf den Straßen um den See immer wieder deutsche Fahrzeuge patrouillierten. Er meinte, die Zeit seiner Prüfung, wie er es nannte, sei nun vorüber, er sei wieder aufgenommen, und er hoffte, selbst unter den Gläubigen in Don Briottis Gemeinde habe sich mittlerweile herumgesprochen, daß es Attilas Leute gewesen waren, die den Priester ermordet hatten. Nur Anna war nirgends zu finden, und auch Giuseppe ließ sich immer seltener blicken.

Nun stand ein Treffen mit einer Betriebsgruppe des Elektrizitätswerks bevor, wo jetzt, nach der Schneeschmelze, neue Sabotageaktionen zu besprechen waren. Das Treffen sollte sobald als möglich in einem Wohnhaus in Baveno stattfinden, irgendwo an der Straße zwischen dem Lago di Mergozzo und dem Lago Maggiore. Es mußte mit sehr viel Vorsicht geplant werden. Bernardo berichtete, wie unzuverlässig die beiden Arbeiter seien: sie hätten sich in den Schichtzeiten geirrt und schon mehr als einmal falsche Pläne gezeichnet. Es hörte sich so an, als sei es nötig, daß auch Renzo dort hinkäme, was der mit freudiger Aufregung vernahm. Endlich durfte er wieder dabei sein. Das war sie, die Rehabilitation, der Freispruch von diesem verfluchten Verdacht. Bernardo hatte die Nachricht überbracht.

Kurz darauf kamen Giuseppe und Paolo den Pfad herauf ins Lager. Aufgeregt tippelte Renzo ihnen entgegen. »Ich höre, es soll wieder mal ein Streikkomitee geben.«

»Das ist alles noch nicht spruchreif«, brummte Giuseppe.
»Aber wir gehen, oder?«
»Das ist alles noch nicht spruchreif.«
»Wir müssen doch langsam los, das ist da drüben, und ein Auto werden wir nicht auftreiben.«

Nun räusperte sich Paolo: »Wir reden gleich darüber, Renzo. Das muß immer alles aus zwei Richtungen gesehen werden.«

Aus Renzo war alle Freude gewichen: »Wollt ihr nicht? Bin ich es, der stört? Was ist? Ich bestehe auf einer Antwort.«

Die beiden schwiegen. Paolos Gesicht hatte sich verfinstert, und Giuseppe, der Hüne, wirkte plötzlich kleiner als gewöhnlich: »Renzo, versteh doch. Du bist im Moment eher eine Belastung.«

»Ich bitte euch: Ich hätte Don Briotti doch gar nicht erschießen können. Auf eigene Faust? Ich war doch zu der Zeit in Locarno.«

»Es war vor deinem Schweiz-Besuch, ein, zwei Tage davor. Und du bist da von Bewohnern gesehen worden.«

Renzos Stimme überschlug sich: »Du glaubst den Faschisten? Du glaubst den ... Mördern?«

Von einem Seitenweg kamen zwei aus Giuseppes Kommando daher, die der lauter werdende Disput anzog. Giuseppe, der die letzten Minuten ständig versucht hatte, eine Lasche an seinem Patronengürtel in den Knopf zu pressen, hob den Kopf, so daß er Renzo gerade nur auf den Hals starrte: »Wir haben ein Problem. Daß die Faschisten dich bezichtigen, gut, das ist normal. Aber die Engländer haben es in ihrem Sender gesagt. Und ich weiß nicht, wie wir damit umgehen sollen.«

Renzo schwappten die Knie zur Seite, ihm wurde schwindlig: »Das ist nicht wahr. Das kann nicht sein. Was haben die gesagt?«

»Ich habe es ja selbst nicht gehört, aber es hörte sich so an, daß Kommunisten und Faschisten sich gegenseitig verdächtigten. Und irgendwas von einem Zettel auf dem Altar.«

»Einem Zettel? Was hat das denn, verdammt noch mal, mit mir zu tun?«

»Rache für Pippo stand drauf, weißt du, der Junge mit dem du ...«

Renzo begriff nur langsam. Dann schüttelte er leise und schwach den Kopf: »Ihr müßt mir helfen, ich bitte euch!«

»Was denkst du, was wir die ganze Zeit über tun? Bill sagt, die Engländer wollten, daß wir dich entweder ausliefern oder in die Schweiz schicken, aber Giuseppe sagt, wir wüßten nicht, wo du bist, die ganze Zeit sagt er das. Aber du, du willst natürlich unbedingt mit nach Baveno!« rief Paolo erregt. Aus Richtung der Steinhütten war auf einmal Annas Stimme zu hören, giftig und fein, wie sie Renzo noch nie gehört hatte: »Natürlich. Der Führer will zu seinen Truppen.« Renzo sah sie an der Wand lehnen, das Knie angewinkelt und die Arme verschränkt: »Und er will sie zum Stillhalten bringen. Dafür schießt man schon mal auf einen Priester, der nichts anderes wollte als ein befreites Land.«

»Du bist ruhig, Anna«, brüllte Giuseppe außer sich.

»Anna, du bist eine Schlange«, keuchte Renzo, der sofort hätte gehen müssen, sich aber nicht lösen konnte aus dieser Situation, in der solch eine Ablehnung gegen ihn hochkochte.

»Wer von uns ist denn die Schlange, Renzo, mein Freier?«

Renzo spürte das heiße Blut von der Stirn bis hinter die Ohren.

Mario Bossi, der ein paar Schritte weiter hinten stand, hatte Anna zum Glück mißverstanden: »Aber Anna, Renzo kann Don Briotti nicht erschossen haben. Wie soll der ihn denn allein in die Schlucht geworfen haben?«

Die Pinien am Pfad warfen auf die Hütten unterschiedliche lange Schatten, und erst jetzt bemerkte Renzo, daß alle den Streit aus dem Halbdunkel beobachtet hatten. Marios Mitleid traf ihn beißend.

»Er wird schon jemanden gehabt haben, der ihm hilft. Er hat wahrscheinlich noch nicht einmal selbst Hand angelegt. Renzo Rizzi hat für alles seine Leute.«

Renzo ging auf sie zu und sagte jetzt ganz kalt: »Aha, so läuft das hier? Ihr habt hinter meinem Rücken Lügen herumgetratscht, ja? Die Lügen der Faschisten. Und Anna vorn dran!«

»Renzo, ich warne dich. Du hast uns alle in Mißkredit gebracht. Halte jetzt einfach das Maul.«

»Ich soll den Mund halten, ja? Ich habe in Villadossola den Rückzug gedeckt. Ich habe dafür gesorgt, daß es von hier aus eine Verbindung nach Rom gibt, denn vorher gab es nichts, nichts, nichts. Nur unüberlegtes Herumgeballere. Ich habe die Gespräche in Locarno geführt und eine exakte Einschätzung gewonnen, im Gegensatz zu euren Spekulationen und eurem Wunschdenken ...«

»... und seitdem wimmelt es hier von Engländern, die jeden Tag vor unseren Landsleuten ihre Modenschau abziehen. Tolle Gespräche in Locarno!« kreischte Anna zurück.

Giuseppe hatte mehrfach versucht, Anna zurückzuhalten, nun wurde er wieder laut: »Anna, das ist nicht richtig, was du hier machst. Wir sind alle Genossen. Wir haben eine gemeinsame Sache. Wir sind alle gleich. Gib jetzt Ruhe!«

Aber Anna war zur Ruhe nicht mehr fähig, sie dachte auch an die Geschichten, die ihr Bill erzählt hatte, und Giuseppes Intervention berührte ihren empfindlichsten Punkt: Sie fühlte sich vor den Männern blamiert. »Dieser Ich-Mensch, dieser wunderbare rote Chefdenker kauft sich Frauen, weißt du das? Er steckt Arbeiterinnen Scheinchen in die Hand und genießt es, daß sie nicht nein sagen können, weil sie auf jede Lira angewiesen sind, weißt du das? Giuseppe, weißt du das?«

Renzo riß sich mit den Nägeln in den Unterarm und hätte sterben wollen.

»Wenn ich es wüßte«, antwortete Giuseppe plötzlich ganz ruhig. »weißt du was, Anna? Es wäre mir egal. Scheißegal wäre mir das, wer von uns in den Puff geht und wer es sich mit der Hand macht und was und wie und wo und warum. Anna, hau jetzt ab. Und du, Renzo, verschwinde besser auch für einige Zeit.«

Anna keuchte, fuhr sich mit der Hand hastig durch die Haare und sagte beim Wegschlendern noch einmal kraftlos zu Giuseppe: »Es war kein Puff. Es geht gar nicht um einen Puff. Der da weiß, worum es geht.« Und damit verschwand sie.

Renzos Hals hämmerte, und er schrie in sich hinein: Ihr seid es nicht wert. Warum habe ich mich auf eure Seite gestellt? Ihr seid Zerstörer ... Ihr wollt die Gleichheit der Menschen, aber nur in eurem Sumpf. Bitte, nur hinein mit euch. Aber mich ... mich kriegt ihr nicht mehr ... Das ist jetzt vorbei!

Hilflos und linkisch versuchte er eine Armbewegung, um seinen Hosengurt hochzuziehen, dann wandte er sich ab, mit weichen Knien, er stolperte über einen Ast, als Luigi Baretti ihm noch hinterherrief: »Renzo, nimm das alles nicht so schwer. Wir sind hier alle seit dem Winter in einer schwierigen Lage, und das lassen manche jetzt an andern aus, weil sie die Deutschen nirgends mehr zu fassen kriegen ... He, Renzo, lauf nicht weg. Das legt sich alles wieder ...«

Aber Renzo wollte nur noch seinen Rucksack packen und endlich zu Filippo, denn nur noch den gab es für ihn auf dieser schlimmen, unversöhnlichen Welt.

Renzo fand nur Filippos Hund vor der Hütte, dessen Knurren verstummte, als er näherkam. Für Filippo war es aber Signal genug, um Renzo entgegenzutreten, die schwere Schürze abzulegen und den Freund mit tiefer Stimme und unerwartetem Ernst willkommen zu heißen. Er hatte von dem ungeheuren Verdacht, der Renzo anhaftete, gehört, und sprach mit tiefer, ernster Stimme, die Renzo noch kleinlauter machte.

Was Filippo noch nicht wissen konnte, der fürchterliche Streit von heute, hatte Renzo bald erzählt.

»Warum tust du so etwas?« fragte Filippo ärgerlich. »Dich so zu spreizen. Den Genossen zuzurufen, was du alles für sie getan hast. Du bist ein unbeherrschter Dummkopf, Renzo. So was kann doch nur böse machen! Renzo, du meinst, du machst dich damit groß, aber du machst dich klein. Wer sich lobt, ist sein eigener letzter Freund. Damit hast du alles nur schlimmer gemacht.«

Filippo spürte, daß er zu hart gewesen war.

»Ich wußte nicht mehr, was ich tun sollte. Filippo, kann ich bei dir bleiben? Wenn es sein muß, mein halbes Leben? Nur nie mehr diese Menschen sehen müssen.«

»Da kriegt der Kerl ein paar Tritte, und schon glaubt er sein Leben ist finito.« Filippo hob die beiden Handflächen aneinander wie zum Beten, und aus jeder Runzel seiner Wangen blitzte der Hohn – ein Kontrast zum breiten

Lächeln aus den Mundwinkeln und zu den klaren, blauen Augen. »Klar, du kannst hierbleiben. Aber jetzt müssen wir uns erst mal in Ruhe hinsetzen und nachdenken, warum du diese Tritte bekommen hast, einen nach dem anderen.« Dann legte er den Finger an die Schläfe: »Weißt du eigentlich, daß irgendwelche Engländer hinter dir her sind? Ich habe nicht schlecht gestaunt: Zwei Männer müssen das gewesen sein, aber ein paar Stunden vorher eine junge Frau, ziemlich adrett in Schale, und ansehnlich ... Die waren erst unten in Bartolomeo und haben bei Cristina nach dir gefragt. Und die weiß, daß wir uns kennen.«

Renzo, eben noch durch Filippos Güte hochgezogen, sank in sich zusammen, noch kleiner, noch buckliger hing er auf dem dreibeinigen Holzschemel. Jetzt, auf seinem Tiefpunkt, würde sie ihm begegnen, nicht dem Partisanenführer, nicht dem geheimnisvoll verschlossenen Poeten, der, finster dreinblickend, die Einsatzmöglichkeiten von noch nicht vorhandenen Mörsern auf entlegenen Gebirgsstraßen kalkulierte. Wie hatte dieser bucklige Pygmäe sich aufgespielt, zum Heerführer, zum verwegenen Helden, zum geliebten Dichter. Und was war er? Ein ausgestoßenes Häufchen Elend, das sich nicht im Mindesten zu helfen wußte, das nun von einem Schmuggler versteckt gehalten werden will. »Ich will sie nicht sehen. Auf gar keinen Fall, Filippo.«

»Renzo, du bist ein junger Mann und kannst dich doch hier nicht auf ewig verkriechen.«

»Ich falle dir zur Last, das ist schlimm, bitte ...«

»Nein, gar nicht. Ich habe dich gern um mich, hier in dieser Einöde. Aber für dich ist es nicht gut ...«, er deutete auf sein Herz, »... hierfür, wenn du dich verkriechst.«

»Ich habe keine Idee, was mit mir geschehen ist. Ich habe nichts Schlechtes getan ...«

»Aber irgend jemand hat mit diesem Brief die Spur zu dir gelegt. So ist das. Der Krieg wird auch um die Meinungen geführt. Renzo, laß uns heute abend nicht mehr darüber grübeln. Reden wir von Politik im allgemeinen, über die Weiber und die anderen schönen Dinge des Lebens.« Filippos Gesicht strahlte verschmitzt, als er auf die Batterie schwerer, schwarzblau schimmernder Korbflaschen im Regal unter der

Steintreppe deutete. »Du sollst dann schlafen, und ab morgen suchen wir einen Plan, wie du aus dem Schlamassel rauskommst.«

»Wir« – selten war dieses Wort liebevoller in Renzos Ohr und Herz eingedrungen als in diesem Augenblick und aus dem Munde dieses Mannes in seinem durchgeschwitzten olivgrünen Unterhemd. Er nahm eine dreifach gewundene Brissago-Zigarre aus seinem Schatzkästlein in der Schublade, brannte sie an und zog einmal tief daran, entkorkte eine Korbflasche und schob Renzo mit Schwung einen Tonbecher über die groben Planken des kleinen Holztischs zu. »Auf morgen und auf unseren Plan.«

»Ach, die Menschen lernen immer zu spät.«

»Ach, diiie Mänschen ...«, Filippo äffte ihn nach. »Die Gedanken sind nicht auf ewig in einer Ordnung eingerichtet. Im Gegenteil: So, als ob ständig wechselnde Spieler den alten, vorherigen Stand einer Schachpartie übernehmen müßten, greift die Neugier neuer Tage in die Ordnung der Gedanken. Deswegen ist kein Gedanke auf ewig eingerichtet und keiner ewig gültig, hält er sich auch an höchsten und heiligsten Zielen fest: Nichts ist auf ewig unkorrigierbar.«

Die beiden Becher stießen klappernd wie Morsetasten aneinander. »Ich bin so froh«, flüsterte Renzo und ließ seiner Ergriffenheit freien Lauf, »ich bin so froh, daß ich hier bei dir sein kann. Alles wird so still hier oben.«

»Du kannst jetzt vielleicht verstehn, warum ich deine Einladungen bislang dankend abgelehnt habe, mit euch gemeinsam Krieg zu spielen«, schmunzelte Filippo, »und wenn wirklich alle Stricke reißen, dann ziehst du einfach hier hoch zu mir, unbehelligt von all dem Hin und Her, Rot, Schwarz, Grün, Blau – da braucht man höhere Farbenlehre, um durchzublicken. Und weißt du was? Hier oben lebst du länger, denn du staunst den ganzen Tag, hast immer etwas Neues.«

Hinter der Hütte blies ein Wind durch die Baumkronen, weiter unten, vom gegenüberliegenden Hang, flötete in das von Böen schubweise hochgetragene Plätschern des Sturzbachs ein Kuckuck. Der Hund schlief neben der viel zu niedrigen Eingangstür, und das Zucken seiner Lefzen verlieh ihm ein selbstvergessenes, gutmütiges Grinsen bis hinter die Ohren.

»So sicher haben die Faschisten das Ende der Banditen erwartet, als sie letzten Monat Filippo Beltrami in Megolo totgeschossen hatten. Aber überall in Italien nimmt das Bandenunwesen zu, nimmt einfach zu. Steckt man in der Geschichte? Kein bißchen. Du kannst sie vorher analysieren und kommst doch immer nur hinterher auf den Trichter. Beltrami war der Führer, euer Bester. Fünfhundert hatte er hinter sich. Aber, statt daß sie nun den Mut verlieren, gewinnen sie neues Selbstvertauen und werden immer mehr. Wehrpflichtige, die dem Einberufungsbefehl nicht mehr folgen ...«

Renzo nickte mit hochgezogener Stirn und müden Augen: »Aus Beltramis Formation werden bald zwei neue entstehen, die seinen Namen tragen und die jetzt unter dem Kommando von Bruno Rutto stehen. Wirklich: Das hat zu Weihnachten noch niemand gedacht.«

»Das Notwendige setzt sich per Zufall durch. Es hätte vielleicht kein Kopfschuß von hinten sein dürfen.« Filippo lachte bitter und kopfschüttelnd über seinem Becher: »Du mußt deine Sache machen, immer das Richtige. Aber nie weißt du, ob dein Richtiges das Richtige aller ist. Wir müssen die Wahrheit auf ewig verfehlen, immer! Nur: in welchem Abstand und in welcher Richtung – das justieren wir durch unsere falschen oder richtigen Entscheidungen.« Er stockte: »Bleib dran, Renzo. Sie brauchen dich, und du brauchst sie.«

»Sie brauchen mich nicht! Sie haben mich ausgespieen oder besser: Sie haben mich von Anfang an draußen gehalten, und ich habe es nicht gemerkt. Ich habe alles getan, damit sie mich anerkennen ...«

»Kein Wort mehr. Dieses Gerücht, so sehr es dir im Herzen brennt, wird bald so klein sein in der Erinnerung der Leute. Irgendwo in Nordeuropa werden die Alliierten landen, hier den Apennin überqueren. Und dann sitzen die Deutschen in ihren Präsidien bei uns nur noch neben gepackten Koffern. Freu dich doch darauf.«

»Würden wir das hier oben denn überhaupt mitkriegen?« spöttelte Renzo.

»Das ist es!« Filippo nahm den Spott lachend und kopfschüttelnd auf: »Du willst in vorderster Reihe mit einmarschieren, in Mailand, in Novara, in Verbánia. Die Weiber sollen dich in ihre dunklen Zimmer holen und dir vor lauter Verehrung und Dankbarkeit einen blasen.«

Renzo versuchte das mit behäbigem Schulterzucken abzutun, während Filippo an der Brissago zog. »Liebst du Anna noch?«

»Nein! Sie versucht mich zu zerstören. Sie steckt hinter allem. Ich weiß nur nicht, warum.« Renzos Blick floh zu den Rauchfäden unter der Petroleumlampe.

»Du wirst sie verletzt haben. Frauen wie Anna haben ein derartiges Feuer, daß es für sie nur heiße Liebe oder kalten Haß gibt.«

Renzo versuchte, von der Frage abzulenken: »Es war damals noch nicht mal vorstellbar, wie die Goten-Linie jemals durchbrochen werden könnte. Ich hatte noch ihre Zuneigung, als ich den Aufstand von Villadossola im November unterstützt habe, obwohl ich eigentlich dagegen war. Ich kam aus der Zentrale, und solange die Zentrale in Rom macht, was Anna will, ist sie heiß geliebt.«

»Heb's nicht ins Politische, mein Kleiner. Du warst nicht die Zentrale für sie, sondern ihre Jugendliebe. Und da wird der Bruch gelegen haben.«

Renzo tat, als hätte er die Zurechtweisung überhört: »Seit Villadossola steckt mir der Schreck wahrlich in allen Gliedern. Klar, wir werden jetzt mehr und mehr. Aber wer sagt, daß wir nach einem neuen Aufstand nicht wieder ausgelöscht werden? Andererseits: Wenn wir uns verkriechen, waren es am Ende nur die Engländer ...«

»Oder die Valtoces, die Di Dios, die Supratis, die, was weiß ich ...«

»... die einen geblasen kriegen«, lachte Renzo zum erstenmal und stieg endlich in Filippos Spöttelei ein. »Du meinst, all die Streitereien zwischen unseren Verbänden sind nur der Wettlauf um den schönsten Frauenmund?«

»Na ja, unmenschlich wär's nicht. Links sein bedeutet, im Abweichen schöner sein zu wollen als derjenige, von dessen Macht du abweichst. Darum legen manche Intellektuelle auf der linken Seite jede Silbe auf die Goldwaage. Deswegen wollen sie die Radikalsten sein, die Barrikade ist für sie eine Art Potenzersatz ... Oder, was meinst du, warum euer piemontesisches C.L.N. die Streitereien von oben her nur notdürftig flicken kann? Das ist doch bei euch nicht normal, dieses Gerangel aller regionalen Kommandos und Komitees um die Zuständigkeiten, wem die militärische und politische Führung des Gebiets Ossola-Tal zugeschlagen werden soll, dem Kommando von Novara oder dem lombardischen in Mailand.«

»Das hat natürlich auch immer mit politischen Prägungen zu tun, Filippo, das ahnst du doch, oder?«

»Nein, die wenigsten Führer, auch die linken, haben die Kraft, für einige Zeit Verlierer zu bleiben. Sie wollen eigentlich nur Truppen hinter sich scharen und dann schleunigst Sieger werden. Wenn es schlimm um dich steht, bist du allein. Wenn die Vorahnung aufkeimt, daß du ein neuer Sieger wirst, kannst du dich vor hilfreichen Köpfen kaum retten. Und wann bietet sich dieser Eros aufkeimender Macht hier unten mehr an als zwischen den beiden Landungen der Angloamerikaner im Süden und später im Norden? Wie eine überreife Birne die Fliegen zieht das die Halbstarken an, die zu schwach sind, ihr Leben mit den Schwachen zu verbringen und die sich immerzu ducken zu müssen wie die Partisanen. Das hat doch nicht nur mit politischen Differenzen zu tun, wenn es eigentlich überhaupt kein vereintes Kommando gibt. Nur Rivalitäten untereinander und jeder auf eigene Faust ... Gegen diesen Feind.«

»Und jetzt geheimnissen sie alle ihre eigenen Wünsche in die ebenso geheimnisvollen Ankündigungen der Engländer hinein, am Simplon einen Brückenkopf zu errichten. Ich habe doch mit ihnen gesprochen. Ich habe kein klares Wort gehört.«

»Haben sie herausgehört, daß du skeptisch bist? Renzo, ich frage dich das aus einem bestimmten Grund.«

»Weiß nicht. Ich hab mir Mühe gegeben, daß sie mir nicht anmerken, wie sehr ich sie ... verachte.«

»Und wer ist die schöne Engländerin, die nach dir sucht?«

»Die sucht einen anderen«, prustete Renzo voller Sarkasmus heraus.

»Die Anglos, die Anglos. Ein lustiges Völkchen. Jeden

Abend höre ich hier oben über Radio London General Alexanders Befehle: Sabotiert, greift an, verhandelt nicht mit dem Feind. Das muß doch geradezu als Ermunterung für Scharmützel wirken. Natürlich wird mit den Deutschen verhandelt, Renzo, mach nicht so große Augen, ich weiß das genau. Wir Schmuggler wissen manches genauer als ihr roten Komissare. Und die Engländer billigen es sogar, daß verhandelt wird. Aber die wollen das Monopol in der Hand behalten. Verstehst du? Sie wollen nicht, daß die Roten von Mailand aus an ihnen vorbei Politik machen.«

»Weißt du eigentlich, womit Anna begründet hat, der Aufstand sei sowieso nicht mehr zu verhindern? Damit, daß die Partisanen zu stark würden, zu stark.« Renzo schüttelte den Kopf.

»Da mag sie aber recht haben. So viele Hänge und Täler haben die Berge auch wieder nicht, daß dort einfach alle abtauchen können.«

»Aber man kann sich doch nicht zum Selbstmord zwingen, nur weil man neue Lebenskraft gewonnen hat, das wäre doch pervers!«

»Jede Schachstellung verfügt über eine neue Rechenart. Und nur, wer den weiteren Verlauf vor Augen hat, macht den richtigen nächsten Zug.«

Der Satz kam Renzo bekannt vor. »Aber Schach mit drei Parteien, das geht wohl schlecht: den Engländern, den Deutschen und uns.«

»Warte ein paar Monate, Renzo, und du wirst sehn, daß es ein ganz normales Schachspiel war. Weißt du, was der Oberstleutnant Pierre hier oben treibt? Ich meine, hast du jemals von ihm gehört?«

Renzo zog ahnungslos die Schultern hoch.

»Er ist beides, Italiener und Engländer. Und er könnte einer von den beiden sein, die vor der jungen Frau gekommen sind. Er kann aber auch schon etwas länger bei euch herumspuken.«

Renzo spürte vom Rotwein nie eine wirkliche Trunkenheit. Jeder Wortklang war mit einem neues Signal verbunden, mit jedem Stichwort toste wie ein Zug aus dem Dunkeln ein neuer Gedanke heran: »Ich kenne nur Bill.«

»Wer ist Bill? Ein Engländer?«

»Er war mit mir in Locarno.«

»Beschreib ihn!«

»Filippo, du kannst ihn doch gar nicht kennen ... Woher weißt du das alles, was interessiert dich daran?«

»Ich erzähl dir das irgendwann einmal ausführlich.« Filippo war leise und streng geworden. »Aber merk dir eines. Es ist ein ganz normales Schachspiel. Es gibt nur zwei Gegner, aber unser Gegner wechselt. Übrigens: Pierre ist ein Tory, und folglich bevorzugt er hier die Gesellschaft der grünen Halstücher. Aber wenn er sich bei den Roten tummelt, dann sollten die Garibaldini sehr, sehr gut aufpassen. Der Junge kann etwas.« Für einen Moment sah der Schmuggler aus wie ein Wolf, verbissen und zähnfletschend, und Renzo verstand allmählich immer weniger.

Am nächsten Morgen wurde Renzo erst nach acht Uhr wach, als die Sonne ihm auf den Lidern lag. Filippo saß seltsam reglos mit dem Hund vor der Haustür und notierte sich etwas auf einen Zettel. »Dein Gerstenkaffee steht auf dem Tisch drinnen. Aber laß mich noch einen Augenblick. Ich denke mir gerade etwas aus.« Erst nach einer Weile fragte er, wie Renzo geschlafen habe.

»Guten Morgen, Filippo. Ich habe so durchgeschlafen wie schon lange nicht mehr.«

Renzo frühstückte, erst dann erinnerte er sich an die Last des fürchterlichen Verdachts, der aber schon merkwürdig entfernt schien. Er spürte sogar Lust, an »Bella ciao« weiterzuschreiben. Er wollte eine Zeile für Anna hineinbringen, seinen Abschied von ihr formulieren, daß ein Mann auf den anderen folgt, weil die Menschen nicht monogam geschaffen sind. Nach großem Verständnis war ihm.

Aber je mehr er an Anna denken wollte, desto stärker erinnerte er einen anderen Geruch, einen anderen Blick. Und dann fiel ihm die warme, vertraute Aufgeregtheit ein, mit der er in der Nacht von Margret geträumt hatte. Die Schlafbilder bereiteten ihm ein schlechtes Gewissen, weil er Anna in ihnen verraten hatte. Auch Bill war wieder präsent, der in diesem Traum ebenfalls eine Rolle gespielt hatte, die er nicht mehr zusammenbekam. Eine Rolle, die aus der Erinnerung an den Weg nach Locarno erwachsen sein mußte. Alle Mosaiksteine bestanden aus Gefühlsfarben: Bills rosafleckige, bläßliche Haut bildete auf erheblichem Speck und ungünstigem Gerippe am Rücken, knapp über dem Steiß einen abgeflachten Teller ab. Sein Schwänzlein war im Traumbild geringelt wie das eines Ferkels, alles an ihm war rosa, weich, und nichts ließ an nichts Böses denken.

Renzo saß unter einer Buche und schrieb:

> Kommt einer nach mir
> dem wünsch ich Zeiten
> wo man so eine
> wie dich nicht mehr verlassen muß.

Filippo wandte sich ihm zu: »Ich habe mit dir zu sprechen«, brummte er finster. »Das ist alles viel weniger zufällig, als du und ich bis gestern geglaubt haben.«

»Weißt du was: Es wird mir hier oben bei dir alles so allmählich ziemlich gleichgültig.«

»Das sollte nicht sein. Du bist beiden im Weg, den Engländern und den Deutschen. Sie wollen dich isolieren. Und weißt du warum? Es geht beiden Seiten darum, euch aus den Bergen zu locken.«

»Hier oben bei dir surren die Bienen, sind die Eier frisch, und, was das allerschönste ist: Ich schlafe wie in meiner Kindheit. Warum soll ich dahin, wo, wie du es immer so freundlich sagst, Krieg gespielt wird?«

Filippos Gesicht kam so nahe an das von Renzo, daß dieser die Zigarrenwürze in dessen leicht aufgeregtem Atem roch: »Willst du dran schuld sein, wenn die toten Garibaldini mit den Lastwagen aus Domodossola herausgekarrt werden? Das kannst du haben, wenn du dich hier einnistest. Da unten ist keiner, der eine Entscheidung gegen diesen Wahnsinn mit der befreiten Republik durchdrückt. Auch nicht dein Giuseppe. So breitschultrig der ist, am Ende brummt er gemütlich mit der Mehrheit ... Ein Kreuz wie ein Wasserbüffel. Und Eier wie Erdnüsse ... immer mit dem Troß ...«

Renzo starrte trotzig auf einen Käfer vor seinem Fuß. Giuseppe war ihm mit einem Mal zuwider, und aus dem düsteren Gemach seines vergangenen Traums stieg auch Giuseppe hoch. Warum hatte er all dieses irrsinnige Gerede derart treiben lassen, nicht eingegriffen, ihn nie entschlossener vor den Verdächtigungen in Schutz genommen? Ruhe wollte er, nur Ruhe ... aber nicht die Wahrheit. Stand am Ende gar Giuseppe hinter diesem Gerücht? Aber Renzo ärgerte sich über seinen Verdacht und über das Ende seines Traums, das ihm nun erst einfiel: Giuseppe, Bill und Anna, die ihm alles Böse gewünscht hatten, wurden von einem mächtig donnernden Blitz getroffen und lagen mit weitgeöffneten Mündern vor der Kirche von Castiglione, und Renzo war es im Traum so wohlig gewesen, daß sein Schlaf tief und erholsam geworden war.

»Was fällt dir zu Don Briotti ein?«

»Nichts. Ich habe ihn als Jugendlicher einmal von weitem gesehen. Irgendeinen Draht dorthin müssen wir rauskriegen. Wer von Giuseppes Leuten hält denn, außer Mario, wenigstens noch etwas zu dir?«

Renzo wurde still, und er spürte, daß ihm Tränen hochkamen.

30

Der Antikommunismus Alberto Di Dios, des unbestritten militärischen Kopfs, nahm allmählich die grotesken Züge eines Religionskampfes an. Er verbot sogar Bulletins, die auf rotem Papier gedruckt waren. Seine besonders enge Beziehung zu den Engländern demonstrierte er durch Lobpreisungen ihrer Kriegführung, der politischen Weitsicht Churchills, so, als wolle er im Tal die Karte zeigen, auf die künftige Sieger setzen. Er demütigte und provozierte die linken Partisanen mit Vorsatz, um die Ängste und Haßtiraden gegenüber den Roten zu steigern. Er ließ es sogar an militärischer Hilfe für seine Verbündeten fehlen. Einer seiner Kommandanten soll auf ein Hilfeersuchen während eines Scharmützels geantwortet haben: »Wir intervenieren nicht, da in

Gravellona die Kommunisten kämpfen. Je mehr Kommunisten heute getötet werden, desto weniger sind morgen umzubringen.«

So wie Churchill die von Stalin in Teheran Ende November 1943 dringend geforderte zweite Front in Südfrankreich als absolut überflüssig ablehnte und Eisenhower sowie Roosevelt mehrfach, wenn auch ergebnislos, davon zu überzeugen suchte, die Sowjets nicht zu entlasten, war der Januskopf in der Militärstrategie der Engländer schon früh zu erkennen. Einerseits war da die antinazistische alliierte Bündnispolitik, andererseits aber sollte auch nach dem Tage X das Terrain so sauber wie möglich vom Bolschewismus gehalten werden.

Die Skepsis gegenüber den militärischen Vorgaben der Engländer saß bei den wenigen Kartenlesern, den vereinzelten politischen Planern der Partisanen tief. Deswegen verfolgten die Engländer die Strategie, gegen sie beständig alte Vorurteile und Gerüchte zu aktivieren, die englische Agenten und Propagandisten subtil von Mund zu Mund oder über ihre Sender verbreiteten. Die Kommunisten ihrerseits mußten, um das fragile Bündnis nicht zu gefährden, ihre Fragen für sich behalten. Warum hatte Churchill den Rücktritt Vittorio Emanueles so lange hinausgezögert? Warum mußte die Übergangsregierung des Rechten Badoglio so lange im Amt bleiben?

Während die italienische Linke nicht zurück wollte in das vorfaschistische Italien, vertraten die Engländer das rückständigste Element der Politik der Alliierten. Und es waren die Engländer, die für die norditalienische Strategie des Widerstands zuständig waren.

Vor diesem Hintergrund gewannen für Giuseppe die wenigen Worte, die Renzo aus dem Gespräch in Locarno mit dem Major zitiert hatte, der von der Labour Party kam, einen besonderen Wert. Angestrengt versuchte er sich an einzelne Worte zu erinnern, und gern hätte er Renzo noch einmal gebeten, nach Locarno zurückzugehen und mehr Licht in das Dunkel der englischen Vorhaben im Ossola-Tal zu bringen, wäre inzwischen nicht Renzos tiefer Fall gewesen.

Achtmal hatten die Deutschen mittlerweile das Eisenbahngleis zwischen dem Simplon-Tunnel und Stresa reparieren müssen, zweimal mußten die mit der Eisenbahn transportierten Brennstoffe sogar mit gepanzerten Fahrzeugen an der Strecke abgeholt werden, weil die Lok von einer so gewaltigen Detonation herumgerissen worden war, daß sie wie ein Hirschkäfer auf dem Rücken lag. Mehrmals war in dieser Woche der Strom in Verbánia, Novara, ja selbst in Milano ausgefallen, weil die Elektrizitätswerke sabotiert wurden. Besonders die Garibaldini hielten sich an ihre Moskitotaktik der kleinen Stiche und nachfolgendem überaus schnellen Rückzug. Während die Deutschen Gelassenheit demonstrierten, zeigten die italienischen Faschisten ihre Gereiztheit durch immer häufigere Verhaftungen unbeteiligter Personen, die in der SS-Villa am Hafen von Intra gefoltert, geschlagen und schlaflos gehalten wurden und dann ohne weiteren Verdacht mit ihren Wundmalen und dem, was sie zu erzählen hatten, freigelassen werden mußten.

Giuseppe war der zweite Mann hinter Suprati geworden, der mit seinen fünfhundert Leuten das Hinterland von Intra und Verbánia kontrollierte, wo Anna in der Berghütte eines alten Sozialisten ihren Sohn Carlo Antonio versorgte.

Irgendwann war es Giuseppe merkwürdig vorgekommen, daß Anna trotz ihrer unvergessenen Haßtirade gegen Renzo gelegentlich doch dessen Auffassung andeutete, wenn auch zaghaft und als Frage. Sie, die nie genug Scharmützel mit den Faschisten haben konnte, dabei nahezu gleichgültig den Verdacht in Kauf nahm, persönliche Rache zu üben, hatte ihn eines Abends gefragt, ob die Zeit nach dem Krieg nicht auch tapferer Kämpfer bedürfe und ob nicht darum mit den Kräften hausgehalten werden müsse. Der Begriff vom Kampf um die Köpfe verriet Renzo in Annas Worten, und Bill, der dabeisaß, knurrte etwas von intellektuellen Gespinsten, von Planspielen am Reißbrett, die mit dem realen Leben nichts zu tun hätten.

»Den Kampf um die Köpfe, das hat Renzo damals ganz gut gesagt, kann man nur mit den Traditionen führen und nicht gegen sie. Andererseits: Traditionen machen wir hier auch. Wenn wir zurückweichen in die Berge ...«

»Oder wenn wir das Tal befreien. Das ist auch eine ganz

hübsche Visitenkarte. Die bleibt hier auch dann noch liegen, wenn der Duce längst vermodert ist. Wovon aber sollen die Leute erzählen, wenn wir allen Schlachten ausweichen?« setzte Bill entgegen.

Das klang schlüssig. Giuseppe aber mußte zuvor über dieses Argument nachgedacht haben: »Der Kampf wird um das Wirtschaftliche geführt. Das Wirtschaftliche wird die Leute viel mehr bewegen als das Militärische. Und haben wir dafür genug? Sonst könnte es einen Versorgungsplan geben, der einfach so über uns hinwegrollt, während wir uns von den großen Schlachten irgendwo in der Ecke ausruhen müssen.«

Bei dem Wort vom Wirtschaftlichen schnaubte er, während Anna ärgerlich abwinkte und ihre eigenen Einwände mit zwei wegwerfenden Handbewegungen verscheuchte. »Das ist mir am Ende doch alles nur Spekulation. Jeder Tag des Greuelstaats von Salò heißt für uns Demütigung und Tod. Und um jeden Tag, um den wir die Zeit von Salò verkürzen können, müssen wir sie auch verkürzen.«

Sie hob den kleinen Carlo Antonio aus der Wiege und schwenkte ihn hin und her. Ihre Ruhe und geistige Abwesenheit erzeugte in Giuseppe ein eigenartiges Gefühl. Das verließ ihn lange nicht, bis er eines Abends beschloß, es zu übergehen.

31

Mario Bossi war ein kleiner, sehniger Alpengänger, dessen Nase unter dem Hut mit dem Bussard-Federbüschel einem Krummschnabel glich. Sein Blick war finster und unwirsch. Filippo fragte ihn nach seinem Namen und eröffnete ihm, er wolle mit ihm über ihren gemeinsamen Freund Renzo reden.

»Was soll ich über Renzo sagen? Von dem erzählen sie Zeug, und keiner weiß, wo er hin ist.«

»Und? Glaubst du dem Gerede? Renzo, ausgerechnet der, soll einen Priester erschossen haben?«

Mario sah den Unbekannten wieder ausdruckslos und starr an, dann schüttelte er kurz aber sehr heftig den Kopf:

»Natürlich ist das ein Gerede. Haben Leute aufgebracht, denen er im Weg war.«

»Ich weiß, wo er ist. Wir beide können ihm helfen. Willst du ihm helfen?«

Die düstere Miene des häßlichen Fauns hellte sich auf: »Meinst du, ich könnte ihm helfen? Aber natürlich, wenn ich ihm nur helfen kann!«

»Dann mußt du mitkommen. Wir brauchen zuerst einen Plan.«

»Warte einen Moment.« Wie ein kleiner Junge sprang er den Hang hinauf.

Filippo sah Giuseppe weiter oben stehen. Plötzlich wurde ihm bewußt, sich bei seinem Überraschungsangriff nicht Marios Verschwiegenheit versichert zu haben. Aber der lief an Giuseppe vorbei und verschwand zwischen zwei Zelten. Nach ein paar Minuten kam er zurück, und hinter ihm, bemüht Anschluß zu halten, lief eine schlanke, akkurat gekämmte Frau, die Fillipo sofort auf Italienisch mit englischem Akzent ansprach: »Sie wissen, wo ich Renzo finden kann?«

»Wenn ich es wüßte – warum sollte ich es Ihnen sagen?« antwortete Filippo mit einem strengen Blick auf Mario, der sein mürrisches Faunsgesicht längst gegen das eines übermütigen Pfadfinders eingetauscht hatte.

»Weil ich eine Freundin von ihm bin. Weil er sich freuen würde, mich zu sehn. Und: weil ich ihm helfen kann. Wollen Sie noch mehr Gründe hören?« lächelte sie ihm kühl und milde entgegen.

Renzo saß auf der kleine Bank unter dem riesigen grünschwarzen Baum, wo sonst Filippo die Sonne beobachtete, wenn sie abends die zwei Baumgruppen auf der Bergkuppe mit ihrem brennenden Licht durchstrahlte. Mit verwundertem Lächeln hob er ein ums andere Blatt Papier hoch, das Geschriebene mit der Fingerspitze abtastend. Er schüttelte den Kopf. »Wenn ich am Dorfplatz mal tot herumlieg ...« Er brummte die Zeile mißmutig. Die Welt war viel zu hell für Krieg, der Abend zu klar. Was sollten der Krieg und die Erinnerung an ihn, wenn dieses schöne Tal sowieso schon bald dem Volk gehören würde?

Er strich die tristen Zeilen. Dann knüllte er das Blatt mit dem Lied zusammen, warf es mit dem Wind den Hang hinunter und lachte, als sich das Knäuel in einem Lavendelstrauch verfing, dann vom Wind weggeweht wurde, über einen Geröllhaufen zwischen die kleinwüchsigen Pinien hüpfte, zum Abschied grüßend. Bella ciao.

Vom Tal her, auf dem Weg hinterm Haus vernahm er entfernte Stimmen. Bald die von Filippo, bestimmt und eindringlich, dann eine andere hohe Stimme, der er niemandem zuordnen konnte. Er wollte niemanden sehen außer Filippo, der gestern verschwunden war und auf den er sehnsüchtig wartete. Nur mit Filippo in der Einöde, bei diesen über alles erhabenen Gesprächen am rauhen Tisch unter dem Abendwind, lag das Siegel des Selbstgewählten, Selbstbestimmten, Unabhängigen, konnte er über alle Unvollkommenheiten der Menschen hinwegsehen.

Er begann sein lange geplantes Hölderlin-Gedicht niederzuschreiben:

> Hoch oben, über dieser Nacht
> lag ich mit einem Griechen
> schattenfunkelnde Räume
> waren für uns zwei gemacht
> und die Natur hat uns geliebt
> weil auch wir sie liebten.

Plötzlich sah er das Igelgesicht Mario Bossis hinter dem Busch auftauchen, Filippo hinter ihm, der sich beim Reden umblickte, als werde er verfolgt. Und dann spürte Renzo Schrecken und Freude, die er nicht abwehren konnte: Es war Margret, die den beiden den braunsteinigen Weg herauf folgte.

»Na, da schaust du, was? Wen ich dir hier mitgebracht habe. Und frischen Käse!« rief Filippo, auf seinen Rucksack schlagend. »Wenn der gegessen ist, werden wir einen Kanal freigelegt haben, von Renzo zurück in die Menschheit.«

Da erst begriff Renzo die ungeheure Abwertung, die er in den Augen der schönen Engländerin erfahren haben mußte. Als er sie verlassen hatte, stolz und kopfschüttelnd über ihre fixe Idee, in die Berge gehen und das wohlbehütete Nest im Albergo Locarno aufgeben zu wollen, war er ein geheimnisvoller Poet gewesen und ein mächtiger Partisanenführer. Nun ein Aussätziger, würde sie ihm Mitleid und Anteilnahme entgegenbringen. Die Freude wich einer Beklemmung. Sein Willkommenslächeln war gezwungen.

Im Schlafraum klappte Filippo zwei Feldbetten auseinander, legte zwei Felldecken aus gelber Schafswolle darüber, so daß alle drei Männer den einen Schlafraum nutzen konnten und Margret in Renzos bisherigem Zimmer untergebracht war.

Frau im Haus, Glück ist aus, dachte Renzo, ohne sich einzugestehen, daß die Nähe der verwöhnten Generalstochter auch knisternde Phantasien weckte.

Während Filippo die Gelenke des zweiten Feldbetts mit dem Handballen behämmerte, schossen Renzo Dostojewskis Dämonen durch den Kopf, wo auch die Genossen dem Besten und Arglosesten alles zu nehmen trachteten, was ihm wirklich eigen war, und wo sich der durchsetzte, der den niedersten Empfindungen der Menschen zu Munde reden konnte.

Margret hatte ihn knapp begrüßt. Und er reagierte ebenso knapp: »Ciao, Margret.«

Hätte sie ihn ausführlicher begrüßt, wäre er zurückgewichen. Nun, da sie den anderen Weg gewählt hatte, klug seine Reaktion taxierend, war es ihm ebenso unangenehm. Dann glaubte er hinter ihre winzige Finte gekommen zu sein, und seine Unsicherheit verstärkte sich.

Sie war in ihren Raum gegangen, in den Filippo sogar ein zerknittertes, aber frischgewaschenes Laken und eine Karaffe Waschwasser getragen hatte. Sie wollte sich dort einrichten und frischmachen.

Mario sagte zu Renzo, wie froh er sei, ihn wiederzusehen. »Aber«, Mario kratze sich hinter dem Ohr, »Giuseppe hat es, glaube ich, auch leid getan, als du fort mußtest ...«

»Ich mußte gar nicht fort«, trotzte Renzo leise.

»Gut, egal, als du fort bist, da war er traurig. Nur: Er hat so viel zu tun, muß so vieles bedenken, den ganzen Tag. Und mit Anna ist es nicht einfach. Sie ist eine mutige Frau, sehr schön, aber sie will ihn ständig zum Instrument ihrer ... ihrer Rache machen. Na ja, vielleicht legt sich das jetzt auch. Wo sie das Kind haben.«

Renzo durchfuhr ein Schmerz: Sie haben das Kind.

Dann standen zwei zusätzliche Hocker um den Tisch, darauf der Buttertopf, den Filippo nur abends aus dem steinernen Kühlschrank holte, der frische Ricotta, ein Zipfel Salami und ein halber Laib Brot.

Renzo saß immer noch draußen. Ihm fiel auf, wie lange er an dem Lied gekritzelt und es dann in den Wind geworfen hatte. Die Luft wurde kühler, und nur die scharfkantigen Zinken der beiden Bäume auf der Bergkuppe waren noch von der Sonne umglüht. Alles andere war schon schwarztanniger, schattiger Abend geworden.

Als Margret aus der schmalen Brettertür trat, hatte sie zwischen zwei Fingern die Strähne, die ihr oft bis über die Braue fiel. Er betrachtete sie prüfend, einen Spiegel hatte sie hier nicht zur Verfügung. Die breiten, knochigen Schultern, der schlanke Hals – alles wie in Locarno. Aber sie war ungeschminkt, was ihre Schönheit, die Konturen von Lippen und Augen nicht minderte. Über dem akkuraten Scheitel hingen zum Hinterkopf hin zwei winzige Büschel, und ihr khakifarbenes Hemd hatte zwei matte Flecken. »Morgen werde ich das Hemd waschen. Aber ich kann ja schlecht meine ganze Garderobe mit hier hoch bringen«, sagte sie, als sie seinen Blick bemerkte.

Filippo räusperte sich: »Ich habe mir die ganzen Tage, seit Renzo hier oben ist, meine Gedanken gemacht, warum und wie dieses Gerücht entstanden ist. Ich meine, wer alles hat ein Interesse daran?«

»Du meinst, daß Renzo keine Rolle mehr spielt?«

»Es geht um Renzos Meinung! Er selbst ist dabei eher nicht so interessant.«

Renzo fühlte: Das tat doppelt weh. Keine Rolle spielen und weniger interessant sein als die eigene Meinung.

»Aber irgendwo muß die Meinung ja auch darum unbeliebt sein, weil der Mann, der für sie steht, sie auf eine besonders wirkungsvolle Weise vertritt.« Als ob Margret Renzos

Gedanken lesen konnte. Warum ergriff sie seine Partei, wo Renzo jetzt nicht mehr war als ein buckliger Mensch, aus dem lebendigen Fluß geworfen und nur noch von wenigen verstanden.

»Ja, natürlich«, antwortete Filippo, »nichts gegen Renzo. Das wollte ich so gar nicht sagen. Aber nach meiner Theorie geht es erst so scharf gegen Renzo, seit er durchblicken läßt, daß er gegen den Frontalangriff ist. Seit wann ist das, mein Lieber?«

»Eigentlich war ich schon gegen Villadossola.« Renzo fühlte ein Glück in sich hochsteigen. Hatte nicht Margret seine Bedeutung hervorgehoben? Und ging nicht das gesamte Gespräch um seine Geltung? Er war in den Augen der Engländerin also doch nicht nur Objekt des Mitleids.

»Und wer hat Interesse an der offenen Schlacht zwischen Partisanen und Deutschen?«

»Das ist mir zu hoch.« Mario hatte wieder den störrischen Blick. »Was hat die befreite Region mit dem Mord an Don Briotti zu tun?«

»Renzo, den die C.L.N. geschickt hat, der also durchaus gehört wird, ist dagegen. Die Schwarzhemden wollen die Roten aus den Bergen locken, und die Engländer hätten auch nichts gegen ein paar mehr tote Rote und Deutsche.«

»Willst du damit sagen ... Das ist doch nun wirklich reine Verschwörungstheorie«, entrüstete sich Margret.

»Angenommen«, Filippo lehnte den Kopf in die rechte Handfläche, »die Verschwörungen hören nicht auf, nur weil es die Verschwörungstheorie gibt.«

Renzo lächelte beifällig, während Margrets Stirn sich verfinsterte. »Und weiter angenommen, die Engländer haben diese ganze Flugplatzidee nur als Aufforderung zum Kampf ausgestreut ...«

»Na, aber die Deutschen ... das wäre doch viel wahrscheinlicher, oder?« brummte Mario dazwischen.

»Natürlich, auch die Deutschen. Aber es gibt auch eine ganz andere Variante. Das Gerücht kommt auf, fällt sowohl den Deutschen als auch den Engländern vor die Füße. Und da Renzo bei beiden unbeliebt ist, brauchen sie sich nur zu bücken, es aufzuheben und zu verbreiten. Manchmal liegt eine Sache in der Luft wie Bratenduft, und allen läuft gleichermaßen das Wasser im Mund zusammen.«

Margret starrte auf den Holzbecher, und Mario kratzte sich am Hinterkopf. Plötzlich nickte Margret auf eine tiefe, nachdenkliche Weise, wie sie ihr Renzo nicht zutraute: »Dann brauchen wir einen Plan, um ihn zu rehabilitieren. Dann muß er von dem Gerücht befreit werden.« Sie lachte über das ganze Gesicht: »Das hat mit Wiedergutmachung nichts zu tun, Renzo. Die Engländer stecken gewiß nicht hinter diesem Gerücht. Gewiß nicht. Es ist einfach nur so: Wenn einer verdächtigt wird, zumal bei einem Mord, dann muß er eine faire Chance zur Verteidigung bekommen.«

»Renzo ist nicht schuldig, junge Frau«, raunzte Filippo, »und dann ist es eine besondere Sauerei, wenn einer aus dem Verkehr gezogen wird mit Hilfe eines Gerüchts.«

»Ich habe diesen Priester ein einziges Mal in meinem Leben gesehen, das war vor Jahren.« Renzos Stimme war entschuldigend nach oben gerutscht.

»Aber warum sollte ein solches Gerücht dann ausgerechnet dich treffen?«

Aus Marios mürrischem Gesicht blitzte es Margret entgegen: »Selbst Anna, die nun wirklich für Renzo nicht viel übrig hat, hat vorgestern laut die Frage gestellt, ob es nicht eine Verwechslung gewesen sein könne, weil Renzo an dem Tag, an dem das mit Don Briotti passiert ist, an Castiglione vorbeigegangen sein muß und es dort eine Schießerei gegeben hat.«

Anna, nun war der Name wieder da, und Renzos Gesicht wurde traurig. Er hatte seine wachen Augen weit geöffnet, aber das Auftrumpfende war aus ihnen verschwunden.

Viele hatte gerade dieser Blick bei einer ersten Begegnung gegen Renzo aufgebracht. Renzo wies durch sein Verhalten Menschen entweder zurück, oder sie brachten ihm schnell große Zuneigung entgegen. Das konnte bleiben oder manchmal auch wechseln.

Filippo fragte Mario, ob er einen krummen Draht nach Castiglione habe. Mario nickte, er kannte dort die Halb-Prostituierte Elisa, die es mit allen trieb, auch den Deutschen und Faschisten. Filippo wollte keinen Tag warten und morgen früh zusammen mit Mario in das Dorf gehen, unbewaffnet, nur mit einem Messer im Stiefel. »Den Bekennerbrief aus der Kirche müssen wir bekommen«, sagte Margret.

»Nein.« Renzo war peinlich, daß Margret ihm helfen wollte. »Du gehst da besser nicht mit. Das machen wir.«

»Und ohne dich«, raunzte Filippo. »Das ist nur was für Mario und mich. Wenn wir den Brief in die Hände bekämen, wäre es natürlich gut. Aber die Hauptsache ist, rauszukriegen, wer diesen Verdacht auf dich gelenkt hat und warum. Wir werden erst mal bei Elisa vorbeischauen. Die hat schon einen gewissen Einblick in die deutsche Szene«, setzte er grinsend hinzu.

Bevor sie einschliefen, kam Margret im Unterhemd in das Dreibettzimmer zu den Männern, weil sie irgendwo unterwegs ihre Seife verloren hatte. Renzo bot ihr seine an, und sie griff danach mit einem Lächeln, was in Renzos Wachträumen dieser Nacht, die er neben dem geräuschvollen Mario verbrachte, Bilder erstehen ließ. Er hatte ein solches Unterhemd, ein einziges, leichtes Flattern, noch nie gesehen.

Am nächsten Morgen gegen fünf Uhr verließen Mario und Filippo die Berghütte, und Renzo versuchte noch einmal einzuschlafen. Die Vögel zwitscherten, die Sonne warf die erste Hitze des Tages auf seine Wolldecke. Dann sah er im Traum Margret vor sich, ihre knöchernen, breiten Schultern diesmal unter den schmalen Trägern eines Ballkleids. Sie lächelte und wedelte mit dem Bekennerbrief des Bürgermeisters von Castiglione, den sie immer dann wegzog, wenn Renzo nach ihm fassen wollte, bis er sie umarmte, auf ein breites Hotelbett warf und mit Küssen übersäte.

Aus diesem Glück erwachte Renzo durch das Klappern von Blechgeschirr. Die beiden Genossen mochten jetzt schon weit jenseits des Tales sein. Margret trocknete gerade ihren eben im Bach gewaschenen Frühstücksteller ab, um ihn ins Geschirrfach zu sortieren.

Sie trug eine weite, zerknitterte Hose aus hellblauem Leinen und ein Hemd, das sie sich von Filippo geborgt hatte. »Guten Morgen. Der Schlaf hier oben ist wirklich sehr erholsam.«

»Das stimmt. Ich war zwar kurz wach, aber danach habe ich wohl alles verpaßt.«

»Das wasche ich ihm wieder, bevor ich gehe. Ein dauerhafter Kleidernotstand in Italien ...« Sie faßte das Hemd zwischen ihren Brüsten. »Das ist ein Paradies hier oben, bei deinem Filippo.«

»Und er ist der wundervollste Mensch, den ich kenne. Wahrhaft ein Freund.«

»Und so was brauchst du jetzt, wo sich Spreu vom Weizen trennt, glaube ich. Ich kenne das.«

Dann erzählte sie ihm kühl lächelnd, während sie eine Tasse, ein Messer, Brot, den Buttertopf und Honig zurechtstellte, von einer Freundin, deretwegen sich ein Leutnant erschossen hatte. Die Freundin habe ähnliches durchgemacht, und am Ende sei ihr allein die Freundschaft zu Margret geblieben, ehe sie aus London wegzog. »Er war verrückt nach ihr, ein Verrückter, aber sie konnte einfach nicht mehr mit ihm schlafen. Sie hat es nur einmal getan, weil er ihr Geld dafür gegeben hat. Das hat er dann in seinen Abschiedsbrief geschrieben, bevor er sich zwischen die Zähne schoß. Kerle haben einfach kein Gewissen.«

Renzo verspürte eine aufsteigende Angst, daß Margret im Lager der Genossen von Annas öffentlichen Enthüllungen gehört haben könnte, und zog die für ihn in solchen Lagen übliche Schlußfolgerung, das Thema möglichst bald in erläuternde Worte zu fassen, aber er fand keine.

»Und hier oben in dieser Ruhe läßt es sich gut dichten?«

»Ich habe den Kopf nicht frei dafür.«

»Und was macht dein Partisanenlied? Mario hat mir erzählt, du hast es für eine Frau geschrieben.« Renzo schlürfte den heißen Tee in winzigen Schlucken. Aber Margret ließ nicht locker: »Bella ciao – ein hübscher Titel, zeig es mir doch mal. Immerhin bin ich den ganzen langen Weg hierhergekommen.«

Er blickte mit seinen großen Augen über den Becher und schämte sich sehr, daß sie seine Verwachsung so direkt betrachten konnte. »Daß du dir diesen Titel gemerkt hast! Ich habe es gestern fortgeworfen. Es ist auch überhaupt nichts geworden.«

»Man kann seine Wurzeln nicht fortwerfen.« Sie lachte ihn an, während er über ihren plötzlichen Ernst erschrak. »Du wirst es noch im Gedächtnis haben. Komm, sei kein Frosch.«

Es half nichts. Sie bohrte hartnäckig, bis Renzo ihr versprach, das nach dem Frühstück aufzusagen, was er noch im Kopf hatte. Im Grunde hoffte er, sie würde ihn an sein Versprechen erinnern, und als er vom Bach zurückkam, brannte er sogar schon darauf, noch einmal gefragt zu werden. Und sie blieb ihm diese Frage nicht schuldig: »Warum hast du es fortgeworfen?«

»Unsinn«, sagte er wortkarg, machte ein finsteres Gesicht und fragte sich, warum er, der Kämpfer von Villadossola, vor einer englischen Plutokratentochter in Erklärungsnot geraten sollte. Aber sie war ja gar keine Plutokratin, und außerdem, was war das eigentlich für ein Wort? Ihm fiel ein, daß der Duce immer von Plutokraten geredet hatte, und daß er, Renzo, in seiner Erniedrigung offensichtlich einer sozialdemagogischen Worthülse aus der faschistischen Schwarzhemdenwerkstatt aufgesessen war.

»Komm, sag mir ›Bella ciao‹. Du mußt ja gar nicht zu ihnen gehören, um Lieder über sie schreiben zu können. Und wenn diese Lieder dann sogar gesungen werden? Dann fühlst du dich doch geschmeichelt, oder?«

Diese Frau, die in Locarno fasziniert von seiner Dichtung war und von dem Fremdartigen, das von den Partisanen ausging, war mitten in seine Geheimnisse eingetreten, hatte alles in Windeseile studiert und so auch ihn begriffen. Und er spürte den unwiderstehlichen Drang, sich ihr gänzlich zu unterwerfen. Er schob dieses Verlangen schnell beiseite und schüttelte den Kopf.

»Was denkst du gerade?«

»Es könnte sein, daß du recht hast und ich sie im Moment nicht mehr leiden kann.«

»Wen? Deine Leute?«

»Das sind doch nicht meine Leute. Das sind schwankende Halme im Wind. Bis vor ein paar Monaten waren sie noch Dulder, Monarchisten, Faschisten. Und jetzt wirft sie das erstbeste Gerücht aus der Bahn.«

»Der Mensch ist schwach und verführbar«, seufzte Margret, aber plötzlich sagte sie mit demonstrativ kühler Stimme: »Nun, auf, raff dich aus dem Weltschmerz hoch. Sing mir dein Lied vor.«

»Ich will dir nichts vorsingen. Es ist weiß Gott nicht der Moment dafür. Außerdem habe ich es nicht mehr im Kopf.«

Margret senkte die Lider: »Aus den Augen, aus dem Sinn. Sie lieben dich nicht mehr. Also ist ihre Sache für dich verloren. Das nenn ich Verläßlichkeit.«

Renzo blickte von seinem Becher auf, sah ihr direkt in die Augen, so traurig und ernst, daß sie beschämt war von ihrer burschikosen Spöttelei.

»Es ist ein Text über die Feigheit, darüber, daß wir in einen Krieg gezogen sind, den wir nicht wollen. Es soll unsere Entfernung zeigen zum Krieg. Ich meine: eine Art Warnung, den Krieg, auch für eine gerechte Sache, nicht ins Herz einziehen zu lassen. Verstehst du das?« Leise und mit hochgezogenen Augenbrauen begann er:

> Kann nicht gut schießen
> und krieg schnell Angst auch
> bella ciao, bella ciao, bella ciao, ciao, ciao
> soll ich ein Held sein, dem das gefällt? Nein!
> Verfluchter Krieg! Verfluchter Feind!

»Das ist richtig. Daß du den Feind verfluchst, für das Unanständige, was du tun mußt im Krieg.« Ihre Züge waren glatt, und ihr Gesicht war sehr schmal und ernst.

Und so fuhr er fort:

> Sah Blut an Hütten
> sah Frauen bitten
> bella ciao
> den kleinen Luca
> der vierzehn Jahr war
> ich hab zu lang nur zugesehn.
>
> Ihr in den Bergen
> heut komm ich zu euch
> bella ciao

Was kein Kommando
und kein Befehl kann
ich werde heute Partisan.

Wenn ich am Dorfplatz
mal tot herumlieg
bella ciao
dann sagt der Priester
statt langer Predigt:
Nie mehr Faschismus, nie mehr Krieg!

»Von der Schönen, die da verlassen wird, erfährt man nichts. Liebst du sie denn? Wie sehr liebst du sie?«

»Das ist mir zu viel Romantik«, knurrte Renzo.

»Ich finde, es muß dem Partisanen im Lied schon ein bißchen schwerfallen, von ihr wegzukommen. Du haßt den Feind so sehr, daß selbst deine große Liebe und ihre Wärme dich nicht hält. Und dafür, daß der Feind, der Krieg deinen Kopf gegen dein Herz mobilisiert, haßt du ihn dann um so mehr. Ich meine, das wäre dann ziemlich politisch, oder?«

»Ach, weißt du, ich will mit diesem Lied eigentlich gar nichts mehr zu tun haben. Du hast es jetzt. Mach damit, was du willst. Ich habe es nicht. Und damit basta.«

»Weißt du, daß du ein Ego-Mensch bist? Es geht dir gar nicht um die Befreiung. Es geht dir um deine Rolle dabei. Du darfst nicht so denken. Weißt du, warum ich hier bin? Weil ich neue Menschen suche. Weil ich die feine Gesellschaft übersatt habe. Und nun erlebe ich das, weswegen ich weggegangen bin. Das ist nicht gut, Renzo. Das ist vor allem nicht richtig!«

Die Kühle kauerte in den kiefernbestandenen Hängen. Renzo hatte es eben noch genossen, im Mittelpunkt von Margrets Nachfragen zu stehen. Nun begann die ernste Art ihres Vorwurfes durch den Nebel der verletzten Eigenliebe zu dringen. Aber auch diesen kleinen Triumph wollte er ihr nicht gönnen.

»Kennst du Goethe?« Und ohne Margrets Nicken abzuwarten, fuhr er fort: »Kennst du Wilhelm Meisters Lehrjahre? Da sagt Meister, als er den Brief vom Tod seines Vaters und von der Erbschaft des väterlichen Geschäfts erhält, nein, er habe sich entschieden, ein öffentlicher Mensch zu werden, der gefallen möchte. Warum eigentlich nicht? Das Entscheidende ist doch, welche Kutsche die Gäule deiner Eitelkeit ziehen, die des Faschismus oder die der Befreiung von der Sklaverei. Dafür darf man seine Worte doch auch auf die Goldwaage legen. Und dafür darf man doch auch gefallen wollen?«

»Partisanen sollen gefallen? Ich denke, ihr müßt immer untertauchen? Unauffälligkeit ist euer Prinzip, dachte ich. Bei den anderen sehe ich das, ja, bei Giuseppe ist nur die Sache im Vordergrund. Aber du, du willst gefallen.«

»Du etwa nicht?« Im gleichen Augenblick merkte Renzo, wie dumm diese Retourkutsche war, und hätte sich lieber die Zunge abgebissen, als eine solche Plumpheit noch einmal zu wiederholen, aber zu spät.

»Es ist schon ein wenig so mit dir, wie Giuseppe sagt.«

»Was sagt Giuseppe?«

»Was sagt Giuseppe? Was sagt Giuseppe? Er sagt, daß du dich zu wichtig nimmst. Er will nicht mehr dein Kindermädchen spielen müssen, das den Dreck wegräumt, den du hinterläßt. Aber er entschuldigt dich sogar. Don Briotti habe vielleicht deine Eitelkeit verletzt.«

»Und ich habe ihn erschossen, ja? Das sagt Giuseppe?« Renzo versagte fast die Stimme.

»Nein, nein. So sagt er das nicht. Er ist ja ein ... ziemlich ... weiser Mann. Er sagt, möglicherweise ist das Ganze deinetwegen erfunden worden, weil du Streit mit Don Briotti gehabt hast.«

»Ich habe aber mit Don Briotti gar keinen Streit gehabt. Ich habe diesen Mann ein einziges Mal gesehen. In meinem ganzen Leben!« Renzo schwoll der Hals. Da spürte er auf einmal ein Schuldbewußtsein, er haßte sich sofort dafür, weil irgendeine Macht ihm sogar Verteidigungspose für etwas eingefleischt hatte, woran er keine Schuld trug.

»Es wird nur einfach überall herumerzählt, der Priester hätte dir untersagen wollen, nach Locarno zu gehen. Nur Di Dio hätte in seinen Augen das Recht gehabt, mit den Alliierten zu verhandeln. Du hättest dir das angemaßt. Und dann hättest du ihn irgendwie von oben herab abgefertigt. Und Giuseppe glaubt, die Katholiken hätten dich darum, gewissermaßen aus Rache, als Schuldigen hingestellt – ob du es warst oder nicht, deine Locarno-Reise ist der Grund für das Desaster, in das wir nun alle geraten sind.«

Renzo beugte fassungslos sein Gesicht über den Tisch und umklammerte mit beiden Händen seinen Hinterkopf: »Wer steckt dahinter? Wer hat das alles so fein säuberlich ausgestreut?«

»Du glaubst doch nicht an eine große Verschwörung?!« fragte Margret.

»O doch. Und Giuseppe ist auch ein Schwein. Ohne mich hätte er kein Gramm Theorie kapiert. Ohne mich ...«

»Und jetzt ist er dir nicht treu, ja? Ist es das, was du sagen wolltest? Finde dich damit ab, daß er nicht dein Diener ist! Und für das Tal bist du auch nicht der Messias. Man muß auch loslassen können!«

Renzo standen Tränen in den Augen, und Margrets Blick blinzelte ihn kühl an, als er die Hütte verließ. Oder war sie nur unsicher, weil sie ihm nicht zeigen wollte, wie sehr er ihr leid tat? Hatte sie in so kurzer Zeit soviel begriffen? Nein, ihr konnte er nichts mehr vormachen, wie er da saß und seine Verwachsung knochig, wie ein Geweih, durchs Hemd stakte. Er kam sich vor wie ein Affe. Nie zuvor war er mit seinen langen Armen derart nackt einen Steinweg hinabgehoppelt. Dann begann er zu weinen.

Ein paarmal schon hatte Giuseppe ihm leise Zurechtweisungen zugebrummt oder sogar öffentlich auf den Tisch geschlagen. Alles, was er getan hatte, jede Schinderei für die Partei, jede Anstrengung, die er seinem Körper angetan, jedes Lied, das er wieder und wieder umgeschrieben hatte, damit es Giuseppe nicht mehr als fremd empfand, alles erschien dem Freund offenbar aufgesetzt, gespielt, unecht. Auch die Strategie der Zurückhaltung hatte er Renzo nicht abgenommen, sondern als Streberei gegenüber der Mailänder Zentrale. Und mißtrauisch hatte er Renzo noch mal daran erinnert, daß er schon 1942 zum illegalen bewaffneten Widerstand im Tal aufgerufen hatte. Nun, wo alle für den offenen Aufstand waren, hatte Renzo den neuen Spleen: Rückzug in die Berge. So war er Giuseppe als unzuverlässig erschienen.

Ja, hörte Renzo seine innere Stimme, die Leute haben mich als einen feigen Mörder angesehen, die ganzen langen Tage über, und ich habe es nur nicht wahrhaben wollen. Und alles, weil ich ein Angeber bin, weil sie nicht wissen, daß Goethes Meistermenschen öffentlich sein wollen, Anerkennung brauchen, aber dafür bereit sind, die Menschen zu retten, mit der Kunst, mit dem Kampf an der Spitze der denkenden Menschheit. Aber die Leute, die feige Masse, nichts sagen sie offen. Die Streikenden wollten mich nicht sehen, darum wollte Giuseppe mich nicht mitnehmen. Selbst Attila war in unserer Jugend aufrichtiger. Giuseppe wendet den Kopf, wenn Anna mich angreift. Dann redet er mir übel nach. Nicht mal Filippo sagt es mir ins Gesicht, daß ich verloren bin. Alle meine Lieder, alle meine Gedanken, alles, alles wird nun vergeblich sein.

Und die Tränen brannten auf seinen Wangen, wie er es zuletzt beim Tod seiner Mutter gespürt hatte. Zu ihr wollte er, raus aus dieser Welt, die nur Fallenstellern gehörte, die nicht mehr zu retten war. Wieder schob er das Kinn martialisch nach vorn, wie er es in jungen Jahren bei Attila gesehen hatte. Traurig lächelnd nahm er die liebgewordene Geste zurück, es war ihm plötzlich aufgegangen, daß er das Kinn, um Eindruck zu schinden, so nach vorn geschoben hatte wie der Duce bei seinen theatralischen Auftritten auf irgendwelchen Balkonen. Aber er, Renzo, war eine derart lächerliche Figur geworden, daß auch das vorgeschobene Kinn wie ein falscher, angeklebter Bart wirken mußte.

Margret hatte ihm wenigstens die Wahrheit über die Gerüchte im Tal gesagt. Ja, loslassen, das muß man können, das Leben loslassen, dieses dumme, überflüssige Leben.

Aber Margret war nun unerreichbar. Anna oder irgend jemand in dieser zischelnden Schlangengrube, die er als seine Genossen angesehen hatte, war es gewesen, der Margret mit tiefer Sorge um die proletarische Moral erzählt hatte, er habe Anna einstmals gekauft, seinen elenden, bourgeoisen Vorteil mißbrauchend. Und dann sah er Anna wieder vor sich stehen, spürte noch einmal einen Augenblick lang das süße Stechen, als sie ihn berührt hatte. Nie wieder das alles, nie wieder der Poet in Annas und der Partisanenführer in Margrets Augen, nie mehr geliebt werden. O Pfui, sagte er sich, nichts an dieser Menschheit ist rettenswert. Und ich, ein Angeber, getrieben und süchtig nach Anerkennung. Er sah in die Schlucht hinab, tief unter sich das Felsbett des klaren, sauberen und reißenden Gebirgsbachs.

Er wollte springen, damit alles Gärende in ihm ein Ende finden möge. Er wollte springen, damit sein schlechter, angeberischer Charakter ausgelöscht wäre, damit ihm vergeben werde, damit er in dieser Auslöschung wieder aufgenommen würde von denen, die er so liebte und nun so hassen mußte: bei den einfachen Leuten, dem Volk.

Dem Volk? fragte er sich. Diesem Volk, das ihn nicht verstand, seinen Mühen und Selbstquälereien zum Trotz? Für dieses Volk und vielleicht um des Schlags eines Augenlids willen wünschst du dort unten als zerschlagener Leib zu liegen? Er ging einen Schritt von der Holzstange des Geländers zurück und setzte sich auf den abschüssigen Waldboden.

Noch während er sich fragte, ob er es nicht wirklich verdiente, vergessen zu werden, kam er sich selbst theatralisch vor. Und ein ruhiges Flüstern in ihm sagte: Nimm dich nicht so wichtig, Renzo, das darfst du nicht mehr länger. Wer nicht sterben kann, bevor er stirbt, der stirbt, wenn er stirbt.

Er stand auf, wischte sich die Rindenspäne von der Hose, straffte den Rücken, damit die Verwachsung nicht mehr so in die Höhe stakte, und versuchte sein erstes heiteres Lächeln seit langem.

Ein Regen klimperte auf die Blätter. Prasselnd entlud sich das schwere Gewölk, tönte die Glocke in einem goldenen Ton. Renzo lief auf eine Lichtung zu, um den kühlenden Schauer mit geöffneten Armen zu empfangen. Mit lauter Stimme, wie lange nicht mehr, begann er zu singen:

> Kann nicht gut schießen
> und krieg schnell Angst auch
> O bella ciao, bella ciao, bella ciao ciao ciao

soll ich ein Held sein
dem das gefällt? Nein
verfluchter Feind, verfluchter Krieg.

Er sprang umher, sog den frischen, Regenhauch der Lichtung ein und faßte den Entschluß, wieder unter die Menschen zu gehen und nur noch unauffällig Nützliches zu tun.

Da erschien Margret an der Lichtung und rief seinen Namen, damit er nicht das Gefühl habe, von ihr überrascht zu werden. Filippo sei zurück, und er müsse unbedingt zum Haus kommen.

32

Der unbestrittene militärische Kopf des Partisanenaufstands vom Ossola-Tal hieß jetzt Giuseppe. Er war zum eigentlichen Gegenspieler Attilas geworden, und von ihm stammte auch der generalstabsmäßige Plan, die faschistischen Stationen zunächst unabhängig von den deutschen Wehrmachtsstellungen einzunehmen, den Deutschen dann eine Art Nichtangriffspakt anzubieten und ihnen die Perspektive eines späteren Rückzugs in die Schweiz zu eröffnen. Auch politisch hatte Giuseppe einen Vorteil gegenüber Renzo: Er galt keinesfalls als Kommunist. Mittlerweile trug er auch kein rotes Halstuch mehr. Auf die Frage, welche Partei er unterstützen würde, antwortete er stets: »Die anarcho-commusozialistisch-monarchistisch-liberale Aktionspartei.« Viele munkelten schon, daß Giuseppe, wenn der Krieg eines Tages vorbei sein sollte, Minister, Präsident, aber zumindest Deputierter der Novara-Regierung werden würde. In seiner Begeisterungsfähigkeit, in der eindrucksvollen Grobheit seiner Ausführungen und in seiner legendären Hilfsbereitschaft war er nicht nur bei den untereinander verfeindeten Partisanen beliebt, sondern hatte sich einen Ruf bis in die antifaschistischen Widerstandszentralen und Partisanenbewegungen jenseits der Grenzen geschaffen. Sein Alter ego, Renzo, der kommunistisch verblendete Idealist, der einen Priester ermordet hatte, galt nun als abgestreift.

Renzo war aus den obersten Führungsorganen des Widerstands ausgeschieden.

Durch die klare Trennung zwischen Renzo und Giuseppe nach der Locarno-Reise war der Einfluß der Kommunisten, die zahlenmäßig die stärksten Formationen des bewaffneten Widerstands stellten und die meisten Opfer zu beklagen hatten, deutlich zurückgegangen, was in der Parteiführung diejenigen stärkte, die von Anfang an skeptisch gegenüber dem Juristensohn Renzo Rizzi gewesen waren. Die übelsten Gerüchte über die roten Partisanen kursierten, sie mordeten und würden, wenn überhaupt, wie die Mafia nur mit gestohlenem Geld bezahlen. Nein, hieß es, es hätte wohl einen gegeben, Rizzi, der am Ende doch gegen den Aufstand im Tal gewesen sei. Seine Argumente hätten vielleicht interessant sein können, aber seit dem Priestermord sei der aus dem Verkehr gezogen.

Als dann vor Fondotoce dreiundvierzig Männer und Frauen, der Zusammenarbeit mit den Partisanen für verdächtig erklärt, nach der Folterung im Keller der SS-Villa am Seeufer von Verbánia und auf ihrem Weg zum Hinrichtungsort zum Tragen eines Transparents mit der Aufschrift »Wir sind gewöhnliche Banditen und nennen uns Befreier« gezwungen und im Kugelhagel der Maschinengewehre hingemetzelt worden waren, sahen sich die Partisanenkommandos auf tragische Weise mit ihrer eigenen Hilflosigkeit konfrontiert. Fondotoce war die böse, blutende Wirklichkeit. Und für die Menschen im Tal überlagerte sie alle Gerüchte über die Partisanen.

33

Attila hatte gezeigt, wie grausam er sein konnte und wie mächtig er noch war. Der Traum der Freiheit schien in weite Ferne gerückt.

Aber immer mehr junge Burschen entschieden sich dafür, mit den Hüten ihrer Väter in die Berge zu gehen, zu den Roten, von denen unter allen Partisanen die größte Härte und Grundsätzlichkeit erwartet werden konnte. Die Gerüchte verkehrten ihre Spitze, die Roten waren nicht am beliebtesten, aber sie wurden von den Feinden am meisten gefürchtet. Und so fanden sich Frauen bereit, Verletzte mit rotem Halstuch zu pflegen, gleichgültig, ob Schußwunden oder Schlangenbisse zu verarzten waren. Auf der Schweizer Seite des Tessin wurden immer mehr linke Antifaschisten bekannt, bei denen man Zuflucht, Hilfe oder neue Informationen erhalten konnte.

Attila spürte zwar eine Verweigerung, die sich im Ossola-Tal breitmachte, aber er wußte, daß noch keine militärische Entscheidung gefallen war. Die Fakten sprachen noch für die Faschisten. Sie hatten die Wirtschaft und das Geld, ihre Macht patrouillierte durch die Straßen und griff mit eiserner Hand durch. Sicher, Verärgerungen und kleine Verwerfungen hatte es immer mal gegeben, aber die waren nie vernetzt und koordiniert und verpufften darum. Diesmal hatten sich Sowjetrußland, die vorwärtsrückende Rote Armee und der Widerstand zu einer Art emotionaler Kette verknüpft, einer Fata Morgana, einem eingebildeten Netzwerk des Aufbegehrens. Wenn nur die Russen geschlagen wären, oder das C.L.N.-Kommando in Mailand, dann würde dieses Hirngespinst sich sofort auflösen. Eine militärisch ernstzunehmende Kraft miteinander verknüpfter Gegenbewegungen gab es hier in Oberitalien nicht, jedenfalls noch nicht. Es war ein Spuk, vor dem sich niemand und sie, die italienische SS zuallerletzt fürchten mußte. Die Sache lief in den Köpfen schief, gerade in denen seiner engsten Kameraden, und hier mußte die wankelmütige Stimmung getilgt werden: in den eigenen Köpfen zuerst.

Aber trotz all ihrer Strenge drohten die Faschisten zu einer Karikatur ihrer Vergangenheit zu werden. Kinder hänselten sie auf offener Straße als Schwarzkittel, Frauen verbeugten sich übertrieben tief, wobei sie gelegentlich sogar ihr Hinterteil in die Höhe streckten und damit wedelten. Männer sprachen halblaut schlechte Löhne und miese Maisrationen an und beendeten ihre Gespräche selbst dann nicht, wenn SS-Leute sich mit gestelzt drohenden Schritten näherten. Nur Deutsche konnten noch auf Respekt hoffen. Und so rückte trotz aller Erschießungen, die Attila persönlich überwachte, die Frage einer Neugestaltung Italiens näher, obwohl die alte Herrschaft augenscheinlich das Staatliche im Griff hatte.

Kraushaar saß immer öfter allein in seinem Quartier in Cannobio, las Goethes Reiseberichte aus Italien und vermied Gespräche, in denen er ja doch immer nur veranlaßt werden sollte, schönzureden und zu verharmlosen. Er wußte um die Ausweglosigkeit des Dritten Reichs. Aber er war Militär und verabscheute den Individualismus der Zivilisten. »Der Betrieb funktioniert nur, wenn alle Zahnräder ineinander greifen«, hatte er früher so gern gesagt, wenn jeder jedem eine neue Idee nahezubringen versuchte, zum Beispiel, wie man den Feind in Afrika schlagen könne. Auch jetzt, in den Zeiten des Niedergangs, mußte der Betrieb weitergehen. Zumal in Genf anständige Umgangsformen zwischen anständigen Soldaten vereinbart worden waren. Jeder Staat auf dieser Welt kannte das Wort Befehlsnotstand, und nirgends konnten gesittete Menschen einem Offizier absprechen, daß Krieg gewesen war. Das Ganze war nur immer bedroht von solchen Hitzköpfen wie Attila, die gelegentlich zu Formen fanden, die mit dem Soldatischen nicht in Einklang standen und möglicherweise auch ihn kompromittieren könnten.

In Fondotoce hatte Attila noch weitere dreißig Namen auf die Liste setzen wollen. Er hatte nach Grappa gestunken und Kraushaar mit schwarzen, aufgerissenen Augen angeflammt, er hatte den Deutschen mit heiserer Stimme beschworen, »den einfachen Menschen im Tal doch die Ordnung zu schenken, ohne die sie verwahrlosen müßten.«

Kraushaar fühlte, wie alles Ungestüme an Attila verwilderte, alles Feine verglimmte, wie der schöne Schwarze seine Schönheit allmählich in Jähzorn verbrennen ließ, den heißglühenden Blick dabei viel zu oft verschleuderte. Sein schwarzes Haar wurde zu aschfahlem Graphit auf einem zornigen, von Furchen durchzeichneten Gesicht, aus dem alle Kraft von Schreianfall zu Schreianfall herausfiel. Den Grappa schüttete er in immer hastigeren Zügen in sich hinein, weil er endlich wieder Mann gegen Mann kämpfen wollte und nicht gegen eine Fata Morgana, die die Kommunisten kulturelle Hegemonie nannten, weil er dem Niedergang in den Hirnen der Kameraden jeden Tag die eigene Stirn entgegenzuhalten hatte und er die Erinnerung an eine Zeit kultivieren wollte, in der ein Mann noch nicht gegen Nebel fechten mußte.

Kraushaar war nicht mehr auf Attilas Seite. Seine Befehle und der Betrieb verbanden beide zwar miteinander, aber seine Freude an dem jungenhaften Faschisten, der ihm so viele Ideale voraus hatte, war dahin. Attila hatte das längst gespürt, wenn ihm der Deutsche mit jovialem Edelmut die fleischige Hand zur Begrüßung hinstreckte, um bald mit berechneter Höflichkeit alle Vorschläge für illusorisch, alle Anstrengungen gegen den Feind im Hinterhalt für unangemessen zu erklären.

Unangemessen? – nur die Deutschen gaben vor, alles zu bemessen, nichts dem Gedankenblitz, der Intuition des Kriegshandwerks zu überlassen, sondern auszurechnen, wie viele Schrotkörner auf einen Karnickelbau nötig seien. Der Tod wird in Deutschland bemessen, nach Kosten und Nutzen, nach Aufwand und Leichenzahl, eben nach Plan.

Immer wenn der Alkohol Attila die ersten farbigen Bilder der glücklichen Zeit, als er noch Bandenführer eines aufstrebenden Staatswerkes war, ins Hirn spiegelte, sah er die Berghänge der Jugend, die er beherrschte, und erfand unendliche Pläne, Giuseppe herauszulocken. Dann träumte er sich in eine Schlacht, sah die Achtung von verfeindeten Kämpfern voreinander, seine Gnade mit den Unterlegenen, aber auch deren Stolz, diese Gnade nicht annehmen zu wollen, von Grappa zu Grappa wurden in den hohen Bergen mehr Ritterburgen gebaut, und er sah Kanonen mit unendlichen Kanonenrohren, hinter denen er stand und Feuer schrie, unentwegt und ohne wirkliche Anteilnahme.

»Es wird der Tag kommen, an dem sie mir dankbar sind«, das hatte er oft zu seinen Kameraden gesagt. »Sie sind in der Obhut des Staates, von dem sie doch nicht loskönnen. Renzo Rizzi hat gemeint, ein eigenes Leben mit eigener Musik und eigener Partei aufziehen zu können. Und? Wo ist er nun? Sie haben ihn ausgespien wie eine verfaulte Feige.« Dann hob er den Becher, prostete seinen Kumpanen zu und grinste aus glücklosen Augen: »Es gibt kein Leben außerhalb des Staats.«

34

»Du wirst sterben!« sagte der Schmuggler mit Grabesstimme. »Du wirst verdammt noch mal sterben. Und wenn es das einzige ist, was ich tun kann.« Hinter ihm trat ein Unbekannter ein, der sofort einen Browning aus der Jackentasche zog. »Du gibst dich für Deutsche her, für Mörder, für die Beleidiger aller Menschen. Du treibst es mit jedem, und das Partisanen-Kommando hat beschlossen, Frauen wie dich abzuknallen wie räudige Hündinnen.«

Elisa fiel mit zitterndem Kinn in ihren Sessel. Sie war keine sehr schöne Frau. Zu üppig war ihre Taille, zu rundlich ihr Gesicht. Aber ihre Zähne waren gerade und ihr Busen mächtig. Sie konnte sich zurechtmalen, dann trug sie ihr Haar offen.

Nun saß sie da wie ein Häufchen Elend, blickte hastig und erschreckt in der Stube hin und her und fragte tonlos: »Warum, warum jetzt? Was hab ich euch getan? Ich hab ein Kindchen zu versorgen, einen alten Vater, ich muß für alle da sein, meine Mutter ist blind, und die Lebensmittelkarten ...«

»Mit den Lebensmittelkarten kommen alle zurecht, ohne sich an Deutsche zu verkaufen. Kindchen haben auch alle, und Verrat begehen sie trotzdem nicht. Aber du läßt dir deutschen Schleim zwischen die Beine laufen, du redest den Verbrechern gut zu und machst ihnen Mut für den Mord an deinen eigenen Leuten. Damit andere Kindchen dann keinen Vater haben, weil er von einem Deutschen abgeknallt worden ist. Und dafür sollst du jetzt sterben.«

Elisa kannte den Schmuggler als Kunden, als Tauschhändler, als Informanten. Sie konnte sich seinen Gesinnungswandel nicht erklären, aber es ging nicht um Erklärungen in diesem Moment, sie spürte die Lebensgefahr. Der Tod einer Hure hätte kein großes Aufsehen erregt, wenn schon der Mord an einem Priester in einer merkwürdigen Ruhe geendet hatte.

Sie sah ihr Zimmerchen, die Tür zum Bett der Demütigungen, das sie Kunden gegenüber ihr Liebesnest nannte, das gelbe Samtsofa sah sie, das ihre Tante ihr vererbt und das sie gerade neu aufgepolstert hatte, und sie versuchte sich für einen Moment an das Bild zu gewöhnen, hier gleich tot herumzuliegen. Die beiden würden sie nachher wohl ausziehen, dachte sie, um den Verdacht auf einen unbeherrschten Freier zu lenken. Und plötzlich fiel ihr ihre kleine Tochter ein, und sie erschrak bei dem Gedanken, die würde sie so finden. Plötzlich stieg eine besondere Angst in ihr auf und machte sie mutig: »Was hast du mit Politik zu tun? Du fragst doch bei deiner Schmuggelware auch nicht, woher sie kommt, wohin sie geht und wem sie nutzt.«

Mit kühlerem Kopfe hätte sie die Widersprüchlichkeit der ihr überbrachten Botschaft durchschauen können. Aber sie war im ersten Schreck nur vor Angst auf dem Sofa hin und her gerutscht. Sie leckte sich den salzigen Schweiß von der Oberlippe: »Warum soll ich sterben? Ich verstehe nichts. Und was geschieht mit meinem Mädchen?«

»Das Kommando hat das noch nicht festgelegt. Einige von deiner Sorte bekommen auch noch eine Chance.«

Es entstand eine Pause, in der die rote Farbe in die Hortensien auf der Kommode vor der Liebeskammer zurückkehrte. »Welche Chance? Ich will ja alles tun. Ich weiß doch gar nichts, ich mische mich in Politik nicht ein. Und bin Italienerin wie du. Denkst du, die Deutschen gefallen mir? Wenn sie hereinkommen, stinkend, rülpsend, furzend von ihrem Sauerkrautgelage. Mit ihren lauten Stiefeln und ihrer Anmaßung. Aber ich bin nur ein armes Mädchen aus dem Dorf. Was soll ich schon groß tun, ich hab doch nichts gelernt. Sag mir, welche Chance ich habe, ich werde doch jede Chance nutzen, das verstehst du doch?«

Sie tat ihm fast leid, wie die Tränen ihr über ihr Kindergesicht sprangen. Jetzt schien der richtige Moment gekommen zu sein, die Frage zu stellen. »Wer hat den Priester umgebracht?«

»Das waren irgendwelche, denkst du, ich war dabei? Denkt ihr etwa, ich hätte den Priester ...«

»Du hast gar nichts. Sag mir, wer ihn gefunden und wer ihn in die Schlucht geworfen hat! Wer war dabei, von deinen Kunden wird es doch jemand wissen.«

»Und wenn ich es herauskriege?«

»Das ist eben deine Chance, die das Kommando beschlossen hat. Außerdem gibt es einen halben Sack Mais, keinen gestohlenen, den kannst du jedem zeigen und sagen, wie gut es einem deiner Freier gefallen hat ...«

Hugo war erleichtert, als Elisa ihre Tränen trocknete und ihr Gesicht sich ein wenig aufgehellt hatte. Trotzdem glaubte er noch einmal nachsetzen zu müssen. Er wippte den Browning in der breiten Hand: »Aber Achtung! Ein falsches Wort zu den Hartköpfen, und du wirst irgendwo im Busch gefunden. Mit einem kleinen Loch im Köpfchen. Und für dein Kind gibt es dann auch keine Garantie mehr.«

Zwei Tage später erhielt der Schmuggler die Nachricht, daß Elisa einen Kunden erwarte, der bei der Ermordung des Geistlichen dabeigewesen sein wollte. Im Stall neben ihrem Haus lauerten an diesem Abend merkwürdige Bauern. Als der Deutsche das Haus betrat, fiel ihm nichts auf, nur Elisa kam ihm merkwürdig nervös vor.

»Ciao Bella«, lachte er sie breit an, begann sich weltmännisch zu entkleiden, und behielt, wie bei allen Rendezvous mit der Italienerin, das Hemd noch über seinem Bauch und den dünnen Beinen. Da fiel ihm auf, daß Elisa diesmal nicht verriegelt hatte, worauf er sie mit einer Handbewegung aufmerksam machte. Aber sie starrte ihn nur ausdruckslos an.

Er kam nicht mehr dazu, nachzufragen, schon stürmten zwei Bauern in den Raum. Einer der beiden hielt ihm eine Pistole unters Kinn.

An diesem Abend begab sich eine eigentümliche Prozession den Weg zum Weinberg hinauf.

35

Filippo war allein zurückgekehrt und saß auf der kleinen Holzbank vor der Hütte. Jacke und Hose hatte er zum Trocknen unter das Vordach gehängt.

Renzo wollte ihm von seiner Absicht erzählen, sich in die Schlucht zu stürzen, und wie und warum er davon abgekommen war. Aber als er es sagen wollte, sah er Margrets Blick, und sein Bericht kam ihm auf einmal überflüssig vor.

»Komm, setz dich her, wir haben zu reden«, lachte Filippo ihm ins Gesicht, »es ist wirklich alles sehr interessant.«

»Wo ist denn Mario abgeblieben?« fragte Margret.

»Der bringt da unten noch einiges in Ordnung. Mit Hugo. Du kennst doch Hugo?« Und als ihn Renzo verständnislos ansah, setzte er hinzu: »Der Kamerad, der vor zwei Jahren Schach mit dir gespielt hat, hier oben, weißt du das nicht mehr?«

»Aber der hat doch mit dem Widerstand nichts zu tun?«

»Nicht direkt, aber jetzt macht er zusammen mit Mario etwas Ordnung da unten. Der Brief beim Bürgermeister ist natürlich eine Fälschung. Darunter steht zwar RR und daß du allen mit dem Tod drohst, die die deutschen Mörder segnen, aber ...«

»Der kann gar nicht von mir stammen. Ich war damals überhaupt nicht in Castiglione«

»Weiß ich doch, beruhige dich! Ich weiß noch viel mehr. Tatsächlich hat ein Partisan mit Don Briotti gesprochen. Und der versuchte den Pfaffen davon zu überzeugen, daß es eine eigene Partisanenrepublik geben müsse. Sie wurden alle beide laut, beschimpften sich aber keineswegs, nur das halbe Dorf hat es gehört. Dann verschwand der Partisan, und kurz danach müssen die Deutschen gekommen sein. Und Don Briotti, weil er sie kommen sah, läutete die Glocke, damit sich der Partisan schneller unsichtbar machen konnte.«

»Aber ich kann doch der Partisan nicht gewesen sein, weil ...«

Renzo mußte Margret ansehen, die bei seinem flüchtigen Blick wie entschuldigend mit den Schultern zuckte. »Ja, natürlich, du warst es nicht. Und erschossen worden sein muß Don Briotti von einem Deutschen oder von einem Schwarzhemd. Und sie haben die Spur von sich weg und auf dich gelenkt, weil du kurz darauf in eine Schießerei in der Nähe mit einem kleinen Jungen und einer Frau verwickelt gewesen sein mußt.«

»Aber, Filippo«, Renzo griff nach dessen Arm, »dann ist ja alles klar. Dann wird alles aufgeklärt, dann ...« Ihm stockte die Sprache vor lauter Glück, und er schämte sich dafür, beinahe etwas von seinen Selbstmordabsichten erzählt zu haben.

»Nicht alles! Uns fehlen noch die letzten Beweise. Und genau daran arbeiten Hugo und Mario gerade. Sie wollen in den nächsten Tagen den Bericht abliefern.«

»Sag mir noch ein Wort zu Hugo«, bat Margret, »warum mischen sich Schmuggler in die Politik?«

Da fiel Renzo ein, was ihm Filippo einmal erzählt hatte, und mit hochgezogenen Augenbrauen sagte er es ihr. »Schmuggler halten alles im dunkeln, auch ihre Gesinnung. Ihr Handwerk ist die Geheimhaltung ...«

Ärgerlich fuhr Filippo dazwischen: »Aber nicht deines. Du kannst den Mund nicht halten ...« Und lächelnd fuhr er, an Margret gewandt, fort: »... und du verwirrst das Mädchen hier nur. Sie muß uns alle für kriminell halten.«

Renzo biß sich auf die Unterlippe.

»Ich bin nicht so leicht zu verwirren, Filippo«, konterte Margret, »und ich weiß, was Geheimdienste sind. Glaube bloß nicht, den Engländern sei verborgen geblieben, daß der Schmugglerring eine Geheimorganisation hat, die besser funktioniert als das ganze Partisanentheater. Und du bist wohl der Boß, habe ich recht?«

Filippo blitzte sie einen Moment aus zugekniffenen Augenschlitzen an, dann lachte er: »Räuberpistolen einer höheren Tochter aus London!« Und unter scherzhaftem Schulterklopfen fügte er hinzu: »Du darfst mich weiter Filippo nennen. Nicht Boß oder Exzellenz, und bitte, bitte erzähl niemandem, daß du Sherlock Holmes begegnet bist. Wir wollen doch nicht, daß das hier ein deutsches Ausflugsziel wird, oder?«

»Capito!« lächelte Margret zurück, aber zwischen beiden war jeder Ulk verflogen.

Renzo, eben noch beschämt über seine Schwatzhaftigkeit, staunte und sah zwischen den beiden hin und her.

»Du bist naiv, Renzo. Frag deinen Freund, wer der Partisan war, der Don Briotti vor dessen Tod besucht hatte.«

»Es war Bill«, brummte Filippo, ohne die Frage aus Renzos Mund abzuwarten, »und jetzt frag deine Freundin, warum er die ganze Zeit geschwiegen hat. Jederzeit, in jeder

Minute des Tages und der Nacht, die Gott vergehen läßt, hätte Bill den Verdacht von dir nehmen können. Er wäre nicht einmal selbst in Verdacht geraten, ohne jegliches Risiko hätte er nur sagen brauchen: Ich war bei dem Priester, ich habe ihn noch lebend gesehen, für mich hat er die Glocken geläutet, meinetwegen wurde er umgebracht. Aber er nahm es hin, daß du Don Briotti hinterhergeworfen worden bist. Und weißt du, warum?«

»Renzo wird selbst darauf kommen«, warf Margret kühl ein.

»Wie? Du steckst auch da mit drin?«

»Klar, sie ist Engländerin. Und die Engländer wollen den Generalangriff, wollen, daß die roten Partisanen aus der Deckung kommen. Und zwei waren dagegen: Du und Don Briotti!« Filippo war laut geworden und schlug mit der Faust auf den Holztisch, so unbeherrscht, wie ihn Renz nie gesehen hatte. »Und dann dein verfluchtes Mitteilungsbedürfnis. Kommunisten nennt ihr euch und wollt doch nur mit wehenden roten Tüchern auf Theaterbühnen stehen. Jeder Idiot wußte, daß du in Locarno warst ...«

»Aber ich habe es doch niemandem groß erzählt ...«

»Dann haben sie sich dein Verhalten so gut ausgerechnet, daß sie wußten, daß man es dir anhängen kann.«

»Ich bin nicht sehr zurückhaltend gewesen. Aber das wird sich ändern ...«

»Du tust so, als ob Heimlichkeit revolutionär sei«, mischte sich Margret auf Renzos Seite ein.

»Nein, es ist aber hier noch Faschismus. Die offenen Schlachtfelder müssen derzeit noch heimlich erkämpft werden. Sehr wohl weiß ich, daß es auch ganz offen zugehen kann. Und offene Charaktere wie unser Poet hier, die haben dann ihre Zeit. Aber bitteschön: noch etwas Geduld!«

»Du kennst den Satz bei Ignazio Silone, ich glaube, es steht in ›Wein und Brot‹: Ich kann nicht abwarten, um mich für eine größere Rolle aufzusparen?« Filippo schaute ihn erstaunt an, rieb sich das rauhe Kinn: »Manche warten zu lange, ihr ganzes Leben lang, und verpassen in Erwartung ihrer großen Chance alles. Andere springen zu früh. Aber dafür hat man Freunde und viele Augenpaare, um die wirkliche Welt abzusuchen, vor allem nach dem richtigen Zeitpunkt. Und das kann manchmal verdammt weh tun!«

»Übrigens, Renzo«, fast flüsterte Margret, »ich stecke nicht mit drin. Ich weiß, was die Engländer wollen. Aber ich will es nicht. Ich bin gekommen, um dich zu warnen. Aber als ich Anna getroffen habe, merkte ich, daß es zu spät ist.«

»Das ist grotesk«, ergänzte Filippo bitter, »die Faschisten wollen die große Schlacht, damit ihr blutet. Anna und die allermeisten wollen die große Schlacht, damit die Faschisten bluten. Und das englische Hauptquartier will die große Schlacht, damit beide möglichst verbluten. Und wir sind machtlos. Du sitzt isoliert hier oben, Giuseppe darf sich nirgends mit dir zeigen, und die Geheimdienste spinnen ihre Netze ...«

»Das heißt aber doch, daß Bill ein Agent sein muß, oder?« Filippo blieb stumm.

36

Die Kirchgänger von Castiglione hatten sich für den Gottesdienst festlich zurechtgemacht. Sie stapften den steinigen Weg hinauf, wo sie ihr Priester Don Briotti früher auf halber Höhe mit Handschlag begrüßt hatte. Wer an diesem frühen Sonntagmorgen den Weg hinaufging, mußte vor der Kirche haltmachen. Dort stand eine Menschengruppe, weiße Nebel atmend, still, gespannt und bitter. Kurz vor Beginn des Gottesdienstes traten ein junger Priester und Mario gemeinsam aus der Kirche heraus.

»Ihr glaubt also, wir hätten das getan?« rief Mario, und alle wußten sofort, worum es ging. »So schnell verliert ihr euer Vertrauen? Wir prügeln uns für euch mit den Deutschen herum, und ihr glaubt beim erstbesten Gerücht, wir hätten einen Priester umgebracht? So ist es doch, oder?« Einige blickten nach unten, traten von einem Fuß auf den anderen, und ihre Mienen wurden noch bitterer. »Du, Giovanni, hast du's uns zugetraut? Sag deine Meinung, sag ruhig ja, denn ihr alle habt es uns doch zugetraut. Ist nichts so Besonderes, wenn das einer jetzt zugibt.«

Giovanni blickte finster auf den Jackenknopf von Mario, dann ängstlich in das Gesicht des jungen Priesters: »Ich war mir nicht sicher ...«

Angst lag über der Gemeinde. Plötzlich sagte eine alte Frau laut: »Und jetzt wollt ihr uns auch alle erschießen, ja? Weil wir euch nicht mehr trauen, weil ihr Priester erschießt, und alles, was euch in den Weg kommt. Weil ihr dieselben Fanatiker seit wie die Schwarzhemden. Ich bin eine alte Frau, erschieß mich, Junge, tu's doch, aber ich sage die Wahrheit. Da liegt doch ein Brief beim Bürgermeister.«

»Hast du ihn gesehen? Warum glaubst du alles, was man dir erzählt?«

»Weil es uns egal ist, ob wir von schwarzen oder von roten Diktatoren beherrscht werden, weil sie doch alles dasselbe machen«, rief jemand aus der Menge.

Mario fuhr herum: »Aha, Mörder sind wir also, Diktatoren. Dann können wir doch gleich aufhören. Wir geben den Deutschen unsere Waffen. Wollt ihr das? Keiner mehr, der euch hilft, wenn das letzte bißchen vom Teller genommen wird, keiner mehr, der euch sagt, wie die Front steht, wenn euch die Deutschen das Blaue vom Himmel herunterlügen. Keiner mehr, der eure Söhne schützt, wenn sie an die Front sollen als Kanonenfutter? So, wir sollen also aufhören, weil wir rote Diktatoren sind, weil wir so sind, wie die Schwarzen. Mädchen, Mädchen, für dein Alter hättest du dir einen klügeren Kopf bewahren sollen. Man sagt doch, das Alter sei weise.«

Ein gekünstelt beifälliges Lachen in der ersten Reihe klang an, aber die Menge blieb unversöhnlich.

Die Alte hatte die buchstäblich schweigende Mehrheit auf ihrer Seite. »Schieß mich doch zuerst tot. Ich bin eine alte Frau. Ich hab nichts mehr zu bestellen, meinen Sohn habt ihr auf dem Gewissen. Einer hat euch gesagt, er sei einer von den Schwarzen, da habt ihr ihn aufgehängt. Irgendwo in Sizilien liegt er jetzt, und seine Mutter hat nichts mehr, wofür sie lebt. Schießt mich tot oder werft mich in die Schlucht, in die ihr Don Briotti geworfen habt.«

»Weißt du denn, in welche Schlucht, du mutige Alte? Warst du denn vielleicht dabei? Weiß hier jemand, wo Don

Briotti liegt? Wir haben ihn doch versteckt, aber ich schwöre euch, wir wissen nicht einmal, wo er begraben liegt.«

»Das könnt ihr immer sagen, was man nicht weiß, dazu muß man nicht stehen, nur was man weiß, führt zu einem Beweis.« Anerkennung heischend schaute sie sich in der Runde um. Man hatte einen kleinen Halbkreis gebildet, damit sich Mario und die Alte ins Gesicht sehen konnten.

»Was willst du tun, wenn du nicht recht hast? Was willst du tun, wenn du ein großes Unrecht begangen hast, weil du Renzo als Mörder verleumdet hast? Komm, jetzt sei mutig, gib ein Opfer für deine Vorwürfe, für die du bis jetzt noch keinen Beweis hast. Jetzt sag: Nein, ich hab mich getäuscht, oder sag: Ja, ich werde für euch ein halbes Jahr lang Kranke verbinden und euch Brot bringen in die Berge. Sag: Wenn ich mich getäuscht habe, bringe ich euch Käse, weil ihr gute Partisanen seid, die für das Wohl Italiens kämpfen. Und wenn sie dir noch einmal erzählen, in Sizilien hätten Partisanen deinen Sohn totgeschossen, dann sag ihnen bitte, daß es dort gar keine Partisanen gibt, weil dort längst die Amerikaner sind. Wenn dein Sohn im Krieg gefallen ist, dann spinn darum keine Legende. Den hat unser Duce auf dem Gewissen. Unser glorreicher Duce. Und auch Don Briotti geht auf sein Konto.«

»Ach, laßt mich in Frieden. Ihr seid schuldig, weil ihr Verblendete seid. Wer sich mit Politik einläßt, ist schuldig, weil es ein schmutziges Geschäft ist«, brummte die Alte nun merklich leiser.

»Wir haben hier aber einen, der weiß, wo Don Briotti liegt. Und da werden wir jetzt hingehen und ihn ausgraben. Und dann werdet ihr ihn alle sehen. Und dann werdet ihr wissen, wer ihn umgebracht hat, weil der allein weiß, wo euer Priester liegt.« Wie auf ein geheimes Zeichen kamen zwei Partisanen um die Ecke der Kirche und führten den Deutschen in ihrer Mitte, der sofort sagte: »Ja, ja, ich weiß, wo er liegt, und keine Aufregung. Ich weiß es doch. Ich zeige ihnen den Weg. Er wurde für einen Verbündeten der Partisanen gehalten, als er die Glocke läutete. Wir kennen doch eure Uhrzeiten nicht, ich meine, wann ihr eure Messe abhaltet, hier in Italien. Und wir sind zufällig gerade in dem Moment in das

Dorf gekommen. Er hätte ja auch weiterleben können, wenn er sich nicht so angestellt hätte.«

»Halt dein Maul! Zeig uns die Stelle und damit basta. Mach hier kein Theater«, fauchte ihn einer der beiden Bewacher an. Der Deutsche verstummte ebenso schnell, wie er losgeredet hatte, führte die Gemeinde in die Schlucht, wo einer von fünf Steinhaufen den Leichnam Don Briottis barg. Man zog die Kopfbedeckungen ab, einige verneigten sich, bekreuzigten sich, und die Alte zog als erste, schweigend und allein ab.

»Die ist noch für die Faschisten, wenn alles kaputt ist«, flüsterte ihr eine junge Frau hinterher.

37

In den drei Schobern oberhalb von Pontemaglio herrschte geschäftiges Treiben, das in Wahrheit nur die Langeweile spiegelte. Die meisten der bärtigen und verlotterten Gestalten konnten nicht mehr zurück in ihre Häuser und Dörfer, denn der Feind hatte unerwartet viele Soldaten herangeschafft. Die durchgabelten mit großer Härte die Anwesen. Aus den Gelegenheits-Partisanen waren so immer mehr richtige Soldaten geworden. Allerdings hatte die Zahl ihrer Einsätze eher abgenommen, denn Giuseppe erhielt viel zu wenig Informationen, um mögliche Zielobjekte zu finden.

Bald gab es neue Gerüchte, Renzo betreffend. Eines Tages, als Anna den kleinen Carlo Antonio in Leinen wickelte, weil die Windeln auf den Seilen zwischen den Pinien im andauernden Nieselregen nicht trocknen wollten, stand Giuseppe mit sehr dunklem Gesicht im Türrahmen: »Solltest du Renzo irgendwann mal wieder treffen, wäre es nicht schlecht, sich zu entschuldigen.«

»Bei dem? Ich wüßte nicht, warum!«

»Weil er mit der Sache Don Briotti nicht das geringste zu tun hatte. Es ist ihm angehängt worden!«

»Ich habe nie behauptet, daß er Don Briotti erschossen hat. Ich habe nur gesagt, was ich weiß. Daß er ein übler

Angeber ist und daß er immer versucht, seine Privilegien auszuspielen. Und daß er ein flatterhafter Mensch ist, dem nicht vertraut werden kann. Einmal ist er für den Generalangriff, ein anderes Mal will er alle zu Feiglingen machen – so wie es ihm gerade beliebt. Entweder benutzt er das Geld seines Vaters oder das seiner Partei. Aber immer muß es nach Renzo Rizzis Kopf gehen, immer ... Ich habe ihn erlebt, ich ...«

»Darum geht es jetzt nicht. Es geht auch ausnahmsweise nicht um dich. Es geht darum, daß er zu Unrecht verdächtigt wurde. Und daß sich jetzt herausgestellt hat, daß ganz bewußt etwas gegen ihn betrieben worden ist.«

»Wer sollte ein Interesse daran haben, so etwas gegen Renzo einzufädeln? Bestimmt hat er selbst behauptet, daß die Spione der Deutschen ihm einen Mord anhängen mußten, um ihn auszuschalten, weil er soo gefährlich ist.«

»Es hilft alles nichts. Du mußt genauso mithelfen, damit er wieder zu uns findet, alles andere wäre Unrecht.«

»Ich?« Sie stampfte leise mit dem Fuß auf den rauhen Felsboden. »Was habe ich dabei verloren? Es ist normal, daß die Deutschen über unsereinen schlimme Dinge verbreiten.«

»Es waren aber nicht nur die Deutschen. Unsere haben es bereitwillig übernommen. Das ist es. Wie kam es zu uns herein? Nur weil es gut reingepaßt hat in das Bild, das man von einem verwöhnten Dichter hat! Und Bill hätte nun wirklich für ihn sprechen können. Der immerhin hätte es besser wissen müssen. Und du hast dich an Bills Seite gestellt, vergiß das nicht.«

Anna war mit dem Wickeln fertig, reichte Giuseppe schwelgend den Kleinen. Der nahm ihn, und sofort wechselte seine finstere Miene gegen ein kindlich verträumtes Lächeln. Er pustete eine Fliege vom Händchen des Kleinen, und seine nächsten Worte überraschten Anna: »Er ist dir doch noch nicht gleichgültig, Anna. Du kannst nur lieben oder hassen ...«

Sie starrte Giuseppes starke Arme an, mit denen er das Kind hielt. Und sie war nun auch ehrlich: »Er hat mich hierhergebracht, ja, das verdanke ich ihm. Aber erst hier habe ich die Demütigungen begriffen, zu denen er jederzeit auch fähig war. Weil er ein Bevorzugter ist, der nur solange bei uns bleibt, wie er immer neue Vorrechte hat, auffällt, Untergebene findet. Ich bin nicht gerecht, nein ...«

»Und du kannst ihm nicht verzeihen, daß er weggelaufen ist, damals.«

»Aber darum geht es doch nicht. Gott weiß, daß ich nur dem Faschismus nicht verzeihen kann. Aber unsere Leute müssen die Gleichheit vorleben, die wir politisch vertreten.«

»Gleichheit? Etwas von der allerschlimmsten Ungleichheit wegkriegen – das, und nicht mehr, werden wir schaffen können. Und dabei ist Renzo sehr wertvoll.«

»Wenn er umerzogen wird.«

»Tröste dich: Das war eine harte Lektion für ihn in den letzten Wochen.« Wieder pustete er die hartnäckige Fliege von der Hand des Kinds. »Und es war Unrecht!«

38

Attila war ein Stockwerk höher gezogen, man hatte ihm in der SS-Villa von Cannobio ein neues Büro eingerichtet, mit einem verschließbaren kleinen Stahlschrank hinter dem Bild des Duce in voller Montur. Vier matt und schwarzbraun lackierte Stühle standen um einen schweren Holztisch, davor ein altdeutscher Schreibtisch vor einem hochlehnigen, abgewetzten Lederstuhl neben einem Ulmer Schrank, den die Deutschen ihm aus Wehrmachtsbeständen überstellt hatten. Das neue Büro wirkte weniger eng als das alte, aber auf dem Tisch lagen nur zwei Aktenstapel.

Attila war nur selten in diesem Büro, und deshalb schloß er die wichtigsten Papiere meist zusammen mit einer halbleeren Grappa-Flasche in den Stahlschrank ein. Ein schwarzes Telefon mit eigener Nummer war für ihn eingerichtet worden. Attila verfügte jetzt sogar über eine Sekretärin, die fließend deutsch sprach und ihn an Anna erinnerte.

Kraushaar hatte schon mehrere Tage lang versucht, Attila telefonisch zu sprechen. Am 20. April erreichte er ihn endlich. Attila gratulierte ihm und dem ganzen deutschen Volk zum heutigen Geburtstag des Führers, worauf der Wehrmachtsoffizier mit einem heiteren »Ich danke dir, werde es weiterreichen!« dankte. Den dauernden Anredewechsel zwischen Du und Sie hatte der Deutsche inzwischen in einem beherzten Anlauf zum klaren Du hin entschieden.

Kraushaar hatte wichtige Neuigkeiten, es schien, als ob das deutsche Hauptquartier mehr und mehr Fäden bei Attila zusammenlaufen lassen wollte: »Es liegen mir hier interessante Berichte vor. Bei Nibbio haben sich die Banditen unter dem Namen Val d'Ossola gebündelt, oberhalb von Piaggia nennen sie sich Cesare Battisti und bei Pian Cavellone haben sie irgendeinen Namen gewählt, in dem Italien vorkommt. Bei uns ist man zu der Entscheidung gelangt ...«

»Ich habe dir das gleich gesagt. Sie planen wieder größere Überfälle und Anschläge, und wir sitzen ...«

»Du kannst das gar nicht gleich gesagt haben. Die Berichte sind keine 72 Stunden alt«, unterbrach ihn der Deutsche.

»Ja, die Berichte. Aber wir Italiener wissen manchmal etwas vor diesen Berichten ...«

»Nun solltest du froh sein, daß eine Entscheidung herangereift ist, und nicht herumnörgeln. Bisher hast du deinen Kopf doch immer irgendwie durchsetzen können.« Kraushaar lachte, die finstere Miene am anderen Ende der Leitung erahnend. »Übrigens, dein besonderer Freund ist auch wieder bei ihnen. Sie scheinen ihm verziehen zu haben.«

»Ich weiß das«, erwiderte Attila gedehnt, »aber er kann sie nicht mehr zurückhalten. Also hat es sich doch gelohnt. Sie wollen raus aus ihren Verstecken. Wir müssen nur einen Moment früher zuschlagen, dann kriegen wir sie alle. Alle auf einmal.«

»Gut, wir sind uns einig. Das Oberkommando will eine exakte Lage, um einen Angriff vorzubereiten, der sich besonders auf Suprati konzentriert.«

»Aber Rizzi ist doch nicht bei Suprati?«

»Es geht nicht um Rizzi, es geht um ein Exempel. Genau das, was du doch immer gewollt hast. Masse. Gefangene. Warnung an alle, die Finger davon zu lassen ... Also ... wenn ich dir meine Berichte hinüberschicke, kannst du es bis Ende der Woche schaffen?«

»Wieviel Mann? Bitte nicht wieder nur ein paar Hände voll.«

»Mach dir keine Sorgen. Es werden ein paar tausend!«

»Übermorgen. Vielleicht schon morgen könnt ihr es kriegen. Wir hier vertrödeln keine Zeit bei so was!«

Attila kritzelte bis vier Uhr in der Früh, auch ohne die Berichte der Gestapo, bis plötzlich der Strom ausfiel, was er als Zeichen empfand, sich hinzulegen.

39

Tags zuvor waren Renzo, Margret und Mario beim Kommando Cesare Battisti in Piaggia eingetroffen. Renzo hatte vorher überhaupt nicht gewußt, wen er antreffen würde. Da aber Mario in den Nachmittagsstunden den Schrei des tagblinden Käuzchens ertönen ließ, waren sie bald von einem Beobachter mit einem Fernglas und einer Maschinenpistole in Empfang genommen worden, der auf einer halbhohen Felsgruppe stand.

Mario trug kein Halstuch, und nur auf das vorher verabredete Zeichen hin gelangten sie bis zu dem Wächter: »Das ist Renzo Rizzi, das eine englische Mitkämpferin, und ich bin Mario. Wir kennen uns vom letzten Jahr in Villadossola«, lachte er den Beobachter an. Der zuckte die Schultern und starrte einen Moment ungläubig und mißtrauisch auf Renzo. Auch Renzo gab sich einen strengen und aufmerksamen Ausdruck, ohne seine Spannung zu verraten, die aus dem Umstand herrührte, das erstemal nach seiner Zeit bei Filippo wieder unter Partisanen zu sein. Er glaubte Margrets Enttäuschung zu spüren, daß der Empfang nicht respektvoller ausgefallen war.

Die drei wurden leidlich aufgenommen. Das Mißtrauen ihnen gegenüber hielt sich in Grenzen, es hatte sich herumgesprochen, welches Unrecht Renzo zugefügt worden war, und es gab auch ermunternde Zurufe. »Endlich! Ich hatte das immer so erwartet...« und »Gut, daß du wieder bei uns bist.« Die drei waren gerade rechtzeitig gekomen, denn Suprati hatte eine Intensivierung der Aktionen befohlen, und die Kämpfer in den kleinen Berghütten brannten vor Tatendrang. So nahmen sie schon am nächsten Vormittag an einer Aktion auf die Elektrizitätszentrale von Pieve Vergonte teil, die die Industrien in Novara und Mailand teilweise lahmlegte und auch dorthin Zeichen des Widerstands sandte. Drei Tage danach unternahmen sie einen Anschlag auf die wichtige Bahnlinie zwischen Domodossola und Arona, die für die Deutschen von zentraler Bedeutung war, weil sie durch die Einbettung in Wälle und Hügel gegen alliierte Luftangriffe weitgehend geschützt und somit ein Nachschubweg für alles Kriegswichtige war.

Im März schon hatte es die ersten stechenden Sonnen-tage gegeben, im Mai war es so heiß wie sonst im Hochsommer. Überall an den Hängen blühten blaue, lila und weiße Astern, königsblaue Glyzinien, rote und gelbe Nelken, und die Gegend um den Lago Maggiore präsentierte sich als ein wirkliches Paradies.

Mitten durch dieses Blütenmeer, zwischen den ananashäutigen Palmen, den gelbknospigen Tropensträuchern, knatterten giftig-grell Motorräder und Geländewagen auf dem Weg in die Berge.

Die Garibaldini hatten den besten Geheimdienst und das größte Netz an V-Leuten innerhalb der Gegner aufgespannt, und so erfuhren sie als erste, daß eine umfangreiche Säuberungsaktion unmittelbar bevorstand, bei der zehntausend Soldaten und Milizen das gesamte Ossola-Tal durchkämmen sollte.

Der Tag war gekommen, an dem Suprati, Di Dio, Boneta, Mario Muneghina, Giuseppe und die anderen Commandanti e Capitani des Ossolaner Widerstandes sich zu einer Beratung treffen mußten. Die fand am 16. Mai vor einer Berghütte bei Pedun, westlich des Monte Zeda und weitab von allen größeren Straßen statt. Giuseppe hatte Renzo noch nicht wiedergetroffen, aber doch Wert darauf gelegt, daß er bei dem Gespräch dabei sei. Di Dios und Bonetas Murren ließ er nicht gelten.

Die Position der Kommunisten, die Mario Muneghina vertrat, war eindeutig und auf Vorsicht orientiert: Alle Verdächtigten in der Region seien zu warnen, notfalls in hochgelegenen Gebirgsdörfern oder gar in der Schweiz unterzubringen. Dies gelte besonders für die Gefährdeten längs der Straße vom Schweizer Brissago nach Verbánia und in den tiefergelegenen Dörfern des Ossola-Tals. Die Angriffe sollten sich von jetzt an allein auf militärische Einrichtungen konzentrieren, direkter Konfrontation mit der deutschen Wehrmacht sei auszuweichen.

Mario hatte seine Meinung mit lauter und trotziger Stimme vorgebracht, denn er wußte, welches Gemurmel sich gleich erheben würde. Gefolgsleute der Garibaldini nickten pflichtschuldig, weil auch sie in ihrer Position unsicher geworden waren, auch die C.L.I.A. hatte widersprüchliche Parolen ausgegeben, ob eine solch begrenzte Taktik die richtige Antwort auf die drohende Gefahr sei. Suprati sprach besonders Giuseppe an, der mit seiner unprätentiösen Geradlinigkeit oft das Zünglein an der Waage gebildet hatte: »Wir dürfen unsere Rechnung nicht ohne den Wirt machen. Und der Wirt, das sind unsere Kombattanten. Es ist ihnen einfach nicht zuzumuten, länger die Hände in den Schoß zu legen, sich abschlachten zu lassen, in Deckung zu bleiben, wenn ihre Angehörigen abgeholt und nach Mauthausen verschickt werden. So was können nur Parteizentralen an grünen Tischen entscheiden.«

Renzo konnte sich nicht mehr zurückhalten: »Die Deutschen kommen mit über zehntausend Mann. Das können wir nicht halten, sie können damit das gesamte Valle Cannobina, Valtoce und das Ossola kontrollieren. Aber wie lange sie bleiben, hängt von uns ab. Einzig das hängt von uns ab.«

Aus dem Halbdunkel um Boneta kam ein Zwischenruf: »Von der Gnade der Deutschen und davon, wie lange sie hier in unserer Heimat herumstrolchen, sollen wir es also abhängig machen, ja?«

»Es ist eine Frage militärischer Logik ...«

»Militär haben wir schon lange genug gehabt«, ein bärtiges Männlein, das sofort beifälliges Brummen erntete, fletschte die Zähne.

»Dann sieh es als Schachspiel an«, entgegnete Renzo, »jeder Zug von uns bewirkt einen entsprechenden Gegenzug, und wer nicht kombiniert, strauchelt. Schau mal, die Menschen, die gefährdet sind, werden zu Geiseln, und wir haben nun mal nicht die Kraft, alle in Sicherheit zu bringen. Oder?«

»Du spielst Schach mit Menschen, Renzo, das ist bekannt.«

Giuseppe spürte, daß Renzo und Mario zunächst keine Mehrheit auf ihre Seite bringen konnten, und darum wollte er mit einem Zeichen von Zustimmung noch abwarten. Boneta und Di Dio drückten den Aktionismus auch vieler Kämpfer unter den Roten aus, und Mario fehlte bei aller logischen Schlüssigkeit seiner Position, der letzte Schuß Überzeugungskraft, vielleicht auch, weil auch er gar nicht so entschieden für die Strategie der Zentrale in Mailand war. Wieder einmal war Renzo der einzige, der voll und ganz zu dem stand.

Suprati versuchte zu vermitteln, indem er vorschlug, die Nazifaschisten zwar massiver als bisher anzugreifen, aber die von Mario empfohlenen Vorsichtsmaßnahmen soweit als irgend möglich zu beherzigen. Dies war für Renzo unbefriedigend, Mario hingegen schien erleichtert, glaubte er doch, aus dieser Gesprächssituation nicht mehr herausholen zu können.

Renzo stand also wieder einmal auf einsamem Posten, als er sich erneut zu Wort meldete: »Es ist ein ziemlich zynisches Spiel, mit der einen Hand die Pfeile direkt auf uns zu ziehen und mit der anderen die Zielscheiben zur Seite zu stellen. Warum können wir nicht während des deutschen Großangriffs in Deckung gehen, die Vorwände minimieren, soweit wir können? Denn ewig können die Deutschen keine zehntausend Mann hierlassen. Und danach haben wir eine viel bessere Ausgangsposition ...«

Da unterbrach ihn Giuseppe: »Merkst du nicht, Renzo, daß der Kampf unausweichlich ist? Wir können uns nicht die beste Zeit aussuchen. Die Faschisten werden zugreifen – so oder so. Aber wir müssen Zeichen setzen, daß es uns gibt, daß die Menschen nicht schutzlos ihrem Schicksal ...« Ein Beifall brach los, zu dem auch Mario nickte. Renzo ließ den Kopf sinken. Er war nicht weiter als kurz nach seiner ersten Ankunft bei den Partisanen.

Die Entscheidung, am Befreiungsplan des Ossola-Tals festzuhalten, stand eindeutig hinter diesem Streit, und das C.L.N. hatte an Tuchfühlung zu den meisten Partisanenformationen eingebüßt.

Als am 20. Mai Faschisten und deutsche Wehrmacht gemeinsam und gut aufeinander abgestimmt die Dörfer zu durchkämmen begannen, als die Denunziationen sich häuften, als Militärlaster und Geländewagen fast täglich neue aus dem normalen Leben herausgezerrte Menschen abtransportierten, nahm der Schrecken überhand. Aber der Höhepunkt der vorwiegend von der deutschen Wehrmacht vorgenommenen Razzien stand noch bevor. In den Dörfern Villadossola und den kleinen Siedlungen um Oggebbio wurde die nächste großangelegte Aktion erwartet. Einige von denen, die den Deutschen auffällig und verdächtig geworden waren, erhielten Unterkünfte in Schmugglerdörfern und in der Nähe der Schweizer Grenze. Sie benutzten diese aber nicht, weil sie sich kaum vorstellen konnten, daß ausgerechnet sie den Deutschen aufgefallen waren. Andere, angesteckt vom Heldenmut der Partisanen, harrten in ihren Häusern und bei ihren Familien aus. Deshalb bat Suprati die bewährtesten Einheiten, die unter dem Befehl von Giuseppe, sich besonders um den Schutz von Oggebbio zu kümmern.

Als die Deutschen am 25. Mai mit acht Motorrädern und sechs Geländewagen auffuhren, kam es zur direkten Begegnung. Nach wenigen Minuten gerieten Giuseppes Männer in die Defensive und mußten sich weit oberhalb von Oggebbio in einen dichten, felsdurchzogenen Fichtenwald zurückziehen. Dort wurden sie aus dem Cannobiner Tal heraus von italienischen Gebirgsjägern angegriffen, die über Funk verständigt worden waren. Kein Dunkel konnte den verschanzten Partisanen genug Deckung gewähren, um den ständigen Granateinschlägen, die bis tief in die Nacht anhielten, ohne große Opfer zu entkommen. Hilflos mußte Giuseppe zusehen, wie sechs seiner Kameraden mit Bauchschüssen, Rückenverletzungen und einem Kopfschuß ohne jegliche medizinische Hilfe zwischen den von Granaten zersplitterten Bäumen lagen, während in Oggebbio ein Lastwagen nach dem anderen ankam und mit Gefangenen beladen wieder abfuhr.

Giuseppe funkte um Hilfe, und er hatte eine blechern knatternde Stimme von der anderen Seite des Berges am Ohr.
»Ist der Weg nach oben frei?«
»Nur westwärts. Diesmal haben sie sich oben im Berg eingegraben und nehmen alles unter Beschuß, was sich unten bewegt. Es sind drei schwere Maschinengewehre und ein Granatwerfer, die auch bei uns in der Nähe schon gewütet haben.«
»Wir gehen hier drauf! Ihr müßt Verstärkung schicken!«
Suprati schüttelte den Kopf. Renzo saß neben dem Funker. Er hatte die letzte Frage mitgehört. Kurz zuvor hatte er von einem jungen Kämpfer, der mit einer Kugel im Oberschenkel aus dem Tal hochgetragen worden war, erfahren, daß der Weg zwischen dem Oggebbianer Berg und dem Standort der Partisanen, Premeno, durch eine italienische Einheit mit Panzerspähwagen vollständig gesperrt war. Renzo korrigierte die Empfehlung des Funkers und empfahl Giuseppe nicht den Weg westwärts, sondern den beschwerlicheren durch die Berge nach oben.
»Die Gefahr, daß dort etwas liegt, ist geringer, schweres Gerät bekommen sie dort sowieso nicht hinauf, und von unten können sie allenfalls Glückstreffer landen.«
Am späten Abend begannen die Giuseppe verbliebenen Kämpfer ihren mühsamen Aufstieg aus dem Cannobiner Tal in das Dörfchen Ghurro. Giuseppe ängstigte, daß er den Feind nicht zu Gesicht bekam. Seine Flinte hatte er während des Gefechts kein einziges Mal verwenden können. Die Deutschen hatten ausgeklügelte Stellungen bezogen und kontrollierten das Gebiet in voller Deckung.
Die Truppenstärke und technische Überlegenheit der aus Novara, Varese und Mailand herangezogenen deutschen Einheiten hatten die Capitani der widerständischen Formationen so nicht erwartet. Giuseppe lag drei Stunden lang nahezu regungslos am Rand des Waldes, etwa zwei Kilometer über Oggebbio, hinter ein paar Haselnußsträuchern und hatte genug Zeit, über die verpaßte Chance nachzusinnen, sich zu entscheiden. Die Capitani hatten sich gegenseitig in Rausch geredet, und Renzo war als einziger Warner übriggeblieben.
Noch bevor sie sich den ersten Gipfel hochgequält hatten,

erwischte sie ein weiterer Einschlag, dem der alte Parezzo zum Opfer fiel. Der durch einen Bauchsteckschuß verletzte Simone, der während des ganzen Aufstiegs auf seiner Trage aus Astgestänge darum gebeten hatte, ihn zurückzulassen, atmete plötzlich nicht mehr. Giuseppe entschied, ihn mit Bodo gemeinsam weiterzutragen.

Der Abstieg war nicht minder mühsam. Bodo wurde von einer Viper gebissen, und es gab kein Serum. Alles Saugen und Abbinden half nichts. Nach einigen Minuten war Bodo im Delirium und stöhnte laut, ausgerechnet als auf der Paßstraße an der gegenüberliegenden Seite des Cannobianer Tals drei oder vier deutsche Motorräder mit zwei übergroßen Suchscheinwerfern auftauchten, die das Tal und die Berghänge ausleuchteten, was sie auf ihrem Rückzug wieder eine halbe Stunde kostete, so daß sie erst gegen zwei Uhr zwischen Finnero und Santa Maria Maggiore zur Ruhe kamen.

Noch in der Nacht schickte Giuseppe nach einem Arzt in Santa Maria, der allerdings nicht im Dorf war. So kam statt seiner eine Krankenschwester, die in den frühen Morgenstunden des 26. Mai in Begleitung von Margret Landcroft die notdürftige Versorgung der Verwundeten aufnahm. Bei Margret war ein Engländer namens Brown, den sie auf dem Rückweg von Filippo getroffen hatte.

40

Die Partisanenformation Val d'Ossola von Dionigi Suprati wurde bei der Säuberungsaktion in den letzten Maitagen des Jahres 1944 völlig aufgerieben. Über dreihundert Gefangene aus der Zivilbevölkerung wurden nach Mauthausen und in deutsche KZs verschickt.

Giuseppe konnte das Bild nie wieder loswerden, wie unter dem auf dem Bauch liegenden Parezzo zunächst ein Rinnsal zwischen die Tannennadeln kroch, sich dann eine Lache bildete und dem Freund, ohne daß man irgend etwas tun konnte, das Blut aus dem Bauch lief wie das Öl aus einem defekten Automobil.

Schon wenige Wochen später erhielt Attila von Kraushaar die telefonische Nachricht, daß die Partisanen wieder auf die gleiche Zahl angewachsen waren wie vor dem Großangriff. Außerdem wurde ihm hinterbracht, daß sich die Kommandanten Arca und Pippo Frassati im Streit mit Suprati befanden und offenbar kurz davor waren, eine eigene Division mit dem Namen Piave zu gründen, um das Valle Cannobiana, das Suprati umging, wieder unter die Kontrolle der Partisanen zu bringen. Die Partisanentätigkeit war zwar umfangreicher geworden, weniger aufeinander abgestimmt, die ungeliebten Kommunisten bildeten jedoch militärisch die dominierende Kraft.

Selbstgefällig erzählte Kraushaar seinem italienischen Kameraden, daß Renzo überall für seine Strategie werben würde, streng bei den Nadelstichen aus der Deckung der Alpenränder heraus zu bleiben und der direkten Konfrontation mit den Deutschen, wo dies möglich war, auszuweichen. Wehrmacht und Milizen hätten sich deshalb auf eine Neuauflage der Überfälle aus dem Hinterhalt des Herbstes 1943 in Form schneller Beutezüge nach Waffen, Munition, Kleidung und Lebensmitteln einzustellen und auf Sabotageaktionen, die den Eisenbahn- und Straßenverkehr besonders nach Novara und Mailand unterbrechen sollten.

Auch aus dem englischen Quartier der Generäle Alexander und Landcroft in Locarno hatte die Gestapo Neuigkeiten, nämlich daß dort ein gewisser Marco Federici schon im April 1944 damit beauftragt worden war, einen Aktionsplan zum Aufstand im Ossola-Tal vorzulegen, der den Namen Plan Morelli trug, was Attilas Herz hochschlagen ließ, rückte doch möglicherweise die ersehnte Schlacht näher, die die elenden kleinen Gemetzel ablösen könnte, wenn auch dieser Plan durch den deutschen Frontalangriff des Frühsommers auf englischer Seite wieder zurückgestellt werden mußte. In diesem Plan waren zwei Flugplätze für die Alliierten vorgesehen. Einer bei Santa Maria Maggiore im Valle Vigezzo und ein anderer mit Namen Chavez zwischen Domodossola und Villadossola. Die Fertigstellung der Abwurffelder und Flugplätze solle besonders von den monarchistischen Partisanenführern mehrfach angemahnt worden sein. Der Deutsche atmete erleichtert durch, als er am Ende seiner Berichte Attila in das schwarze Telefon die Einschätzung gab, zu diesen Flugplätzen würde es sicher nie kommen: »Die Briten sind schlechte Soldaten, aber völlig verrückt sind sie doch auch nicht.«

Attila verkniff es sich, seine Sympathie für den Plan mit den Landebahnen zu äußern, hängte ein, holte den Grappa aus dem Safe hinter dem Mussolini-Bild, prostete seinem Duce zu und trank die halbe Flasche, bis in seinem Hirn wieder lebendige Bilder erschienen, wie er Renzo, Anna und Giuseppe endlich gegenüberstand, sie einkreiste und schließlich abführte. »Dann wird es Frieden geben, dann, mein Duce, wird endlich wieder Ordnung einkehren in unsere geliebte Heimat!« Noch einmal hob er die Flasche in Richtung des kraftvoll herrischen Glatzkopfs mit dem Käppi des einfachen Soldaten.

41

Giuseppe, dessen politische Position nicht zugeordnet werden konnte, hatte trotz des erzwungenen Rückzugs über Oggebbio an Renommee hinzugewonnen. Bei ihm hatten sich in den letzten Tagen zahlreiche Arbeiter, Studenten, geflohene Kriegsgefangene aus Georgien und sogar drei Schüler eingefunden, denn es hatte sich herumgesprochen, daß es in seinen Formationen keine Diskriminierungen gab. Es gehörte zu Guiseppes Programm, daß Andersdenkende, Kommunisten, Aktionisten, Religiöse und Monarchisten einander voller Achtung begegneten, der Ton seiner Kämpfer untereinander war herzlich und von Selbstironie geprägt. Verletzende Witzeleien unterblieben. Theoretische Linienrichter und Schriftgelehrte lehnte er instinktiv ab, er wollte allein mit der Praxis des Widerstandes überzeugen. Zweien der Schüler, die erst sechzehn Jahre alt waren, hatte er eine Adresse in Domodossola gegeben und sie wieder fortgeschickt.

In der kommunistischen Partisanentätigkeit gab es politische Aufklärung in Form von Stundenkursen am frühen

Morgen, wo über die aktuelle Lage, die jeweiligen militärischen Erfolge und die Frontverläufe der Roten Armee, Bombardierungen deutscher Städte und die Bewegungen an der Goten-Linie ausgiebiger informiert und freier als irgendwo anders diskutiert wurde. Anschließend gab es sogar künstlerische Darbietungen, Gedichte populärer Autoren wurden vorgetragen, Gemälde von Mitkämpfern gezeigt, und sogar ein von Renzo verfaßter Sketch wurde aufgeführt. Dieser Unterricht entwickelte sich zu einer Attraktion für die jungen Kämpfer in den Bergen, woüber sogar die Jugend des westlichen Seeufers sprach. Die kommunistischen Verbände wurden von anderen Formationen zwar ausgegrenzt, hatten aber unter der Jugend den meisten Zulauf.

Die Anhänger des verräterischen Königs wurden von vielen belächelt, man ging auch weniger gern zu den soldatisch steifen Einheiten Di Dios, zu den chaotischen Aktionsparteilern, und wollte die Freiheit ohne ständige kirchliche Zeremonien atmen.

Ende Juli wurden die Capitani der verschiedenen Partisanenformationen zu einem Treffen mit den Kommandanten Moscatelli, Suprati, Giuseppe, Arca und Pippo Frassati irgendwo im Monte Rosa beordert. Eine solche Lagebesprechung fand selten statt, wurde aber von allen Seiten her sorgfältig vorbereitet.

Die Kofferträger und Büchsenspanner der jeweiligen Kommandanten sortierten mit geschäftiger Schweigsamkeit Pläne, Zeichnungen, geheimdienstliche Berichte oder das, was sie dafür hielten, mitgeschriebene Funksprüche der Engländer aus Locarno.

Renzo saß vor einer Steinhütte und hielt zwölf jungen Männern und der etwas abseits sitzenden Margret einen Vortrag über kein geringeres Thema als die Sklavenhaltergesellschaft, den Feudalismus und den Kapitalismus. Er war in seinem Element, als er beim italienischen Faschismus mit seinen Kriegen nach innen und außen angekommen war: »Faschismus ist nichts anderes als ein völlig enthemmter Kapitalismus. Diese Logik muß durch eine andere Logik ersetzt werden. Sonst hätte alles keinen Sinn, was wir hier tun.«

»Große Worte. Und welche andere Logik, etwa die Josef

Stalins?« fragte Margret keck dazwischen.

»Ich gebe zu, daß ich die sowjetische Nationalhymne genauso höre wie die französische. Beide sagen, daß Menschen sich erheben können und daß es ihnen für eine gewisse Zeit gelingt, eine andere Logik zu erreichen. Diese andere Logik mag uns nicht geheuer sein, aber es ist wichtig, auf jedwede mögliche Weise zu zeigen, daß sie funktioniert.«

Margret fragte nicht ohne einen provokativen Unterton: »Das heißt, daß die Partisanen im Ossola-Tal einfach nur einen Tag lang zu zeigen brauchen, daß es geht. Also ein klares Ja zur Partisanenrepublik?«

»Die Sowjetunion lebt schon 27 Jahre anders. Für so eine lange Zeit haben Millionen Menschen sich darauf verständigt, den Krieg untereinander auszurotten, das Räudige, das der Kapitalismus unter die Leute bringt, zu bändigen. Das mit einem Tag einer Partisanenrepublik von fünfzig Kilometern Ausdehnung zu vergleichen, ist ein rhetorischer Taschenspielertrick. Es geht darum, daß eine anderen Logik eine andere Tradition macht, und es geht nicht um ein wenig Symbolik.«

Margret ärgerte sich über die Anspielung, stand auf und setzte sich neben Renzo: »Die Menschen können hundertmal besser sein wollen als andere Völker der Welt. Trotzdem verhalten sich 27 Jahre Sowjetunion zu Amerika, China und Westeuropa wie eine Partisanenrepublik am Alpenrand zur Schweiz, zu Deutschland und zum Mussolini-Staat.«

Die Jungen hörten aufmerksam zu, und Margret zerrte an seinem Ärmel. Renzo wurde in seiner Antwort ebenfalls ein wenig spitz: »Dann müssen Amerika, China oder Westeuropa eben auch sowjetisch werden. Oder, um einmal in deiner Advokatenlogik zu bleiben: Auf die Partisanenrepublik muß verzichtet werden. So etwas kann dann eben allein nicht existieren. Wir sollten in Bewegung bleiben, hier in den Bergen lehren, lernen, Einsichten verbreiten und durch Wissen die Hoffnungen plausibel und plastisch machen!«

»Die Partei verbreitet vielleicht ihr Wissen, das habe ich auch schon in England gesehen«, lächelte Margret. »Aber sie macht ihr Wissen nicht plausibel. Verbreitung von Wissen geht nicht rein theoretisch.«

»Aber welche Lebbarkeit, welche Plausibilität können wir hier erreichen? Eine geliehene, eine mit Schweizer Lieferungen, eine mit inflationierter Währung, eine, die vom deutschen Kommandanten abgezeichnet werden müßte, einen Vertrag mit den Deutschen? Wir wissen doch, daß ein Staat diplomatisch anerkannt werden muß, besonders von seinen Nachbarn. Und diese Nachbarn heißen nicht nur Locarno, sondern Hitler und Mussolini. Und wofür das alles? Für ein paar Tage Regierung spielen? Ich bin gegen jede dieser Vereinbarungen, und ich glaube nicht, daß die Garibaldini mitspielen werden.«

Die sichere Art, zu der Renzo zurückgefunden hatte, verfehlte ihre Wirkung auf Margret nicht. Sie erinnerte sich wieder an das Geheimnisvolle, das Geschmeidige, das Starke, das dieser kleine, krumme Mensch bei den Gesprächen mit ihrem Vater und den anderen Militärs gezeigt hatte. Hier war einer, der bei aller Eitelkeit, bei allen Selbstzweifeln ein festes Gespür für nächste Schritte in die richtige Richtung zu haben schien. Margret konnte nicht anders, als ihn zu bewundern, auch wenn sie es innerlich auf ihre Erziehung schob, entschiedene Männer bewundern zu müssen.

Das Gespräch am Abend nahm eine überraschende Wendung, weil die Deutschen tatsächlich ein Waffenstillstandsabkommen angeboten hatten.

Arca und Pippo Frassati plädierten dafür, das Angebot der Deutschen ernsthaft zu prüfen. Suprati schwankte, er wollte es sich mit den Kommunisten in seinen eigenen Einheiten nicht verderben. Die Garibaldini sprachen geschlossen und mit großem Enthusiasmus gegen jede Verhandlung mit den Deutschen, ausgenommen ein Gefangenenaustausch und eine Konvention, Schwerverletzte betreffend. Gleichzeitig sollte den Deutschen deutlich gemacht werden, daß sie bei einem waffenlosen Abzug in die Schweiz nichts zu befürchten hätten, und das sollte ihnen immer und immer wieder vor Augen geführt werden.

Das Treffen führte zum offenen Zerwürfnis. Der Kommunist Moscatelli, der als ehemaliger Interbrigadist anerkannt war, hatte mit leiser Stimme nachhaltig eine Verbindung gezogen zwischen dem Verrat an den Direktiven des C.L.N.

und des C.L.N.A.I., die strikt untersagt hatten, mit dem Feind zu verhandeln und den unsinnigen Plan zu verfolgen, das Ossola-Tal zur befreiten Zone zu erklären. Moscatelli war nicht entgangen, wie die drei Engländer während seiner Rede die Aufmerksamkeit mit kleinen Zwischenbemerkungen störten, besonders, als er die Verbindung von deutschem Angebot und Befreiungsplan kritisierte. Als er feststellte, man brauche keine Befreiung mit dem Stempel der SS, war aus Mr. Browns Ecke ein deutliches »Unverschämt« zu hören.

Suprati führte dagegen schlau ins Feld, daß der englische General Alexander zwar im Rundfunk ebenfalls dazu aufgefordert hatte, nicht zu verhandeln, dennoch waren die Initiativen zu Fluglandebahnen und damit zur befreiten Zone Ossola gerade von ihm ausgegangen. Darin bestünde doch ein Widersinn, den niemand anderes auflösen könne als die Partisanen selber. Sich auf Direktiven zu berufen sei deshalb überflüssig und entmündigend.

Arca widersprach Moscatelli: »Warum negieren die Kommunisten unsre gemeinsame Stärke? Warum dürfen wir vor dem Volk nach all den Jahrzehnten der Demütigungen, der Greuel nicht endlich zeigen: Wir sind ein Faktor geworden, auf den die Deutschen eingehen müssen? Was ist das für eine Revolution, die den Frieden nicht will, und sei er noch so klein? Was ist das für eine Revolution, die nicht vor aller Welt zeigen möchte, daß sie vorhanden ist, indem sie sich öffentlich zeigt?«

Renzo hatte sich immer wieder gesagt: Halte dich zurück, bau dich erst langsam wieder auf, jetzt bist du noch nicht so weit. Doch er hatte so klar hinter die Karten der Demagogie gesehen, daß er vorsichtig die Hand hob. Aber Superti nahm sich schnell das Wort und hielt eine Karte in der Hand, auf der dicke Pfeile eingezeichnet waren: »Hier ist die Schweiz, da der Simplon, da der Lago und Gravellona. Da das Valle Cannobina, das die Deutschen meiden wie der Teufel das Weihwasser. Wenn wir mit zweihundert Leuten das Cobbiana und mit fünfhundert das Tal bei Mergozzo halten, können die Nazifaschisten schicken, was sie wollen, sie kommen nicht durch. Und das wissen sie. Also ist die Gefahr nicht allzu groß, und wir können den Deutschen unseren Waffenstillstand aufzwingen. Das Ossola wird unsere Aurora, Cino, unser Symbol des Volksaufstands. Der Lago ist unser Schutz, die Berge, schau sie dir an!« Er deutete auf den gigantischen Schattenwall am Nachthimmel, der gebieterisch um das Tal ragte. Die Schweiz ist unsere Sicherheit. Aber vor allem: Unsere kampferprobten Partisanen und das heldenhafte Volk sind unser Schutz!«

»Bravo!« riefen einige, und Di Dio nickte heftig zustimmend.

»Was ist das für ein Volksaufstand, dessen Geburtsschein die Unterschrift des deutschen Oberkommandos trägt?« raunte Gino Moscatelli.

»Was ist das für eine Revolution, die überhaupt nicht erst beginnt?« rief Arca in die Runde.

Nun sah sich Renzo an der Reihe: »Was ist das für eine Revolution, die auf deutsche Angebote reinfällt?«

»Was willst du hier unterstellen?« fragte Dionigi Suprati scharf zurück. »Ich soll auf die Deutschen reinfallen? Ist es das, was du eben sagen wolltest? Sind wir vielleicht deutsche Kollaborateure? War das eben dein Ernst?«

Bei dem Respekt, den Suprati bei den meisten im Kreise genoß, verfehlte seine rhetorische Frage ihre Wirkung nicht. Moscatelli schaute mit großen, ernsten Augen zu Renzo, und Giuseppe bat ihn, die Bemerkung klarzustellen. Renzo entschuldigte sich, ohne noch etwas zu sagen.

Giuseppe räusperte sich, um eine Wortmeldung anzukündigen: »Darf ich das jetzt so verstehen, daß wir uns einig geworden sind?« Er sah Mario Muneghina direkt ins Gesicht. »Ich möchte nichts gegen den Widerstand der Garibaldi-Brigaden machen.«

Muneghina wich dem Gruppendruck aus: »Von Widerstand kann keine Rede sein. Wir warnen bloß. Aber offensichtlich sind alle anderen fest entschlossen, mit den Deutschen zu verhandeln, ja?« Suprati nickte, die beiden Engländer brummten bejahend, und Arca faßte ihren Beschluß begütigend zusammen: »Es ist bestimmt das beste!«

Auch Giuseppe zuckte zustimmend mit den Achseln.

42

Margret wurde immer gesprächiger, die ungewohnten Atmosphäre hatte sie begeistert und eine naive Freude in ihr geweckt. Renzo hatte seit dem Tag, an dem sein Einfluß auf das Kommando zurückgedrängt worden war, oft zuviel Alkohol getrunken, für den heutigen Abend hatte er sich vorgenommen, unterhalb jener Grenze zu bleiben, bis zu der er noch einen klaren Gedanken formulieren konnte. Um sich und Margret seine verbliebene Vernunft unter Beweis zu stellen, fragte er geradewegs drauflos: »Wer ist denn der Engländer?«

»Der interessiert sich auch für dich. Ich habe heute den ganzen Nachmittag mit ihm geredet. Ein interessanter Kerl. Und er hat einen direkten Draht zu General Alexander.«

»Wieso interessiert er sich für mich?« fragte Renzo mit gespielter Überraschung.

»Nach deinem Einfluß fragt er, offensichtlich ist man über den großen Revolutionär gut informiert«, kicherte Margret.

»Du meinst, er spitzelt?«

Während sich Renzo auf die Lippe biß, daß er so offen ausgesprochen hatte, was er dachte, warf Margret das heiße Eisen sofort ins kalte Wasser: »Das habe ich mir auch gedacht. Ich fand ihn eigentlich ganz nett, aber seine Fragen sind zu impertinent. Er ist fast täglich in der Schweiz und berichtet, und hinter deinem Rücken muß er herumgeredet haben, ich weiß nicht, in wessen Auftrag. Aber glaub mir, die dich persönlich kennengelernt haben, schätzen dich ungemein. Also mach dir keine großen Gedanken.«

Renzo dämmerte es. Es war ihm ohnehin kurios vorgekommen, wie schnell sich die Mehrheiten nicht nur anders als er, sondern geradezu gegen ihn formiert hatten.

Nachdenklich schob Renzo mit einem Stab die restliche Glut im Kamin zusammen und starrte in die wieder aufzüngelnden Flammen. Die Korbflasche hatte er zwischen die Stiefel geklemmt. Er gab ein finsteres Bild ab. Margret versuchte es aufzulockern: »Ich glaube, wir sind mehr als Alliierte. Es gibt Gemeinsamkeiten ...«

»... Gemeinsamkeiten? Bündnisdiplomatie, ja. Aber mit dem Dolch im Gewande, jeder gegen jeden, alle für das große Ziel. Nur was das ist, darüber reden alle später.«

»Nicht so trotzig, Mr. Rebell. Ist nicht Humanismus ein guter gemeinsamer Nenner?«

»Ich bin gegen den Humanismus«, knurrte Renzo. »Man sollte eine eingebaute Automatik haben, die bei dem Ismus ein paar Standardfragen herunterrattert. Humanismus – die Deutschen, die mit ihrem Goethe unterm Kissen einschlafen und morgen wieder Juden nach Mauthausen schicken, sind auch gute Humanisten.«

Margret bekam strenge Falten auf der Stirn: »Was spielen wir jetzt? Hindernislauf zur größeren Menschlichkeit? Wer findet die realistischeren Bilder?«

»Das ist wirklich kein Spiel hier, Miss Landcroft. Vielleicht spielen Sie, vielleicht spielt ihr alle. Vielleicht bin ich der einzige, der das Spiel nicht durchschaut hat, obwohl ich längst im Aus gelandet bin. Humanismus, Menschenliebe – überall, wo diese Phrasen sind, ist das Spiel. Der Realismus ist schmutziger. Der Realismus kann es kaum abwarten, seine Unschuld zu verlieren. Wissen Sie, wie es ist, wenn man die Frauen liebt? Frauen ... da ist eine parfümierte, langbeinige Makellose aber manchmal, da stinken Frauen auch.«

Margret stand ruckartig auf: »Du bist ein giftiger Mensch, der andere in sein Gift ziehen will. Ich hätte das nie gedacht. Das müßten deine Genossen hören.«

Aber Renzo fuhr unbeirrt fort: »Die Revolution kann jeder lieben. Man muß die Revolutionäre lieben, wenn sie stinken. Wenn sie töten, wenn sie schwanken, wenn sie plündern, weil alle Menschen plündern, wenn sie mit zu wenig Zivilisation aufgewachsen sind ... die Revolution kann jeder lieben, aber Revolutionäre sind nicht für die unbefleckte Empfängnis geschaffen ... Kapitalisten kann jeder hassen. Ihre Eleganz, wenn sie von Wirtschaftskonzentration reden und Morde meinen und wie elegant sie dastehen ... Dastehen, kein Wort zuviel, kein Wort zuwenig, kein Lachen zuviel, die Kapitalisten zu verachten ist leichter, als den Kapitalismus zu hassen. Ein abstraktes, wertfreies Gedankenvirus, das die Seele des Menschen bis in die untersten Schichten infiziert, um der

Verwertung des vorgeschossenen Kapitals dienlich zu sein. Beim Hassen Ismus, beim Lieben das Befleckte, Konkrete. Verzeihen Sie mir ... verzeih mir ...« Renzo erhob sich und stolperte zur Tür, während Margret fast schon wieder beruhigt und bemüht war, Renzos verworrene Gedanken zu ordnen. Sie hatte sich an den Fenstersims gelehnt, Strenge noch auf der Stirn, aber Aufmerksamkeit schon wieder im Gesicht. Es war jetzt nichts Kokettes an ihr, und Renzos Verzweiflung stieß sie ab. Hatte sie noch in Locarno über die Legenden und ihre Begegnung mit dem buckligen Mann sinniert, jetzt war er entzaubert. Sie hätte am nächsten Morgen wieder aufbrechen können, da alles zerstoben war, was sie in ihrem schönen Kopf an Renzo-Bildern entworfen hatte. Aber sie konnte am nächsten Morgen natürlich nicht fahren, weil sie weder sich noch anderen eingestehen wollte, was der wirkliche Grund ihres trotzigen Aufbruchs in die Berge gewesen war.

Renzo achtete nicht darauf, welchen Eindruck er bei der Engländerin hinterlassen hatte. Er spülte den Rest aus der Korbflasche hinunter und ging. Während der restlichen Nacht lag er im kalten Schweiß und haderte mit dem Schicksal. Alle Ideale schienen wie brüchiger Ton.

Am nächsten Morgen verließ Renzo seine Schlafstätte sehr früh, packte alles zusammen und ging zu Filippo, um wieder ein paar Tage bei ihm zu verbringen.

Einige Tage später fand er tatsächlich heraus, daß Mr. Brown, der Engländer, das Gerücht in Umlauf gesetzt hatte, die Alliierten hätten ihm, Renzo, den Auftrag erteilt, den Aufstand ausfallen zu lassen. Da war es ja fast schon wieder gnädig von den anderen Genossen, ihm diese üble Diffamierung vorenthalten zu haben. Aber ungereimt blieb manches, zum Beispiel, warum Giuseppe, der von Renzos Lauterkeit doch überzeugt war, ebenfalls von diesem Gerücht infiziert gewesen sein mußte.

43

Am 6. Juni 1944 waren die Westalliierten in der Normandie gelandet und hatten sich für die folgenden Monate viel vorgenommen: die Landung in Südfrankreich, die Eroberung von Florenz und eine neue Offensive gegen die Goten-Linie, die es endlich zu überwinden galt. Das alles bedeutete zwar einen weiteren ungeheuren Einsatz von amerikanischem und englischem Kriegsgerät, aber es galt, an den verschiedensten Stellen möglichst viele faschistische Kräfte zu binden und zu zersplittern.

Mit der Stabilisierung des Brückenkopfes am Atlantik begann mit der Hauptstreitkraft der Alliierten der Angriff vom Westen her. Entgegen dem Rat Churchills, der aus Italien keine Truppen abziehen wollte, eröffnete das Alliierte Oberkommando bei Toulon die Operation Anvill-Dragmoon. Am 25. August war Paris gefallen, und die von Süden und Norden her vordringenden anglo-amerikanischen Armeen vereinigten sich am 11. September bei Dijon. Die deutsche Wehrmacht in Südfrankreich war damit isoliert, und Frankreich Anfang September 1944 für die Deutschen so gut wie verloren.

Auch im Osten erlitten die Deutschen schwere Gebietsverluste, nachdem die Russen ihre Offensiven an allen Fronten eröffnet hatten. Finnland verkündete am 4. September das Ende aller Kampfhandlungen an der finnisch-sowjetischen Front und handelte zum 19. September einen Waffenstillstand mit der Sowjetunion aus. Am Südabschnitt der Ostfront hatte Rumänien nach dem Sturz Antonescus am 25. August die Seite gewechselt und war in den Krieg gegen Deutschland eingetreten. Die bulgarische Grenze wurde am 5. September von russischen Truppen überschritten, so daß nach der von Hitler schon im August befohlenen Räumung der Ägäischen Inseln nun auch mit dem Rückzug vom griechischen Festland begonnen werden mußte, weil sonst den deutschen Truppen hier ein gleiches Schicksal drohte wie den in Südfrankreich abgeschnittenen Verbänden. Von Norden her waren diese Einheiten zusätzlich von Titos mächtigen Partisanenformationen bedroht, die mit den am 6. September die serbische Grenze erreichenden Truppen der Roten Armee Verbindung aufnahmen. Verglichen mit diesen riesigen Geländegewinnen der Alliierten konnten die britischen und amerikanischen Aktivitäten in Italien getrost als erfolglos angesehen werden.

Die deutsche Wochenschau hingegen blies die Bilder scherzender Offiziere, hinter der Goten-Linie winkender Lombarden und zurückgelassenen US-Kriegsgeräts zu einer stabilen, kriegsentscheidenden Front auf. Der selbstverantwortlich handelnde General Kesselring hatte nahezu freie Hand, er durfte frisches Geld, neue Kampfbomber und frische Truppen anfordern, wann immer es den Propagandanachrichten diente.

Churchills Strategie, die alliierten Kräfte in Süditalien einerseits so lange wie möglich zu binden, um zunächst für stabile Verhältnisse in Rom zu sorgen und von den Sowjets vollkommen unabhängig zu werden, den Partisanen aber andererseits immer aufs neue bevorstehende Großoffensiven zu signalisieren und sie zum Kampf aufzufordern, führte dazu, daß die Vertreter der sechs antifaschistischen Parteien, die sich immerhin schon am 9. September 1943, sofort nach der Flucht des Königs, zum Komitee der nationalen Befreiung vereinigt hatten, erst nach der Befreiung Roms am 4. Juni 1944 eine Regierung der Nationalen Einheit bilden konnten. Da aber die Goten-Linie selbst für einheimische Emissäre immer undurchlässiger geworden war, wurde parallel zum nationalen Befreiungskomitee in Rom eine zusätzliche Sektion dieses Komitees für Oberitalien gebildet, die in Mailand stationiert war und selbständig entscheiden konnte.

Sich auf zaghafte Kontakte der Wehrmacht einzulassen, wurde den von den Deutschen militärisch zeitweilig überschätzten Partisanenverbänden nur unter bestimmten Auflagen seitens der Engländer gestattet: Nur Partisanen, die entweder selbst höhere Offiziere des italienischen Heeres gewesen waren, oder Priester durften sich auf derartige Kontakte einlassen. Ein solcher, lokal hochgeachteter Kirchenvertreter war zum Beispiel Don Luigi Pillanda, der die antikommunistische Richtung der von ihm vertretenen Partisanen, der grünen, patriotischen Formationen Suprati Di Dios den

Deutschen gegenüber immer wieder betonte. Aus einem Bericht des faschistischen Kommissars für das Piemont, Paolo Zerbino, geht hervor, daß bei den Deutschen eine leise Hoffnung aufkeimte, sich an den extremen Kräften der Faschisten und der Garibaldini vorbei mit den konservativen Partisanen einigen zu können, eine Tatsache, die in den Notizen des britischen Generals Alexander und in Gesprächen Churchills wohlwollende Erwähnung fand.

Seit Anfang des Jahres hatte der Guerillakampf fünfzehn deutsche Divisionen gebunden. Nunmehr, mit den befreiten Zonen, mußten die Deutschen ständig zusätzliche Reserven zur Isolierung dieser feindlichen Gebiete im Hinterland bereit halten. Darin lagen für die Partisanen aber auch Risiken. Zwar war lange schon an die spätere Befreiung ganzer Regionen gedacht worden, und schon im Frühling hatte es in den Nordapenninen kleinere Befreiungsversuche von der Dauer weniger Tage gegeben. Aber nur unter der Voraussetzung eines gemeinsam abgestimmten Partisanenkommandos konnten solche Unternehmen dauerhaft gelingen, ohne blutig niedergeschlagen zu werden.

Seit dem 4. Juni, dem Tag der Abdankung von Vittorio Emanuele III., dem Eintritt Togliattis in die Badoglio-Regierung und kurz darauf in die Regierung des Linksliberalen Ivanoe Bonomi, hatten sich die Vorbehalte seitens der Führung aller Befreiungskomitees gegen die Partisanenkommandanten mit den roten Halstüchern zwar verringert, aber an eine einheitliche Bewegung war noch längst nicht zu denken. Monarchisten und Aktionisten mißtrauten einander, in ihren Vorbehalten gegenüber den zahlenmäßig überlegenen Kommunisten waren sie hingegen einer Meinung.

Angesichts der fortbestehenden Spaltung in Strömungen und Kampfverbände schien auch den Kommunisten die Befreiung größerer Zonen zu gewagt. Wie konnte risikomindernd geplant werden, wenn einzelne Partisanenverbände nur für sich handelten? Wenn sie sich gegenseitig mit waghalsigen Sprengungen und Überfällen eine Art Wettbewerb der Kühnheit lieferten, konzeptionslos und die Stabskarte stolz ignorierend?

Am August 1944 kam es zur Unterzeichnung eines Abkommens zwischen den Partisanenkommandos und dem deutschen Kommandanten Dr. Kraushaar. Eine Zone wurde errichtet, die westlich von Verbánia bis zum Simplon und von dort bis nach San Bartolomeo, dem Schweizer Zollpunkt Brissago, reichte. Nach außen und gegenüber den Deutschen war diese Zone als neutral bezeichnet worden, aber diejenigen in der Partisanenführung, die sie gegen die Radikalen verteidigten, nannten sie die befreite Zone.

An dieser Konvention beteiligten sich die kommunistischen Garibaldini und Suprati nicht, und diese Verweigerung erfolgte in Abstimmung mit dem C.V.L., der noch einmal die Weisung erteilte, nicht mit dem Feind zu kollaborieren.

Auf Fotos aus jenen Tagen sind Partisanen zu sehen, die, gleich regulären Grenzposten betont lässig, aber mißtrauisch bis in die Augenwinkel an zu Grenzsteinen aufgerichteten Felsbrocken vor Oggebbio und Mergozzo gelehnt, deutschen Soldaten nur wenige Meter gegenüberstehen. Finsterspielerisch wiegen sie die Läufe und Patronenhalterungen von Maschinenpistolen in den Händen. Auf Bildern, die nur wenige Stunden später entstanden, bieten Soldaten und Partisanen knurrend und mit verächtlich heruntergezogenen Mundwinkeln einander Zigaretten an. Mit der Korrektheit der deutschen Uniformen ist es vorbei, und mitunter zeichnet sich auf den Soldatengesichtern unter den Wehrmachtskäppis ein trauriges Lächeln aus schattenumrandeten, tiefliegenden Augenhöhlen ab, als wäre es nur noch eine lästige Pflicht, hier auf Grenzmarkierungen aufzupassen.

44

Renzo hatte auf dem Marktplatz von Mergozzo vor einer kleinen Menge gehöhnt, manche könnten ihren Schiß nur besiegen, wenn sie dem Feind schön nahe kämen. Das gebe es auch im Tierreich, die Identifikation mit dem Aggressor, nur hier geschähe es mit Hilfe von Afrika-Zigaretten.

Ein Partisan rief von hinten, mit solcherlei Reden würde Renzo die altbekannte Spaltung in den Widerstand bringen: »Das Abkommen mit den Deutschen bringt uns die Luft zur Reorganisation, die wir brauchen. Die Leute sehen, daß wir etwas zuwege gebracht haben, und du redest alles wieder schlecht!«

»Wer so ein Abkommen befürwortet, geht davon aus, daß wir irgendeinen Segen von oben brauchen, um noch breitere Mehrheiten herzustellen. Von oben, immer von oben ...« Renzo hatte beide Fäuste vor der Brust.

»Renzo«, meldete sich der andere wieder, »du unterstellst deinen Mitstreitern böse Absichten, Verrat. Alle, die nicht eure Linie vertreten, sind also Verräter. Das ist doch kein Umgang unter Antifaschisten, verstehst du!«

Renzo schüttelte den Kopf und zwang sich, leise weiterzusprechen: »Ich frage mich ... ob es eine Art Magnetismus der Macht gibt, der die Leute befällt, die lange unterdrückt worden sind. Daß der Kopf ausgeschaltet wird, oder nur nach Ausreden sucht, um endlich in die Nähe der Macht, des großen Magneten zu kommen ... wie ferngelenkt.« Weil ihn der andere noch einmal unterbrechen wollte, wurde er lauter: »Die Deutschen gehen unter, soviel steht fest. Ihre Macht kannst du noch spüren, aber sie hat ihre Kraft verloren, nicht aber ihre Gefährlichkeit ...«

Dann schrie der andere doch dazwischen: »Wir sind ferngelenkt, ja? Vom Magneten der Nazifascisti, he? Wer für das Abkommen ist, hat seinen Kopf ausgeschaltet? Was für ungeheuerliche Beschuldigungen du hier in die Reihen unserer gemeinsamen Sache bringst! Das ist unvorstellbar. Das kann gar nicht ausgesprochen werden!«

Einige der Zuhörer schüttelten den Kopf. Der andere verließ die Gruppe. Wieder ein anderer, der wie Renzo ein rotes Halstuch trug, raunte ihm zu: »Das war nicht gut. Jedenfalls zu kompliziert für die Leute. Das werden sie wieder ... jedenfalls herumtragen ... und verdrehn.«

Der Vertrag über die neutrale Zone war am 18. August ohne die Garibaldini ratifiziert worden. Am 30. August hatte die Mailänder Führung noch einmal die Weisung erteilte, nicht mit dem Feind zu verhandeln. Auch Suprati hatte den

Braten gerochen: Weil die Kommunisten das Abkommen so klar ablehnten, könnte für den Fall allzuviel Ruhm auf sie übergehen, wenn die Deutschen das Abkommen nur einmal brächen oder andere Verwicklungen aus ihm erwüchsen. Dann könnten die Kommunisten wieder als rechthaberisch Belehrende auftreten. Also unterschrieb auch er nicht und behielt sich in einer Protokollnotiz eigene Schritte vor.

Für Renzo kam das Abkommen nicht in Frage, weil es die Differenz zwischen punktuellen Nadelstichen und einer breitangelegten Offensive vernachlässigte: Die Logik des stehenden Heers, in großer Entfernung zu den anglo-amerikanischen Truppenverbänden, zielte objektiv auf gemeinsame Grenzen mit den Deutschen ab, was bei der geringsten Übertretung in eine größere Schlacht münden würde.

Das Prinzip Partisan war dagegen die dem uneinheitlichen Bewußtsein und den folkloristischen Aufspaltungen der aus verschiedenen Regionen, Klassen und Richtungen stammenden Partisanen angemessene Form des Nebeneinanders geblieben, ohne Hierarchie, äußere Formierung und Fixierung auf einen statischen Frontverlauf.

Daß die Engländer das Teilabkommen widerwillig zu tolerieren schienen, mochte daran gelegen haben, daß sie ihm keine lange Lebensdauer beimaßen. Solange sich die verhaßten Kommunisten nicht in diesem Vertrag fangen ließen, setzten sie auf Supratis Strategie, sich nicht durch Zustimmung zu diskreditieren, aber die neutralen Zonen dennoch geschickt zu nutzen. Denn solche Regionen kamen ihnen insofern gelegen, als daß die Massierung der Partisanen ein ständiges Pulverfaß darstellte, das beim kleinsten Funken im Rücken der Deutschen explodieren konnte und deren Kräfte von jenen Fontabschnitten abziehen würde, wo die ersten Angriffsziele der Alliierten lagen. Daß die kommunistischen Rebellen bei solchen Vertragsbrüchen dann zu den ersten Gegnern der Deutschen würden, daran bestand in der britischen Zentrale von Locarno nicht der geringste Zweifel.

Die Kampftaktik orientierte sich jetzt mehr und mehr direkt auf die bewaldeten Abhänge zwischen Mergozzo und Braccio. Wenn Deutsche angekündigt waren, zogen sich die Partisanen nicht mehr automatisch hoch in die Berge zurück. Sie gingen ein paar Meter zur Seite und deckten sich mit Blättern und Ästen zu. Wenn die Deutschen mit Hunden kamen, benutzten sie spezielle Verstecke in Hohlräumen alter Kirchen und in Kellern, ihre Spuren wurden von Helfern mit Kuhmist überstrichen. Zusammen mit solchen Rückzugsvarianten, die eine schnellere Rückkehr ins Tal ermöglichten, verbreitete sich nun auch eine gewisse Selbstsicherheit, die aus der Tatsache kam, daß ein deutscher Kommandant gezwungen worden war, seinen Stempel unter ein Dokument mit den vaterlandslosen Banditen zu setzen.

Die Kritik am Abkommen mit den Deutschen war zwar breit, und doch hatte dieses Abkommen auch den Kritikern die Heimat wieder nahe gebracht.

Mit dem Abkommen war das Ossola-Tal nun wirklich ihr Land geworden. Das sich in den Flüssen spiegelnde Schwarz der Wälder, der rote Himmel an Spätsommmerabenden, die blauen Pinien hinter dem Schilf, der laue Wind vom See, die sich an die weißbezuckerten Berge schmiegenden hellgrünen Wiesen, das war nun nicht mehr ein fremdgewordenes militärisches Gelände voll mißtrauischer Wachsamkeit.

Die sich zwischen scharfzackigen Felsbrocken in die Nebel hochschlängelnden einspurigen Fuhrwege, um die graugescheckte Steinhäuser, morsche Hütten, windschiefe Holzställe und knöcherne Kruzifixe ragten, bildeten die Adern im mattgrünen Fell des majestätischen Gebirges.

Renzos Lied wurde in den Dorfkneipen verstohlen gesummt und an den Lagerfeuern des Ossola-Tals frei gesungen. Auch aus der Emilia, von dort, wo es Renzo schon früher mit seinen allerersten Strophen gesungen hatte, und noch weiter aus dem Süden kamen immer neue Zeilen hinzu.

In den Wochen seiner erneuten Isoliertheit, nach langer Weigerung mit verlegen gespieltem Lächeln, hatte Renzo, animiert durch Marios rauhen Baß, wieder zur Mandoline gegriffen, die in Filippos Hütte unter dem Regal mit den rauchbraunen Steinkrügen und Tonbechern hing.

Das Lied »Bella ciao« hatte vier Strophen, die von Renzo stammten. Er sagte nur wenigen, daß er die Zudichtungen aus den anderen Tälern und Regionen weniger gelungen fand. In der Gruppe hätten sie ihm dieses Urteil sofort wieder als Eitelkeit ausgelegt.

Renzo hatte Angst, seinen Stolz zu zeigen, und doch hätte er Giuseppe, der ihm das Volk so oft als Maßstab vorhielt, gern einmal darauf aufmerksam gemacht, wie das Volk sein Lied aufgenommen hatte, wie verbreitet und beliebt es war – weit über das Ossola-Tal hinaus.

45

Anna hatte den kleinen Carlo Antonio in Tuch und Stoffriemen auf die Brust geschnallt. In ihren groben Schuhen, dem grauen Kleid und mit ihrer geschnitzten Spange, die das lange, krausgewordene Haar am Hinterkopf straff zusammenhielt, hatte sie nicht einen Gedanken an ihr Aussehen verschwendet. Als sie zufällig in den Spiegel sah, zog ein trauriges Lächeln über ihr Gesicht. Dann rieb sie sich die Wangen mit der Hand ein wenig rot.

Sie übertrieb nichts mehr. War ihre Traurigkeit so nachhaltig, weil auch sie zu denen gehört hatte, die das Gerücht von Renzos angeblichem Priestermord weitergetragen hatten? Aber an allem war Renzos Eitelkeit schuld. Und Giuseppe mit seiner ewigen Unentschlossenheit? Wie oft hatte er sich ihren Aufforderungen brummelnd und mit einem Blick zur Seite entzogen, die Deutschen aus Gravellona zu vertreiben, das Ossola-Tal frei zu machen von denen. Immer wartete Guiseppe ab, was andere sagten, entschied dann zusammen mit nur wenigen seiner Leute weit hinter ihrem Rücken. So bildete er das Zentrum des Stillstands.

In den letzten Wochen hatte sie ihn wieder und wieder mit Renzo verglichen. Der war zwar in offene Fallen gelaufen und hatte sich isoliert, am Ende war er immer wieder aufgestanden und in den Kreis der Kämpfer zurückgekehrt. Renzo glich inzwischen einem Bild mit verbotenen Farben, rot blinkenden Sternen in jenem Dunkel, das vor so langer Zeit um ihre Augen gewesen war, wenn sie seinen Kopf in ihren Schoß gepreßt hatte. Damals schon war Giuseppe der Mann und Renzo ein Herr.

Renzo ahnte von Annas Grübeleien nichts, er lag schlafend am Seeufer, wo er als Junge mit Attila, Anna und anderen Schulfreunden gespielt hatte. Ein fernes Singen, das er irgendwoher kannte, weckte ihn. Er kam nicht mehr dazu, Hemd und Hose zu richten, immer mußte zuerst das Hemd über den mißgestalteten Rücken gehängt werden, Handgriffe, auf die er seit seiner Kindheit programmiert war.

»Ciao«, grüßte ihn Anna mit einer Heiterkeit, die ihn verblüffte.

Renzo lächelte den Kleinen auf Annas Arm an. Er kannte den Namen des Kindes, vermied aber, ihn auszusprechen.

»Ja, ein lieber Kleiner«, sagte Anna. »Der Plagegeist heißt Carlo Antonio«.

»Und wer hat den Namen ausgesucht, Giuseppe oder du?«

»Warum fragst du nicht, wer Carlo und wer Antonio ist? Warum umgehst du die Frage, du bist doch sonst nicht so indirekt?« Anna ging aufs Ganze. Sie wollte keine Zeit verlieren. Alle ihre Wärme war so lange Zeit nur auf das Bündel vor ihrer Brust gerichtet gewesen. »Willst du ihn einmal halten?« Annas Augen flammten ihn an.

»Wenn du mir die Gebrauchsanweisung mitlieferst? Ich habe gehört, das Genick ist in diesem Alter noch zu weich, und man muß es stützen.«

»Ach was, stell dich nicht so an, nimm ihn einfach, und wenn du ihm eine Freude machen willst, wiege ihn hin und her und singe für ihn.« Renzo tat unbeholfen, als er ihn anfaßte, und blickte scheu zwischen Anna und dem Kind hin und her. Aber das Kind begann fröhlich zu krähen, und Renzo, erstaunt und wie von Zauberhand berührt, stammelte ganz ohne Bitterkeit und Ironie, das Kind sei ja wirklich ein lieber Kerl.

Anna lächelte stolz. Dann atmete sie tief ein und sagte: »Es ist deiner.«

Der Satz traf Renzo ins Herz wie ein Pfeil. Er schloß die Augen wie vor Schmerz. Groß öffneten sie sich wieder nach einem Windzug, der die Haare des Kleinen an seinen Hals wehte. Er blickte über den See, als er sie fragte, ob sie sich ganz sicher sei. Heilig und heiter nickte sie. Er wollte sie umarmen. Er wollte jauchzen, sich hinlegen, vergnügt in den

See rollen, den Bergen zurufen: »Ich habe einen Sohn, einen kleinen lachenden Sohn.« Vorsichtig tastete er nach einer Verwachsung, was nun wirklich kindisch war. Nie hatte er einen so schönen, gleichmäßig gewachsenen Kinderrücken gespürt wie den seines Sohnes Carlo Antonio Rizzi.

»Und Giuseppe?« brachte er hervor.

»Giuseppe, Giuseppe ...« Anna zuckte fragend die Schultern. »Giuseppe ist mein Mann, also ist es unser Sohn, oder wie sonst stellst du dir das vor?«

Der Ball war zurückgespielt, hätte ein Angebot sein können, wenn nicht alles so unnormal gewesen wäre, so ausgelassen, daß kein Grübeln dazwischen kam. »Es ist unser aller Sohn, Karl Marx, Antonio Gramsci, Giuseppe ...«, rief er.

»Vergiß mich nicht dabei«, flüsterte Anna in einem Anflug zärtlicher Ironie.

»Wer kann dich vergessen? Ich nicht. Du bist Anna, das Tal, die Berge, der See!« Renzo war ausgelassen, er vergaß alle Rücksichten, sowohl auf Anna als auch auf sich selbst. Und sie hatte Gemeinsames mit ihm, das nicht ihm gehörte.

»Renzo, du sollst die Wahrheit kennen. Du kennst sie, und ich auch. Sonst wird sie niemand erfahren. Von dir nicht und nicht von mir. Das, bitte, versprich mir, und versprich es vor allen Dingen diesem Kind. Nichts ist so wichtig, daß es diesem Kind Schwierigkeiten machen darf, in diesen Zeiten. Das müssen wir beide verstehen und vernünftig sein.«

Renzo spürte den Schlag erst Sekunden später. Es war ein einmaliger Besuch, der Kleine war ihm geliehen auf Minuten, danach würde alles wieder so bitter sein wie vorher, die Zeit des Unverstandenseins, allein durch diese Begegnung unterbrochen. Er wußte alles, was sie ihm noch sagen wollte, und ließ es nicht dazu kommen. Er wollte Anna vor allem keine Tränen zeigen, lief ein paar Schritte mit dem Kleinen ins Schilf, preßte dessen kleine, weiße Brust an seine Wange, sah den See wie einen großen schwarzen Grind, an dessen entzündetem Rand die ersten Abendlichter strahlten. Wortlos gab er ihr das Kind zurück. »Ciao Anna.«

Als sie ein paar Schritte gegangen war, sagte er noch, daß er sie liebe. Das war alles. Anna ahnte, wie sie ihn zurückließ.

Stunden später noch spürte er das Haar des Kindes an seiner Wange, den ebenen Rücken, die rudernden kleinen Beinchen und das fröhliche Krähen. Dann schob er die Erinnerung weg, weit fort von sich, ganz vernünftig, und doch kam sie wieder, als er die Ungleichzeitigkeit der Weltgesellschaft zu durchdenken versuchte, die, wenn schon hier nicht überbrückbar, dann erst recht die Völker entzweien mußte.

Was hatte es denn gebracht, ein gemeinsames Oberkommando aller Partisanenverbände gegründet zu haben, ein Corps der Freiwilligen der Freiheit? Es blieb doch alles zersplittert und zerklüftet.

Arca und Pippo Frassati hatten sich von Suprati getrennt, auf den sich zu einigen selbst für die Kommunisten Überwindung bedeutet hatte. Aber immerhin: Kommunisten durften mitkämpfen – Dabeisein war alles. Und aus dem raschelnden Schilf, das der Nachtwind mit einer leichten Gebärde sich beugen und wiederaufrichten macht, drang ein fröhliches Kinderlachen, das er nicht mehr vergessen konnte.

46

Zwei Tage später begann die erste Etappe der Befreiung des Ossola-Tals, die für den 15. August geplant war, zeitgleich mit der Landung der Alliierten in Südfrankreich und der Befreiung von Florenz. Aber so beherzt die Aktionen auch durchgeführt wurden, eine wirkliche Bündelung der verschiedenen Kräfte blieb aus. Die Sprengung der Bahnlinie bei Mergozzo, bei der Renzo selbst ein Kommando leitete, wurde zur Legende. Der Strom war ausgefallen, und die Deutschen konnten tagelang keine Rüstungsgüter nach Mailand schaffen. Größere Mengen Holz und Holzkohle, die sonst in die Kriegsmaschinerie der Salò-Republik gelangt wären, wurden der Bevölkerung zugeteilt. Zwangsrekrutierte Georgier und Tschechoslowaken desertierten und schlossen sich den Partisanen an. Renzos Einheit war auch an den Angriffen der Garibaldini beteiligt, bei denen Baceno im Valle Antigorio sowie die stabilsten Wehrmachtsstellungen im nördlichen Piemont erobert wurden. Deutsche Soldaten wurden in die Schweiz abgeschoben, worüber manche der Betroffenen nicht traurig waren. Mit der darauffolgenden Einnahme der Kommandostellungen bei Iselle Varzo und Crevola d'Ossola, befand sich praktisch das gesamte Gebiet nördlich von Domodossola unter Kontrolle der Partisanen. Und obwohl Renzo Anteil an diesen Erfolgen hatte, hielt sich hartnäckig die Nachrede über ihn, ein Zauderer zu sein und ein wenig windig.

Der Partisanenverband der Piave versuchte zwei Angriffe auf das stärkste deutsche Militärzentrum in Cannobio, wo die Deutschen am 31. August endlich die Waffen streckten. Zwar wurden die meisten in die Schweiz verbracht, sie konnten aber auch diesmal ihre Waffen behalten, und ein kleiner Teil von ihnen blieb unbewaffnet in Cannobio, andere kamen, ebenfalls in voller Bewaffnung, nach Gravellona.

Am 5. und 6. September wurde die Orte Finero und Malesco in den Bergen besetzt, und der Weg ins Vigezzo-Tal wurde frei. Als am 9. September auch Masera eingenommen und der Süden Domodossolas von Partisanen überrannt wurde, waren die Verbindungen der Faschisten im Ort nach außen unterbrochen. Der antifaschistische Widerstand war nur noch wenige hundert Meter von der einzigen, noch funktionierenden deutschen Zentrale entfernt.

Ein paar Tage vor diesen Aktionen hatte Attila alle Bürgermeister der Provinz noch in einem dringenden Tagesbefehl angewiesen, die Region mit allen faschistischen Familien und den zur Verfügung stehenden Jagdgewehren und Kleinfeuerwaffen zu verteidigen. Er drohte den Gemeinden beim geringsten Zurückweichen mit Unterbrechung der Lebensmittelversorgung. Aber es nutzte alles nichts.

Wieder einmal saß er in seinem Fiat, wollte die Deutschen in Como dazu bewegen, erneut größere Truppeneinheiten, die schon so erfolgreich bei der Säuberung mitgewirkt hatten, aus dem Süden hochzubeordern. Aber bis zum 9. September bekam er Kraushaar nicht zu Gesicht. Dann erst kehrte der deutsche Kommandant von den erfolgreichen Verhandlungen mit Suprati, in denen es um freies Geleit für seine Truppen gegangen war, nach Domodossola zurück. Zu den Bestandteilen auch dieser Vereinbarung gehörte es, deutsche Waffen nichtitalienischen Ursprungs und geringe Munitionsbestände mitnehmen zu dürfen.

Am gleichen Tag, dem 9. September, zwei Uhr nachts, sollten die nötigen sozialen Aufgaben in Domodossola, darunter die Versorgung der Verwundeten, von den Partisanen übernommen werden. Die Deutschen konnten wahlweise entweder in die Schweiz gehen oder in ihre nicht einnehmbare Festung Gravellona abziehen. Ungefähr tausend deutsche Soldaten waren Nutznießer dieser Vereinbarung.

Attila und Renzo, zwei frühere Jugendfreunde, konnten nur mit äußerster Beherrschung über diese Vereinbarung sprechen.

»Rot gleich braun«, Pater Giovanni legte seine Stirn in melancholische Falten, »ein unverbesserlicher Faschist und der rote Träumer, beide hetzen gleichermaßen fanatisch gegen den ausgehandelten Mittelweg.« Der Kirchenmann hatte sich in den letzten zwanzig Jahren stets mit den politischen Winden gewendet, und durch Suprati war er als Kommissar für das Erziehungswesen ins Spiel um die neue Macht gebracht worden.

Anfang September unterzeichneten die Mehrheit der Partisanen-Kommandanten und der deutsche Kommandant Kraushaar die Konvention von Omegna. In ihr wurden den Partisanen in der Region feste Gebiete zugeteilt. Im Gegenzug ließen Suprati und Giuseppe den Deutschen auf deren Zusage hin, in den Kasernen zu bleiben, ihre Waffen. Einem ungestörten, geregelten Abzug der Deutschen ohne ihre Waffen würde auch der C.V.L. zustimmen, betonte Renzo in der Beratung mit Giuseppes Mitkämpfern immer wieder. Wenn man ihnen die Waffen allerdings ließe, würde für die befreiten Zonen ein viel zu hoher Preis gezahlt.

Anna betrat das große Zimmer, in dem sechs Männer saßen. Renzo hämmerte gerade hart mit der Faust auf die Tischplatte und sagte: »Ihr glaubt wirklich, die Engländer halten ihre Zusage, landen hier mit Flugzeugen, nehmen den Deutschen die Waffen ab und übergeben uns das Tal? Das ist doch ... einfach kindisch!«

Anna sprach ihn von hinten leise an: »Und du würdest wohl lieber wieder in die Berge ziehen und dich verstecken?«

Renzo fuhr aufgebracht herum: »So kann nur jemand reden, der nie einen Blick auf die Landkarte geworfen hat.«

Die Männer begannen zu murren, Giuseppes Blick wurde finster: »Anna kennt die Karte genauso gut wie du. Außerdem liest sie den Combattente, und da steht schwarz auf weiß, daß es ausgerechnet deine griechischen Genossen sind, die uns allen hier vormachen, wie aus Bergen herabgestiegen wird, wie neues Gebiet befreit und wie ein befreites Gebiet befestigt wird – egal, was die Briten wollen.«

»Wenn sie die Karte wirklich studiert hätte, dann wäre ihr vielleicht aufgefallen, daß die Deutschen durch das Abkommen ihre stärksten Kräfte in den Süden verlegen durften und hier in ihren verbarrikadierten Kasernen von Cannobio, Gravellona und Intra nur darauf lauern, daß wir in aller Öffentlichkeit zur Parade antreten.«

»Wir gehen in eine qualitativ neue Phase unseres Kampfes über«, rief Anna, »es geht um den Aufbau eines revolutionären Staates.«

»Die befreiten Zonen sind nicht besonders revolutionär. Wenn ihr einen neuen Staat wollt, wozu braucht ihr die offizielle Anerkennung von außen?«

»Wir brauchen offizielle Grenzen«, sagte Giuseppe.

»Und dafür nehmt ihr die Bewegung aus dem Widerstand?«

Mario versuchte mit etwas Theorie zu vermitteln: »Renzo, du hast vielleicht einen etwas älteren Staatsbegriff. Aber ein deutscher sozialistischer Theoretiker, der einstmals in unseren Seminaren rauf- und runtergebetet wurde, hat gesagt, Sozialismus sei nicht Aufhebung, sondern Veredelung des Staates. Und: Der Arbeiter käme dem Sozialismus um so näher, je näher er dem Staat sei. – Ich kann das heute noch auswendig.«

»Das ist ja gerade der Wahnsinn. Der Arbeiter meint, dem Sozialismus nahe zu sein. Aber in Wirklichkeit ist der bestehende Staat ihm nahe, und den übernimmt er in sein Hirn.

Mit Geburtsschein, Einschulung, Hierarchie, Prämien, mit allem. Wer erkennt denn jetzt unseren Staat, unsere Grenzen an?«

»Die Welt. Lies die freie Presse Europas!«

»Unsinn. Die Nazifaschisten haben den Vertrag geschlossen, das erkennt die Weltpresse an. Ihr habt euch in das Bestehende eingenistet, man hat euch etwas Platz gemacht. Im Bestehenden! Und das nennst du neu? Und das Bestehende hat uns bei sich anerkannt.«

»Das ist mir zu lyrisch«, schimpfte Giuseppe, »wir werden Witzfiguren, wenn wir uns wieder verkriechen und den Leuten zuflüstern: Wartet nur ab, bald kommen unsere amerikanischen Befreier herangezogen ...«

»Du vergißt, daß ihr, um die Region zu befreien, einen Vertrag mit unserem Feind schließen mußtet, der ihm die Chance gegeben hat, frische Kräfte an die Hauptfront zu verlagern. Und außerdem denen hier ihre Waffen zu lassen, das ist sein Spiel, das ihr spielt ...«

»Mäßige deine Zunge!« sagte Anna mit Hohn in der Stimme.

»Es ist sogar noch schlimmer: Das hier ist das Spiel der Deutschen und der Amerikaner. Denn der Witz, die Witzfiguren werden wir dann sein, wenn die Leute wütend auf uns werden, weil wir ihnen kein Getreide besorgen können. Dann werden wir hier verbraucht sein, und dann kommen die Deutschen zurück! Aus Gravellona und vom Süden her, und die werden den Amerikanern nicht mehr gegenüber stehen. Dann sehe ich dich vertrauensvoll mit der Unterschrift von Kraushaar wedeln. Klar, dann verschonen sie dich!« Zu spät sah er die Tränen in Annas Augen.

Giuseppe stand auf: »Renzo, ich bitte dich, uns zu verlassen. Das ist hier nicht die Zeit für solche Unterstellungen. Ich würde nie sagen, daß du das Spiel des Feindes spielst ...«

»Ich habe auch dem Feind nie die Waffen gelassen!« Renzo konnte einfach nicht gehen ohne das letzte Wort. Mit seinem Fahrrad, das er vor ein paar Tagen in einem deutschen Quartier requiriert hatte, fuhr er zu Mario, mit dem er bis zum Morgengrauen sprach, litt, trank und zur Mandoline sang.

47

War Attila auf der einen Seite überzeugt davon, daß die Wehrmacht gegenwärtig an der Goten-Linie alle Hände voll zu tun hatte, kombinierte Renzo auf der anderen Seite, daß es nur eine Frage der Zeit war, wann die Deutschen militärisch wieder die Herren der Lage im Ossola-Tal wären. Würde die Goten-Linie halten, hätten sie die Möglichkeit, in einer Verschnaufpause ein paar tausend Mann mit leichtem Gerät hier hochzuschicken. Würde sie fallen, würden ohnehin größere Verbände feindlicher Soldaten in den Norden einziehen. Beide, Attila und Renzo, waren zum gleichen Ergebnis gelangt: Die im Tal öffentlich auftrumpfende Partisanen-Regierung konnte nur ein Zwischenspiel bleiben.

Noch war den Partisanenführern die offene Schlacht um Domodossola ein zu hohes Risiko, aber das Tal atmete etwas von den Freiheitsgerüchten aus der offenen Stadt Rom.

Attila schrieb an Mussolini, daß, hätten sich die Deutschen nicht der eigentlichen Aufgabe verweigert, das Tal nicht in Anarchie verfallen wäre, bis Verstärkung aus Turin ankommen würde. Seit die Deutschen den Geheimplan E 27 abgefangen hatten, in dem als Zentrum der feindlichen Widerstands-Strategie die Befreiung dieser Stadt festgelegt war, bildete das ständige Hin und Her ihrer Truppen ein Wagnis mit hohem Einsatz. Attila war es gleichgültig, welcher Partisanenformation von den Deutschen erbeutete Waffen in die Hände gefallen waren. Der Duce haßte die blauen Britenfreunde mittlerweile mehr als die Roten. Die Wehrmachtsführung hingegen tauschte überwiegend nur dort Männer gegen Waffen, wo die Garibaldini danach möglichst keinen Zugriff darauf haben würden. Bis zuallerletzt hatte ein Teil der Deutschen geheime Kontakte zu den Briten, belächelte die Traumgespinste Mussolinis, der immer mit bedeutungsvoll heruntergezogenen Mundwinkeln geschwiegen hatte, wenn er gefragt wurde, auf welchen konspirativen Wegen er dem C.L.N.A.I. eine sozialistische und antiamerikanische Front angeboten hatte. Die oberitalienische Wehrmachtsführung baute insgeheim zunehmend auf den antisowjetischen Grundkonsens mit Churchill.

Am 10. September zogen Hunderte von Partisanen in Domodossola ein und wurden von vielen Tausend Menschen begeistert empfangen. Die mit den roten Halstüchern fuhren am Ende des Zugs, so war es vorher festgelegt worden.

Renzo, im Beiwagen eines Motorrades, war erstaunt darüber, daß einzelne Menschen ihn sogar beim Namen riefen, als habe es die Vorkommnisse von Oggebbio nie gegeben. Am Abend waren die Kommandanten im Rathaus von Domodossola zur ersten Leitungssitzung verabredet, zu der Professor Tibaldi aus Lugano erwartet wurde. Der Sozialist hatte gleich nach Verkündung des Waffenstillstands zwischen Italien und den Alliierten am 8. September 1943 als damaliger Direktor des Krankenhauses von Domodossola eine Widerstandsgruppe aus zwei Kommunisten, vier Christdemokraten und drei Parteilosen gebildet. Natürlich hatten ihre Koordinationsbemühungen mit dem verfrühten Aufstand von Villadossola und der Niederlage von Megolo am 13. Februar Rückschläge erlitten, zumal Tibaldis engster Freund Fabbri dabei erschossen worden war, Menotti in Mailand und die anderen in der Schweiz hatten untertauchen müssen. Aber als er von Suprati gefragt worden war, hatte Tibaldi nur wenige Stunden nachgedacht und dann zugestimmt, oberster Repräsentant der Ossola-Republik zu werden. Wenn auch unter einer Bedingung: daß dies nur provisorisch sei und zeitnah eine demokratische, geheime Präsidentenwahl abgehalten werden würde, zu der alle antideutschen Parteien ungehindert zugelassen sein müßten.

In ihrer Zuneigung zu diesem gebildeten und integren Arzt waren sich Anna, Giuseppe und Renzo einig, auch wenn die Autonomen darüber ins Schwärmen geraten waren, daß Tibaldi die Ossola-Republik in der britischen Presse sehr stark aufwerten würde.

Die zwei größten Brigaden lagen um Domodossola herum, bis in die Randbezirke hinein, im Städtchen selbst, an Straßenecken. Vor der Mittelschule und in den geräumten Stützpunkten der Wehrmacht und der SS campierten kleinere Partisaneneinheiten. Der Sitz des vereinigten Kommandos der Valtoce, der Piave, Val d'Ossola, Beltrami und der II. Garibaldi-Division war im Rathaus untergebracht.

Als Renzo das Rathaus betrat, war es fünf Uhr, Hitze brütete über den staubigen Gäßchen, und dreiundzwanzig der neuen Herren saßen am langen und schweren Tisch des Rathaussaals. Suprati hatte noch den Platz am Kopf inne, den er für Professor Tibaldi zu räumen ankündigte. Giacomo Roberti, einer der führenden Koordinatoren, skizzierte die Lage ohne Pathos und Euphorie. Es sei durchaus damit zu rechnen, daß die Deutschen sich mit der neuen provisorischen Situation nicht abfinden würden.

Di Dio beugte sich aus dem alten Stuhl nach vorn und widersprach sehr ruhig und gelassen in seinem tiefen, vertrauenerweckenden Baß: »Mir liegen logistisch unabweisbare Lageberichte vor, die – wenn sie nur im Detail genau gelesen werden – völlig unzweideutig sind und keinerlei Zweifel aufkommen lassen. Und zwar keinen Zweifel daran«, er nutzte die Pause, um mit den Mittelfingern seine buschigen Augenbrauen glattzustreichen, »daß ein Flugplatz bei Santa Maria und der Brückenkopf von Domodossola der Beginn eines Vorstoßes auf Mailand sein werden. Der alles entscheidende Angriff der Alliierten auf die Goten-Linie hat heute begonnen.« Er atmete tief durch, damit die am Tisch Sitzenden ungläubige Gesichter machen konnten. »Diese Offensive gegen die Goten-Linie konzentriert diesmal sämtliche«, er hob dozierend beide Zeigefinger, und sein Gesicht war jetzt von einem kameradschaftlich aufmunternden Grinsen erfüllt, »ich betone: sämtliche von Sizilien, Neapel, San Marino und Florenz heraufkommandierten Truppen, darunter die fünfte US- und die achte Britische Armee, zu einem Durchbruch.« Di Dios Stimme klang tief, fest und vertraut, als er auf die Mitte der Karte von Oberitalien an der Wand gegenüber deutete: »Genau in Lucca!« Er hielt inne, nickte den Männern reihum mit halbzugekniffenen Augen noch einmal zu, wie um sie alle zu kameradschaftlich Eingeweihten zu machen. Sein strenger Blick ging von Mann zu Mann und dabei jedem direkt in die Augen, um dann in einer ausholenden, schnellerwerdenden Bewegung seiner Handrückens über die schwarzlackierte Tischplatte zu streichen. »Ein Durchbruch, der die nazifascisti hinfort ...«, er hielt inne, nickte den Männern reihum mit halbzugekniffenen Augen noch einmal zu, »... hinfortwischen wird.« Er lehnte sich erleichtert in seinen Sessel zurück.

Beifälliges Klopfen folgte, in das sein Adjutant Boneta rief: »Jawohl, Leute, nun wird es ernst mit der Landebahn. Wenn die Katze zweimal im englischen Radio heult, muß alles fertig sein, dann geht es los!«

Und ausgerechnet Giuseppe, der neben Renzo saß, brummte, kaum hörbar für alle: »Wir sind nun ein Teil der Alliierten!«

Renzo wußte nicht, wie weit er gehen durfte, starrte nur auf seine gefalteten Hände, während er leise und unbewegt fragte, ob die Briten tatsächlich ihre gesamte achte Armee nach Lucca verlegt hätten.

Die Runde im Rathaus von Domodossola schien für einen Augenblick in vollkommener Wortlosigkeit zu erstarren. Gutmütig blickte Di Dio zu dem Störenfried hinüber. Da faßte sich auch Roberti wieder ein Herz: »Es ist ein Vabanque-Spiel, das müssen wir nur alle wissen!« Der Vorstoß der beiden Garibaldini versandete im Gemurre der anderen.

»Was soll denn das?« fragte Giuseppe. »Domodossola ist befreit, und wer A sagt, muß auch B sagen. Und B – das ist das ganze Tal. Das sind die klaren Fakten, an denen niemand vorbeikommt. Deine Fragen schaffen nur Verwirrung bei den Massen. Geh raus auf den Balkon ...«, er wies mit der Linken in Richtung Marktplatz, »sie werden nicht verstehen, daß ausgerechnet jemand von uns solche Zweifel an der Befreiung hat!«

Der Beifall war ihm sicher, aber Renzo hatte sich nun vorgenommen, auszusprechen, was er dachte. Wenn nicht hier, wenn nicht jetzt, wann und wo sonst? »Es ist nicht die Frage, ob. Es ist die Frage, wie fest und wie weit um die Stadt herum wir die Republik errichten. Ob wir allein auf die Engländer bauen, oder ob wir uns nicht doch eine Alternative offenhalten müssen.«

Wieder kam Murren auf, und Suprati ergriff das Wort: »Weißt du, wie die Normannen neues Land erobert haben?

Sie haben ihre Heimatdörfer zuvor stets abgebrannt. Wir lassen uns auf etwas Welthistorisches ein, die Menschen hier nach zwanzig Jahren Faschismus in die Freiheit zu führen, und du willst ihnen gleich den Rückweg liefern?« Erneut Beifall, und Suprati rieb sich vergnügt das Kinn.

Renzo hatte die Fingerspitzen seiner Hände nachdenklich aneinandergelegt und die Augen geschlossen: »Vom Ende her gesehen, und ich meine, man muß eine politische Sache immer zunächst mal vom Ende her sehen ...«

»Warum vom Ende? Wenn wir gerade am Anfang sind?!« triumphierte Suprati unter allgemeinem Gelächter dazwischen.

»Weil, verdammt noch mal, alle politischen Dinge endlich sind!«

»Wenn du so willst, dann halten auch die Dinge der Natur nicht ewig!« brummte Giuseppe, und Renzos Augen funkelten ihn dafür in stummer Wut an.

»Diese Republik hier im Ossola-Tal ist aber, vom Ende her betrachtet, besonders endlich. Entweder ...«

»Du willst sie noch endlicher machen, sagen wir es doch mal so!« Roberti beugte sich nun zu Renzo als wolle er flüstern, sagte dann aber doch gut vernehmbar: »Ich denke, du verhedderst dich gerade, laß es, vielleicht ist es besser, wenn deine Zweifel jetzt zurückgestellt werden.«

»Nein!« Renzo kannte diese Situation, in der ihn alle für einen Exaltierten hielten. Er stand auf, blickte nun alle an, wie es Di Dio getan hatte, erreichte aber weder die Festigkeit des Blicks noch die Tiefe seiner Stimme, und auch die krumme Schulter, über die er mehrfach hastig das Hemd zu schlingen versuchte, stand seinem Charisma im Wege: »Entweder die Engländer kassieren die Stadt direkt, oder die Deutschen tun es vorher. Wenn ihr noch einmal herhören würdet, du auch, Suprati ...« Der wandte sich gemächlich von seinem Nachbarn ab. »Den Traum, ein Schweizer Kanton zu werden, wird ja wohl keiner mehr ernsthaft erörtern wollen. Wenn aber die Deutschen zurückkommen, wenn den Briten mit ihrer achten Armee irgend etwas dazwischenkommt, dann wird diese Partisanenrepublik wieder in eine Partisanenbewegung übergehen. Und was ist dann mit den Ossolanern? Suprati, es kommt nicht so sehr darauf an, ob du die Ossolaner in die Freiheit führst, sondern darauf, daß du Verantwortung für die Folgen übernimmst.«

In Di Dios Augen spielte ein Schmunzeln, Suprati kratzte sich theatralisch am Hinterkopf, um vollständiges Unverständnis zu demonstrieren, aber immerhin war Ruhe eingetreten. »Du willst mich nicht verstehen, Suprati, ja? Wir sind ein Provisorium, und wir werden improvisieren müssen. Und es ist gut, die Leute hier ehrlich darauf vorzubereiten, daß es so nicht zehn Jahre lang bleiben wird. Wir sind nicht am Beginn einer Revolution. Wir scharren höchstens die Startlöcher für die ersten Schritte der Demokratie! Und auf Rückschläge sollten wir dabei besser vorbereitet sein!«

»Selbstverständlich«, nickte Di Dios Adjutant Boneta, ohne allerdings irgendeinen Bezug auf Renzos Intervention zu nehmen. Er stülpte die Übereinstimmung aller anderen über die Zweifel des Einzelgängers. »So wie eben besprochen, muß es getan werden. Di Dio und Suprati entwerfen gerade ein Manifest an die Weltgemeinschaft, das die Befreiung Domodossolas als eine Aufforderung insbesondere an die Alliierten verstanden wissen wollte, bei Lucca die Goten-Linie zu durchbrechen, den Vormarsch nach Norden zu intensivieren, um hier zwischen Simplontunnel und Lago Maggiore eine weitere antideutsche Front im Piemont zu eröffnen. Renzo blieb der einzige, der dazu den Kopf schüttelte.

Nach der großen Sitzung trafen Renzo, Roberti und Giovanni ihre Genossen von der II. Garibaldi-Division vor dem Rathaus. Gemeinsam fuhren sie zu den anderen Garibaldini zurück, die südlich vor Domodossola Schlafstelle und Stützpunkt hatten, obwohl die meisten anderen Partisanenformationen in von den Deutschen geräumten Militärgebäuden innerhalb der Stadt stationiert worden waren. Renzo sagte lachend zu den anderen: »Suprati träumt von einem eigenen socialismo Ossolano.«

»Gramsci«, meinte Ferdinando Martina entschuldigend, »hat die Oktoberrevolution auch sehr doppeldeutig eine Revolution gegen Das Kapital genannt, weil nämlich Marx das Bauernrußland übersehen habe. Aber trotzdem ist dann, dem Marxschen Kapital folgend, in Rußland der Leninismus enstanden.«

»Improvisieren kannst du nur zu einer starken Melodie. Lenin hat zu der großen Musik von Marx und Engels improvisiert. Das zu einem Rezept zu erhöhen heißt das Großartige an diesem einen Provisorium zu übersehen. Aber welche Melodie spielt Suprati? Es ist nichts zu erkennen, er ist bloß ein kleiner Sammler!«

48

Domodossola war von einem auf den andern Tag und ohne einen einzigen Schuß zu einer freien Stadt geworden. Selbst die Nazizeitung »Das Reich« mußte anerkennen, daß in Domodossola Fakten geschaffen worden waren, die weitaus empfindlicher wirkten als mancher alliierte Angriff auf die Goten-Linie.

Noch am gleichen Tag wurde der Bau der beiden Luftlandeflächen in Angriff genommen. Teilweise wurden die Straßen nach Santa Maria sogar ausgebessert, um schweren alliierten Fahrzeugen den Weg zu erleichtern.

Zwei Tage nachdem Tibaldi eingetroffen war, saß Renzo abends mit Enrico Roberti vor der Polizeistation. Sie sprachen gerade davon, daß sich der Professor glücklicherweise eine ziemlich nüchterne Sicht auf die Republik bewahrt habe, als einer der zahlreichen aufgeregten Funksprüche aus dem Rathaus einging. Renzo sah, wie sich Robertis Züge verfinsterten. Wortlos starrte er auf den kleinen Aschenbecher, mit dem er leise Klopfbewegungen vollführte, die härter wurden und dann abbrachen. »Das ist doch nicht möglich, du hast mit Sicherheit eines der vielen Gerüchte aufgeschnappt. Gut, wir kommen rüber!« Er griff nach seiner Fliegerpistole und rief Renzo zu: »Schnell, wir müssen ins Rathaus, Suprati ist übergeschnappt!«

Suprati hatte sich nach dem Treffen tatsächlich eine höchst eigenwillige Auslegung ihres geinsamen Beschlusses erlaubt. Zwar nannte er das Manifest »Rota Provisoria di Domodossola«, hatte darin aber die Befugnisse weit über die

Stadt Domodossola auf die gesamte befreite Umgebung ausgedehnt. Plötzlich war aber das Manifest, das die Unterschrift nahezu aller Kommandanten trug, wieder vom Tisch gebracht und durch einen weiteren Entwurf ersetzt worden, in dem das Wort »provisorisch« fehlte. Und sowohl Suprati als auch Bonfantini, die diesen zweiten Entwurf stellvertretend für die anderen unterschrieben hatten, waren nirgends zu finden. Ohne demokratische Legitimation, ohne ausführliches Gespräch und ohne Beratung hatte Suprati Fakten geschaffen und eine regelrechte Regierung mit einer neuzuerrichtenden Regionalverwaltung eingesetzt. Obwohl die Garibaldini schäumten, die das undemokratische Vorgehen des selbstherrlichen Kommandanten verurteilten, mußten sie doch bald gute Miene zum bösen Spiel machen. Am späten Abend traten nämlich Tibaldi und das Komitee mit diesem Manifest auf den Rathausbalkon, und allgemeiner Jubel erhob sich.

Nun gab es kein Zurück mehr. Die »Giunta Provisoria Administrativa per la Città di Domodossola e Territori Liberati Circostanti« war nach ihrer Spontangeburt damit als neue Regierung aus der Taufe gehoben. Das gesamte Territorium wurde zum befreiten Gebiet erklärt, eine eigene Justizverwaltung, ein eigenes Schulwesen, ein neues Steuersystem versprochen und damit ein Arbeitsprogramm, zu dem sich die nüchternen unter den Befreiern schon am ersten Tag nicht in der Lage sahen.

Es hat in Italien andere, wenn auch kleinere Republiken gegen Mussolini und Hitler gegeben. Die befreite Zone von Carnia etwa. Hier waren über ein kommunales C.L.N. sämtliche Organe geschaffen worden, von unten emporgewachsen und nicht von oben befohlen. Die wichtigste befreite Zone, nämlich Ossola, war in umgekehrter Richtung entstanden.

Die einander widersprechenden Gerüchte verbreiteten sich eines nach dem anderen in den Gängen des von Menschen wimmelnden Rathauses, in dem man zwischen all den ausgelassenen Tänzen, Gesänge und den lauten Streitereien der neuen Herren kaum einen klaren Gedanken fassen konnte.

Als Tibaldi eintraf, stand nur fest, daß er der Chef des neuen Regierenden Präsidiums geworden war. Für alle anderen Ressorts und ihre Verteilung wurden jeweils mindestens zwei, drei oder gar vier alternative Besetzungen gehandelt.

Roberti wurde der Chef des Polizeiwesens, damit war den Kommunisten entsprechend ihrer militärischen Stärke indiskutabel wenig angeboten worden. Zum erstenmal in der Geschichte Italiens wurde mit Gisella Floreanini, die die Verbindung zu den Massenorganisationen und den sozialen Fürsorgeeinrichtungen schaffen sollte, eine Frau mit Regierungsverantwortung betraut.

Am 11. September nahm die Giunta ihre Arbeit auf, immer zerrissen von der Spannung, einerseits provisorisch zu sein und andererseits feststehende und verbindliche Planungen über den Tag hinaus vornehmen zu müssen. Enthielt auch jede ihrer öffentlichen Bekanntmachungen das Wort provisoria, so waren diese doch immer so gestaltet, daß ein neues Staatswesen daraus würde entstehen können.

Zu diesem neuen Staatswesen gehörte notwendigerweise eine Armee, die, was Renzo befürchtet hatte, als stehendes Heer ausgestattet werden sollte. Renzo war in der Auseinandersetzung unterlegen, die schließlich zur Befreiung des Ossola-Terrains führte. Als Folge von Supratis Intrige wurde der Machtbereich der Giunta sogar weit über das engere Gebiet um Domodossola ausgedehnt. Renzos Warnungen, nicht zu viele Zivilpersonen an der Partisanenrepublik zu beteiligen, mit den Bewohnern schnell einen realen und jederzeit auslösbaren Evakuierungsplan zu entwickeln und nur die nötigsten gesetzlichen und personellen Umbesetzungen vorzunehmen, waren vergessen.

Renzo und Roberto unterließen es, auf ihren einsamen Posten noch länger zu warnen und ihre Forderungen zu formulieren. Beide hatten sich entschieden, keinen Trotz zu zeigen, sondern mitzuhelfen, das beste aus der Situation zu machen. So hatten es C.L.N., C.V.L. und das Kommando für Oberitalien mittlerweile auch empfohlen.

49

Der Platz der Freiheit vor dem Provisorischen Regierungssitz war mit Menschen gefüllt, in den kleinen Bars und Cafés saßen sie, diskutierten, drehten und wendeten das Für und Wider eines faschistischen Rückeroberungsangriffs und fabulierten in grenzenloser Übertreibung von den eigenen Möglichkeiten, das Valle Toce, das Valle Cannobina und das Val Grande derart zu kontrollieren, daß es für die Deutschen nie wieder ein Durchkommen geben würde. Es war schon nach neun Uhr abends, noch konnte man die verschneiten Berghänge des Monte Rosa mit eigenem Auge erkennen, und der Platz der Freiheit entließ die tagsüber aufgestaute Hitze mit kleinen, frischen Zugwinden in die Gäßchen, während das Thermometer in der Polizeistation, in der Roberto residierte, immer noch über dreißig Grad anzeigte.

Renzo las und schrieb oft in Robertos Nähe, wenn er nicht mit den Schulkindern Volks- und Arbeiterlieder oder mit zwei Musikstudentinnen Akkordeon und Mandoline übte.

Wie die meisten politischen Kommissare teilte Roberto Renzos Sorge, was die Verteidigung des Tals anbetraf.

»In einem Krieg wie dem unseren ist Verteidigung ein logistisches Drama. Ich schlafe schon nicht mehr, weil ich mir dauernd vorstelle, die Deutschen kämen zurück und die Royal Air Force hätte uns vergessen!« brummte Roberto.

»Ich habe Bodo einen Brief nach Novara mitgegeben, der alles darlegt. Die Hoffnung, die Briten würden Soldaten und Fallschirmjäger absetzen, muß aus den Köpfen verschwinden, auch wenn wir in den Geruch der Miesmacherei kommen. Das müssen die in Rom und Novara doch auch wissen, daß Churchill in Italien keinen Sozialismus will! Di Dios Taschenspielertrick mit dem plötzlichen Schreiben an ihn, das große Militär und wie alle darauf reingefallen sind, das liegt mir noch immer schwer im Magen.«

»Ich glaube, das siehst du falsch, Renzo. Sie nutzen Di Dio auch als Schachfigur. Seitdem Togliatti mit Di Dios Leuten in der Regierung sitzt, will der uns nicht mehr hinters Licht führen. Der ist kein Intrigant, der ist ein uniformierter Schauspieler, der einfach nach Respekt verlangt. Seit Königstreue und Konservative beschlossen haben, nun zügig mit uns zu siegen, muß einfach ein neuer Staat her, Ordnung, Gesetze, Übersichtlichkeit. Und dabei will er jetzt hier der erste sein. Das wissen die Briten, und so was nutzen sie aus. Der glaubt ganz gewiß selber daran, daß der General Alexander höchstpersönlich demnächst auf seiner Landebahn einem Flugzeug entsteigt.«

»Ich weiß nicht, wie ehrlich er spielt«, sagte Renzo, »ich will mir mal die Tagesordnung für die nächste Sitzung holen. Vielleicht sollten wir doch zumindest ein paar Fragen noch mal einbringen.«

Das Holztor am provisorischen Regierungssitz war von drei Blauen bewacht. Gegenüber standen Robertis Polizisten, die sich noch gar nicht an ihre neue Aufgabe gewöhnt hatten. Renzo mußte sich ausweisen. Da traf er plötzlich im Hinterhof des Regierungsgebäudes auf Margret. Sie war in Giuseppes Begleitung. Hatte Anna Giuseppe verlassen? Und war das der Grund, weswegen Anna und Guiseppe in der Sitzung des Präsidiums vor vier Tagen einander kaum beachteten, als Suprati gekommen war, um einen Brief des britischen Oberkommandos zu überbringen? Was war zwischen Margret und Giuseppe?

Renzo hätte nicht erwartet, in diesem Augenblick so schmerzlich bohrende Fragen in sich aufsteigen zu fühlen.

In einem Anflug von Demut fragte er sich, welchen Grund er haben dürfe, eifersüchtig zu sein. Er sah nur, wie die beiden nebeneinander die Treppe heruntersprangen, lachend, behend und frisch. Er beneidete Giuseppe, hatte er selbst es bei Margret doch kaum darauf angelegt, ihr näher zu kommen, und jene Zeit, in der er ihr geheimnisvoll erschienen war, hatte er verstreichen lassen.

Das offene Gewölbe flirrte vom Widerhall der Stimmen, vom emsigen Hinauf und Herab, Tür auf und Tür zu. Halbuniformierte blockierten die Treppen, wenn sie sich von Verwaltungsangestellten mit bedeutenden Mienen neue Öffnungszeiten, Materialien oder Wegbefestigungen erläutern ließen, als planten sie Ozeanüberquerungen. Ausgerechnet hier, wo man das eigene Wort kaum verstehen konnte, begegneten sich die beiden. Margret rief ihm zu, als sei ihr

Treffen etwas ganz Selbstverständliches: »Wo ist deine Formation? Giuseppe und ich werden heute nacht zusammen mit Arca nach Cannobio gehen, dort wird wohl noch etwas herumgeschossen.«

»Cannobio ist für die Deutschen zu wichtig, als daß sie nur in ihrer Befehlszentrale herumlungern würden. Da ist Wachsamkeit geboten«, antwortete Renzo, mit seiner Entgegnung ebenfalls um Selbstverständlichkeit bemüht. Vor ihm standen Herr und Frau Commandante, und Giuseppe schaute verliebt und ungelenk wie ein dummer Junge zwischen seinen breiten Schultern hervor. Was wußte Margret schon von Cannobio? Sie sah Renzo abschätzig an, wie bei der ersten Begegnung in Locarno, hatte aber einen winzigen Triumph in den Mundwinkeln, als würde sie jeden Moment losplappern: Siehst du, den hab ich auch geschafft!

Renzo war hin- und hergerissen zwischen Arroganz und Eifersucht auf beide. Er fragte ganz sachlich, wo Arca sei.

»Der ist schon lange los, deshalb konnte er auch den Zusatz zu dem Manifest nicht unterschreiben, denn kaum hatten sich alle hingesetzt, erhielt er einen Anruf aus Intra«, antwortete Giuseppe.

»Ein Wahnsinn! Wenn die Deutschen wollen, spielen sie jetzt mit uns so, wie wir mit ihnen Krieg gespielt haben«, meinte Renzo kopfschüttelnd. Dann beschlossen sie, gemeinsam schnell noch etwas zu trinken. Margret zog ihre Schultern hoch wie ein Schulmädchen und breitete die Arme bestätigend aus, ihr Lachen tat nichtsahnend.

Das Café gegenüber vom provisorischen Regierungsgebäude war ein länglicher Schlauch, an dessen rechter Wand ein paar braunlackierte Regale hingen. Korbflaschen mit Rotwein standen darauf. Giuseppe hatte nur für eine halbe Stunde eingewilligt, da man auf jeden Fall noch in der Nacht in Cannobio sein wollte. Aber allen war dieses Gespräch überfällig erschienen. Giuseppe wirkte beim Überqueren der Straße nachdenklich, erst als sie eingetreten waren, beantwortete er Renzos bittere Äußerung: »Nein, ich glaube nicht, daß die Deutschen uns so angreifen können, wie wir es mit ihnen gemacht haben. Ihre einzige Stärke bleibt das stehende Heer.«

»So habe ich es nicht gemeint. Natürlich werden sie nicht zu Partisanen. Aber jetzt sind wir auf dem Präsentierteller, und sie können angreifen, wo sie wollen und wie, sogar aus der Luft. Das konnten wir nie.«

Margret griff Renzo sofort an: »Wenn es nach dir ginge, dann würdet ihr doch hier alles schon wieder abbauen, es auf ein paar wenige symbolische Stunden beschränkt sein lassen, oder? Aber morgen, in Cannobio, wird die freie Republik Ossola zeigen, wie wehrfähig sie ist. Und alle werden staunen, alle ... Kleinmütigen.«

»Ich glaube nicht, daß ich kleinmütig bin. Aber was nicht geht, geht nicht.« Renzo lächelte: »Und der Blick fürs Realistische ist die erste Pflicht des Revolutionärs. Wenn die Deutschen ernst machen, das steht fest, ist die Republik nicht zu halten!«

»Das Ende des Faschismus ist lediglich eine Frage von Wochen.«

»Aber von wie vielen Wochen? Und was für Wochen? Unsere Aufgabe ist es, überflüssige Opfer zu vermeiden.«

»Wir kämpfen jetzt Seite an Seite mit der größten Kriegsmaschinerie, die die Welt jemals gesehn hat.« Giuseppe blickte wieder wie ein verliebter Junge zu Margret.

»Giuseppe, mach dir nichts vor, du hast doch die neuesten Nachrichten auch erfahren?«

»Was?«

»Die Offensive gegen die Goten-Linie stockt schon wieder. Vielleicht blasen die Briten das Unternehmen ab. Und was die Deutschen dann mit der Verschnaufpause anfangen, kannst du dir an deinen zehn Fingern ausrechnen. Bau doch die Ossola-Republik nicht auf dem goodwill der Briten.«

Margret wußte, daß sie gemeint war: »Ich sitze hier nicht für die Royal Air Force. Ich sitze hier als ... Compagnero.«

»Compagnera!« verbesserte Renzo naseweis. »Sag es lieber so, das ist international: als comrade!«

»Alle haben wir Fehler gemacht, und die sind besonders gut, die das möglichst früh einsehen.« Versöhnlich wollte Renzo das Thema wechseln, als Margret unter offensichtlichem Mißmut Giuseppes ausplapperte, was der ihr anvertraut haben mußte: »Du bist wohl der Meinung, Renzo, daß die Alliierten die Deutschen allein schlagen und die Kommunisten dann frisch und unbeschädigt ans Werk gehen können«, stichelte sie mit einem Seitenblick auf Giuseppe.

Der versuchte, von Margrets letztem Satz abzulenken: »Bald sind die Amerikaner hier und werden eine geordnete Republik vorfinden, die sozial ist, demokratisch, ein Beispiel, wie ganz Italien werden kann. Der Rückzug war früher keine Unehre. Aber jetzt geht es nicht mehr, jetzt müssen wir siegen. Und die Nazi-Faschisten müssen durch uns verlieren! Das sollten auch die Kommunisten zu ihrer Sache machen. Wir haben in Rom eine gemeinsame Regierung. Die befindet sich an der Seite der Alliierten, vergiß das nicht, auch der Sowjetunion, im Kriegszustand gegen die Deutschen. Und wir sind keine Heimatlosen mehr, keine isolierten Aufrührer, sondern Teil einer ordentlichen Armee ... Das Trennende muß der Vergangenheit angehören.«

Damit hatte auch Guiseppe eine Brücke gebaut. Aber Renzo fand nicht, irgend etwas Unrechtes getan oder irgend etwas Rechtes nicht getan zu haben. Ihn ärgerte das vorlaute Geplapper Margrets, die das Ganze offensichtlich als eine Art besonders spannenden Urlaub ansah. Und doch war ihre hervorstechendste Eigenschaft: Sie blieb begehrenswert!

Sie lächelte, und es war das Unschuldslächeln einer amerikanischen Schauspielerin: »Du könntest doch mitkommen nach Cannobio. Ganz Locarno spricht schon von den Helden Giuseppe und Renzo. Noch eine gewonnene Schlacht, wie wäre das?«

Giuseppes Stirn verfinsterte sich. »Renzo befolgt wie jeder von uns seine Anweisungen und Befehle. Die Garibaldini haben genug damit zu tun, eine Linie gegen Gravellona aufzubauen.«

»Außerdem ist Giuseppe der Held. Ich bin allenfalls die sowjetische Ausgabe von Richard dem Dritten.« In einer Mischung aus Sarkasmus und Ausgelassenheit griff sich Renzo mit der Hand an seinen Buckel und lachte ihr fröhlich ins Gesicht, um von ihrem vornehm-zarten Gesicht wenigstens einmal eine unkontrollierte Reaktion ablesen zu können. »Das ist hier kein Kinofilm, liebe Miss Landcroft.«

Renzo kramte betont nachlässig nach dem Geld. »Il conto! Übermorgen werden wir das Brot auf weniger als hundert Gramm rationieren müssen, wenn das überhaupt reicht und das Mehl demnächst nicht mit Kartoffelpulver verlängert werden muß. Milch, Birnen, Äpfel werden preisreguliert sein, was die Landwirte wenig freuen wird. Bald werden unsere Geldscheine eigene Stempel tragen, weil sonst die Deutschen alles leerkaufen lassen können, was auch eine Art militärischer Sabotage ist. Die Leute werden irgendwann einmal nachrechnen, daß das, was wir ihnen liefern können, weniger ist, als sie in der Zeit vor der Befreiung bekommen haben. Und da träumen manche von irgendwelchen Pistolenduellen? Wissen Sie, wie das Volk hier im Tal wirklich über uns denkt? Wir haben hier noch nicht mal eine demokratisch legitimierte Wahl durchgeführt.«

»Sie haben euch zugejubelt, als ihr einmarschiert seid.«

»Weil sie gewöhnt sind, beim Jubeln beobachtet zu werden! Wollen Sie Kino sehen, Miss Landcroft? Dann soll dir dein Vater einen Schauspieler schenken.« Renzo versuchte mit spitzbübischem Grinsen die Härte aus diesem Anwurf zu federn und legte das Geld für alle drei auf den Tisch.

Giuseppes Stimme bebte: »Ich finde es mehr als nur unhöflich, wie du hier Gäste der freien Republik beleidigst, die wirklich alles zu unserer Unterstützung tun wollen.« Auch er war aufgestanden und ging zur Theke.

»Es ist wohl nicht so leicht, nicht die Nummer eins zu sein?« stichelte Margret, während sie sich eine Zigarette aus der Packung zupfte und einen weiteren Blick Abschätzigkeit unter ihren Augenbrauen hervor auf ihn gleiten ließ. Sie grüßten sich dennoch freundlich zum Abschied, und Renzo wandte sich in Richtung der südlichen Vorstadt.

Er ärgerte sich vor allem über seine Unbeherrschtheit und den aggressiven Ton, der seine Hilflosigkeit verriet. Eigentlich hatte diese Frau von der Position ihrer kleinbürgerlichen Klasse her gar nichts so Falsches getan, sogar etwas Bewundernswertes: sie war ausgestiegen. Giuseppe hatte wohl recht, obwohl sie ihn, Renzo, als dummen Jungen abtat und Giuseppe gleichzeitig zum Liebhaber degradierte. Renzo war zu klug, sich selbst zu verheimlichen, daß sie ihn an seine eigene, in Privilegien verpackte Hochnäsigkeit und Besserwisserei errinnerte. Wir Kleinbürger hassen aneinander das Kleinbürgerliche und lieben das Proletarische als Elixier unserer Selbstzweifel und Komplexe. Das Gespräch hat nichts gebracht, dachte er, sondern die Bitterkeit zwischen ihm und Giuseppe verstärkt. Er hätte nicht so schroff reagieren dürfen, Giuseppes Brücke betreten sollen, gleichgültig, wie sehr er sich im Recht dünkte, allein, um das Verhältnis zwischen Giuseppe und ihm wieder in Ordnung zu bringen.

50

Diesmal fühlte Attila sich sicherer, als er Kraushaar gegenüberstand und in sehr bestimmten Worten einen Plan einforderte, die Republik im Ossola-Tal zu zerschlagen und den Roten die Lust zu nehmen, weiter aus der Reihe zu tanzen. Schließlich war es der Duce selbst gewesen, der General Kesselring von seinen Bedenken in Kenntnis gesetzt hatte, die Ossolaner Republik könne zu einem Angriffskeil gegen Mailand werden.

Kraushaar betrachtete Attila mit einem milden Blick, der seinem rundlichen Gesicht zu entsprechen schien, er legte den Kopf schräg: »Im Prinzip richtig, aber vom Zeitpunkt her falsch. Die wissen nicht, was sie sich aufgebürdet haben, selbst wir wußten es nicht mal genau.« Er zählte an der Hand auf: »Neues Geld, neue Steuern von zusätzlichen acht Prozent, neue Gesetze vor allem gegen die Familie, Milchversorgung für die Kleinkinder, eigene Briefmarken kaum mehr als ein Symbol ...«, Kraushaar begann mit den Fingern der zweiten Hand, »... neuer Unterricht ohne neue Lehrer, Entlassung von Leuten, die mit gar nichts mehr zu tun haben wollen und die bis eben noch brav ihren Dienst geleistet haben, gar nicht mal zu unserer Unzufriedenheit. Alles das müssen die jetzt selber planen. Und vor allem: ohne irgendwelche Devisen und Handelspartner. Was soll die Schweiz denn von denen benötigen? Es reicht nun nicht mehr, ein besseres Leben in die Welt zu posaunen. Da muß man es jetzt besser machen. Aber«, Kraushaar gab sich melancholisch, »statt dessen wird alles im Chaos zusammenbrechen. Die kleinen Händler werden keine Käufer finden, weil die Käufer kein Geld mehr haben, die kleinen Kinderchen werden schreien und die Mütter mit Solidaritätsgesetzen wedeln. Die kleinen Bauern, auf die bislang Verlaß war, wenn man in den Bergen herumgelungert ist, um auf die deutschen Hartschädel zu schießen, werden für die Niedrigpreise nichts verkaufen, aber ihr Getreide wird verrotten, weil die neuen Herrn sich nicht trauen, Lagerhäuser und Großscheunen dafür zu requirieren. Ihr Volksausschuß hatte zunächst eure Höchstpreise abgeschafft, um dem Schwarzmarkt beizukommen. Und um sich den Engländern zu empfehlen ...«, Kraushaar verbeugte sich höflich vor der Landkarte, »... wir Roten stellen den Markt wieder her! Nach dem Faschismus kommen die wahrhaft freien Märkte! Und der Markt war zwei Tage lang von frischen Früchten überschwemmt. Dann sind die Preise gepurzelt. Dann haben die Großhändler ihre Lagerhallen hochgepreist, die Kleinen, für die der ganze Zauber gedacht war, haben draufgelegt, weil die Lagermiete nicht im Preis enthalten war. Der Volksausschuß, der aus lauter Unbekannten oder Unerfahrenen besteht und natürlich vom Handel keinerlei Ahnung hat, mußte nach fünf Tagen feststellen, daß er es sich nun mit den Großhändlern und den kleinen Einzelhändlern gleichermaßen verdorben hatte. Fünf Tage zu spät, sage ich nur dazu. Und nun werden sie allmählich merken, daß sie bislang keine einzige Institution, keinen einzigen Verein haben, daß sie die Stimmungen völlig überschätzt und ihre Dekrete in den Wind beschlossen haben. Was folgt ist Chaos. Und dieses Chaos, das ist dann der Moment für ein militärisches Eingreifen.«

»Und wenn es anders kommt? Wir haben Informationen, daß sie ein eigener Kanton der Schweiz werden wollen. Mit internationaler diplomatischer Anerkennung. Das müßtet ihr doch auch gehört haben?«

»Was man so hört und was man so nicht hört. Die Schweiz ist neutral und legt Wert darauf, ihr Geld von überall her zu bekommen. Und gerade das Tessin, da regieren ja richtige Deutschen-Freunde ... und nicht mal lasch! Im Moment ist halt das Reich der beste Kunde der Schweiz. Und die höheren Offiziere in ihrer Armee sind darum alles andere als Rote. Da wird keine Begeisterung dafür aufschäumen, sich diese Chaosregion einzuverleiben. Nein, nein, ich sag dir was: Niemand wird denen zu Hilfe kommen. Nach unseren Informationen hat das Ende bereits angefangen, und der Tag, an dem die vielbeschworenen kleinen Leute uns wieder herbeisehnen, ist nicht so fern. Und dann werden wir auch kommen.« Er breitete die Arme aus. »Und wir werden helfen. Und dann werden die roten Freunde fortgejagt, und dann werden wir alle ihre Kommissare kennen, denn jeder wird sich stolz mit der roten Fahne in der Hand auf dem Marktplatz präsentiert haben, um dem Herrn Professore zu gefallen und vielleicht Chef der Müllabfuhr zu werden. Und dann, ach diese armen, armen Träumer, dann werden sie zuallerletzt doch an Flucht denken müssen, wenn sie uns in Finero sehen und die Zange zwischen Intra und Gravellona zugeht. Aber wo sollen sie dann hin? Dann ist November, und die Pässe werden zugeschneit sein.« Kraushaar ließ sich selbstbewußt in seinen Holzsessel sinken: »Seit sie aus den Bergen ins Tal herabgekommen sind, leben sie wie in einem Lager hinter Stacheldraht. Ausrechenbare Tauschobjekte für Verhandlungen. Wenn überhaupt jemand sie noch haben will, was ich im Falle der Engländer sehr bezweifle, die sie doch schon immer lieber tot als lebendig gesehen haben ...«

Attila wollte Kraushaar die Rolle des Zynikers nicht glauben, zu oft war Kraushaar eingeknickt. Zuletzt hatte er mit der gleichen sarkastischen Lässigkeit abfällig über den SS-Kommandanten Reder gesprochen, den Freund und Feind andächtig den Gorilla nannten. War Kraushaar überhaupt noch zu einer energischen Aktion fähig? Oder sah er sich im Geiste schon als Unterhändler eines Separatfriedens mit dem britischen General Alexander und spielte er sich hier nur zum Schein so zynisch auf? Die Partisanen im Tal sollten wie hinter einem Stacheldraht sein, nichts als Tauschobjekte? Für wen und gegen was? Und vor allem: mit wem? Und bis dahin die Hände in den Schoß legen? Nein, auch italienische Faschisten haben ihren Stolz, nicht nur deutsche Wehrmachtsoffiziere. Attila, bevor er nach Kraushaars langer Rede abtrat, sagte knapp und ohne sich zu verabschieden: »Wir haben lange genug tatenlos in der Gegend herumgesessen. Wir werden diesen Banditen sehr bald zeigen, wo ihre Grenzen sind.«

Am gleichen Abend fuhr er heimlich mit einem Boot über Stresa nach Luino hinüber, wo er sich mit Enrice und Giacomo traf.

Giacomo war ein älterer Faschist, dem der Bauch über den Gürtel hing, ein heller Typ mit Sommersprossen. Bei der Mannschaft war er beliebt, er witzelte in jeder Situation und verbreitete immer gute Laune, selbst dann, wenn die militärische Lage wenig Anlaß dazu bot. Giacomo war nicht etwa dumm und uneinsichtig, er war einfach an einer bestimmten Stelle seiner Karriere in der faschistischen Partei stehengeblieben, weil er die Ideen des Faschismus nicht in entsprechende Würde zu kleiden vermochte. Er war handfest und weniger ein Karrieretyp, er haderte nicht mit dem Schicksal oder der Bürokratie der Schwarzen Brigaden, die ihn als Scharführer irgendwann einfach übergangen hatten. Er war Lombarde, liebte die Lombarden, die lombardischen Sitten, den lombardischen Fleiß, die lombardischen Dörfer, die besondere Art, wie die Sonne die Lombardei beschien, die lombardischen Lieder und Geschichten, die Volksfeste. Und er liebte es überhaupt nicht, daß die Roten damals alles auf den Kopf stellen wollten, die fleißige Lombardei dem faulen Mafia-Sizilien ankleben und das schöne, sonnenbeschienene Italien irgendwelchen mongolisch-sowjetischen Horden als Sowjetrepublik Nummer zwanzig überlassen wollten.

In Abessinien hatte Giacomo zu einer Einheit gehört, die von Selassis Bergvölkern mehrere Tage eingeschlossen war, so daß ihnen Polenta und Trinkwasser ausgegangen waren. Giacomo lieh sich von einem Träger dessen Kleidung, zog diese statt seiner an und schlug sich unbewaffnet in die Büsche. Am Abend kehrte er mit drei Ziegen zurück, und auf die Frage, wie er zu ihnen gekommen sei, antwortete er lachend »Gekauft! Einfach gekauft.«

Giacomo mochte an die Fünfzig sein, wurde aber auch von jüngeren Schwarzhemden gern zum Wein mitgenommen, weil er sie auch dann noch zu erheitern vermochte, wenn sie vom Wein schon melancholisch wurden. Attila hatte ihn deshalb in die Besprechung gebeten, weil er wußte, daß für eine gewagte Aktion keiner bessere als Giacomo motivieren konnte.

»Cannobio ist der archimedische Punkt. Für die Ossolaner und für die Republik! Wir müssen zuschlagen, solange ihr Freudentaumel in Domodossola noch nicht verraucht ist. Und ich denke, es muß heute nacht sein. Deswegen habe ich euch nach Luino gebeten, und deswegen liegen da unten die Boote. Wie gut kennst du die Bootsanlegestelle da drüben, Giacomo?«

Enrice kannte Cannobio zwar besser, ließ aber Giacomo den Vortritt. »Der dunkelste Platz ist unterhalb der Villa Maria. Erstens, weil es dort keine Beleuchtung mehr gibt, und zweitens, weil die Leute, die dort wohnen, wissen, was sie uns verdanken.«

Und das stimmte genau: Villa Maria war in der Tat ein hochherrschaftliches, wenn auch nicht übergroßes Gebäude am Lido mit kleinem Garten und einem alten Brunnen mit frischem und klarem Wasser in dessen Mitte. Um den Brunnen standen zwei mannshohe Palmen, und wenige Meter neben dem Garten führte eine kleine Treppe durch eine Öffnung in der Mauer hinunter zum drei Meter breiten steinigen Strand, an dem der See in flachen Röllchen ausplätscherte.

Attila hob Augenbrauen und Zeigefinger: »Damit rechnen die Banditen möglicherweise auch. Wir sollten an zwei unterschiedlichen Stellen landen, so daß ihnen eine Gruppe in den Rücken kommen kann.«

Giacomos Stirn war von zwei Furchen durchschnitten: »Du willst sie von hinten abknallen? Das schafft Märtyrer. Wir werden sie ohnehin erledigen, so oder so, sie haben höchstens zwanzig Bewaffnete.«

»Von hinten oder vorn und besser tot als lebendig!«

Die beiden Landepunkte unterhalb der Villa Maria und am östlichen Seeufer sollten mit Ruderbooten erreicht werden, und auf ein Scheinwerferzeichen hin sollten dann von Luino her weitere Einheiten mit Motorbooten übersetzen.

Gegen drei Uhr nachts begann der Angriff. Giacomos Gruppe traf bei der Villa Maria auf keinerlei Widerstand, dafür wachte die Dame des Hauses auf. Die Alte gab den Faschisten Zeichen, besonders leise und vorsichtig in Richtung Municipio vorzurücken. Am Brunnen vor dem Municipio saßen zwei Gestalten, die sofort die Waffen niederlegten, als Giacomo und die ersten sieben seiner Gruppe ihnen die Maschinenpistolen entgegenhielten. Mit einem schußbereiten Gewehr im Rücken wurden sie zur Villa Maria gebracht, wo sie gefesselt und geknebelt wurden.

Giacomo rückte weiter vor, und an der Kirche traf er auf Attilas Gruppe, die ihre zum Schein angelegten roten Halstücher nun aus dem Kragen zogen. Gemeinsam schlichen sie durch die Gassen, während ein paar von ihnen daran gingen, die im Wehrmachtsgebäude neben der Municipio gefangen gehaltenen Schwarzhemden auf freien Fuß zu setzen und zu bewaffnen. Gegen vier Uhr war das Stadtinnere von Cannobio an den neuralgischen Stellen von Faschisten besetzt, ohne daß ein Schuß gefallen war. Attila ließ es sich nicht nehmen, die vier symbolischen Deutschen in der Wehrmachtszentrale, die über gerade einmal zwei Pistolen verfügten, höchstpersönlich zu befreien und zu bewaffnen.

Die Sonne hatte schon begonnen, den östlichen Strandabschnitt auszuleuchten, als die Kirchentür zuschlug und drei von den grünen Partisanen auf die kleine Gasse oberhalb des Gemüsegeschäfts zuliefen. Attila gab das über Funk an die bei der Hauptstraße stehenden Posten weiter und legte sich mit seiner Maschinenpistole hinter die Mauer am Bootsanlegeplatz, wo er die drei jeden Moment erwartete. Wenige Augenblicke später hörte er deren Schritte, nahm den ersten ins Visier, zielte hinters Ohr, so daß der auf dem groben Boden noch ein Stück stolperte, rutschte und dann wenige Meter vor dem Kriegerdenkmal regungslos liegenblieb. Die beiden anderen wendeten sich um und liefen den Posten, die von der Hauptstraße heruntergeschlichen waren, direkt in die Arme. Eine Garbe ratterte an den braun verputzten Häuserwänden entlang. Ein Partisan trat mit erhobenen Händen aus der schattigen Deckung, dahinter noch einer. Attila legte erneut an und schoß beiden in den Unterleib.

Der eine stand einen Augenblick erstaunlich aufrecht und schrie: »Italiaaaa ...«, dann ging seine Stimme in ein Röcheln über, das zugleich komisch und grausig wirkte: »... libera!«

Attila war hinter der Mauer aufgestanden und applaudierte, bis er Giacomo mit betretenem Lachen die kleine Gasse herunterkommen sah.

51

Als Giuseppe mit Margret und den Leuten ihrer Brigade auf Fahrrädern, drei alten Motorrädern und zwei Geländewagen durch die kleine Bergstraße des Valle Cannobina gefahren und an der Wunderquelle Fonte Calina angekommen war, hörten sie die Schüsse in Cannobio. Sie entsicherten ihre Gewehre und fuhren langsamer. Dort, wo die Bergstraße über dem Wildbach Cannobia auf die Staatsstraße nach Cannobio führt, mußten sie umkehren, weil sie die Übermacht erkannten. Ein Schuß hatten den Kotflügel von Giuseppes Geländewagen getroffen, der vor allen herfuhr. »Wo ist Arca? Sollen wir hierbleiben oder zurückfahren? Hat es noch einen Sinn, hierzubleiben, kommt Verstärkung aus Oggebbio, oder ist die schon längst in die Flucht geschlagen?« fragte Giuseppe in das Funkgerät hinein, das aber nur etwas Fremdartiges zurückkrächzte. Dann hörte er Motorboote aus Maccagnio oder Luino, jedenfalls von der anderen Seeseite.

Allmählich wurde klar, daß ausgerechnet Cannobio gleich zu Beginn der Partisanenrepublik gefallen war. Durch eine Unachtsamkeit war die gesamte Schneise zum Cannobina-Tal, mit der befestigten Straße und dem System aus Wegen und Gebirgspfaden, das fast dreißig Kilometer bis zum Vigezzo-Tal in Richtung Santa Maria Maggiore reicht und dann als Staatsstraße, die aus dem Schweizer Centovalli herüberführt und in die Ossola-Ebene mündet, offen für einen Gegenangriff. Die natürliche Grenze der Partisanenrepublik in dieser Richtung, nicht nur die entlang des Lago Maggiore, sondern auch die sieben Kilometer parallel zur Schweizer Grenze, konnten jetzt die Schwarzen von Cannobio aus kontrollieren.

Giuseppe gab den Befehl zur Rückkehr. Zwei von ihnen wollten an der berühmten Fonte Calina ihre Feldflaschen auffüllen, während die zwei alten Geländewagen, die irgendwann einmal der Wehrmacht gehört hatten, mit abgeschalteten Scheinwerfern auf der schmalen Straße zwischen Böschung und Berghang wendeten, um von dort ins Cannobiner Tal zu gelangen, vorbei an der Beize, der Kneipe am Weg, mit ihrem undurchsichtigen Wirt, der all die Jahre über jeder politischen Seite nicht nur ein gutes Gesicht, sondern auch treffende Sympathiebekundungen hatte zuteil werden lassen. Da flammten ihnen plötzlich von der befestigten Quelle her Scheinwerfer entgegen. Unverzüglich wurde aus zwei kleinen geländegängigen Panzerwagen, in denen nur zwei Mann Platz hatten und die für diese Einsätze mit einem leichten Maschinengewehr ausgestattet waren, das Feuer eröffnet. Der vorn fahrende Geländewagen geriet in einen solchen Bleihagel, daß allein noch der Fahrer verletzt aus dem Wagen kriechen konnte. Durch Zufall waren Margret und Giuseppe vor dem Wendemanöver noch nicht wieder eingestiegen. Sie befanden sich in der Mitte des kleinen Zuges. Giuseppe drückte Margret sofort zwischen den Motorrädern auf den Boden und sprang die Böschung hinauf. Aber auch dort empfing ihn ein Sperrfeuer. Das Kur-hotel oberhalb der Fonte Calina war im Nu hell erleuchtet. Einzelne Leute zeigten sich am Fenster, verschwanden hastig oder gafften stur. Zwei Partisanen rüttelten an der Tür, die von innen verschlossen war. Von Cannobio aus setzte eine weitere faschistische Einheit nach, und Giuseppe sah bald, daß ihm auch die zwei plazierten Schüsse, die er auf das Motorrad hinter den Panzerwagen abgegeben hatte, keine wesentliche Entlastung gebracht hatten. Vier seiner Mitkämpfer schienen verwundet zu sein, wobei er nur bei einem die Schwere der Verletzung erkennen konnte.

Dann schwiegen die Waffen, und aus dem nachsetzenden Trupp quäkte ein Lautsprecher: »Ergebt euch! Kommt einzeln aus der Deckung, dann passiert euch nichts!«

Giuseppe sah, wie weiter links von ihm vier bis fünf seiner Leute ins Dunkel der Nacht krochen, ohne von den Scheinwerfern der Faschisten gestreift zu werden, und er schrie zurück, um ihnen Zeit zu verschaffen, was ihm gerade einfiel: »Welche Garantien haben wir?« Nun erkannte Giuseppe im Lautsprecher die Stimme von Giacomo, der ihn früher als Handballspieler trainiert hatte: »Wenn Giuseppe heraus ist, komme ich vor und nehme ihn höchstpersönlich in Empfang. Vor der Deckung! Genügt das?«

Giuseppe sah hinüber, wo die Gestalten noch zu erkennen waren: »Fünf Minuten.«

»Zwei Minuten!« Giacomo stellte klar, wer Herr der Situation war. Giuseppe dachte an Margret. Würden sie ihr Gewalt antun? Wer würde nach Mauthausen verschickt? All das war das Übermorgen, aber jetzt und hier war die Niederlage vorgezeichnet. Ach, auch ein heldenhafter Untergang ist ein Untergang. Solange Giacomo sie in ihrer Gewalt hatte, konnte er sicher sein, aber er wußte nicht, wie weit Attila war. Nachdem er ruhig bis 150 gezählt hatte, erhob er sich langsam aus der Böschung, klopfte Blätter und Äste vom Hemd und ging in kurzen, schweren Schritten die Straße hinab auf die dort liegende Faschistenformation zu.

Giacomo war viel früher hinter der Deckung hervorgekommen, und er klang fast beruhigend: »Das ist vernünftig so. Alles andere wäre ja Irrsinn!«

Mit drei Leuten lief er auf den zerschossenen Wehrmachts-Geländewagen zu, aus dessen Motorraum weißer Qualm strömte, und lachte laut: »Feine deutsche Wertarbeit!«

Oberhalb der Villa Maria und unter der Abzweigung, wo die Cannobiner Talstraße auf die Hauptstraße vom Schweizer Grenzort Brissago nach Verbánia stößt, lag hinter hohen Lehmmauern das Haus der italienischen SS, nicht so berüchtigt wie der Folterkeller in Intra, aber hinter hohen Büschen und Zäunen doch für nur erahnte Unheimlichkeiten gesichert. In einem kleinen Blumengarten, von Rhododendren und drei schlank geschnittenen Pinien umgeben, im Hintergrund das gemütliche Plätschern des Sees, machte die Villa einen eher freundlichen Eindruck auf die Gefangenen, die dort zunächst untergebracht wurden. Die Hälfte der Brigade hatte sich absetzen können, zwei Partisanen waren gefallen, aber Margret und Giuseppe waren für die Faschisten die wertvollste Ausbeute dieser Nacht.

Attila ließ Giuseppe bis zehn Uhr warten, bevor er ihn zu sich rief. In seinem Zimmer saß er, mit dem aus Elfenbein geschnitzten Feldherrenstab, den er dekorativ auf den Schreibtisch gelegt hatte, rechtwinklig zu einer gewichtigen Aktenmappe, auf der das furchterregende Zeichen der italienischen Faschisten prangte. »Der Kampf ist aus. Auch du solltest erkennen, wo die Bataillone stehen.«

Giuseppe lachte. »Das ist die größte Verkennung von Tatsachen, die mir je untergekommen ist. Ihr habt einen Hinterhalt organisiert, gut, geschickt, jawohl. Aber das ändert doch nichts an der Weltkarte.«

Klang das nicht wie ein Argument von Renzo? huschte es Attila durchs Hirn. »Cannobio ist der Anfang vom Ende. Wie wollt ihr im Ossola-Tal weiter Unruhe stiften, wenn in Cannobio wieder Ordnung herrscht?«

»Wir sind die Ordnung!«

Attila lachte laut auf: »Ihr seid die Ordnung? Die kleinen Leute, die Arbeiter, die Kleinhändler, die Weinbauern – sie haben von euch und eurer sogenannten Politik schon nach fünf Tagen die Nase so voll, daß wir euch alle abknallen könnten wie Hunde, sie würden uns immer noch mit offenen Armen willkommen heißen.«

Attila erhob sich. Mit dem Stab deutete er auf Cannobio, fuhr das Cannobiner Tal hoch: »Aber wir wollen gar niemanden abknallen ... wir wollen den ... den Frieden. Bis Formine gehört alles zu Cannobio und ist von hier aus zu kontrollieren. Wir schaffen Tag und Nacht Ordnungskräfte, die zur Zerschlagung der amerikanischen Verbände mal eben an der Goten-Linie waren, nach Kärnten und ins Ossola-Tal. Wenn sie angekommen sind, müßt ihr wieder verschwinden. Und Gravellona? Große Strategen sind das, die kleine hilflose Dörfer wie Villadossola überfallen, die Leute dort einschüchtern, aber die wirklichen Festungen umgehen.« Attila sah Giuseppe an, daß er ins Grübeln gekommen war. Giuseppe sah man überhaupt viel an. »Wir sind Italiener«, fuhr er fort, »falls du das vergessen haben solltest. Und im Süden stehen Hollywood, die Mafia und die Plutokraten, um unsere Lieder zu tilgen, unsere Literatur und alles, was uns Italiener ausmacht. Jawohl, die Mafia! Die dem Feind die Landung in Sizilien bezahlt und organisiert hat. Das ist eine schöne Freiheit, in der Lucky Luciano tun kann, was er will, sich bereichern auf Kosten des Volks. Und statt Italien zu verteidigen, fallt ihr dem Duce in den Rücken, der die einzige Hoffnung aller noch atmenden Italiener ist.«

»Worte, Attila, nichts als Worte. Wo habt ihr jemals gegen die Kapitalisten und Großgrundbesitzer gekämpft? Ihr wart ihre Knüppel. Und wenn jetzt fremde Großgrundbesitzer und Kapitalisten kommen, dann wollt ihr eure italienischen Ausbeuter zurück, dann jammert ihr um Italien. Damit italienische Großgrundbesitzer das italienische Volk ausplündern und nicht amerikanische. So ist es doch, oder?«

Attilas Oberlippe wölbte sich großspurig in Richtung seiner charakteristischen Römernase, wobei er den Kopf bedächtig, aber mit der Glut dreier Schnäpse in den Augen schwenkte: »Mal angenommen, das würde stimmen. Der Duce hat es den Kapitalisten zwar nicht so leicht gemacht, wie du behauptest, aber auch der Duce mußte oft Rücksicht nehmen, so wie euer Lenin, wie die Sozialisten, Kommunisten überall auf der Welt Rücksicht nehmen mußten auf rückständige Bündnispartner. Aber dennoch: angenommen, was du sagst, würde stimmen: Was ist denn später leichter zu bekämpfen? Das große internationale Geld, das in New York oder Washington regiert und uns wie eine Kolonie verwalten möchte, oder unser italienisches Kapital, das wir ...«

»... hier in unseren Grenzen halten können, wie wir alles in einem Gefängnis gehalten haben?«

»Du warst ein Mutiger und Kluger. Und nun kaust du ihre Phrasen wieder. Es kommt mir wirklich vorn und hinten raus, wenn ich sehe, daß ein Mann wie du so ferngelenkt sein kann. Da jagen euch die Roten in das Abenteuer von Domodossola, und statt zu erkennen, daß ihr nur mißbrauchte Werkzeuge der kommunistischen Weltverschwörung und der Engländer seid, durchleidet ihr brav eure Rolle. Schön ist das nicht anzusehen für einen aufrechten Italiener, daß ein kluger Mann wie Giuseppe seinen eigenen Kopf verloren hat.«

»Er hat wenigstens einen zu verlieren«, hielt Giuseppe dem Faschisten breit entgegen, »aber laß uns zum geschäftlichen Teil kommen: Was willst du mit Margret Landcroft?«

»Keine Gewalt, keine Gewalt! Wir sind souverän und verabscheuen Gewalt! Deine Margret wird ausgetauscht gegen eine schöne Menge aufrechter Italiener und du gegen eine schöne Menge Ruhe. Mehr kriegen wir später.« Darauf bat er Giuseppe, zurückzukehren in seine Zelle, und tat geschäftig, stempelte und unterschrieb Dokumente. Dann rief er ihn zurück: »Ihr habt die Todesstrafe abgeschafft im Ossola-Tal?«

Giuseppe nickte.

»Und mehr eigene Gestaltung für unsere Jugend in der Mittelschule eingeführt?«

Giuseppe blickte ihm stumm in die Augen.

»Laß mich dir gesagt haben, daß wir das alles unangetastet lassen werden. Das sind Dinge, die überfällig waren, und wir sind wahrhaftig nicht uneinsichtig ... Giuseppe?«

Der sah ihn von der Eingangstür immer noch fest und aufrecht an.

»Giuseppe? Warum können wir nicht wieder Freunde werden? Dieser Krieg wird ein Ende haben, so oder so, und die Todesstrafe will keine von beiden Seiten zurück. Irgendwie werden wir uns wieder begegnen, auf der Straße, auf dem Sportplatz, in der Kirche ...«

»Das wird sich finden. Dann, wenn der Krieg vorbei ist.« Aber der Tonfall, das zugekniffene linke Auge und Giuseppes stolz erhobener, graublonder Kopf, die plötzlich für Attila so auffallend kalt gewordenen blauen Augen, all das sagte etwas anderes: Nein. Der Krieg wird zu Ende gehen. Aber mit dir gibt es keinen Frieden, niemals wieder!

Am Mittag machten die Motorboote ohne Margret und Giuseppe, aber mit den anderen Gefangenen, der siebzehnjährigen Felice, dem talentierten Zeichner Tonio aus der Gartenarchitektur Cartelli in Pallanca, dem mürrischen Arbeiter Giovanni und den beiden arbeitslosen Brüdern Giovanni und Enzo Martina aus Sardinien, die in allen Gefechtspausen Gramsci zitiert hatten, am Cannobianer Bootsplatz los und schipperten ins schräg gegenüberliegende Luino, wo ein Lastwagen wartete, um sie über Como weiter in Richtung Salzburg zu verschicken, Endziel Mauthausen.

Attila ließ es sich nicht entgehen, Kraushaar schriftlich vom glorreichen Sieg in Cannobio zu berichten und anschließend telefonisch bei ihm vorzusprechen. Diese exemplarische Aktion, die den Deutschen die vitale Logik und volle Kampfkraft der faschistischen Verbände als nachahmenswert beweisen sollte, war dem Wehrmachtkommandanten längst bekannt. Deutsche Truppenteile waren schon in Bewegung gesetzt worden, um wieder in Cannobio einzurücken. Sie kamen sowohl über Gravellona nach Verbánia die Straße hinunter, deren Terrain allenfalls symbolisch zur befreiten Zone erklärt worden war, als auch mit vier größeren Schiffen aus Luino und Laveno. Attila war verärgert über die selbstverständliche Art des Deutschen, keine Fehler offen zuzugeben. »Wir danken euch für euren Einsatz, eine wahrhaft bedeutende Aktion ist zu ihrem vorläufigen Abschluß gekommen.«

»Zu ihrem Anfang! Dies ist der Anfang vom Ende der Partisanen!«

»Selbstverständlich werden wir alles tun, damit Cannobio nunmehr unantastbar sein wird. Die nötigen Schritte sind längst eingeleitet.« Mit diesen Worten überging der Deutsche die Vorhaltung des ehrgeizigen Faschistenkommandeurs.

Attila wußte wie Giuseppe: Natürlich waren den Spielräumen für eine glimpfliche Behandlung Giuseppes und Margrets enge Grenzen gesetzt. Sollten nämlich die Engländer nicht genügend bieten, wäre es zumindest eine Erwägung wert, den Partisanenführer zusammen mit seiner ausländischen Geliebten effektvoll öffentlich zu liquidieren. Denn auch ein Austausch könnte bei potentiellen Partisanen eine ungewollte Hoffnung auf Milde erwecken und damit die Abschreckung schwächen, wenngleich Attila eine gewisse Abneigung verspürte, Giuseppe Gewalt anzutun. Aber er wußte, daß er solcherlei Friedfertigkeit in gewissen Situationen durchaus überwinden konnte.

52

Der Duce gratulierte Attila persönlich zum glänzenden militärischen Erfolg und sah sich wieder einmal in seiner Menschenkenntnis bestätigt, die ihn vor allen anderen Fähigkeiten zu historisch herausragenden Leistungen befähigt hatte. Er hatte ihn vom Fenster aus Boccia spielen sehen, und er wußte: Dieser wilde und begeisterungsfähige schöne junge Mann war ein Draufgänger und wendig dazu. Obzwar die Salò-Bürokraten Attila nicht ausstehen konnten, hatte Mussolini doch ausgerechnet ihn, der seine Region kannte, mit der wichtigen Aufgabe in Novara betraut. Wer sonst wußte den Busfahrplan zwischen Verbánia und Domodossola auswendig, inclusive der Umstellungen von Sommer auf Winter. Und der Mann war den hohen Zielen der Bewegung verpflichtet, er konnte alle Refrains der großen Lieder vom Marsch auf Rom ohne Textblatt und mit geschlossenen Augen singen. Dieser Attila war nicht Mittelmaß. Zwar hätte er sich den ganzen Tag lang mit Frauen jeden Alters vergnügen können, aber das tat er nicht. Allein für so einen durfte der Duce den Glauben an die italienischen Männer, die er brauchte, jetzt nicht aufgeben. Und auch seiner Umgebung hatte der neue Cäsar mit bedeutsam emporgeschwungenen Augenbrauen mitgeteilt, daß er mit Attila große Pläne habe. Und weil seine Umgebung wußte, daß es ein Vorteil sein konnte, wenn man jede Bewegung der Brauen des Herrschers als erster richtig zu deuten wußte, geschah es, daß Attila gleich von drei Stellen die Ernennung zum Statthalter für die gesamte Region des oberen Piemont von Novara bis zum Simplon zugeflüstert bekam. Attila ahnte, wie genial der Duce, wenn er nur erst wieder aus dieser oberitalienischen Wagenburg ausgebrochen war, vor aller Welt dastehen würde.

Das offizielle Telegramm war nach dem Telefonat mit Kraushaar hineingereicht worden, und Attila las es mehrfach, so als wolle er es auswendig lernen, und er konnte es bald danach auch auswendig. Für den Abend lud er sich seine besten Kumpane ein. Sie saßen vor dem Rathaus von Cannobio, an langen weißgedeckten Tischen, bedient von scheu kichernden Mädchen, deren Herkunft nicht allen bekannt war, vor sich große Karaffen mit diesjährigem Barbera aus Alba. Ein angemessener Abschluß für einen heißen Septembertag, wie ihn Attila sich erträumt hatte. Etwas, das ihm so viel bedeutete, sollte auch würdig gefeiert werden.

Kaum war aber der Abend angebrochen, zogen schwarze Wolken wie schmutzige Lappen über die Berghänge des Monte Rosa, zuckten gewaltige Blitze durchs Val Grande und stürmte ein kühler Wind durch die kleinen Gäßchen von Cannobio. Attila verlegte sein Fest, alle Männer mußten mit anfassen, damit die Mädchen für höhere Aufgaben geschont würden, in das noch nicht wieder bewohnte deutsche Wehrmachtsgebäude neben dem Municipio, in den unteren, dem schäumenden See zugewandten Speisesaal.

Wie unsichtbares Geröll grollten blechern zerknallende Donner heran und polterten über die sturmgepeitschten Berghänge. Allen Staub wusch der Regen zu Pfützen zusammen, gelblich trübe Wasserläufe schossen über das Pflaster der schmalen Gassen hinunter zum See.

Direkt an der Fonte Calina mußte ein Blitz eingeschlagen haben, der ohrenbetäubende Donner ließ Fensterscheiben, Kaminabschlüsse und Ziegel vibrieren.

Respektvoll scherzend prosteten die Kumpane Attila zu. Giacomo machte seine Späße wie immer, und Attila lobte ihn als warmherzigen Kampfgefährten, bewährten Kämpfer der Gerechtigkeit und des Vaterlandes. Giacomo winkte die pathetischen Worte ab, spöttelte über sich selbst, er sei doch noch gar nicht gestorben, und seine Leichenrede solle dann auch nicht so parteipolitisch ausfallen. Die Gesellschaft ließ ihn immer wieder hochleben, bis er sich des Gedankens nicht mehr erwehren konnte, der Dank des Vaterlands könne ihm durch Attilas Fürsprache vielleicht doch noch in Form von ein paar Lire zukommen.

Der unvermindert prasselnde Regen und die heftig aufschlagenden Wellen des Sees verschluckten Stimmen und Geräusche.

Während das ausgelassene Geschrei der schon betrunkenen Männer den Lärm der Natur zu übertönen versuchte, kam es am SS-Gebäude zu einem kurzen und heftigen

Schußwechsel. Zu spät hatten die überraschten Wächter ihre Gegner bemerkt. Die Partisanen hatten die Mauer erklommen, kamen durch die Hecke gekrochen und lauerten unter den drei Pinien. Ein SS-Wächter der unter dem Vordach zurückgelassenen Notbesatzung brach tot zusammen, die anderen schossen ins Dunkel, gaben aber sofort auf, als sie die auf sie gerichteten Gewehrläufe sahen.

Renzo führte die kleine Gruppe an. In wenigen Minuten waren die Zellen geöffnet und die Gefangenen befreit, auch Margret und Giuseppe. Giuseppe sprang sofort zum Wandschrank und riß seine Flinte heraus, auch die anderen griffen sich die herumliegenden Waffen.

Kaum zehn Minuten später waren die Wächter in den Zellen eingesperrt und etwa zwanzig Gestalten in SS-Uniformen liefen ruhig, umsichtig und dicht an die Hauswände gepreßt die Straße zur Fonte Calina hinauf, huschten im Schutze der Dunkelheit los, hinein in den nächtlichen Wald, in den Schutz der Voralpenberge. Bei Formine waren sie sicherer und bestiegen den dort bereitstehenden Bus, der sie nach Domodossola brachte.

Margret wollte mit Renzo sprechen, aber die Ereignisse ließen kein Gespräch zu, so daß sie es auf den morgigen Tag verschob. Ungefähr eine Stunde hinter Fínero glaubte Margret schon einen Vorort von Domodossola vor sich zu haben. Die von Berghängen umringte, sturmdurchtoste Ebene verriet ihr nicht, wie weit sie noch oberhalb des Ossola-Tals waren.

Noch vor wenigen Tagen war Fínero wegen einer grausamen Erschießung von fünfzehn Geiseln an der Friedhofsmauer oberhalb der Bernardino-Kirche von Verzweiflung beherrscht gewesen. Jetzt war der Ort trotz der frühen Morgenstunde schon emsig bei der Arbeit.

Hier befand das Schulministerium der Republik, davor war eine Flak stationiert, die recht lädiert aussah. Aber die Besatzung war zuversichtlich, jedes Flugzeug über dem Tal mit ihrer Kanone herunterholen zu können. Bis die Engländer hier wären!

Die Menschen hatten Giuseppe erkannt und wollten ihn dabehalten. Andere, auch halbe Kinder, boten sich an mitzugehen. Sie zogen beleidigt ab, als er sie lachend fortschickte.

Renzo kam das alles unwirklich vor. Er blickte nicht nur finster, was dem Erfolg seines Husarenstücks nicht entsprach, er dachte auch finster und lächelte erst wieder, als er zufällig an sein erstes Fest dachte, das Avantifest. Dort waren auch alle fröhlich gewesen unter roten Fahnen.

Sein gutmütiger Onkel Theodor hatte ihn zu diesem Fest nach Anzola mitnehmen wollen. Da war er zehn Jahre alt. Der Onkel hatte ihm zwar immer wieder geheimnisvolle Zeichen gegeben, die Brauen bedeutungsvoll hochgezogen, den Zeigefinger theatralisch an die Lippen gelegt, aber die Eltern dennoch zunächst nicht überreden können. Erst nach langem Für und Wider war die Entscheidung am Abend des Vortages gefallen.

Zuerst fuhren sie mit dem Postbus, dann liefen sie eine Lindenallee entlang nach Anzola, wo in der letzten Kurve vorm Dorfausgang eine Waldlichtung lag, auf der eine provisorische Bühne mit lackierter Pappüberdachung errichtet worden war, ausreichend für einen Akkordeon-, einen Klarinetten- und einen Baßspieler. Der Klarinettist betätigte zusätzlich mit dem Fuß ein blechern klingendes, kupfernes Doppelbecken. Überall waren kleine rote Tücher in die Bäume gebunden. An der kühlsten Stelle des kleinen Wäldchens stand wie unter einem Altar das Zeichen PSI.

In dieser Gegend des industrialisierten Piemont war vor mehr als hundert Jahren die Sozialistische Partei Italiens gegründet worden, hier, im zivilisiertesten Teil Italiens, im Herzen von Savoyen, dem italienischen Preußen, hatte sie stets ihre größten Wahlerfolge. Die jüngere Kommunistische Partei hatte damals die Lehren Antonio Gramscis noch nicht beherzigt und ihre radikalistische Isolation nicht überwunden. Die Sozialistische Partei galt als die originäre und eigentliche Formation der Linken.

Am Eingang zum Fest standen zwei von rotem Tuch umhüllte viereckige Holzpfosten, bei denen jeder Besucher gegen eine Spende einen kleinen Topf mit einheimischen Pflanzen in die Hand gedrückt bekam, linkerhand war ein fünf Meter langer Backsteingrill aufgebaut, über dessen Rost mit den gewaltigen, triefenden Rippenstücken von Schwein und Rind er damals gerade darüberwegsehen konnte.

Der rote Onkel Theodor plazierte Renzo bei Freunden am Tisch, holte die handgemalten Billets für Speis und Trank, die vom Parteisekretär höchstpersönlich ausgegeben wurden, und kehrte mit zwei gehäuften Tellern Ravioli nach Ossolaner Art mit Hammelhaschee zurück. Vor Renzo wurde ein Becher Kinderbowle aus Apfelsaft mit Zitrone und Zuckerwasser gestellt. Aber auch am Barbera-Glas des Onkels durfte er nippen. Onkel Theodor wirkte mit seinem fein zurückgelegten grauen Haar neben all den grob und krummzahnig feixenden Gesichtern auffällig vornehm. Er war eine fröhliche Erscheinung in dieser Wunderwelt aus grünen Bäumen und farbigen Propagandaschildchen mit roten Fähnchen. Die Musik begann um halb neun. Renzo starrte so versunken auf die Tanzfläche, daß eine sehr dicke Frau ihn zum Tanz aufforderte. Ihr Gesicht blinkte vor Schweiß, und die Brille war so fettbefingert, daß man die Augen nicht sehen konnte. Renzo war zu Tode erschrocken. Noch nie hatte der verwachsene Junge versucht, sich öffentlich im Rhythmus der Musik zu bewegen. Die Frau erinnerte ihn mit ihrer Fröhlichkeit an die erste Freundin seines älteren Bruders Mauro, die auch ein wenig zu dick war, mit ihrer Ausgelassenheit aber alle anstecken konnte. Renzo saß geduckt da, als der ganze Tisch die dicke Frau und ihn anfeuerte, das Tänzchen zu wagen. Dann spürte er eine Hand wie einen Schraubstock um sein Armgelenk, die zog ihn in Richtung Tanzfläche, und er hörte den gemütlichen Baß Onkel Theodors, sich doch nicht zu zieren. Er lächelte mit verkrampfter Freundlichkeit zu seiner um gut ein Drittel größeren, dicken Tanzpartnerin hinauf. Sie keuchte ihm nach den ersten Takten der sich immer wiederholenden, novaresischen Volksmelodie atemlos zu, er möge doch auf ihre Schritte achten, dann würde alles gut gehen.

Renzo war nie sehr gelenkig. Mit seinem Buckel, den er damals noch nicht verdeckte, mußte er sowieso armselig wirken neben all den Menschen, die in routiniertem Kreiseln neben ihm wogten. Da er aber nun auf die Schritte seiner stampfenden, schwerfüßigen Tanzpartnerin achten und diese Bewegungen auf die eigenen nicht gleichmäßig koordinierten Füße übertragen sollte, gab er zwischen den vielen geschmeidig dahingleitenden Tanzpaaren ein Bild von solcher Erbärmlichkeit, daß Onkel Theodor nicht wußte, ob er ihn schnell wieder zurückholen oder besser fröhliche Miene zum jämmerlichen Spiel machen sollte. Als das Paar zurückgekehrte, johlte der Tisch vor Vergnügen. Später fielen Renzo dazu die krummgedrechselten Grimassen des Velazquez ein, die er in des Vaters Bibliothek in einem illustrierten Buch gefunden hatte. Hier erkannte er die giftigen Eulenblicke in ausgelassenen Gesichtern. Auch Onkel Theodor hatte sich zum Mitlachen entschieden, um der ganzen Sache wenigstens noch eine fröhliche, ungiftige Note zu geben. Ahnte er, daß die Fratzen Renzo noch Nächte darauf umflirrten? Renzo hatte während des Tanzes nichts mitbekommen von dem Spott, den er auf sich gezogen hatte, so vertieft war er in die Anweisungen, die ihm seine Lehrmeisterin anfangs gab. Auf Kosten des Kleinen war sie in den Mittelpunkt einer Vorstellung geraten, die sie so bald nicht aufgeben wollte. Und der kleine Krüppel, den sie umhüpfte und zu immer neuen, kranken Verbiegungen seiner dürren Beinchen animierte, war für die Zuschauer ein Quell der guten Laune geworden, deren Urheberschaft sie beanspruchte. Renzo hatte seitdem nie wieder getanzt.

Das alles war ihm bei seinem stillen Triumphmarsch durch Fínero durchs Gedächtnis gegangen, als sei es gerade gestern geschehen. Zwei alte Männer hatten diese Erinnerung ausgelöst. Sie hatten Giuseppe zugejohlt, und er sah Bilder eines anderen Buches vor sich: Unter der Überschrift »Der Schlaf der Vernunft gebiert Ungeheuer« hatte Goya sie skizziert.

Da freuen sich die Leute, dachte Renzo, und wir müßten ihnen sagen, ihr freut euch zu früh. Hinter diesen Bergen und hinter diesem einen Berg am Ende des Cannobiner Tals, in Cannobio, ist schon die Falle aufgestellt, die unsere Kräfte festketten wird, wenn nicht noch eine unerwartete Rettung geschieht. Er grübelte darüber nach, ob sie, die Linken, nicht vor lauter Menschlichkeit an den Menschen vorbeigingen. Die Verwerter des großen Kapitals hingegen und deren Parteien hatten längst jeden Begriff von Menschlichkeit preisgegeben.

Aber so ist das, dachte er, nach einem anstrengenden Tag neigt man angesichts warmer Nachtluft zu den komischsten Gedankensprüngen.

53

Seltsamerweise wurde Renzos Aktion in Domodossola nicht bekannt. Eman wußte, daß es ein Gefecht um Cannobio gegeben hatte. Aber Giuseppe, den man noch gar nicht vermißt hatte, war einfach da. Und auch Arca hatte man im Regierungsgebäude gesehen. Aber die Leute ahnten noch nicht einmal, daß Cannobio, die Achillesferse ihrer freien Republik, an den Feind gefallen war. Im Gegenteil: Die zahlreichen Sensationsberichte über das Scharmützel nahmen derart überhand, daß es schien, man habe den gesamten Piemont erobert, und die Reste faschistischer und deutscher Macht seien nun auch zerschlagen worden.

Die Republik von Domodossola war gezwungen, sich hauptsächlich mit ihren kleinen und noch kleineren Alltagsproblemen zu beschäftigen. Nun gab es zumindest für zwei Tage genügend Gesprächsstoff, um keinen besorgten Blick auf die Landkarte werfen zu müssen. Der Regierung war dies recht, jedenfalls den meisten ihrer Mitglieder. So entstand keine Panik-Stimmung gegen sie. Eine Minderheit nutzte hingegen die Zeit, um ohne Druck jene Szenarien durchzugehen, die sich daraus ergaben, daß Cannobio verloren war, und die Frage aufzuwerfen, wie man es zurückerobern könnte. Renzo zählte zu dieser Minderheit.

Es überraschte ihn an sich selber, daß es ihm nicht einmal so schwer fiel, seine unbestreitbare Heldentat als Anführer der Befreiungsaktion ganz und gar für sich zu behalten.

Er saß auf einer langen Bank, klatschte ab und an artig im Rhythmus des Akkordeonspielers, nickte in die tanzende Menge, hielt sich an seinem Rotwein fest, den er in kleinen Schlucken trank, und blieb, es war ihm anzusehen, mit sich allein. Wäre es ihm hingehalten worden, er hätte sofort nach dem Akkordeon gegriffen und allen gezeigt, wie Schwung in die Masse kommt. Die Sonne stand rot hinter dem schwarzen Wolkengebirge und erinnerte ihn an die zusammengefaltete Fahne, die in Onkel Theodors Keller unter den Kartoffelsäcken verborgen lag.

Die Befreiungsaktion für Giuseppe, die Engländerin und die anderen sprach sich während der nächsten Tage in Domodossola doch herum, und das Scharmützel bei der Villa Maria in Cannobio hatte sich zu einem leichenbedeckten Schlachtfeld ausgewachsen. Die Blauen versuchten Arca, der in der gleichen Nacht in der Nähe von Cannobio operiert hatte, die Befreiung zuzuschreiben und waren auch bemüht, alles als eine Abenteuerei unter Kommunisten abzutun, die eigentlich dem Volk nichts eingebracht hätte.

Die Partisanenrepublik war noch keine Woche alt. In ihrer Hauptstadt Domodossola stolzierten Männer mit martialischen Blechschnallen auf breiten Gurten und anderen Uniformresten durch Cafés und Gäßchen, applaudierten hier alten Frauen, weil sie die Straßen fegten, posierten da für das mit wäßrigen Farben und dicken Pinseln gemalte Bild eines Künstlers und taten sich als Freunde des Volkes hervor. Im Rathaus regierte Professor Ettore Tibaldi, wenn regieren den Druck immer neuer Aufrufe bedeutet.

Dichtungsringe, Transportbänder, Regenmäntel und andere Gummiwaren wurden noch immer nach Mittelitalien geliefert, wenn dort auch Preisabschläge bis zu sechzig Prozent erwartet werden mußten, und weder die Schweiz noch das faschistische Rest-Italien erkannten Eisenbahnfahrscheine an, die im Ossola-Tal ausgestellt worden waren. Für die drei Stationen innerhalb der Republik lohnte sich das Kassieren kaum. Eine Kommission tagte, die zu prüfen hatte, wie die Gehälter der Eisenbahner demnächst ausbezahlt werden konnten.

Eine andere Kommission befaßte sich mit den Abgaben, die für das Erziehungswesen, die Lehrergehälter und Lehrmittel entrichtet werden mußten. Briefmarken überstempelte die neue Republik, und es gab im Rathaus nun schon die dritte Diskussion darüber, ob es nicht wirtschaftlicher wäre, einfach Schweizer Marken zu verwenden. In den ersten Tagen klappten die landwirtschaftliche Produktion und Lieferung noch, jetzt mußte schon Milch aus der Schweiz herangeschafft werden. Man munkelte, dafür sei mit gestohlenem Gold bezahlt worden. Wiederum vertraten einige, diesmal gegen den erbitterten Widerstand der Monarchisten, die Auffassung, aus dem Ossola-Tal eine Schweizer Region zu machen und darüber mit der Kantonsverwaltung des Tessin zügig zu verhandeln.

Andere beantragten, das Rangsystem der Armee grundsätzlich zu demokratisieren. Und so tagten die Kommissionen ohne Unterbrechung vor sich hin.

Nun aber putzte sich die Partisanenrepublik zum ersten Mal heraus. Aus Jugoslawien wurde eine Delegation erwartet. Titoisti! Renzo spürte die Begeisterung in den Straßen, sie war von gänzlich anderer Art als die faschistische von 1921, an die er sich noch schwach erinnerte, frei und nicht von oben angeordnet. Das Aufatmen kam aus verkniffenen Mündern und ungläubigen Augen. Aber warum genoß er es nicht gemeinsam mit diesen Menschen, die er doch so oft seinesgleichen nannte? Hatte er nicht so lange und so aufopferungsvoll darauf hingearbeitet? Oder war er innerlich doch verbittert, wie sie seine Lieder überhörten und ihn aus ihren Geschichten ausblendeten?

Dies ist meine Selbstsucht, wenn ich mich, statt am Enthusiasmus der Werktätigen, an den Rentnerrunden vor dem Rathaus gütlich tue, die nichts anderes bemeckern als die vielen Müllhaufen an den Straßenecken! Ach, nie werde ich zum Proletariat finden, meine Selbstsucht ist mir im Wege. Anna hat recht, ich bin ein Egomane, allem kollektiven Verhalten entrückt! Er glaubte, mit sich selbst böse ins Gericht gehen zu müssen.

Von fünf täglichen Schulstunden im Lehrplan fanden bald nur noch zwei statt. Alles, was die Republik importieren mußte, war Mangelware, die sofort nach der Ankunft – nicht frei von politischen und persönlichen Zuneigungen – rationiert wurde. Und so gab es nur noch einen Laden im Ort, dem die Nägel und Schrauben nicht ausgegangen waren. Dafür erschienen mehrere Zeitungen der verschiedenen

Grundrichtungen, und in ihnen gab es wieder mehrere Richtungen und mehrere Kolumnisten, die sich freuten, in der Öffentlichkeit mit ihrem Namen angesprochen zu werden. Renzo führte Beschwerde über die Ungerechtigkeit der parteipolitischen Zuteilungen, was faschistischen Agitatoren Wasser auf die Mühlen sein müsse.

Aber auch Renzo bekam es mit einem neuartigen Typus von Vorkämpfer zu tun: Vittorio Gosmano, den Renzo in keiner der Schlachten gesehen hatte, entwickelte eine besondere Meisterschaft. Er hatte plötzliche Überzeugungen. Mit feinen Ohren konnte man am Morgen am Cafétisch bei Ettore Tibaldi, gegenüber vom Rathaus, Einschätzungen hören, die sich um die Mittagszeit zu festen Eigenerkenntnissen des Vittorio Gosmano verdichtet hatten. Und da der junge Staat noch kein Recht und schon gar kein Presserecht kannte und die Faschisten die Unschuldsvermutung bis zum Beweis des Gegenteils gar nicht zuließen, vermochte Roberto Gosmano erlogene Tatsachenbehauptungen über Meinungen anderer in Umlauf zu setzen, die von Tibaldis Ansichten abwichen, ohne daß jemand Zweifel daran äußern konnte. Gegen Abend desselben Tages wurden Gusmano dann die eigenen Schöpfungen wieder von anderer Seite zugetragen, was er mit mildem Lächeln quittierte. Diese Gerüchte hatten wenig mit Politik zu tun, eher mit Vielweiberei, Protzgehabe, Wichtigtuerei, Eigenliebe, Geltungssucht und anderen Untugenden, die schon jedes Zeltlager durcheinanderbringen konnten, erst recht ein so junges und andersgeartetes Staatswesen. Unter dem Druck seiner Meinung, kombiniert mit der Effizienz der durch ihn selbst gegrabenen Gerüchte-Kanäle wurden abweichende Meinungen bald an den Pranger gebracht und unschädlich gemacht.

Im Falle von Renzo hatte Gusmano sich als Angriffspunkt für Geltungssucht entschieden, so daß diesem, als er die parteipolitische Übervorteilung in der Rationenzuteilung kritisierte, bald erklärt wurde, für diese angeblichen politischen Privilegien seien doch wohl kaum genügend Waren vorhanden. Zumal bei der Zuteilung von Mangelware vor allem jene Berücksichtigung finden müßten – »wie es in der Umgebung des Präsidenten Tibaldi hieß«, vergaß er nicht einzufügen –, die Lagerhallen vorhielten oder andere lebensnotwendige Güter für die Republik zu liefern in der Lage wären. Wer sich diese Kleinmonopole nicht warm hielte, würde bald noch stärker den Mangel verwalten müssen. Traurig oder gut, aber so sei die Realität.

Renzo hatte daraufhin für L'Unita einen Beitrag geschrieben, der seine Skepsis gegenüber der Partisanen-Republik nur mühsam kaschierte. Er hatte seine Vorbehalte vor allem wirtschaftlich begründet, denn er spürte einen Wandel der Grundstimmung, eine zunehmende Nachdenklichkeit, die sich nach Sonnenuntergang in den Cafés und Gasthäusern einnistete und verbreitete.

Es war schon fast dunkel, als Anna den Garten der Gaststätte betrat, in der die jugoslawische Delegation nach ihrem Rundgang durch die Gassen der Hauptstadt und den offiziellen Beratungen mit Professor Tibaldi jetzt das Volk kennenlernen sollte, das für solche offiziellen Anlässe gemeinhin von den Kommunisten gestellt wurde. Sie setzte sich Renzo direkt gegenüber an einen langen Holztisch.

»Ich wollte dir noch einmal Danke sagen, Renzo.«

Nach einer Pause sagte er ganz ruhig: »Aber sie werden kommen, du weißt, daß sie kommen? ... Es werden fünfzehntausend oder mehr sein, bewaffnet bis oben hin. Und sie wollen den Sack zubinden, von Cannobio und Stresa bis hierher.«

»Und, was meinst du, was wir tun sollen? Solche Feiern wie hier helfen uns jedenfalls nicht.«

»War auch kaum meine Idee«, knurrte Renzo. Anna packte seinen Arm, aber er fuhr fort: »Wir brauchen eine Verteidigungslinie, zwei, drei. Wir müssen eigentlich sofort morgen früh damit anfangen. Ich verstehe nicht, wie man hier herumsitzen und tanzen kann!«

Sie schüttelte den Kopf mit einer Heftigkeit, die Renzo schon vom Fenster des elterlichen Hofguts aus als anmutig empfunden hatte, besonders wenn sie noch mit dem Fuß aufstampfte: »Nun sind wir hier, und wir bleiben hier! Etwas anderes kommt nicht in Frage.«

»Etwas anderes kommt immer zumindest in Frage. Es war auch kein absoluter, historischer Zwang, aus den Bergen herunterzukommen und hier eine Republik aufzumachen, deren Lächerlichkeit auch keine Heldengesänge übertönen können«, brummte Renzo. »Es ist jetzt nicht mehr nur unser Risiko, sondern wir haben die Menschen hier mit in die Gefahr hineingezogen. Wenn die Faschisten wiederkommen, dann kennen sie alle, die mit uns zusammengearbeitet haben, dann müssen sich einige distanzieren, um ihren Kopf zu retten, die sich nie von uns distanzieren wollten, und mit Worten ist es so, daß sie nicht nur nach außen, sondern auch nach innen abfärben. Anschließend werden viele Leute nicht mehr bei uns stehen. Und die es tun, werden leiden.«

Es ärgerte Anna, wie Renzo mit hochgezogenen Brauen ihre Hände auf der Tischplatte betrachtete, und sie erwiderte auf seine Worte mit Nachdruck: »Wir müssen die Patroni enteignen, auch den einen oder anderen Massenmörder liquidieren, wenn es sein muß. Wir müssen zügig vorwärts zur sozialistischen Republik schreiten. Sie ist die einzige und wahrhafte Antwort auf den deutschen Herrenmenschen. Warum schüttelst du wieder deinen Kopf, Renzo? Ist nicht schon genug Unrecht geschehen im Namen von Kapital und Vatikan?«

»Wenn wir die Menschen schonen wollen, wie du zu Recht sagst, wenn wir auch unsere eigenen Kräfte nicht sinnlos vergeuden wollen, Anna, dann geht es zuallererst um das Absichern des Erreichten. Sonst hätten wir uns das ganze Experiment schenken können ...«

»... und ein Kanton der Schweiz werden? Mit der Kuckucksuhr als Nationalemblem?«

»Da hätten wir wenigstens einen vernünftigen Handelspartner und die Neutralität ... zumindest erstmal öffentlich und auf dem Papier! Aber im Ernst: Die Schweizer wollen vieles, aber uns wollen sie nicht!«

»Es geht dir doch am Ende nur um deinen Stand.« Ihre Augen blickten zornig: »Um das Gut deines Vaters, um die Wiederherstellung deines Rufes und deiner Privilegien. Aber Privilegien sind es, die die Menschen so ... räudig gemacht haben. Privilegien!«

»Ach! Ausgerechnet meine Privilegien sollen mich leiten?

Vielleicht hast du recht, obwohl ich mir fest einbilde, daß ich mich längst davon verabschiedet habe. Aber Sozialismus muß vielleicht noch tiefer gelernt sein. Die Privilegien wohnen tief drinnen in den Seelen. Auch bei denen, die darunter gelitten haben. Die waschen sich nicht Knall und Fall aus, wenn wir nur laut genug Gleichheit rufen.«

»Jedenfalls können ohne Revolution die Menschen nichts begreifen – begreifen, verstehst du? Fassen, daß es ein Leben ohne angeborene Vorrechte gibt, Renzo. Einer mit deiner Herkunft kann sich in Menschen nicht hineinfühlen, denen sechshundert Lire für eine dreiköpfige Familie einen Monat lang reichen müssen.«

»Nie!« lächelte Renzo zurück, was sie noch mehr ärgerte.

In diesem Moment betrat Claudio Martino das Gastzimmer und sah Renzo, Anna und die anderen alle. Als er bemerkte, daß sich Renzo und Anna zu streiten schienen, trat er an ihren Tisch, und Anna deutete in Erwartung eines Mitstreiters gegen Renzo auf den Platz neben sich. »Renzo will uns zu Schweizern machen, wie Suprati. Und den Sozialismus beerdigen, was hältst du davon?«

»Ach, Unsinn«, fiel ihr Renzo ins Wort, »erzähl nicht so ein Zeug. Aber unsere Lage ist höchst bedrohlich. Und da sollten wir uns nichts schönreden. Wir können gerade einmal Mais und Gummi liefern, aber keiner nimmt es uns ab.«

»Das sind wirtschaftliche Fragen, an denen arbeitet unsere Regierung«, brummte Claudio verstockt. »Da drüben sitzen unsere jugoslawischen Genossen. Was sollen die denken, wenn sie uns so reden hören. Die werden ihren Sozialismus bald aufbauen, aller Welt vorführen, daß es geht, demokratisch, menschlich, selbstbestimmt. Und wir reden über Gummilieferungen ...«

»Weil alle Träume eine wirtschaftliche Basis brauchen!«

»Dann müssen wir eben mit der Stahlproduktion beginnen, wie die Sowjetunion!« Anna lachte, froh über Claudios Beistand: »Landwirtschaft hat jeder, das ist Vergangenheit. Eisen macht Zukunft.«

»Und woher nehmen wir das Erz? Komm aus deinen Luftschlössern heraus. Wenn wir weiter so wirtschaften, wird die Milch für unsere Kinder bald ganz ohne Fett sein, und alles, was wir hier produzieren, wird für uns zu teuer, und an der Grenze ist es nur noch die Hälfte wert. Aber die Schuldverschreibungen der Schweiz verdoppeln sich von Woche zu Woche, und die Zinsen werden nicht halbiert. Dann bist du ein Teil der Schweiz, auch wenn du es nicht sein willst. Und den Sozialismus fressen die Kredite.«

»Erz ist doch heutzutage nur eine Sache von Waggonladungen, wir leben doch nicht mehr im Mittelalter!«

»Also du meinst, wir sind im zwanzigsten Jahrhundert? Aber militärisch halten wir übermorgen keinem Ansturm stand. Das weiß doch jeder, der die Karte auch nur etwas lesen kann.«

Claudio Martino, der in der Illegalität die Parteilinie als Überlebensdoktrin begriffen hatte, wollte das schlüpfrige Terrain der Ökonomie verlassen und auf gesicherten Boden zurückkehren: »Es laufen jetzt viele zu uns über, weil sich die Rote Armee nach vorn siegt – eben haben Finnland und Rumänien zugleich kapituliert, und Polen wird die Rote Armee auch ganz schnell befreit haben. Und auch hier wollen jetzt viele bei den Siegern sein. Wir jedenfalls sind ein Teil der Roten Armee.«

»Meinst du?« Claudio überhörte Renzos gereizten Ton.

»Jedenfalls sind wir ein Teil des Weltproletariats und damit auch ein Teil der Roten Armee. Wir müssen es machen wie Tito. Einen kleinen Staat aufbauen, einen Teil der proletarischen Weltrepublik.«

Renzo fuhr seinem Genossen in die Parade: »Mit den großen Hunden bellen? Bei uns heißen die großen Hunde Royal Air Force, bei Tito ist es die Rote Armee. Und er befiehlt. Da ist die Rote Armee ein Teil von ihm, aber er ist kein Teil der Sowjetunion.«

»Das ist mir zu hoch.« Anna grinste, um Renzo an seine Schwäche, die Unverständlichkeit des Intellektuellen, zu erinnern.

»Denkst du, Tito kann den Kroaten, Serben und Montenegrinern die Sowjetunion schmackhaft machen? Und was der nicht kann, sollen wir hier können? Im übrigen: Stalin, Churchill und Roosevelt haben die Landkarte abgesteckt, und da sind wir leider in den Westen gefallen.«

»Die Weltgeschichte als Schicksal!« höhnte Anna, während Claudio ängstlich bemüht war, sich nicht durch irgendeine Regung in seinem Gesicht zu äußern.

Renzo sah Anna direkt in die Augen: »Angenommen, alle unsere Maschinengewehre hier im Ossola-Tal würden gleichzeitig auf die Faschisten feuern, dann haben wir nach zehn Minuten keine einzige Patrone mehr. Drei Stück pro Sekunde ... Ratata ... und jedes Gewehr vielleicht zweitausend, wenn es hoch kommt. Die Rote Armee dagegen hat Nachschub und Panzer und kann schießen, solange sie will, das wäre doch ein geringfügiger Unterschied, oder?«

Anna wollte das nicht gelten lassen: »Nun schießt aber kein Maschinengewehr zehn Minuten lang. Wenn alles richtig dosiert wird, dann hält das schon für ein paar Tage.«

Renzo lachte auf: »Die Schwarzen blockieren übermorgen das Tal, und bald sind wir ausgehungert. Das ist die Wahrheit. Dann gibt es eine Linie, an der kein Mensch und keine Güter durchkommen. Das ist in Jugoslawien schon ein wenig anders. Und du weißt, was der erste Nachschub aus der Schweiz gebracht hat? Da sind Autos mit ein paar Mullbinden und aufgekeimten Kartoffeln gekommen! Ich will gar nicht wissen, was wir dafür bezahlt haben.«

»Immerhin: Unsere Regierung hat den Handel in Fahrt gebracht.« Claudio nutzte die Gelegenheit für eine abgesicherte Meinungsäußerung.

»Zweihundert Zentner Kartoffeln pro Tag? Das macht zweihundertfünfzig Gramm pro Kopf. Vorausgesetzt, es gibt ein System der ordentlichen Verteilung, woran die Leute hier schon zu zweifeln beginnen. Wir haben ihnen die Befreiung gebracht und eine größere Not. Und die Faschisten stehen vor der Tür und warten ab, bis Nahrung und Munition weg sind und damit auch die Lust der Leute auf eine neue Republik.«

»Und die Engländer? Wir haben ihnen doch extra bei Santa Maria Maggiore die Straße geplättet und alles weggeholzt, damit sie bequem landen können.« Claudio schwenkte weg von Versorgungsökonomie und Roter Armee.

»Warum sollten sie? Sie werden hier in diesem Tal genausoviel Menschen und Material verlieren wie wir. Wir kriegen

Schokolade abgeworfen. Den Rest lassen sie uns schon lieber allein machen.«

Anna wollte Renzos Bitterkeit nicht mehr länger ertragen: »Dann müssen wir eben im Süden durchbrechen und den Weg aufmachen. Das ist besser, als neue Briefmarken zu drucken, Zeitungen, Notgeld und Gedichte. Alle Kräfte auf Gravellona und damit die Straße nach Omegna und Barveno öffnen.«

»Wenn Gravellona wichtig ist, warum sind wir dann nicht vor vier Tagen in den Süden, den Deutschen hinterher, als sie geschlagen waren, sondern nach Norden?«

Claudio lachte bitter auf: »Sag bloß, daß du das nicht weißt. Domodossola ist die Hauptstadt, oder so etwas ähnliches. Und wer zuerst in der Hauptstadt ist, der macht das Spiel.«

»Und wir Garibaldini haben mitgespielt beim lächerlichen Wettlauf in die Hauptstadt. Nur weil die Grünen und die Blauen nach Norden gezogen sind, statt im Süden die Lebensgefahr zu bekämpfen.«

Nach Renzos Vorwurf war es einen Moment lang still.

Während Bergbauern auf dem Markt in Domodossola die in allen Farben leuchtenden Bergkristalle verkauften, wie sie seit langem nicht mehr gesehen worden waren, während die Menschen überall tanzten, ausgelassen wie seit langem nicht, während die Schönen den Partisanen geheimnisvoll zuzwinkerten, saßen hier drei Menschen in trüber Stimmung und quälten einander.

Claudio spürte das zuerst: »Das ist doch typisch links, Selbstzerfleischung, Selbstkasteiung und Spalterei. Warum freuen wir uns nicht über unseren Sieg?«

»Weil wir die Chance vergeben haben«, sprudelte es aus Renzo heraus, »wenn es überhaupt einen Sieg gegeben hat. Die Autonomen und die Blauen haben den Fehler vorgemacht, sie wollten vor uns in Domodossola sein, um uns von dort aus gnädig auch einen Ministerposten anzubieten.«

»Aber die Partei ist seit dem Sommer die führende Kraft im Widerstand.« Claudio klopfte mit dem Knöchel auf den Tisch.

»Träum weiter! Suprati hat gestern gesagt, daß er rein

kommunistische Kundgebungen nicht dulden wird. Und das wußten wir natürlich die ganze Zeit. Solange wir gegen den anwesenden Feind gekämpft haben, überdeckte das die Risse. Kaum war der Sieg nahe, wurden die Risse sichtbar. Und wir haben uns in diesen Wettlauf hineinziehen lassen, statt das Wenige zu sichern und auszubauen. Weil wir in einer Weltgegend operieren, in der der Faschismus noch immer herrscht, in der aber seine Profiteure noch viel länger herrschen werden.«

»Dann werden wir alles verstaatlichen. Das wird ihre krummen Charaktere wieder aufrichten«, sagte Anna grimmig.

»Unsere wirkliche Bedrohung kommt von Gravellona her. Lieber wäre ich ein Teil der Schweizer Armee als ein Teil der Roten Armee, die diesen Boden hier nie betreten wird.«

»Dann müssen wir eben mit dreifacher Kraft kämpfen.«

Claudio suchte die Brücke zwischen Anna und Renzo: »Auch die Blauen haben kapiert, daß sie Gravellona angreifen müssen, alle erzählen davon.«

»Schlimm genug. Wenn nun jeder für sich nach Gravellona läuft, so wie jeder für sich auf Domodossola losgerannt ist, wird auch jeder für sich abrasiert. Die Schwarzen und die Deutschen sind darauf vorbereitet. In Cannobio und Gravellona haben sie ihre stärksten Stellungen, von denen her sie die Republik aufrollen wollen und von wo aus sie unseren Handel und unsere Beziehungen zum C.L.N. am leichtesten unterbrechen können. Es kann nur funktionieren, wenn wir sämtliche schweren Waffen zusammenziehen und mit einemmal angreifen. Nur die Konzentration aller Kräfte und nur bestmögliche Koordination haben eine Chance.«

Claudio suchte nach kräftigen Worten: »Wenn unsere Kommandeure nicht vernünftig operieren, dann machen wir nicht mit. Warum sollen wir uns verheizen lassen für jeden Blödsinn? Wir sollten ihnen die Pistole auf die Brust setzen: Entweder ihr marschiert gegen Gravellona, und das sehr bald und unter einem Kommando, oder ihr könnt uns gern haben.«

Renzo grinste: »Einfach aus der Verantwortung gehen? Du vergißt, daß hierüber geredet werden wird, und zwar nicht nur jetzt, sondern auch in Zukunft. Glaub bloß nicht, gerade unseren Feststellungen wird geglaubt und denen der Grünen und der Blauen weniger. Dann schiebt man uns später den Mißerfolg der Republik in die Schuhe. Also entweder wir schaffen die Koordination ...«

»... oder wir spielen das schlechte Spiel weiter mit«, rief Anna wütend. Und dann leiser nach einer Pause: »Wir sind alle auf bestem Wege in eine ziemlich miese Bürokratie.«

Noch in der Nacht traf sich die Führung der ossolanischen Garibaldini, nicht nur um ihr eigenes Vorgehen zu koordinieren, sondern auch das der anderen Partisanenverbände, besonders derer, die über die wenigen schweren Waffen und gepanzerten Fahrzeuge verfügten. Am frühen Morgen ergab sich folgende Lage: Die Blauen und Grünen wollten den Angriff erst nach weiterer Befestigung der Republik. Sie waren aber bereit, am Vormittag den Plan der Garibaldini, der auf einen zügigen, koordinierten Angriff zielte, noch einmal zu diskutieren. Die Autonomen wollten sofort zuschlagen, hielten schwere Waffen für überflüssig und beraumten ein Treffen mit Giuseppe an, zu dem es allerdings nicht kam.

Am 15. September sollte der Angriff beginnen.

Die Garibaldini begannen ihre Leute bei Tamburnino zusammenzuziehen. Die Nacht vom 11. zum 12. September war für Renzo eine Nacht zahlreicher Gespräche, von denen er hoffte, daß sie Wirkung hatten, damit der Angriff zwar früh, aber nicht zu früh erfolgte.

In erster Linie argumentierte Renzo militärstrategisch. Es war klar, daß die Deutschen Gravellona besser verteidigen würden als die kleineren Stellungen, die die Partisanen bisher fast kampflos eingenommen hatten. »Was wir auf der Landkarte sehen, sehen die Schwarzen auch. Sie haben ihre Nester an den verschiedensten Stellen, fünfzig oder hundert Meter voneinander entfernt, damit wir dazwischenlaufen, wenn wir nicht geordnet sind.« Der Angriff auf Cannobio habe zudem gezeigt, wie genau die Faschisten die Wichtigkeit ihrer Stellung unmittelbar am Lago Maggiore begriffen hatten.

Auf dem Vorplatz des Rathauses von Domodossola traf Renzo auf Margret und Giuseppe. Dort wurde in einer größeren Gruppe von Autonomen heftig gestikuliert, die beiden mittendrin. Renzo warnte vor übertriebenen Erwartungen an die Alliierten. Margret widersprach ihm, als er den Briten unterstellte, diese würden, wenn überhaupt, nur dann helfen, wenn wir uns nicht im Ossola-Tal einkesseln lassen. Ansonsten sei ihnen das eigene Hemd näher als der Rock.

Lorenzo, ein hinkender und besonders wild aussehender Autonomer, rief dazwischen: »Einkesseln lassen? Wie kommst du auf einkesseln? Wir können jederzeit nach Westen oder Osten in die Schweiz, und ihr Roten werdet eure wunderbaren Plätzchen, die ihr in den Bergen so sorgsam zu eurem Schutz eingerichtet habt, ohnehin mit euren Mitkämpfern teilen, oder?«

Gelächter belohnte seine Angriffslust. Renzo legte die Stirn in Falten: »Es geht nicht um uns. Weißt du, wie viele Tausende mit dem Beginn dieser Republik aus einer jahrzehntelangen Deckung getreten sind? Wer mit uns Freundschaft schließt, kann morgen sein Schicksal mit den Toten von Fondotoce teilen. Das wissen die Faschisten auch. Wir müssen hierbleiben, weil unser Rückzug den Rückzug von Zehntausenden nach sich ziehen würde, eine irrsinnige Organisation und Logistik!«

Enrico hatte sich zu ihnen gesellt: »Wenn die Deutschen hier angreifen, brauchen sie weit mehr als zehntausend Mann. Wo sollen sie die abziehen? Oder, anders gesagt: Allein schon deswegen werden uns die Engländer helfen. Weil sie, wenn wir einen eigenen Staat aufbauen, Entlastung an der Front bekommen.«

Margret nickte heftig: »Und deswegen ist jeder Gedanke an die Schweiz Unsinn. Die Alliierten hätten dann nicht mehr die geringste Motivation, hier zu helfen, auf dem Flugplatz zu landen, diese autonome Partisanenrepublik anzuerkennen und mit neuem Material auszurüsten. Wann dann der Rest der Gegend militärisch eingenommen wird, ist zweitrangig, weil ...«

Renzo konnte sich nicht mehr zurückhalten und unterbrach sie: »Nein, wenn das freie Ossola-Tal überleben will, muß Gravellona jetzt genommen werden. Und Gravellona kann nur genommen werden, wenn alle gemeinsam zuschlagen, unter einem Kommando, und wenn keiner zu früh und keiner zu spät losschlägt.«

»Haben wir das Tal befreit, um uns jetzt einem Kommando zu unterwerfen? Was soll die ganze Freiheit, wenn sie nach hundert Stunden schon wieder kassiert ist und einer über alle befiehlt? Wir haben das Tal befreit und führen seit drei Jahren unseren Krieg hier oben, wobei sich bisher jeder auf jeden verlassen konnte, und der Erfolg ist der Erfolg vieler einzelner kluger Köpfe. Wir leben hier im Westen, und einen Stalin braucht unsere Befreiung nicht.« Ein sehr kleiner Landarbeiter mit einer um so beeindruckenderen tiefen Stimme hatte das von der Häuserecke gerufen, an der er mit einer Korbflasche Rotwein in der Hand lehnte, die ab und zu unter den um ihn Stehenden kreiste.

Renzo wurde stiller, versuchte, seiner Stimme Würde zu geben: »Wir waren alle aufeinander abgestimmt. Mit kleinen oder größeren Ausnahmen hat das ganz gut geklappt. Bisher. Bis wir gesiegt hatten. Aber ihr habt doch gesehen, was passiert ist. Die Blauen und Grünen haben nichts besseres zu tun gehabt, als sofort nach Domodossola zu rennen, um für sich und ihre englischen Freunde hier als erste die Fahne zu hissen ...«

»Und ihr? Seid hinterhergewetzt wie Hündchen mit dem roten Halsband.« Der Kleine mit der tiefen Stimme war näher herangetreten. »Und dabei könnt ihr nicht mal die Engländer herbeilocken, denn ihr seid das beste Mittel gegen jeden Fallschirmabwurf. Wo ihr seid, fallen garantiert keine englischen Patronen oder Reissäcke.«

Nun ging aber Giuseppe doch dazwischen: »Seht ihr denn alle nicht, wie unsere Einheit zerfällt? Das ist es doch, was unser Feind sich wünschen kann. Daß wir uns derartig zerstreiten. Was auch immer wir tun, mit Gravellona, mit dem Flugplatz, mit dem Aufbau des Verwaltungswesens – es muß jetzt erst recht koordiniert getan werden.«

Aber auch er fand bei den Autonomen kein Gehör, die sich wilder, freier und durch die letzten Tage bestätigter vorkamen als alle anderen Partisanenverbände. Sie wollten weder an der Macht der neuen Republik im Rathaus teilhaben, noch den Roten zuviel davon abtreten und schon gar nicht nach der Pfeife von irgend jemandem tanzen. Das hatten sie die ganzen Jahre über durchgehalten. Sie waren früher Partisanen geworden als die Kommunisten, die Monarchisten und Liberalen, und nun standen sie mitten im Erfolg ihrer eigenen Strategie.

Renzo unternahm einen letzten Versuch: »Ich lade jeden von euch ein, morgen früh um sechs in der Schule in Tamburnino an der Lagebesprechung teilzunehmen. Wer kommt, kommt. Wer nicht kommt, kann dann auch nicht sagen, er hätte von nichts gewußt.«

Der Kleine mit der tiefen Stimme, der weder Halstücher noch Befehle ertragen konnte, ärgerte sich jetzt noch lauter: »Das ist mir zu ... parasitär. Alles will offenbar nahe der warmen Macht Platz nehmen. So was habe ich schon früher gespürt. In Mailand, wenn faschistische Würdenträger an meiner Mutter vorbeischauten, sie sich aber fest einbildete, die hätten sie besonders lange und gnädig angesehen. Ich kenne diese leichten Schauer, die von der Macht ausgehen. Die Macht der Aura ist die Aura der Macht!« Diesen Satz hatte er einmal irgendwo aufgeschnappt und sich Zeit seines Lebens geschworen, auf diese Unruhe im leiblichen Umfeld der Macht nie mehr hereinzufallen. Er hatte sie auch gespürt, als er Gino Moscatelli, dem großen Chef der Garibaldini, in Verbánia einmal über den Weg gelaufen war und der ihn angelacht hatte. Diese Unruhe, das glaubte er fest, muß aus dem Herzen der Freien heraus! Und die Seele muß ruhig werden, auch wenn die allergrößte Macht einem die Hand gibt und ein Gespräch anzettelt. Er wurde jetzt ruhig und sprach gedämpft weiter: »Also wollt ihr wieder als erste in Gravellona sein, wie ihr vor vier Tagen als erste hierher gewetzt seid, statt den Deutschen hinterherzugehen?«

Dem übernächtigten Renzo platzte der Kragen: »Mach doch, was du willst, wenn du immer und überall eine schlechte Absicht siehst. Geh zu denen, die hier feiern, da drüben spielt ein schönes Akkordeon, die haben alle keine bösen Absichten, die haben aber auch überhaupt keine Pläne.«

»Das ist eine Idee!« Der Kleine mit der tiefen Stimme schnaubte im Fortgehen aus der Gruppe seiner ihm lachend folgenden Freunde: »Leute wie ihr haben in der Geschichte nie etwas verändert, sie haben immer nur die eine durch die andre Macht ersetzt.«

Renzo schrie ihnen nach: »Und mit euch ist die Geschichte schon immer fertiggeworden.«

Dann waren die Stimmen über den Platz vor dem Rathaus entschwunden, ohne Renzo, Giuseppe und Margret noch eines weiteren Blickes zu würdigen.

»Meinst du, mit solcher Stimmung kann diese Republik gehalten werden?« Margret klang ängstlich.

»War die Republik meine Idee?« fragte Renzo nachdenklich.

»Das ist nicht gut, Renzo, findest du das solidarisch? Weil es nicht deine Idee war, kann sie auch vor die Hunde gehen?«

»Hab ich sie vor die Hunde geworfen? Will ich, daß wir unsere Kräfte zersplittern? Will ich, daß jeder für sich Crevelona angreift?«

»In der Sache stehe ich ja bei dir, aber der Ton ...«

Margret versuchte wieder zu vermitteln: »Giuseppe hat recht. Hier geht der Ton vor die Hunde, nicht die Republik. Die gibt es nämlich noch gar nicht. Aber ein herzlicher Ton – das wäre der Vorbote. Dieser Mensch ist jetzt für euch verloren. Und er wird es weitererzählen. Von den Faschisten haben wir in Locarno immer wenig gewußt. Aber eines haben wir erfahren: Sie haben an ihren Lagerfeuern Herzlichkeit gezüchtet, sie haben viel mehr Wärme ...«

»Klar, am Lagerfeuer ...«

Aber Renzos lakonischer Einwurf stachelte Margret an: »Mit den wirtschaftlichen Mißerfolgen nimmt der barsche Umgangston zu. Organisiert die Versorgung besser, damit ihr wieder freundlicher werdet ...«

»Ihr?« fragte Guiseppe dazwischen.

»Wir, okay! Dann sag es den Leuten aber auch offen: Das ist unsere Sache, diese Partisanenrepublik. Unsere gemeinsame. Was falsch geplant wurde, haben wir nicht für euch falsch geplant, sondern ihr habt euch in eure eigenen Angelegenheit nicht eingemischt, habt die Planung auf andere übertragen. Und so müßt ihr es auch mit Crevelona machen ...«

»Wir!« verbesserte sie Giuseppe erneut. »Das ist das Problem. Du mußt den Leuten auch Gelegenheit geben, sich einzumischen. Wenn sie sehen, daß der Angriff auf Gravellona über ihre Köpfe hinweg geplant wird, dann werden sie die gesamte Republik wieder als ein wenig weiter entfernt von sich empfinden. Es ist dann immer ein kleiner Baustein zu der Bequemlichkeit, etwas auf andere zu übertragen.«

»Und wenn es schiefgeht, dann waren es auch immer die anderen«, brummte Renzo hinterher. »Aber da siehst du es wieder, wir plagen uns, irgend etwas Gemeinsames hinzubekommen, weil wir uns organisieren müssen, weil wir angreifen müssen, weil wir nicht oben sitzen. Und die Faschisten können gut Herzenswärme spielen, ihnen wachsen die Ansichten der Welt organisch zu. Wir müssen unsere Ansichten organisieren. Weil sie die Wirtschaft haben, weil sie mit den Herrschenden im Bunde sind, weil sie in Gravellona in ihren gesicherten Kasernen hocken.« Renzo gewann an seinem Wortspiel Gefallen: »Die Herrschenden haben organisch, was wir organisieren müssen.«

»Und genau darum war der Satz, die Geschichte sei schon immer mit Leuten wie ihm fertiggeworden, nicht nur großspurig, sondern auch Gift für uns. So erscheint ihm die Geschichte wie ein feindliches Unwetter.«

Noch am Abend des gleichen Tages konnte Vittorio Gosmano befriedigt in den Kneipen um Domodossolas Marktplatz hören, was er mittags in die Cafés und Läden um das Rathaus verbreitet hatte: Renzo Rizzi habe zur Einschüchterung eines einfachen Landarbeiters die Kommunisten mit jenen gleichgestellt, die alle Abweichler und Andersdenkenden fertigmachen würde.

Auch wenn der Betroffene, der in Vittorio Gosmanos Ränkespiel nicht hineingezogen werden wollte, ehrlich genug war, das Gerücht zu relativieren, als es ihm zu Ohren kam – ganz so hätte es der Herr Künstler nicht gesagt –, über Vittorio Gosmanos Kanäle wurde das Gerücht unter die Leute gebracht, die Kommunisten würden nach dem Angriff auf Gravellona bald auch hier mit allen Andersdenkenden kurzen Prozeß machen.

Wenig später begann die Lagebesprechung. Renzo, der kaum drei Stunden geschlafen hatte, sprach lallend, als er die alte Dorfschule betrat. Er roch aus Kleidern und Mund faulig nach Schlaf und sah krank aus mit den Bartstoppeln auf der bleichen Haut und den tiefen Schatten um die Augen. Der Buckel stand hervor und ließ ihn klapprig erscheinen.

»Glaubt bloß nicht, daß in Gravellona ein Haus steht, in dem sie alles zusammengezogen haben, das wir nur umstellen müssen, und dann haben wir sie.«

Giuseppe ergänzte: »Wir werden einen ersten Angriff durchführen, damit wir sehen, wo überall sie stecken. Dann erst werden wir unsere Geschütze einrichten. Wie viele haben wir eigentlich?«

»Es sind bis jetzt gerade mal zwei: ein Mörser und ein Granatwerfer.«

»Der eine Mörser hat seine Macken und bedarf Brunettos zärtlicher Hand«, lachte jemand von hinten.

»Drei Geschütze, das ist zu wenig.« Renzo hatte wieder diesen alles bestimmenden Ton in der Stimme, der ihm so viele Gegner einbrachte. »Es muß verschoben werden. Frühestens in drei Tagen! Und auch dann nur, wenn wir mindestens noch zwei oder drei Mörser zusammenbekommen haben.«

»Wenn die Autonomen das mitmachen. Als du mit ihnen heute nacht sprachst, hatte ich den Eindruck, da will sich keiner von irgend jemandem was sagen lassen, den er für einen Bürokraten oder Kommandeur hält.«

In diesem Moment ertönten nicht sehr weit entfernt eine heftige Detonation und dann mehrere Salven aus Maschinenpistolen. Die Tür wurde aufgerissen, und eine Meldegängerin rief in den Raum: »Sie greifen an!«

Renzo fuhr herum: »Wer?«

Die Stimme der Meldegängerin überschlug sich. Sie kreischte ihm entgegen: »Sie greifen an, verstehst du? Sie töten uns!«

Giuseppe riß seine Bockbüchse von der Wand und rief: »Dann bleibt uns nichts anderes. Die Pläne können wir einpacken.«

»Aber Giuseppe ... bleib hier ... das hat doch keinen Zweck!«

Renzo schrie ihm etwas hinterher »Sie dürfen uns nicht den Kampf aufzwingen!«

Minuten später hatten sich alle Garibaldini der zweiten Formation im Laufschritt auf den Weg nach Gravellona gemacht. Motorräder und zwei kleinere Lastwagen waren ebenfalls unterwegs.

Der Kampf dauerte einige Stunden. Nur drei aus der kleinen Gruppe von vierzehn Autonomen gaben noch einzelne Salven auf eine Villa zur Linken und einen Schulhof zur Rechten ab. Zwei faschistische Milizionäre lagen am Straßenrand.

Deutschen Soldaten und italienische SS hatten sich auf einen Angriff vorbereitet und lagen in vier unterschiedlichen Stellungen, von wo aus sie jeden Angreifer ins Kreuzfeuer nehmen konnten. Sie waren verwundert, daß ihre Gegner keine schweren Waffen einsetzten. Da sie trotz ihrer Kundschafter den genauen Zeitpunkt eines Angriffs nicht vorher gewußt hatten, nicht auf die Stunde genau, hatten auch sie drei oder vier Tote bei diesem für alle Beteiligten überraschenden Angriff. Die Autonomen wurden fast vollkommen aufgerieben, der Kleine mit der tiefen Stimme trug eine schwere Verletzung an der Schulter davon, die Garibaldini, die erst nach einer halben Stunde ins Kampfgeschehen eingriffen, hatten so schwere Verluste, daß sie sich später zurückziehen mußten.

Gravellona blieb die Basis der Nazi-Faschisten und damit die schlimmste Bedrohung für die freie Republik Ossola. Für Renzo stand fest: Nun mußte das Experiment mit der Republik schnellstens abgebrochen werden. Er schrieb einen Brief an Superti und Tibaldi. Darin beschwor er beide, nicht länger darauf zu warten, bis die Faschisten von Gravellona oder Cannobio aus, wahrscheinlich aber aus beiden Orten zugleich, angreifen würden. Ein solcher Angriff sei absolut sicher, da der von den Alliierten nicht bombardierte Simplon-Tunnel für die Deutschen als Nachschublinie zu wichtig war, um ihn den Partisanen lange zu überlassen. Die Evakuierung der Zivilbevölkerung – Renzo schätzte die Zahl der Bedrohten auf etwa zwanzigtausend – würde auf jeden Fall mindestens drei Tage dauern. Um dies militärisch einigermaßen abzusichern, müßte unverzüglich ein realistischer Plan für die Evakuierung aufgestellt werden.

Superti muß diesen Brief einfach nur abgeheftet haben, Tibaldi bekam ihn nie zu Gesicht. Bei den Garibaldini aber machte er die Runde. In Annas Gesicht stand der stumme Vorwurf von Verrat. Die große Freude im Tal war verflogen, als die Nachrichten von der verlorenen Schlacht von Gravellona die Runde machte.

Vittorio Gosmanos Versuch, Renzos Brief als etwas schlimmeres darzustellen, als die verlorene Schlacht es war, hatte diesmal allerdings nur mäßigen Erfolg. Zu deutlich erkannten die Bewohner des Tals, daß die Autonomen durch ihr Vorpreschen den Mißerfolg herbeigeführt hatten. Der Möglichkeit eines planmäßigen Abbruchs des turbulenten und chaotischen Unternehmens wollte die Mehrheit der Menschen allerdings auch nicht ins Auge sehen. Vor den Folgen eines erneuten Einmarsches der Deutschen in Domodossola hatten sie Angst, ohne zu bedenken, um wie vieles schlimmer die Folgen einer gewaltsamen Rückeroberung waren.

In der Kirche beteten Frauen aus Domodossola zusammen mit Partisaninnen zur Madonna, die Faschisten mögen nicht zurückkehren. Die Führung sandte eine Meldegängerin nach der anderen zum C.L.N. nach Mailand und Locarno, wo sich der englische Kommandierende aufhielt.

Um Renzo versammelten sich nun einige Zuhörer mehr, sogar zwei Autonome waren darunter, wenn er abends mit Brunetto zu Gitarre und Akkordeon sang und sie bei einer gemeinsamen Korbflasche die Lage besprachen.

»Es ist doch alles klar.« Sein Blick war wieder frischer als in den ersten Tagen der Republik. »Sie haben sich kampflos zurückgezogen. Denkt an die Villa Lena. Sie saßen dort auf ihren Rucksäcken und Koffern und waren bestens vorbereitet. Suprati hatte nichts anderes zu tun, als mit ihnen darüber zu verhandeln, daß sie aus Domodossola abziehen sollten, in voller Montur und mit allen Waffen. Von dort sind sie nach Cannobio gezogen und haben sich eingemauert. Sie wußten von unserem Wettlauf und daß Suprati sie laufen lassen würde, wenn er dafür seine eigene Fahne aufs Rathaus setzten konnte. So behielten sie am Ende Cannobio und Gravellona als feste Punkte auf ihrer Karte. Das Tal war der Schlauch, den wir mit unseren Leuten von den sicheren Bergen her füllen sollten. Statt ihren Plan zu durchschauen, füllen wir für sie den Kessel und fühlen uns dabei noch als Helden.«

Giuseppe brummte zerknirscht: »Scheint so, daß du recht hast. Dann müssen wir noch einmal nach Cannobio oder Gravellona, um den Schlauch aufzureißen.«

»Nichts davon, Giuseppe, kein einziges Gefecht mehr! Den Rückzug vorbereiten und nichts als den Rückzug. Alle Kraft auf den geplanten koordinierten Rückzug, bevor dort oben nur noch Schnee liegt.«

Anna ging scharf dazwischen: »Du bist verrückt, du bist vollkommen übergeschnappt, Renzo. Das ist wirklich typisch für dich. Das Kapitel in den Geschichtsbüchern, das du schreibst, will ich nicht lesen. Ich bin nicht mehr bereit, ein einziges Wort von dir zu hören. Es klingt nur logisch, aber es bringt uns einen miesen Modergeruch von Feighei. Menschen sind keine Schachfiguren, die du nach deinem Belieben setzen kannst. Sie haben auf uns gesetzt, und jetzt verabschieden wir uns wieder ...«

Renzo wurde auch gegen sie lauter: »Das ist es ja eben, was du nicht begreifst bei all deinen Emotionen. Es geht nicht um uns allein. Der Rückzug muß für Tausende und Abertausende geplant werden, und es sind zehn Stunden vom Antrona-Tal in die Schweiz, harter Fußmarsch. Für Kinder, Säuglinge und Alte. Für Kranke. Für alle die, mit denen die Schwarzen kein Mitleid haben werden. Der Zusammenbruch kommt ohnehin. Aber bei den Nazifaschisten auch. Mich interessieren Kapitel in den großen Geschichtsbüchern nicht so sehr wie diese Geschichte. Die einzige Frage ist, ob wir unseren Rückzug so planen, daß danach genügend Kräfte übrigbleiben, um ein anderes Italien aufzubauen. Diejenigen, die übrigbleiben, schreiben nämlich die Geschichte auf, und niemand anderes!« Renzo hätte ihr die Angelegenheit natürlich viel lieber unter vier Augen erklärt. Aber er durfte sie keinesfalls unterbrechen, wollte er sich diesmal nicht dem Vorwurf aussetzen, er vergreife sich im Ton.

Aber Anna war nicht zu bremsen: »Warum in Gottes Namen sind wir nicht schneller nach Domodossola, wenn wir schon nicht den Deutschen nach Gravellona gefolgt sind? Warum haben wir nicht alles dorthin geworfen, dann hätten wir wenigstens dort den Abtransport der deutschen Waffen verhindern können! Nach Supratis und Bonetas Willen durfte nichts Unkontrolliertes passieren. Wir sollten unter keinen Umständen das Zepter in die Hand bekommen, sonst würden die Schweizer uns keine Waffen schicken und die Briten nicht auf dem Flugplatz landen, wurde behauptet. Aber die schicken weder denen noch uns Waffen. Und Flugzeuge kommen auch keine. Wir hätten ihnen einfach einen Strich durch die Rechnung machen sollen! Die Schweizer lassen uns einfach kollabieren, lassen sich ein paar Liter Milch mit teurem Gold bezahlen und feiern vor den Deutschen sich selbst noch mit ihrer bequemen Neutralität. Wir sind zurückhaltend, sind Leisetreter, so als hätten wir ein schlechtes Gewissen, weil wir Rote sind, und tun immer genau das, was falsch ist. Und jetzt willst du uns tatsächlich auffordern, mit einem schlauen Rückzugsplan vor die Bevölkerung zu treten. Ich sage dir, wenn wir sie nicht angreifen, dann greifen sie uns an und ziehen durch bis zum St. Giacomo-Paß, ohne mit der Wimper zu zucken.«

Giuseppe wurde ans Telefon gerufen. Renzo mochte Anna nicht widersprechen, und so entstand eine Stille, so daß sie glaubte, jetzt sei er endlich widerlegt. Da hob Renzo den Kopf, sah ihr ernst in die Augen, und sie sah seine Traurigkeit. Für einen Moment hätte sie ihn umarmen mögen. Ihre gegenseitige Aufrichtigkeit verband sie für diesen Augenblick, während sie im Widerspruch verharrten. Sie sah Giuseppe aus dem Büro kommen, finster und klein auf einmal, als sei er in seine Körpermitte hineingeschmolzen: »Es ist vorüber. Di Dio und Boneta sind tot. Eine ganze Abteilung ...«

Anna sprang auf Giuseppe zu, und Renzo spürte einen Schmerz.

»Ich habe es sehr schlecht verstehen können. Nur soviel: sie sind raus, Richtung Finero, zu einem Entlastungsangriff oder um die Gebirgsstraße von oben her zu sichern. Die Deutschen waren aber schon viel früher in Cannobio losgefahren. Klar, die müssen einen Wink bekommen haben ... Und sie waren vor ihnen im Berg ... Genug Zeit, sich gut zu postieren ... Unter den Geschützen von oben sind Boneta ... sie alle ... sind verbrannt. Di Dio ... Alles erledigt ... und jetzt sind die Deutschen vielleicht noch zwanzig Kilometer vor Domodossola.«

Anna lehnte ihren zuckenden Kopf an Giuseppes Schulter. Renzo hatte sein Gesicht zur Seite gewandt, damit niemand seine Tränen sah.

54

Renzo konnte in Anna Augen immer und immer wieder einen Vorwurf lesen: Wenn es hart auf hart kommt, kneifst du. Als sie mittags ihre Pasta aßen, bat Giuseppe sie, diese Haltung zu überdenken: »Er hat seine Meinung früher als alle anderen der Realität angepaßt. Und gerade ihm ist es sicher nicht leicht gefallen ... Rückzug ... ich meine, ja, er bleibt ein Pfau ... aber, ich glaube, es stimmt, was er sagt.« Er lachte aufmunternd. Anna starrte auf ihren Teller.

Der Gedanke, die Republik zurückzunehmen und dabei das Nötigste für die Zivilbevölkerung zu tun, vor allem aber die Kräfte für das neue Italien zu schonen, der war abstrakt der einzig richtige. Und allmählich taten selbst die, die monatelang befreite Zonen für das prinzipiell militärisch Wirkungsvollste im Sinne der antideutschen Allianz erklärt hatten, so, als ob sie von Anfang an davor gewarnt hätten.

Am 15. Oktober trat in Premia noch einmal das Comando Militare dell Ossola zusammen. Di Dios Nachfolger blieb der einzige, der den Deutschen mit den Resten seiner Valtoce entlang einer festen Verteidigungslinie den Zugang zum Valle Formazza oberhalb Rivasco versperren wollte. Renzo meldete sich kurz und ohne jeden Effekt. Er hatte nun die Mehrheit der Capitani im Rücken, als er die Rückkehr zur beweglichen Kriegsführung mit Autonomie der einzelnen Formationen forderte.

Aber vor der Umsetzung des Rückzugplans, je näher die Zeit dafür kam, hatte auch Renzo Angst. Da er das Ende der Republik als erster gefordert hatte, mußte er auf dem Hof der Schule zunächst denen die einzelnen Schritte erklären, die sich in die Kommunistische Partei eingeschrieben hatten.

Der Gedanke schmerzte Renzo, wie kleinlaut die Garibaldini das Ende der Republik würden erklären müssen, besonders unter den Arbeitenden, die, von den Partisanen ermutigt, zum erstenmal seit dem Marsch auf Rom aus ihrer Deckung gekommen waren, sich auf einen anderen Weg festgelegt hatten und nun nach dem Abzug der Lumpensoldaten in ihrer Fabrik wieder unter die alte Herrschaft kriechen sollten.

Aber die Menschen, die sich dort versammelten, schienen dennoch Wert auf ihre Würde zu legen und – war es Galgenhumor? – einander mit ihrer entschlossenen Art anzustecken. Zeit ihres Lebens hatten sie die Überlegenheit der Herrschenden gespürt. Ihnen war egal, daß nur die jeweils aktuelle Art der Rendite die jeweilige Methode der Machtausübung nach sich zog: ob zum Machterhalt gesungen und gedichtet wurde oder gebombt und vergast. Sie hatten besonders eine Macht erlebt, den Faschismus, und mit ihm die Fabrikherren, Landbesitzer, den Dichter D'Annunzio und an allen Straßenecken Provinzschauspieler. Und die hatten nun, für wenige Tage, nichts mehr zu sagen gehabt, was bei ihnen noch hätte verlangen können. Ein Teil der Angst vor der zurückkehrenden Herrschaft war gar nicht mehr da. Die Herrschaft hatte ihre Deutungshoheit verloren. Zudem war sie auf der großen Landkarte, trotz ihres schweren Geräts, auf dem Rückzug, wenn sie auch hier wahrscheinlich noch einmal für kurze Zeit auftrumpfen würde. Die Versammelten waren bald davon überzeugt, daß der Rückzug in die Schweiz ihr neues Projekt zu sein habe und das Augenmerk sich darauf richten müsse, wer unbedingt aus der Gefahrenzone heraus müsse, wer weniger gefährdet sei und darum im Tal verbleiben könne und wer hier untertauchen müsse. Entscheidungen, mit denen Kommunisten nach Jahren der Verfolgung umgehen konnten.

Renzo hatte sie nicht begeistern wollen. Aber er hatte die Niederlage zu ihrer gemeinsamen Sache gemacht und die Vermeidung einer im voraus verlorenen Schlacht zum Ausweg des ganzen Feldzugs erklärt. Und er hatte vor allem das widersinnige und untergehende System der Deutschen – die mit dem 20. Juli gezeigt hatten, daß sie nicht einmal mehr über die Kraft zu einer anständigen Kapitulation verfügten – für die tragischen Fehlentscheidungen jenseits der Alpen verantwortlich gemacht. So sollte möglichst wenig Schuld bei den Kräften des Widerstandes bleiben, gegen die sich manche Einwohner von Domodossola schon wieder eingestellt hatten. Auch er hätte genügend Grund gehabt, Kritik vorzubringen, aber Kritik widersprach in dieser Situation allem, was er für anständig zu halten gelernt hatte.

Allmählich hatte sich Giuseppes Argwohn gegenüber Renzo verflüchtigt. Er lächelte ihm offener zu als in den letzten Wochen und verschwieg seine Selbstzweifel in keiner nachdenklichen Gesichtsregung. Allein daß Giuseppe, der Nicht-Kommunist, bei der Tagung der Garibaldini in der Dorfschule anwesend war, wertete diese Beratung auf. Daß er für Renzo das Zentrum räumte, aus dem heraus orientiert werden kann und das er jederzeit auch bei den Kommunisten hätte besetzen können, schuf eine neue, unsichtbare Rangordnung, in der Renzo vor Giuseppe stand. Aber Giuseppe trat keineswegs feige zur Seite. Als die Frage gestellt wurde, warum dieselben Leute, von denen die Idee der befreiten Zone stammte, was immerhin zur Aufgabe der Partisanenstützpunkte in den Bergen geführt hatte, ein einheitliches Kommando beim Angriff auf Cannobio und Gravellona nicht durchhzusetzen vermochten, deutete er auf Renzo: »Einige von uns, Renzo vor allem, hatten frühe Zweifel, was die Republik betraf, haben sie aber solidarisch zurückgestellt.«

Eine alte Frau lehnte an der Kreidetafel: »Sie sollen sehen, daß wir jetzt nie mehr nur ihr Opferlamm sind. Der Schreck soll ihnen nicht wieder aus den Knochen weichen. Wir haben unsere Republik gemacht. Vierzig Tage oder viertausend – was soll's.« Dann fuhr sie Giuseppe zärtlich durchs Haar: »Laß den Kopf nicht hängen, Großer. Sie konnten nur siegen, solange wir sie für unbesiegbar gehalten haben. Jetzt sind sie eigentlich schon besiegt.«

Giuseppe umarmte die Frau, vor Rührung unbeholfen.

Unter der Kastanie sah Renzo Margret heftig mit einem gutgekämmten Jungen streiten, den er vorschnell als Monarchisten ausmachte. Beim Näherkommen hörte er sie fragen: »Und du meinst, wir sollten dann wieder am Punkt Null anfangen, den alten Kapitalisten ihre Ländereien geben, mit deren Erträgen sie vorher Mussolini finanziert hatten?«

Renzo lächelte. Margret redete brav. Nicht sonderlich überzeugend und mitreißend, aber von einem eindeutigen Standpunkt aus.

»Das Volk soll entscheiden, ob es Planwirtschaft wie in Rußland will oder die individuelle Freiheit. Das neue Italien muß nicht kapitalistisch sein. Aber wenn Fleiß und Kreativität wieder zu ihrem Recht kommen sollen, muß es auch nicht kommunistisch werden. Ich sage nur: Gleichmacherei und Uniformierung!« antwortete der gutgekämmte Junge.

Dann sah sie Renzo: »Hör dir den Kleinen an. Da hat er nun dieses ganze Elend gesehen und will uns wieder die alte Macht einbrocken. Als ob wir unsere Anstrengung nur dafür unternommen hätten, dem Kapitalismus die Maske Mussolinis vom Gesicht zu reißen. Ich glaube, du hast recht, Renzo. Wir müssen eine Menge Kraft übrigbehalten, um mit Worten zu vertiefen, was die Gewehre nur an der Oberfläche abgesplittert haben. Vielleicht steht der große Krieg der Partisanen überhaupt erst noch bevor!«

Renzo war gut aufgelegt, der Zuruf der alten Frau hatte ihn ermuntert: »Wir können den Sozialismus nie befestigen. Sichern schon. Aber er ist einfach nicht fixierbar und muß immer wieder neu erdacht, erfunden, geschaffen und bewegt werden. Wer ihn in ein Reagenzglas gießt, hat ihn da weggenommen, wo er gebraut wird.«

Gino, der kleine Wirt, der seinen Laden verriegelt hatte, um sich mit den neuen Genossen noch ein letztes Viertel Wein zu gönnen, sprach Margret an, fragte sie, wo sie in dem

Streit um den Abbruch des Projekts stehen würde. Sie erklärte ihm, daß auch sie den Roten helfen wolle, einen geordneten Abzug zu organisieren. Und auch der begänne hier – sie deutete auf ihren Kopf.

Renzo sah in der Engländerin immer noch eine Erscheinung von jenseitiger Anmut: Was auch immer geschah, Margret trug gebügelte Hosen und Hemden. Sie war, ohne ihren strengen Liebreiz einzubüßen, an so vielen Stellen hilfreich und schwesterlich aufgetreten, bei den Kranken, den Analphabeten, den Kindern. Renzo bewunderte Margret dafür, daß sie die privilegierte Festung ihres kommandierenden, auf sie so stolzen Vaters verlassen hatte und von einer Partisanentouristin zur ernsthaften Mitkämpferin geworden war. Renzo fühlte sich ihr nahe: Nun, da sie bei ihm stand und mit ihm diskutierte, mit ihm, dem lange nur Belächelten, dem Isolierten, dem immer Verdächtigten.

Als sie sein Gesicht betrachtete, spürte sie, daß das Feuer aus der Hütte oben im Berg über San Bartolomeo wieder in seine Augen und etwas Mildes, Kindliches in seine Züge gekommen war. »Du warst es«, sagte sie, »der das Abenteuer geordnet beenden wollte. Und jetzt kommt dieses Ende, aber in Hast. Was empfindest du ...?«

»Wenn du einen Fehler nicht verhindern konntest, dann wird er gemacht und bildet damit die Voraussetzung für eine Änderung deines Handelns. Wenn du ihn nicht verhindern konntest, hast du ihn mitgemacht und mußt seine Folgen mit übernehmen. Das marxistische Denken spricht auch den vergeblichen Warner nicht von der Mitschuld frei. Die Warnung war abstrakt, der Fehler ist konkret. Wenn die Warnung auf eine Wirklichkeit trifft, in der der Fehler schon gemacht ist, hat sich diese Wirklichkeit ja geändert, die Grundlage für die Warnung ist entfallen, aber der Bezug zu einer neuen Handlungsstrategie ist da.«

Margret wollte ihm keine Ausflucht ins Theoretische erlauben: »Nein, Renzo, ich meine dich persönlich. Du mußt nicht in abstrakten marxistischen Hieroglyphen antworten, wenn du genau weißt, daß ich dein Empfinden meine.«

»Die Leute reagieren weniger gebeugt, als ich befürchtet hatte. Viele sind sogar stolz darauf, vierzig Tage lang den

Faschisten die Stirn geboten zu haben. Sie meinen, daß nichts mehr so wird wie vorher, weil sie einmal ihr eigenes Schicksal ins Stammbuch dieses Tales geschrieben haben.«

»Nun raus mit der Sprache, Renzo, was ist es, viele nennen sich Marxisten. Aber eigentlich hast nur du das Ende der Zone vorhergesehen. Warum?«

»Willst du es wirklich wissen?«

»Sonst würde ich nicht gefragt haben!«

»Vielleicht, weil ich der Abstraktion mehr vertraue.«

Sie hob fragend die Brauen.

»Der Marxismus ist zunächst eine Philosophie der Praxis, wie uns Gramsci gelehrt hat. Aber vor der Praxis ist er erst mal eine Abstraktion. Kapital und Arbeit sind Abstraktionen, auch die Klassen findest du im Alltag nicht so wie im Buch. Wenn der Marxismus helfen soll, mußt du dich zeitweise ganz auf die Abstraktion einlassen und damit sogar dem mißtrauen, was du siehst, ohne es zu ignorieren.«

»Was hat das mit dem Ossola-Tal zu tun?«

»Leg das Ossola-Tal in die Weltkarte. Dann bemiß das Bewußtsein, das so langsam wieder auf eine eigene Kraft baut, das sich gerade erst von all dem Heldengeschwätz und der Roheit des Krieges erholt. Hör nicht nur, was die Kämpfer dir über Entschlossenheit und Mut vorschwärmen. Verwechsle nicht gemeinen Haß mit seiner großen, kultivierten Schwester, dem Klassenhaß. Frage nach der Bildung der Menschen. Und du wirst wissen: Die Voraussetzungen für ein neues, sozialistisches Staatswesen sind hier und heute denkbar gering.«

»Aber derart abstrakt hätten doch auch deine Genossen darauf kommen können, daß die Zeit zum großen Schlagabtausch noch nicht da ist.«

»Es ist sehr schwer, sich völlig auf die Abstraktion einzulassen. Immer pfeift dich irgendein konkretes Ereignis zurück, und du planst nicht mehr, sondern reagierst nur. Ich war mit meinem Vater einmal bei einem berühmten Chirurgen. Damals, wegen meines Rückens. Andere hatten gesagt, er würde mir diesen besonders hervortretenden Teil«, er legte die linke Hand auf die mißgebildete Schulter, »hier absägen. Aber er wollte nur mit mir sprechen. Dann hatte ich wenigstens gehofft, er würde mir beibringen, wie ich ihn kleiner kriege. Aber er tat das Gegenteil. Er übte mit mir das Einatmen in die rechte Schulter, also den Buckel noch aufzublähen. Es war schrecklich. Aber er zeigte mir eine Aufzeichnung, wie der Brustkorb die Tätigkeit der linken Lungenhälfte eingeklemmt hat und daß ich genau dagegen anzuatmen hätte. Nur durch seine abstrakte Skizze blieb mir ein Teil der üblichen Kurzatmigkeit erspart, und ich habe mit manchem, der nicht so ein Ding hat, mithalten können.«

»Man muß also so ein Ding haben, um den Wert des Abstrakten zu erkennen?« Sie deutete auf seinen Buckel.

Aber er blieb ernst und enthusiastisch: »Weißt du, der sowjetische Sprachphilosoph Wygotski erkrankte an Tuberkulose und erfuhr, eine wie kurze Zeit ihm noch zugemessen war. Er befand sich gerade in einem Streit mit dem Kinderpsychologen Jean Piaget aus Genf. Es ging darum, ob die geistige Entwicklung eines Menschen vom autonomen zum gesellschaftlich assimilierten Wesen oder, was Wygotski glaubte, vom Austauschbaren zum Besonderen verläuft und welche Rolle der Erwerb abstrakter Begriffe dabei spielt. Hals über Kopf machte er Hunderte von Experimenten und wies nach, wie sich das kindliche Denken von einem Konkreten zu einem anderen Konkreten entwickelt, und zwar über die Abstraktion! Das Einfache ist erst austauschbar und zurückwirkend. Nach seiner Abstraktion aber ist es geläutert, vernunftgeboren. Der Mensch, wenn er auf die Welt kommt, ist in seinem Inhalt nichts Besonderes, Autonomes, sein Denken auch nicht. Auf einem Kontinent mag er Mimi sagen, auf einem anderen Jung-Tung, aber immer meint der Säugling: Mama, ich will Milch haben. Weil er Durst hat, darin ist er völlig austauschbar. Erst wenn das Kind sprachliche Ausdrucksfähigkeit erwirbt und entfaltet, und zwar die Sprache vieler anderer Generationen vor ihm, hat er die Chance, zu etwas Besonderem aufzusteigen.

Von Marx gibt es den Hinweis, das menschliche Denken müsse dem soziologischen folgen und vom Abstrakten zum Konkreten aufsteigen. Nicht vom abstrakten Himmel zum konkreten Detail heruntersteigen, sondern vom allgemeinen

Deutungszusammenhang zum konkreten Detail hinaufsteigen. Am Ende bedenkt man die kleinsten alltäglichen Dinge historisch. Dann setzt sich der Marxismus durch.«

»Du hast meine Frage noch immer nicht beantwortet. Ich will wissen, warum du die Niederlage vorhergesehen hast.«

War Renzo auch in seinem Element, so wußte er in diesem Moment weder, ob er sich dem Kompliment der schönen Engländerin aussetzen durfte oder ob sie ihn gar zu einem Selbstlob veranlassen wollte, was ihr Bild von ihm wieder verdorben hätte.

»Ich denke, das Umgehen mit Kunst erleichtert auf eine Weise die rückhaltlose Hingabe an die allseits verschmähte Abstraktion. Nimm das Lied, das ich irgendwo in der Emilia gehört hatte. In ihrer damaligen Schwäche taten die Arbeiterinnen unheimlich furchtlos. Ich ahnte, daß auch die größten Helden Angst haben. Ach Gott, morgens aufzustehen so früh, eine schöne Frau zu verlassen. Ich meine, wir führen einen gerechten Krieg«, er zwinkerte ihr zu, »aber so gerecht kann doch kein Krieg sein ...«

Nun grinste auch sie.

»... daß das nicht ... etwas Schreckliches ist, früh aufzustehn, eine schöne Frau zu verlassen und sich irgendwo eine Kugel einzufangen. Also habe ich den Augenschein beiseitegelassen, durch die singenden Helden hindurchgesehen und meine allgemeinen Erkenntnisse über diese achtzig Kilo Materie namens Mensch angewandt: So was hat Angst. Aber diese Angst will derart benannt sein, daß damit kein Lob der Feigheit gesungen wird – gegen diesen Feind! Das künstlerische Bild versenkt sich in die Schattenwelt unter der Alltagssprache, der wissenschaftliche Begriff steigt auf ins Helle. Beide entfernen sich vom Leben nur, um es näher anzusehen ... Vielleicht hat mir die Metapher geholfen, mich vorbehaltloser auf das Abstrakte einzulassen, so komisch es klingt ...« Renzo sah erschöpft und abwesend auf einen Käfer, der vor seinen Füßen ein Blatt zu einem Baum zerrte. »Ich bin eigentlich nur erstaunt, wie wenig niedergeschlagen und enttäuscht die Menschen nun sind. Aber daß es so kommen würde ... mit diesem Bild vom Ende bin ich schon am Anfang unserer Republik herumgelaufen, ständig habe ich es durchträumt.«

»Armer, ungehörter Prophet.« Sie stand auf, klopfte sich ein paar Blätter von der Kleidung. »Verzeih den traurigen Spott. Aber sag: Willst du uns hier nicht noch einmal dein Lied singen? Für uns, oder nur für mich?«

Die alte Frau stimmte sofort in Margrets Bitte ein und auch Giuseppe nickte.

»Das ist nicht mein Lied. Es ist ein Lied. Mit so vielen Versionen und Gesichtern, wie unser kämpfendes Volk sie hat. Und das ist jetzt nicht der passende Moment.«

»Renzo, der amerikanische Kongreß hat irgendwann beschlossen, all die wunderbaren Lieder des Bürgerkriegs, der Schwarzen und sogar der Gewerkschaften in einem Archiv zu sammeln, mit den Namen der Autoren. Blind Bill, Mississippi-Delta-Joe und so weiter. Die Deutschen kennen nur das Volk. Ihre berühmteste Sammlung heißt ›Des Knaben Wunderhorn‹. Und für eine eine andere Sammlung, da haben die Brüder Grimm den einfachen Leuten ihre Geschichten einfach von den Lippen weg abgeschrieben. Willst du das Volk wie die Deutschen? Namenlos? – Ich halte es lieber mit den Amerikanern: Das Volk braucht Gesichter und Namen, um aus der allgemeinen Austauschbarkeit zum Konkreten aufzusteigen, und das ist dein Lied!«

Anna bog mit ihrem Fahrrad um den steinernen Brunnen vor der Schule. Mit einem Mal fühlte Renzo eine Beklemmung, eine Art von schlechtem Gewissen, hatte er doch mit Margret gerade so intime Gedanken ausgetauscht, wie mit Anna schon lange nicht mehr. Er spürte, wie er ihr untreu geworden war. Er wäre am liebsten zu ihr gegangen, hätte ihr all das berichtet, was er Margret gesagt hatte, hätte sie ausgiebig von der Notwendigkeit des Rückzugs überzeugt, nur sie allein, nun, wo sich die Meinungen auf seinem Standpunkt zubewegten. Aber Anna stand hinter einer Gruppe von jungen Männern mit roten Halstüchern, die nach Renzos Lied verlangten. Alle forderten immerfort »Ciao Bella«, und dann sagte Giuseppe, das könne nun allen guttun.

Während er sang, sah Renzo oft hinüber zu seiner »Bella«, wie sie in ihrem finsteren Trotz die Haare nach hinten warf.

Margret ertrug es mit großen, freundlichen Augen, aufrecht, stolz und ihm sehr zugewandt.

»Ich gehe nicht mit!« sagte Anna nach dem Beifall. »Ich werde mich nicht in einem Schweizer Flüchtlingsquartier einpferchen lassen, während ihr Männer hierbleibt, um zu kämpfen. Es ist da oben genauso sicher wie bei den Schweizern, und du weißt wenigstens, daß keine verkleideten SS-Leute im Lager herumschleichen, mit Schweizer Paß in der Tasche. Ich will dem Faschismus ins Gesicht sehen, wenn er verreckt! Attila hat ein Kopfgeld auf mich ausgesetzt. Und deswegen soll ich vor Angst im Erdboden versinken?«

Renzo sah, wie es in Giuseppes Gesicht zuckte.

»Laß sie, Giuseppe«, sagte Margret, »es ist ihr Leben. Sie wird es sich gut überlegt haben.«

Anna nickte Margret zu, an Giuseppe gewandt sagte sie: »Ihr habt eure Entscheidung getroffen und wollt die Leute in die Schweiz bringen. Das ist gut. Aber dabei kann ich euch nicht helfen, und mir soll keiner helfen, als arme Mutter durch den Schnee zu kriechen. Da oben, hinter Craveggia, ist es ebenso sicher wie in der Schweiz. Sie haben dort mehrere Maschinengewehre, und kein Deutscher wird sich jetzt noch da hoch wagen, die ganze Gegend ist schon mit einem einzigen Maschinengewehr zu kontrollieren. Und an deutsche Flugzeuge glaubt keiner mehr.«

Renzo wußte keine Antwort. »Ich weiß nicht, warum du nicht den Winter über in der Schweiz sein kannst. Hier wird gar nichts los sein. Wir werden nichts anderes tun, als Lücken schließen ...«

»Ich werde keine Lücke hinterlassen. Und ich lasse mir nichts befehlen. Von niemandem. Ich bin weder an den Fäden einer Partei noch ...«

»... Mutter?« fragte Giuseppe sehr leise.

»... noch im Käfig einer heiligen Familie. Ich bitte darum, einer Formation als vollwertiges Mitglied zugeteilt zu werden.«

»Und der Junge?« Renzo bemühte sich um einen teilnahmslosen Ton.

»Sechs Kilo mehr zu tragen, das spielt für diesen kleinen Weg keine Rolle.«

Renzo konnte seine Wahrheit niemandem mitteilen. Und auch Giuseppe sah er das schlechte Gewissen an. Alle beide hatten sie das letzte Register nicht gezogen. Vielleicht hatte Anna ja genau darauf gezielt, und sie waren nur zu feige gewesen, vor aller Augen die Rolle des Familienvaters zu spielen.

55

Die Gruppe bestand aus sieben Personen, der kleine, gescheitelte Monarchist und ein erfahrener, faltiger Bergführer, der seinen zerzausten Alpenjägerhut Tag und Nacht trug, gehörten dazu. Die Sonne war von dichten Wolken verhangen, die sich mit dem aufsteigenden Rauch der Schornsteine mischten. Allmählich begann ein schwacher Regen, der Wind nahm zu, und die meisten wußten, daß sich mit ihm immer mehr Schnee ankündigte. Die Formation verfügte über eine kleine Maschinenpistole, drei Pistolen und fünf Handgranaten. Sie hatten Wetten abgeschlossen, ob die überhaupt funktionierten. Ohne großes Hallo machten Sie sich auf den Weg, beim dritten Abzweig gingen sie nach links in Richtung des Val Grande und von dort vorbei an Santa Maria Maggiore zum Monte Loccia. An dessen vorderem Hang lag das fast gänzlich verlassene Dorf, wohin sich ein paar Ossola-Bewohner zurückziehen sollten. Angeblich führte nur ein einziger Pfad zu diesem Dorf hinauf, und angeblich genügte ein Maschinengewehr, um diesen Pfad bequem von oben her zu bestreichen. Angeblich verfügten auch die hiergebliebenen Dorfbewohner über drei MGs, und es sollten genügend Männer da sein, die darauf brannten, diesen Pfad zu verteidigen.

Stunden nach dem Abmarsch hatten sie den Pfad dann vor sich, und der Bergführer mit dem Alpinohütchen pfiff die vereinbarte Melodie, die den Partisanen Entwarnung signalisieren sollte. Aber auf den Pfiff hin geschah nichts. Nach einer kurzen Zeit des Wartens betraten sie vorsichtig und in Vier-Mann-Grüppchen die lichte Seite des Pfads, der von allen Seiten gut einsehbar war. Wohl war keinem der sieben, als sie den gut fünfzig Meter langen ungeschützten Abschnitt des Pfades betraten. Sie wußten, daß es eine ebensolche ungeschützte Bergstraße bei Finero gewesen war, wo vor drei Tagen so viele Valtoces, Alberto Di Dio, der englische Major Patterson und Oberst Boneta gehörten zu ihnen, ihr Leben gelassen hatten. Nichts geschah. Auch nicht, als sie die lichte Seite des Pfades wieder verlassen hatten.

Zehn Minuten später trafen sie in dem Dorf ein. Es lag in einer Waldlichtung am Hang, malerisch und mit einigen einstmals herrschaftlichen Häusern, die wohl schon vor langer Zeit verlassen worden sein mußten. Vor einem Haus brannte ein Feuer, daran saßen drei Gestalten. Wieder ließ der Bergführer seinen Pfiff ertönen. Die drei hatten den roten fünfzackigen Stern an der Mütze, sie nickten ihnen zu.

»Wir sind nicht mit durch die Gondo-Schlucht gegangen. Wir wollten auch nicht über den Giacomo-Paß. Dürfen wir euch Gesellschaft leisten?«

»Wem wollt ihr Gesellschaft leisten?« lachte der eine gequält. »Wir haben uns in drei Gruppen aufgeteilt, damit sie uns nicht finden, wenn sie kommen. Aber daß sie kommen, ist sichere Sache. Wir hatten überlegt, ob wir uns nicht dem Troß nach dem Wallis anschließen, wären aber zu spät gekommen. In den ersten Häusern da unten müssen die Deutschen stecken.«

»Und eure Maschinengewehre, die den Pfad decken?«

»Die gibt es«, sagte der dritte lachend, »aber sie tun's nicht mehr. Wir haben allerlei Kunststücke mit ihnen probiert, sie wollen einfach nicht mehr. Jetzt hängen wir hier und müssen zusehen, wenn die Schwarzhemden hier hochkraxeln, in aller Seelenruhe, und wir können nichts tun.«

Der gescheiterte Monarchist geriet ins Stammeln: »Das ist doch nicht wahr!«

»Und ob das wahr ist. Das ist die ganze, wirkliche Wahrheit. Drei 12-Millimeter-MGs, von denen kein einziges mehr funktioniert. Und mit den 91er Gewehren aus dem Ersten Weltkrieg, die uns Di Dio hinterließ, kannst du den Pfad nicht erreichen. Und wenn es sich herumspricht, daß sie einfach nur aufzusteigen brauchen, haben sie uns. Deswegen haben wir uns in drei Gruppen aufgeteilt und bis hoch an den

Monte Loccia versteckt. Hier im Dorf wollten wir nicht bleiben. Da sind nur noch wir drei, und Luigi hängt vorn irgendwo in einem Baum und funkt uns, wenn etwas los ist. Mehr können wir nicht tun.«

Anna brachte kein Wort heraus. Ihre Lippen wirkten weich und traurig. Der Regen hatte ihr Haar zusammengeklebt. Der kleine Carlo Antonio hing brav auf ihrem Rücken, einer ihrer anarchistischen Freunde hatte ihr Gepäck übernommen. Sie wollte jetzt in eine warme Hütte kriechen, den Kleinen zurechtmachen und sich schlafen legen. Hier oben, auf der italienischen Seite der Berge, wollte sie die letzten Tage des Faschismus hinter sich bringen. Sie wollte dabeisein, wenn Attila in Verbánia durch die Straßen geführt werden würde, Bilder, wie sie sie nach der Befreiung von Paris, Palermo, Paris und dann endlich von Rom gesehen hatte, Bilder, die sie ausgeschnitten hatte und mit sich herumtrug, dazu das Foto von Giuseppe und den Text von Renzos Lied. Aber nun war alles anders. Um sich selber machte sie sich keine Sorgen, um den Kleinen aber schon.

Bodo, mit dem Stern an der Mütze, erntete kaum Zustimmung, als er vor sich hin brummte: »Da müssen wir uns eben unten ein Maschinengewehr holen. Das hilft nichts. Oder wollen wir uns hier oben selbst zum Hasenschießen preisgeben? Die Faschisten haben hier nichts mehr zu befürchten. Die meisten von uns sind drüben beim Simplon auf dem Weg in die Schweiz. Die paar, die unten geblieben sind, werden einer Säuberungsaktion ausweichen, also können sie sich auf uns konzentrieren, denn sie werden bald wissen, daß wir hier sind.«

»Vielleicht glauben sie ja, daß unsere Maschinengewehre funktionieren?«

»Sie glauben immer zuerst, daß bei uns überhaupt nichts geht. Und deswegen werden sie auch ... da vorn werden sie den Weg hoch kommen. Und dort werden sie hinter den Büschen hervortreten. Und dann werden wir uns ein wenig verstecken, bis wir dann entweder tot sind oder mit erhobenen Händen hinter den Mauern hervorkommen müssen. Schon wegen des Lebens der Frauen und Kinder.«

»Dann geht das eben so nicht«, schimpfte Anna, »dann

dürfen wir das nicht zulassen. Wir müssen uns entweder jemanden besorgen, der die MGs in Ordnung bringt, oder ein neues holen. Es stehen an der Simplon-Linie bestimmt welche herum.«

Man kam überein, am nächsten Morgen früh um vier Uhr loszugehen. Anna wollte mit, aber der alte Bergführer bestimmte kategorisch, daß sie zurückzubleiben habe.

Der junge, gescheitelte Monarchist hatte an Anna Gefallen gefunden und sprang ihr zur Seite: »Ist das nicht ihr eigener Wille? Sagt ihr Roten nicht immer, daß jeder für sich selbst verantwortlich ist und Freiheit ...«

Der Alte fiel ihm ins Wort: »... Schluß mit dem Gerede. Ich bin kein Roter. Und wenn ich einer wäre, würde ich auch nicht sagen, daß jeder für sich selbst verantwortlich ist. Also, schmier dich hier nicht an, das hilft niemandem.«

Sie saßen noch länger zusammen. Der Kleine schlief unruhig. Anna saß neben ihm, in sich gekehrt, mit starrem Blick. Die anderen, zwei Anarchisten aus der Toscana und die Garibaldini, saßen vor der Hütte. Ein junger Autonomer kam auf die Republik zu sprechen: »Es waren die schönsten Tage meines Lebens. Alles, wovon wir seit Jahren geträumt haben, wurde Wirklichkeit. Wir haben alles selbst machen können, kein großer Staat mehr, keine Kirche, keine Faschisten, keine Deutschen.«

Der Alte nahm den Hut vom Kopf: »Ach was. Was weißt du von schönen Tagen. Heldentaten sind nichts für die Ewigkeit, sondern meistens nur etwas für die Grabrede. Du sitzt in einer Kneipe bei Brot und luftgetrocknetem Schinken und ein, zwei Krügen Barbera, nicht zuviel, nicht zuwenig, die Wolken nehmen den Sonnentag mit sich fort und tauschen ihn gegen einen luftigen Abend. Ein Freund sitzt bei dir, ein echter Freund, sagen wir mal: ich! Und sie. Du bist drei, vier Mal bei ihr gewesen, aber an dem Abend entdeckst du ihr Lachen ... erst ihr Blinzeln, dann überströmt sie dich mit all ihrer Fröhlichkeit. Du willst sie um dich, sinkst an ihre Schultern, die Musiker werden ganz feinsinnig. Und vierzig Jahre später sagst du dir, es war der schönste Abend in deinem ganzen Leben. Und danach war nichts mehr. Und du hast diesen Abend so einfach zwischen den Fingern hindurchlaufen lassen wie Sand. Das ist der eigentliche Unterschied zwischen uns beiden. Nach aller menschlichen Erfahrung habe ich ihn schon hinter mir. Du noch nicht.«

56

Es war noch hell, als der lange Zug der vielen hundert Menschen aus Domodossola in die Schneewüste des Giacomo-Passes trottete. Insgesamt flohen fünfunddreißigtausend Menschen aus dem Ossola-Tal. Einmal glaubte Giuseppe das Geräusch eines Flugzeugs zu hören. Aber es war nichts. So weit würden die Deutschen angesichts der schwierigen Situation in Italien nicht gehen.

Der Schnee war an einigen Stellen schon fast einen halben Meter hoch. Je höher der Troß kam, desto dichter wurde das Treiben der Flocken. Kurz vor vier Uhr erreichte Renzo die Nachricht, es habe bei Santa Maria Maggiore ein Scharmützel gegeben, bei dem Partisanen vergeblich versucht hätten, den Deutschen ein paar schwere Waffen abzunehmen. Die Deutschen seien der Gruppe bis in die Berge gefolgt und hätten dort Gefangene gemacht, auch Frauen und Kinder. Renzo rutschten die Beine weg.

Dann sah er Giuseppes Tränen. Warum redeten sie nie miteinander? Stand Anna wirklich zwischen ihnen? Wer würde den kleinen Tonio jetzt erziehen? Und wessen Sohn würde er werden?

Der ständige Streit zwischen Renzo und Anna, ihr Vorwurf, Kommunisten sähen alles nur taktisch und Renzo sei noch dazu ein ziemlich nutzloser Schöngeist, all das war vergessen, abgelöst von der Angst um sie. Anna gab den Ton ohnehin schon lange nicht mehr an, nicht ihm und nicht den anderen gegenüber und noch nicht einmal bei ihren anarchistischen Freunden aus der Toscana. Anna war eine schöne, wütende Frau, um deren schreckliche Erlebnisse mit den Jungfaschisten alle wußten, wofür ihr immer wieder Verständnis entgegengebracht wurde, wenn sie aufs neue zu militärischen Aktionen anstachelte.

Wie Giuseppe hatte Renzo die Schulter gegen den Wind

gestellt, damit ihm die Schneeflocken nicht in den Kragen wehten. Über das weite Feld stürmte der Schnee, die Grenzlinien zwischen Himmel und Berg waren nicht mehr zu erkennen. Hier und da war von den Wintersaatfeldern Erde herübergeweht und schwärzte das Schneemeer, durch das sie an rauschenden, pfeifenden und sich im Sturm schüttelnden Fichten vorbeizogen. Nie wieder würde es eine andere Frau als Anna für ihn geben, das wußte Renzo. Und in Wahrheit war dies noch nie anders gewesen. Niemand hatte ihm für seine Lieder so zärtlichen und heimlichen Mut zugesprochen. Und wenn es auch niemand wissen durfte, bis ans Ende aller Zeiten war er nun mit ihr verwandt, in seinem Lied und seinem Kind, das einen geraden Rücken hatte, aber seine Augen. Und dann zerriß der Gedanke, daß Attila bei Santa Maria auch Frauen und Kinder gefangengenommen hatte, die Leinwand der rückwärtigen Projektionen.

Der Auftrag des C.L.N. war eindeutig. Sobald der Zug sich auf gesichertem Terrain dahinschleppte, seien die bewährtesten Kämpfer aus dem Geleitschutz abzuziehen, um sich zu weiteren Ordnungsmaßnahmen bereitzufinden. Später würden dann auch sie irgendwo hinter dem Giacomo-Paß, im Wallis oder im Tessin, von Schweizer Grenzern aufgenommen und interniert, weil sie Italiener waren, denen nicht ohne weiteres der freie Genuß der eidgenössischen Privilegien zugesprochen werden konnte.

Es war selbstverständlich, daß Renzo und Giuseppe zu diesem Kommando zählten. Der Rückweg am nächsten Tag war zügiger, nicht nur weil der lange, beschwerliche Troß fehlte, sondern vor allem, weil die Sorge sie trieb.

Eine Gefangenenbefreiung auch nur zu erwägen, wäre klar gegen den Auftrag gewesen. Und auch gegen Renzos oft verkündete Ansicht, der Schutz von Menschenleben diene besonders auch dem Schutz der gesellschaftlichen Vervielfältigung für das neue Italien, wenn womöglich schon übermorgen schwarze Hemden gegen feine weiße Seide ausgetauscht würden.

Der konkrete Auftrag war unbescheiden genug. Er lautete, die noch an zwei Punkten in den Bergen versteckten Partisanen und Anhänger der Ossola-Republik, darunter auch

Kinder und Frauen, zu beschützen, wobei offengelassen wurde, ob mit Hilfe eines Ablenkungsmanövers, das die Faschisten in die falsche Richtung und von ihren Opfern weg leiten könnte, oder einfach nur durch Beschaffung leichterer Waffen, mit deren Hilfe eine Art Schutzwall errichtet werden könnte, wobei die Deutschen weder durch Spitzel noch in Kampfhandlungen von der tatsächlichen Schwäche der Partisanen nach dem Zusammenbruch Ossolas Wind bekommen durften. Der Auftrag beinhaltete auch die Information, daß die 22-Millimeter-Maschinengewehre in Craveggia außer Betrieb waren.

Renzo und Giuseppe hatte die Angst zusammengeschweißt, und sie sprachen doch kein einziges Wort über Anna und das Kind.

Es war mitten in der Nacht, als die beiden einen halben Kilometer hinter Domodossola die Hauptstraße überquerten. Der Rest einer Garibaldini-Division war schon weitergegangen. Die beiden Capitani sollten auf ein paar Versprengte des einstigen Valtoce-Kommandos warten, die sich den Garibaldini anschließen wollten. Die Erwarteten waren gut ausgebildete Militärs, die unter dem inzwischen getöteten Oberst Boneta gedient hatten und vor einem Jahr mit der Auflösung der 4. Armee zu den Partisanen gekommen waren. Nach der für die Ossola-Republik so vernichtenden Niederlage Di Dios beim Hinterhalt vor Finero waren sie orientierungslos. Solche Kämpfer hatten in der Regel eigene und gutgepflegte Handfeuerwaffen und Handgranaten bei sich, wenn ihr Schuhwerk auch oft nur aus Karton bestand. Das C.L.N. legte großen Wert darauf, solche Kräfte an die Seite politisch erfahrener Partisanen mit Autorität zu stellen.

Giuseppe kletterte auf die Mauer eines Vorgartens an der Straße, um etwas zu erkennen.

»Es ist alles dunkel. Der Faschismus ist verloren und siegt. Und stellt seine Normalität her«, sagte Renzo und kauerte sich neben ihn. Dann begannen sie zu warten.

Giuseppe sagte leise, und es schien, als sei für die beiden der Krieg schon zu Ende: »Der Faschismus ist nicht verloren, Renzo. Das würde ja voraussetzen, er sei etwas Selbständiges, mit einem eigenen Plan. Aber mir scheint er wie eine spezielle Züchtung von Kettenhund. In Freiheit wäre er aufgeschmissen, er braucht die Nähe zum Hofherren, zur Futterordnung des Hofs. Auf alles, das sich frei bewegt, nachdem das Tor verschlossen wurde, und außerhalb der Mauern singt oder gegen die Ordnung verstößt, hat er einen Zorn angesammelt, wie es keinen schlimmeren gibt. Wenn der eine abgeschossen ist, kommt der nächste. Es ist eine Zucht ...«

Renzo drehte den Kopf: »Das ist ein sehr schönes Bild, wirklich. In jeder Hinsicht. Du mußt den Kettenhund bekämpfen, aber du wirst ihn erst los, wenn die Zucht ausgerottet ist. Und die Höfe. Sie wüten weiter, weil sie ahnen, daß sie nicht verloren sind, auch wenn wir siegen. Sicher werden sie aus dem Ossola-Tal abziehen, und sie werden militärisch geschlagen sein. Aber sie werden gebraucht, solange es uns gibt. Der Faschismus kam in die Welt als Folge des großen Krieges. Er fletschte die Zähne, aber er bellte auch die Herren an. Da dachten viele, er sei gegen die Oberen und vertrauten ihm. Als wir uns bei den großen Streiks schon als Sieger glaubten, marschierte er mit unserem aufständischen Gehabe nach Rom. Aber er war allein darauf abgerichtet, uns im Rücken anzufallen. Welche prächtige Linke hatten die Deutschen! Alles ist verblutet, in den Zuchthäusern und KZs. Das ist die Aufgabe des Faschismus. Wenn der Krieg um ist, werden diese Getöteten immer noch fehlen. Und wenn keine Streiks mehr stattfinden, wenn die Arbeiterklasse ohne Orientierung ist, weil ihre größten Talente Asche geworden sind, dann ist der Faschismus bei den heimlichen Siegern. Ab und an, wenn ihnen das freie Gesindel zu frech geworden ist, lassen die Herren ihre Kettenhunde los. Im Freien nehmen die dann andere Herumstreunende mit, um sie zu den Freuden jagender Hunde zu verführen. Besessen von dem Gedanken, bei den Siegern, oder wenigstens bei den Schlägern zu sein ...«

»Wir schwätzen hier herum ...«, Giuseppe war aufgestanden. Beide dachten sie immer wieder an Anna.

»Weil sie bloß nie wieder Opfer sein wollen«, brummte Giuseppe halblaut, »das zieht sie zu den Siegern. Wer sich eine gewisse Distanz zu denen leistet, braucht schon etwas Eigenes.«

»Ja«, sagte Renzo, »eine eigene Kultur! Sonst bleibt man im Magnetfeld der Macht! Freude am Schaden der Schwachen und Zorn auf die Beleidiger der herrschenden Logik. Und wenn der Tag X vorbei ist, wenn es wieder freie Gewerkschaften und in den großen Fabriken Betriebsräte gibt, dann werden sie wieder bei den Geldsäcken stehen, ob die von der Wallstreet kommen oder aus Mailand.«

»Und dafür habt ihr mit eurer Wende von Salerno grünes Licht gegeben. Das weißt du aber, Renzo?!« Renzo hörte die Bitterkeit: »Der Parteitag hat durch die Beteiligung an der Badoglio-Regierung ...«

»Der Regierung des faschistischen Großrats! Der Regierung unter dem Schlächter von Abessinien!«

»... der von Ivanoe Buonomi abgelöst ist! Nur durch das gemeinsame Agieren gegen die Deutschen mit Togliatti in der Regierung konnten wir mit allen antideutschen Kräften in und außerhalb der Regierung als Rote, Blaue und Grüne zusammengehen!«

»Das meine ich nicht. Ich meine, daß ihr den Sozialismus als nächste Aufgabe auf den Sankt-Nimmerleins-Tag verschoben habt. Daß ihr denen die Börsen und Geldsäcke laßt.«

»Wir müssen so weit gehen, wie wir mit dem Gros der Antideutschen gehen können. Und die Demokratisierung des Eigentums will De Casperi, will Buonomi und hat sogar Badoglio vorgeschlagen. Aber unser Parteitag hat die Diktatur des Proletariats verschoben, weil es hier im Westen nach der Jalta-Konferenz keine Chance dafür gibt.«

»Hast du die Leute gefragt? Gegen die Herrschaft der Arbeiterklasse sind hier die allerwenigsten, wenn du ihnen sagst, wogegen sich das richtet!«

Er sah nachdenklich in den Nachthimmel. »Mir wird schlecht, wenn ich da vorn Domodossola sehe, das Flackern in einzelnen Häusern, und daß alle Schindereien der letzten Jahre ins Leere gingen, wenn das große Geld die Macht behält, mit dem die Mörder gedungen und bezahlt wurden.«

Auch Renzo schien kopflos, getrieben. Er fühlte, daß er etwas wollte und nicht wußte, was. Die beiden Männer hatten nicht über das gesprochen, was sie eigentlich bewegte, und sie hatten sich statt dessen über die Welt hergemacht. Jetzt schwiegen sie.

Dann hörten sie das verabredete dünne Pfeifen, sie beantworteten es, nahmen ihre Rucksäcke von dem Steinsims, klopften sich die Kleider ab, gingen um die verblühten Büsche des langen Gartens am Berghang herum, und trafen auf die vier versprengten Valtoce-Partisanen, mit denen sie zum Monte Loccia aufsteigen sollten, um nach den Gefangenen zu suchen.

Attila hatte in Domodossola nicht gewütet, wie viele befürchteten. Still und verbissen war er ins Obergeschoß des Rathauses gestiegen, war durch die Holztür mit den Messingbeschlägen getreten, in der ganz früher der faschistische Bürgermeister residiert hatte, den er vorsorglich nach Novara geschickt hatte. Dann war er im Saal, an den Hals über Kopf verlassenen Stühlen entlang, hinter den schweren, hufeisenförmigen Tisch getreten, an dem die provisorische Regierung in den letzten Wochen tage- und nächtelang gesessen haben mußte. Er blätterte nachlässig in einigen herumliegenden Papierstapeln und wußte, daß nichts auf Fluchtziele und neue Stützpunkte hinwies.

Tief im Inneren hatte er gehofft, hier viele Menschen anzutreffen. Er wollte keine Rache an ihnen üben, sondern seine Großherzigkeit zeigen. Es war weiß Gott nicht das militärische Geschehen auf der Weltkarte, das ihn milde stimmte. Nein, gegen einen britischen Fallschirmjäger hätte er sofort erbarmungslos am Abzug gezogen, immer und immer wieder, bis er zu Klump geschossen war. Aber dies hier waren seine Leute. Denen das andere Gesicht des Faschismus, die große Geste der Versöhnung zu zeigen, wollte er hier seine Chance haben.

Aber die Menschen hatten ihm dazu keine Gelegenheit gegeben. Und so kroch eine leise Bitterkeit in ihm hoch, die er nur mühsam dämpfen konnte. Er nahm einen Schluck Grappa aus seiner Feldflasche und saß auf dem Stuhl des Professors Ettore Tibaldi, allein in dem großen Sitzungszimmer. Die Rolläden waren verschlossen. Tausende hatten in den letzten Tagen die Stadt verlassen. Er hätte denen, die die Isolation dieser Stadt von der Welt verwaltet hatten, eine solche logistische Meisterleistung, jetzt, im anbrechenden Winter, nicht zugetraut. Aber er hielt verbissen an seinem Vorsatz fest, Großmut walten zu lassen. Der Professor, wie Tibaldi genannt wurde, mußte, nach allem, was Attila gehört hatte, zu jenem Typ Intellektueller zählen, den der Faschist haßte. Ein Haudegen wie Di Dio, der sich wenigstens körperlich anstrengen wollte, war ihm da lieber. Hier auf diesem Lehnstuhl hatte er gesessen. Attila legte seine Arme auf die Lehnen und salutierte in den leeren Saal. Zu Suprati, Di Dio, Moscatelli, vielleicht auch zu Renzo? Vor wenigen Stunden mußten sie noch hiergewesen sein. Und jetzt war alles in seine Hand gefallen wie eine reife Frucht, wenig Krieg hatte dafür geführt werden müssen. Aber es war denen doch noch gelungen, die Geflohenen so zu verführen, daß er ihnen nicht mal mehr seine Gnade hatte beweisen können.

Ist es nicht traurig, dachte er, daß die Kräftigen unter den Roten und die Kräftigen unter den Schwarzen nicht zusammen das neue Italien aufbauen können, ohne Schieber und Geldmacher und Weichlinge? Ihn beeindruckte, daß sie von hier aus eine halbwegs funktionierende Verwaltung für das Tal fertiggebracht hatten. Aber ihn entsetzte auch, daß diese Arbeit ohne den Respekt vor Ordnung und Uniformen, ohne die Begeisterung für disziplinierte Aufmärsche gelungen war. Nach dem Krieg würde er sie fragen, wie so etwas sein konnte. Der Faschismus war militärisch angeschlagen. Aber er hatte noch sehr viele Handlungsmöglichkeiten, über die nicht nur seine raffinierten und strategisch denkenden Köpfe in den Hauptquartieren ihre Überlegungen anstellten. Attila hatte auch viele Gespräche einfacher Leute in den Straßen und Wirtshäusern darüber gehört. Man sollte mit dem neuen amerikanischen Präsidenten gegen die Russen marschieren oder sich den konsequenten Antikommunisten Winston Churchill zum Freund machen, hieß es. Die Dinge in der großen Welt waren in Bewegung geraten, und an der deutschen Front bissen sich die paar gelandeten US-Truppen die Zähne aus. Eine breite Front gegen Stalin lag in der Luft. Selbst in der prosowjetischen Linken genoß der Diktator weniger Sympathie als zuvor. Auch seine Macht schien auf Furcht und Einschüchterung gegründet zu sein. Warum sollte es da nicht möglich werden, eine Herrschaft der Kraftvollen zu bilden? Gegen die Parasiten und Ausbeuter auf allen Seiten? Warum war es nicht möglich, die beseelende Kraft des Antikapitalismus, mit der hier manches zuwege gebracht worden war, mit der mitreißenden Kraft des Faschismus zu verbinden und gegen die Schwatzhaften zu marschieren? Wo sich sich doch überall gerissene Spekulanten und weichliche Bürgersöhne anschickten, die Weltherrschaft zu übernehmen, kleine Bürschchen mit abgebrochener Ausbildung, versessen auf die Rockschöße eines jeden Parteiapparates – auch in seiner Partei hatten diese Auswendiglerner effektvoller Versatzstücke überhand genommen!

Nun war die nicht ganz unbedeutende Schlacht ums Tal geschlagen, durch ihn, der hier im großen Lehnstuhl der Ossola-Republik die Zeitung von übermorgen vor Augen sah, und auch in der Weltpresse würde dieses Ereignis seinen Niederschlag finden. Weit und breit kein Feind mehr, und immerhin die Hoffnung auf den Antistalinismus Trumans und Churchills, den der Duce mit Geschick ausnutzen würde. Und er, Attila, hier im Sitzungssaal dieses Municipio, hatte seinen Beitrag geleistet. Er hatte Kraushaar zu einem harten und entschlossenen Eingreifen im Ossola-Tal bewegen können. Nach diesem glänzenden Sieg konnte nun wieder Ordnung in die verwirrten Gemüter seiner Mitmenschen kommen.

Unten begannen die Carabinieri, denen nach den Tagen der Wirrnis Erleichterung anzumerken war, wieder mit ihrer routinierten Arbeit. Jeden einzelnen hatte er mit Handschlag begrüßt. Sollten manche der Einwohner dieser Stadt auch in die Schweiz geflüchtet sein, sie würden wiederkommen, und er würde sie alle begrüßen, versöhnlich und ohne taktischen Kleinmut, er würde sie mit einer funktionierenden Verwaltung begrüßen, der Natur des Menschen näher als all das Gewirr planloser Umsturzpläne und gesungener Regierungserklärungen. Und das alles lag in dieser einmaligen, majestätischen Stille des Saals im ersten Stock des Rathauses, diesem stummen Flügelschlag der Menschheit, Attila legte sich die Worte zurecht und trank im flackernden elektrischen Licht noch einen Schluck aus der Feldflasche.

Renzo und Giuseppe auf ihrer Straße sahen die wenigen Lichter in den Fenstern der nächtlichen Stadt. Von Attilas Anwesenheit wußten sie nichts, und der ahnte nichts von ihnen.

In den nächsten Stunden bestätigte sich, daß Anna und der kleine Carlo Antonio in die Hände der SS gefallen waren. Attila erfuhr es viel später als Giuseppe und ordnete eine äußerst schonende Behandlung der beiden an.

57

Sie hatten ihre Rast abgebrochen, das Funkgerät wieder zusammengepackt und waren nach vier Stunden Aufstieg in Richtung Monte Loccia von der Straße nach Santa Maria abgebogen. In dieser Höhe waren sie nur noch von Sträuchern und niederwüchsigen Bäumen umgeben. Der frischgefallene Schnee wirbelte ihnen vom felsigen Boden entgegen. Irgendwo da oben mußten die Geflohenen sein und davor die beiden Posten, die den Weg zu den Unterkünften weisen konnten. Nach der Gefangennahme des Kommandos, das ein Maschinengewehr erbeuten wollte, hatten sie ihren Aufenthaltsort wechseln müssen.

Jetzt war weit und breit weder Freund noch Feind zu sehen, alles war von einer weißen, immer dichteren Schneedecke bedeckt, über die die Nachtwolken zogen. So beschlossen die sieben, in einer Steinhütte an der Waldlichtung zu übernachten und die Suche am nächsten Morgen fortzusetzen.

Renzo übernahm die erste Wache. Er zog Stift und Papier aus seinem Rucksack und versuchte, ein paar Zeilen zu schreiben. Angst verkrampft, was weich und fliegend sein muß. Er sah zur Hütte hinüber. Schlief Giuseppe? Beneidete er ihn um seine Gesundheit? Einmal hatte er von Giuseppe den Satz gehört: »Was ich jetzt nicht ändern kann, kann ich jetzt nicht ändern, was ich morgen ändern kann, ändere ich morgen!« Dieser einfache Satz, das war sein Credo. Aber ob er jetzt schlafen konnte? Carlo Antonio war für ihn der Sohn. Und Anna?

Mit einemmal empfand er, Anna verraten zu haben. Er hätte weinen können. Auf Margrets Wunsch hin hatte er das Lied gesungen, und sie hatten ihre Gedanken ausgetauscht. Mit ihrer trotzigen Verweigerung einer Flucht hatte Anna vielleicht wieder nur seine Aufmerksamkeit erlangen wollen. Aber er hatte nur Augen für Margret gehabt und war von ihrer Schmeichelei eingenommen. Er machte sich bittere Vorwürfe, nicht alles versucht zu haben, Anna zu sich zu holen, sie von ihrer Verrücktheit abzubringen. Er kannte sie doch besser und länger als irgendwer sonst.

Weiß sie es jetzt, wo immer sie auch ist, daß ich hier sitze und traurig bin? Aber warum tue ich nichts? Warum bilde ich mir ein, nichts tun zu können? Aus Bequemlichkeit? Warum wecke ich den schlafenden Giuseppe nicht, und wir versuchen, Anna zu finden.

Am nächsten Morgen wurde es ein steiler Aufstieg. An einem Felsvorsprung hörte Renzo das vereinbarte Pfeifsignal. Zeitweise hatten sie ihren Erkennungspfiff aus »Bella Ciao« genommen. Nun aber waren es wieder die vier Töne aus dem ukrainischen Weihnachtslied, die Renzo wiedererkannt hatte, als es an einem Winterfeuer leise von allen gesummt worden war und das er dann tagelang nicht aus dem Kopf bekommen hatte. Renzo pfiff es zurück. Minuten später trafen sie auf die erste Gruppe von Ossolanern hier oben. Niemand von ihnen wußte, wo die zweite Gruppe war. Von dem mißglückten Überfall auf die Posten bei Ghurra wußten sie und auch, wie gering ihre Aussichten nach wie vor waren, diesen Berg gegen die Deutschen zu verteidigen.

Es waren ungefähr fünfzig Leute, Schmuggler mit kleinkalibrigen Gewehren und Pistolen, gegen die auch in der Schweiz Haftbefehle liefen und die, wären sie mit hinüber ins Wallis gegangen, möglicherweise an die Deutschen ausgeliefert worden wären. Auch ein Dutzend Frauen und Kinder waren hier und ein paar Ältere. Munition für ihre wenigen Waffen hatten sie gut wie keine. Giuseppe teilte die Schmuggler, die Garibaldini und Valtoces in zwei Gruppen ein, um die Gegend nach den anderen Ossolanern abzusuchen, die sich in der Nähe versteckt hatten. Erst gegen Abend fanden sie die verängstigten und völlig durchgefrorenen Menschen in einer halbausgebauten Berghöhle. Unter ihnen waren gerade einmal zwei Männer, die ins Schutzbataillon übernommen werden konnten.

Als nächstes entwarf Giuseppe einen Verteidigungsplan für die nächsten Tage und Wochen. Glücklicherweise gab es größere Vorräte an Maispulver, Reis und getrockneten Pilzen, in der Nähe befand sich eine Quelle und aus dem verlassenen Dorf, in dem sie zuvor gewohnt hatten, holten sie einige Flaschen Wein. In der Nähe hatten die Partisanen noch vor der Gründung ihrer Republik ein Petroleum-Depot angelegt, so konnten sie ihre Lampen füllen und hatten Licht. Das Nötigste war da, um hier die nächsten Wochen überleben zu können. Drei Schwerkranke hätten unbedingt in die Schweiz gebracht werden müssen. Für den mit der Wundrose opferte Giuseppe eine der beiden ganz neuen Penizillinspritzen, die sie von den Engländern erhalten hatten. Auch unter den Bewaffneten im Schutzbataillon gab es schwere Grippefälle, aber Giuseppe konnte vorläufig auf niemanden verzichten. Erst einmal mußten die nächsten Tage überstanden werden. Dann konnte man an den Abtransport der Kranken denken, der die Schutztruppe vorübergehend um zwei kampffähige Männer verringern würde.

Die Formation wurde in drei Abteilungen aufgeteilt. Ihr erster Auftrag war, die heruntergekommenen Häuser winterfest zu machen und Holz zu hacken und beide Gruppen dort zusammenzulegen. Die Gruppen sollten in engem Kontakt zueinander operieren und sich nicht allzuweit voneinander entfernen.

Giuseppe machte den Vorschlag, Eindringlinge unten am Berg abzufangen, so daß die übrigen oben durch Schüsse oder andere Signale gewarnt werden könnten und die Möglichkeit hätten, sich weiter zurückzuziehen. Ein junger Offizier von den Valtoces dachte einen Moment nach und verwarf dann diese Idee: »Wenn es so weit kommt, daß sie wissen, wo wir sind, kämmen sie den ganzen Berg durch. Das läßt sich Attila nicht entgehen. Er hat schon in der Stadt niemanden angetroffen. Uns muß er förmlich finden wollen. Also machen wir uns keine Illusionen: Wenn es zum Kampf kommt, riskieren wir alles und alle, die hier oben sind. Wir müssen ihm ausweichen und nur im Notfall, aber wirklich nur im allergrößten Notfall, darf überhaupt geschossen werden.«

Giuseppe wollte das nicht gelten lassen: »Wir sind zwanzig und können es mit vierzig, fünfzig von denen gut und gern aufnehmen. Meinst du wirklich, daß sie so viele aufbringen werden?«

»Und wenn er fünfhundert schicken muß: Seine letzte Schlacht will er haben und gewinnen!«

Es entstand eine Pause. Renzo dachte an Anna.

Giuseppe starrte vor sich hin. »Ich glaube, er hat recht. Wir müssen der Schlacht ausweichen. Wir haben nur die Chance, darauf zu warten, daß es zu schneien aufhört und wir einen Weg finden, die Kranken rüberzuschaffen. Im Moment müssen wir damit rechnen, daß die gesamte Linie hin bis zum Simplon scharf bewacht wird. Die Deutschen brauchen den Simplon vorläufig noch.«

In den nächsten Wochen hörten Renzo und Guiseppe nichts von Anna. Renzo fand kaum Schlaf. Das war nun das Prinzip Partisan: sich nicht zu zeigen, nichts zu gelten. Du bist nicht der Mist zwischen den Sparren, du bist der Sparren! So hatte es Filippo gesagt. Statt Geltungssucht: die Sucht, nichts zu gelten, nicht mal ein Befreiungsmotto haben, nur ein hunserbärmliches Überleben.

Giuseppe kannte Renzo nun schon so lange. Früher hatte er gescheit dahergeschwatzt, laut gesungen und jedes seiner Wehwehchen anderen mitgeteilt, als ob es einmalig sei. In diesen Wochen wurde Renzo ihm fremd. Renzo sprach mit niemandem, nicht über Anna, nicht über Philosophie, er hustete, schrieb und half ohne großes Aufsehen bei der Arbeit. Er überließ die Strategie Giuseppe und den Valtoces.

Im Dezember war die Schutzabteilung auf neun Männer zusammengeschmolzen, mehr als die Hälfte der Ossolaner war zu zweit und zu dritt nach Mailand, Verona und bis nach

Rom gegangen, die Kranken waren in die Schweiz gebracht worden. Weder die italienische SS noch die Wehrmacht ließ sich blicken. Gelegentlich wurde Proviant aus dem Tessin herübergeschafft, vier Garibaldini kamen neu in ihre Gruppe, sie brachten keine Waffen mit, dafür aber rund siebenhundert Kleinkaliberpatronen, die nur in zwei ihrer Gewehre paßten.

58

Der Winter 1944/1945 war nicht nur hart, sondern für den bewaffneten Widerstand in Norditalien ernüchternd. Die Briten wollten im Vorgriff auf die Niederlage des Dritten Reichs die Partisanen, von denen über die Hälfte den Garibaldini zugerechnet wurde, nicht übermäßig stark werden lassen und drosselten die Fallschirmabwürfe immer weiter. Statt Waffen regnete es jetzt Schokolade vom Himmel. Von einer Landung auf dem Flughafen im Ossola-Tal war keine Rede mehr. Die Deutschen hatten die Front zurückgenommen und demzufolge für die Sicherung ihres kleiner gewordenen Terrains mehr Kräfte zur Verfügung.

Durch den langen Winter hatten sich die Partisaneneinheiten in den Bergen erheblich verkleinert. Und die stolze Partisanenrepublik des Ossola-Tals war auf eine erbärmliche Siedlung in einem verlassenen Dorf am Monte Loccia zusammengeschrumpft, in dem achtzehn schlechtbewaffnete Partisanen zweiundzwanzig Zivilisten beschützten. Dann hatten die drei Valtoces allerdings in mehreren Funksprüchen erfahren, daß es seit Anfang Februar wieder einen erheblichen Zulauf, auch von Seiten erfahrener Kämpfer aus der aufgelösten Armee wie von früheren Spanienkämpfern, geben sollte. In den Bergen bemerkten sie nichts davon. Die Schneedecke verharschte, um die Mittagszeit schmolz sie jeden Tag mehr.

Von Anna hatten sie noch immer nichts gehört. Die einen behaupteten, sie sei nach Mauthausen gebracht, die anderen, sie sei in Novara, Cannobio oder Gravellona inhaftiert worden, als ihre Gruppe ein Maschinengewehr erbeuten wollte.

Manchmal sprachen Renzo und Giuseppe darüber, gegenseitig hatten sie sich zwar ihr Verständnis für Annas Ungeduld bekräftigt, aber von Liebe war nie die Rede gewesen.

Dafür hatten sie ausgiebig Gelegenheit, sich ihrer beider Geschichte, in der öfter auch Anna vorkam, zu wiederholen. Was sollten sie hier oben anderes tun als Schach zu spielen, Holz zu hacken, Brot zu backen, die Dächer der inzwischen vier bewohnten Häuser auszubessern und sich immer wieder an ihre Vergangenheit zu erinnern. Auch dieses Nichtstun hatte die Kräfte der Partisanen in den vergangenen Monaten reduziert.

In diesen abendlichen Gesprächen hatte Renzo Giuseppe gestanden, wie sehr er ihn seines geradegewachsenen Körpers wegen beneidet hatte, und Giuseppe hatte ihm mit ernsten Augen versichert, daß er immer eine Hochachtung vor der Anstrengung empfunden hatte, mit der Renzo seinen Rücken trainiert und seine künstlerische Exaltiertheit zu zügeln gelernt hatte.

»Ein Mensch«, sagte Renzo an einem der frühen Märzabende zu Giuseppe, »besteht doch zuallererst aus Haut, Knochen und Muskeln und dann erst aus seinen schönen Gedanken. Seit ich Kommunist bin, wurde mir allmählich klar, daß ich die Sucht nach Beifall schon im Keim zu ersticken hatte. Natürlich singe ich hier oben gern und genieße auch das Lob. Aber glaube mir, ich bin frei davon, ich brauche es nicht mehr.«

Giuseppe saß lange schweigend da, während Renzo an einer Holzgabel schnitzte. »Was die Kommunisten tun, tun sie hundertfünfzigprozentig. Findest du nicht, daß das übertrieben ist?«

»Weißt du, ich habe schon Krüppel gesehen, die die Muskeln ihrer Arme auf die Dimension von Oberschenkeln hochtrainiert hatten. Ich hingegen wollte alles auf Schönheit konzentrieren, denn sie war mir nicht gegeben. Ich baute an Lyrik ...«

»Du bist doch eigentlich schön. Kein Mensch achtet auf den Buckel. Frauen schwärmen von deinen Augen. Renzo, du weißt das auch!«

Renzo lachte Guiseppe an, mit einer feinen Traurigkeit

um den Mund: »Du wirst mir doch nicht, angesichts meiner Schönheit, einen Antrag machen.«

Zuerst grinsten beide, am Ende konnten sie vor Lachen nicht weitersprechen.

Dann rief Guiseppe, immer wieder von Lachanfällen unterbrochen: »Und trotzdem: was Frauen an Männern schön finden, ich werd es nie begreifen.«

»Frauen sind für uns ein Rätsel und bleiben es«, stimmte Renzo mit künstlichem Ernst zu.

»Das ist es ja gerade. Aber ich fürchte: wir für sie auch.«

Sie prusteten wieder los.

»Wir kämen mit unserer rechten Hand auch ganz gut durchs Leben. Aber wir wollen sie halt immer aufs Neue entschlüsseln«, sagte Renzo.

»Ich habe schon oft darüber nachgedacht, was Schönheit ist. Aber das ist wie ein Knäuel. Da kommst du nicht durch ... Manchmal träume ich ein Kätzchen. Ist doch komisch. Oder ein Rehkitz, wenn ich das Gesicht sehe von ... naja, von ...«

»Schönheit und Wirklichkeit«, Renzo lenkte ihr Gespräch in eine andere Richtung, »stehen sich nicht im Wege, finde ich. Sie sind wie kommunizierende Röhren. Die Wirklichkeit trifft ästhetisch konkret und intellektuell abstrakt, also geteilt, auf den Menschenkopf. Das eine landet in einer Art Regal mit der Aufschrift Noch-nicht-Bewußtsein, und das andere wird begriffen als Begriff. Wie viele Wegweiser nimmt unser Auge wahr, die wir gar nicht benötigen, weil wir den Weg kennen? Und wenn uns jemand fragt, wie viele Schilder stehen an diesem Weg, wissen wir es nicht, aber gesehen haben wir sie trotzdem und gespeichert, aber wir haben sie uns nicht als Begriff gemerkt.«

»Und was hat das mit Schönheit zu tun?«

»Na, versteh doch. Das Schöne speist sich aus dem Nochnichtbewußten. Und da kann einiges auch als Tierbild abgelegt werden. Schließlich sind wir selbst Tiere. Wenn auch die einzigen, die warum? fragen. Anderes im Denken«, fuhr er fort, froh, das Gespräch um den Strudel herumgesteuert zu haben, »das für den Alltag nötig ist, wird kurzerhand verarbeitet, in Hierarchie gewichtet. Es ist später Intellekt und logisches Denken. Das macht aber in Wirklichkeit nur ein

Fünftel des Menschenkopfes aus«, Renzo verbesserte sich selbst: »Ach, viel weniger. Das, womit wir die Zukunft aufbauen, ist ein kleiner Fleck hier irgendwo.«

Er legte die Fingerkuppen der Hand alle zusammen und berührte mit ihnen die Mitte seiner Stirn. Einen Moment blickte er Giuseppe ins Gesicht, konnte aber nicht sehen, ob der nicht schon wieder mit seinen Gedanken bei Anna war. »Letztendlich ist aber der noch nicht bewußte Bereich der überwältigende, das Regal, die Truhe, aus der die Ästhetik kommt. Was wir andauernd dem Feind überlassen. Hier regiert der Feind! Solange wir uns nicht darum kümmern.« Renzo faßte sich an den Hinterkopf. »Hier regieren schwarz und weiß, Heimat und Fremde, weich und hart, stark und schwach.«

»Gib zu, du wolltest nie zu den Schwachen zählen!«

»Ich wollte so sein wie du, ist das so komisch?«

»Ach, vielleicht sind wir nur eine Weltmacht der Verlierer. Wenn die wieder da sein werden, wenn sie ihre Schwarzhemden verbrannt haben und, in feinen Zwirn gekleidet, ihr Bankwesen wieder aufbauen, dann werden wir deine Lieder singen und von der Zeit hier in den Bergen träumen. Schulklassen werden uns gefälligst zu bewundern haben, und wir? – Wir schauen mit dem da«, Giuseppe deutete auf die Mitte seiner Stirn, »ins Leere, ins Nichts.«

»Wenn wir allein dem Feind die Traumwelt überlassen, kann das passieren. Aber wenn wir allen klarmachen, daß wir gegen das Finanzkapital weiterleben wollen und uns auch die Kunst, die große Mittel für das Noch-Nicht-Bewußte bereithält, zur Verfügung steht, muß es kein Verlieren geben. Auch deswegen mußten wir uns von der Opferbank fernhalten, die die Briten aufgestellt hatten, am Flugplatz, im Rathaus und sonstwo. Das Prinzip Partisan ist das Prinzip der vollen Freiheit unserer Entscheidung. Und wenn wir nach diesem Krieg wirklich eine Weltmacht der Verlierer sein werden, dann wollen wir weiter Partisanen bleiben, in Bewegung, mit den Füßen, den Händen, aber vor allem mit dem Kopf.«

»Dann zielt das eigentlich Radikale immer auf das Zentrum«, lachte Giuseppe fröhlich, und schüttelte den Kopf,

»Renzo, laß es mich dir sagen: Ich bin froh, daß ich einen so klugen Freund habe.«

»Es geht mir genauso, Giuseppe, wir haben nur unsere unterschiedlichen Sichten zusammengebracht. Und das ist die schönste Freundschaft ... auf der ganzen Welt.«

Nun ahnten beide voneinander, daß sie an Anna dachten.

59

Attilas Bemühungen, Anna und ihren kleinen Sohn aus der deutschen Haft in Gravelona zu sich überstellt zu bekommen, hatten sich wochenlang als ergebnislos erwiesen. War es, weil Kraushaar ihn nicht in Versuchung bringen wollte, oder war es, weil die Deutschen ihm übelnahmen, daß er den Sieg von Domodossola und selbst die Gefangennahme des Partisanenkommandos am Simplon und seiner versprengten Nachhut, zu der auch Anna und ihr Kind zählten, für sich und die italienische SS beanspruchte.

Schon seit längerem versuchten einige der deutschen Offiziere, den Kommandanten Kraushaar, der Attila immer den Vorrang gegeben hatte, auf einen anderen Kurs zu bringen: »Für diese Leute halten wir hier Tag für Tag den Kopf hin. Und kaum fällt ihnen ein Korn vor den Schnabel, krähen sie los wie die Gockel.«

Attila wußte, daß er die Gruppe um Renzo und Giuseppe nur mit Hilfe von Anna und deren Säugling aus den Bergen locken konnte. Seine Aufklärung hatten ihm drei mögliche Standorte genannt, aber er hatte nicht genügend Leute, um sie abzusuchen. Wollte er Kraushaar, der in den letzten Wochen ohne jeglichen Enthusiasmus gewesen war, zu einem Angriff bewegen, so mußte er das Ziel vorher lokalisieren.

Auch Attilas SS-Milizen bekam die Untätigkeit nicht. Sie spielten Karten und tranken, wie ihr Kommandeur, der schon am frühen Nachmittag nicht mehr ganz gerade ging. Es gab endlose Lagebesprechungen, weil die italienischen SS-Milizen jetzt eine deutlich größere Rolle bei der militärischen Sicherung der Alpentäler spielten, waren doch inzwischen fast dreiviertel der für die Zerschlagung der Partisanenrepublik zusammengezogenen deutschen Soldaten an die Südfront zurückverlegt worden.

In allen diesen Besprechungen war jedoch immer nur vom Stillstand an der Front die Rede. Die Sabotageaktionen, bei denen die Strom- und Eisenbahnverbindungen nach Turin und Mailand wirkungsvoll unterbrochen wurden, waren wochenlang ausgeblieben. Die neuen alten Herren des Ossola-Tals richteten sich allmählich wieder auf bessere Zeiten ein.

Wenn Attila morgens aufgestanden war, hatte er stets nur die eine Vorstellung: Er mußte den roten Tumor, der sich da oben in irgendeiner Bergnische eingenistet hatte, damit er im Frühling nicht erneut wachsen könne, endgültig aus dem Organismus Italiens schneiden.

Um Renzo und Giuseppe aus der Deckung zu locken, ließ er über heimliche Kundschafter die Nachricht streuen, Anna sei in seiner Gewalt und werde in der SS-Zentrale von Cannobio festgehalten. Er wollte einen Angriff der Partisanen auch dadurch provozieren, daß er ihnen den Eindruck einer schwächlichen Bewachung vermittelte. Zusätzlich verbreitete er die Nachricht, die anderen festgenommenen Ossolaner seien längst in einem verplombten Waggon quer durch die Schweiz nach Mauthausen transportiert worden.

Attila wußte auch, daß ein Teil der Wortführer unter den Partisanen nicht in den Schweizer Internierungslagern, wohin die Gestapo rege Kontakte hatte, angekommen war. Sie mußten irgendwo bei Malesco und am Passo San Giacomo stecken, hoch oben in einigen dieser verlassenen Dorfsiedlungen, wo die Wehrmacht so oft in Hinterhalte geraten war. Oder am Simplon. Ihr Kommandierender sollte Giuseppe sein, der sich offensichtlich nun auch ganz den Kommunisten verschrieben hatte.

Attila gab den Befehl an die Milizeinheiten, eine handlungsfähige Truppe für ein sogenanntes Durchkämmen zusammenzustellen. In seiner Kommandantur hatte er den ganzen Abend über dem Duce zugeprostet und ihm dann in einem ergreifenden Brief versichert, die Herzen der Menschen für die heilige Sache und ihn, den geliebten Führer, wieder zurückerobert zu haben.

Als er am Morgen mit siebzig Leuten von Domodossola aus in Richtung Finero aufbrach, hatte Attila noch immer Kopfweh vom Grappa, und er fühlte sich müde. Sie hatten drei gepanzerte Spähwagen mit schwerem Gerät dabei, darunter drei Maschinengewehre und einen Mörser.

Attila kannte den Weg am Berg entlang, der teilweise weniger als drei Meter breit war und nach oben oder unten kein Entkommen gestattete. Die Straße war auf beiden Seiten von felsigen Gebirgswänden gesäumt, abwärts fiel der Hang senkrecht über Nadelsträucher und Felsschluchten zu den reißenden Gebirgsbächen hinunter, die allesamt in den Lago Maggiore mündeten. Attila wußte, daß hier ein Vorbeikommen nur möglich war, wenn die Gegenseite über keine weitreichenden Gewehre verfügte. Ein Maschinengewehr am strategisch richtigen Punkt, und der Berg war kaum einzunehmen, solange das MG nicht durch einen Granatwerfer ausgeschaltet wurde.

Über die Waffen seiner Gegner war er nicht informiert, er wußte aber, daß sie meistens mehr vorgaben, als sie hatten. Er beschloß, zunächst bis Druognio vorzustoßen.

Falls die Partisanen am Monte Loccia hausten, wollte er all sein Geschick aufbringen, um die versteckten Partisanen ausfindig zu machen und sie in eine Schlacht zu zwingen. Das war auch in dieser Nacht wieder sein Traum gewesen: Straßenecke um Straßenecke, Hausaufgang um Hausaufgang, Mann gegen Mann. Und am Ende wollte er, wenn er sie in einem Pferch aus Mauern und Schlucht zusammengetrieben hatte, Großmut walten lassen, ihnen einen Frieden anbieten, zu dem er sich vom Duce selbst bevollmächtigt fühlte. Dann wäre die Welt wieder zur Normalität der militärischen Logik zurückgekehrt. Das hatte Attila sozusagen am eigenen Leib erfahren: Da, wo Waffen sprachen, hatte die Demagogie der Roten keine Chance. Sobald jeder eine Kugel riskierte, sobald er seine Deckung aufgab, konnte nicht mehr über Freiheit und Menschenrecht herumgefaselt werden. Geschwätz ersetzte keine Manneskraft. Und Attila hatte sich entschlossen, die Waffen sprechen zu lassen, um wenigstens hier wieder Herr der Lage zu werden.

Attila ahnte, daß auch Giuseppe mit dem Nichtstun allmählich große Probleme haben mußte, gleichzeitig mehrten sich die Gerüchte, daß sich der amerikanische Präsident von Stalin in immer stärkere Konflikte getrieben fühlte. Dies alles rückte Attila die Situation der Entscheidung so nahe, daß ihn ein ungewohntes Glücksgefühl überkam. Attilas Gedanken hatten die Welt in seinem Kopf verändert. Was eben noch aussichtslos erschien, hatte sich auf einmal in einen zum Greifen nahen Erfolg verwandelt.

»Warum«, fragte sich Attila, »soll ich hier nicht Grappa trinken dürfen? Er macht die Dinge leicht verständlich, wenn man sie zuvor nur mit nüchternem Kopf genug geknetet hat.«

Und das hatte er, so weit war er sicher. Also packte er, seinen Kameraden zuzwinkernd, auch die steinerne Flasche ein. Sie waren kein Haufen wütender Abenteurer. Außerdem hatten sie sechs deutsche Begleiter dabei, die sich im Hintergrund halten wollten, sowie zwei Funkgeräte, um Verstärkung anzufordern, alles war also auf große Sicherheit gebaut, so daß Attila mit gutem Gewissen dann und wann einen Schluck nehmen konnte.

In der Biegung der Straße bei Albogno trafen sie auf einen ihrer Kundschafter, der herausbekommen hatte, daß zwei Nächte zuvor sieben Partisanen, offenbar auf der Suche nach jemandem, den Bergpfad hochgestiegen waren. Attila trieb das Tempo an, lauter und freundschaftlicher wurden seine aufmunternden Rufe an die Kameraden.

Er wollte auch diesmal schonend vorgehen. Warum sollte er hier, wenn die natürliche Übereinstimmung über kurz oder lang doch auf Seiten des Antikommunismus wäre, nochBrutalität an den Tag legen? Eigentlich, so glaubte Attila von sich selbst, war er sanft. Nicht immer, aber meistens. Die Menschen in seinem Heimatdorf hatten ihn gemocht, auch wegen seiner Art, über einen Dummkopf in den eigenen Reihen mal einen derben Satz zu verlieren. Und das hatte er beibehalten bis heute.

Gegen Mittag traf Attilas Miliz bei Druognio ein. Vor sich sah er das Tal, an dessen rechter Seite der einzige ihm bekannte Pfad in die Berge sichtbar war. Dort, in einigen

Kilometern Entfernung, könnten sie sein. Es war nur eine Frage der Zeit, eine so große Gruppe zu finden, auch, wenn sie sich auf mehrere Stützpunkte verteilt hatte. Attila versetzte sich in Renzo und hoffte, daß dieser nicht einfach warten konnte. Andererseits: Vielleicht versteckten sich die restlichen Partisanen auch am Monte Rosario. Das wäre dann auch für die Verfolger ziemlich beschwerlich.

Attilas Idee war, eine kleine Gruppe von Männern den Pfad hochzuschicken, um das gegnerische Maschinengewehr auszumachen. Nur, wie konnte er es ihnen erklären, wie konnte er diesen dreien oder vieren sagen, daß sie womöglich getroffen würden?

Da kam ihm der rettende Gedanke. Und der hieß: Anna, Anna und ihr Baby. Auf die würde niemand schießen. Warum war er nicht vorher darauf gekommen? Gegen diese Idee konnten auch die Deutschen nichts haben. An der Straße unten hatte er einen Trupp mit zwei Motorrädern zurückgelassen. Während die SS-Leute ihren Lagerplatz befestigten, fuhr er eilig nach Verbánia zurück, um Kraushaar seinen Plan vorzutragen.

»Du darfst nicht glauben, daß unsere Lage durch brutale Einzelaktionen besser würde«, brummte Kraushaar mürrisch.

»Ich denke nicht, solche Hinweise nötig zu haben. Auch ich bin hierhergekommen, um auszusöhnen. Es ist aber Krieg, und das Aussöhnen kann immer nur vom Sieger betrieben werden. Gestatte ein offenes Wort: Es scheint mir auf allen Seiten in letzter Zeit nur noch taktische Rückversicherungen zu geben. Unter den Deutschen gibt es einige, die großen Wert darauf legen, als Friedensengel ins Schweizer Internierungslager zu gehen, und bei den Partisanen gibt es die durchaus realistische Einsicht, daß Churchill und die Amerikaner eine antisowjetische Front aufbauen. Und dann wollen sie nicht als die größeren Mörder verfolgt werden, wenn sich die Dinge ändern. Also wird auf beiden Seiten abgewartet.«

Kraushaar wurde ein wenig lauter. Mit fester Stimmer entgegnete er: »So wie du dir meine Belehrung verboten hast, möchte ich dich bitten, solche Anspielungen zu unterlassen.

Die schaden unserer Waffenbrüderschaft.« Er quälte sich ein Lachen ab. »Ich möchte dich nur warnen, deinem Temperament nicht vollkommen freien Lauf zu lassen. Die Dinge müssen jetzt mit großer Sorgfalt und auch mit menschlichem Fingerspitzengefühl betrieben werden, weil nun eine so große Öffentlichkeit auf diese Gegend schaut wie nie in den letzten Jahren. Und allein das bat und bitte ich dich zu berücksichtigen – in unserem gemeinsamen Interesse!«

»Und genau darin stimmen wir überein.«

»Genau darin stimmen wir überein, Attila, aber laß dir dennoch gesagt sein: Irgendwann kommen Leute, die fragen, was war Krieg und was persönliche Genugtuung.«

Als Attila das Zimmer betrat, in dem sich Anna mit ihrem Kind beschäftigte, lachte er. »Du bist, wie man so unschön sagt, in unserer Hand.«

»Was willst du? Dir die letzten Stunden eurer Macht mit ein paar wehrlosen Menschen versüßen, noch einmal den Helden spielen, oder was?«

Attila blieb gelassen: »Wir werden sehen, wessen letzte Stunden das sind. Du mußt mir auch keine Fragen beantworten. Es gibt nicht das geringste, was ich dir antun möchte, sowie ich überhaupt niemandem etwas antun will. Faschismus ist die Kraft der Stärke, und Stärke ist Gnade und Souveränität.«

Anna roch den Grappa, wollte aber keine Schwäche zeigen: »So souverän, wie es Hitler mit den verhungernden Judenkindern treibt. So souverän, wie ihr in Fondotoce mit den 42 ...«

»43!«

»42! Der eine wird bis ans Ende seiner Zeit Zeuge eurer Gnade und Großmut sein.«

Attila war innerlich erfreut darüber, daß Anna mit ihm sprach. Sie war die Angebetete der ganzen Gegend gewesen, auch als sie Opfer dieses peinlichen Überfalls geworden war, weil man ihr das Verhältnis mit einem Krüppel nachgesagt hatte. Er hatte zwar immer behauptet, daß es sich nicht um eine Vergewaltigung gehandelt hatte, weil sie ja nicht ganz dagegen war, so etwas habe man doch als Mann merken können. Aber lange hatte er sich geschämt, mit ihr allein zu sprechen. Sie konnte ihn nicht hassen, als Mädchen hatte sie ihn einmal einen wunderschönen Mann genannt. Annas Bereitschaft, jetzt überhaupt mit ihm zu reden, mußte aus ihrer Einsicht in die Schwäche der Partisanen rühren, was ihn besonders milde stimmte.

»Der Krieg geht zu Ende. So oder so, Anna. Glaube nicht, daß irgendeiner der Großen dieser Welt Frieden mit dem Kommunismus schließt. Niemals wird man etwas, das dem menschlichen Wesen so entgegensteht wie das Verherrlichen von Gebrechlichkeiten, von Faulheit und Schlendrian als lebensregelndes Elixier akzeptieren, da sei dir ganz sicher. Und wenn es der amerikanische Präsident gestern noch nicht gewußt hat, morgen werden es ihm seine Abgeordneten schon klarmachen, denn die dort drüben sind durchaus mit ihrem Volk verbunden. Und glaube mir: Das Hakenkreuz ist auch hinter dem Ozean ein Zeichen, das viele Hunderttausende offen an ihren Jackets tragen. Das letzte Wort über diesen Krieg ist noch nicht gesprochen, und was gestern zusammenging, muß morgen längst nicht zusammenbleiben. Und was ist dann? Was ist dann mit deinem Giuseppe, was ist dann mit dem von uns allen so bewunderten Dichter, der, wie ich höre, sich einiges aus seinem Körper herausgekitzelt hat? Warum sind die Kräfte des Volkes nicht auf der gleichen Seite und versuchen gemeinsam, eine wirkliche Volksherrschaft zu errichten, ohne die Parasiten in der Bankenwelt und ohne den Verwaltungsapparat von Gewerkschaften, Krankenkassen und Sozialversicherungen, der als bürokratisches Bleigewicht an den Füßen der sogenannten Demokratien hängt.«

Anna lachte böse: »Du bist der Strolch, der du immer warst. Du versuchst, dir die Dinge so zurechtzulegen, wie es dein bißchen Karriere nötig hat. Jetzt träumst du den Traum der Volkskräfte, als Junge warst du immer der erste, wenn es galt, sich bei Barotti, dem brutalsten von all unseren Lehrern, anzuschmieren. Nein, mit deinen Volkskräften ist es nicht weit her, du bist wendig wie ein Reptil, und mit Reptilen sollte man nur eines tun.«

»Sieh dich vor. Du weißt, wer hier die Macht hat!«

»Hier? Und wer hat die Macht ein paar hundert Meter weiter? Schöne Macht!«

»Denk an die Frucht deines Leibes«, höhnte Attila in Richtung des Jungen, denn die kurze Erinnerung an den Lehrer Barotti hatte ihn aus der Reserve gelockt, »es ist auch das Kind von Giuseppe!«

Anna hoffte, daß ihr Anflug von Lächeln nichts verriet.

»Morgen werden wir weitersehen, Anna. Wir werden zusammen rausfahren. Und wir wollen doch einmal gemeinsam versuchen, deine Freunde in den Bergen zur Einsicht zu bewegen, oder?«

Anna hatte die Linie des Rückzugs nie als die ihre empfunden. Nie. Bis zu diesem Augenblick! Sie wußte, Attila wollte die Konfrontation, wollte das Kräftemessen möglichst schnell, bevor ihm sein Handwerk gelegt würde: »Sie werden sich von dir nicht provozieren lassen, Attila. Dafür steht zuviel auf dem Spiel, und dafür haben sie zuviel geopfert. Sie wollen das neue Italien mit ihren Köpfen und Händen aufbauen, und sie werden sich schonen und dir nicht deine letzten Tage mit ein paar überflüssigen Scharmützeln betäuben.«

Attila trumpfte auf: »Du wirst sehen, daß sie kommen. Alles wirst du sehen. Und alles wirst du am eigenen Leib erfahren. Wollen wir doch einmal sehen, ob abstrakte Ideen stärker sind als der Anblick von Anna und ihrem geliebten Kind, das nach einem Buckligen benannt ist, einem Juden und einem Pygmäen, die Arbeiterführer spielen wollten. Rührend. Carlo Antonio. Ich höre, die Partisanenrepublik hat sich so rührend um die Kinder bemüht. Geld und Gold aus Zügen gestohlen, das bestimmt war für brave Familienväter und deren Kinder in Verona. Die ganze Schweiz lacht darüber, wie die Händler von dem gestohlenen Geld ihren eigenen teil abgezweigt haben, meine Süße. Du weißt doch, wo Geld den Tisch überquert, sind immer mehrere Hände beieinander. Was habt ihr die Schweizer Geldsäcke so gutmütig bedient.«

Erst später, als Attila weg war, begriff sie, was er gesagt hatte. Und mit einem Mal spürte sie furchtbare Angst. Ihre Füße waren kalt und blutleer, im Magen wurde ihr flau, und im Kopf breitete sich Schwindel aus. Was wollte er mit ihr machen? Sie und ihr Kind wie einen Köder aufstellen? War er dazu fähig? Sicher war er dazu fähig. Er war zu allem fähig. Würde es etwas nützen, ihn zu bitten? Nichts würde es nützen, er würde es noch schlimmer treiben. Um nichts würde sie ihn bitten. Sie würde nur wachliegen. Sie streichelte ihrem Kind über sein Köpfchen, und der Kleine schlug die Augen auf. Sie nahm das als ein gutes Omen, drückte sein Gesicht an ihre Wangen. Dieses Kind, ihr Geheimnis, dieser Schub an Friedfertigkeit in ihrem Leben! Diese stille Verbindung zu Renzo, den sie nicht zu allen Zeiten gleichermaßen geliebt und begehrt, den sie aber immer bewundert hatte.

Schon lange hatte Sie sich vorgenommen, es Giuseppe zu sagen, aber sie war davor zurückgeschreckt. Sie war sich sicher, die neue Welt der Zukunft würde für das Problem einer Mutter schon Lösungen haben.

60

Giuseppe hatte den Plan endgültig aufgegeben, die Leute in Gruppen aufzuteilen. Aus Santa Maria Maggiore war eine Krankenschwester gekommen, die sich besonders um die Grippefälle kümmerte. Aus Comologno im Tessin waren über einen Gebirgsweg der Schmuggler drei Faß mit eingelegten Felchen, Petroleum und Maispulver gebracht worden, was so aufgeteilt wurde, daß es Polenta mit getrockneten Waldpilzen und alle zwei Tage eine halbe Portion Fisch für jeden gab, und so lebten sie in der Hoffnung, durch militärische Entlastung am Lago Maggiore bald in kleinen Gruppen in den Süden gebracht werden zu können.

Die Tage gingen dahin, die großen, rotbraunen Flächen an den Berghängen überzog ein erster schwachgrüner Hauch, einzelne bunte Blüten durchstachen den Moosboden, und die Schneegrenze an den Alpenhängen rückte jeden Tag höher.

Und immer hatten sie die Angst, der Nachschub an Verpflegung könne eines Tages nicht mehr ausreichen. Schon in den ersten Tagen ihres Aufenthaltes hier oben war der

Gedanke, die Nazifaschisten könnten doch noch in dieses Gebiet vordringen, in immer weitere Ferne gerückt. Nur einige sprachen noch davon, was dann wäre, wer was tun müßte.

Eines Tages kam die Nachricht, Attila sei im Anmarsch. Renzo und Giuseppe beugten sich über eine handgezeichnete Karte, berieten die Aufstellung ihres wenigstens nordürftig reparierten 22-mm-Maschinengewehrs, das nach ungefähr 150 Schuß immer noch klemmte. Giuseppe hatte im Radio gehört, die Deutschen verhandelten in Ascona mit den Engländern über einen ehrenvollen Abzug. Auch das sprach dafür, daß es die italienische Miliz noch einmal versuchen würde.

»Wenn sie das tun, werden sie bei ihrem ehrenvollen Abzug auch die ehrenvolle Bande von Salò mitnehmen. Wenn Mussolini wieder einmal überlebt, bleibt Italien auf der Schmach sitzen ... eine große Schande«, kommentierte Renzo.

»Es ist besser, wir machen uns solche Gedanken nicht. Für uns gibt es jetzt nur eine Aufgabe, die Leute hier zu schützen.«

»Und wie werden wir es durchhalten, wenn sie tatsächlich herkommen?«

»Das weißt du nicht genau und das weiß ich nicht genau. Wir müssen vor allen Dingen vorbereitet sein. Es gibt durchaus eine Chance, wenn wir sie da kriegen, wo sie keine Aufstellung nehmen können. Wenn sie nur zum Teil einsatzbereit sind, sind wir ihnen von oben her überlegen. Die letzte Schlacht zu gewinnen, wäre kein schlechtes Zeichen nach außen.«

»Wir dürfen uns auf gar keinen Fall zeigen oder irgendeiner Provokation nachgeben. Attila würde sicherlich gern mit ein paar Skalps am Gürtel zurückkommen.«

»Wir können den Berg sichern. Wenn sie hier hochwollen, haben sie von vorn nur einen Pfad, auf dem sie schweres Gerät schleppen können. Und wenn sie von hinten kommen, erfahren wir das rechtzeitig.«

»Natürlich können wir versuchen, den Pfad zu sichern. Aber das wird uns höchstens für zwei Tage Entlastung bringen. Und wenn sie genug Leute haben, dann schicken sie welche vor, dann schicken sie die nächsten, und irgendwann sind sie durch. Und wenn sie über den Pfad sind, können sie uns von hinten aufrollen. Und stell dir vor, Attila fährt mit uns in Domodossola ein, drei Lastwagen voller Gefangener.«

»Sie sind schwach. Die Deutschen werden sich ihm kaum anschließen. Und wir haben das MG wieder in Schuß. Eine Garbe, und sie stoppen, weil sie ja nicht wissen, daß es manchmal klemmt. Dann müssen sie einen Mörser oder irgendwas anderes den Weg heraufbringen, das geht nur mit einem Geländewagen. Eine Operation, die so lange dauern würde, daß genug dagegen unternommen werden kann. Und da sie das wissen, sage ich dir, werden sie schon nach einer Garbe aus dem MG aufstecken.«

»Ich weiß nicht, unser Feind heißt Attila.«

»Nur wenn wir ihn kriegen, können wir Anna austauschen. Sieh's auch mal so.«

Plötzlich waren am Waldweg hinter den Häusern Stimmen zu hören. Bodo kam angelaufen, außer Atem und sehr aufgeregt. Er habe soeben den Funkspruch aufgefangen, Attila sei mit siebzig oder achtzig Leuten hierher unterwegs. Schon vier Tage zuvor hatte jemand geglaubt, Attila oder zumindest eine Truppe von Schwarzhemden mit dem Fernstecher auf dem Hang ausgemacht zu haben, aber dann war es ruhig geblieben. Jetzt schien doch zur Gewißheit zu werden, was sie anfangs befürchtet hatten. War Attila in Begleitung von Deutschen?

Giuseppe versuchte, die aufgeregten Leute zu beruhigen: »Es ist überhaupt noch nicht ausgemacht, daß sie auf dem Weg zu uns sind. Unten gabelt sich der Weg in drei Richtungen, und sie müssen sich für eine Richtung entscheiden. Die Chancen stehen zwei zu eins.«

Eine Frau begann laut zu schluchzen, eine andere trat zu ihr, vergaß ihr eigenes Heulen und drückte sie mit großer Kraft an sich, um die gemeinsame Verzweiflung zu ersticken.

Renzo rief: »Sie werden nicht hier hochkommen, verlaßt euch drauf. Sie werden uns gar nicht finden, sie wissen gar nicht mal genau, ob wir überhaupt da sind, und sie stoßen blind ins Leere hinein. Und außerdem sind wir durchaus in der Lage, sie zurückzuschlagen«, wobei er kräftig auf die Pistole schlug, die ihm an der Seite hing.

Kurze Zeit danach kletterte die Abteilung mit dem funktionsfähigen Maschinengewehr den Pfad hinunter, nachdem alle Zivilisten, so gut es ging, oben in einer Berghöhle versteckt worden waren. Oberhalb des Pfads gingen vier Männer hinter einem Felsvorsprung in Stellung, für den sie sich in den Wochen zuvor nach unzähligen Erörterungen entschieden hatten, und richteten das MG ein. Zur Sicherheit legten sie noch zwei Maschinenpistolen und ein Jagdgewehr neben die Waffe. Drei Männer postierte Giuseppe vierzig Meter entfernt und etwas unterhalb eines Felsens, der von englevgenden, drahtartigen Ästen überwuchert war. Die restlichen fünf Partisanen stellte er in der gleichen Höhe hinter einer lichten Stelle unterhalb des Pfads auf, so daß sie auch von unten Eindringende unter Beschuß nehmen konnten.

Zwei Bewaffnete hatte er bei den Zivilen gelassen und außerdem einige Gewehre zu deren Verteidigung.

Falls die Faschisten durchbrächen, lautete aber die klare Anweisung, eine friedliche Gefangennahme zu riskieren. Es sei denn, es kämen nur so wenige Faschisten, daß ein militärischer Widerstand sich lohne. Der Wald bestand hier oben am Berg aus größeren Baumgruppen. Die einzige halbwegs ebene Wegstrecke aber war von oben frei einsehbar. Links und rechts standen kleine Häuschen mit Scheune und Stallung dahinter.

Das Warten begann. Auf dem Pfad blieb es still. Etwa dreihundert Meter entfernt, am linken Rand Waldes, stand ein Haus, das bewohnt war. Bodo hatte im Winter mit dem Fernglas feinen Rauch über dem Schornstein gesehen.

Jetzt stand ein alter Mann vor dem Haus und hängte Tücher auf eine Leine.

Auch von dort aus war das Stück des Bergpfades einsehbar. Auf dem Waldstück lagen die letzten Sonnenstrahlen des Nachmittags wie Scheinwerferlicht bei der Generalprobe. Die Partisanen schliefen in ihren Deckungen. Am nächsten Morgen gegen sechs waren zwei Motorräder zu hören, die die Vorhut bildeten. Man sah sie nicht.

Kurze Zeit später sahen sie die ersten SS-Männer. Ein Geländewagen war zu hören, und im Haus gegenüber wurden die Vorhänge zugezogen. Bodo beugte sich erschrocken zu Giuseppe: »Der Alte in dem Haus hat uns vor Tagen gesehen. Er weiß zwar nicht, wo wir stecken, aber er hat uns gesehen. Nun gib Gott, daß er kein Schwarzer ist.«

»Wenn er keiner wäre, wären wir auch nicht sicherer. Wenn er uns gesehen hat, wird er uns verpfeifen. Einer allein hält da nicht stand, wenn er sich bis dahin für nichts und niemanden entschieden hatte.«

Dann geschah etwas Merkwürdiges bei dem Hause. Langsam fuhr ein Wagen vor, auf dem Dach waren zwei große Trichter befestigt. Mehr konnte Bodo nicht erkennen. Dann echote ein Knacksen durch das Tal. Es waren Lautsprecher: »Partisanen! Wo ihr auch immer steckt. Ich, Attila Pecallo, spreche zu euch nicht als euer Feind. Ich verspreche euch: Nichts wird euch geschehen. Das Ossola-Tal ist wieder unter geregelter staatlicher Verwaltung. Die Dinge sind in Ordnung, und an Rache denkt keiner von uns.«

Es war die Stimme, die Renzo und Giuseppe kannten. Aber sie klang meckerig, weil die Lautsprecher zwar groß, aber aus Blech waren.

»Wir könnten es auch anders machen. Wir werden jeden Berg hier durchkämmen. Und wo wir euch treffen, werden wir jeden von euch niedermachen. Das ist die Alternative! Aber es ist nicht die einzige Möglichkeit.«

»Er will den Kampf in jedem Fall. So oder so. Du weißt, du entscheidest viel.«

»Nur, ob er den Kampf bekommt, entscheiden wir mit!« flüsterte Giuseppe zurück. »Und von mir aus kann er da unten herumkreischen, bis er schwarz wird. Er kriegt ihn nicht!«

Für Renzo war dies ein Moment des Glücks, der Freund hatte ihn verstanden.

Attilas Stimme wurde plärrend: »Gebt ein Zeichen, Partisanen, oder wie ihr euch nennen mögt. Wir werden euch wieder eingliedern in die Gesellschaft im Tal, und keiner wird euch schief ansehen. Ich gebe mein Wort darauf, daß ihr einen ordentlichen Prozeß bekommt und es keinerlei

Rache geben wird. Zeigt euch, und wir werden wie anständige Männer miteinander umgehen ...«

Renzo grinste Giuseppe an:

»Merkst du, daß er nicht weiß, wo wir sind?«

Giuseppe sah Attila im Fernglas sehr genau. Er stand gut geschützt an dem Geländewagen, auf den die Lautsprecher montiert waren. Und er sprach nicht in ihre Richtung, obwohl die Lautsprecher das gesamte Tal beschallten. Er sah, daß neben Attila zwei weitere Schwarzhemden standen, einer hatte eine Feldflasche in der Hand.

Die Partisanen um Renzo und Giuseppe lagen in einer Reihe hinter einem gestürzten Baumstamm. Mit einemmal sah es so aus, als ob dicker Rauch aus dem Schornstein des Hauses aufstieg. Dann kam ein neues Fahrzeug an, und es herrschte wieder Ruhe. Bruno zischte zu Renzo: »Warum greifen wir sie nicht an? Irgendwann kommen sie doch. Von hier aus kriegen wir drei, vier beim ersten Anlauf.«

Renzo antwortete zu ihm hinüber: »Geduld, Bruno. Das ist der Angriff. Sie wissen nicht, wo wir sind. Sie wissen nicht, wo die anderen sind. Sie wissen gar nichts. Sie wollen uns reizen, damit wir uns preisgeben. Das ist ihre Chance. Und unsere Chance ist, zu warten.«

Giuseppe flüsterte zu Bruno: »Laß die Stille in dich kommen und warte ab! Merkst du nicht, wie ihn das wurmt? Er wagt sich nicht hier hoch.«

Stunden vergingen. Ihnen taten alle Glieder weh. Ab und an plärrte Attilas Stimme über den Lautsprecher in die Berge. Es schien ihnen, daß er aggressiver wurde. Renzo wußte, Attila hatte getrunken.

Immer bevor Attila meint, für irgend etwas nicht hart genug zu sein, trinkt er, dachte er sich. Dann schob er den Gedanken beiseite.

Auf der Erde war die Kälte des vergangenen Winters noch zu spüren. Die Strahlen der untergehenden Sonne, die über dem Gipfel der Bergkuppen lagen wie weiße Fäden, bildeten einen Gegensatz zu der erstarrenden Kälte, die sie allmählich in Händen und Füßen spürten. Und dann sahen sie Anna. Wie zufällig. Erst sahen sie Anna, dann, als die Lautsprecher wieder eingeschaltet wurden, hörten sie die Knackser.

»Schaut her, ihr Befreier Italiens. Hier ist eine von euch. Wißt ihr nicht, daß wir Faschisten Unmenschen sind, Bestien? Habt ihr nicht eure Lektion gelernt, daß, wenn wir die einen nicht kriegen, wir uns an den anderen vergehen? Wenn ihr nicht kommt, wird sie es ertragen müssen – sie oder ihr Kind!«

Giuseppe hatte sich unwillkürlich aufgerichtet. Renzo nahm ihn an der Schulter und drückte ihn wieder nach unten: »Bleib ruhig!«

»Das wird er doch nicht tun?« fragte Giuseppe ungläubig.

Bruno meldete sich erneut: »Und ob er das tun wird. Er ist zu allem entschlossen. Wie eine Ratte im Käfig. Faschistenratte.«

Renzo nahm das Fernglas und betrachtete das Haus. Jetzt erkannte er neben dem steinernen Waschzuber, in dem die Frauen früher ihre Wäsche gewaschen haben mußten, ein Gärtchen, an dem der Weg zu dem Haus begann, bevor er sich gabelte. An der linken Hausseite sah er zwei Schwarzhemden. Plötzlich hörte er Stimmengewirr. Es wurde laut und klang nach Streit. Giuseppe meinte, deutsche Wortfetzen gehört zu haben.

»Da scheint man sich nicht einig zu sein zwischen Hartköpfen und Schwarzhemden.«

Kurz darauf wieder das Lautsprecherknacken: »Hier ist sie, und hier ist ihr Balg. Schaut sie euch an. Vielleicht ist es das letztemal, daß ihr sie seht. Ihr könnt die Geiseln befreien, wenn ihr euch dem Kampf stellt. Mann gegen Mann. Zeigt euch! Und ihr rettet die Frau und das Kind.«

Giuseppe legte die Stirn auf den Baumstumpf: »Dieser Teufel. Sie sind immer schlimmer, als man denkt.«

»Es gibt oben im Versteck noch mehr Frauen und Kinder, Giuseppe. Laß uns bei unserer Entscheidung bleiben ...«, und fast unhörbar setzte Renzo hinzu: »... sie ist mit einem klaren Kopf gefällt worden. Ein Herz darf sie nicht überschwemmen.«

Renzo und Giuseppe hatten nun ständig ihre Feldstecher vor den Augen. Dann sahen sie Attila. Er hatte den kleinen Carlo Antonio im Arm, er schrie leicht lallend, während ihm einer seiner Adjutanten das Mikrofon vor den Mund hielt:

»Hier, der kleine Kerl. Unschuldig, werdet ihr sagen. Unschuldig, wie viele, die ihr auf dem Gewissen habt. Auf ein Unschuldiges mehr oder weniger kommt's doch niemandem hier an, oder? Zeigt euch, dann wird es ein Kampf unter Schuldigen. Ansonsten ...« Attila ging an den Waschtrog, der, randvoll, mit klarem, kaltem Wasser, in der Abendsonne schimmerte. Die beiden Männer im Berg waren jeder für sich. Keiner dachte mehr etwas, sie sahen nur dieses Bild.

Nun war Attilas Stimme leiser, weil er das Mikrofon zu weit weg vom Mund hatte: »Hier fällt eine Entscheidung. Ich laß euch eine kurze Zeit, eure Entscheidung zu treffen. Meine Entscheidung hängt von eurer ab!« Die Sekunden wurden zu Ewigkeiten. In diese Ewigkeiten hinein surrte ein Motor, und man hörte einen Geländewagen davonfahren.

Und dann kreischte Annas Stimme: »Er wird ihn auf jeden Fall töten!« Ein Milizionär trat an sie heran und schlug ihr ins Gesicht. Anna wurde noch lauter, ihre Stimme überschlug sich: »Er ist ein Tier.« Ein zweiter Schlag traf sie ins Gesicht. Da spürte Renzo Giuseppes Hand fest auf seinem Arm. Attila hielt das Kind über dem Wassertrog und schrie: »Eure letzte Chance! Eure letzte Chance!«

Giuseppe hatte seinen Feldstecher nicht mehr vorm Gesicht. Er griff nach Renzos Fernglas und zog es auch ihm von den Augen weg. Es schien, als ob er eine Kraft niederringen mußte, die Renzo das Fernglas wieder vor die Augen zwingen wollte. Er sah Renzo von der Seite an, der wie geistesabwesend die Augen zusammenkniff, um in die weite Entfernung nach unten zu sehen. Da hatte Giuseppe alle Zweifel verloren. Bedächtig, als hätte er diesen Moment schon tausendfach erlebt, hielt er Renzo seine Hand vor die Augen. Nun wußte auch Renzo, wieviel Giuseppe wußte. Es war Renzos Sohn, der dort unten in einem kleinen Gurgeln verging.

In der Nacht zog Attilas Miliz weiter. Und Guiseppes Abteilung kletterte sehr langsam hoch zu der kleinen Höhle.

Die Deutschen wußten bald, wie Attilas Untat bei den Leuten des Ossola-Tals ankam. Kraushaar stellte sich noch am Abend den Schweizer Behörden. Er brachte siebzehn italienische Gefangene mit, darunter auch Anna. Eine ganze Wehrmachtskompanie folgte wenige Stunden später.

Ohne die Deutschen sah Attila sich gezwungen, das Unternehmen Sauberer Berg abzubrechen und ins Tal zurückzukehren. Einen Tag darauf gelang es Bruno, mit den Zivilisten in den Süden durchzubrechen.

Anna wurde bei Freunden hinter dem Monte Verità untergebracht. Sie lebte dort drei Monate verwirrt in einer Berghütte, still und ohne irgendeinen Kontakt. Sie half beim Melken und Füttern. Dann begann sie einiges zu notieren. Plötzlich und für alle unerwartet tauchte sie im April bei den Garibaldini in Santa Maria Maggiore auf.
Die Faschisten hatten nur noch einen sehr geringen Aktionsradius und waren tagelang nicht mehr im Berg gesichtet worden.

Anna sagte kaum ein Wort und übernahm die Arbeit, die ihr aufgetragen wurde. Kurz darauf erhielten Renzo und Giuseppe das streng geheime Kommando, mit den fünf Zuverlässigsten ihrer Formation in Richtung Como aufzubrechen. Das weitere sollten sie erst auf dem Weg erfahren.

EPILOG

Irgendwann in den siebziger Jahren war ich mit dem kleinen, untersetzten Alten, dem man keine Verwachsung mehr ansah, dessen Haar voll und schlohweiß stets akkurat zurückgekämmt lag und dem die Partei eine moderne, goldene Brille in Tropfenform bezahlt hatte, unterwegs auf der Straße von Domodossola nach Finero. Ein Stück hinter einer Straßenbiegung, hoch über dem Tal, fuhr ich an die Seite. Es war vor Finero, und ich wollte Videoaufnahmen vom Denkmal der dort an der Friedhofsmauer erschossenen 13 Partisanen machen. Lange blickten wir auf die sonnenbeschienene Bergkette gegenüber. Schweigend. Dann fragte ich ihn nach dem Ende der Geschichte, die er mir bis hierher geduldig und in allen Einzelheiten erzählt hatte.

Auf der Straße am See, unterhalb von Dongo, kurz vor einem Tunnel, stoppten dreißig Partisanen einen Troß mit größtenteils entwaffneten Wehrmachtssoldaten, die über die Straße bei Chiavenna in die Schweiz gelangen wollten. Hinter dem achten Wagen fanden sie Mussolini nebst seiner Geliebten Petacci und einigen seiner Minister und Sekretäre in einem Bus. Alle trugen sie Uniformen der Deutschen Wehrmacht.

Er bot mir an, mit ihm nach Dongo zu fahren, denn die Dorfbewohner dort gäben nur sehr unwillig Auskunft an Fremde. Aber es ergab sich nicht. Erst vor kurzem konnte ich hinfahren. An einer halbhohen Mauer vor einem Bungalow hängt ein rechteckiges, etwa 400 Quadratzentimeter kleines, schwarzes Schild mit einem Kreuz und dem Namen Benito Mussolini.

Die Angst der Garibaldini, der Duce könne noch einmal befreit werden, war nicht grundlos, hatte mir Renzo erklärt. Um komprom-

mitierende Briefe, in denen Mussolini, sollte er die Schweiz erreichen, von Churchill einen fairen Prozeß zugesagt bekommen hatte, zu zerstören, bombardierte ein britischer Jagdbomber, anscheinend aus Versehen, ein Hotel, in dem ein Partisanenkommando residiert hatte. Das sei mit dem englischen Geheimdienst kaum abgestimmt gewesen, hatte ihm wiederum Margret erzählt, denn zwei von dessen Spezialagenten sollen diese Briefe schon in der Nacht davor entwendet haben. Aber da, sagte Renzo, habe er ihr lachend den Finger auf die Lippen gelegt, denn es gäbe noch einen Brief. Und mit dem sei bei den Briten allerlei auszurichten gewesen.

Giuseppe und Renzo hatten zu Mussolinis Bewachern gehört. Sie mußten über die letzte Nacht des Faschistenführers, seine dreifach verschlossene Kiste, den Inhalt seiner Aktentasche, über Zustandekommen, Überbringung und Durchführung des Todesurteils, das ein Gericht des Volkes im Untergrund gefällt hatte, ein Schweigegelübde ablegen.

Ich fragte ihn, wie denn so wenige Partisanen einen ganzen Wehrmachtszug, der ja noch immer leicht bewaffnet war, hatten aufhalten und durchsuchen können.
  Der alte Mann lachte: »Der Wehrmachtskommandant sah nicht nur uns zwanzig, denn es standen auch eine Menge Strohpuppen mit roten Halstüchern und Gewehrattrappen überall oben an den Berghängen.«

Attila wurde zwei Tage vor der Befreiung von einem Partisanenkommando in seinem Bett überrascht und auf demselben Steinhaufen in Castiglione, bei dem sie den Priester Don Briotti gefunden hatten, von alten Männern und Frauen mit Mistgabeln erstochen.
  Der Alte fügte hinzu, es sei allerdings nicht ganz sicher, ob es wirklich Attila war, der dort erstochen wurde. »Einige von denen sind auch nach Spanien gegangen, zu Franco. Und den da, den wir vor das Haus geworfen hatten, konnte keiner mehr richtig erkennen.« Aber, sagte er, »Ich glaube doch, daß es Attila war, denn Anna hatte ihn erkannt und uns allen gesagt, die Jagd ist zu Ende. Und Anna mußte es wissen.«

Mussolini mit dem altrömischen Führerstab im Arm wurde mit den anderen erschossenen Faschisten zuerst in Como auf einen Platz geworfen, und Stunden später in Mailand zur Schau gestellt. Als Anna dort an der Tankstelle auf dem Loreto-Platz im großen Zug der Befreier ging, sah sie vor sich zwei Frauen, die plötzlich eine Pistole zogen und abwechselnd noch einmal in den Duce schossen, der da hing, mit dem Kopf nach unten.

Renzo Rizzi wurde Leiter eines Heimes in Reggio Emilia, in das die Kinder ermordeter Antifaschisten geschickt wurden. Er lehrte sie Musikinstrumente spielen, Aufsätze schreiben und übte mit einigen sogar das Dichten. Abends sang er mit ihnen.
    »Sing uns dein Lied, Onkel Renzo«, forderten sie ihn auf. Sie wußten, daß seine Ablehnung nur gespielt war, wenn er die Gitarre nahm.
    »Das ist nicht mein Lied. Und es gibt noch andere Versionen. So viele haben sich mit ihren Tränen und ihrer Liebe in die Melodie hineingeschrieben, daß dieses Lied nur einen Autor hat: Unser gutes Volk.«

In Cannobio haben sich Anna und Renzo noch einmal getroffen, zufällig, auf einem Fest der »L'Unita«. Anna war dem Getränkestand und Renzo dem Hammel überm Grill zugeteilt. Da saßen sie an zwei verschiedenen Holztischen. Er meinte wohl, sie müsse ihn hassen, obwohl Giuseppe ihr schon oft erklärt hatte, Renzo sei damals kein Feigling gewesen.
    Zuerst schwiegen sie. Dann stand sie auf und setzte sich ihm direkt gegenüber und begann zu summen. Renzos Lied. Dann sah er ihre Tränen auf dem Tisch, blickte über sie hinweg in den Sonnenuntergang, dachte an die Begegnung im Schilf von Mergozzo, wo er den Rücken des kleinen Carlo Antonio getastet hatte. Nachdem sie eine Weile so gesessen hatten, begann sie lauter zu summen und trotziger. Und mit ihrer Fingerkuppe vermischte sie ihrer beider Tränen auf dem harten Holz.

Wie viele Berichte habe ich mit Diktaphon und Video festgehalten, ohne recht zu wissen, was später mit diesen Bändern zu machen wäre. Dann, bei einem Workshop des politischen Liederfestivals in Ostberlin, hörte ich eine Übersetzungs-Version seines Lieds. Auf den Plätzen lag der Text mit dem Autornamen »Amodel«. Als ich bei ihm in Verbánia anrief, wo er eine kleine Wohnung im Haus der PCI bewohnte, erfuhr ich, er sei im letzten Monat gestorben. Wochen später, an seinem Grab, war ich mit Giuseppe verabredet.

Auf dem Friedhof, nun in feinem Zwirn, ganz Prokurist von Olivetti, blickte mir unter silbrigem Haar ein Gesicht voll froher Lachfalten entgegen, in deren Zentrum zwei kalte, blitzgescheite Äuglein lauern. Dann aber erkannte er mich, und wieder war da das unverstellte Lachen, rein und voll Aufmerksamkeit und Tatendrang.

»Der Amodel hat auch eine Version geschrieben. Aber Renzo die erste, natürlich. Er wollte keinen Krach darum. Was hat er uns vererbt? Tausend Seiten Gedichte, Lieder, alles mögliche, militärhistorische Aufzeichnungen. Und er wollte allen zeigen, wie er seine Eitelkeit besiegt hatte. Aber Gott, hatte er nicht eine so wunderbare Eitelkeit, war er nicht auf eine so menschliche Art bedürftig nach Geltung?«

Ich nickte.

»Er hat dir doch von seinem Gespräch mit Margret erzählt über das Archiv in Amerika, wo die Volkslieder mit ihren vielen Autoren stehen.« Ich nickte.

»Ja, er sagte immer, er würde so was ablehnen ... Er, ausgerechnet er ...« Es wurde zu keinem Kopfschütteln. Giuseppe lächelte nur zur Seite. Dann gab er sich einen Ruck: »Margret war auch bei seiner Beerdigung. Geht immer noch sehr anmutig. Sie hat gut gesprochen. Für die Labour-Linke. Und sie hat das von dem Archiv des US-Kongresses dann doch wieder erzählt. Und sein Lied auf Englisch gesungen. Du bist doch auch ein Cantautore? Willst du nicht mal etwas tun, damit er öfter genannt wird?«

Neue Romane beim Neuen Berlin:
Die Wirklichkeit ist geschichtlich

Was war in der Ostberliner Künstlerszene los?
Eine amüsante und hintersinnige Geschichte über
eine große Liebe und ihr ungewöhnliches Ende
im nach68er Umbruch in der DDR.

464 S., geb. mit Schutzumschlag, ISBN 978-3-360-01296-8

Erschienen im Verlag Das Neue Berlin

Neue Romane beim Neuen Berlin:
Die Wirklichkeit ist grotesk

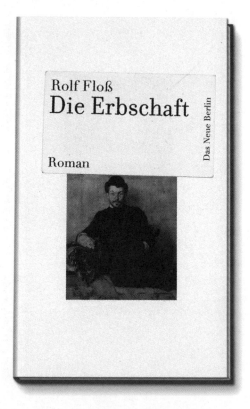

Vom großen Geld und der kleinen DDR: Ein
ordentlicher Bürger entpuppt sich als Schelm,
als er ans große Geld kommt. Gutes führt er im Sinn,
aber die Dinge verkehren sich.

256 S., geb. mit Schutzumschlag, ISBN 978-3-360-01296-8

Erschienen im Verlag Das Neue Berlin